Inge Kloepfer
Die Zweifel des Homer Spiegelman

W0236330

Inge Kloepfer

Die Zweifel
des Homer Spiegelman

Roman

Osburg Verlag

Die Handlung und alle Personen sind frei erfunden.
Jegliche Ähnlichkeit mit lebenden oder toten Personen
ist rein zufällig und nicht beabsichtigt.

Erste Auflage 2023
© Osburg Verlag Hamburg 2023
www.osburgverlag.de
Alle Rechte vorbehalten,
insbesondere das der Übersetzung, des öffentlichen Vortrags
sowie der Übertragung durch Rundfunk und Fernsehen,
auch einzelner Teile.
Kein Teil des Werkes darf in irgendeiner Form
(durch Fotografie, Mikrofilm oder andere Verfahren)
ohne schriftliche Genehmigung des Verlages reproduziert
oder unter Verwendung elektronischer Systeme
verarbeitet, vervielfältigt oder verbreitet werden.
Lektorat: Bernd Henninger, Heidelberg
Korrektorat: Alexander Blumtritt, Fischbachau
Umschlaggestaltung: Judith Hilgenstöhler, Hamburg
Satz: Hans-Jürgen Paasch, Oeste
Druck und Bindung: CPI books GmbH, Leck
Printed in Germany
ISBN 978-3-95510-324-8

»Ich kenne Homer Spiegelman nicht gut. Ich bin ihm nur dreimal begegnet. Aber ich kenne seine Geschichte, vermutlich bin ich die Einzige, der er sie je erzählt hat. Warum? Ich weiß es nicht und habe ihn nie gefragt.

Homer wuchs in New York auf – in Astoria, einem Stadtteil im Norden von Queens direkt am East River gegenüber der Upper Eastside Manhattans. Irgendwann beschloss er, von dort aus die Welt zu erobern. Es ist ihm gelungen – doch zu welchem Preis?«

Teil I

Homer

1

»Breathe, breathe«, sagte die Rabbinerin mit sonorer Stimme, während sie die beiden Worte in die Länge zog, als wären sie selbst Teil der Atmung. Sie hielt kurz inne, dann wiederholte sie: »Atmen Sie, atmen Sie.« Die Worte schienen aus den Tiefen ihres Bauchraums aufzusteigen, um durch ihre Kehle hinaus durch die Synagoge zu schweben. Für eine Frau war ihre Stimmlage eine Terz zu tief.

Dann verstummte sie, ließ ihren Blick lächelnd über die zweihundert Trauergäste schweifen, hob ihre rechte Hand, strich sich über ihre kurzen grauen Haare, sah auf die Blätter, die vor ihr lagen, rückte ihre Brille auf dem schlichten Holzpult zurecht und hob erneut den Kopf. Jetzt lächelte sie nicht mehr. Sie strahlte. Angriffslustig blitzten ihre dunklen Augen in die Runde, schienen den Raum mit seinen Gästen noch einmal zu vermessen, bevor sie mit ihrer Ansprache beginnen würde.

Rechter Hand neben ihr befand sich der Sarg, auf dem eine weiße Rose lag, nichts weiter. Es war still in der Synagoge, so still, dass man selbst ein unterdrücktes Schluchzen hätte vernehmen können. Aber niemand weinte. Die Menschen folgten der Aufforderung der Rabbinerin: Sie atmeten tief, mehrfach hintereinander. Für den Hauch eines Augenblicks schienen sie sich tatsächlich zu entspannen.

»Vor drei Monaten war Matthew bei mir. Wir sprachen über diesen Tag heute, *seinen* Tag, an dem er in einem Sarg hier vor euch liegen würde und doch eigentlich schon ganz woanders wäre. Er wollte, dass ich auf seiner Beerdigung spreche. Das hatte ich ihm zugesagt, als er wusste, dass sein Tod in wenigen Monaten bevorstand.«

Wieder legte die Rabbinerin eine Pause ein.

»Atmen Sie«, sagte sie dann noch einmal beschwörend. »Atmen Sie tief durch. Tun Sie es auf Geheiß von Matthew, der mir für heute vor allem eines aufgetragen hat: ›Rede nicht so viel über den Tod, finde Worte für das Leben.‹ Das Leben ist Atmen. Gottes Atem erweckt uns zum Leben. Breathe, breathe!«

Homer saß am äußeren rechten Rand in der dritten Reihe. Er atmete. Eigentlich hatte er für derlei Dinge nicht viel übrig. Unwillig musste er sich jedoch eingestehen, wie gut es ihm tat, gemeinsam mit den anderen ein paarmal tief Luft zu holen. In der ersten Reihe etwas weiter links saß Matthews Ehefrau Kate mit den beiden Jungen. Sie hatten den Blick nach oben auf das leicht erhöhte Pult gerichtet, an dem die Rabbinerin stand. Von der Seite konnte Homer Kates Züge gut erkennen. Selten hatte er sie so entspannt gesehen. Ihr Brustkorb hob und senkte sich. Auch sie atmete ruhig. Die Jungen hielten etwas ungelenk kleine, weiße Zettel in den Händen. Sie würden ihrem Vater gleich einige Abschiedsworte sagen.

Eine seltsam erwartungsvolle Stimmung lag im Raum, ganz anders, als Homer es sich vorgestellt hatte. Da war wenig von Verzweiflung zu spüren, von Trauer. Nur Matts Eltern war die Erschütterung anzusehen. Und seiner vier Jahre jüngeren Schwester Madeleine, die sich immer wieder mit einem Papiertaschentuch über die Wangen tupfte. Zusammengesunken saßen die Großeltern neben den Enkeln, ihre Blicke starr auf den Boden gerichtet. Madeleine rang um Contenance.

Die Rabbinerin tat das, was sich Matthew und Kate zu seiner Beerdigung offenbar gewünscht hatten. Sie referierte das Leben des 47-jährigen Familienvaters in seinen einzelnen Stationen. Ein gelungenes Leben ungeachtet des frühen Todes, eines, das immer nur bergauf zu gehen schien – bis zur Abbruchkante. Sie lobte seinen Anstand, seine Überlegt- und Überlegenheit, seinen Intellekt, seine Fürsorglichkeit, seine enorme Selbstlosigkeit. Und seine Herzenswärme. Was für eine Tragödie, dass es ausgerechnet diesen Mann erwischen musste! Gab es nicht viel Schlechtere als ihn, auf die die Welt viel besser würde verzichten können? Das sagte sie nicht, aber Homer deutete ihre Worte so, die für ihn diesen fast unerträglichen Subtext trugen. Sollte sein Cousin, den jeder nur Matt und niemals Matthew nannte, diese Worte wirklich so verfügt haben als einen letzten Wunsch vor seinem endgültigen Abgang? Was für eine Gemeinheit, musste sich doch jeder, der diese Rede mit anzuhören hatte, kleingeistig und mickrig vorkommen?

Bevor sich Homer diesen Gedanken weiter hingeben konnte, zog einer der Söhne seine Aufmerksamkeit auf sich. Es war Leonard. Der Elfjährige war gerade ans Pult getreten, um sich von seinem Vater zu verabschieden. Er konnte kaum über den Holzkante schauen und versuchte, das Mikrofon ein bisschen zu sich herunterzuziehen. Es knackte und knirschte und wollte doch nicht gelingen. Homer wunderte sich, warum ihm niemand beisprang. Entmutigt ließ der Junge davon ab, schaute stattdessen zum Sarg, danach wieder auf seinen Zettel und sprach seinen Vater direkt an – mit lauter, hoher Stimme. Er war gefasst.

»Danke Daddy für alles, was du mir gegeben und gezeigt hast. Ohne deine Hilfe wäre ich sicher ein schlechterer Mensch geworden. Mom sagt, wir werden dich wiedersehen. Das will ich mal glauben.« Er holte einmal tief Luft.

»Dad, ich werde dich sehr vermissen«, sagte er noch und tat einen Schritt zur Seite.

Sein jüngerer Bruder David war danach an der Reihe, sieben Jahre alt, etwa so alt wie er selbst damals, dachte Homer, als seine Mutter starb. Auch David dankte seinem Vater für alles, vor allem dafür, dass er sie beide vor endlosen Stunden am Computer bewahrt hatte, indem er mit ihnen lernte, Basketball oder Fußball spielte. Besonders mitgenommen schienen die Jungen nicht. Homer wunderte sich, wandte den Blick nach unten und schüttelte unwillkürlich den Kopf. Mit dem Tod kannte er sich eigentlich aus. Und auch mit der Unberechenbarkeit, mit der er sich im Leben Bahn brach, immer dann, wenn man am wenigsten mit ihm rechnete. Die Gelassenheit der Jungen irritierte ihn. Ob er damals auch so gewirkt hatte?

Als er wieder aufblickte, war die Rabbinerin gerade dabei, die Jungen sachte zur Seite und zu ihren Plätzen in der ersten Reihe zu schieben. Sie hatte jetzt ein barmherziges Lächeln aufgesetzt, in dem sich ihre professionelle Souveränität widerspiegelte, mit denen sie Menschen in schwierigen Lebenslagen begegnete. Aber vielleicht bildete sich Homer das auch nur ein.

»Breathe, breathe«, wiederholte sie ihre Worte. »Lebet!«, setzte sie mit fester Stimme hinzu.

Erneut glitt ihr Blick über die Reihen. Und wieder strahlte sie, als wäre der Tod ein Fest, der letzte Höhepunkt, den das Leben zu bieten hatte.

Ganz unvermittelt wurde Homer übel. Dieses Strahlen ekelte ihn an, die Aufforderung zur Lebensfreude im Angesicht des Todes, die Selbstverständlichkeit, mit der die Rabbinerin Leben und Tod in Einklang brachte. Er merkte, wie der Ärger die Säure in seinen Speichel trieb und sich der Kaugummi zu zersetzen begann, auf den seine Schneidezähne die letzte Stunde unermüdlich gebissen hatten. »Lebet!« – wieder schüttelte er den Kopf. Was für eine Banalität wurde ihnen da zugerufen? Es blieb ihnen allen gar nichts anderes übrig, als weiterzuleben – ohne Matthew Shaffer. Was war das für eine Botschaft, die Matt da heute aus dem Jenseits über die Rabbinerin ausrichten ließ? Was wollte er damit erreichen? Sie alle aufmuntern oder gar in die Pflicht nehmen, dass sich seine Frau und vor allem seine Eltern nicht hängen ließen, sondern zusammenreißen würden, so wie er selbst es sein Leben lang getan hatte? Und was, wenn es anderen nicht so leichtfiel?

Aber es war nicht das, was ihn plötzlich mit ganzer Wucht zu treffen und mit Abscheu zu erfüllen schien. Einen kurzen Moment der Verwirrung gestand sich Homer ein, dass er keine Ahnung hatte, warum ihn so unvermittelt dieses Unbehagen heimsuchte. Vielleicht, weil er sich gleich würde erheben müssen, um mit fünf anderen den Sarg zu schultern, gezwungenermaßen mit einem Lächeln auf den Lippen, obwohl ihm nicht danach war, nur weil sein Cousin verfügt hatte, auf seiner Beerdigung das Leben und nicht den Tod zu feiern. Wie sollte das gehen? Die Rabbinerin hatte ihm in der Anordnung der Sargträger die Position vorne rechts zugewiesen, ausgerechnet. Als Einzigem der sechs, so hatte sie die Einteilung begründet, sei ihm der Friedhof bekannt. Doch da irrte sie.

Homer dachte daran, wie er mit seinem Cousin Matthew aufgewachsen war und wie sich ihr fast brüderliches Verhältnis über die Jahrzehnte in einen unerbittlichen Konkurrenzkampf verwandelt hatte, ohne dass dies je seine Absicht gewesen wäre. Ihr Einklang, so es ihn einmal gegeben hatte, war ihnen schleichend abhandengekommen und einer unerträglichen Sprachlosigkeit gewichen. An jenem Tag, an dem Homer Matthew zu Grabe trug, überrollten ihn die Erinnerungen an früher, während erneut Übelkeit in ihm aufstieg. Es war der Tag, an dem seine Zweifel begannen.

2

Unbarmherzig ist das Leben und der Tod ist nicht unbedingt sanft. Das lernte Homer Spiegelman bereits im Alter von acht Jahren. Die Bilder vom Tod seiner Mutter hatten sich auf immer in sein Gedächtnis gebrannt. Ich weiß nicht, wie oft er darüber sprach. Als er mir davon erzählte, konnte er sie, wie er sagte, wie einen Super-8-Film auf den Projektor spannen. Er stand am Fenster seines Kinderzimmers im ersten Stock, schaute hinaus, winkte seiner Mutter zu, die sich noch einmal umdrehte, als sie die Straße überquerte, um zu ihrem Auto zu gelangen. Der Blick zu ihm hinauf war ihr Schicksal. Sie dachte an den Sohn, nicht an vorbeifahrende Wagen.

Sie blickte nicht nach links und dann nach rechts, wie sie es ihm seit einigen Jahren mit nervenzehrender Penetranz einbimste, als wäre das Überqueren einer Straße eine Reise über den Styx. Und genau deshalb sollte ihr Sohn, der kleine, ewig renitente Homer, eine eindrückliche Demonstration dessen bekommen, was passiert, wenn man beim Überqueren einer Straße sich einmal nicht vorsieht, sondern in Gedanken ganz woanders ist.

Weil sie nur Augen für ihn hatte, bemerkte sie den heranbrausenden Chrysler nicht, dessen Fahrer – völlig ungewöhnlich in der schmalen Straße – den Fuß unverändert auf dem Gaspedal belassen hatte. Vor den Augen ihres Sohnes lief sie mit rückwärtsgewandtem Kopf vor das Auto, prallte auf die Kühlerhaube, wurde in die Luft geschleudert, bäuchlings gen Himmel, wobei ihre Gliedmaßen seltsam marionettenartig herunterhingen, und fiel keine zwei Sekunden später ihrem eigenen Wagen, ebenfalls ein Chrysler, vor die Fahrertür.

Sie blieb liegen, stand nicht mehr auf, würde so oder so nie mehr aufstehen. Homer starrte aus dem Fenster, regungslos. Er hatte die Augen aufgerissen, als könne er gar nicht glauben, was sich dort unten soeben abgespielt hatte, starrte eine Ewigkeit auf seine regungslose Mutter am Boden, und wunderte sich, dass da so gar kein Blut zu sehen war. Nirgends, dabei hatte sie ihm doch stets eindrücklich geschildert, dass schwere Unfälle an den Blutlachen zu erkennen seien, Blut überall. Aber er sah kein Blut. Irgendwas also konnte da nicht stimmen.

Der Fahrer sprang aus dem Auto und schrie. Schrie immer weiter, was Homer an dem weit geöffneten Mund des älteren Herrn erkennen konnte, der fassungslos hilfesuchend unentwegt den Kopf hin und her wandte. Er wusste offenbar nicht, was er tun sollte, traute sich nicht, die Frau, die ihm da soeben auf die Kühlerhaube geprallt war, auch nur mit der Fingerspitze zu berühren. Hätte er nicht so unglaublich geschrien, wären die Nachbarn vielleicht gar nicht auf die Sache aufmerksam geworden. Jetzt aber öffneten sie die Eingangstüren ihrer Vorstadthäuser in Astoria, einem Stadtviertel von Queens, und schauten auf die Wohnstraße, auf der normalerweise so gut wie nie jemand vorbeikam, schon gar kein wild gewordener älterer Chrysler-Fahrer. Im Handumdrehen hatte sich eine kleine Menschenmenge um seine Mutter herum versammelt und beugte sich über sie. Jetzt sah Homer sie nicht mehr. Es muss dann auch dieser Moment gewesen sein, in dem er das Bewusstsein verlor. Schluss, aus, Filmriss. Später würde er sich nur noch an zwei kurze Sequenzen erinnern können: den grotesk verrenkten Körper seiner Mutter in der Luft über der Kühlerhaube und an diese kurze Episode, wie seine Mutter auf dem Asphalt liegend plötzlich hinter einer Menge vornübergebeugter Häupter verschwand. Den Rest kannte er aus Erzählungen, vor allem von Josie, die er in jungen Jahren ein paarmal danach gefragt hatte, wie alles abgelaufen war. Danach verschmolzen seine eigenen wenigen Bilder mit denen, die Josie und sein Vater ihm über die Zeit beschrieben hatten, in seinem Gedächtnis zu eben jenem Film. Und der blieb.

Die Polizei und drei Krankenwagen kamen nach endlos erscheinenden Minuten. Irgendjemand muss geistesgegenwärtig genug gewesen sein, ins Haus zurückzulaufen, um den Notruf anzuwählen. Viel mehr als den sofortigen Tod konnten der Notarzt und sein Assistent nicht mehr feststellen. Elaine hatte sich das Genick gebrochen – und das offenbar schon im Moment des Aufpralls. Eine Information, die Homer, als er viel später davon erfuhr, über die Jahre ein wenig Trost gespendet hatte. Vielleicht ist es nicht die normalste Art, aus dem Leben zu scheiden, hatte er sich immer einmal wieder gedacht, aber die schmerzloseste. Das waren die Momente, in denen ihn der oberflächlich längst verblasste Kummer über den Verlust nur noch hin und wieder heimsuchte und er von Sentimentalität übermannt wurde. Dann tat er sich selbst leid, dieser kleine unscheinbare Junge, der so ganz plötzlich mutterseelenallein durchs Leben marschieren musste. Dass es da noch einen Vater gab und eine kleine Schwester, kam ihm in Momenten der Rührung vor Selbstmitleid gar nicht in den Sinn.

Nach einer Viertelstunde traf auch der Vater ein, im Handumdrehen Witwer, was man ihm am Telefon gar nicht gesagt hatte, damit er im Schock nicht selbst noch einen Unfall verursachte. Irgendjemand hatte ihn in seiner Autowerkstatt angerufen, die ein paar Blocks entfernt lag. Er war gerade mit einem Kunden von einer Probefahrt in dessen Oldtimer zurückgekommen. Hank blieb kaum etwas anderes übrig, als über der zugedeckten Leiche seiner Frau zusammenzubrechen. Sie war ja noch nicht verpackt, als er kam, in eine dieser grauen, traurigen Kisten verstaut, in die man die Toten zum Abtransport hineinlegt. Homer sah auch nicht, wie sein Vater noch ein letztes Mal das Tuch vom Kopf seiner Frau zog und seine Wange an ihre legte, die noch nicht kalt geworden war. Auch das hatte sein Vater ihm später erzählt. Betreten wichen die Umstehenden zur Seite und wandten ihre Blicke ab. Sie wollten nicht Zeugen des Abschieds werden. Doch irgendwann erbarmte sich ein Nachbar, half Hank auf und begleitete ihn auf die gegenüberliegende Straßenseite zur Haustür.

»Wo ist Homer?«, murmelte er, als ihm der Nachbar, ein guter Freund der Familie, die Haustürschlüssel aus der zitternden rechten Hand nahm, um die Türe aufzusperren.

Hank hastete die schmale Treppe hinauf ins Kinderzimmer. Da lag er, sein einziger Sohn, bewusstlos immer noch, schneeweiß, mit blauen Lippen. Das dunkelgrüne Sweatshirt war nach oben gerutscht, als klemmte der zierliche Kopf ohne Hals zwischen den Schultern. Hank kniete sich nieder und begann zu schluchzen. Glücklicherweise war ihm sein Freund gefolgt, sonst hätte sich der Vater gleich neben seinen Sohn gelegt und mit ihm das Bewusstsein verloren. Glücklicherweise waren auch die beiden anderen Krankenwagen noch zur Stelle – unter den Fahrern hatte sich eine Diskussion darüber entwickelt, wie nun mit der Leiche zu verfahren sei. Der Nachbar riss das Fenster auf. Eine Bahre mit zwei Trägern, rief er, schnell, der Junge.»Wer weiß, wie lange er schon nicht mehr bei Bewusstsein ist.«

Sofort trabten zwei Sanitäter an, im Gleichschritt, die Bahre zwischen sich. Sie hörten auch nicht auf zu traben, als sie den Hauseingang erreichten, sondern erklommen im Laufschritt den ersten Stock. Sie hoben Homer vorsichtig auf die Bahre und trugen ihn die enge Treppe hinunter ins Erdgeschoss, bevor sie ihn unter den mitleidigen Blicken der Nachbarn behutsam in einen der Notarztwagen balancierten und sich mit ihm davonmachten. Hank blieb in der Eingangstüre stehen und blickte dem Wagen nach.

Es war Josie, die sich seiner annahm. Sie hatte in der Eingangstür ihres Reihenhauses gestanden und der surrealen Szene zugesehen. Eigentlich hatte sie nach der Frühschicht einen Mittagsschlaf halten wollen, war aber zu aufgedreht gewesen und hatte stattdessen auf dem Sofa gelegen und ein bisschen ferngesehen. Sie war vor ein paar Jahren in das Reihenhaus neben den Spiegelmans gezogen, als langjährige Freundin von Elaine Spiegelman, die sie seinerzeit in das leerstehende Gebäude gelotst hatte. Elaine hätte den Gedanken nicht ertragen können, fremde und am Ende noch unsympathische Menschen im Nachbarhaus zu wissen, mit denen es dann – Wand an Wand – wegen der Kinder Gezanke und womöglich noch unangenehmere Auseinandersetzungen geben würde. Kinder aber waren es damals noch gar nicht, es gab da nur Homer, ihren einzigen Sohn. Aber das, so hatte es sich vor allem Hank ausgemalt, sollte sich noch ändern.

Elaine hatte zu der Zeit allerdings andere Pläne, stand am Anfang ihrer beruflichen Karriere, war Assistant-Professor an der CUNY-School of Public Health am Brooklyn College und dachte gar nicht an ein zweites Kind, jetzt, da es mit Homer so gut lief.

Josie, die mit vollem Namen Josephine hieß, und Elaine kannten sich schon von frühester Kindheit an. Es war, ein bisschen überspitzt ausgedrückt, eine Art dynastische Beziehung. Ihre Großmütter waren einst engste Freundinnen, die Eltern verstanden sich genauso gut. Für Josie war Elaine einfach immer da gewesen und umgekehrt, irgendwie gehörten sie zusammen, verbunden durch die gemeinsame Geschichte der Familien. Sie kamen gut miteinander aus, genauso wie man mit alten Weggefährten auskommt, denen man im entscheidenden Moment nicht viel erklären muss, weil sie einem seit Jahren vertraut sind. Elaine und Josie absolvierten zunächst gemeinsam am Rory Meyers College of Nursing an der New York University eine Ausbildung als Krankenschwestern.

In dieser Zeit waren sie unzertrennlich, tauchten vielfach gemeinsam auf, sodass man sie für Schwestern hätte halten können, hätten sie sich äußerlich nur nicht so stark unterschieden. Elaine war zierlich und dunkel, mit großen braunen Augen, immer leicht zerzausten Haaren, deren Strähnen ihr selbst dann ins Gesicht fielen, wenn sie sie gerade in einem Knoten am Hinterkopf zusammengebunden hatte. Josie hingegen war kräftiger und strahlend blond, wenn auch nicht ganz natürlich. Anders als Elaine hatte sie mit ihrem Gewicht zu kämpfen, hier und da ein paar Pfunde zu viel, Rundungen, die sie an sich nicht mochte. Vielleicht achtete sie gerade deshalb auf ein gepflegtes Äußeres, trug die kinnlangen Haare akkurat gescheitelt und zu einer Innenrolle geföhnt. Anders als Elaine erschien sie niemals ohne Make-up im Krankenhaus. Am Wochenende ging sie mit lackierten Fingernägeln aus. Sie war auch nicht so rastlos wie ihre Freundin, die sich schon bald nach Abschluss der Ausbildung nach etwas anderem umschaute. Ehrgeizig wie Elaine war, hatte sie

Ambitionen, arbeitete nicht lange in ihrem Beruf, sondern entschloss sich, Medizin zu studieren. Sie sollte damit die Erste in ihrer Familie sein. Josie hingegen – auf ihre Art ebenfalls ambitioniert – bildete sich als Krankenschwester fort.

Hank war nicht richtig bei sich. Er bewegte sich unendlich langsam, hob die Hand, als wolle er sie grüßen, fuhr sich mit seinen groben, von der Montage noch dunkel verschmierten Fingern durch sein kurzes braunes Haar, das wirr nach oben stand, und blickte abwesend an Josie vorbei. Sie ging auf ihn zu, griff seinen rechten Arm und schob ihn sachte die Stufen zur Tür des Reihenhauses hoch, die sie hinter ihnen behutsam schloss. Im Wohnzimmer ließ er sich fallen, direkt auf den Boden, wo er liegen blieb – stumm und abwesend. Es war ein Segen, dass Josie in solchen Situationen nicht in Panik geriet. Sie war Krankenschwester, mit Herzattacken und Schlaganfällen häufig genug zugange und deshalb auch bei Hank ziemlich sicher, dass es sich lediglich um einen Kreislaufkollaps handelte, eine Art Synkope, in der die richtigen Handgriffe ihn bald aus seiner Ohnmacht zurückholen würden. Routiniert drehte sie den muskulösen Körper ihres Nachbarn in Richtung Sofa, sodass sie seine Füße höher lagern konnte, kniete sich neben ihn und gab ihm drei kleine Klapse auf die Wange.

Wenig später öffnete er die Augen, reichlich verwundert zunächst, um sie dann umgehend wieder zu schließen und ganz leise zu fragen: »Was habe ich geträumt?«

»Du hast nicht geträumt. Du bist ohnmächtig geworden. Hank, Elaine ist überfahren worden, Homer ist im Krankenhaus.«

Einzig ihre Professionalität half ihr, nicht umgehend in Tränen auszubrechen. Es musste erst einmal das medizinisch Notwendige getan und gesagt werden. Darin war sie über die Jahre trainiert. Und das war gut so, anders würde man die Dramen, die sich im Cardic Institute täglich abspielten, überhaupt nicht ertragen können.

»Was ist mit Homer?«

»Das klären wir gleich«, sagte sie geschäftsmäßig.

Hank hatte sich ihr angepasst, er wirkte erschöpft und abgeklärt, was sie in dem Moment wunderte. Er war inzwischen vollkommen bei Sinnen, lag allerdings immer noch auf dem Boden. Doch ließ seine Art, sie anzuschauen und nach dem Notwendigen zu fragen, keinen Zweifel daran, dass ihm sehr wohl bewusst war, was sich vor einer halben Stunde zugetragen hatte. Nun war Hank kein Mann, der seine Gefühle unentwegt zum Ausdruck bringen musste, wenn er in diesem seltsamen Moment überhaupt schon welche hegte. Jeder würde sagen, er befinde sich im Schock. Aber das schien Josie überhaupt nicht so. Hank war ein Mann, der sehr schnell begriff, was auf ihn zukam.

Josie ging zum Telefon und wählte die Nummer des Schwesternzimmers der Notaufnahme ihres Krankenhauses. Es war das nächstgelegene, weshalb sie fest davon ausging, dass der Notarzt Homer dorthin gefahren hatte. Außerdem hatte sie, wie sie meinte, einen der Notarztfahrer erkannt. Sie sprach leise und bestimmt, allerdings sehr schnell. Dann drehte sie sich zu Hank um.

»Homer ist im Maimonides in der Notaufnahme. Eine Schwesternhelferin ist bei ihm. Er ist aufgewacht und stabil. Meinst du, ich kann dich hier alleine lassen und nach ihm sehen?«

»Ich komme mit«, sagte Hank, der sich inzwischen rücklings auf die Ellbogen gestützt hatte und dabei war, sich langsam zu erheben.

»Nun gut. Aber ich fahre den Wagen.«

Sie wusste, dass das keine gute Idee war. Aber wie konnte sie darauf bestehen, dass Hank jetzt alleine zu Hause warten sollte, wo er doch bei seinem Sohn sein musste. Sie verkniff sich jeden weiteren Überzeugungsversuch, sondern half ihm auf. Wenige Minuten später saßen sie im Auto, Hank bleich, aber gefasst.

»Was wirst du ihm sagen?«, fragte sie ihn, während sie einen Blick zur Rechten warf.

»Ach, Josie, die Wahrheit. Ich weiß nicht genau, was er alles mitbekommen hat. Was soll ich ihm sonst sagen: seine Mom ist tot. Das ist alles.«

Plötzlich schossen Josie die Tränen in die Augen. Es war weniger der Verlust ihrer Freundin als vielmehr die Vorstellung, dass der zierliche Nachbarsjunge mit gerade einmal acht Jahren Halbwaise geworden war, womit er fortan würde leben müssen. Es brach ihr das Herz. Mit einem Mal kam ihr der Gedanke, wie verwundbar das Leben war, so zerbrechlich. Und wie leicht verletzbar einen die eigene Familie machte durch die Menschen, die man liebte und die sich, freilich ohne es zu wollen, einfach so verabschieden konnten, um eine unbegreifliche Lücke zu hinterlassen.

Hank musste sie angeschaut haben. Denn plötzlich spürte sie seine Hand auf ihrem Oberarm. Sie schaute ihn an. Auch ihm stand das Wasser in den Augen. Er schüttelte den Kopf, als würde er den Anfall verscheuchen wollen wie eine lästige Fliege, die auf seiner Schläfe gelandet war. Sie wusste, jetzt würde er gefasst sein wollen, stark für seinen Sohn, der keinen verzweifelten Vater sehen sollte. Sie wischte sich mit dem linken Unterarm die Feuchtigkeit aus dem Gesicht. Wenig später hielten sie auf dem Mitarbeiterparkplatz der Klinik. Die Nachmittagssonne strahlte. Ein starker Wind ging, der Himmel war tiefblau.

3

Homer saß auf einer Bank im Gang. Ein junges Mädchen, die Schwesternhelferin, hatte den Arm um ihn gelegt. Beide schwiegen. Seine Beine, die noch zu kurz waren, um den Boden zu berühren, baumelten unter seinem dünnen Körper. Er hatte den Blick in Richtung Ausgang gewandt, die dunklen Augen weit geöffnet. Offenbar hatte man ihm gesagt, dass sein Vater ihn gleich abholen käme.

Hank zögerte. Josie sah, wie er schluckte. Dann ging er langsam auf seinen Sohn zu, hob ihn von der Bank und nahm ihn auf den Arm. Er seufzte. Josie verschwand in einem der Behandlungsräume und brach in Tränen aus.

Als ihn sein Vater im Krankenhaus auf dem Arm nahm, wusste Homer, dass die Bilder von seiner Mutter, die ihm im Kopf herumschwirrten, Wirklichkeit waren. So jedenfalls rekonstruierte er diesen Moment aus der Erinnerung.

Dafür gab es, sagte er, zwei Indikatoren: Erstens hatte sein Dad ihn, seit er in die erste Klasse gekommen war, nicht mehr auf den Arm genommen, was schon zwei Jahre her war. Homer liebte es, getragen zu werden, reckte noch über Monate nach seiner Einschulung immer wieder seine Arme in die Luft als deutliche, aber stumme Aufforderung, ihn in die Höhe zu heben. Dazu trieb ihn nicht etwa das unstillbare Bedürfnis nach körperlicher Nähe. Es war vielmehr der Wechsel der Perspektive, von der aus er seine Umwelt in den Blick nehmen konnte. Nicht mehr von unten nach oben, sondern von oben nach unten. Er sah sehr viel mehr. Aber damit hatte es ein jähes Ende. Das sei jetzt vorbei, hatte ihm sein Vater bei seiner Einschulung gesagt. Homer sei ein großer Junge, der unbedingt allein zur Schule gehen wollte. Da würde man auch nicht mehr herumgetragen. Dabei war er zu der Zeit noch recht zierlich, ein Federgewicht, ein blasser, kleiner Kerl mit großen, dunklen Augen. Homer vergaß immerzu das Essen, wenn man ihn nicht daran erinnerte.

Doch noch etwas ließ ihn erahnen, dass die Bilder, die er im Kopf hatte, nicht bloß einem schweren Traum entsprangen: Sein Vater drückte ihn in dem Moment, in dem er ihn in der Klinik zu sich emporhob, über die Gebühr an sich, so fest, dass Homer meinte, keine Luft mehr zu bekommen. Homer spürte die drahtigen Haare des dunklen, am Vortag im Barbershop frisch getrimmten Vollbarts seines Vaters auf seiner Stirn. Zum ersten Mal in seinem Leben war ihm das unangenehm. Dann erlebte er, wie ein Schauer durch den Körper seines Vaters fuhr, von unten nach oben, und ihn regelrecht mitriss.

»Mom?«, hauchte er seinem Vater ins Ohr. »Wo ist Mom?«

»Homer – sie hatte einen Unfall.«

»Ich weiß«, Homer nickte heftig. »Aber wo ist sie jetzt?«

Hank nahm Homers Kinn in seine Hand, schob seinen Kopf ein wenig von sich, schaute ihm in die Augen und sagte die Worte, die Homer in seinem Leben nicht mehr vergessen würde.

»Sie ist tot, Homer. Sie hat den Unfall vor unserem Haus nicht überlebt. Sie kommt nicht mehr. It's only you and me now.«

Er verstand und verstand nicht. Die Bilder, die er gesehen hatte, bevor er ohnmächtig im Zimmer zusammensank, waren Wirklichkeit. Kein Traum, keine düstere Zukunftsvision, keine Ausgeburt überbordender Fantasie eines Achtjährigen, der beginnt, sich über den Tod und seine Endgültigkeit Gedanken zu machen. Die Worte seines Vaters ließen ihn seltsam unberührt, ein Zustand, den man gemeinhin mit dem Schock der Nachricht erklärt. Aber das war es nicht. In Homers Erinnerung setzte ihm der Zustand seines Vaters zu, seine fassungslose Ernsthaftigkeit, mit der er jene Sätze sprach, die in seiner Kindheit alles veränderten: den Alltag, seine Wahrnehmung der Umwelt, das Verhältnis zu seinem Vater und vielleicht sogar zu sich selbst. »It's only you and me now.« Nur du und ich.

4

Als ich Homer Spiegelman in München kennenlernte, befand er sich auf seiner ersten Europareise. Sein Studium hatte er an der renommierten New York Law School beendet und sollte sich nach dem Willen seines Vaters direkt danach auf sein Bar-Examen vorbereiten, eine juristische Fachprüfung, die man bestehen muss, um in den Vereinigten Staaten als Anwalt zu arbeiten. Doch hatte er beschlossen, erst einmal auf Reisen zu gehen. Er war ein Freund von Freunden von New Yorker Bekannten, der nun allein durch den alten Kontinent tourte, mit ein paar Adressen ausgestattet, die man vor solchen Reisen sammelte, als es das Internet noch nicht gab, und die er, so ihm der Sinn danach stünde, würde anlaufen können. Darunter eben auch meine. Ich studierte seinerzeit an der Ludwig-Maximilians-Universität und wohnte – wie so viele Studenten – in Schwabing.

Homer hatte mich zwei Tage vor seiner Ankunft in München angerufen, aus einer Telefonzelle in Amsterdam, Grüße von Freunden ausgerichtet, die er selbst gar nicht kannte, dies alles am Telefon umständlich erklärt, während im Hintergrund das metallische Klirren der holländischen Gulden zu hören war, die er unentwegt in den Apparat steckte. Schon aus Sorge, dass ihm das Kleingeld ausgehen würde, fiel ich ihm ins Wort und schlug ihm vor, am übernächsten Tag früh abends bei mir vorbeizukommen. Ich würde ihm einen Biergarten zeigen und vielleicht noch die eine oder andere Bar. Homer bedankte sich wortreich. Mitten im Satz brach die Verbindung ab.

Zwei Tage später klingelte tatsächlich ein auf den ersten Blick wenig auffälliger junger Mann an meiner Tür. Homer maß kaum mehr als 1,80 Meter, hatte etwas zu lange dunkle Haare, deren Strähnen ihm immer wieder ins Gesicht fielen und seine Augen verdeckten, kaum dass er sie sich mit seiner Rechten nach hinten gestrichen hatte.

Vom ersten Moment an einnehmend aber war seine Mimik – seine dunklen Pupillen unter markanten Augenbrauen, so sie gerade nicht halb hinter Haaren verschwunden waren. Häufig zog er sie erwartungsvoll nach oben, wenn er von seinem Gegenüber eine Antwort verlangte oder einen Kommentar zu dem, was er gerade von sich gegeben hatte. Und dann war da sein Lächeln, sehr breit und sehr amerikanisch. Es glich ein wenig dem Sylvester Stallones, dachte ich in jenem Sommer sofort. Nicht ganz so aufdringlich, eher zurückhaltend. Dieser Eindruck mochte aber auch mit seiner Stimme zu tun haben, die ein wenig zu sehr in der Mittellage verhaftet schien, unerwartet hoch für so einen dunklen Typ. Und sanft dazu mit einem sehr ausgeprägten Ostküsten-Einschlag. Gleichwohl schwang eine gehörige Portion Selbstbewusstsein mit.

Homer war damals 24 Jahre alt.

Wenn ich heute darüber nachdenke, was uns an dem Sommerabend, als ich Homer das erste Mal traf, dazu gebracht hat, über derart traurige Dinge im Leben zu reden wie den Tod seiner Mutter, dann waren es Homers Fragen, die unserem Gespräch nach dem üblichen Smalltalk zu Beginn ganz plötzlich eine andere Wendung gaben.

»Gibt es einen Satz in deinem Leben, den du nie vergessen wirst?«, hatte er damals plötzlich von mir wissen wollen.

Verunsichert musste ich ihn angeschaut haben, wusste ich doch nicht genau, was er meinte. Er setzte nach.

»Etwas, das dir jemand einmal gesagt hat und das immer da sein wird.«

»Ich weiß nicht«, sagte ich zweifelnd und gab die Frage umgehend an ihn zurück.

Als Antwort gab Homer jene Sätze von sich, die sein Vater ihm im Krankenhaus mit erstickter Stimme gesagt hatte. »Nur noch du und ich.« Unser bis dahin eher launiges Gespräch an jenem Abend war mit diesem Satz plötzlich ernst geworden. Und dann begann er, von seiner Kindheit zu erzählen.

»Es ist nicht verwunderlich, dass du solche Sätze nicht parat hast«, flüsterte er zwischendurch und lächelte kurz, ein wenig mitleidig, wie ich fand. »Du hast so etwas eben nicht erlebt.«

Homer wollte erzählen, er wollte über sich reden. Er, der mir zu Beginn des Abends noch einen kleinen Vortrag darüber gehalten hatte, wie wichtig es sei, nach vorne zu schauen und nicht alles aus der Vergangenheit heraus zu betrachten und zu deuten, tat genau das Gegenteil. Er erzählte von früher.

5

Sein Vater hatte in den ersten Tagen wenig Zeit für ihn. Daran konnte sich Homer noch erinnern. Hank pendelte zwischen der Werkstatt und dem Bestattungsunternehmen. Seine Mutter sollte auf dem Mount Hebron Cemetery beerdigt werden, einem großen jüdischen Friedhof im Osten Brooklyns mit hohen Bäumen. Eigentlich ein Park, auf dem bereits mehr als einhunderttausend Menschen ihre letzte Ruhe gefunden hatten.

Homer bekam von den Vorbereitungen allerdings kaum etwas mit. Er war, bis sein Vater alles geregelt hatte, zu Josie ins Nachbarhaus gezogen und verbrachte die Tage in einer Art seelischem Ausnahmezustand. Zwei Tage nach dem Unfall ging er wieder zur Schule. An die Reaktion seiner Mitschüler konnte er sich nicht erinnern. Nur an die einer Lehrerin. Die hatte am Schultor auf ihn gewartet, nahm ihn von seinem Vater entgegen und führte ihn an der Hand zu seinem Klassenraum, was ihn beschämte. An der Hand der Lehrerin – als wolle sie ihm gleich ein Stigma verpassen als Schwächling oder Heulsuse oder Sonderling.

»Wenn du über etwas reden willst, dann komm zu mir«, sagte sie ihm eindringlich.

Er nahm das reaktionslos zur Kenntnis und kam nie wieder darauf zurück. Worüber sollte er mit ihr reden wollen? Der Tod seiner Mutter war in seinem Leben im Ausnahmezustand noch gar nicht angekommen. Bei Josie ging es ihm soweit gut.

Das Einzige, was ihm schwer zu schaffen machte, war sein Vater. Ein Hauch von grauer Farbe hatte seine Haut überzogen, seine Augen schienen in ihren Höhlen zu versinken. Immer wenn er gegen Abend zu Josie kam, um nach Homer zu sehen, hatte Homer den Eindruck, seine Augen wären gerötet. Ob er viel weinte? Er wagte nicht zu fragen. Die Sorge um seinen Vater belastete Homer mehr als die Abwesenheit seiner Mutter. Er hatte Angst. Wenn er seinen Vater sah, bemächtigte sich seiner ein Gefühl aufsteigender Übelkeit. Und wenn er ihn nicht sah, weil er zur Schule ging, dann dachte er an ihn. War er in seiner Werkstatt? Oder irgendwo anders. Er hoffte inständig, dass Dad in die Werkstatt gehen würde, so wie immer. Er betete heimlich dafür, manchmal sogar während des Unterrichts. Und er wünschte sich ihn sehnlich zurück, so seltsam abwesend war er in diesen Tagen. Es muss, sagte mir Homer später einmal, in dieser Zeit gewesen sein, dass ihn zum ersten Mal unbeschreibliche Schuldgefühle überkamen. War er nicht für den Tod seiner Mutter verantwortlich und damit für das Leiden, das seinen Vater jetzt so sehr im Griff hatte? Er hatte schließlich am Fenster gestanden.

Derweil gab Josie ihr Bestes. Sie hatte sich die Tage bis zur Beerdigung beurlauben lassen, holte den achtjährigen Homer von der Schule ab, kochte ihm zu Mittag und half bei den Hausaufgaben. Sie sprachen wenig zusammen. Nach den Hausaufgaben setzten sie sich gemeinsam vor den Fernseher, der dann bis in den Abend hinein unablässig lief. Während Josie die Wäsche zusammenlegte, verfolgte Homer das Kinderprogramm, vorzugsweise die Commander Tom Show, er mochte die fröhliche Marschmusik und vor allem Matty the Mod, den Alligator.

Drei Tage später wurde seine Mutter zu Grabe getragen. Er erinnerte sich nur noch an den Moment, als die Totengräber den Sarg in die Erde versenkten. Eine überschaubare Trauergemeinde hatte sich an der Grube versammelt, die bereits freigelegt war. Die meisten waren Familienmitglieder. Sie standen unter dunklen Schirmen, waren eng aneinandergerückt, weil es zu regnen begonnen hatte. Viele weinten.

Homer beobachtete, wie Elaines Sarg in die Grube in der Wiese hinabgelassen wurde und an den Seilen für kurze Zeit schwankte. Er hörte noch, wie die Trauernden für einen Moment den Atem anhielten. Dann aber verschwammen die Totengräber vor seinen Augen, bis sie ganz verschwanden. Aus dem millimetergenau getrimmten Rasen, in den die jüdischen Grabsteine eingelassen waren, und der sich hinter der Grube ausbreitete, sprießten plötzlich Halme. Sie schoben sich langsam nach oben, reckten sich in die Höhe, wogten im Wind. Vereinzelt sah er Butterblumen und Margeriten, die Lieblingsblumen seiner Mutter, und Löwenzahn. Manche der Blüten waren gereift, hatten sich in Pusteblumen verwandelt, deren Samen an ihren fast durchsichtigen, winzigen Flugschirmen durch die Luft segelten. Homer starrte in die Ferne. Er stand in einem endlosen Garten, in seinem Garten zu Hause, er war nur viel, viel größer. Der kleine Geräteschuppen, der die Grenze zum Nachbargarten markierte, war verschwunden. Nur die alte Schaukel war noch da, die sein Vater an einem der Äste angebracht hatte. Das Sitzbrett trudelte hin und her. Homer konnte zwar die Seile ausmachen, die es hielten, aber nicht ihre Befestigung. Er wunderte sich. Sie waren im Himmel verankert oder gar nicht. Was für einen wunderbaren Garten wir haben, dachte er sich. Er sah seine Mutter auf der Schaukel. Ihr heller Rock flatterte. Ihr Gesicht war nicht gut zu erkennen. Homer sah nur die überdimensionierte Sonnenbrille, die ihm mit ihr entgegenkam. Sie lachte. Von den Gebeten des Rabbis und den murmelnden Gesängen der Trauergemeinde bekam er nichts mit. Er selbst schwebte mit ausgestreckten Armen zu ihr hin, flog über die Wiese wie die Biene aus einem Insektenfilm, den der Lehrer in der Schule im Biologieunterricht einmal kurz vor den Sommerferien gezeigt hatte. Der Wind trieb ihm die Tränen in die Augen. Er fühlte, wie er seine Haare nach hinten drückte und ließ sich über die Gräser treiben, immer weiter, bis ans Ende des Horizonts, als sich plötzlich – er war in voller Fahrt – die schweren Türme des Friedhofseingangs vor ihm aufbauten und ihn jäh zu einer scharfen Kurve zwangen.

In Gedanken hatte er die Beerdigung längst verlassen. Doch als sein Vater, der neben ihm stand, seine Hand schwer auf seine Schulter sinken ließ, schreckte er auf. Er kniff die Augen zusammen und schüttelte heftig den Kopf. Es half nichts. Die Wiese war verschwunden. Er war gar nicht im Garten. Es gab keine Schaukel. Und seine Mutter war nicht mehr zu sehen. Er war auf einem Friedhof und wunderte sich umgehend. Warum hatte man seine Mutter nicht im Garten beerdigen können? Wäre das nicht das Beste gewesen, das Natürlichste? Er schaute seinen Vater an, der in aufrechter Haltung den Rabbi anblickte und ihm aufmerksam zuhörte. Da wusste er – wenn er und Dad nach Hause kämen, würde er ihn genau das fragen: Warum seine Mutter nicht bei ihnen sein konnte im Garten. Und wenn er einverstanden wäre, dann würden sie kommen, mit Schaufeln und Spaten und einem von Dads größeren Wagen. Und sie würden seine Mom wieder ausbuddeln und nach Hause holen, wo sie hingehörte. Man konnte sie doch nicht so allein unter all diesen fremden Toten lassen. Sie musste unbedingt wieder in seine Nähe. Als die Beerdigung zu Ende war, nahmen ihn sein Vater und Josie links und rechts an die Hand, als hätte er vor, im nächsten Augenblick zu verschwinden. Aber daran dachte er gar nicht. Er dachte an seine Mutter und wie man sie dort bald wieder würde wegschaffen können. Er war stocksauer.

6

»Weißt du«, sagte Homer, »wie es ist, wenn deine Mutter plötzlich nicht mehr da ist?«

Ich schüttelte den Kopf. Homer lächelte schief, kniff die Augen zusammen und senkte die Stirn. Wieder sprach er mit gedämpfter Stimme, als würde er im nächsten Moment ein Geheimnis preisgeben. »Alle haben gesagt, sie wüssten, wie es sich anfühlen müsse. Wie ein riesiges schwarzes Loch, eine enorme Leere, die einen wieder und wieder überkommt und aufsaugt«, fuhr er fort, »und dass man Momente der Einsamkeit erlebt, die einen physisch schmerzen.«

Er schüttelte den Kopf und machte eine abwertende Handbewegung.

»Aber so ist das nicht. Es ist ganz anders ...« Er stockte einen Moment. »Es ist, als würde mit einem Mal die ganze Farbe aus deinem Leben verschwinden, das Bunte, das Strahlen, die Kontraste. Alles wird grau, einfach nur fürchterlich grau.«

Seine Stimme wurde rauer. Eine Welle tiefer Traurigkeit schien ihn zu überkommen. Oder war es das Mitleid mit dem kleinen Jungen von damals, von dem er gerade erzählt hatte? Ich schaute vorsichtshalber auf mein Bierglas mit dem Rest, der sich darin wie eine Pfütze hielt.

»Grau ist die Farbe der Einsamkeit.«

Als ich aufsah, stand das Wasser in seinen dunklen Augen.

»Dieses Gefühl überkommt mich nur noch selten«, sagte er und atmete tief ein und wieder aus. »Ich weiß nicht, warum es jetzt gerade zugeschlagen hat.«

Allein war Homer damals in den Monaten nach dem Tod seiner Mutter nicht. Lehrer und Klassenkameraden kümmerten sich um ihn – manchmal mehr, als ihm lieb war. Mütter seiner Schulfreunde riefen abends bei ihm zu Hause an, um für ihre Kinder etwas für den nächsten Tag zu verabreden. Trösten, sagten sie, könnten sie ihn nicht, aber wenigstens ablenken. Das versicherten sie.

»Homer, du kannst morgen mit Bill nach Hause gehen«, rief sein Vater dann die Treppe hinauf, in der Hoffnung, Homer würde ihn in seinem Kinderzimmer hören.

Aber Homer hörte ihn nicht. Wenn Hank schließlich nach oben stieg und in seinem Türrahmen erschien, um ihm den Vorschlag zu überbringen, schüttelte Homer nur stumm den Kopf, wandte sich ab und wieder seinen Hausaufgaben oder seinen Büchern zu. Schulterzuckend verließ Hank sein Zimmer und sagte ab.

Er begann, ihn täglich von der Schule abzuholen. Wenn er einmal gar nicht konnte, übernahm es Josie. Sie beantragte in ihrem Krankenhaus einen Urlaubstag. Doch kam das nicht häufig vor. Hank nahm ihn mit in die Werkstatt. Als Elaine noch lebte, hatte er das nur am Wochenende getan. Homer liebte die Werkstatt. Was für den Vater die schiere Notwendigkeit war, weil es niemanden gab, der auf Homer nachmittags aufpassen würde, war für ihn ein ungeheures Privileg. Normalerweise saß er an einer der Werkbänke, an denen sein Vater oder einer seiner Mitarbeiter Ersatzteile für die Oldtimer bearbeitete, und erledigte seine Hausaufgaben. Wenn er fertig war, durfte er mit Hand anlegen. Es lenkte ihn ab. Schwierig wurde es nur, wenn er bemerkte, dass seinem Vater, wenn er unter einem der teuren, glänzenden Wagen lag, die Tränen aus den Augenwinkeln auf dem Boden tropften. Dann überkam es auch ihn, mehr aus Mitgefühl für seinen armen, einsamen Dad als aus Trauer über den noch immer so unwirklichen Verlust der Mutter. Das waren die Momente, in denen er das Gefühl hatte, dass seine Mutter eigentlich im nächsten Moment durch das Werkstattor treten musste, um sie beide zu trösten. Unwillkürlich schaute er dorthin. Aber das Trösten war jetzt seine Aufgabe. Er kroch unter den Wagen, presste sich an seinen Vater auf das Montagerollbrett und schaute ihm zu, wie er klopfte und schraubte und die Lampe justierte, damit er überhaupt etwas sehen konnte. Es waren diese Momente, die die Bande zwischen ihm und seinem Vater ganz allmählich enger werden ließen.

Sie gingen einen Bund ein, den – so dachte Homer damals – nichts zerstören konnte. »It's only you and me now!« Seine Mutter war verschwunden. Ja, natürlich trauerte er auf seine Weise, er vermisste sie. Mitunter grässlich. Abends, wenn sein Vater ihn in seinem Zimmer zurückließ, weinte er manchmal. Was ihn aber am meisten bedrückte, war das Gefühl, mit seiner Trauer ein Außenseiter zu sein. Seine Klassenkameraden waren stets gut gelaunt. Er war es meistens auch. Aber mindestens einmal am Tag kam dieser Moment, wenn sich zwischen ihn und die anderen plötzlich eine Glaswand schob. Dahinter sah er seine Freunde, wie sie lachten und spielten, sich ärgerten, mitunter stritten. Er wollte dazustoßen, aber die Glaswand war die Grenze, er kam nicht dorthin. Er war ganz zum Zuschauer geworden, zu einem, der nicht mehr dazugehörte, den etwas ganz unwiederbringlich von den anderen zu trennen schien.

Meistens verzog sich dieses Gefühl nach einer Weile wieder. Es war eben die Trauer, die ihn von den anderen trennte. Er sagte niemandem etwas davon, schon gar nicht Josie, die ihn oft fragte. Überhaupt: Sie fragte viel zu viel, war unglaublich besorgt, so sehr, dass er sie irgendwann anschrie, sie solle ihn mit ihren Fragen endlich in Ruhe lassen.

Eines Abends hörte er, wie sie an der Haustür klingelte, um seinem Vater und ihm noch etwas zu essen zu bringen. Homer beobachtete die Szene vom Treppenabsatz im oberen Stockwerk. Sie sahen ihn nicht. Er vernahm, wie sie in voller Sorge auf seinen Vater einredete. Homer wirke manchmal so abwesend. Er wolle nicht über seine Trauer sprechen, aber das müsse man doch. Sie empfahl Hank, sich mehr darum zu kümmern, einmal in der Woche vielleicht in eine Trauergruppe zu gehen, damit der Kleine – Homer hörte das und war entrüstet – nicht den Eindruck bekam, er sei der Einzige, dem so ein Schicksal widerfahren sei. Hank schüttelte den Kopf. Er war stets hart im Nehmen gewesen.

»Josie, das kriegen wir schon hin. Ich bin ja auch noch da. Die Werkstatt lenkt ihn ab, er liebt das.«

»Dann geh wenigstens einmal mit ihm zum Psychologen«, sie ließ nicht locker. »Er hat alles mit angesehen. Für ihn muss das ein Schock gewesen sein. Irgendjemand muss ihm helfen, das zu verarbeiten.«

»Jeder verarbeitet die Dinge auf seine Weise«, gab sein Vater zurück.

Recht hat er, dachte Homer. Er wunderte sich über die Aufdringlichkeit der Nachbarin, die zwar eine große Hilfe, ihm allerdings nicht ganz geheuer war. Sie hatte sich in ihr beider Leben hineingedrängt. Dad pflegte das mit dem Spruch »Krankenschwestern können gar nicht anders« zu kommentieren. Homer gab sich damit zufrieden. Er merkte, dass seinem Vater das gar nicht unangenehm war. Natürlich brauchte er Hilfe, wenn er mit einem seiner Werkstattkunden einen Termin vereinbaren musste, um einen Wagen zu besichtigen, den man ihm nicht bringen konnte. Dann konnte er auf Josie zurückgreifen. Und wenn Josie da war – manchmal kam sie abends noch auf ein Glas Wein zu ihnen – schien er ein bisschen aus seiner bedrückten Stimmung herauszukommen. Das wiederum nahm Homer für sie ein.

Die Schuldgefühle, die Homer zum ersten Mal in der Schule überkommen hatten, wurden stärker. Er hatte schwer mit ihnen zu kämpfen. Manchmal waren sie fürchterlich. Abends stand er am Fenster, schaute auf die Straße und dann weiter zu den anderen Häusern hinüber und geriet ins Grübeln. Hätte er nicht am Fenster gestanden, hätte seine Mutter nur kurz aufgeblickt, dann aber wieder auf die Straße geachtet. Sie hätte den herbeirasenden Chrysler kommen sehen, wäre in letzter Sekunde noch zur Seite gesprungen. Sie wäre nicht erfasst worden und heute noch da. Dass alles anders gekommen war, schrieb er sich selbst zu. Er hätte ja nicht dort stehen und ihr nachschauen müssen. Warum war er eigentlich ans Fenster getreten? Warum genau in diesem Moment?

Oft quälten ihn solche Zweifel. War er ein Unglücksbringer? Die Trauer seines Vaters war damit auch seine Schuld. Vielleicht wäre es besser, er wäre überhaupt nie geboren worden. Dann würde sein Vater jetzt nicht so traurig sein müssen, weil niemand da gewesen wäre, der seine Mutter davon abgehalten hätte, mit etwas mehr Aufmerksamkeit über die Straße zu gehen.

Diese Gedanken teilte er mit niemandem. Nicht mit seinem Vater, auch nicht mit der Nachbarin, obwohl er manchmal das Gefühl hatte, dass sie etwas ahnte. Seine Schuldgefühle waren sein Geheimnis. Die besprach er mit seiner Mutter, die für ihn immer noch da war. Er wusste nicht genau wo, nur viel zu weit weg. Dann dachte er an den Friedhof, wo sie begraben lag, und dass er seinen Vater andauernd gefragt hatte, wann sie sie holen würden. Man brauche eine Genehmigung dafür, antwortete sein Vater gewöhnlich. Die müsse man erst einholen.

»Und? Hast du die Genehmigung?«, fragte ihn Homer unablässig. Wenn seinem Vater das alles zu viel wurde, antwortete er unwirsch: »Lass Mom doch jetzt erst einmal in Ruhe.«

Homer ließ nicht locker, schlug sogar vor, dass man die Überführung doch nachts erledigen könne. Niemand würde sie beide dabei entdecken, wie sie den Sarg freilegten. Dann brauche man auch nicht auf eine Genehmigung zu warten. Er wollte seine Mutter eben unbedingt in seiner Nähe haben. In ihrem Garten. So könne er auch besser mit ihr reden. Aber es hörte ihm bald niemand mehr zu. Irgendwann gab er auf.

7

Mit den Monaten kehrte Normalität in das Leben von Homer und seinem Vater ein. Die Trauer war immer noch da. Aber es gab auch für Homer Momente, in denen sie ihn nicht belastete. Sie kam und ging und kam. Vorzugsweise morgens, wenn ihn seine tägliche Routine nach den Nächten unruhigen Schlafs noch nicht wieder in den Alltag getragen hatte. Das Badezimmer war kein guter Ort. Wenn er sich vor dem Spiegel die Zähne putzte, weinte er. Danach, tagsüber, war es besser: Schule, Hausaufgaben, in der Werkstatt ein bisschen herumschrauben, das Abendessen – immer häufiger mit Dad und Josie gemeinsam. Ihre Fragen nach seinem Seelenzustand wurden weniger. Sie lachten gemeinsam, schauten Fernsehen. Manchmal brachte sie ihn in sein Zimmer, wenn es Schlafenszeit war und sein Vater erschöpft auf dem Sofa saß von den Anstrengungen, die sein Werkstattberuf mit sich brachte. Am meisten aber genoss Homer die Wochenenden mit seinen Cousins und Cousinen, Tanten und Onkeln, die im Haus der Großmutter allwöchentlich in verschiedenen Konstellationen zusammenkamen. Das Haus seiner Großmutter war das Zentrum der Familie. Wenn er am Wochenende dort war, meinte Homer, den Hauch seiner Mutter einzuatmen, die in diesem alten Backsteinhaus in den Brooklyn Heights großgeworden und für ihn immer noch da war. Wenn er mit seinem Vater vorfuhr, aus dem Auto sprang und auf die Haustüre zulief, warf er heimlich einen Blick durch die schwarz lackierten Stäbe des Geländers, das links neben der mit einem Rundbogen versehenen Haustür die Stufen zum Souterrain abgrenzte. Seine Mutter hatte sich dort früher manchmal versteckt, als er noch ganz klein war, um ihm dann, wenn ihr Antlitz von unten langsam zwischen den Stäben auftauchte, ein Strahlen auf sein Gesicht zu zaubern. Als er bereits zur Schule ging, hatte sie ihn einmal erwischt, wie er den Stamm einer der Platanen in der Straße von der sich lösenden Rinde befreite, und ihm erklärt, warum er das künftig bleiben lassen sollte. Von ihrer alten Haut müssten sich die Bäume aus eigener Kraft lösen, sagte sie dann, wie die Schlangen, Schmetterlinge und sogar die Menschen. Manchmal ließ sie ihn mit geschlossenen Augen im Umkreis von zwanzig Metern den richtigen Treppenaufgang suchen, was ihm angesichts der Reihe von nahezu identischen Häusern, die die Straße säumten, solange misslang, bis er sich mit ausgestreckter Hand zu den Treppengeländern tastete, um die Blätter der Kletterpflanze zu erspüren, die sich dort entlangrankte. Sie war das Besondere am Haus seiner Großmutter.

Wenn Lea mit ihrer Familie da war, mit ihrem Mann Earnest, Matt und Madeleine, was fast immer der Fall war, dann erschien ihm seine kleine Welt nahezu in Ordnung. Lea war ein Jahr jünger als seine Mutter, sah ihr zwar nicht allzu ähnlich, war sie doch deutlich größer, überragte ihre Schwester um einen halben Kopf. Aber die Art, wie sie sich gab, ihre kleinen Gesten, wie sie sich hin und wieder ihre dunklen Haare hinter das Ohr schob, und ihr Tonfall erinnerten ihn sehr an Elaine. Während ihm sein Zuhause leer und ziemlich grau erschien, spielte im Haus seiner Großmutter das Leben.

Dort drehte sich alles um Tana, die neben Elaine und Lea auch noch die Zwillinge Aaron und Zacharias geboren hatte. Ihre Familie hatte vor dem Ersten Weltkrieg Odessa verlassen und war nach Amerika ausgewandert. Das war in den Zwanzigerjahren, als sich mit dem Aufbau der Sowjetunion das Zentrum des jüdischen Bildungsbürgertums, das Odessa einmal gewesen war, aufzulösen begann. Auch Tanas Eltern beobachteten die zunehmende Intoleranz der Russen gegenüber der jüdischen Bevölkerung mit großer Sorge. Nach Ende des russischen Bürgerkriegs und noch bevor Odessa nach der Revolution Teil der Sowjetunion wurde, beschlossen sie, ihrer Heimat den Rücken zu kehren und in den Vereinigten Staaten ihr Glück zu suchen. Nie wieder sollten sie an das Schwarze Meer zurückkehren.

»Man könnte es das Glück einer frühen Eingebung nennen«, sagte Homer damals. »Oder den siebten Sinn.«

Tana, die auch von ihren Enkeln immer nur mit ihrem Vornamen angesprochen werden wollte, weil sie die üblichen Begriffe, mit denen Großmütter gemeinhin gerufen wurden, als Herabwürdigung empfand, hatte mit 25 Jahren den jungen Versicherungskaufmann Herb Fink geheiratet und vier Kinder bekommen. Elaine, Homers Mutter, kam, keine Minute zu früh, genau neun Monate nach der Hochzeit zur Welt, ein Jahr später die Schwester Lea. Und wiederum drei Jahre später die Zwillinge Aaron und Zacharias.

Tana Fink, geborene Pinsker, lebte ihr Leben mit einem gewissen Fatalismus und einer gehörigen Portion Ironie. Das Leben hatte es ihr nicht immer leicht gemacht. Schon das Schicksal, sich unsterblich in einen nicht-jüdischen Versicherungskaufmann zu verlieben, war für sie und mehr noch für die Familie eine Herausforderung. »Willst du mir das Herz brechen?«, schrie Tanas Vater sie an, als sie ihm eröffnete, dass sie – plötzlich ganz dringend – eben jenen Versicherungskaufmann Herb Fink ehelichen wollte, ein Mitglied der presbyterianischen Gemeinde. Aber Tana Pinsker ließ sich nicht beirren. Sie hielt zu ihrem Herb und blieb auch dabei, als ihre Eltern begannen, sie unter Druck zu setzen.

In der Familie ging es seinerzeit hoch her. Verzweifelt versuchten die Eltern, Tana umzustimmen, sie davon zu überzeugen, dass eine interreligiöse Ehe zum Scheitern verurteilt war, weil man aus vollkommen unterschiedlichen Welten kam. Es wurde geredet, geschrien, geweint, gebettelt. Am Ende drohten sie damit, den Kontakt zu Tana abzubrechen. Wenn sie mit Herb zusammenzöge, brauche sie sich bei der Familie nicht mehr blicken zu lassen. Doch Tana blieb standhaft. Sie warb für ihren Auserwählten, sie flehte ihre Eltern an, den Charakter und nicht nur die religiöse Zugehörigkeit zu bedenken. Am Ende gab sie den Druck zurück.

»Wenn ihr mich ausschließt, dann schaffe ich mir eben meine eigene Familie.«

Sie ließ sich nicht einschüchtern, hielt zu ihrem Herb und dem festen Glauben daran, dass eine Liebesheirat ihr gutes Recht sei, wehrte sich weiter mit Händen und Füßen, verließ schließlich ihre Familie und zog zu ihrem Liebsten.

Tana und Herb heirateten schnell und so formlos, wie es damals eben möglich war. Dabei hatten sie eine Verabredung getroffen, die Tana den Abschiedsschmerz von ihren Eltern etwas erleichtern sollte. Sie würden ihre Kinder, wenn sie welche zustande brächten, im jüdischen Glauben erziehen. Herb war nicht besonders religiös – es machte ihm nichts aus. Dafür aber musste Tana ihm versprechen, dass sie ihrerseits ein toleranteres Verhalten als ihre Eltern an den Tag legen würde, wenn ihre Kinder irgendwann einmal einen Partner anderer Religionszugehörigkeit ehelichen wollten, was sie am Ende alle nicht taten.

Vier Kinder, elf Enkel – Tana hatte alles darangesetzt, sich mit Herb eine eigene Großfamilie zu schaffen. Wenn an den Wochenenden in den Brooklyn Heights alle zusammen waren, was meistens nur zu Jom Kippur oder Chanukka gelang, dann waren sie einschließlich Tana zwanzig Familienmitglieder. Für Homer war das eine ganze Menge.

Tana war mit einer Größe von 1,75 Metern ungewöhnlich hoch-
gewachsen, sehr schlank, mit hohen Wangenknochen und den Zügen
einer Greta Garbo, für die sie sehr schwärmte. Obwohl sie schon als
achtjähriges Kind ihre Heimat hatte verlassen müssen, war ihr das
Osteuropäische geblieben, eine zumindest für Homer fast geheimnis-
volle Exotik, die sie zu pflegen wusste. Stets rollte sie das R, was überhaupt nicht nottat, hatte sie sich sprachlich doch längst assimiliert.
Das R aber behielt sie bei, oder legte es sich später wieder zu. Homer
wusste das nicht so genau. Dann und wann streute sie jiddische Sätze
ein oder ein paar russische Ausdrücke, die sie von damals noch behalten hatte. Wer sie dieserhalb fragte, woher sie käme, dem erzählte sie
stolz, sie sei mit ihren Eltern aus Odessa »geflohen«, die sagenum-
wobene Hafenstadt am Schwarzen Meer, die hinter dem Eisernen
Vorhang versunken und von Amerika aus gesehen unerreichbar war.

Für Homer war Odessa so fremd und magisch, wie ihm hin und
wieder auch seine Großmutter erschien. Manchmal umgab sie etwas
Unnahbares, fast Entrücktes, das er auf ihre Herkunft zurückführte.
Deshalb liebte er die Geschichten aus ihrer Heimat, war geradezu
versessen darauf, vor allem die Episode ihrer Auswanderung wieder
und wieder erzählt zu bekommen, die Tanas Eltern ihrer kleinen
Tochter zunächst als Urlaubsreise verkauften.

»Wir verließen unsere Wohnung mit ungewöhnlich vielen Koffern«, begann Tana dann. »Kaum hatte mein Vater die Haustüre
abgeschlossen, fiel mir auf, dass meine Mutter weinte. Ich wunderte
mich, nie war sie weinend in den Urlaub gefahren.«

Tana wollte sie trösten und ihr das kleine Stofftier in die Hand
drücken, das sie stets bei sich trug. Es handelte sich um einen Hasen,
den ihre Mutter ihr als Baby in die Wiege gelegt hatte. Erst da
bemerkte sie, dass sie die selbstgenähte Miniatur vor lauter Taschen
und Koffern vergessen hatte.

»Der Schreck fuhr mir in die Glieder«, erinnerte sich Tana. »Ich
fing ebenfalls an zu weinen und wollte zurück. Stell dir vor, undenkbar war es für mich, ohne diese scheußliche Kreatur auf Reisen zu
gehen.«

Jedes Mal, wenn sie an diesem Punkt ihrer Geschichte angekommen war, schüttelte sie ungläubig den Kopf, lachte ihr kehliges
Lachen, das zu ihren Erzählungen stets dazugehörte, legte eine
Kunstpause ein und wartete, bis Homer um die Fortsetzung zu bet-
teln begann.

»Aber ich habe es dir doch schon so oft erzählt«, sagte Tana dann, vorgeblich enerviert.

Auch das gehörte zum Ritual. Homer aber ließ nicht locker und quengelte weiter.

»Siehst du, genauso habe ich das damals gemacht. Gezetert habe ich, bis sich Vater erbarmte und zurücklief, während meine Mutter und ich uns mit noch mehr Gepäck zum Hafen schleppten. Droschken waren einfach nicht zu bezahlen. Und während wir auf dem Dampfer nach Istanbul an der Reling standen und auf Vater und meinen Hasen warteten, sahen wir, wie die Besatzung sich bereits daran machte, die Brücken hochzuziehen. Das Schiff war kurz davor, abzulegen.«

Erneut brach Tanas Mutter in Tränen aus, zeterte, drängte sich durch die Passagiere in Richtung Ausgang, stürzte die Treppe hinunter, stand schließlich vor einem der Matrosen an der Brücke und begann, verzweifelt auf ihn einzureden. Doch der zuckte nur mit den Schultern. Der Hase war nicht sein Problem.

»In dem Moment erschien plötzlich mein Vater mit dem verdammten Hasen in der Hand. Keuchend stand er am Kai. Er rief den Matrosen zu, seine Familie befinde sich auf dem Schiff. Doch die reagierten nicht. Schließlich streckte er den Hasen hoch in die Luft, schaute einen der Matrosen an und rief mit fester Stimme: ›Ich bin zu spät, das ist meine Schuld. Dann lassen Sie mich eben hier. Da oben steht meine kleine Tochter. Wenigstens ihr Häschen muss mit. Es ist viel wichtiger als ihr Vater.‹«

Wie von Zauberhand senkte sich mit einem Mal der Steg und Tanas Vater wurde an Bord gelassen.

»Sein Strahlen habe ich bis heute nicht vergessen«, sagte Tana abschließend.

Zweifelsohne verfügte Tana über ein großes Charisma und einen unverwüstlichen Sinn für schrägen Humor. Sie besaß die Gabe, Witze zu erzählen, mit Vorliebe jüdische, worüber in der Familie vor allem ihre Enkel herzlich lachten. Und dabei ein bisschen zweifelten, ob diesen mitunter schwarzgalligen Anekdoten, die Tana mit todernster Miene zum Besten gab, nicht doch ein Körnchen Wahrheit innewohnte. Immer einmal wieder fragte Homer sie, als er älter war: »Sind Menschen wirklich so seltsam?« Sie wiegte den Kopf. War das ein Ja oder ein Nein? Er konnte es nicht sagen, bettelte um eine

Antwort, doch sie schwieg, überließ ihn seiner Fantasie und ihre Worte der ihr eigenen Wirkung.

In der Familie gab es niemanden, der wichtiger war als sie, oder der sich nicht nach ihr richtete, der ihr eine Bitte ausschlug, den sie nicht überzeugen konnte oder der sie nicht verehrte. Vielleicht war das der Grund, weshalb Homer die Nachmittage an den Wochenenden so liebte. Im Haus seiner Großmutter empfand er keine Leere. Auch schimmerten dort plötzlich die Farben – wenn auch ganz selten, in besonderen Momenten sogar so kräftig, wie die Blumen, die Tana unentwegt pflanzte. Wenn sie verblüht waren, kaufte sie neue für den handtuchgroßen Garten hinter dem Haus. Sie hatte keine Geduld, darauf zu hoffen, dass sie im kommenden Jahr wieder austrieben.

»Auf einem so kleinen Fleckchen Erde«, sagte sie stets, »bleibt fürs Warten keine Zeit.«

Dann lachte sie. Vorzugsweise bearbeitete sie ihren Garten am Samstagvormittag, weil nachmittags die Familie einfiel. Dass es Sabbat war, störte sie überhaupt nicht. Es war ihr einfach egal, wie so vieles, was die jüdische Religion zur Regel machte. Tana Fink, geborene Pinsker, war völlig areligiös, auch wenn sie sich hin und wieder in der Synagoge blicken ließ. Und sie war darüber hinaus ziemlich unkonventionell.

Sie war immer gut gekleidet – mit einer gewissen Eleganz, wobei diese nicht so sehr auf die Qualität ihrer Kleidungsstücke zurückzuführen war, sondern vielmehr auf die Anmut, mit der sie sich bewegte. Trotz ihrer Größe trug sie Schuhe mit Absätzen, auf denen sie ihren Mann noch deutlicher überragte, als es so schon der Fall war. Wenn sie mit Herb ausging, hakte er sich für gewöhnlich bei ihr unter, nicht umgekehrt. Vornehm wirkte das ungleiche Paar, wenn es so gemächlich über die Straße schritt, man sah ihm an, dass Herb es bei der Ives & Myrick Insurance Agency zu einer guten Position und einem gewissen Wohlstand gebracht hatte.

Immerhin hatten sie sich in den Brooklyn Heights eines der typischen Backsteinhäuser leisten können, das heute unbezahlbar wäre. Lange allerdings hatte Herb das neue Heim nicht genossen. Er starb an einem Herzinfarkt, als Homer zwei oder drei Jahre alt war. Am Schreibtisch war er vornübergesunken, den Kopf auf einer komplizierten Police für einen Automobilzulieferer, an der er an jenem Abend zu Hause noch arbeitete. Die Stirn verdeckte den Paragrafen, in dem Sturmschäden geregelt waren. Als Kuss Gottes bezeichnete Tana die Tatsache, dass ihr geliebter Mann so schmerzlos abtreten durfte. Und genau das gab ihr Trost. Anders als für viele andere war der Weg ins Jenseits für ihn nicht beschwerlich gewesen sei: keine Krankheit, kein Abschiedsschmerz, keine Vorahnung, keine Ängste. Und dann streckte sie die Arme gen Himmel und seufzte. Niemand wusste, ob es ein Seufzer des Schmerzes war, weil sie ihren geliebten Mann, den sie einst gegen alle familiären Widerstände geheiratet hatte, immer noch vermisste, oder ein Wunschseufzer, dass ihr Gott sie ähnlich erlösen möge, wie er ihren Mann und auch ihre Tochter zu sich gerufen habe.

Dabei war Tana alles andere als des Lebens überdrüssig. Im Gegenteil. Sie genoss ihre Enkel, reiste, wenn sie konnte, auf andere Kontinente, kam mal aus London zurück oder aus Paris. Dann holte sie an den Wochenenden die herrlichsten Geschenke aus ihrer Tasche. Bustiers mit Spitzen für ihre Töchter, antike Zigarrenschneider für die Zwillinge, französische Schokolade und Baisers für die Enkel. Nie wurde sie von jemandem auf ihren Reisen begleitet. Das behauptete sie zumindest. Wen sie traf und wo sie unterkam, wusste lange Zeit niemand in der Familie. Homer plagte mitunter die große Sorge, dass sie nicht mehr zurückkommen könnte, hinweggespült von einem Desaster, verschwunden in der Unerreichbarkeit. Wie er erst nach Jahren erfahren sollte, schloss sie sich Reisegruppen an.

Unter der Woche ging sie aus, manchmal mittags, häufiger allerdings am frühen Abend. Doch hüllte sie sich über das, was sie unter der Woche trieb, wenn die Enkel in der Schule saßen und ihre Kinder einer Arbeit nachgingen, in Schweigen. Das blieb über Jahre so. Homer, seine Cousins und Cousinen stellten, als sie etwas älter waren, darüber die wildesten Spekulationen an. Hatte sie womöglich einen Liebhaber, den sie unter der Woche heimlich traf? Ging sie in Clubs oder Kaffeehäuser oder zum Bridge? Oder gehörte sie irgendeiner Geheimloge an, von der sie nicht sprechen durfte?

Homer war seine Großmutter nah und fern zugleich, vertraut und fremd. Manchmal war sie ihm unheimlich. Er bewunderte und liebte sie und war doch immer damit beschäftigt, das, was sie sagte oder tat, zu entschlüsseln. In den Momenten, in denen er sie zweifelnd ansah, weil er sich auf das, was sie von sich gab, keinen Reim machen konnte, lachte sie, strich ihm über den Kopf und fragte: »Was ist los mit dir?«

Homer liebte die Wochenenden auch, weil er dann mit Matt zusammen war, seinem Cousin im gleichen Alter. Er war der älteste Sohn von Lea, der jüngeren Schwester seiner Mutter. Sie hatte wenig später als Elaine Earnest Shaffer geheiratet und war bereits schwanger. Matt, der mit vollem Namen eigentlich Matthew hieß, war genau einen Tag jünger als er. Ein Zufall. Und der Quell unendlicher Geschichten, die sich darum rankten, wer von den beiden Schwestern, Elaine oder Lea, das Rennen machen und den ersten Enkel zur Welt bringen würde. Lea behauptete immer, sie habe sich die letzten Tage kaum noch bewegt, um die Geburt etwas hinauszuzögern, schließlich durfte und konnte es nicht sein, dass sie, die Jüngere den ersten Sohn gebar. Dagegen brachte Homers Vater auf solche Aussagen hin stets seine Deutung der Geschichte vor. Nämlich wie wichtig es Leas Mann Earnest gewesen wäre, Tana den ersten Enkel zu schenken. Doch habe er gegenüber Hank und der obligaten familiären Ordnung das Nachsehen gehabt. Ordnung müsse sein. Dann lachte die Familie. Die Kinder liebten den rituellen Schlagabtausch.

Ein Lächeln breitete sich über Homers Gesicht aus. Ich lächelte unwillkürlich zurück.

»Immer ging es um Tana, ihre Gunst und ihr Wohlwollen«, sagte Homer. »Sie lebte nicht mit uns, sie herrschte über uns. Aber«, er hob die Stimme, »zu unser aller Wohlbefinden. Wenn Frauen zu der Zeit überhaupt auf etwas stolz sein konnten, dann auf ihre Familie. Und genau das war sie.«

»Hat sie unter dem frühen Tod deiner Mutter denn nicht gelitten?«

»Ich weiß es nicht. Ich kann mich nicht erinnern, habe sie nie weinen sehen. Ich habe keine Bilder im Kopf, auf denen überhaupt irgendjemand unter der plötzlichen Abwesenheit meiner Mutter litt außer meinem Vater und mir.

»Vielleicht warst du zu sehr mit dir selbst beschäftigt.«

»Hm. Kann gut sein. Ich war schlichtweg damit befasst, mein kleines, bis dahin so geordnetes Leben wieder in die Bahn zu bekommen. Ich weiß noch, dass ich immer auf den Moment wartete, in dem die Farben zurückkehren würden. Damals dachte ich, das würde irgendwann über Nacht geschehen. Aber so war es gar nicht …«

»… sondern?«

»Die Farben kehrten langsam zurück, so wie bei einem Schwarz-Weiß-Bild, das man koloriert. Bis es fertig ist, braucht es ein paar Tage. Ich denke, so war es bei mir. Aber so wie früher wurde es nie mehr. Ein koloriertes Bild ist ja auch nicht so schön wie eine Farbaufnahme, es bleibt der Graustich, oder?«

Homer schüttelte den Kopf, als würde er einen unangenehmen Gedanken möglichst schnell vertreiben wollen.

»Vielleicht habe ich mich auch an meinen eigenen Schwarz-Weiß-Film gewöhnt und merke gar nicht, wie ich mir die Farben hinzudenke, die nicht da sind.«

»Und jetzt, wie ist es jetzt gerade?«

»Grau in allen Schattierungen. Aber es dämmert auch schon.«

8

Homer hatte keine Geschwister. Aber er hatte Matthew. Jede Woche begegneten sie sich in den Brooklyn Heights. Matthew, den alle nur Matt nannten, war deutlich größer als er. Schlaksig, ungelenk, fast linkisch in seinen Bewegungen und professoral in seinem Auftreten – schon als Sechsjähriger. Irgendwie beängstigend erwachsen. Seine Statur hatte er von seinem Vater Earnest, der mit 1,95 Meter jeden in der Familie überragte. Das würde er auch später, behauptete Matt jedes Mal, wenn er sich neben Homer vor dem großen, alten Spiegel im Keller seiner Großmutter aufbaute und auf ihn herabschaute.

Unzählige Stunden hatten Homer und Matt in ihrer Kindheit im Keller der Großmutter verbracht, einem großen, von einer Neonleuchte erhellten Raum, in dem sich allerlei Plunder angesammelt hatte. Ihr Großvater war leidenschaftlicher Sammler – von alten Sachen und, so grotesk es auch anmutete, vor allem von medizinischen Gerätschaften. In eine Ecke des Kellers stand ein mit rotem Leder bezogener, alter Zahnarztstuhl. Er musste aus der Zeit der Jahrhundertwende stammen. In die Rücklehne waren, wie bei Ledersofas im Chesterfield-Stil, Knöpfe in das Polster eingenäht. Auch die Armlehnen waren so bezogen. Man konnte den Stuhl mechanisch in fünf verschiedenen Stufen nach hinten bis hin zur Liegeposition verstellen. Dazu gehörte noch ein Ständer, von dem aus sich Seitenarme für das Tablett mit dem Zahnarztbesteck und eine Schüssel zum Spülen herausschnörkelten.

Homer und Matt spielten oft im Keller. Dort waren sie vollkommen ungestört, denn normalerweise verirrte sich nie einer der Erwachsenen in Herbs Asservatenkammer. Ihre kleineren Cousins und Cousinen dürften sie lange nicht betreten. Vielleicht entwickelten sie schon deshalb nicht dieses Interesse. Homer und Matt dagegen spielten über mehrere Jahre Zahnarzt in allen Varianten, schleppten Eimer mit Wasser in den Keller, damit der Malträtierte auch etwas zum Spülen hatte, vergaßen hin und wieder sogar, die Becher mit dem gebrauchten Mundwasser zu leeren und amüsierten sich die Woche darauf über ihren Ekel davor.

Als sie etwas älter waren und das Zahnarztspiel seinen Reiz verloren hatte, entdeckten sie unter Bergen von Decken und altem Geschirr eine Dartscheibe und eine kleine Schachtel mit Pfeilen. Irgendwann kam Hank einmal herunter, um die beiden zum Essen zu holen, da sie die Rufe nicht gehört hatten. Zu sehr waren sie von dem Spiel mit den Pfeilen und der Scheibe absorbiert gewesen. Homer, der durch den Eintritt seines Vaters mitten in der Ausholbewegung unterbrochen worden war, hielt schlagartig inne und drehte sich erschrocken zur Tür. Matt hatte die Dartscheibe sinken lassen. Sie spielten schon seit ein paar Wochen so, dass einer die Scheibe hochhielt, während der andere versuchte, sie zu treffen. Denn sie wussten nicht, wo und wie sie befestigt werden sollte, wollten aber auch niemanden fragen, aus Sorge, man würde ihnen das Spiel mit den spitzen Wurfgeschossen umgehend verbieten.

»Homer«, schrie Hank seinen Sohn an, »bist du von Sinnen?«, und nahm ihm den Pfeil aus der rechten Hand. »Du kannst doch nicht einfach auf Matt zielen!«

»Aber er hat doch die Zielscheibe in der Hand«, gab Homer geschäftsmäßig zurück, als handelte es sich bei der Intervention von Hank um nichts weiter als die Übertreibung eines überbesorgten Vaters. »Ich treffe schließlich die Scheibe und nicht Matt.«

»Und wenn du daneben wirfst?«, fragte Hank mit aufgerissenen Augen, die Stimme noch immer um eine aufgeregte Terz erhöht.

»Habe ich aber noch nie. Und Matt auch nicht. Außerdem halten wir die Scheibe ja vors Gesicht. Da kann gar nichts passieren.«

Matt sekundierte seinem Cousin in der ihm eigenen altklugen Art.

»Uncle, das ist wirklich kein Problem, weil uns die Scheibe, wenn wir sie vors Gesicht halten, bis zum Bauch geht. Und nach unten zielen wir nicht.«

Homers Vater konnte über so viel Uneinsichtigkeit nur den Kopf schütteln. Er verbot das Spiel bis zum darauffolgenden Samstag, wenn sie sich wiedersehen würden. Dann wollte er aus seiner Werkstatt Gerät mitbringen, um die Dartscheibe an der Wand zu befestigen. Die Jungen machten ein trauriges Gesicht. Das war schließlich nicht ihr Spiel. Als ihnen Hank dann aber erklärte, dass sie beide im Wechsel um die Wette würden werfen können, war es ihnen doch recht. Homer hatte nur Sorge, dass auch die Erwachsenen den Keller für sich entdecken könnten und sie ihr Reich mit einem Male los wären. Das sagte er seinem Vater. Doch der wiegelte ab.

»Was sollen wir denn in dieser Rumpelkammer?«, antwortete er verächtlich und versprach im gleichen Atemzug hoch und heilig, dass sie sich niemals dorthin verirren würden, auch nicht zum Dartwerfen.

Über Jahre traten Homer und Matt wie Brüder auf. Und sie fühlten sich auch so. An den Wochenenden zeigte sich das so ungleiche Paar unzertrennlich. Bis auf die Haarfarbe hätten sie unterschiedlicher nicht sein können: Homer sinnlich, Matt ätherisch, Homer impulsiv, Matt überlegt, Homer von mittlerer Größe, Matt dagegen kam ganz nach seinem Vater. Matt war stets frisiert, die fast schwarzen Haare trug er akkurat gescheitelt, Homer dagegen war meistens ungekämmt, seine Haare waren nie wirklich gut geschnitten, sodass sein Gesicht bis in die Adoleszenz hinein über die Wochen bis zum nächsten unliebsamen Friseurtermin hinter dichten, dunklen Haarsträhnen verschwand.

Auch später, als sie älter waren und das Spielen den vielen Unterhaltungen wich, die im Teenageralter so wichtig werden, stiegen sie in den Keller hinab. Dann saß Homer auf dem Zahnarztstuhl und Matt auf einem Hocker. Über Stunden redeten sie über alles, was Jungen gemeinhin bewegt, vor allem natürlich über Mädchen. Irgendwann nahmen sie sich ein Bier mit und qualmten den Kellerraum zu, weil sie vergaßen, das Oberlicht zu öffnen.

Schon früh zeigte sich, wie unterschiedlich sie an die Dinge herangingen. Homer mit der ihm eigenen Unverfrorenheit und einem Schuss Genialität. Er verfügte über eine enorme Intuition, die ihm vor allem in jungen Jahren viel harte Arbeit in der Schule und vielfach das Nachdenken ersparte. Matt hingegen war ungemein fleißig und zielstrebig. Es gab niemanden in seiner Klasse, der sich intensiver auf die Klassenarbeiten vorbereitete, einen besseren Überblick über den Stoff hatte, nebenher noch das eine oder andere las. Und vor allem gab es niemanden, der bessere Noten schrieb. Homer bewunderte ihn dafür insgeheim, spielte die guten Ergebnisse allerdings mit Verweis auf dessen Schule herunter. Bei ihm hingegen wären die Lehrer ihren Bewertungen nicht ganz so gnädig. Doch er wusste genau, woran es lag, dass er mit Matt nie ganz mithalten konnte. Im Vergleich zu ihm war er faul, nachlässig mit seinen Heften, in seiner Schrift, aber immer noch genial genug, um stets im letzten Moment die Kurve zu kriegen.

Und noch etwas bewunderte Homer an seinem Cousin. Matt war ungemein hilfsbereit – weniger zu Hause als gegenüber seinen Klassenkameraden. Und das über Jahre. Er teilte sein Wissen, erachtete es nicht für nötig, irgendjemandem etwas vorauszuhaben oder vorzuenthalten. Wer die Hausaufgaben vergessen hatte, machte bei ihm in der Pause eine Anleihe. Wer in Mathematik nicht mehr weiterwusste, holte sich bei Matt eine private Nachhilfestunde am Telefon. Und wer für einen Test nicht genug gelernt hatte, den ließ Matt generös abschreiben. Es machte ihm nichts aus, wenn sein Tischnachbar dann fast so gut wie er abschnitt. Überhaupt schien es für Matt keine Probleme zu geben, weder in der Kindheit noch später in der Highschool.

Homer konnte sich des Vergleichs nicht erwehren:

»Glatt wie ein Schnellboot glitt er durch die Wellen, schon damals«, und es schwang ein wenig Bewunderung in seiner Stimme mit. »In der Schule wählten ihn die Klassenkameraden zum Streitschlichter und Klassensprecher, der ich, ehrlich gesagt, in meiner Schule auch gerne geworden wäre.«

Homer hatte sich einmal sogar aufstellen lassen und das in den Brooklyn Heights stolz verkündet. Die Woche darauf, als die Wahl tatsächlich stattfand, belegte er den vorletzten Platz. Nach der Stunde kam Matt zu ihm, um ihn zu trösten.

»Ist doch egal«, sagte er und legte den Arm um Homer, der versuchte, ihn umgehend abzuschütteln.

»Stimmt«, sagte Homer trotzig.

Als die beiden am Wochenende gemeinsam mit der Großfamilie in Tanas Haus beim Essen saßen, forderte Lea ihren Matt auf, vom Ausgang der Klassensprecherwahl zu berichten, den sie als Mutter natürlich kannte. Voller Stolz berichtete Matt:

»Sie haben mich gewählt.«

Die Familie applaudierte, während Homer hoffte, dass Matt es damit bewenden lassen würde, was er nicht tat.

»Mit großem Vorsprung«, fuhr er fort. »Und zum Streitschlichter. Auf Platz zwei und drei kamen zwei Mädchen. Und dann Homer, auf dem vorletzten Platz. Er hatte drei Stimmen.«

Homer schrak auf, als er seinem Namen vernahm, er hatte nur mit halbem Ohr zugehört, was er immer dann tat, wenn in den Brooklyn Heights über Matts Erfolgserlebnisse gesprochen wurde.

»Drei Stimmen nur?«, fragte Hank ungläubig.

»Ja, drei Stimmen«, wiederholte sich Matt und schaute zu Homer rüber, der zwei Plätze weiter rechts von ihm saß. Er grinste.

Homer rutschte ein wenig tiefer in den Stuhl. Doch als wäre die Erwähnung der Stimmenzahl, die Homer auf sich vereint hatte, nicht schon in der Schule demütigend genug gewesen, setzte Matt noch hinzu:

»Darunter wahrscheinlich seine eigene, macht zwei. Und eine war von mir. Bleibt nur noch eine. Immerhin: *ein* Fan ist besser als gar keiner.«

Die Familie brach in Gelächter aus. Homer biss sich auf die Unterlippe und bemerkte wenig später den metallischen Geschmack von Blut auf der Zunge. Metallisch schmeckte nicht nur das Blut, sondern auch der Neid.

Befeuert vom familiären Beifall fuhr Matt fort:

»Ich könnte mir sogar vorstellen, um wen es sich da handelt.«

In Panik schloss Homer die Augen. Wenn Matt jetzt nur bloß nicht auch noch seine Tischnachbarin erwähnen würde, mit der er manchmal in den Pausen ein paar Sätze wechselte, wenn jeder von ihnen allein herumstand. Doch Matt bekam nicht genug. Er holte Luft und wollte gerade weitersprechen, als Tanas Faustschlag auf den Tisch die ganze Runde abrupt zum Schweigen brachte.

»Es reicht jetzt!«, rief sie empört. »Ich will davon nichts mehr hören.«

An Matt gewandt fuhr sie fort:

»Warum tust du das?«

Darauf hatte Matt keine Antwort. Homer, der die Augen wieder geöffnet hatte, sah, dass er rot anlief. Bis zum Ende des Mittagessens schwieg Matt. Die Familie wandte sich anderen Themen zu. Matts Leben war von erstaunlicher Leichtigkeit. So jedenfalls erschien es Homer, der immer wieder versucht war, seinen Cousin aus dieser unbarmherzigen Leichtigkeit herauszureißen, indem er ihn ärgerte, ihn manchmal übervorteilte, keine Notiz von ihm nahm oder ihn brüsk mit den Worten zurückwies, dieses oder jenes ginge ihn nichts an. Hin und wieder stellte er ihm ein Bein, vorgeblich ohne Absicht natürlich. Mit zunehmendem Alter konnte er Matts Mühelosigkeit immer weniger ertragen.

Wäre Matt auch so gewesen, wenn es Lea, Matts Mutter erwischt hätte und nicht seine? Wenn er hätte mit ansehen müssen, wie ein roter Chrysler das Liebste, das er besaß, durch die Luft wirbelte, um es dann einer Holzpuppe gleich auf den Boden fallen zu lassen?

»Ich weiß es nicht«, sagte Homer nachdenklich. »Vielleicht hätte er sich ganz anders entwickelt und so wie ich lernen müssen, dass es für ein unversehrtes Leben keine Garantie gibt.«

Aber davon hatte Matt auch noch zu der Zeit, als Homer nach seinem Master of Law durch Europa tourte, überhaupt keine Ahnung. Derartige Turbulenzen kannte er nach Homers Erzählungen damals jedenfalls nicht.

Hin und wieder legte sich ein Schatten über die Beziehung der beiden Cousins. Das geschah in Situationen, in denen ihre Unterschiedlichkeit besonders zutage trat. Gegen Ende der Grundschule waren meistens Homers Verlustängste der Auslöser für plötzliche Anfälle von Traurigkeit, die ihn, ohne sich durch irgendetwas anzukündigen, überwältigten, wenn er unversehens an seine Mutter dachte. Dann verdüsterte sich seine Miene derart, dass Matt begann, sich ernsthaft Sorgen zu machen. Die beschwichtigenden Worte von Lea, dass Homer dieser Traurigkeit sein Leben lang in sich tragen werde, konnte er als kleiner Junge wahrscheinlich noch nicht verstehen. Anstatt derlei für sich zu behalten, gab er Leas Worte an Homer direkt weiter in der Hoffnung, ihn damit zu beruhigen. Alles ganz normal. Natürlich bewirkte er das Gegenteil.

Als sie älter wurden, besserte sich das. Es war Matt immerhin möglich, mit seinem Verstand nachzuvollziehen, was Homer fühlte. Das meinte Homer zumindest. Aber die Wut, die mitunter in ihm aufstieg und ihn in unerträgliche Zustände brachte, in denen er befürchtete, die Kontrolle über sich zu verlieren, sich buchstäblich aufzulösen, konnte sein Cousin nicht kennen. Er hatte Homer vor allem zweierlei voraus. Er hatte eine vollständige Familie. Und er sah die Farben im Leben.

9

Es war schon spät, die Luft immer noch sehr warm, wir hatten – ganz nach Homers Wunsch – bayerisch zu Abend gegessen, ich schlug einen Spaziergang Richtung Englischer Garten vor.

»Was ist so vorteilhaft daran, allein zu reisen?«, wollte ich unterwegs von ihm wissen.

»Man hat einen unverstellten Blick. Keiner erklärt einem, wie man dieses oder jenes zu sehen hat. Man kann tun und lassen, was man will. Und man lernt interessante Leute kennen. Meistens aus purem Zufall.«

Die Zufälligkeit des Lebens faszinierte ihn. Und was der Zufall dann mit einem anstellte. Mit der Rolle des Zufalls, der seinen Worten nach ein Leben erst spannend machte, hätte er sich vorbehaltlos anfreunden können, wäre da nicht zufällig dieser rasende Chrysler gewesen. Andererseits wäre aus ihm vielleicht ein anderer geworden – rein zufällig. Immer wieder kam er auf diesen Gedanken zurück. Sicher aber sei auch das nicht, sagte er, weil sich nach einem Zufall irgendwann der nächste ereignete. Zufälle oder Schicksal oder Bestimmung – Homer bestand auf Zufällen, ich auf Bestimmung.

»Ich glaube, da sitzt du einem Irrtum auf«, sagte er, »und bist versucht, Ereignissen in deinem Leben eine Bedeutung zu verleihen, die sie vielleicht gar nicht haben.«

»Eben, vielleicht. Wenn alles nur vom Zufall bestimmt wäre – was soll das Ganze dann? Das ergäbe keinen Sinn.«

»Ich glaube nur an Zufälle. Sollte es anders sein, hätte ich gerne ein wenig mehr Beweise.«

»Beweise für was?«

»Dass es irgendetwas oder irgendjemanden gibt, der irgendetwas steuert, sodass man nicht von Zufall sprechen muss.«

Homer schaute in den Himmel. In München sah man keine Sterne. Die Stadt war viel zu hell erleuchtet. Ein Windzug fuhr durch die Pappeln am Straßenrand. Es rauschte – zusammen mit dem

Klingeln der Fahrradfahrer und dem jetzt leiseren Straßenverkehr das Klanggemisch des Sommers.

»Hat dein Vater eigentlich irgendwann wieder geheiratet?«, fragte ich Homer. »Er war doch noch ziemlich jung, als deine Mutter verunglückte.«

Homer schaute zu mir herüber und hatte seine dichten Augenbrauen nach oben gezogen. Dann holte er einmal tief Luft.

»Kein wirklich gutes Thema. Zumindest nicht damals.«

10

An jenem Abend, an dem ihm klar wurde, dass sich alles verändern würde, lag er noch lange wach. Er wälzte sich hin und her, stand auf, trat ans Fenster seines Kinderzimmers, schaute hinunter auf die Straße, legte sich wieder hin. An Schlaf war nicht zu denken. Er war außer sich. Seine Mutter war doch erst seit 15 Monaten und zwei Tagen tot.

Homer hatte die Wahrheit an einem Novemberabend erfahren. Gegen sieben Uhr abends – es war schon dunkel draußen – hatte sein Vater ihn in der Werkstatt gefragt:

»Was hältst du davon, wenn wir auf dem Rückweg noch kurz bei McDonalds halten und uns etwas zum Abendessen mitnehmen?«

Homer hatte ihn verwundert angeschaut.

»Warum?«

»Einfach so. Ich finde, nach diesem harten Tag haben wir uns das verdient.«

Homer begriff ihn nicht richtig. Was sollte an diesem Tag besonders gewesen sein? Er war inzwischen neun Jahre alt, kannte die Routinen seines Vaters, hatte sich daran gewöhnt, dass Josie für sie irgendetwas zum Abendessen vorbereitete und meistens dann mit ihnen gemeinsam in ihrer Küche aß. Aber er freute sich. Sein Vater hatte gute Laune, was nach dem Tod seiner Mutter lange nicht der Fall war. Auch Homer strahlte, beeilte sich, seine Sachen zusammenzupacken und auf die vordere Bank des alten Pickups zu klettern, mit dem sie immer zur Werkstatt und abends wieder nach Hause fuhren. Während der Fahrt malte er sich aus, was er alles bestellen würde, wenn er schon die Gelegenheit dazu bekam.

Sie kehrten mit zwei braunen Tüten zurück, in die zwei Big Macs, zwei normale Hamburger und zwei große Portionen

Pommes frites verpackt waren. In seiner Hand hielt Homer einen Pappbecher mit Sprite.

Als sie in ihre Straße einbogen, sah Homer sofort, dass Josies Häuschen nicht erleuchtet war. Und auch bei ihnen brannte kein Licht. Vielleicht war sie ausgegangen. Ein kurzer Moment der Freude durchfuhr ihn. Endlich würden sie mal wieder alleine essen, nur er und sein Vater. Als sie in der Einfahrt vor der Garage parkten, schaute ihn sein Vater an. Er tat das einen Moment zu lange, als dass Homer nicht ein seltsames Gefühl beschlich.

»Komm, raus jetzt. Lass uns das Fest beginnen.«

Zu Hause legten sie die Hamburger und die Pommes frites auf Teller. Hank deckte den Tisch, stellte eine Flasche Budweiser vor sein Gedeck und bestand darauf, dass Homer seine Limonade in ein Glas umfüllte. Er holte eine Kerze aus dem Flur, brauchte etwas länger, bis er aus einer der Schubladen ein Feuerzeug herausgefischt hatte, löschte das Küchenlicht und zündete sie an.

»Homer, come on, worauf wartest du?«

Als sie saßen, prostete er seinem Sohn zu. Auch das hatte er sonst nie getan. Wenn Homer mit seinem Vater abends allein war, ging es viel weniger zivilisiert zu. Homer beobachtete seinen Vater, wie er in den Big Mac biss und begann ebenfalls zu essen.

»Homer, ich muss dir etwas sagen. Etwas wirklich Wunderbares.«

Erwartungsvoll sah Homer ihn an.

»Was? Gehen wir auf Reisen?«

»So könnte man es nennen«, sagte Hank, lächelte und legte seine Hand auf Homers.

»Homer, man könnte es wirklich eine Reise nennen.«

Homer verstand ihn nicht.

»Fliegen wir mit dem Flugzeug?«

»Nein, so meine ich das nicht. Ich meine etwas ganz anderes.«

»Was?«

»Du wirst ein Geschwister bekommen, einen Bruder oder eine Schwester.«

Homer verstand ihn nicht. Er aß weiter, als hätte er den Satz überhaupt nicht gehört, war in Gedanken, wohin er mit seinem Vater fliegen würde, malte sich aus, wie sie nach Kalifornien aufbrächen, wohin er unbedingt einmal verreisen wollte.

»Homer, hast du gehört, was ich gesagt habe?«

»Was?«

»Wir kriegen ein Baby. Verstehst du das? Du wirst bald einen Bruder oder eine kleine Schwester haben.« Hank hob das Glas, um mit seinem Sohn darauf anzustoßen.

Homer sah seinen Vater an, dessen Atem nach Bier und den Zwiebelringen des Burgers roch. Während er ihn betrachtete, verzerrte sich sein Lächeln zu einem breiten, aufdringlichen Grinsen. Homer wich zurück, um klarer sehen zu können. Dann nahm er sein Glas und hielt es fest. Er sprach kein Wort, schaute nur unverwandt seinen Vater an, der sein Glas mit Bier ein weiteres Mal an die Lippen führte, bevor er begann, Homer die ganze Geschichte zu erzählen.

Josie, sagte Hank, sei im dritten Monat schwanger. In sechs Monaten, also etwa im Mai würde das Baby geboren werden. Ob es ein Junge oder ein Mädchen sein würde? Das wäre ihm, Hank, vollkommen gleichgültig. Er und Josie würden sich unheimlich freuen. Endlich würden sie wieder eine normale vollständige Familie sein. Erwartungsvoll schaute Hank Homer an.

Der aber schwieg weiter, konnte sich auf das, was sein Vater da gerade von sich gegeben hatte, nur mühsam einen Reim machen. Was hatte Josie mit der ganzen Sache zu tun?

Es dauerte eine Weile, bis ihm schwante, dass sein Vater mit der besten Freundin seiner Mutter zusammen war. Sie waren ein Paar, ohne dass Homer davon irgendetwas mitbekommen hatte. Aber wie lange ging das schon? Homer überlegte und verstand dennoch nichts. Mom war doch noch gar nicht lange tot. Und für Homer war sie auch nicht wirklich fort. Er konnte sie nicht einfach loslassen und plötzlich eine neue Familie haben. Wie konnte das sein Dad?

»Hast du Mom schon vergessen?«, fragte er seinen Vater verständnislos, während er ihn unverwandt anstarrte.

»Nein, natürlich nicht. Wie sollte ich sie je vergessen?«

Homer nahm einen langen Kartoffelstreifen und rührte damit in dem Klecks Ketchup, der sich noch auf seinem Teller befand. Dann malte er ein paar blutrote Striche an den Tellerrand. Er hatte den Blick von seinem Vater abgewendet und schwieg.

»Homer, schau mich an.«

Verzweifelt wiederholte sich Hank, die Stimme leicht erhöht:

»Schau mich an Homer. Freust du dich denn gar nicht? Es wird Zeit, dass du endlich wieder ein normales Leben führst. So wie die anderen Jungen auch.«

Schweigend wandte Homer sich seinem Vater zu. Doch brachte er kein Wort heraus. Zum ersten Mal seit über einem Jahr sah er wieder ein Glänzen in dessen Augen. Aber es war nicht für ihn bestimmt. Er war auch nicht der Grund dafür. Nicht einmal war es ihm gelungen, seinen Vater zu etwas anderem als einem mitleidigen Lächeln zu bringen, dessen Botschaft Homer nicht zu deuten wusste. War es Mitleid mit ihm oder gar Selbstmitleid oder fand er Homers Aufheiterungsversuche nur lächerlich und unangebracht? Und lächelte deshalb mitleidsvoll, was Homer immer weniger ertragen konnte.

Statt seiner hatte es Josie geschafft, seinem Vater diesen Glanz in die Augen zu zaubern, die unverheiratete Josie, diese aufopferungsvolle Krankenschwester, die den Tod seiner Mutter offensichtlich nur dazu benutzt hatte, sich bei ihnen einzunisten und ihm den Vater wegzunehmen. Homer wurde übel.

»Josie wird in ein paar Monaten aufhören zu arbeiten«, fuhr sein Vater fort. »Sie wird zu Hause bleiben, dir nach der Schule etwas zu essen kochen. Du musst nicht mehr jeden Tag in die Werkstatt kommen, damit du nicht ganz allein bist.«

Hank strahlte seinen Sohn an.

»Und ganz bald wirst du nicht mehr das einzige Kind sein. Dann ist da ein kleines Baby. Du wirst es lieben. Und wenn es etwas älter ist, wirst du mit ihm spielen können.«

»Haben wir deshalb Mom nie vom Friedhof geholt?«, fragte er mit düsterem Blick.

»Homer, doch nicht deshalb. Man darf Menschen nicht wieder ausbuddeln und mit nach Hause nehmen.«

»Das sagst du nur so. Aber es stimmt gar nicht«, fauchte er seinen Vater feindselig an. »Mom will nach Hause. Sie will nicht irgendwo liegen und vergessen werden. Das weiß ich.«

Hank streckte die Hand nach seinem Sohn aus. Unwirsch neigte Homer seinen Kopf zur Seite.

»Lass mich!«, fauchte er erneut.

»Homer, freu dich doch ein bisschen«, flehte Hank. »Mom würde sich auch freuen, dass wir hier nicht länger traurig und allein herumsitzen. Genau das würde sie gar nicht wollen. Sie will, dass wir glücklich sind.«

»Ich will nicht, dass Josie hier wohnt!«, schrie Homer. Er spürte den Pulsschlag im Hals. »Und ich will auch das neue Baby nicht. Sie soll in ihrem Haus mit ihm bleiben.« Dann schossen ihm die Tränen in die Augen.

Unvermittelt sprang er auf, rannte die Treppe hinauf in sein Zimmer, schlug die Türe hinter sich zu und warf sich auf sein Bett. Es war das erste Mal seit dem Tod seiner Mutter, dass er allein hinaufgegangen war. Er zog sich die Bettdecke über den Kopf. Sehen wollte er an diesem Abend niemanden mehr. Schon gar nicht seinen Vater. Der sollte nicht sehen, dass er weinte.

Hank kam nicht nach oben, was Homer eigentlich erwartet hatte. Dann hätte er ihn anschreien, seiner Wut freien Lauf lassen können. Am liebsten hätte er sich auf ihn geworfen, um mit seinen kleinen Fäusten auf ihn einzudreschen, so kraftvoll er nur irgend konnte. Jetzt aber schlug er sie immer wieder gegen seine Schläfen, bis sein Kopf dröhnte. Er wagte nicht, das Foto seiner Mutter unter dem breiten, aus Chrom gegossenen Lampenfuß hervorzuziehen, der auf dem Nachttisch neben seinem Bett stand, aus Angst, es in Stücke zu reißen. Stattdessen biss er in seine Bettdecke, so lange und so fest, dass seine Kieferknochen schmerzten. Eine ganze Weile ging das so. Schließlich blieben nur die Tränen und ein leiser werdendes Schluchzen. Erschöpft von der Wut auf seinen Vater und einer unerträglichen Sehnsucht nach seiner Mutter schlief er irgendwann ein.

Mit trockenem Mund wachte er schon bald wieder auf. Das Haus war dunkel. Vorsichtig schob er die Decke zurück, setzte sich auf, lauschte kurz, erhob sich und schlich in die Küche, um etwas zu trinken. Dann trat er hinaus in den Garten und schaute in den Himmel. Wolken zogen an den Sternen vorbei. In der Buchenhecke knisterte das vertrocknete Laub. Eine Weile stand er dort und zitterte. Als schließlich seine Zähne begannen aufeinanderzuschlagen, kehrte er zurück ins Haus und schlich am Schlafzimmer seines Vaters vorbei. Einen kurzen Moment verharrte er vor dem Zimmer, hätte am liebsten die Tür aufgestoßen und seinen Vater zur Rede gestellt. Doch ein Flüstern hielt ihn davon ab. Sein Atem stockte.

»Er hat es nicht gut aufgenommen«, hörte er seinen Vater sagen.

»Gib ihm ein bisschen Zeit.«

Homer zuckte zusammen. Das war eindeutig Josies Stimme. Sie war im Schlafzimmer seiner Eltern, war offenbar später noch gekommen, als er schon längst im Bett lag. Homer wurde noch wütender. Er versuchte, durchs Schlüsselloch zu schauen, doch im Zimmer war es zu dunkel.

»Ich mache mir solche Sorgen«, fuhr sein Vater fort.

»Brauchst du nicht. Er wird damit klarkommen. Und wenn das Baby erstmal da ist, wird es besser werden. Er wird ganz vernarrt in sein Geschwister sein.«

»Josie, das sind noch mindestens sechs Monate.«

»Hank, Darling. Es ist die natürliche Reaktion eines kleinen Jungen. Ich bitte dich, lass ihm doch Zeit. Morgen sehen wir weiter.«

Hatte Josie seinen Vater soeben Darling genannt? Und ihn einen kleinen Jungen? Zum zweiten Mal an diesem Abend wurde ihm übel. Schon beim Abendessen hatte er keinen Bissen mehr herunterbekommen. Einer dunklen Wolke gleich stieg die Übelkeit wieder in ihm hoch. Sein Magen zog sich zusammen. Was er nie hatte wahrhaben wollen, musste er jetzt einsehen. Josie hatte sich eingeschlichen, lag im Bett seiner Mutter und redete auf Dad ein. Wie hatte es so weit kommen können? Und sein Dad war nichts weiter als ein mieser Betrüger, der Versprechen nicht halten konnte. Langsam zog er sich zurück. Wieder in seinem Zimmer schloss er, so leise es ging, die Tür und kroch unter die Decke. Er fühlte sich fürchterlich – schäbig, klein, wie ein Versager.

In dieser Nacht sah Homer klar. Er hatte nicht nur seine Mutter verloren. Er war sich sicher, dass ihm nun auch sein Vater mit dieser neuen Familie abhandenkommen würde. Der hatte die Zeit der Zweisamkeit, die Homer in den vergangenen 15 Monaten so viel Kraft gegeben hatte, aufgekündigt. Einfach so. Homer fühlte sich mit einem Mal einsam, verlassen – schlimmer noch – betrogen um das bisschen Trost, das ihm die vermeintlich ungeteilte Aufmerksamkeit seines Vaters im vergangenen Jahr gewesen war. Der Speichel in seinem Mund wurde sauer, die Innenwände seiner Mundhöhle zogen sich zusammen. Er schob die Zunge gegen die linke Wange und dachte nach.

»In dieser Nacht«, sagte mir Homer, »habe ich beschlossen, dass ich künftig allein für mich verantwortlich sein würde. Ganz allein, nur ich und niemand sonst.«

Fortan würde nur noch er für sich entscheiden. Niemals mehr würde er sich auf jemanden verlassen. Und schon gar nicht würde er auf irgendwen Rücksicht nehmen, ganz sicher nicht auf ein Geschwister. Wer hatte denn in den letzten Monaten seit dem Tod seiner Mom auf ihn Rücksicht genommen? Niemand, einfach niemand, schon gar nicht sein Vater.

11

Unbeachtet blieb sein Rückzug nicht. Homer verbrachte immer mehr Zeit in seinem Zimmer. Einige Wochen später befestigte er ein Schild an seiner Zimmertür, auf dem in fetten grünen Lettern »Eintritt verboten. Erst klopfen!!!« zu lesen war. Auch ging er nicht mehr jeden Tag mit in die Werkstatt. Was sollte das noch für einen Sinn haben, wenn für seinen Vater Josie und das Baby viel wichtiger waren als er?

Tatsächlich dauerte es nicht allzu lange, dass sein Vater und sie beim Abendessen darüber zu sprechen begannen, wann der beste Zeitpunkt für Josies Umzug sei. Sie überlegten, wann sie ihr Haus zum Verkauf in die Zeitung setzen sollten und wer ihre vielen Möbel übernehmen würde. Josie bestand zu Homers Entsetzen darauf, dass Hank sich von einigen seiner Sachen trennen sollte, damit zumindest ein paar ihrer Möbel Platz fänden. Homer hasste diese Diskussion. Er mochte sich sein verändertes Zuhause nicht vorstellen. Auch das Baby sollte ein eigenes Zimmer bekommen – es war das neben seinem im Obergeschoss, das seiner Mutter bis dahin als Nähzimmer diente und das er nie hatte betreten dürfen. Sie wollte keine Unordnung und behauptete über Jahre, dass sich die vielen Nadeln auch selbstständig machen könnten, um Eindringlinge einem Bienenschwarm gleich zu attackieren. Aber das hatte Homer so oder so nicht geglaubt. Trotzdem hielt er sich an das Verbot.

Da Josie selbst nicht nähte, schlug sein Vater vor, die elektrische Nähmaschine zu verkaufen und die vielen Stoffe, die seine Mutter über die Jahre gesammelt hatte, in eine Altkleidersammlung zu geben. Während solcher Gespräche hielt es Homer nicht lange am Abendbrottisch. Er verschwand dann in seinem Zimmer, legte sich aufs Bett und dachte an gar nichts. Er wartete einfach, bis seine Mutter vor ihm auftauchen würde, was sie damals noch häufig tat. Nur den Wunsch, ihm irgendetwas zu sagen, erfüllte sie ihm nie. In der Regel lächelte sie ihn an, blieb aber stumm.

Der Rückzug seines Sohnes besorgte Hank und Josie sehr viel mehr, als es sich Homer damals vorstellen konnte oder wollte. Lange diskutierten sie darüber, wie sie ihn wieder herauslocken könnten aus dem Schneckenhaus, in dem er sich verbarg. Josie hatte ihm das Jahre später einmal in einem der wenigen Momente erzählt, in denen sich die Chance ergeben hatte, ihn allein zu sprechen.

Eines Tages weckte ihn sein Vater deutlich früher als üblich. Er setzte sich auf die Bettkante, legte die Hand auf Homers Stirn, strich ihm über die mal wieder viel zu langen Haare – Homer weigerte sich, seit er wusste, dass bald noch ein Baby da sein würde, zum Friseur zu gehen. Und dann weihte er ihn ein: vom kommenden Monat an – und bis dahin blieben genau genommen noch sechs Schultage – werde er in eine andere Schule gehen. Er werde in die Klasse von Matt kommen. Die Schule liege nur unwesentlich weiter entfernt, sein Vater würde ihn jeden Morgen auf dem Weg zur Werkstatt dorthin mitnehmen. Nachmittags werde man sehen.

Homer richtete sich ein wenig auf. In Sekunden war er hellwach.

»Wirklich?«, fragte er erstaunt, wobei Hank nicht genau zu sagen wusste, ob seinen Sohn diese Nachricht erfreute oder nicht.

»Ja, alles schon geklärt. Ich habe mit der Direktorin gesprochen. Überhaupt kein Thema. Sie freuen sich sehr auf dich.«

»Aber du hast mich nicht gefragt.«

Der Vorwurf saß. Hank verstummte einen Moment. Dann sagte er:

»Willst du denn nicht? Du kannst natürlich Nein sagen.«

Homer schwieg eine kurze Weile. Dann aber beschloss er, dass die Idee vielleicht gar nicht so schlecht sei. Er malte sich aus, wie er nach der Schule hin und wieder mit Matt nach Hause gehen könnte. Dann hätte er nicht so viel mit Josie und dem neuen Baby zu tun. Bei Matt war die Welt in Ordnung, nicht so durcheinander wie bei ihnen. Und Lea erinnerte ihn an seine Mutter. Homer ließ sich diese Gedanken jedoch nicht anmerken, sondern antwortete bewusst verhalten:

»Wäre okay. Kann ich dann auch unter der Woche zu Matt?«

»Ja. Habe mit Lea gesprochen. Klar.«

»Und dann könnte auch Matt mal mit in die Werkstatt, oder?«

»Auch das«, sagte Hank und log ein bisschen.

Tatsächlich sollte das nämlich nur höchst selten stattfinden, was wiederum damit zusammenhing, dass Hank einen gewissen Zulauf an bessergestellter Kundschaft erfuhr. Es hatte sich

herumgesprochen, dass er sich auf Oldtimer und vor allem sogenannte Classics spezialisiert hatte. Im Gegensatz zu echten Oldtimern, zu denen damals nur Wagen zählten, die vor 1939 über die
Straßen rollten, galten als Classics Gefährte jüngeren Datums bis in
die 60er-Jahre, die seinerzeit besonders beliebt waren, erklärte mir
Homer.

»In der Zeit war ich mit Matt einmal in der Werkstatt und war
unheimlich stolz. Deshalb weiß ich auch noch genau, dass dort zwei
Ford Thunderbird herumstanden, ein MG-Sportwagen, ein Chevrolet Corvair, ein VW Käfer mit geteilter Heckscheibe und ich glaube,
sogar ein Mercedes-Benz 300 SL mit Flügeltüren«, erinnerte sich
Homer.

Alte Autos waren seit einiger Zeit das Spielzeug der Investmentbanker an der Wall Street. In der Finanzindustrie wurden inzwischen horrende Löhne gezahlt, die Banker wussten gar nicht, wohin
mit ihrem Geld. Und jeder, der etwas auf sich hielt, besorgte sich
einen Classic, den er an den Wochenenden nach Long Island und in
die Hamptons spazieren fuhr. Hank hatte neben seiner Reparatur-
werkstatt vor Kurzem begonnen, mit den Wagen auch zu handeln.
Er hatte zwei weitere Mitarbeiter eingestellt und, wenn Homer mit
in der Werkstatt war, keine Zeit mehr für ihn.

Hank streckte Homer seine Hand entgegen:

»Also ist das vereinbart. In sieben Tagen geht's los.«

Homer kniff die Augen zusammen. Dann lächelte er verhalten.

»Yep. In sieben Tagen …«

Homer würde von der übernächsten Woche an die Schule wechseln – zu Matt. Er freute sich, auch wenn er sicher manchen seiner
Mitschüler vermissen würde. Aber was hieß das damals schon – vermissen? Es sind neue Freunde da, oder neue Jungen, die Freunde
werden können. Und die alten waren in der Tat schnell vergessen.
Bis auf Isaac. Aber der würde dann sicher nachmittags auch mal mit
zu Matt kommen und am Wochenende mit zu seiner Großmutter in
die Brooklyn Heights. Auf die Idee, dass man sich auch bei Homer
treffen könne nach der Schule, kam er gar nicht. Irgendwie fühlte es
sich komisch an – eine neue Frau und dann noch ein kleines Baby.
Und neue Möbel. Sein Zuhause war das nicht mehr – dachte Homer
damals.

»Und: War das eine gute Entscheidung?«, fragte ich ihn, als er mit diesem Satz eine kleine Gesprächspause einlegte und einen Kieselstein auf dem Trottoir mit der Innenseite des linken Fußes nach vorne kickte.

»Damals sicher. Das glaube ich schon. Aber im Nachhinein sehen die Dinge oft anders aus. Vor allem, wenn man weiß, was dann noch alles passiert. Die Klassensprecher-Geschichte habe ich dir ja schon erzählt. Heute frage ich mich, ob Matt für mich damals wirklich gut war.«

»Hm. Hat er sich nicht gekümmert?«

»Doch. Wahrscheinlich sogar ein bisschen zu viel.«

»Hast du heute noch viel Kontakt mit ihm?«

»Ja, klar. So wie unsere Familie gestrickt ist – überleg mal. Da hat man ständig miteinander zu tun. Wir sehen uns nur nicht mehr so oft. Er ist nach Harvard gegangen, um dort noch einen MBA zu machen, während ich in NY geblieben bin. Ich würde sagen, wir treffen uns alle vier bis sechs Wochen bei meiner Großmutter. Er ist anhänglich, ruft vorher jedes Mal an, um sicherzugehen, dass wir uns dort auf keinen Fall verpassen.«

»Matt – klingt wie dein guter Beschützer.«

Homer überlegte kurz. Dann lachte er spöttisch, indem er die Mundwinkel nach unten zog. Auf gewisse Weise sei es so, meinte er, um sich dann umgehend zu verbessern.

»Beschützer? Schatten eher, ein gütiger Schatten, der mich unablässig verfolgt. Referenzgröße wäre noch besser. Wenn ich irgendetwas entscheide, denke ich ihn mit: Wie würde er das machen? Was würde er sagen? Das kann ziemlich lästig werden.«

Jetzt lachte er verächtlich und warf den Kopf nach hinten.

»Mit seiner Überlegenheit machte er mich verrückt. Ich weiß nicht, wie viel Zeit ich darauf verwendet habe zu versuchen, ihn aus der Fassung zu bringen. Einmal wollte ich ihn verzweifelt sehen.«

Dann beugte er sich zu mir nach vorne und senkte die Stimme.

»Kennst du das? Diesen Wunsch, jemanden mal richtig verzweifelt zu sehen?«

»Wie meinst du das?«

»So wie ich es sage: Genugtuung daraus zu ziehen, dass einer weder aus noch ein weiß.«

Ich wunderte mich.

»Also, was ist? Kennst du nicht den Genuss, dass dein Gegenüber seinen Gefühlen hilflos ausgeliefert ist und sich dadurch blamiert?

Schadenfreude nennt man das, glaube ich. Und das Gefühl der Macht dazu, weil du den anderen wenigstens ein einziges Mal um seinen Vorteil gebracht hast.«

Verwundert schüttelte ich den Kopf. Wer denkt so etwas? Das klang nicht freundlich. In dem Moment war mir Homer nicht geheuer.

12

Homer war elf Jahre alt. Die Sommerferien waren vorüber und die Schultage nach der langen Pause wieder Routine.

Die Klasse bereitete sich in diesem Jahr auf einen Lesewettbewerb vor. Die Schüler taten das mit der ihnen eigenen Begeisterung, die Lehrer in dem Alter noch wecken können, bevor es dann zwei oder drei Jahre später damit vorbei ist. Jeder sollte einen Text auswählen, den er vorlesen würde. Ein paar Minuten nur, die aber flüssig, mit guter Betonung und am besten stark im Ausdruck. Es war, sagte ihnen die Englischlehrerin, tatsächlich ein kleiner schauspielerischer Einsatz gefragt. Jeder in der Klasse würde lesen dürfen, danach würde die Klasse eine Nummer eins und eine Nummer zwei auswählen, die sie in den Wettbewerb der Schule schicken würden. Wer den gewinnt, der würde weiterkommen, gegen die Sieger anderer Schulen antreten. Und wer richtig gut war, könnte womöglich der beste Leser Brooklyns und oder gar New Yorks werden. »Vielleicht kriegt er ein Angebot von einer Filmgesellschaft und startet eine Karriere als Schauspieler« – die Klassenlehrerin wusste genau, warum sie das sagte. Nur, die Schüler wussten nicht, dass sie das nicht ganz ernst gemeint hatte. Sie nahmen dieses Versprechen für die Wahrheit und legten sich ordentlich ins Zeug. Auch Homer.

Das Schuljahr begann für ihn mit viel Energie. Seit Langem war er mal wieder guter Dinge und dachte nicht dauernd an seine Mutter oder daran, dass Josie bei ihnen eingezogen war und fortan den Haushalt nach ihren Vorstellungen führte.

Abends fragte er seinen Vater, was für ein Buch er denn wohl aussuchen sollte, um beim Lesewettbewerb gut abzuschneiden. Das Vorlesen war nur ein Teil der ganzen Angelegenheit. Es ging auch darum, eine kleine Zusammenfassung des Themas zu geben. Der Titel, mit dem die Auswahl des Themas stand und fiel, spielte also eine gewisse Rolle.

»Nimm einen Klassiker«, riet ihm sein Vater. »Das würde Mom dir raten.«

Nur – woher sollte Homer wissen, was ein Klassiker war. Am liebsten hätte Homer tatsächlich seine Mutter befragt, die ungleich belesener gewesen war als sein Vater, der sich am Ende eigentlich nur für Autos interessierte. Aber das ging eben nicht mehr. Warum sich abends auch noch Josie in die Debatte einmischte, verstand Homer nicht. Er fand es unangemessen und sagte ihr das auch.

»Aber ich würde mich freuen, wenn du gut abschneidest!«, hielt sie ihm entgegen.

Homer stutzte einen Moment. Was hatte sie davon, dass er gut abschnitt? Dann aber entglitt ihm ein zaghaftes, fast versöhnliches Lächeln.

Sie überlegten eine Weile, dann kam Josie ausgerechnet auf »The Great Gatsby« von F. Scott Fitzgerald. Besonders einfallsreich war das nicht, wie Homer im Nachhinein bemerkte. Aber immerhin sei es Weltliteratur, nach Josies Worten mit das Beste, das amerikanische Autoren des 20. Jahrhunderts überhaupt hervorgebracht hatten.

»Ich glaube, das passt zu dir«, sagte sie, ohne dass Homer eine Ahnung davon gehabt hätte, was sie meinte. »Soll ich dir erzählen, wovon es handelt?«

Homer nickte. Sie streckte die Hand aus, nahm ihn mit in die Küche, drückte ihn auf einen Stuhl am Küchentisch und goss ihm einen warmen Kakao auf. Dann erzählte sie die Geschichte des Großen Gatsby, von dem jungen Millionär geheimnisumwitterter Herkunft mit seinen undurchsichtigen Geschäften, die sicher auch nicht ganz sauber waren, und den legendären wöchentlichen Partys auf Long Island.

Homer arbeitete hart – mit der Hilfe von Josie. Er schrieb eine Zusammenfassung, suchte eine Stelle aus, die sich besonders gut zum Vorlesen eignete, und trat ausgestattet mit Selbstbewusstsein in der Klasse an.

Sein Vortrag gelang, wie die Lehrerin im Nachhinein sagte, es wurde geklatscht. Auch Matt hatte sich gut vorbereitet. Während Homer sich mit viel Charme und der ihm eigenen Genialität der Klasse präsentiert hatte, war Matts Vorstellung eine Demonstration seiner Perfektion. Sie saß so akkurat wie sein schnurgerader Scheitel. Es gab keine Versprecher, keine kleine Unsicherheit, nichts dergleichen.

Am Ende hatte die Klasse das Sagen. In einem ersten Durchgang bestimmten sie fünf Kandidaten, über die sie dann bei einer zweiten Wahl entscheiden würden. Im zweiten Durchgang wurde es richtig knapp. Die meisten Mädchen hoben die Hand für Homer, die Jungen stimmten eher für Matt. Schließlich siegte Matt mit zwei Stimmen – denkbar ungerecht, wie Homer fand, weil es mehr Jungen als Mädchen in der Klasse gab. Homer wurde zweiter, die anderen drei lagen weiter hinten. Klar sei ihm damals gewesen, dass Matt das Rennen machen würde. Er war der Klassenbeste, ob seiner Großzügigkeit ausgesprochen beliebt. Vielleicht hatten ihn die Jungen gewählt, weil er ihnen stets aus der Verlegenheit half, wenn sie etwas nicht begriffen.

Die ersten beiden, also Matt und Homer, würden in die Endauswahl der Schule geschickt. Matt als Kandidat, Homer als Ersatzmann, sollte der erste aus irgendeinem Grund ausfallen – bei Krankheit zum Beispiel.

Homer gab sich alle Mühe, seine Enttäuschung über den für ihn so erwartbaren Ausgang der Wahl zu verbergen. Trotzdem verfluchte er sein Schicksal: Hätte es nicht ein einziges Mal anders sein können? Matt, wieder Matt. Als er nach Hause kam, sah Josie bereits an seiner Körpersprache, dass sein Einsatz nicht so gelungen war, wie er es sich vorgestellt hatte. Er wollte nicht mehr hinter Matt zurückstehen. Er wollte nicht mehr der Neuling sein, den alle wegen des Todes seiner Mutter bemitleideten. Irgendwie sehnte er sich nach Zuspruch seiner Mitschüler und Lehrer, dem ein einziges Mal etwas anderes zugrunde liegen sollte als das blanke Mitleid, das in solchen Momenten ihre Augen erfüllte.

Abends schlief Homer lange nicht ein. Er dachte nach. Die Endausscheidung aller sechsten Klassen sollte in drei Tagen stattfinden. Am Tag selbst würde es vorher noch einen Probelauf in der Klasse geben. Aufzuhalten war Matt sicher nicht mehr.

Es war ein Donnerstagmorgen, an dem Homer, wie er später sagte, seine Unschuld verlor. Seine Mitschüler hatten sich im Klassenzimmer eingefunden. Matt schien ein bisschen aufgeregt. Es sollte sein Tag werden.

Ob er die kleine Unachtsamkeit aus Nervosität beging oder weil er sich seiner Sache doch ziemlich sicher war, wusste Homer im Nachhinein nicht zu sagen. Als Matt seine Hefte und Stifte vor der Pause in die Schultasche packte, vergaß er sein Buch. Unbeachtet blieb es auf dem Tisch liegen. Matt drehte sich zu Homer:

»Muss noch kurz auf die Toilette. Wir sehen uns auf dem Hof«, sagte er und verschwand mit dem Klingeln im Eiltempo.

Homer trödelte. Missmutig ahnte er bereits, dass zur Mittagszeit Matt der gekürte Star der Schule sein würde. Fast alle hatten die Klasse bereits verlassen, als er plötzlich auf den Gedanken kam, das Buch von Matt in die Hand zu nehmen. Er blätterte es durch, stieß auf ein paar markierte Stellen, stand langsam auf und verließ als Letzter den Raum. Vorher blickte er sich noch einmal um, schlenderte am Pult des Lehrers vorbei und bemerkte, dass er das Buch noch immer in der Hand hielt.

Ganz plötzlich wollte er es loswerden – irgendwie. Unvermittelt warf er es mit Schwung in den Spalt zwischen der Wand und dem Bücherschrank, der hinter dem Pult des Lehrers stand. Er vernahm ein dumpfes Rutschen. Dann herrschte Stille. Durch ein gekipptes Fenster waren nur noch die Kinder vom Hof zu hören. Das Buch fiel nicht auf den Boden, sondern blieb oberhalb der Fußleiste zwischen Wand und Schrankrückseite stecken. Homer hielt den Atem an. Schluckte einmal, dann sah er zu, dass er endlich auch auf den Hof kam.

Alles Weitere mündete in einem Desaster – für Matt. Nach der Pause begann er, sein Buch zu suchen. Erst mit der ihm eigenen Gelassenheit, dann zunehmend verzweifelt. Die Klasse war in Aufruhr. Die Lehrerin versuchte, die Kinder zu beruhigen. Alle mussten vor ihren Augen einzeln ihre Schultaschen leeren, um sicherzugehen, dass es nicht irgendjemand aus Versehen eingepackt hatte. Als Erstes waren Homer und der Nachbar rechts von Matt an der Reihe. Natürlich fand sich das Buch nicht wieder. Mit jeder Tasche, deren Durchsuchung erfolglos verlief, wurde Matt aufgeregter. Irgendwann standen ihm die Tränen in den Augen. Dann liefen sie ihm die Wangen herunter. Er begann zu schluchzen. Was Homer dabei empfand?

»Ich schätze, Genugtuung«, sagte er. »Aber vielleicht war es noch etwas anderes. Vielleicht habe ich auch nur darauf gewartet, dass ich lesen durfte.«

Genauso kam es. Nach 45 Minuten setzte die Lehrerin dem Spuk ein Ende, nachdem sie zwei Kinder in die Schulbibliothek geschickt hatte, um nachzusehen, ob es nicht dort noch eine Ausgabe geben würde, auch wenn sie nicht mit den Markierungen versehen war, die Matt sich in den Text eingetragen hatte. Aber die gab es nicht. Damit war die Sache endgültig entschieden.

Homer würde also um zwölf auf das Podium in der Aula steigen und eine Passage aus dem Großen Gatsby vortragen. Endlich war es an ihm – und einmal nicht an Matt.

Mitleidig schaute er seinen Cousin von der Seite an. Der hatte den Kopf in die verschränkten Arme auf den Tisch gelegt und heulte unablässig. Er konnte sich gar nicht beruhigen. Irgendwann blickte er auf und schaute Homer direkt ins Gesicht. Länger, als er es vielleicht sonst getan hatte. Homer hielt seinem Blick stand, bis sich Matt wortlos abwandte. Hatte er eine Ahnung?

»Ich bin mir nicht sicher«, gestand Homer.

»Wie ist es ausgegangen?«, fragte ich ihn, weil ich die Geschichte zu Ende hören wollte, obwohl das Ende im Grunde gar keine Relevanz hatte.

»Was meinst du? Zwischen mir und Matt oder im Wettbewerb?«

Tatsächlich vertrat Homer die Klasse im Wettbewerb, er las – und er machte seine Sache gut. Matts Verzweiflung war ihm ein Ansporn. Die Zusammenfassung des Inhalts trug er auswendig vor. Beim Lesen legte er sich richtig ins Zeug, versuchte, so viel Abwechslung in die Dialoge zu bringen, wie es ein Junge mit elf Jahren eben konnte. Den Text hatte er im Kopf, so wie er sofort alles im Kopf hatte, und musste sich deshalb darauf konzentrieren, hin und wieder auf die Seiten zu blicken, um das Vorlesen zu simulieren, schließlich handelte es sich um einen Vorlesewettbewerb. Mit dem letzten Wort schaute er von seinem Buch auf und ins Publikum. Er lächelte.

Die Schüler in der restlos gefüllten Aula applaudierten lange und auch noch, als er aufstand und vom Podium hinunterstieg.

»Am Ende habe ich den Wettbewerb auf Schulebene gewonnen«, erinnerte er sich. »Matt ist zu mir gekommen und hat mich umarmt. Ich hätte ihn würdig vertreten, sagte er mir. Auf Bezirksebene bin ich allerdings rausgeflogen. Das Mädchen einer anderen Schule machte das Rennen.«

Aber das spielte keine Rolle mehr. Er hatte ausreichend Genugtuung bekommen und Applaus. Das erste Mal hatte Matt das Nachsehen gehabt. Auch wenn es nicht mit fairen Mitteln zugegangen war und Homer nachgeholfen hatte. Für die Minuten in der Klasse, als sie alle gemeinschaftlich das Buch von Matt suchten, war seine Souveränität dahin, diese ewige Überlegenheit, die Homer so quälen konnte. Dass

Matt unter dieser Schlappe litt, kam ihm gar nicht in den Sinn. Sein Sieg war süß, so süß, wie er nur sein konnte.

»Hast du mit deinem Cousin mal darüber gesprochen?«, wollte ich wissen.

»Nie«, antwortete Homer und zuckte mit den Schultern. »Ich wollte es irgendwann tun. Aber je länger die Angelegenheit zurücklag, desto weniger war das möglich. Das kennst du sicher. Ich habe es nie jemandem erzählt.«

»Das war schon bösartig von dir.«

»Man könnte das so sehen, aber so habe ich es damals nicht empfunden. Ich war wahrscheinlich von dem Gefühl getrieben, dass ich es ihm einmal würde zeigen müssen. Außerdem fand ich mich im Lesen nicht schlechter als Matt. Nur dass ich gegen den Klassensprecher keine Chance hatte.«

Sein Verhältnis zu Matt hatte der Vorfall nicht beschädigt. Matt wusste nicht, wie ihm Homer mitgespielt hatte. Die Genugtuung durch die Niederlage, die Homer Matt an jenem Tag zugefügt hatte, hielt nicht lange an. Matts öffentliche Tränen taten seiner Position in der Klasse keinen Abbruch. Er blieb der strahlende Liebling der Lehrer und Schüler. Nie mehr kam der Vorfall zur Sprache. Das Buch tauchte während seiner Schulzeit nicht wieder auf.

»Wenn sie die Klassenräume nicht gestrichen haben, liegt es dort wahrscheinlich bis heute.«

»Und du hattest nie ein schlechtes Gewissen?«

Homer überlegte.

»Das sind so Blessuren, die jeder aus der Schulzeit nolens volens davonträgt. Wie viele habe ich verkraften müssen? Und Matt? Wahrscheinlich nur diese einzige. So what! Ohne Blessuren geht es nicht. Aber wenn ich mich jetzt daran erinnere, dann war das schon mehr, als jemanden zu ärgern. Im Grunde habe ich ihn um seinen Sieg betrogen. Ich glaube, von dem Moment an wurde ich gerissen. Und heute denke ich: Wenn du wirklich weiterkommen willst, dann musst du mehr als nur raffiniert, du musst gerissen sein. Hin und wieder zumindest.«

13

Alles fing schon mit dem Namen an. Alexandra Victoria Josephine Spiegelman. Was für eine Kombination! Die Erwartungen von Josie, der frischgebackenen Mutter manifestierten sich bereits vor der Geburt ihrer Tochter in der Auswahl dieser Vornamen. Josie wollte es so. Homer hatte die vielen Diskussionen mitbekommen, die sich zwischen seinem Vater und ihr darüber erhitzten, wie das Baby heißen sollten, wenn es ein Mädchen würde. Sie wussten es beide noch nicht, aber Josie war davon überzeugt, dass sie ein Mädchen zur Welt bringen würde. Ein Junge kam für sie überhaupt nicht in Betracht. Die zaghaften Nachfragen Homers, wie es denn wäre, wenn er einen Bruder bekäme und wie der dann heißen sollte, wurden nie richtig beantwortet.

»Eigentlich doch ganz einfach«, sagte er einmal beim Abendessen. »Wenn es ein Junge wird, dann nennt ihr ihn Alexander Victor Joseph.«

Josie brach in schallendes Gelächter aus. Wenn sich Homer heute daran zurückerinnert, dann wurde ihr Lachen damals immer lauter und hässlicher, als hätte er einen denkbar dummen Witz gemacht. Josie wischte sich die Tränen aus den Augen, ihr Mund verzerrte sich zu einer fast monströsen Öffnung. Wieder einmal fühlte er sich beschämt, mehr noch, gedemütigt, hatte er sich doch gar keinen Scherz erlaubt, sondern seiner Meinung nach einen völlig logischen Vorschlag gemacht.

»Homer«, sagte Josie schließlich. »Lieb gemeint, aber mach dir darüber keinen Kopf. Das Baby ist ein Mädchen. Ich weiß es eben.«

Homer wusste, als er älter wurde, dass er Josie unrecht tat und sie für etwas strafte, für das sie nicht viel konnte. Über Jahre tat er ihr immer wieder weh. Die Souveränität, mit der sie ihn ertrug, machte ihn manchmal sogar noch wütender. Und dann fand er sie auch richtig hässlich. Dabei stimmte das gar nicht. Sie war lediglich das Gegenteil seiner Mutter. Blond, mit unbedeutenden blaugrauen Augen, die sie sich oft stark schminkte, damit sie überhaupt etwas hermachten. Sie war ein wenig pummelig, dabei aber enorm beweglich – wie er später bemerkte, als die Figuren von Frauen für ihn eine immer größere Rolle spielten.

Josie sollte recht behalten. Sie bekam ein Mädchen. Die Geburt war mühsam. Stundenlang dauerten die Wehen. Verzweifelt gab

Hank, so erzählte er später Homer, der bei Matt geblieben war, sein Bestes, um seiner neuen Frau die Schmerzen zu erleichtern. Aber es ging nicht voran. Nach 18 Stunden spitzte sich die Lage zu. Der Arzt meinte, die Herztöne des Babys nicht mehr zu hören. Später dann doch wieder. Irgendwann schickten sie Hank, der schweißgebadet und hypernervös die Stunden im Krankenhaus verbracht hatte, nach Hause.

»Haben Sie zu Hause nichts zu tun, um sich abzulenken?«, hatte ihn der Arzt knapp gefragt. »Hier sind Sie nicht zu gebrauchen. Sie machen ihre Frau nur verrückt. Wir rufen Sie an.«

Mit diesen Worten schob er ihn unsanft aus dem Zimmer, in dem Josie lag und vor Schmerzen das Atmen vergaß. Hank wehrte sich zunächst, ließ sich dann aber doch über den Gang der Gynäkologie von einer Schwester Richtung Ausgang begleiten. Als er sein Auto aus der Parkbox rangieren wollte, um in die Werkstatt zu fahren, merkte er, wie ihm die Knie zitterten. Ein paar Stunden vergingen, bis ihn der erlösende Anruf erreichte, woraufhin er sich wieder ins Auto setzte und zurück in die Klinik raste. Später sollte ihm Homer vorwerfen, dass er ihn auf dem Weg dorthin nicht bei Matt abgeholt hatte. Natürlich, so seine Vermutung, wollte sein Vater erst einmal mit seiner neuen Familie allein sein, bevor er ihn dazu holte. Und so ganz glaubhaft konnte Hank das auch nicht von der Hand weisen. Er argumentierte mit der Erschöpfung von Josie nach den endlos langen Wehen. Er habe sie schonen wollen. Solche Sachen.

»Er hätte ruhig zugeben können, dass er mich vor lauter Aufregung um seine neue Familie vergessen hatte«, sagte Homer. »Das wäre wenigstens ehrlich gewesen.«

Stattdessen startete Homers neues Familienleben mit einer Brüskierung, die ihm viele Jahre zu schaffen machte. Er fühlte sich noch mehr wie ein Fremdkörper, kam sich bedeutungslos vor. Alles drehte sich bei seinem Vater um das neue Baby, seine Halbschwester, die ihre Eltern natürlich nicht mit ihrem vollen Namen, sondern einfach Sandy nannten. Und auch Josie hatte kaum noch Augen für Homer. Während er sich vor einem Jahr noch von ihrer Fürsorge bedrängt gefühlt hatte, wurde er plötzlich eifersüchtig auf das kleine rosafarbene Bündel, das Josie immerzu auf dem Arm trug und das von Homer – wenn er überhaupt von seiner Schwester sprach und sie mal nicht missachtete – in Anlehnung an die Geschichte von Winnie The Pooh Piglet, Schweinchen, genannt wurde.

»Könntest du bitte aufhören, Sandy immerzu Piglet zu nennen!«, forderte ihn sein Vater schon bald auf.

Josie war da weniger empfindlich. Sie hatte sich zwar für diesen aus Homers Sicht allzu prätentiösen Namen entschieden, doch hatte auch sie so einige Kosenamen für ihre kleine Tochter parat. Vielleicht weil ihr bald bewusst geworden war, dass Alexandra Victoria ein bisschen zu pompös für diesen kleinen Schreihals war.

Das ungetrübte Glück, das in ihrem Haus mit Sandys Geburt Einzug gehalten hatte, die vielen Besucher, die mit Geschenken vorbeikamen, das Strahlen von Josie, der unverkennbare Stolz seines Vaters – all das machte Homer schwer zu schaffen.

Seine Welt wurde wieder grauer, die Farben, die zaghaft zurückgekehrt schienen, verblassten erneut. Homer zog sich zurück, nach der Schule trieb er sich lange in Brooklyn und manchmal sogar in Manhattan herum, lief durch die Straßen und Kaufhäuser, um sich abzulenken. Manchmal gelang es ihm, meist aber nicht.

Mit 13 Jahren stürzte er in eine echte Lebenskrise. Er fand sich hässlich, seine Noten in der Schule wurden schlechter. Auch um seinen Charme, der ihm als Junge nachgesagt wurde, schien ihn das Erwachsenwerden zu bringen. Sein Gesicht behielt die kindlichen Rundungen, nur wuchs die Nase unproportioniert. Seine Haut war gräulich, auf der Oberlippe zeigte sich der erste Flaum, der seinem Gesicht etwas Schmuddeliges gab. Er lachte wenig, auch nicht, wenn er mit Matt zusammen in den Brooklyn Heights bei seiner Großmutter war. Doch niemandem schien das aufzufallen.

Sandy war neun Jahre jünger als er und im Alter von vier besonders niedlich. Mit ihrem Liebreiz zog sie alle Aufmerksamkeit auf sich und drängte Homer in den Hintergrund. Während sie alle Welt zum Leuchten brachte, kaum dass sie im Raum erschien, bewegte er sich nurmehr im Schatten. Jeder wollte Sandy auf dem Arm halten – Homer ausgenommen.

»Ich vegetierte einigermaßen talentfrei vor mich hin«, setzte Homer hinzu. »Damals hatte ich nicht das Gefühl, dass mir überhaupt noch irgendwas im Leben gelingen würde.«

»Wie alt ist denn deine Schwester jetzt?«, fragte ich, hätte es mir aber eigentlich ausrechnen können. Sie war neun Jahre jünger als er. »Fünfzehn. Ehrlich gesagt ist auch sie inzwischen in einem Alter, in dem sie meinem Dad und Josie Kopfzerbrechen bereitet. Sie ist zwar noch immer unglaublich hübsch, tut aber nicht mehr unbedingt das, was man von ihr erwartet. In der Schule ist sie miserabel. Und sie kleidet sich ausschließlich in Schwarz. Zudem weigert sie sich, mit in die Synagoge zu gehen. Ihre Bat Mitzwa konnte – sehr zum großen Kummer meines Vaters und Josie – nicht stattfinden. Sie ist schlicht nicht in die Vorbereitung gegangen. Dagegen war ich in dem Alter harmlos.«

Der jugendliche Weltschmerz sei damals in seinem Gesicht zu lesen gewesen, behauptete er später einmal. Er fühlte sich oft einsam und unverstanden. Während sein Vater sich in seine neue Familie stürzte, blieb Homer außen vor. Nach einigen Monaten begann er, ihn dafür zu verabscheuen. Es gab Momente, in denen ihm die Kränkung auch physisch zusetzte. Wegen immer wieder auftretender diffuser Kopf- und vor allem Magenschmerzen schleifte ihn Josie mehrfach zum Kinderarzt. Der aber konnte nichts feststellen und kam überhaupt nicht auf die Idee, was sein Unwohlsein in regelmäßig wiederkehrenden Phasen verursachen könnte. Sein Vater hielt das alles für wehleidiges Getue oder auch den Ruf nach Aufmerksamkeit und mochte damit sogar richtig liegen. Doch er ging nicht weiter darauf ein, von einem mehrfach wiederholten, teilweise recht harsch vorgebrachten »Reiß dich zusammen!« einmal abgesehen. Anfänglich wurde Homer wütend, doch irgendwann gab er auf und verschwand in seinem Zimmer. Die Sehnsucht nach seiner Mutter wurde wieder stärker. Dann weinte er abends im Bett. Er zog das Foto von ihr unter dem Metallfuß seiner Nachttischlampe hervor und schaute sie so lange an, bis ihm die Augen zufielen.

14

Die Einzige, die ein Gefühl für seine Stimmungslage zu haben schien, war Tana, seine Großmutter. Einmal an einem der Wochenenden, an dem sich in den Brooklyn Heights wieder alles nur um Sandy drehte, die gerade von Matt triumphierend durchs Haus getragen und fortwährend zum Lachen gebracht wurde, legte seine Großmutter den Arm um ihn.

»Hör mal. Ich lege mich jetzt hin. Um halb drei, also eine halbe Stunde, bevor ich aufstehe, kommst du hoch in mein Zimmer. Klopf einmal, dann zweimal kurz hintereinander, dann noch einmal. So weiß ich, dass du es bist. Und dann kommst du rein.«

Homer wunderte sich und nickte. Der Mittagsschlaf war seiner Großmutter heilig. Zu der Zeit herrschte die Stille im Haus. Wehe, eine der Dielen knarzte und würde sie auf diese Weise wecken. Sie konnte darüber sehr ungehalten werden, was unter anderem der Grund dafür war, dass sich Matt und Homer immer in den Keller zurückzogen, der einen Betonfußboden hatte. Dort konnte nichts knarren. Die anderen Kinder wurden auf die vielen Zimmer im Haus verteilt und hatten einen Mittagsschlaf zu halten. Homer wusste nie, ob sie das wirklich taten. Wichtig war nur, dass es still blieb. Und das tat es – seit Jahren.

Irgendwie schaffte er es, sich um Punkt halb drei aus dem Keller zu stehlen, in dem er mit Matt gesessen hatte. Er täuschte Magenschmerzen vor, die die Familie längst von ihm kannte und ihn gerne damit aufzog, und bat Matt, auf ihn zu warten, was der gutgläubig tat.

Dann schlich er die schmale Treppe hinauf in den zweiten Stock, klopfte leise im verabredeten Rhythmus an die Schlafzimmertür seiner Großmutter und trat ein. Sie lag auf ihrem Bett, hatte sich eine Wolldecke übergeworfen, winkte ihn zu sich heran und klopfte mit der rechten Hand auf die Bettkante.

»Setz dich mal«, sagte sie zu ihm mit rauer Stimme. »Was hältst du davon, wenn wir gemeinsam etwas lesen? Es gibt so wunderbare Literatur. Ich glaube, das könntest du ganz gut gebrauchen.«

Homer nickte, wusste aber gar nicht, was er von all dem halten sollte.

»Tana, du musst dich nicht um mich kümmern«, erwiderte er.

»Doch, will ich aber. Es ist nicht ganz leicht für dich im Moment. Und für mich auch nicht – ehrlich gesagt.«

Homer zog die Augenbrauen hoch und schaute sie fragend an.

»Kannst du dir nicht vorstellen, dass auch ich deine Mom ganz schrecklich vermisse – und das immer dann, wenn ich deinen Dad mit Josie so glücklich sehe. Es sei ihm gegönnt. Aber deine Mom war nun mal mein Kind. Niemals kann eine Mutter ihr Kind vergessen.«

Zum ersten Mal seit dem Unfall hatte Homer das Gefühl, dass nicht nur er von seiner Mutter nicht los- und über ihren Tod kaum hinwegkam. Die Traurigkeit wollte nicht verschwinden aus seinem Gedächtnis. Sie war immer da. Schlimmer noch, mit dem wachsenden Familienglück wurde sie wieder stärker. Und genau das empfand seine Großmutter offenbar genauso. Leise fing er an zu weinen. »Ich hege keinen Groll, aber ich bin oft voller Trauer. Das wollte ich dir sagen. Jetzt lies mir was vor und tröste mich ein bisschen.«

Homer blickte auf Tana herunter und sah, dass auch ihre Augen glitzerten. Dann nahm er das Buch, das sie ihm entgegenstreckte, wischte sich mit dem Ärmel seines Sweatshirts einmal übers Gesicht, blickte auf das Cover und flüsterte den Titel vor sich hin: Isaak Babel, *Erzählungen.*

»Weißt du, wer das ist?«, fragte ihn Tana.

»Nein. Aber vielleicht sollte ich es wissen«, entgegnete Homer.

»Musst du nicht. Isaak Babel ist ein Schriftsteller aus Odessa. In seinen Erzählungen beschreibt er meine Heimat, an die ich mich nur noch vage erinnere und die ich vielleicht nie mehr wiedersehen werde, weil sie hinter dem Eisernen Vorhang unerreichbar ist. Manchmal lese ich darin, damit ich niemals vergesse, woher ich eigentlich komme. Und weil ich Odessa vermisse, so vage meine Erinnerungen daran auch sind. Isaak Babel hat Geschichten von Gaunern und Huren und Soldaten geschrieben, es sind auch herzzerreißende Liebesgeschichten dabei, Geschichten vom Krieg. Ich habe gedacht, du hättest vielleicht Lust, mir an den Wochenenden, wenn du hier bist, gegen Ende meines Mittagsschlafes immer eine Geschichte vorzulesen.«

Homer nickte.

»Jetzt gleich?«, fragte er unsicher.

»Aber natürlich«, flüsterte Tana, »darauf freue ich mich schon den ganzen Morgen.«

Homer wählte eine Geschichte aus Babels Erzählband, *Die Reiterarmee,* und begann zu lesen.

»Der dunkel gewordene Sbrutsch rauscht und knüpft die schäumenden Knoten seiner Wasserwirbel. Da die Brücken zerstört sind, setzen wir an einer Furt über den Fluss ...«

Er blickte auf und schaute seine Großmutter verunsichert an.

»Lies nur«, ermunterte Tana ihren Enkel. »Ich weiß, die Geschichten sind nicht sehr heiter, aber die Zeit war auch nicht danach. Es gab einen Grund, warum meine Eltern damals beschlossen haben, ganz weit fortzugehen.«

Die Lesestunden mit seiner Großmutter weiteten sich aus und somit auch ihr Mittagsschlaf. Es war mitnichten so, dass Homer binnen einer halben Stunde mit einer Geschichte fertig war. Manchmal lasen sie bis vier Uhr am Nachmittag. Da Tanas Mittagsschlaf keinesfalls gestört werden durfte, traute sich auch niemand, nach ihr zu sehen, wenn sie länger als die übliche Zeit in ihrem Zimmer verschwunden war. Und so blieben die Stunden, die Homer am Bettrand seiner Großmutter verbrachte, ein paar Monate ihr beider Geheimnis. Irgendwann sagte er es Matt, der nicht verstand, warum sich Homer seit Neuestem regelmäßig um halb drei aus dem Keller zurückzog. Und er erklärte es so, wie es ihm Tana auch erklärt hatte. Sie beide hatten etwas gemeinsam, was kein anderer der Familie teilen konnte. Es war die latente Trauer um den Tod von Elaine. Matt nickte, hatte – wie sollte es anders sein – dafür natürlich Verständnis ohne einen Hauch von Eifersucht und schaute seinerseits auf die Uhr, damit Homer seinen Termin bei Tana nicht verpasste.

»Lies mal Isaak Babel«, sagte Homer zu mir. »Er schreibt wunderschön! Aber vielleicht empfinde ich das auch nur so, weil mir die gemeinsame Zeit mit meiner Großmutter wirklich geholfen hat. Irgendwie haben sich die Dinge damals ein wenig aufgehellt. Ich glaube, es tat mir gut.«

Homer durfte den Babelband sogar mit nach Hause nehmen. Er sollte ihn lesen, um dann die für ihn interessantesten und spannendsten Geschichten seiner Großmutter vorzutragen. Sie wollte wissen, was ihn am meisten interessierte. Und das war ziemlich klar: Die Erzählungen der Reiterarmee, eine Ansammlung von kriegerischen Grausamkeiten. Wie sollte es anders sein bei Jungen im Alter von 14 Jahren?

15

Hank musste ihn eine ganz Zeit lang beobachtet haben. Anders konnte Homer sich das alles nicht erklären. Er hatte im Wohnzimmer auf dem Sofa gelegen, den Kopf auf die Armlehne gestützt, die Füße über die Armlehne der anderen Seite gestreckt. Er hatte genau darauf geachtet, dass seine Schuhe, die er verbotenerweise nicht ausgezogen hatte, das Sofa seitlich nicht beschmutzten. Und er hatte den Babel aufgeschlagen, dessen Geschichten ihn faszinierten.

»Was machst du da?«, fragte ihn sein Vater, und es schwang eine fast vorwurfsvolle Verblüffung in seiner Stimme.

Wenn ihn sein Vater ansprach, zuckte Homer regelmäßig zusammen. Denn oft klang es in seinen Ohren streng, befremdlich, vorwurfsvoll. Auch diesmal schwebte Hanks Stimme im Raum, was Homer sofort auf seine Schuhe bezog. Wahrscheinlich würde er ihn im nächsten Moment zurechtweisen: Du weißt doch, dass Josie es nicht mag, wenn du die Schuhe nicht an der Haustür ausziehst. Doch nichts dergleichen. Nur diese Frage war noch da. Homer probierte es mit einer Antwort zu dem Buch, das er in der Hand hielt.

»Isaak Babel, ein Buch von Grandma. Sie hat es mir zu lesen gegeben.«

Homer erwartete, dass er jetzt über Autor und Inhalt würde referieren müssen und überhaupt über die Tatsache, wieso seine Großmutter ihm ein Buch von einem Schriftsteller aus Odessa gegeben hatte, der Anfang des Jahrhunderts so brutale und traurige Geschichten aufgeschrieben hatte und den niemand mehr las. Hatte die amerikanische Gegenwartsliteratur nicht genug Bahnbrechendes zu bieten, was er hätte lesen können? Aber auch das kam nicht.

»Sag mal, liest du richtig oder blätterst du nur?«

»Ich lese, was denkst du denn?«, gab Homer gereizt zurück. Was um Himmels willen wollte sein Vater nur von ihm.

»Nein, du blätterst. Ich meine, nach wenigen Sekunden drehst du die Seite um. Das hat mit Lesen nicht viel zu tun.«

»Dad, was soll das? Ich lese, so wie immer.«

»Nein, tust du nicht. Du schaust über die Seite, mehr nicht.«

»Gibt es nichts an mir, woran du nichts auszusetzen hast?«, fragte Homer noch mal mit leicht erhöhter Stimme.

Er hatte keine Ahnung, warum ihm sein Vater plötzlich einen Vorwurf machte, nur weil er las.

»Homer. Ich will lediglich wissen, was los ist. Liest du jetzt richtig oder nicht?«

Plötzlich richtete er sich auf:

»Mensch, Dad, was willst du von mir? Lass mich in Ruhe«, brüllte er ihn an. »Du hast mich die ganze Zeit über in Ruhe gelassen, als es nur um Sandy ging. Und jetzt plötzlich willst du wissen, wie ich lese?«

Mit einem Ruck stand er vom Sofa auf und wollte sich an seinem Vater, der im Türrahmen stehen geblieben war, vorbeidrücken und in sein Zimmer verschwinden. Oder am besten noch nach draußen. Aber Dad ließ ihn nicht durch, sondern nahm ihn beim Kragen und drückte ihn zurück auf das Sofa. Homer erschrak, denn er hatte keine Ahnung, welche Anwandlung seinen Vater dazu veranlasste, nahezu handgreiflich zu werden. Er bekam plötzlich Angst, sah seinen Vater aus den Augenwinkeln an und schüttelte den Kopf.

»Was willst du von mir?«, presste er hervor.

Hank machte einen Schritt auf ihn zu. Homer zuckte unwillkürlich zusammen. Er rückte zur Seite, ganz in die Sofaecke, um sich zur Not mit einem der Kissen zu verteidigen. Hatte sein Vater irgendwelche Probleme, die er jetzt an ihm ausließ? Homer hatte keine Ahnung.

Sein Vater ließ sich unvermittelt neben ihm auf dem Sofa nieder. Dann legte er den Arm um seinen Sohn, was diesen erneut zusammenzucken ließ.

»Homer, ich will gar nichts von dir. Ich kriege nur nicht mehr viel mit von dir. Rede mit mir.«

Befremdet muss Homer ihn angeschaut haben. Denn sein Vater legte nach.

»Weißt du, ich habe noch nie jemanden so lesen sehen.«

»Wie lesen? So lese ich doch immer!«

»Wirklich? Ich meine, in diesem rasenden Tempo.«

Homer war das nicht aufgefallen. Er las, wie er es sich über die Jahre angewöhnt hatte. Er las viel, das wusste jeder. Und manchmal war es schon zum Familienwitz geworden, in welchem Tempo er Bücher verschlang. Seine Tante, die Onkel und auch Tana schrieben es der Tatsache zu, dass er nach Elaine kam, die, wie Tana berichtete, als Kind und als Jugendliche unendlich viel gelesen hatte. Aber mit Homer verhielt es sich noch viel extremer.

Dann machte ihm sein Vater einen Vorschlag. Sie würden eine der Geschichten aus dem Erzählband Babels heraussuchen, die Homer noch nicht kannte. Jeder von ihnen würde die ersten beiden Seiten lesen. Dann sollte Homer ihm erzählen, was darin stand. Homer wunderte sich weiter, ließ sich aber darauf ein, weil er seinen Vater nicht weiter verärgern und der reichlich seltsamen Situation ein Ende setzen wollte. Hank ging ihm auf die Nerven.

Er suchte eine der Geschichten in der Mitte des Sammelbandes aus.

»Hast du die schon gelesen?«

Homer schüttelte den Kopf.

»Okay, dann los. Ich lese die ersten zwei Seiten. Danach bist du dran und erzählst mir, was drinsteht.«

»Muss ich, während du liest, neben dir sitzen oder kann ich in die Küche gehen?«

»Du kannst gehen, wohin du willst. Ich rufe dich, wenn ich fertig bin.«

Homer verschwand dann doch nicht in der Küche, sondern ging hinaus auf die Terrasse und setzte sich in die Hollywood-Schaukel, die sein Vater für Josie und das neue Baby angeschafft hatte. Er legte sich quer auf die dreiteiligen braunen Polster mit den orangen Ziernähten, hielt ein Bein auf dem Boden und begann, sich ein bisschen hin- und herzuschaukeln. Nach ein paar Minuten rief ihn sein Vater zu sich und reichte ihm das Buch. Homer wollte damit gerade wieder auf die Terrasse verschwinden, um sich zurück in die angenehme Position auf der Hollywood-Schaukel zu begeben, als ihn sein Vater am Arm festhielt. Er sollte sich neben ihn aufs Sofa setzen und vor seinen Augen die beiden Seiten lesen. Homer wunderte sich wieder, tat aber dann doch, was sein Vater von ihm verlangte – um des lieben Friedens willen. Und begann zu lesen. Mit einem Blick scannte er die erste Seite, er las die Zeilen ja nicht von links nach rechts, sondern von oben nach unten. Nach wenigen Sekunden blätterte er um, verfuhr mit der zweiten ähnlich und hatte insgesamt weniger als eine halbe Minute für die insgesamt sechshundert Wörter gebraucht.

»Und, was schreibt er?«, fragte ihn sein Vater.

Homer sprach kurz über den Inhalt, das allerdings so präzise, wie es sein Vater wahrscheinlich nicht hinbekommen hätte. Aber der war ja auch kein Denker, sondern ein begnadeter Oldtimermechaniker, dachte Homer. Können musste er das nicht.

»Zufrieden, Dad?«

»Hm«, Hank nickte nachdenklich. »Kann das sein, dass du nicht nur rasend schnell liest, sondern auch noch ein fotografisches Gedächtnis hast?«

Homer zuckte die Schultern, stand auf und verschwand. Nicht minder nachdenklich als sein Vater, war er sich doch bisher nicht der Tatsache bewusst gewesen, dass er über besondere Fähigkeiten wie das Schnelllesen verfügte. Seine Lesegeschwindigkeit paarte sich dazu mit einer ungewöhnlichen Auffassungsgabe und einem hervorragenden Gedächtnis. Ihm war das bisher nie aufgefallen.

»Ich erinnere mich daran, dass ich mich manchmal darüber gewundert habe, wie langsam einige in der Klasse lasen und lernten. Sie behielten so wenig im Kopf«, sagte Homer, während wir dem Englischen Garten entgegenschlenderten. »Aber das war mir ganz recht. Wenn ich warten musste, habe ich aus dem Fenster geschaut und vor mich hingeträumt.«

Es war immer noch ungewöhnlich warm in München, mindestens 28 Grad. Die Nacht hatte kaum Abkühlung gebracht. Es sollte einer dieser Jahrhundertsommer werden, gegen dessen Ende die andauernde Hitze und Trockenheit eine fast beklemmende Wirkung entfalten konnten. Der sichelförmige Mond stand silbrig am Himmel und tauchte den Park in ein kühles Licht. Wir überquerten die Wiesen und liefen weiter. Ich wollte zum Monopteros, diesem kleinen, runden Musentempel aus den 30er-Jahren des 19. Jahrhundert. Homer hatte mich gefragt, ob es einen Platz gebe, von dem aus er von oben auf die bayerische Hauptstadt würde schauen können. Wir stiegen den sanften Hügel hinauf und ließen uns am Rand der Steinplatte nieder, auf der die Säulen die kleine Kuppel trugen. Seine Sandalen hatte Homer abgestreift.

»Was für eine großartige Stadt«, seufzte er.

16

Als Homer siebzehn Jahre alt war, veränderte sich sein Verhältnis zu Matt. Die Treffen im Haus seiner Großmutter wurden spärlicher. Irgendwann trafen sie sich dort gar nicht mehr. Das lag, wie Homer meinte, vor allem an Matt. Er ging an den Wochenenden mit Mädchen aus. Sie schienen ihn zu mögen – vielleicht weil er ein guter Zuhörer war, einer, der immerzu auf andere einging. Wenn Homer ihn in der Schule manchmal danach fragte, wen er so alles »daten« würde, hielt sich Matt ärgerlicherweise zurück.

»Ich date sie nicht, ich tröste sie«, sagte er und setzte mit einiger Ironie hinzu: »Ich hoffe, dir ist klar, dass das ein gewisser Unterschied ist.«

Dann grinste er derart überlegen, dass sich Homer einmal mehr brüskiert fühlte. Wie so häufig in dieser Zeit ärgerte er sich über seinen Cousin.

»Nur dass du es weißt: Ich tröste die, denen du das Herz brichst«, setzte Matt zu allem Überfluss noch hinzu, was Homer wiederum als Spott verstand, hatte er mit Mädchen, wenn überhaupt, doch immer nur flüchtig etwas zu tun.

Meistens behandelte er sie reichlich herablassend – aus Unsicherheit. Hin und wieder ging auch er mit einer aus. Dann tauschte er mit ihnen tiefe Blicke und ein paar Küsse aus, lief händchenhaltend abends mit ihnen durch die Straßen, niemals aber tagsüber, und meldete sich schon bald nicht mehr bei ihnen, wenn ihm die Nähe zu viel wurde.

»Tut mir leid, wenn du da etwas falsch verstanden hast«, sagte er entschuldigend, wenn ein verzweifeltes Mädchen ihn auf dem Schulhof zur Rede stellte.

Den Spruch hatte er in irgendeiner Serie gehört und für geeignet empfunden, um alle weiteren Werbe- und Überzeugungsversuche mit einem eindeutigen Signal der Aussichtslosigkeit von vorneherein abzuwenden.

Während Homer das erzählte, lachte er kurz auf.

»Matt hat sich seine Welt stets so gedeutet, wie es ihm passte. Und es war klar, dass er dabei am besten wegkam. Ich will nicht wissen, was er bei sich zu Hause seiner jüngeren Schwester oder gar seinen Eltern über mich erzählte hat.«

Ich verstand nicht ganz, was er meinte.

»Well, wie er mich und sich selbst darstellte. Der Gute und der Böse, der Zuverlässige und der Unberechenbare, auf den keiner eine Wette abschließen sollte, der Fürsorgliche und der Egoist. Vielleicht war das auch gar nicht so falsch. Ich konnte mich damals ja noch nicht einmal selbst gut leiden.«

Hank bekam die Launen seines Sohns häufig zu spüren. Oft hatte die ganze Familie darunter zu leiden. Und er konnte es kaum mit ansehen, dass ein Junge mit seinen Fähigkeiten in seinem Zimmer saß und stundenlang zum Fenster hinausschaute. Er ahnte, dass sich Homer dann in einer dieser Krisen befand. Was er nicht wirklich wusste, war, dass sein Sohn die Szene, in der seine Mutter vor seinen

Augen so jäh aus dem Leben gerissen worden war, nicht aus dem Kopf bekam. Es gab Phasen, in denen sie sich in seinen Gedanken verselbständigte, in denen er mitunter zum Akteur wurde, der sie nicht am Fenster, sondern an der Tür verabschiedet und sie auf die Straße direkt vor den Chrysler gestoßen hatte. Auch diese Szene grub sich derart real in sein Gedächtnis, dass er immer häufiger nicht mehr zwischen Trug und Wahrheit zu unterscheiden wusste. Dann begann er zu zweifeln.

Wenn es ihm schlecht ging, zog ihn sein altes Kinderzimmerfenster magisch an. Er stand vor der Scheibe und grübelte, versuchte sich aber bald mit aller Kraft nur auf das Haus gegenüber zu konzentrieren, das von seinen Besitzern aufgestockt worden war. Meistens misslang es und er sah davor eine schlanke Person durch die Luft fliegen, den Kopf seltsam verrenkt, die zusammengebundenen Haare gelöst. Dann hoffte er, dass sie sich in dem Moment, in dem sie auf der geteerten Straße aufschlug, erheben, ihm zuwinken und in Richtung ihres Hauseingangs laufen würde, als würde sich der ganze Film rückwärts abspulen. Und schon schoss ihm wieder der Gedanke daran durch den Kopf, dass er sie vielleicht gestoßen haben könnte, weil er gar nicht am Fenster gestanden hatte, sondern ihr bis zur Haustür gefolgt war. Die Sache mit dem Fenster hätten ihm die anderen nur erzählt, um ihn vor sich selbst zu schützen. Er kniff die Augen zusammen, fokussierte das Haus auf der anderen Straßenseite, scannte die etwas zu dick geratenen ionischen Säulen, die sich seine Besitzer vor die Haustüre hatten bauen lassen, und hoffte inständig, dass sich seine Gedanken dadurch bändigen ließen. Richtig im Zaum zu halten waren die belastenden Fantasien allerdings nicht.

Immer öfter geriet Hank mit seinem Sohn aneinander. Häufig fuhr er ihn an, was Homer wiederum überhaupt nicht verstand. Er tat doch gar nichts, außer dass er mitunter Wutanfälle bekam, das Chaos in seinem Zimmer nicht beseitigte, so wie er es in seinem Kopf nicht unter Kontrolle halten konnte, dass er darüber hinaus in der Schule absolut unter seinen Möglichkeiten blieb und ansonsten zu viel Zeit am Fenster mit vergeblichen Versuchen verbrachte, seine Gedanken zu kontrollieren. Aber er trank und kiffte nicht. Er war nur da – ewig missmutig und verunsichert.

»Ich hatte mir damals die abwegigsten Mechanismen angewöhnt, um meine Gedanken in den Griff zu bekommen«, erinnerte er sich. »Es war eine fürchterliche Zeit, in der ich ziemlich viel Energie darauf verwendete, nicht verrückt zu werden.«

Denn wenn sich seine Gedanken nicht zähmen ließen, dann kam genau diese Befürchtung auf. Er wusste ja, dass er seine Mutter nicht vor das Auto gestoßen hatte, dass diese Vorstellungen allesamt seiner überbordenden, schuldbehafteten Fantasie entsprangen, und zweifelte doch. Was, wenn er irgendwann einmal jemand anderen auf die Straße oder vor die U-Bahngleise stoßen würde? Wenn er, getrieben vom inneren Zwang, eine Art Mission erfüllen zu müssen, das Wirklichkeit werden ließ, was ihm immer häufiger so real erschien?

»Wenn mich diese Gedanken heimsuchten, was bestimmt einmal am Tag der Fall war, und gar nichts dagegen half, versuchte ich mir vorzustellen, wie ich fliege, so wie ich auf der Beerdigung über die Wiese geflogen bin. Hoch hinaus – natürlich zu meiner Mutter.«

Das wiederum hatte auf Dauer einen anderen unangenehmen Nebeneffekt. Homer wurde von der Tiefe magisch angezogen. Und er war sich häufig nicht sicher, ob er nicht tatsächlich irgendwann springen würde, nur um zu fliegen. Dabei wusste er doch, dass er recht unsanft aufschlagen würde, um dann – das war womöglich das Tröstliche an dem Gedanken – ziemlich bald tatsächlich auf immer bei seiner Mutter zu sein. So jedenfalls stellte er sich das vor.

Was wusste sein Vater schon von ihm? Das, was sich über die vergangenen Jahre in seinem Gehirn zusammengebraut hatte, jedenfalls nicht. Die Sprachlosigkeit zwischen Vater und Sohn setzte Hank mehr zu als Homer. Dabei empfand sich Homer nicht so belastend, wie er für die anderen mit seinen Stimmungsschwankungen war. Er hatte ja so oder so vor vielen Jahren beschlossen, dass er fortan für sich allein verantwortlich sein würde, und besprach sich mit niemandem mehr in seiner Familie – noch nicht einmal mit seiner Großmutter, die er immerhin noch regelmäßig an den Wochenenden besuchte, wenn auch nicht mehr so ausgiebig wir früher. Wenn er da war, dann sagte er ihr von dem, was ihm im Kopf herumschwirrte, nichts.

»Irgendwann in dieser Zeit bot mir mein Vater einen Job in seiner Werkstatt an«, sagte Homer. Sein Geschäft war gewachsen, damals arbeiteten, glaube ich, sechs Schlosser für ihn. Er hatte viele neue Kunden, vor allem Investmentbanker der Wall Street, für die die Oldtimer weniger Passion als Statussymbol waren und die mit ihnen an den Wochenenden über Long Island cruisten.«

»Woher wusste er das?«, fragte ich.

»Er wusste es nicht, aber er vermutete es. Sie hatten so eine andere Art, über Autos zu sprechen. Ich fand seine Idee nicht schlecht und ließ mich darauf ein.«

Seine Büroarbeit erledigte Hank schon länger nicht mehr selbst, sondern hatte eine Sekretärin eingestellt, die besonders gewandt darin war, Kunden zu beruhigen, wenn sie – aus Zeitgründen oder warum auch immer – keinen Termin bei Hank Spiegelman persönlich bekamen. Sein Geschäft hatte sich zu einer Größe entwickelt, bei der er delegieren musste. Einfach war das nicht, denn das Geschäft lebte nun einmal von seinem Namen und seiner inzwischen über New York hinaus bekannten Hingabe, mit der er alten Autos ihren früheren Glanz zurückgab, ohne ihnen die Patina zu nehmen, die sie über die Jahre angesetzt hatten. Niemand konnte so überzeugend von Oldtimern reden, niemand hatte die gleichen Fähigkeiten wie sein Dad, Witwen die Autos ihrer verstorbenen Ehemänner günstig abzukaufen mit dem festen Versprechen, nur so könnten sie »weiterleben«.

Dreimal in der Woche, montags, mittwochs und donnerstags, verbrachte Homer fortan die Nachmittage in der Werkstatt. Hank ermunterte ihn, bei Kundengesprächen dabei zu sein und sich im Büro von der Sekretärin die Bücher zeigen lassen. Und wenn sein Vater mit seinem Pick-up in die Hamptons zu seiner schwerreichen Klientel fuhr, weil er sich einen Oldtimer erst einmal anschauen wollte, um ein Gutachten über Reparaturkosten oder auch ein Kaufpreisangebot abzugeben, dann saß Homer auf dem Beifahrersitz.

Mit einem Mal bekam er unglaubliche Villen zu sehen, große Häuser mit Bediensteten und Limousinen berühmter Hersteller wie Aston Martin, Mercedes, natürlich Bentley oder Rolls-Royce ganz verschiedener Baujahre. Homer staunte nicht schlecht. Er hatte

Häuser einer derartigen Pracht, wie sie hinter Hecken auf strahlend grünem, akkurat getrimmtem Rasen standen, noch nie gesehen und begann, seinen Vater für den Kundenstamm, den er sich über die Jahre aufgebaut hatte, zu bewundern.

Gleichwohl wurde ihm bald bewusst, dass Hank kaum mehr als ein Dienstleister war, der sein Geld mit der aufwendigen Sammelleidenschaft dieser Menschen verdiente, keinesfalls mit ihnen auf Augenhöhe – ein Gedanke, der Homer wie ein spitzer Stachel im Fleisch die Freude an ihren Ausflügen ein wenig vergällte. Niemals würden sie sich selbst so ein Haus leisten und bewohnen können.

Die Upper Society beeindruckte Homer schwer. Nur fand er, dass sich sein Vater ein bisschen zu klein machte vor seinen Kunden, zu beflissen auf ihre Wünsche und Spinnereien einging. Er legte sich gewaltig ins Zeug, um einen Auftrag zu bekommen, dabei hatte er das gar nicht nötig, wurde er doch immer weiterempfohlen – von einem Prominenten und Reichen zum nächsten, von Schauspielern und Schriftstellern, von Unternehmern und Brokern, die an der Wall Street offenbar im Handumdrehen ein Vermögen machten. Die Unterwürfigkeit seines Vaters missfiel ihm.

»Dad, du lässt dich behandeln wie ein Mensch zweiter Klasse«, sagte er ihm einmal auf dem Rückweg.

»Sind wir das nicht auch?«, gab Hank zurück.

»Menschen zweiter Klasse?« Homer zog die Augenbrauen hoch.

»Jedenfalls Dienstleister. Nicht mehr und nicht weniger. Ich repariere, baue und beschaffe diesen Menschen Spielzeuge, die ich mir selbst nie leisten könnte. Sie freuen sich daran und bezahlen mich gut. Das ist doch für einen Mechaniker wie mich schon eine ganze Menge. Findest du nicht?«

Es war die Zeit, in der Homer ein zweites Mal aus einem Traum erwachte. Sein Vater hatte, einmal abgesehen von dem Betrug an ihrer Zweisamkeit ein gutes Jahr nach dem Tod seiner Mutter, über die Jahre für ihn an Statur gewonnen. Er war ein richtiger Chef geworden und hatte Homer damit zunehmend Respekt abgenötigt. Homer hatte kaum noch im Kopf, wie verschwitzt und schmutzig er vor ein paar Jahren unter den Oldtimern wieder hervorgekrochen war. Längst war er in Homers Vorstellung zum Geschäftsmann mutiert.

Hank konnte seine Familie mit seinem Einkommen zwar gut ernähren, sie flogen über die Jahreswende sogar nach Hawaii in den Urlaub. Und Homer hielt schon das für ein Privileg. Aber davon, was richtiger Reichtum bedeutete und wie groß das Gefälle zu seinem Vater war, hatte er sich keine Vorstellung gemacht.

Jetzt, da er ganz andere Anwesen sah und andere Menschen kennenlernte, wurde sein Vater wieder zu dem kleinen Autoschlosser, der er immer gewesen war. Er schrumpfte sozusagen ein zweites Mal auf Normalgröße zurück, was Homer mit ein wenig Wehmut erfüllte. Andererseits bewunderte er ihn dafür, wie er in dieses Milieu der Superreichen hineingeraten war mit seiner eigenen Hände Arbeit. Er hatte ja noch nicht einmal das College besucht.

Homer behielt all diese Gedanken für sich. Wahrscheinlich würde Dad ihn auch überhaupt nicht verstehen. Viel hatten sie in den vergangenen Jahren nicht gemeinsam erlebt und besprochen, seit Homer in jener Nacht beschlossen hatte, fortan nur noch für sich allein verantwortlich zu sein. Jedenfalls gab es – das wurde Homer mit seiner neuen Tätigkeit in der Werkstatt mit einem Mal klar – andere, die schon in ihren ersten Berufsjahren viel, viel weitergekommen waren als einer wie Hank Spiegelman.

17

Während sein Vater nach einem Kundenbesuch seinen Pick-up zurück nach Brooklyn steuerte, hing Homer gewöhnlich seinen Gedanken nach. Unwillkürlich dachte er dann an seine Mutter und daran, dass er nichts über den Fahrer wusste, dem sie damals vor das Auto gelaufen war. Was, wenn es einer von diesen Menschen gewesen war, der sich für seinen Ausflug nach Brooklyn zufällig in seinen Chrysler gesetzt hatte, ansonsten aber mit Oldtimern durch die Gegend fuhr, die aus der Werkstatt seines Vaters stammten? Einen kurzen Moment jagte dieser Gedanke seinen Puls in die Höhe. Aber warum hätte der sich wiederum in ihre kleine Straße verirren sollen? Homer verdrängte den Gedanken schnell, zu abwegig erschien ihm das Ganze. Außerdem wollte er nicht mehr so häufig an seine Mutter denken.

An einem Freitagnachmittag fuhren sie wieder einmal gen Osten. Diesmal ging es nach Sag Harbor, nicht in die Hamptons. Zu einem bekannten Banker, erzählte ihm sein Vater, einem, der mit Aktien handelte. Er musste damit ein Vermögen gemacht haben. Den Namen der Bank hatte er vergessen. Homer saß auf dem Beifahrersitz, hielt eine Landkarte auf dem Schoß und dazu den handgeschriebenen Zettel seines Vaters, der mit dem Kunden telefoniert und dann eine Wegbeschreibung notiert hatte. Es war nicht besonders kompliziert, das Haus an der Waterfront unweit des Golfplatzes zu finden. Ein elegantes, perfekt gepflegtes Anwesen, in dessen Zentrum sich ein doppelstöckiger, herrschaftlicher Holzbau im klassischen Kolonialstil befand, den eine Veranda mit Vordach zierte. Die Auffahrt führte durch einen parkartigen Garten und war von einer Hecke aus hellblauen Hortensien gesäumt. Homer überlegte, ob die Blüten tatsächlich blau aus ihren Knospen wüchsen oder ob der Gärtner das Wasser zum Gießen mit blauer Tinte versähe, damit die Blüten diese wunderbare Farbe annähmen.

Während sie auf das Haus zurollten, öffnete ein Bediensteter das geschwungene Eingangsportal und trat die zwei Stufen hinunter. Er hatte ein freundliches Lächeln aufgesetzt und die Hand gehoben. Kurz bevor sie in die Kurve einbogen, die den Weg durch den Park bis zum Haus führte, winkte er sie heran und wies sie an, direkt vor der Veranda zu parken.

Hinter ihm erschien ein elegant gekleideter, schlanker Mann auf der Veranda, der in der Weitläufigkeit des Anwesens zu verschwinden drohte. Als Homer ausstieg, bemerkte er erst, wie groß er wirklich war. Wahrscheinlich sah man vor solchen Häusern einfach klein aus, dachte er sich. Mr. Thornton kam auf sie zu, wartete, bis Hank die Wagentür geschlossen hatte, und gab ihm die Hand. Dann wandte er sich Homer zu, den sein Vater soeben als seinen Assistenten vorgestellt hatte, was Mr. Thornton ein Lächeln entlockte.

»Welcome, Spiegelman Junior!«, sagte Mr. Thornton jovial.

Homer wäre am liebsten im Boden versunken. Die Aktion seines Vaters war ihm mehr als unangenehm. Doch bevor er irgendetwas erwidern konnte, setzte Mr. Thornton hinzu:

»Kein schlechtes Business, das dein Vater da betreibt. Sicher willst du das übernehmen.«

Leicht eingeschüchtert schüttelte Homer den Kopf, streckte ihm dann aber geistesgegenwärtig genug abwehrend seine Hände mit den Handflächen nach außen entgegen:

»Mit zwei linken Händen. No way. Da wären wir sofort bankrott.«

Mr. Thornton lachte und schüttelte seine welligen Haare, deren Silbergrau zu seiner jugendlichen Erscheinung nicht passte. Er hatte offenbar mit einer derartigen Schlagfertigkeit des Jungen nicht gerechnet. Auch sein Vater lachte – gequält. Diesmal war er peinlich berührt, wusste er doch, dass Homer die Wahrheit sagte.

»Er hat's eher im Kopf.«

Sie folgten dem Hausherrn in die Garage, in der neben einem hochglanzpolierten, dunkelgrünen Chevrolet ein heruntergekommener BMW stand. Die Lackschäden gaben ihm ein erbarmungswürdiges Aussehen. Homer zweifelte, ob er überhaupt noch fuhr. Als hätte Mr. Thornton geahnt, was in seinem Kopf vor sich ging, erklärte er den beiden, dass er den Wagen erst vor Kurzem erstanden habe. Von einem Freund, der beschlossen hatte, sich von dem Gefährt zu trennen.

»Ein BMW 335 von 1940«, sagte sein Vater.

»41«, korrigierte ihn Mr. Thornton.

Das Blau der Luxus-Karosserie war ungeachtet der vielen Lackschäden und Dellen noch gut zu erkennen. Ein prächtiges Auto musste das einmal gewesen sein, dachte Homer. Auch das Verdeck war reichlich beschädigt und nur notdürftig geflickt worden.

»Schauen Sie sich den in Ruhe an«, forderte Thornton Hank Spiegelman auf und zwinkerte ihm zu. »Ich gehe derweil mit Ihrem Sohn ins Haus und biete ihm eine Limonade an.«

Wieder überkam Homer eine gewisse Unsicherheit. Doch er folgte Mr. Thornton auf die Terrasse zu einer Gruppe mit weiß gepolsterten Korbsesseln, ließ sich nieder und lächelte verlegen. Mr. Thornton lächelte zurück, beugte sich leicht nach vorne, fragte Homer nach seinem Alter, um ihn schon bald in ein Gespräch über seine Zukunftsvorstellungen zu verwickeln. Da sich Homer noch keine Gedanken darüber gemacht hatte, wie es nach der Highschool weitergehen könnte, druckste er herum, um nach ein paar dahingeworfenen Wortfetzen zu gestehen, dass er keine Ahnung habe.

Mr. Thornton lachte kurz auf, allerdings derart gewinnend, dass sich Homer eher verstanden als belächelt fühlte und etwas mehr Zutrauen fasste.

»Was hat dir dein Vater über mich erzählt?«, wollte Mr. Thornton wissen.

»Gar nichts, Sir«, log Homer. Zu riskant erschien es ihm in dem Moment, wahrheitsgetreu zu antworten und zu sagen, was er bereits wusste.

Er traute seinem Vater nicht und wollte mit seinem Halbwissen nicht Gefahr laufen, vor Mr. Thornton etwas Falsches zu sagen.

Thomas Thornton, begann daraufhin, seine Geschichte zu erzählen, wobei er sich von der Gegenwart sukzessive in die Vergangenheit zurückarbeitete. In einer der großen Investmentbanken der Wall Street verantwortete er den gesamten Aktienhandel. Und das schon seit fünf Jahren. Er hatte dafür Tag und Nacht gearbeitet und auf eine eigene Familie verzichtet. Es hatte sich einfach nicht ergeben. Der wahre Grund war allerdings ein anderer: Mr. Thornton hatte an Frauen wenig Interesse. Er stellte keine Sekretärinnen, sondern Assistenten ein und in seiner Villa auf Long Island ebenfalls ausschließlich männliches Personal.

Thornton kam aus einer Mittelschichtfamilie aus New Haven, Connecticut. Nach der Schule wollte er unbedingt zur Universität gehen – mit seinen guten Noten war das möglich. Aber seine Eltern konnten die Gebühren nicht bezahlen. Es blieb ihm nur, eine öffentliche Hochschule zu wählen. Er schrieb sich an der Westküste an der University of California ein, möglichst weit weg von zu Hause, wo es ihm zu eng geworden war.

»Spätestens da wurde ich richtig hellhörig«, sagte Homer. »Denn das war schon auch mein Thema. Innerlich spürte ich damals, dass ich Distanz zu meinem Vater und Josie brauchte oder mir wünschte.«

Homer schwieg eine Weile, während er den Blick in die Ferne gerichtet hatte, als läge dort irgendwo die Antwort darauf, was ihn zunehmend in den Bann dieses Mr. Thornton gezogen hatte.

»War klar, dass es ihn nach Kalifornien verschlug, ins Land der Hippies und der freien Liebe.« Homer lachte kurz. Dann wurde er wieder ernst: »Heute bin ich mir allerdings nicht mehr so sicher, warum er mir diese Dinge damals erzählt hat. Vielleicht wollte er mich nur provozieren, mal über meine Eltern nachzudenken. Andererseits konnte er unmöglich wissen, dass mich die Enge des von Dad und Josie organisierten Familienlebens früher oder später wirklich zum Ausbruch drängen würde. Ich hatte schon damals überlegt, wie ich von Zuhause wegkomme, aber keine Lösung dafür gefunden.«

Thomas Thornton hatte sich für Kurse in Business und in Mathematik eingeschrieben. Dass er in Kalifornien schon sehr bald in die Gay-Community hineingeriet, erfuhr Homer erst sehr viel später, und dass er sich der »Mattachine Society« von Harry Hay angeschlossen hatte. »Mattachine« – das war eine Gruppe maskierter französischer Schauspieler aus den Epochen des Mittelalters und der Renaissance, die sich mit den gesellschaftlichen Verhältnissen im Feudalismus kritisch auseinandersetzten. Hays »Mattachine Society« war eine der ersten Homosexuellen-Organisationen der Vereinigten Staaten.

Thornton erzählte Homer, wie sehr er sein Leben an der Westküste genossen hatte, das sich durch Sonne, Strand, Partys, vor allem durch gesellschaftliche Toleranz, aber auch durch Phasen schier endloser Paukerei am besten charakterisieren ließ. Andererseits fehlte ihm die Nähe zu Europa. Er sehnte sich nach New Haven oder gar nach Boston zurück, die vielleicht die europäischste unter den amerikanischen Metropolen war. Er hatte Heimweh.

Mit einem Studienabschluss in International Business kehrte er schließlich zurück. Mathematik hatte er in LA nicht weiterverfolgt. Irgendwie fehlte ihm dazu die Zeit. Außerdem waren die Studenten und er auch mit politischen Themen beschäftigt. Sie organisierten sich, demonstrierten, diskutierten.

Homer konnte sich Thornton als langhaarigen Studenten der Westküste sehr gut vorstellen. Im Kopf versuchte er sich das Alter seines Gegenübers auszurechnen. Durch die grauen, welligen Haare wirkte er womöglich älter, als er in Wirklichkeit war. Als hätte Mr. Thornton Gedanken lesen können, was die Situation für Homer noch unheimlicher machte, sagte er plötzlich:

»Als ich nach Boston zurückkehrte, war ich 28 Jahre alt.«

»Und wann genau war das?«, getraute sich Homer zu fragen, der bis dahin wortlos zugehört hatte.

»Im Sommer 1973.«

Homer rechnete und erschrak. Mr. Thornton war lediglich 37 Jahre alt. Und schon so unglaublich reich. Und er war – vor allem das kreiste in Homers Hirn – bereits ganz oben. Kein Old Money, aber zweifellos hatte er Stil, rauchte weder Zigarre, noch trug er diese klobigen, glitzernden Ringe, die in der Regel an den Fingern von Multimillionären wie zu enge Reifen klemmten.

Als Homer Schritte vernahm, zuckte er zusammen. Nicht, dass es bereits sein Vater wäre, der sie ausgerechnet jetzt stören würde. Doch war es nur der Butler, der Limonade brachte.

Der Aufstieg gelang dem »geheimnisvollen Mr. Thornton«, wie Homer ihn lange scherzhaft nennen sollte, über eine zufällige Bekanntschaft. In Boston lernte er in einem Club einen Banker kennen, der in einem der alteingesessenen Investmenthäuser an der Wall Street arbeitete. Dass es sich bei diesem Etablissement wiederum um einen Club für Homosexuelle handelte, sollte Homer ebenfalls erst später erfahren, genauso wie die Tatsache, dass dieser Banker einen Narren an dem jungen Thomas Thornton gefressen hatte und ihn deswegen seinem damaligen Chef vorstellte. Was sich nach einem Zufall anhörte, war im Grunde anders zu deuten, wenn auch nicht im ersten Moment. Erst viel später, als er Mr. Thornton und seine unzähligen Verbindungen inner- und außerhalb der Finanzwelt näher kennenlernte, begriff Homer, dass weniger die Zufälle als vielmehr einflussreiche Kontakte beim Aufstieg eine Rolle spielten.

So heuerte Thornton bei Lehman Brothers an, einer alteingesessenen Investmentbank, die auf den Geschäftssinn dreier fränkischer Brüder zurückging und an der Wall Street seinerzeit einen unbescholtenen Namen hatte. Thornton lernte schnell und stieg auf – über verschiedene Stationen in der Kundenbetreuung bis hin zum Handel mit Anleihen und Aktien. Schon bald kristallisierte sich heraus, dass seine Begabung nicht unbedingt darin lag, vermögende Kunden ans Haus zu binden oder Unternehmen in Finanzierungsfragen zu beraten. Vielmehr interessierte ihn das Geschäft mit den Papieren am Kapitalmarkt. Er wollte an die Börse – jeden Tag, um sich im Eigenhandel der Bank am atemberaubenden Spiel mit Risiko und Chance zu versuchen. Thornton hatte – das erkannten seine Chefs ziemlich schnell – ein goldenes Händchen, oder anders: er verfügte über einen untrüglichen Instinkt für das Auf und Ab der Märkte und vor allem für die Reaktionsmuster der Menschen, die genau das bestimmten.

»Das ist die eigentliche Kunst im Handel mit den Unternehmenspapieren. Du musst nicht nur wissen, wie sich die verschiedenen Unternehmen aufstellen, welche Strategie sie verfolgten und ob sie ertragreich sein werden«, hauchte Mr. Thornton Homer zu. »Du musst als Aktienhändler auch ein Gespür dafür entwickeln, wie die Mehrheit der Akteure an den Märkten auf bestimmte Nachrichten reagiert.«

Sie saßen dort eine gefühlte Ewigkeit, so kam es Homer vor. Mit seiner blühenden Fantasie hatte er sich die verschiedenen Lebensstationen des Mr. Thornton recht farbig ausgemalt, sodass sie größer wurden und die Geschichten länger, als Mr. Thornton sie tatsächlich erzählt haben mag.

»In meiner Vorstellung wurde er hinterher noch glamouröser«, erinnerte sich Homer. »Und das nur durch dieses eine Gespräch – ein unglaublich schillernder Typ, fand ich damals.«

Hank war in der Garage mit dem alten BMW beschäftigt. Sein Klemmbrett unter dem Arm, holte er einen Kugelschreiber hinter seinem Ohr hervor, um sich Notizen einer ersten Bestandsaufnahme zu machen. Anders könne er, das hatte er Homer einmal erklärt, kein solides Angebot für seine Kunden schreiben. Derweil navigierte Mr. Thornton Homer geschickt weiter durch ein Gespräch, in dem es sich schon bald um seine Zukunft drehen würde.

»Weißt du«, sagte er zu Homer gewandt. »Solche Männer wie ich sind reich und bekannt. Aktienhändler eben, denen mitunter magische Fähigkeiten nachgesagt werden, was eigentlich ziemlicher Blödsinn ist.«

Homer holte einmal tief Luft, ließ diese langsam wieder ab und nickte mehrfach, während er der Fortsetzung harrte.

»Aber mit uns Aktienhändlern geht es hinauf und wieder steil bergab. Du weißt, was an den Märkten passiert, wenn Menschen in Panik geraten und Milliarden-Vermögen binnen Sekunden vernichtet werden. Ob man das nervlich gut aushalten kann, ist eine Frage des Typs.«

Er, Thomas Thornton, könne seinem Leben keine andere Wendung mehr geben. Er habe nun einmal diesen Job, sei verantwortlich für ein großes Team hungriger Händler, die sich allesamt an der Illusion abarbeiteten, sie würden es irgendwann so weit bringen wie er. Dabei sei es noch nicht einmal sicher, dass wenigstens einer aus seinem aktuellen Team das schaffe.

»Im Grunde sind die Händler Kettenhunde, nicht mehr und nicht weniger. Man muss sie gut führen. Ganz von der Kette lassen darf man sie nie«, fuhr Mr. Thornton fort »Weißt du, wer die wirklichen Stars der Wall Street sind? Die, die man nicht sieht, und die genau deshalb noch viel reicher und mächtiger sind als wir alle zusammen?«, fragte er und schaute Homer mit seinen kleinen, tiefliegenden Augen genau an.

Homer schwieg eingeschüchtert. Er traute sich nicht, etwas zu sagen, weil er dem Fluss von Mr. Thornton auf keinen Fall mit einer dämlichen Antwort eine andere Richtung geben oder ihn zum Stillstand bringen wollte. Wieder einmal beugte sich Mr. Thornton weit

in Homers Richtung, von seinem Teil des Sofas über den Couch-tisch aus Marmor, auf dem die Limonaden standen. Homer hatte das Gefühl, er würde im nächsten Moment herüberkriechen. Dann kniff Thornton die Augen zusammen und flüsterte:
»Es sind die Anwälte. Sie sind die Stars der Wall Street. Unver-zichtbar, unanfechtbar, absolut krisensicher.«

Sie würden immer gebraucht, nicht nur in guten Zeiten, sondern vor allem in schlechten. Und dann erzählte ihm der Kunde seines Vaters von der ersten Ölkrise 1973.

»Es ist keine sieben Jahre her, dass die arabischen Länder nach dem Jom-Kippur-Krieg über eine stark reduzierte Ölförderung Israel zum Rückzug aus den gerade besetzten Gebieten zwingen wollten«, erklärte ihm Thornton. Der Ölpreis schoss in die Höhe und stürzte die Welt in eine Rezession. Was meinst du, in was für Schwierigkeiten die Banken dadurch gerieten?«

Herausfordernd blickte Mr. Thornton Homer an. Dann fuhr er fort:

»Oder jetzt gerade. Du hast sicher verfolgt, was an den Finanz-märkten passiert ist, nachdem sich Irak und Iran in einen Krieg verstrickt haben. Der Ölpreis ist rasant gestiegen und wird binnen kürzester Zeit die Entwicklungsländer in eine tiefe Staatsschulden-krise treiben.«

Es werde zu Umschuldungsverhandlungen kommen. Und da seien wieder die Anwälte gefragt. Homer konnte nicht genug von diesen Geschichten hören. Mr. Thornton, den die Insekten zu stören schienen, und er waren inzwischen von der Terrasse in das geräu-mige Wohnzimmer gewechselt und saßen sich auf zwei ausladenden grauen Sofas gegenüber.

»Weißt du«, Mr. Thornton lehnte sich zurück, »mit meiner Abtei-lung habe ich in dieser Zeit ziemliche Verluste eingefahren, was sich auch auf mein Gehalt niederschlägt. Die meisten Aktienhändler und leider auch ich waren auf der falschen Seite des Marktes investiert. Du hättest schon ein Händler von Ölkontrakten sein und auf deren Kursanstieg setzen müssen, um in so einer Krise tatsächlich ein Ver-mögen zu machen. Dabei sind mein Team und ich noch glimpflich davongekommen. Unsere Verluste hielten sich in Grenzen. Manche aber haben mehr als ihr Ganzes eingebüßt, weil sie – viel zu sieges-sicher – auch noch mit dem Geld anderer in den Markt eingestiegen sind. Ein Desaster, eine ewige Pleite – stell dir das einfach vor.«

Aber das konnte Homer nicht, weil er weder von Finanzmärkten noch von Aktiencrashs, dem Ölpreis und seinem Auf und Ab oder sonst irgendeinem Zusammenhang zwischen realwirtschaftlichen Ereignissen und Kapitalmarktreaktionen eine Ahnung hatte. Er wusste auch nicht, was Ölkontrakte waren. Er wusste nur, dass Aktienkurse steigen und wieder fallen konnten, aber nicht, dass es tatsächlich Menschen gab, die auf die Kursentwicklung eine Wette eingingen und mehr als ihr ganzes Vermögen aufs Spiel setzten. Zudem reichte seine Vorstellungskraft bei weitem nicht aus, um sich auszumalen, wie es sich wohl anfühlen mochte, wenn man in einem Moment noch ein Millionär und im nächsten hochverschuldet oder gar bankrott war.

»Well«, seufzte Mr. Thornton und es klang ein wenig theatralisch. »Deswegen rate ich dir: Wenn du reich werden willst, garantiert reich, dann musst du Anwalt an der Wall Street werden. So einen, den sie holen, wenn in der Krise alles zusammenbricht. Und den sie in guten Zeiten brauchen, wenn die Märkte in Geld schwimmen und Unternehmen Milliarden dafür ausgeben, andere Unternehmen zu übernehmen. Händler braucht die Wall Street mal mehr, mal weniger, Anwälte aber braucht sie immer. Und zwar die besten.«

Homer hatte Mr. Thornton mit offenem Mund angestarrt. Er verfolgte ihn, wie er sich erhob und zu ihm herüber auf die andere Seite des Couchtisches kam, wie er sich zu ihm hinunterbeugte, seinem Arm ausstreckte, ihm mit der Außenseite seines gebogenen Zeigefingers kurz unter das Kinn fuhr und seinen Unterkiefer nach oben drückte, bis Homers Mund geschlossen war.

»Jetzt in dieser aktuellen Krise stehen Umschuldungsverhandlungen mit den Regierungen der Entwicklungsländer bevor. Sie müssen mit anderen Regierungen und auch mit den großen Banken verhandeln. Sie werden auf einen Schuldenerlass setzen. Und nun sag mir mal, wen man dafür alles braucht?«

»Ich weiß es nicht, Sir«, stammelte der siebzehnjährige Homer ehrfurchtsvoll.

»Juristen natürlich. Das sind alles Verträge, ohne Verträge geht gar nichts. Und ohne Juristen gibt es keine Verträge. Ich sage dir, wenn du so schlau bist, wie dein Vater sagt, wenn du dir Dokumente auf einen Blick merken, wenn du in rasendem Tempo Sachverhalte auf einer Seite begreifen kannst, dann solltest du dir wirklich überlegen, Rechtswissenschaften zu studieren.«

Homer konnte nicht glauben, was er da hörte. Hatte sein Vater Mr. Thornton tatsächlich irgendetwas von ihm erzählt? Hatte er ihn vielleicht nur deshalb mitgenommen, damit Mr. Thornton ihn in ein Gespräch über seine Zukunft verwickelte? Homer zweifelte, zuzutrauen wäre es Hank natürlich. Mr. Thornton wurde ihm unheimlich. Und sein Vater auch ein bisschen.

Unwillkürlich dachte er an Matt. Der war ein Computerfreak. Stundenlang saß er in seinem Zimmer und hackte auf der Tastatur seines Atari herum. Er programmiere, das behauptete er zumindest gegenüber Homer immer wieder. Genauer wollte er nicht darüber reden, was er so trieb. Nur war er davon überzeugt, ja geradezu besessen, dass über kurz oder lang die Computer das Geschäft an den Weltfinanzmärkten bestimmen würden. Er wollte darauf beruflich setzen, was er später aber nicht tat.

Homer sah mit einem Mal alles klar. Jetzt begriff er, warum plötzlich alle von den Finanzmärkten sprachen. Die Wall Street war der Ort, an dem man der Mittelmäßigkeit eines Mittelklassedaseins in mittelgroßen Reihenhäusern entkommen konnte. Die Wall Street war das Eldorado der Wirtschaft. Homer dachte an die verrückte Geschichte von Ivan Boesky, die er vor gar nicht langer Zeit in der Zeitung gelesen hatte. Auffällig, schillernd, sagenhaft erfolgreich dominierte Boesky phasenweise die Yellow Press. Er war aus dem Nichts gekommen, als Sohn eines Barbesitzers aus Detroit ohne Bachelor-Abschluss, der als Buchhalter in einer Rechtsanwaltskanzlei gearbeitet hatte. Ende der 70er-Jahre boomte das Geschäft mit den Unternehmensübernahmen und Zusammenschlüssen. Als Aktienhändler verdiente Boesky, der sich genau darauf spezialisiert hatte, ein Vermögen. Er residierte in Büros an der Fifth Avenue, die mit weißem Marmor getäfelt waren. Homer wurde unsicher. Würde sich sein Dad tatsächlich so ein Leben für ihn, Homer, wünschen, so eines, wie es sich seine Tante Lea auch für Matt immer wieder ausmalte? War das der Trend, der jetzt zählte?

Weiter kam Homer mit seinen Gedanken nicht. Mr. Thornton hatte sich in Richtung der großen Flügeltür gewandt, in der plötzlich sein Vater erschien. Mit frisch gewaschenen Händen, deren Sauberkeit aber nicht ausreichte, um die gerade verrichtete Arbeit zu verbergen. Die Nägel schimmerten noch grau vom Schmieröl. Er war nass geschwitzt, war um das Auto herum und darunter gekrochen, hatte alles genau inspiziert, so wie immer, um Mr. Thornton einen stichhaltigen, wenngleich noch mündlichen Kostenvoranschlag anzubieten, eine erste Schätzung darüber, wie teuer es würde, sollte der Wagen irgendwann in naher Zukunft durch die Hamptons rollen.

Homer hörte nicht zu, was sie verhandelten, zu mächtig hallten die Worte von Mr. Thornton in seinem Kopf noch nach. Leise schlich er sich durch die Terrassentür hinaus auf die Veranda, stieg die Stufen auf den Kiesweg hinunter, der um das Haus herum angelegt war, und stand in einem Garten, dessen Ende nicht zu sehen war. Er atmete den Geruch des frisch gemähten Rasens und meinte, einen Hauch des Glamourstaubes, den Mr. Thornton aufgewirbelt hatte, auf seiner Haut zu spüren. Vorsichtig bewegte er sich voran, auf keinen Fall wollte er riskieren, von seinem Vater zurückgerufen zu werden, um sich anzuhören, wie ein Autoschlosser einem Millionär ein Angebot machte. Er schlich an der langen Reihe dichter Büsche blauer Hortensien vorbei und folgte dem abschüssigen Rasen. Dann blieb er plötzlich stehen, hob den Kopf und blickte aufs Meer.

18

Als ich Homer in unserem Gespräch am Monopteros im Englischen Garten irgendwann nach seiner Schwester fragte, wusste er zunächst nicht viel zu sagen. Sie war neun Jahre jünger als er, ein richtiger Teenie, mit einem Hang zur Rundlichkeit wie ihre Mutter. Allerdings nicht blond, sondern nach den ersten Jahren dunkelhaarig, mit sanften, braunen Augen, so wie Homer. Ihre Gesichtszüge habe sie allerdings von Josie geerbt, sagte Homer. Sie war der Sonnenschein der Familie, aufgrund ihrer Fröhlichkeit und weil sie sich einen kindlichen Liebreiz bis in ihre Jugendjahre bewahren konnte.

Selten war sie trübsinnig oder gar schlecht gelaunt. Sie hatte – anders als Homer – eine Unmenge Freunde und Freundinnen, mit denen sie die Nachmittage und zunehmend auch Abende verbrachte, ging aus, ins Kino, ins Café, bekam dafür von Josie immer wieder ein wenig Geld zugesteckt, damit sie sich eine Karte oder eine Limonade kaufen konnte. Sandy lebte damals das Leben, das sich Homer für sich immer gewünscht hatte. Leichtfüßig und unbeschwert. Er neidete ihr das Glück, das er nicht empfand, und mochte sie deshalb nicht. Sie lachte viel, andere lachten mit ihr, vor allem die Mitglieder

der Großfamilie in den Brooklyn Heights. Hatte dort mit Homer schon jemals einer gelacht? Er konnte sich nicht erinnern.

Wenn Sandy ihn mit drei oder vier Jahren bearbeitete, mit ihm im Garten zu spielen, ließ er sich schließlich darauf ein, damit sie Ruhe gab. Außerdem hatte sie diese Angewohnheit – Homer bezeichnete es als Unart –, sich in sein Zimmer zu schleichen, bevor er aus der Schule kam, sich unter seiner Bettdecke zu verkriechen, ruhig, flach und unbemerkt, um dann, wenn er am Schreibtisch saß und lernte oder las, auf seinen Schoß zu klettern und ihn lange festzuhalten. Es gelang ihm nicht, sie abzuschütteln. Wenn sie in diesen Momenten zu ihm aufblickte, damit er ihr etwas vorlas, einfach nur das, was er ohnehin gerade verschlang, als wolle sie ihm nicht mehr als das Nötigste abverlangen, ging er auf sie ein, weil sie so am ehesten wieder verschwinden würde. Er musste nur laut statt leise lesen. Trotzdem hasste er sie dafür.

Sandy spürte das und litt darunter. Als sie älter war, sprachen sie einmal darüber. Es machte sie, gestand sie ihm mal, geradezu verrückt, hinter seiner Zuneigung herzulaufen und immer wieder darum zu werben. Sie liebte ihn so, wie er war, womit er wiederum nichts anzufangen wusste. Seine Unberechenbarkeit war für sie schwer zu ertragen. Seine Verschlossenheit machte sie rasend. Sie war ungemein vorsichtig, um sich nicht seinen Unmut zuzuziehen, der jederzeit über sie hereinbrechen konnte. Und so kostete sie die Momente aus, in denen sie ihm wenigstens ein bisschen näherkam. Jahrelang tat sie ohne nachzudenken alles für ihn und hoffte, dass er wenigstens einen Moment einmal glücklich sein würde. Aber es gelang ihr nicht.

Homer sah die Dinge anders. Mit dem Heranwachsen seiner Schwester geriet er, so empfand er es jedenfalls, innerhalb der Familie weiter ins Abseits.

»Ich glaube, ich habe diese seltsame Rolle im Abseits für mich definiert und dann auch perfekt ausgefüllt. Sie gehörte zu meinem Selbstbild und meinem Selbstverständnis«, sagte er.

Das schien, so dachte ich, auf jene Erfahrung und den Entschluss zurückzugehen, den er sich mit neun Jahren zu eigen gemacht hatte: dass er fortan allein wäre in dieser Welt, nun alles mit sich selbst ausmachen würde und mit niemandem sonst. Blieb ihm etwas anderes übrig?

Als Sandy klein war, blieb sie öfter mit Homer nachmittags allein zu Hause, wenn Josie etwas zu erledigen hatte. Er hütete sie bereits im Alter von zwölf Jahren. Das tat er mit der ihm eigenen Gewissenhaftigkeit, die er auch in Hanks Werkstatt zeigte. Aber er tat es nicht wirklich mit Zuneigung. Liebte er seine kleine Schwester überhaupt? Er wusste es nicht.

Von der ersten Klasse an saß sie auf seinem Schoß, wenn sie ihre Buchstaben einzeln zwischen die Linien ihrer Hefte malte. Homer brachte ihr vieles bei – geduldig und gleichmütig. Je älter er wurde, desto weniger wollte er mit ihr zu tun haben. Doch ließ sie sich nicht abschütteln.

Sie hing an ihm. War er nicht zu Hause, fragte sie nach ihm. Immer, jeden Tag. Das berichteten ihm Hank und Josie wiederholt, was er, ewig misstrauisch, wiederum als reines Motivationsmanöver interpretierte, damit er weiterhin nachmittags auf sie aufpasste.

Als sie älter wurde und hin und wieder Schwierigkeiten in der Schule bekam, musste er ihr bei den Hausaufgaben helfen. Hank und Josie hatten ihm mehrfach erklärt, unter Geschwistern sei das eine Selbstverständlichkeit.

»Aber nicht unter Halbgeschwistern«, erwiderte Homer jedes Mal trotzig.

Doch ließen sie ihn nicht aus.

»Dann lernst du wenigstens, Verantwortung zu übernehmen«, sagte Josie mehrmals zu ihm, als er vorschlug, statt seiner einen Nachhilfelehrer zu organisieren.

Homer schüttelte den Kopf und wandte sich ab.

»Sandy hat mich angehimmelt«, bemerkte Homer. »Aber das ist auch verständlich bei einem großen Bruder, der mit dem Vater in die Werkstatt und zu Kunden fahren darf.«

Als Sandy acht oder neun Jahre alt war und Homer schon fast die Highschool beendet hatte, begann sie, sich für Elaine zu interessieren. Wie sie aussah, wusste sie von zwei Fotos im Wohnzimmer. Eines auf dem Kaminsims. Es war das Hochzeitsfoto von ihr – allein, ohne Hank, mit einem schlichten weißen Kleid und einem Kranz frischer weißer Rosen im Haar. Eine Schwarz-Weiß-Fotografie. Homer hatte sich oft gefragt, warum es ein Foto nur von ihr und nicht eines war, auf dem auch sein Vater zu sehen war. Vielleicht wollte Josie das nicht. Niemals sprach er die Sache an.

Ein anderes Bild hatte seine Stiefmutter, wie er vermutete, etwas achtlos auf der Fensterbank entsorgt. Halb verdeckt von einer Gardine, die sie allerdings, anders als alle anderen Nachbarn, nie wirklich zuzog. So schaute ein halbes Gesicht seiner Mutter hinter dem Vorhang hervor, fast so, als würde sie das Leben ihres Sohnes heimlich beobachten, in das ihr Tod Homer so jäh hineingeworfen hatte. Ihr Blick wirkte dabei alles andere als wohlwollend. Anders als auf dem Hochzeitsfoto strahlte sie nicht, sondern schaute nachdenklich. Es handelte sich um eine dieser Porträtaufnahmen aus einem Fotostudio, so wie sie regelmäßig in Auftrag gegeben wurden, um die Veränderungen der einzelnen Familienmitglieder zu dokumentieren. Es gab kein Foto von ihnen dreien aus der alten Zeit, in der Homers Welt noch voller Farben war. Das einzige, das im Haus, wie er dachte, existierte, bewahrte er unter dem Fuß seiner Nachttischlampe auf. Oft schaute er es an, wenn er Hausaufgaben machte und nicht weiterkam, von einem Schwall an Unlust oder im schlechtesten Fall der Angst überflutet wurde, was in der überwiegenden Zahl solcher Phasen der Fall war. Es handelte sich um ein lustiges Bild vom Strand, seine Mutter trug ein gepunktetes Bikini-Oberteil, kombiniert mit einer dunkelblauen, übergroßen Badehose, die damals Mode war. Sein Vater war jung, sehr durchtrainiert, wirkte allerdings etwas verkrampft, als würde er extra für diese Aufnahme seinen Bauch anspannen. Und Homer in der Mitte – klein, dürr, er hielt sich an den Oberschenkeln seiner Eltern fest, als wollte er sich gleich wie an einer Reckstange zu ihnen beiden hinaufschwingen.

Warum Sandy ihn in dem Alter häufiger nach seiner Mutter fragte, wusste Homer nicht. Aber er erzählte ihr ein bisschen – von ihrer Sanftmut, ihrer leicht chaotischen, fröhlichen Art. Und er gestand ihr auch, dass sein Leben seit ihrem Tod ein bisschen aussah wie diese alten Schwarz-Weiß-Aufnahmen. Die Farben waren gewichen. Als Sandy ihm später einmal sagte, sie könne sich vorstellen, was er meinte, fühlte er sich verstanden, ein wenig zumindest. Dann mochte er sie.

19

In seinen letzten Highschool-Jahren hatten Josie und Hank mit Homer die Vereinbarung getroffen, dass er einmal in der Woche einen Nachmittag für seine Schwester zuständig war. Drei bis vier Stunden – sie zahlten ihm dafür sogar ein wenig Taschengeld. Homer interessierte das Geld nicht. Er ließ sich darauf ein, um die Stimmung zu Hause und vor allem das Verhältnis zu seinem Vater nicht noch kühler werden zu lassen.

Als Sandy neun Jahre alt war, klopfte Josie an Homers Tür, die er stets geschlossen hatte, wenn er sich zu Hause aufhielt, und trat, ohne seine Antwort abzuwarten, einfach in sein Zimmer. Homer lag rücklings auf dem Bett und presste die Hände an seine Schläfen. Wieder einmal hatte ihn eine seiner Angstattacken im Griff. Konzentriert starrte er an die Decke und versuchte, den unvermeidlichen Aufstieg seiner düsteren Gedanken zu unterbrechen.

»Jetzt nicht!«, zischte er Josie an.

Josie aber ließ sich nicht beirren. Sie kannte die seltsamen Anwandlungen des Sohnes ihres Mannes seit Langem. Diese Variante mit den Händen an den Schläfen aber hatte sie noch nicht gesehen.

»Ist dir nicht gut?«, fragte sie besorgt.

»Jetzt nicht!«, sagte Homer noch einmal.

Doch hatte es Josie eilig. Ein Termin drängte, sie war bereits ein paar Minuten zu spät und hatte keine Zeit, sehr viel länger auf Homer einzugehen.

»Ich habe einen Termin vergessen. Kannst du einmal aus der Reihe bei Sandy bleiben?«

»Jetzt nicht!«, sagte Homer noch lauter als das zweite Mal.

Doch Josie rief nach ihrer Tochter, schob sie ins Zimmer, dann schloss sie die Tür hinter den beiden und verschwand.

Übermütig sprang Sandy auf Homers Bett und setzte sich rittlings auf seinen Bauch. Ungeschickt begann sie, ihn zu kitzeln, und ließ auch nicht locker, als er ihr mehrfach und mit weiter ansteigender Lautstärke sein »Jetzt nicht« entgegenschleuderte. Schließlich gab er auf, schob sie von sich herunter und stand mit weichen Knien auf. Noch immer war ihm speiübel.

Es drängte ihn aus dem Haus, an die frische Luft, die ihm womöglich Erleichterung verschaffen würde. Er nahm Sandy an der Hand, zog sie die Treppe hinunter und auf die Straße. Im Nu hatte sie sich ihm entwunden, sich gebückt und den Basketball aus den Büschen geholt, um mit ihm ein paar Körbe um die Wette zu werfen. Doch Homer schüttelte den Kopf, nahm sie wieder an der Hand, drückte derart fest zu, dass sie das Gesicht verzog, und schleppte sie so aus dem Vorgarten auf die Straße.

»Wir ziehen los«, flüsterte er Sandy zu, die Augenbrauen zusammengezogen, die Lider dabei weit geöffnet.

Dann rollte er die Pupillen, um einen Proteststurm zu vermeiden und jeden Einwand sofort im Keim zu ersticken, was ihm gelang. Er zerrte sie weiter die Straße hinunter gen Norden, an den schmalen Häusern vorbei, auf die ihre Besitzer mindestens so stolz waren wie sein Vater auf seins. Es drängte ihn fort, wie so oft schnürte die Straße ihm noch immer die Luft ab. An der nächsten Ecke bogen sie ab und schlängelten sich durch die Straßen in Richtung East River, bis sie auf eine der großen, pulsierenden Verkehrsadern stießen, auf der sich Autos und Lastwagen vorbeiwälzten. Auf der gegenüberliegenden Seite befand sich, etwas von der Straße abgerückt, eine Reihe verlassener mehrstöckiger Wohngebäude. Hohe, schlanke Kästen aus Backsteinen mit flachen Dächern, in denen niemand mehr wohnte, seit mit dem Ausbau der Straße Lärm und Abgase die Lebensqualität deutlich herabgesetzt und schon bald Teile der Bewohner vertrieben hatten.

Den Rest hatte vor Jahren das Feuer erledigt. Ein Teil der Häuserzeile, deren Bauten die Höhe von drei bis vier Stockwerken erreichten, war verkohlt. Ende der Siebzigerjahre war es dort zu einem Brand gekommen. Seinerzeit tippte die Polizei auf Jugendliche, die ihren pyrotechnischen Neigungen nachgegangen waren. Beweisen konnte sie es nie. Die Feuerwehr hatte den Brand gelöscht, die Spuren von aschehaltigem Wasser, das in schwarzen Bahnen die Hausfassaden hinuntergeströmt war, waren noch deutlich zu sehen. Nach dem Brand kümmerte der verwaiste Block niemanden mehr. Über die Zeit waren die Fenster der Häuser zu Zielscheiben geworden und unter den mit Steinschleudern abgefeuerten Geschossen zu Bruch gegangen. Zwischen den Steinfugen auf dem Gehweg wucherten Pflanzen.

Homer wartete mit Sandy am Straßenrand auf das Rot der Ampel in einigen Hundert Metern Entfernung. Die nächste freie Lücke wollte er nutzen, um sie auf die andere Seite zu ziehen. Im Laufschritt, weil das Überqueren nicht ganz ungefährlich war. Auf sein Kommando ließ sie seine Hand fallen und sprintete los. Im nächsten Moment standen sie vor den Ruinen, deren dunkle Fenster wie hungrige Mäuler wirkten, die lange schon nicht mehr gefüttert worden waren.

Das Betreten der Häuser war streng verboten. Trotzdem hingen dort regelmäßig einige seiner Klassenkameraden ab – Jungen aus der bürgerlichen Mittelschicht, die den Argusaugen ihrer kontrollversessenen Eltern zu entkommen suchten. Doch war niemand zu sehen oder zu hören. Womöglich war das Wetter zu schlecht. Den ganzen Vormittag hatte es in Strömen geregnet und sich erst gegen Nachmittag aufgehellt. Jetzt spiegelte sich ein Stückchen blauer Himmel, das die noch immer düsteren Wolken freigegeben hatten, in den verbliebenen Pfützen auf dem Trottoir. Der Verkehr rauschte vorbei.

Homer stakste vorsichtig über das Wasser hinweg, Sandy hüpfte hinterher. Vor einem Haus, dessen Eingangstüre aufgebrochen war, blieb er stehen, legte den Zeigefinger auf die Lippen und horchte. Nichts. Verunsichert blickte seine kleine Schwester zu ihm auf und schob ihre Hand in seine, sodass Homer ihren jagenden Puls zu spüren bekam. Trotzdem zog er sie hinter sich her in den Hausflur und dann die ersten Stufen hinauf. Ganz vorsichtig arbeiteten sie sich Stockwerk für Stockwerk nach oben. Das Haus roch ein bisschen nach kalter Asche. Manchmal entfachten Jugendliche auf den Etagen kleine Feuer, saßen drumherum und rauchten. Er war mehrfach dabei gewesen.

Im obersten Stockwerk angekommen, schaute Homer Sandy zum ersten Mal an. Sie war bleich. Weniger aus Gründen der Höhe, sondern wohl eher aus Sorge, entdeckt zu werden.

»Noch ein Stück weiter?«, fragte er sie.

»Sicher!«, sagte sie mit übertrieben fester Stimme, niemals würde sie ihn aus Angst enttäuschen.

Er durchkreuzte einen Raum, in dessen Ecke von der Decke eine Leiter heruntergelassen worden war, über die man durch eine Öffnung auf das Flachdach gelangte. Homer kletterte hinauf und verschwand in der Luke. Auf dem Dach wartete er auf Sandy. Kaum erschien ihr Kopf oberhalb des Durchstiegs, reichte er ihr die Hand und zog sie zu sich hoch. Dann führte er sie bis kurz vor die Abbruchkante des Daches und schaute für einen Moment nach unten. Unwillkürlich wich sie einen Schritt zurück.

So standen sie da und konnten über ganz Brooklyn sehen. Im Hintergrund war unter bedrohlich schweren Regenwolken Manhattan zu erkennen.

»Deine Mom darf das nie erfahren«, sagte Homer leise.

»Ich weiß. Hätte Elaine so etwas erlaubt?«, gab Sandy zurück.

»Sicher nicht. Auch wenn sie ein bisschen weniger ängstlich war als Josie«, lachte Homer. »Aber sie war schließlich auch keine Krankenschwester der Unfallchirurgie, die täglich mit den grässlichsten Dingen der Welt zu tun hat.«

Homer trat zwei Schritte zurück, ließ sich nieder, zog die Beine zum Schneidersitz zusammen und klopfte mit der flachen Hand auf die gewellte Dachpappe. Unwillkürlich setzte sich Sandy neben ihn. Sie lehnte den Kopf an seine Schulter und begann erneut, nach seiner Mutter zu fragen: Wie hatte sie gekocht? War sie nachmittags auch immer zu Hause gewesen? Wie hatte sie Homer ins Bett gebracht? Und: Hatte sie das überhaupt getan?

Homer beantwortete die Fragen geduldig. Er redete gerne über seine Mutter, in Gedanken sah er sie dann vor sich, schlank, dunkelhaarig. Sie streckte die Hand nach ihm aus und lachte. Er dachte an die Beerdigung, wie er über die Wiese geflogen war in einem Gefühl grandioser Leichtigkeit, das er danach nie wieder erleben sollte. Er sah die Trauergemeinde vor sich, die seine Mutter in die Erde versenkt hatte. Dann lachte er plötzlich laut auf – über sich selbst und wie sehr er davon überzeugt gewesen war, dass man sie hätte nach Hause holen und im Garten beerdigen müssen.

»Homer?«, fragte Sandy und stupste ihn an. »Warum lachst du?«

»Vergiss es. Hab nur an früher gedacht.«

»Hast du früher mehr gelacht?«, wollte Sandy wissen.

Das hatte er wohl – schon weil seine Mutter so fröhlich gewesen war. Richtig ausgelassen konnte sie sein. Und ungemein witzig. Nur wenig schien sie zu sorgen. Er nickte heftig.

»Ich glaube ehrlich, Dad hat auch mehr gelacht. Meine Mutter war nicht so ernst wie deine Mom.«

»Ich würde sie so gerne kennenlernen«, sagte Sandy schulterzuckend, um dann umgehend den Kopf vornüberhängen zu lassen und vor sich hin flüsternd hinzuzufügen: »Aber das wird nie passieren.«

Ein seltsam erwachsener Gedanke, fand Homer damals, der gar nicht zu ihr passte, stand sie doch so sehr im Hier und Jetzt.

Außerdem war er sich sicher, dass sie in ihrem Alter nicht im Konjunktiv gesprochen und schon gar nicht gedacht hatte.

»Zu spät. Sie ist tot. Das weißt du doch. Also frag nicht immer nach ihr.«

Im Grunde mochte er ihre Fragen, weil er dann von ihr erzählen konnte. Er erzählte gegen das eigene Vergessen, das ihm ein schlechtes Gewissen und Angst bereitete. Hin und wieder, wenn er versuchte, sich die Gesichtszüge seiner Mutter vorzustellen, musste er sich eingestehen, dass er das Profil ihrer Nase nicht mehr genau vor sich sah, oder ihm nicht mehr einfallen wollte, wie ihre Zähne standen. Genau so war es an jenem Nachmittag, als plötzlich die Angst in ihm aufstieg. Wie eine dunkle Wolke drängte sie nach oben, über Eingeweide in die Brust und dann in den Kopf, heftiger noch als vor einer Stunde in seinem Zimmer auf dem Bett, als Sandy sich auf ihn geworfen und ihn gekitzelt hatte. Panikwellen wirbelten in seinem Gehirn herum, verbreiteten sich in rasender Geschwindigkeit von Synapse zu Synapse und hatten bald den ganzen Schädel erfüllt. Sandy, die ihn unverwandt anschaute und darauf wartete, dass er weiter über seine Mutter sprach, reagierte verunsichert:

»Homer, was hast du? Warum schaust du so?«

Homer schwieg. Er konnte nicht sprechen. Dieses erdrückende Nichts nahm ihm den Atem und dem Himmel die Farbe. Wie er es hasste, dieses Gefühl der Angst vor den Gedanken und der Angst vor der Angst. Die Angst besorgte die Übelkeit und alles Weitere, vor allem, weil er weder absehen konnte, wann ihn solche Aufwallungen überfielen, noch wann sie sich wieder verzögen und ihn in Ruhe ließen. Sollten sie ihn von jetzt an mehrmals am Tag heimsuchen? Das würde er nicht aushalten, nein, er würde es nicht mitmachen – ein Leben unter solchen Umständen.

Dort oben auf dem Dach war nichts, was ihn hätte ablenken und wieder herausziehen können aus dem Sumpf beengender Hoffnungslosigkeit. Da waren nur noch der Himmel und in der Ferne die Skyline von Manhattan. Homer ballte die Rechte zu einer Faust und hämmerte sich an die Stirn, als könnte es ihm gelingen, die Wolke aus seinem Gedächtnis herauszuprügeln oder ihre Ausbreitung zumindest aufzuhalten. Er hatte diese Anfälle so unendlich satt.

Sandy verbarg ihr Gesicht in den Händen und drückte, um ihm nicht zuschauen zu müssen, ihre Handflächen so stark auf Stirn und Wangen, dass die Fingerkuppen weiß wurden. Sie kannte Homers

Anfälle und ertrug sie nicht. Plötzlich aber riss Homer sie mit fester Stimme aus ihrer Schutzhaltung:

»Willst du meine Mom kennenlernen?«, fragte er sie unvermittelt.

Sandy nahm die Hände vom Gesicht.

»Wie, jetzt?«

»Ja, jetzt«, Homer nickte mehrfach. »Genau jetzt.«

Ungläubig strahlte seine Schwester ihn an.

»Wir nehmen Anlauf und dann fliegen wir. Ganz schnell sind wir oben bei ihr, an dem Ort, von dem sie jeden Tag auf uns herunterschaut.«

Von einem inneren Zwang getrieben stand Homer auf, zog Sandy an seiner Linken in die Höhe – sie war auch mit acht Jahren ungeachtet ihrer kleinen Rundungen noch ein Federgewicht für ihn. An der Hand schleppte er sie zum hinteren Teil des Hausdachs, von dem aus man in einen zugewucherten Garten hinabsehen konnte. Die Strecke, die vor ihnen lag bis zur vorderen Dachkante zur Straße hin, betrug ungefähr 15 Meter. Über die, so sagte er seiner Schwester, sollten sie Anlauf nehmen, um sich dann in den Himmel abzustoßen. Für einen Moment ließ er ihre Hand los, um ihr vorzumachen, wie sie die Reise antreten würden. Mit wackeligen Schritten bewegte er sich in Richtung Straße. Kurz vor der Dachkante stoppte er, drehte sich um und lächelte Sandy traurig an:

»Sollen wir? Nur ein einziges Mal richtig fliegen. Und dann sind wir bei meiner Mom.«

Er trat einen weiteren Schritt nach vorne, schob die Zehenspitzen direkt an den Rand und schaute hinunter. »Einmal fliegen«, murmelte er noch einmal und merkte, wie ihm plötzlich ganz leicht ums Herz wurde. Der Sog in die Tiefe nahm überhand. Die Angst war wie weggeblasen.

Er drehte sich um, winkte Sandy zu sich heran, zeigte auf den Horizont Richtung Manhattan und sagte nur:

»Nur einmal fliegen und dann siehst du sie, meine Mutter.«

In seinen Gedanken sah er sich mit seiner Schwester Hand in Hand in der Luft. Sie flogen dem Himmel entgegen. Aber das würde erst nach dem Aufschlag auf dem Gehweg passieren, was er Sandy wohlweislich verschwieg. Er schaute zu Sandy hinunter und lächelte.

»Überleg's dir«, forderte er sie auf. »Wenn du willst …«

In diesem Moment stand er außer sich, war wie abgespalten von sich selbst. Er hatte die Vogelperspektive eingenommen und von oben auf sich und seine Schwester hinabgeblickt, die inzwischen neben ihn an die Dachkante herangetreten war und in die Ferne schaute.

An der Hand zog er sie von der Dachkante weg und wieder zur gegenüberliegenden Seite, drückte noch fester zu, drehte sich wieder in Richtung Manhattan, wippte wie beim Dreisprung kurz vor dem Anlauf ein paarmal im Ausfallschritt hin und her, dann stieß er sich ab, seine Schwester an der Hand, die sich vergeblich mühte, seinen großen Schritten zu folgen. Kurz vor der Kante fiel sie zu Boden.

»Autsch«, schrie sie. »Mein Fuß!«

Sie war umgeknickt. Auf dem Boden hockend, hielt sie sich den Knöchel. Die Tränen schossen ihr in die Augen, was sie vor ihm zu verbergen suchte. Aber nur kurz, dann schaute sie ihn an, versuchte, sich wieder aufzurappeln und schaffte es am Ende auch. Zwei- oder dreimal bog sie ihren Fuß hin und her, stapfte kräftig auf die Dachpappe, richtete sich schließlich ganz auf, holte einmal tief Luft, schaute Homer direkt in die Augen und sagte mit fester Stimme:

»Okay, nehmen wir noch einmal Anlauf. Aber nur, wenn du auch wirklich ganz sicher bist, dass wir deine Mutter da oben antreffen.«

Während sie das sagte, blickte sie gen Himmel, der jetzt wieder mit dichten Wolken verhangen war. Die Wetterfront war offenbar von Manhattan herübergezogen. Es sah ganz so aus, als ob es gleich zu regnen anfinge. Es war genau jener Satz, der Homer zurück ins Hier und Jetzt holte und zur Besinnung brachte. Er riss die Augen auf, schüttelte den Kopf, drückte Sandys Hand noch einmal fester, drehte sich auf dem Absatz um und zog sie heftig nach hinten, weg von der Dachkante und zurück zu der Luke, durch die sie geklettert waren. Hektisch half er ihr beim Einstieg. Sein Herz begann zu rasen, während er hinter ihr her kletterte und dabei vergaß, die Klappe hinter sich zuzuziehen. Wieder nahm er ihre Hand, griff so energisch zu, dass er damit jeglichen Widerspruch unterband, und zog sie weiter. Humpelnd folgte sie ihm, brachte kein Wort hervor. Nur Homers Atem war zu hören. Er keuchte. So stiegen sie eilig die Stockwerke hinunter, vorbei an der verlassenen Feuerstelle, die ihnen beim Aufstieg gar nicht aufgefallen war, an modrigen Wänden, alten Teppichen, einem Tisch. Schließlich standen sie im Erdgeschoss. Homer schob Sandy auf die Straße und folgte ihr. Noch einmal blickte er die heruntergekommene Fassade hinauf. Und schüttelte den Kopf.

»Was nun?«, fragte Sandy verblüfft. »Du bist dir also nicht sicher, dass wir sie treffen?«

»Doch, ganz sicher«, sagte Homer. »Ich spreche ja oft mit ihr.«

Das hatte er früher tatsächlich getan. Aber es war Jahre her.

»Und warum sind wir dann wieder hier unten?«, fragte Sandy mit fester Stimme.

Normalerweise hütete sie sich davor, ihren geliebten Bruder allein dadurch zu verstimmen, dass sie ihn kritisierte, geschweige denn infrage stellte.

»Weil es gleich anfängt zu regnen. Da fliegt es sich nicht so gut.«

Homer erschrak ein weiteres Mal, diesmal nicht über sich, sondern über Sandy. Sie wäre tatsächlich mit ihm gesprungen. Mir nichts, dir nichts in den Tod, nur weil er ihr heißgeliebter Bruder war? Bei dem Gedanken schoss ihm die Angst in die Schläfen. Der Magen krampfte sich erneut zusammen – das dritte Mal an diesem Tag. Er wandte sich ab und erbrach sich auf das Trottoir.

»Guck dir den Himmel an«, sagte er, als er nichts mehr herausbrachte. »Er ist voller Wolken. Ich glaube nicht, dass die Reise zu meiner Mutter besonders angenehm geworden wäre. Ein andermal.«

Homer ließ die Luft aus seinen Lungen. Ich hörte förmlich, wie die Anstrengung von ihm wich.

»Wärst du wirklich gesprungen?«, fragte ich.

Er schaute mich an. Ob ich es nicht kennen würde, dieses schauderhafte Gefühl des Sogs in die Tiefe, dieser Moment des »Einmal-Fliegens«? Tatsächlich kannte ich das und musste selbst auch schon so manches Mal vor Abgründen zurückweichen. Sogar wenn sie gesichert waren.

»Die Sache erschreckt mich bis heute. Noch viel mehr aber bedrückt mich, dass ich Sandy mit in die Tiefe gerissen hätte. Wenn sie nicht umgeknickt und dadurch gefallen wäre, wäre sie lebend jedenfalls nicht mehr nach Hause zurückgekehrt und ich wäre jetzt nicht hier.«

Seither mied er jegliche Gebäude, von denen ein Sprung in die Tiefe möglich war. Er hatte sich an jenem Abend, an dem er von dieser Begebenheit sprach, danach geschüttelt, als wollte er die Vorstellung des grauenhaften Beinahe-Ausgangs ihrer kleinen Expedition sofort wieder verscheuchen. Unvermittelt streckte er mir die Arme entgegen, mit den Handflächen nach oben. Der Mond warf sein silbriges Licht darauf. Sie waren schweißnass.

20

Homers Begegnung mit Mr. Thornton hatte etwas in Gang gesetzt, ihm die Augen für Möglichkeiten geöffnet, für Ziele, die es sich lohnte zu verfolgen. Noch zwei Mal hatte Homer Mr. Thornton zusammen mit seinem Vater besucht. Einmal, um den alten BMW nach Queens in die Werkstatt zu holen, ein weiteres Mal nach einigen Wochen, um ihn ganz wiederhergestellt, mit einem neuen Cabrio-Dach versehen, frisch lackiert und glänzend poliert nach Sag Harbor zurückzubringen. Dabei lud ihn Mr. Thornton, nachdem er mit Hank ein paar Runden durch die Straßen von Sag Harbor gedreht hatte, ein, auf dem Beifahrersitz Platz zu nehmen. Sie fuhren gen Süden auf die andere Seite der Halbinsel, auf Bridgehampton zu, das zwischen Southampton und East Hampton lag, und kamen schon bald an prächtigen Anwesen vorbei. Viele von ihnen waren von hohen Hecken abgeschirmt, die den Reichtum dahinter lediglich vermuten ließen.

Nach einer Weile bremste Mr. Thornton unvermittelt. Sie befanden sich direkt vor einer sanft ansteigenden Allee, an deren Ende gut sichtbar eine herrschaftliche Villa stand. Sie war im klassizistischen Stil erbaut, zweistöckig, mit einer über die ganze Front angelegten Terrasse, die so breit war, dass Homer unwillkürlich begann, die Säulen zu zählen, die die Überdachung trugen. Er kam auf zehn.

»Siehst du das Haus dort? Es gehört einem Freund von mir.«

Homer nickte.

»Es steht auf einer Fläche von gut vier Hektar, hat einen Pool, ein Bade- und ein Gartenhaus und etwas abgelegen auch noch einen Tennisplatz, auf dem ich regelmäßig spiele.«

Homer nickte wieder. Er schwieg, wusste damit nicht so recht etwas anzufangen. Mr. Thornton schien das umgehend zu bemerken, schaute Homer an, lächelte freundlich, nickte noch einmal in Richtung des Anwesens auf dem Hügel und sagte dann:

»Dieser Freund ist einer der Spitzenanwälte der Wall Street.«

Bevor Homer irgendetwas entgegnen konnte, legte Mr. Thornton den Rückwärtsgang ein, setzte in die Einfahrt, wendete und fuhr die Straße wieder zurück, die sie gekommen waren.

»Ich mein ja nur …«, sagte er noch, lächelte erneut bedeutungsvoll zu Homer hinüber, bevor er seinen Blick wieder der Straße zuwandte.

»Was, Sir?«, fragte Homer verunsichert.

Mr. Thornton grinste, schüttelte den Kopf, schaute Homer ein weiteres Mal von der Seite an und entgegnete:

»Der Wagen fährt sich gut. Und er sieht großartig aus. Sogar die Sitze sind neu gepolstert. Dein Vater hat einen tadellosen Job gemacht.«

Dann brach er in ein lautes Lachen aus, das Homer noch mehr verunsicherte, zumal er auf seine Frage von Mr. Thornton keine Antwort bekam. Verlegen wandte er den Blick ab, ließ ihn Mr. Thorntons rechten Arm hinuntergleiten bis zu seiner feingliedrigen Hand, die den Schaltknüppel umfasst hielt. Seine Fingernägel waren perfekt manikürt.

»Der Blick auf dieses Anwesen hat mich lange nicht losgelassen«, sagte Homer nachdenklich. »Ich wusste plötzlich, dass ich auch einmal so würde wohnen wollen. Heute würde ich sagen, dass ich in diesem Moment zu überlegen anfing, was ich nach der Schule wirklich machen wollte. Thomas hat, wenn du so willst, einen Reifeprozess bei mir in Gang gesetzt.«

»Und, würdest du heute immer noch so wohnen wollen?«, gab ich zurück.

»Hm, bin nicht sicher, aber ich hätte zumindest gerne die Möglichkeit der Wahl, mich für so etwas zu entscheiden.«

Fortan wusste Homer, was er dafür brauchte: Ein gutes Highschool-Diploma, nebenher die Vorbereitung für den SAT, den Scholastic Assessment Test, um dort eine möglichst hohe Punktzahl zu erreichen, mit der man sich dann an den guten Universitäten in den Vereinigten Staaten bewerben konnte. Harvard, Yale, Princeton, Stanford – das waren die Namen, die Mr. Thornton immer wieder im Munde führte, wenn er von seinen so erfolgreichen Freunden erzählte. Klar, Harvard Law School, das war die Eintrittskarte für die große Wirtschafts- und Finanzwelt. Und es war, wenn man sich gut anstellte, eine sichere Möglichkeit, später als Anwalt üppige Honorare einzufahren.

Tatsächlich begann Homer, sich in der Schule anzustrengen. Er nahm alles ernster als vorher, seine Lehrer, die Hausaufgaben und auch sich selbst. Bis dahin hatte er sich auf sein Gedächtnis verlassen und die Fähigkeit, sich Dinge im Handumdrehen anzueignen und zu merken. Seine Hefte führte er seit der ersten Klasse und vor allem später in der Middle School mit der ihm eigenen Genialität, die bei Josie mitunter Verzweiflung und bei den Lehrern zumindest blanke Ungläubigkeit hervorrief. Das aber änderte sich schlagartig. Jetzt, im letzten Jahr der Highschool, setzte er alles daran, auch in den Fächern zu glänzen, die ihn seine Schulzeit über nie interessiert hatten. Zudem tat er viel dafür, seine Arbeitstechniken zu verbessern. Und das betraf nicht nur die Aufsätze, die er schrieb, sondern auch die Bearbeitung von Mathematikaufgaben und die Tests in den Naturwissenschaften. Er begann, für diese Fächer zu lernen. Dazu besorgte er sich auf Umwegen eine Unmenge alter SAT-Prüfungsaufgaben und ein Vorbereitungsbuch, das ihn befähigen sollte, die höchstmögliche Punktzahl zu erzielen.

Häufig besprach er sich mit Matt, der schon länger ähnlich dachte. Als Verwaltungsangestellter wie sein Vater wollte Matt »nicht enden«, wie er sagte. Er konnte sich für ein Thema begeistern. Das waren in den Jahren an der Highschool seine Computer und alles, was damit zusammenhing. Homer indes wusste nie, wofür er sich wirklich interessierte.

In einer Unterhaltung habe Mr. Thornton ihm einmal gesagt: »Du verfügst über viele Fähigkeiten. Aber du hast ein Problem: Du brennst für nichts. Du bist lau.« In dieser Feststellung hatte offenbar eine gewisse Enttäuschung mitgeschwungen, eine Abfälligkeit, die Homer beeindruckte und kränkte.

»Lau und am Ende mittelmäßig – das war das Letzte, das ich über mich hören wollte damals«, erinnerte Homer.

Die Entrüstung, die dieser Satz in ihm hervorgerufen hatte, schwang noch mit, als er ihn mir gegenüber zitierte. Und so fing Homer an zu brennen. Nicht so sehr für eine bestimmte Sache wie sein Cousin, der bereits in der Middle School ein passabler Programmierer geworden war. Nein, Homer brannte alsbald dafür, später einmal richtig reich zu werden. Immerzu dachte er an die Häuser in den Hamptons, von deren Existenz er vorher nichts gewusst hatte. Dafür würde er sich anstrengen, versuchen, an einer der Spitzen-Universitäten angenommen zu werden, um dort ein Fach zu wählen, das ihn tatsächlich in der gesellschaftlichen Hierarchie, derer sich Homer durchaus bewusst war, weiter nach oben bringen würde. Mit seinem aufsteigenden Ehrgeiz verblassten die Geister in seinem Kopf, die ihn seit Jahren plagten. Zumindest ein bisschen, ganz weg waren sie nie.

Während Matt seine Ambitionen offen vor sich her trug und keinen Hehl daraus machte, dass er Karriere machen wollte, agierte Homer zurückhaltend. Anders als Matt thematisierte er seine Pläne nicht fortlaufend, was allerdings auch daran lag, dass ihn niemand ernsthaft fragte. Wenn sie in den Brooklyn Heights zusammenkamen und es in Tanas Großfamilie wieder einmal um die Zukunft der Kinder ging, drehte sich das Gespräch meistens um Matt. Klar, er hatte sich durch seine Fertigkeiten im Programmieren längst den Status eines Stars in der Familie erarbeitet, hatte sozusagen ein erstes Plateau erklommen, das ihn ein wenig emporhob über die Familie. Seine Verwandten schauten zu ihm auf. Ihre Hoffnungen ruhten auf ihm und sonst niemandem.

Gleichwohl gewann der Konkurrenzkampf zwischen den zwei Cousins an Ernsthaftigkeit. Sie verglichen sich – im Grunde unentwegt. Und sie wurden verglichen. Ihre Mitschüler taten das mit einer Wonne, spürten sie doch die latente Rivalität zwischen den beiden. In den Unterhaltungen der Schüler kam offen zur Sprache, was Matt und Homer sich lange nicht eingestanden: dass sie nämlich – aus ihnen unerklärlichen Gründen – gegeneinander antraten, nicht nur in der Schule, dem Highschool-Abschluss und beim SAT. Auch bei den Mädchen. Und wieder traten die Gegensätze zutage. Matt war beliebt, Homer begehrt. Matt hatte eine Unmenge Freundinnen, zwischendurch immer auch mal wieder etwas, das man, soweit das in dem Alter überhaupt geht, als »ernster« bezeichnen würde. Homer war der Schwarm derer, die den Ehrgeiz entwickelten, seine Unnahbarkeit zu knacken. Er machte Mädchen und Jungen gleichermaßen rasend. Darüber, ob er in Schulzeiten überhaupt je eine Freundin hatte, hüllte er sich in Schweigen.

Als ich ihn in München kennenlernte, war er jedenfalls nicht liiert. Zumindest behauptete er das. Später dann, als die Sprache noch einmal darauf kam, berichtete er, dass er seine erste Erfahrung mit einer deutlich älteren Frau gemacht habe, was er wiederum allen jungen Männern nur empfehlen könne. Er lachte, die Frage nach dem Warum ließ er mit einem »Das kann man sich doch wohl denken« unbeantwortet. Nur eines sagte er noch:

»Am Anfang ist es gut, wenn man nimmt. Später kann man dann umso mehr geben.«

Eine Floskel, dachte ich damals. Er amüsierte sich gern.

21

Homer schrieb sich an der Pennsylvania State University ein. Er wählte das College of Liberal Arts und dort das Undergraduate Program Law and Society. Die »Penn« war eine renommierte staatliche Universität mit Colleges, die sich über den gesamten Bundesstaat verteilten und deren Studiengebühren weit unter denen privater Hochschulen lagen, aber immer noch hoch genug waren, dass er auf ein Stipendium angewiesen war. Mit seinen SAT-Punkten war das kein Problem. Das College, für das sich Homer beworben hatte, lag im Zentrum des Penn State University Parks in Pennsylvania, irgendwo »in the middle of nowhere«, 240 Meilen westlich von New York.

Matt ging nach Yale. Wie sollte es anders sein? Natürlich hatte er im SAT-Test die höhere Punktzahl erreicht und konnte zwischen den Zusagen zweier Universitäten der Ivy-League wählen. Die Familie war stolz, dass es zumindest einer von ihnen dorthin geschafft hatte. Wieder war Matt das große Thema, Homer blieb außen vor. Wen interessierte schon, wie es sich als Student an der Pennsylvania University lebte, die zwar auch einen großen Namen hatte, allerdings nicht an Harvard oder Yale oder Princeton heranreichte.

Mit 18 Jahren zog Homer von zu Hause aus. Und war froh darüber. Die Familie war ihm zu eng geworden mit ihren rituellen Treffen am Wochenende in den Brooklyn Heights. Seinen Vater und Josie empfand Homer als kleingeistig. Zu Hause ließ sich nicht träumen und schon gar nicht an den Träumen arbeiten, so wie Homer es sich vorgenommen hatte. Immerhin hatte ihm sein Vater zum Highschool-Diploma ein Auto geschenkt. Einen leicht frisierten, älteren Ford Mustang aus den 70er-Jahren, der lange in seiner Werkstatt gestanden hatte, weil sich kein Abnehmer dafür fand.

»Gib gut auf ihn acht«, ermahnte ihn sein Vater. »In zehn Jahren wird er viel mehr wert sein als heute. Und es wird Kunden dafür geben, dann tauschen wir ihn aus.«

Homer war überrascht und begeistert. Damit, dass ihn sein Vater je mit einem Auto aus seiner Werkstatt beschenken würde, hatte er nicht gerechnet. Und dann auch noch ein Ford Mustang. Er wusste um den Kultcharakter des Modells seit der legendären Verfolgungsjagd, die sich Steve McQueen als Lieutenant Frank Bullitt in dem gleichnamigen Kriminalfilm mit den auf ihn angesetzten Killern geliefert hatte und die sein Vater unbeirrbar als »greatest Hollywood car chase of all time« pries. Homer hatte die Videokassette des Films in den Siebzigern zu Hause mehrfach in den Recorder geschoben. Als er 1968 im Fernsehen lief, war er dafür noch zu klein. Jetzt fuhr er das gleiche Auto wie Steve McQueen, der »King of Cool«. Zum ersten Mal seit vielen Jahren fühlte sich Homer von seinem Vater richtig ernst genommen.

Hank war vor allem daran gelegen, dass sein Sohn, wann immer ihm danach war, nach Hause fahren konnte. Er habe, sagte Homer später einmal, Sorge gehabt, dass er, Homer, sich ganz absetzen könnte in die Unerreichbarkeit, was Homer wiederum rührte. Immerhin: Als Student mit einem dunkelblauen Ford Mustang hatte Homer schon damals, so empfand er es jedenfalls, Stil und einen gewissen Status. Das war ihm wichtig.

Statt öfter nach Hause zu fahren, nutzte Homer sein Gefährt für andere Zwecke. Er ließ sich in Brooklyn kaum mehr blicken, ging selten ans Telefon seines Wohnblocks und beantwortete nur sporadisch die Briefe, die ihm seine Familie schickte. Einmal kam ein Brief von Matt, der sich nach seinem Wohlbefinden erkundigte und von seinen ersten Studienerfolgen nebst weiblicher Eroberung berichtete. Homer schrieb ihm ein paar Zeilen nach Yale zurück, dass alles gut sei, er neue Freunde gefunden habe, ihrer beider Gespräche vermisse – was in dem Moment freundlich, aber eindeutig gelogen war –, und schlug ihm vor, sich Mitte Dezember zu Chanukka in Brooklyn bei Tana zu treffen, wenn sie das Haus dekoriert und gut gekocht hatte. Da würde er tatsächlich das erste Mal wieder zu Hause sein. Er machte – warum auch immer – den Vorschlag, eine kleine gemeinsame, »konspirative« Sitzung im Keller abzuhalten, sollte der rote Zahnarztstuhl tatsächlich immer noch dort stehen. Den Brief legte er auf seinen Schreibtisch, zunächst unentschlossen, ihn abzuschicken, was er nach einigen Tagen aber doch tat. Immerhin schrieb Matt ein paar Zeilen zurück. Die Verabredung stand.

Was seine Familie nicht wusste, war, dass Homer seinen Ford Mustang nutzte, um immer einmal wieder Richtung New York über die Brooklyn Bridge, dann aber an Brooklyn vorbei nach Sag Harbor zu fahren, manchmal sogar noch weiter gen Osten in die Hamptons. Ein Wahnsinnsritt, fünf Stunden hin, fünf Stunden zurück, wenn alles gut ging und nicht zu viel Verkehr die Straßen verstopfte. Dazu kamen die Spritkosten, die sich Homer mühsam mit Gelegenheitsjobs verdiente. Aber er brauchte diese Exkursionen, um sein Ziel nicht aus den Augen zu verlieren und sich zu vergewissern, wofür sich die ganze Paukerei am Ende lohnen würde.

In Sag Harbor oder den Hamptons kreuzte er mit seinem Mustang durch die Straßen und schaute sich die großen Anwesen an, sofern sie vom Auto aus zu sehen waren. Fast jedes Mal hielt er am Strand, um sich abzukühlen und im weißen Sand einzuschlafen, wenn er von der Fahrt noch müde war. Manchmal hockte er für eine oder zwei Stunden im Silver's – einem alteingesessenen Restaurant an der Main Street in Southampton, das seit 1923 existierte und wo auch schon Oscar Wilde gegessen hatte. Er liebte das Ambiente dieses historischen Gebäudes, in dem der Familienbetrieb das Auf und Ab der jüngeren amerikanischen Wirtschaftsgeschichte überlebt hatte.

Nur um der Atmosphäre willen trank er dort ein Glas Wasser oder einen Kaffee, blätterte in Zeitschriften, manchmal auch in einem Lehrbuch der Universität, das er mitgenommen hatte. Einmal half er einer Dame mittleren Alters, der kurz vor dem Eingang ins Silver's aus irgendeinem Grund die Leine ihres Hundes aus der Hand gerutscht war, ihre noch junge Französische Bulldogge wieder einzufangen. Ganz leicht war das nicht, »The Zar« war verspielt und nicht erzogen. Auf seinen Namen reagierte er nicht. Homer gelang es trotzdem, die Leine mit dem Fuß zu erwischen und den Hund der Dame zurückzugeben. Die wiederum war ihm derart dankbar, dass sie sich erbot, ihm ein Essen zu bezahlen, was sie dem Wirt umgehend mitteilte, sodass der Homer hereinwinkte und ihm ein Steak mit Pommes frites servierte. Aber das war die Ausnahme. Homer wusste, dass er, wenn sich das Restaurant mit Gästen füllte und er nicht mehr als einen Kaffee bestellt hatte, seinen Platz für die betuchte Klientel aus den Hamptons räumen musste, die natürlich mehr bestellte als nur ein schlichtes Getränk. Gleichwohl hatte er es dem Besitzer angetan, der ihn zu mögen schien und ihn in seinen wenigen freien Minuten schon einmal in ein kurzes Gespräch verwickelte.

So war es auch an einem recht regnerischen November seines ersten Studienjahres. Wieder einmal war er nach Southampton aufgebrochen, um der trüben Stimmung in seinem Wohnheim zu entkommen. Er war bedrückt, die Ängste waren kurz davor, sich zu einem Orkan zusammenzubrauen und drehten ihre ersten Runden in seinen Eingeweiden. Es war nur eine Frage der Zeit, bis sie über ihn hereinbrechen und ihn für die nächsten Tage verwüsten würden. Er hatte sie so satt und wurde sie doch nicht los. Den Sommer über war es ihm deutlich besser gegangen. Jetzt aber, da die Tage kürzer und dunkler wurden und kaum noch Licht in sein Zimmer im Wohnheim drang, sah es in ihm schon wieder anders aus. Wenn er in seinem Mustang in Bewegung war, ging es ihm besser.

Dieses Mal war er in der Erwartung losgefahren, ein eher leeres Restaurant mit genügend freien Tischen vorzufinden und vielleicht sogar einen gesprächigen Besitzer, der ihn von der aufsteigenden Traurigkeit ablenken würde. Doch es half nichts. Er fühlte sich zunehmend bedrückter an jenem Samstagmittag und wusste nicht so recht, warum. Als auch der letzte Tisch belegt war und der Besitzer ihm einen ermahnenden Blick zuwarf, stand Homer auf, ließ das übliche Kleingeld neben seiner Kaffeetasse liegen, klappte sein Lehrbuch zusammen und schob sich an ein paar Gästen vorbei in Richtung Ausgang. Dann hörte er seinen Namen:

»Look, who is there! Homer!«

Es war die schnarrende Stimme von Mr. Thornton, der plötzlich vor ihm stand. Er hatte zwei ältere Damen im Schlepptau, mit denen er offenbar zum Essen verabredet war. Wie er im nächsten Moment erfuhr, handelte es sich um Mr. Thorntons Tante, die Schwester seiner Mutter, und deren Freundin. Homer lächelte freundlich.

»Leiste uns doch beim Essen Gesellschaft«, sagte Mr. Thornton ziemlich direkt, bevor er begann, Homer den beiden älteren Damen vorzustellen. Homer schüttelte verwelkte, kalte Hände, blickte in freundliche, faltige Gesichter mit grellrot geschminkten Lippen und schaute dann zu Mr. Thornton:

»Vielen Dank, Sir. Aber das kann ich nicht.«

»Warum nicht? Musst du mit deinem Vater zu einem Kunden?«

»Sir, ich will ehrlich sein: Als Student kann ich mir das hier gar nicht leisten.«

»Das denke ich mir. Natürlich bist du eingeladen.«

Mr. Thornton legte seine Hände auf Homers Schultern, drehte ihn um, noch bevor dieser überhaupt etwas entgegnen konnte, und drückte ihn zurück in die Richtung, aus der er gekommen war. So folgte er dem Kellner, der die auf vier angewachsene Dreiergruppe zu ihrem reservierten Tisch führen wollte.

»Wir sind wider Erwarten zu viert«, sagte Mr. Thornton von hinten. »Ich hoffe, das wird kein Problem.« Dann beugte er sich zu Homer vor, etwas unangenehm dicht an sein Ohr.

»Keine Sorge, die Damen verschwinden in einer Stunde zum Mittagsschlaf. Dann können wir ein wenig plaudern.«

Das war kein Vorschlag. Mit der Bestimmtheit, die Mr. Thornton in seine Stimme gelegt hatte, handelte es sich unmissverständlich um eine Anweisung.

22

Als sie tatsächlich nach einer Stunde nur noch zu zweit dort saßen, legte Mr. Thornton seine sehr weiße Hand auf Homers Unterarm. Die zweite Berührung – Homer war enerviert.

»Du hast den Damen erzählt, dass du den ganzen Weg von Pennsylvania mit dem Auto hergekommen bist.«

»Stimmt. Mein Vater hat mir einen Ford Mustang geschenkt – in der Hoffnung, dass ich öfter nach Hause komme. Er stand ewig in der Werkstatt. Fährt allerdings ziemlich gut.«

Mr. Thornton musterte ihn belustigt und kam umgehend auf Steve McQueen und die Verfolgungsjagd zu sprechen. Seine Augen glänzten, als er zu einem Kurzvortrag über die entscheidende Szene anhob, die nicht nur Steve McQueen, sondern auch dem dunkelgrünen Ford Mustang, in dem er die Jagd bestritt, zu seinem Kultstatus verholfen hatte. Wenig später begann er, Homer nach den wahren Gründen zu fragen, die ihn nach Southampton führten, und wunderte sich alsbald, dass Homer den ganzen Weg hin und zurück an einem einzigen Tag bewältigte. Homer erklärte ihm glaubhaft, dass er keine Übernachtungsgelegenheit habe und auch nicht das Geld dafür, sich ein kleines Hotel zu nehmen, um bis zum nächsten Vormittag zu bleiben.

»Das«, sagte Mr. Thornton ernst, »ließe sich natürlich ändern.«

Homer sah ihn fragend an, bis ihm Mr. Thornton andeutete, dass er, wenn Homer schon ein Auto fahre, gerne einmal seine Transportdienste in Anspruch nehmen würde.

»Hin und wieder muss ich bestimmte Dinge nach Washington bringen«, sagte er Homer. »Und ich würde dafür nicht gerne eine Spedition in Anspruch nehmen. Man weiß ja nie, in welchem Zustand die Dinge am Ende ihren Adressaten finden.«

Würde heißen, er, Homer, könnte mit seinem Ford Mustang diese Dinge – Mr. Thornton wurde immer noch nicht konkret – transportieren. Wenn er in die Hamptons oder nach Sag Harbor fuhr, würden sie sich treffen, er würde übernachten, um am nächsten Tag zeitig aufzubrechen und in die amerikanische Hauptstadt zu fahren, was an einem Sonntagmorgen eine Fahrtzeit von maximal vier Stunden bedeutete. Er, Mr. Thornton, würde dann dafür sorgen, dass er in Washington ein gutes Mittagessen bekäme, bevor er sich noch einmal für gut drei Stunden auf die Interstate begäbe, um wieder an seinem Studienort zu kommen. Benzingeld wäre inklusive, und ein Honorar zahle er auch, versprach Mr. Thornton noch.

»Dürfte ich denn wissen, was für Sachen ich eigentlich transportieren soll?«

Mr. Thornton seufzte.

»Keine Drogen, da kannst du dich entspannen.«

»Das hätte ich auch nicht vermutet«, gab Homer inzwischen etwas selbstsicherer zurück.

Denn jetzt wollte ja Mr. Thornton etwas von ihm und seinem Mustang, nicht umgekehrt.

»Es gibt bestimmte Dinge, die tust du nicht, wenn du älter bist. Oder nur dann, wenn du wirklich Geld brauchst«, sagte Homer. »Im ersten Jahr auf der Uni war ich wirklich verführbar. Für Geld hätte ich – fast – alles getan.«

Damals wollte er Geld verdienen und hatte nichts dagegen, sich seine Fahrten in die Hamptons künftig finanzieren zu lassen. Auch dass er übernachten sollte, machte ihm wenig aus. Mr. Thornton bot ihm an jenem Novembernachmittag im Silver's zunächst an, Nachmittag und Abend bei ihm zu verbringen, um sich von der ersten Fahrt zu erholen und dann früh morgens mit der »Ware« aufzubrechen.

»Das wäre das Einfachste«, sagte er. Mr. Thornton war unverheiratet, beschäftigte ausschließlich männliches Personal, hatte einen großen Sinn für die ästhetischen Aspekte des Lebens, bestückte sein Haus mit wertvollen Antiquitäten, mit moderner Kunst, mit Designermöbeln. Keine Frage, er hatte das sichere Stilgefühl eines versierten Innenarchitekten. Alles war akribisch aufeinander abgestimmt, die Sofabezüge, die Vorhänge, die Handtücher im Gästebad. Doch diese perfekte Welt wollte Homer noch ein bisschen auf Abstand halten, er fand, dass er nicht dorthin gehörte. Außerdem war ihm Mr. Thornton nicht geheuer angesichts der Nähe, die er ganz plötzlich zu seinen Gesprächspartnern aufbaute und der man sich kaum entwinden konnte. So fragte Homer mit äußerster Vorsicht, ob er, wenn er so einen Dienst übernähme, nicht am Nachmittag kurz bei ihm vorbeischauen könne, um dann ein bisschen durch die Gegend zu fahren und sich ins Silver's zu setzen. Abends käme er noch einmal vorbei, würde die Ware abholen, in einem einfachen Motel übernachten, um am nächsten Morgen möglichst früh aufzubrechen. Mr. Thornton überlegte einen Moment.

»Homer, ich kann dich verstehen. Und ich bezahle dir gerne auch die Übernachtung. Aber die Ware bleibt über Nacht garantiert nicht im Auto. Es wird so sein, dass du sie morgens bei mir abholst. Wie früh das sein soll, spielt keine Rolle.«

Homer nickte. So einigten sie sich schließlich. Homer erhielt für seine Fahrdienste Kost und Logis, er bekam das Hotel bezahlt, ein Mittagessen im Silver's, wenn er es vorzog, dort zu essen und nicht bei Mr. Thornton, und ein Abendessen. Außerdem sollte er die Spritkosten erstattet bekommen und pro Tag, den er unterwegs war, für ihn schier unvorstellbare 100 Dollar. Das machte 200 Dollar am Wochenende, was Homer fast ein wenig unanständig gefunden hätte, hätte er nicht geahnt, wie gering sich ein solcher Betrag vor dem Hintergrund des Jahreseinkommens von Mr. Thornton ausnahm. Davon abgesehen würde er den Betrag wahrscheinlich auch noch seinen Kunden in Rechnung stellen, sofern er überhaupt gegen Rechnung lieferte. Jedenfalls gab es deutlich mühsamere Wege, sein Taschengeld aufzubessern. Er schlug in das Geschäft ein, noch bevor er wusste, um was für Ware es sich drehte.

»Okay, in zwei Wochen geht es los«, sagte Mr. Thornton und streckte ihm seine Hand entgegen. »Und jetzt fahren wir vielleicht noch kurz nach Sag Harbor in die Villa. Ich will dir zeigen, was das für Dinge sind, die du transportieren sollst.«

Homer steuerte seinen Ford Mustang hinter Mr. Thorntons Wagen her. Er war mit seinem taubengrauen Bentley unterwegs, einem der wenigstens zehn Oldtimer, aus denen, wenn sich Homer noch richtig erinnerte, sein exquisiter Fuhrpark bestand. Die Villa erschien ihm diesmal nicht so groß, wie er sie in Erinnerung hatte. Er wunderte sich. Allerdings war er selbst ein paar Jahre älter, hatte aber vor allem die eine oder andere Tour durch die Hamptons schon hinter sich, auf der er noch ganz andere Anwesen zu Gesicht bekommen hatte. Allerdings nur von außen. Als er auf dem grauen Sofa Platz genommen hatte, überrollte ihn eine Welle des Wohlgefühls angesichts des Zustands, in dem er frühmorgens aufgebrochen war. Kurz überlegte er, warum Mr. Thornton wohl ein Faible für die Farbe Grau haben mochte. Das Sofa war grau, die Wände ebenfalls nicht so weiß, dass sich die hellen Stuckleisten an der Decke davon nicht hätten absetzen können. Mr. Thornton selbst trug einen grauen Anzug, darunter ein weißes Hemd, das er bis zum obersten Knopf geschlossen, aber nicht noch mit einer Krawatte vollendet hatte. Auch seine Haut schimmerte in Grau. Er hatte eine fahle Gesichtsfarbe und dunkle Ringe unter den Augen. War er gealtert? Seine damals schon grauen, welligen Haare waren noch weißer geworden, fand Homer, dabei war Mr. Thornton gerade vierzig Jahre alt. Doch sein Job als Chef des Aktienhandels schien nicht ganz spurlos an ihm vorüberzugehen. Homer fiel erstmals auf, wie schmal, fast zierlich, ja dünn er war. Einzig seine goldene Brille mit den runden Gläsern hob sich von seiner gänzlich farblosen, aber eleganten Erscheinung ab. Erwartungsvoll schaute er Mr. Thornton an. Um was würde es gehen?

Bevor sich Mr. Thornton setzte, verschwand er noch einmal in der Küche, um Kaffee oder Tee kommen zu lassen. Derweil ließ Homer seinen Blick durchs Zimmer schweifen, bis er an einer kleinen Statuette hängen blieb, die ihn an eine der Abbildungen in seinem alten Geschichtsbuch erinnerte. Es war lange her, dass sie sich in der Schule mit der Antike beschäftigt hatten. Diese Figur, die aus dem Vorderen Orient kommen musste, hatte etwas davon. Etwas Antikes, eigentlich etwas Vor-Antikes.

Mr. Thornton war inzwischen zurückgekehrt und hatte offensichtlich bemerkt, wie aufmerksam Homer die Figur betrachtete.

»Sie ist wunderschön, oder?«, sagte er leise.

»Ja. Darf ich sie mal in die Hand nehmen?«

Ohne die Antwort abzuwarten, stand er auf, ging zu dem weißen Sideboard und hob sie behutsam mit drei Fingern hoch und betrachtete sie eine Weile. Noch nie hatte er so etwas in der Hand gehalten.

»Ägypten?«, fragte Homer, während er sich mit der Figur in der Hand zu Mr. Thornton umdrehte, der noch immer auf dem Sofa saß.

»Stimmt. Eine Uschebti. Stell sie bitte wieder hin.«

Homer tat umgehend, wie ihm geheißen.

»Was ist das?«, fragte er, nachdem er die Statuette auf ihren Platz zurückgestellt hatte.

»Das ist eine Figur, die sie den Menschen früher mit ins Grab gelegt haben. Nach den ägyptischen Jenseitsvorstellungen musste der Verstorbene für den Unterweltsherrscher Osiris Feldarbeit verrichten. Schließlich sollten auch die Bewohner des Totenreiches etwas zu essen haben. Keine angenehme Perspektive auf das Paradies, oder?« Mr. Thornton lächelte kurz. »Um den Verstorbenen davor zu bewahren, auch im Jenseits hart arbeiten zu müssen, gab man ihm diese kleinen Figuren, die ihrerseits aussahen wie Mumien, mit ins Grab. Diese sollten als sogenannte Antworter, Uschebtis, anstelle des Verstorbenen reagieren, wenn dieser zur Feldarbeit gerufen wurde. Ob sich Osiris dadurch allerdings täuschen ließ, sei mal dahingestellt.«

Wieder lachte Mr. Thornton.

»Diese ist angeblich aus der Zeit des Neuen Reiches, etwa 1200 vor Christus.«

»Wow! Woher haben Sie die?«

»Bei einer Auktion ersteigert. Ist aber schon länger her.« Mr. Thornton blieb vage und schwieg, obwohl ihn Homer weiterhin erwartungsvoll anschaute.

»Sind Sie Sammler?«, fragte er dann, als Mr. Thornton gar nichts mehr sagte.

»Ja und nein, eher Händler als Sammler. Ich betreibe das nebenher – bei meinem Faible für die Antike.«

Mr. Thornton handelte also mit Antiken, mit solchen Figuren und Vasen und anderen Gegenständen. Viele von ihnen kamen aus Ägypten oder dem Zweistromland. Aber manches auch aus Südamerika und Ostasien. Es waren offensichtlich sehr wertvolle Schätze, von denen er immer wieder welche nach Washington verschicken musste, weil dort wohlhabende Kunden saßen. Homer dämmerte allerdings auch, dass Mr. Thornton schon deshalb keine Spedition in Anspruch nehmen wollte, weil er die Ware dann hätte deklarieren und, wie er mehrfach betonte, versichern müssen. Die Versicherungsprämien seien angesichts des Werts der Antiken »geschäftsschädigend«.

Elektrisiert folgte er den Erklärungen von Mr. Thornton, stellte noch mehrere Nachfragen, um herauszufinden, woher sein künftiger Financier die Ware bezog. Eine konkrete Antwort erhielt er nicht. Die schnarrende, leise Stimme Mr. Thorntons lullte ihn ein, ohne seine Wissbegier zur befriedigen. Thornton hielt sich, wie mir

Homer sagte, was seine Quellen anging, ziemlich bedeckt. Homer schaute ihn länger an, fasziniert von der Sinfonie im unauffälligen Grau, die er vor sich hatte. Wie konnte jemand, der physiognomisch so schon vollkommen unauffällig war, auch noch ausschließlich graue Kleidung tragen, die sein Gesicht noch fahler erscheinen ließ. Und sich graue Möbel zulegen, vor allem ein Sofa, in dem er farblich komplett verschwand? Aber er sah sich ja nicht, dachte Homer dann. Sonst wäre ihm das vielleicht aufgefallen.

»Schluss mit der Fragerei«, sagte Mr. Thornton unvermittelt, gleichwohl mit einem freundlichen, bedeutungsvollen Lächeln.

Statt weiterer Antworten bat er ihn, ihm zu folgen, erhob sich vom Sofa, ging über die geräumige Küche mit Kochinsel in den hinteren Teil des Hauses, öffnete eine schmale Tür und stieg eine Treppe hinab. Homer staunte nicht schlecht, als ihn Mr. Thornton in einen Kellerraum seines Hauses führte, in dem sich mindestens ein Dutzend Pakete verschiedener Größe stapelte. Sie waren genau beschriftet. Er ging zu einem Regal und zog einen dicken Aktenordner hervor, in dem er die antiken Pretiosen katalogisiert hatte – einschließlich mehrerer Fotografien je Stück aus unterschiedlichen Perspektiven. Den Ordner reichte er Homer.

»Nimm ihn mit nach oben. Dann kannst du darin noch ein bisschen blättern, damit du weißt, welche Schätze du künftig transportierst.«

Als sie wieder oben im Salon saßen, ging Homer den Ordner in ziemlichem Tempo durch. Er brauchte ja nicht sehr lange, um eine Seite zu erfassen und sich Dinge zu merken. Herkunftsland und Alter waren offenbar bestimmt – von wem auch immer. Nur Preise standen nicht neben den Figuren. Homer hatte keine Vorstellung, was so eine ägyptische Grabbeigabe kosten würde.

»Interessiert dich das gar nicht?«, fragte Mr. Thornton verwundert, weil Homer die Seiten so mir nichts, dir nichts durchzublättern schien.

»Klar. Ich lese jede Seite.«

Dann gab er Mr. Thornton den Ordner wieder zurück und begann, mindestens die ersten zehn der Antiken aufzuzählen – einschließlich Datierung und Fundstelle –, und versetzte sein Gegenüber in ein ungläubiges Staunen.

»Ich war so darauf erpicht, ihn mit meinen Fähigkeiten zu beeindrucken, um mich dadurch als geeigneten Fahrer für die gut bezahlten

Botendienste zu empfehlen, dass ich nicht auf der Beantwortung der entscheidenden Fragen bestand. Ich vergaß es, oder wollte es gar nicht so genau wissen«, sagte Homer.

»Welche wären das denn gewesen?«, fragte ich, zugegebenermaßen ein wenig naiv.

»Na, denk doch mal nach: Wo kommt das Zeug her? Wieso hortet er es in seinem Keller? Und vor allem: Ist das eigentlich alles legal?«

»Und? Weißt du es heute?«

Homer lachte. Auch ich bekam keine Antwort.

Immerhin brachte Mr. Thornton als zweiter Mensch nach Hank in Erfahrung, dass Homer über die beneidenswerte Begabung eines nahezu fotografischen Gedächtnisses verfügte.

»Dein Gehirn wird dir später im Job noch ziemlich viel helfen«, sagte er zu Homer. »Hoffentlich spielt es dir nicht irgendwann mal einen Streich.«

Ein ernsthaftes Gespräch darüber, unter welchen Bedingungen Homer die Botendienste tatsächlich unternahm, gab es nicht. Auch nicht darüber, dass Transportunternehmen und Versicherung, hätte Mr. Thornton sie beauftragt, sicher nach den Papieren für die Antiquitäten gefragt hätten oder nach ihrer Herkunft. Und dazu nach deren Preis. Wie sollte das gehen, wenn man wie Mr. Thornton und viele andere, die mit derlei Kulturgütern ein Heidengeld verdienten, seine Bezugsquellen und -wege keinesfalls offenlegen wollte? Aber es waren ja auch die Achtzigerjahre – damals nahm man es mit dem Bezug und Weiterverkauf von Antiken nicht ganz so genau. Und auch nicht mit deren Provenienz.

Unter denen, die sich solche Antiken leisten konnten, herrschte nicht der Hauch eines Bewusstseins für das kulturelle Erbe eines Landes. Homer meinte zwar, sich an die eine oder andere erbitterte Debatte zu erinnern, ob der Verkauf ins Ausland für die Bewahrung der Kulturgüter nicht viel wichtiger war, als sie dort in ihren Ländern mit teilweise korrupten oder zumindest chaotischen Regierungsstrukturen zu belassen. Doch dachte er nicht weiter darüber nach. Thornton schwieg sich aus. Zertifikate wurden nicht ausgestellt, Rechnungen nicht geschrieben.

Nach einer guten Stunde verließ Homer Thorntons Anwesen, um sich auf den Rückweg nach Pennsylvania zu machen. Immerhin hatte er noch fünf Stunden Autofahrt vor sich. Sie verabredeten sich für den Samstag in zwei Wochen. Zum Abschied schob Mr. Thornton Homer noch eine Hundert-Dollar-Note mit den Worten, er solle dies als Honorar für ihre erste Geschäftsbesprechung ansehen, in die Brusttasche seines Oberhemds. Er veranschlage sie »großzügig« mit einem Tag. Der Höflichkeit halber versuchte Homer, sich gegen diese Zuwendung zur Wehr zur setzen. Aber er musste sich auch eingestehen, dass sich die 100-Dollar-Note zu gut anfühlte als Honorar für einen netten Ausflug. Die Kosten für das Benzin waren damit mehr als abgedeckt.

Die Begegnung hing Homer auf der Rückfahrt noch einige Zeit nach. Er stand also jetzt in den Diensten eines Kunsthändlers. Mehr musste ihn nicht interessieren. Solange er das gut verpackte Material nur unversehrt überbrachte, wäre seine Aufgabe erledigt. Weitere Gedanken verdrängte er. Erfolgreich.

Was Homer sich nicht vorstellen mochte, war, dass der so seriöse Mr. Thornton zum Teil mit Produkten handelte, die seit Jahren gesucht wurden und auf international veröffentlichten Listen verschwundener Kunstschätze auftauchten, ja, dass er sie als Mitglied eines verborgenen Hehlerrings verschob und damit ein Heidengeld erzielte. Ebenso wenig wollte er sich eingestehen, dass sein Förderer ausgerechnet ihn, dem er die Berufslaufbahn eines Wall-Street-Anwalts so sehr ans Herz legte, schon zu Beginn seines Studiums zum Teil eines Netzwerks werden ließ, das im Schatten florierte.

23

Die letzte Begebenheit, von der mir Homer in München erzählte, als sich die Nacht ganz langsam zurückzog, ist mir noch häufig durch den Kopf gegangen. Sie ereignete sich an einem Sonntag im September 1988 und lag damit noch kein Jahr zurück.

Matt und seine jüngere Schwester Madeleine, Homer und Sandy waren zu viert unterwegs. Solche Vierer-Treffen hatten sich lange nicht mehr ergeben, zu zerstreut waren sie alle gewesen, seit sie – von Sandy abgesehen – die Highschool beendet hatten. Nun aber waren sie alle wieder in New York. Matt und Homer waren nach ihren Bachelor-Abschlüssen in Yale und Pennsylvania zurückgekehrt. Madeleine hatte mit Blick auf ihren Traum, Lehrerin zu werden, ein geisteswissenschaftliches Studium in New York begonnen, war aber bereits zu Hause ausgezogen. Sandy lebte mit ihren knapp 15 Jahren noch bei ihren Eltern. Die vier wollten raus nach Rockaway Beach, den längsten Sandstrand, den die Metropole zu bieten hatte. Es war Matts Idee gewesen, gemeinsam etwas zu unternehmen – nach all den Jahren. Zu viert fuhren sie in Homers Ford Mustang die Flatbush Avenue hinunter, Matt steuerte den Wagen, was er immer schon einmal hatte tun wollen, Homer saß neben ihm. Sie hatten die Scheiben heruntergekurbelt, Madeleine und Sandy wippten mit angezogenen Beinen auf der engen Rückbank zu Madonnas neuestem Song, »Papa don't preach«, der seit drei Wochen im Radio lief und es Mitte August auf Platz 1 der Single-Charts geschafft hatte. Für Sandys Surfbrett hatte Homer zwei Trägerstangen auf das Dach montiert.

Die vier kannten den Strand, er lag nah genug, um spontan der unerträglichen Hitze Brooklyns zu entfliehen. Homer war mit seinen Eltern und Sandy häufig dort gewesen, auch wenn er ihn nicht besonders mochte. An diesem Strand sei genügend Platz für ganz New York, pflegte Hank dann zu sagen, wenn Homer über die Ausflugspläne das Gesicht verzog. Wenn es Homer an den Stellen, an denen sich alle niederließen, zu eng würde, könne er ja einfach weitermarschieren, was er auch tat. Im Stadtteil Far Rockaway, der zu Queens gehörte, hatten sich in den 50er- und 60er-Jahren vor allem New Yorker mit geringen Einkommen niedergelassen, denen in Manhattan oder Brooklyn niemand begegnen wollte. Das war den Hochhäusern am Strand und der ganzen Gegend deutlich anzumerken. Ungepflegt, verfallen, schäbig. Homer war lange nicht mehr dort gewesen, kannte Rockaway nur in seinem heruntergekommenen Zustand und sollte nach diesem Septembertag auch nie wieder dort hinfahren.

Nur wenige Menschen waren am Strand. Meist Spaziergänger und vereinzelte Surfer, die versuchten, die vergleichsweise kleinen Wellen zu reiten. Die Saison war im September weitgehend gelaufen. Die Rettungsdienste saßen zwar noch auf ihren Posten, dämmerten allerdings mehr vor sich hin, als dass sie das Geschehen am Strand aufmerksam verfolgten, weil sich kein Schwimmer mehr ins Wasser traute. In ein paar Tagen würden sie ganz abziehen, wenn mit dem offiziellen Ende der Saison auch das Baden verboten sein sollte.

Homer saß am Strand. Er surfte nicht gerne. Überhaupt mochte er das Wasser nicht besonders. An seine letzten Züge im Atlantik konnte er sich kaum erinnern.

Sandy hatte sich hinter der geöffneten Tür von Homers Mustang in ihren Neoprenanzug gepresst. Sie wollte unbedingt ins Wasser. Ihr Brett war eines für Anfänger, das nicht unterging, wenn man darauf lag, um auf eine günstige Welle zu warten. Inzwischen war sie hinausgepaddelt, die Wellen waren nicht besonders hoch. Homer beobachtete sie, wie sie versuchte, das Brett in die richtige Richtung zu drehen, mit der Spitze zum Strand, um dann eine der Wellen zu erwischen, auf die sie aufspringen konnte. So ging das sicher mehr als eine Stunde lang.

Er kam sich einmal mehr vor wie der Babysitter, der er früher immer gewesen war, aber nie hatte sein wollen. Gelangweilt lag er im Sand, schaute nur hin und wieder aufs Meer, ansonsten versuchte er, sein Gesicht mit verschränkten Armen vor der schräg stehenden Sonne zu schützen. Matt und Madeleine standen in der Brandung, die keine war, sondern nur ein leises Schlagen von langen, sommermüden Wellen, ihre Beine waren bis zu den Knien mit Wasser bedeckt. Madeleine sah hübsch aus, dachte Homer, wie sie so dastand mit ihren 19 Jahren, ein Ex-Highschool-Girl, die braunen Locken wehten leicht nach hinten mit der Brise von Osten. Er betrachtete ihr Profil. Sie unterhielt sich mit Matt – wie so häufig. Madeleine war nur vier Jahre jünger als ihr Bruder. Sie hatten sich mehr zu sagen als Homer und Sandy. Homer dachte darüber nach, wie anders es hätte bei ihm sein können. Er hätte sich auch ein Geschwister gewünscht in einer Familie, die nicht um die Mutter amputiert worden war, einen richtigen Bruder oder eine Schwester, die ihm näherstanden als ausgerechnet Sandy.

An jenem Nachmittag war nur Sandy aktiv. Und bester Dinge. Ein bisschen kapriziös war sie, nicht wirklich selbstverliebt, aber offenbar mit einem enormen Selbstbewusstsein ausgestattet. Homer dachte daran, wie er ihr früher bei den Hausaufgaben geholfen und es gehasst hatte. Als er an der Penn University studierte, hatte sie ihn hin und wieder per Telefon kontaktiert, wenn sie mit einem Aufsatz nicht weiterkam. In Mathematik hatte sie inzwischen einen Nachhilfelehrer. Unterhalten hatte er sich mit ihr allerdings lange nicht mehr. Dafür hatte Sandy ihre Freundinnen.

Plötzlich stand sie vor ihm, nach Luft schnappend, strahlend, nass, aufgeregt. Sie hob die Hand und ließ ein paar Tropfen auf seinen nackten Oberkörper fallen. Homer zuckte unwillkürlich zusammen.

»Lass das!«

»Hast du gesehen?«, jubilierte sie. »Drei Wellen gestanden, Homer. Hast du das gesehen?«

»Amazing«, gab Homer ohne wirkliches Interesse zurück.

»Hast du nicht! Lüg mich nicht an. Das höre ich doch an deiner Stimme. Jetzt bist du schon mal hier, was selten genug der Fall ist, und kriegst überhaupt nichts mit«, sagte Sandy enttäuscht, zog die Stirn in Falten und formte mit ihren feinen Lippen, die sie ganz eindeutig von Josie geerbt hatte, eine Art Schmollmund in Miniaturform, der so niedlich war, dass er selbst Homer erweichen konnte.

»Stimmt. Ich habe nicht richtig hingeschaut. Geh noch mal ins Wasser.«

»Aber nur, wenn du mitkommst. Ich meine, wenn du dich hinstellst und schaust.«

»Okay«, sagte Homer, erhob sich langsam, klopfte sich weißen Sand vom Körper und lief gemächlich hinter ihr her.

Sandy war schneller, das überdimensionierte Brett wippte unter dem Arm. Ehe Homer an der Brandung stand, war sie im Wasser, hatte sich bereits auf das Brett geworfen und paddelte mit ihren zierlichen Oberarmen kräftig gegen die müden Wellen an, die sich an den Strand schleppten. Bald war sie weiter draußen, dort, wo die größeren sich aufbauten – allerdings immer noch im Bereich des Überschaubaren, keine zwei Meter hoch. Höhere Wellen hätte sie auch nicht reiten können, weil man dazu eben ein Brett brauchte, mit dem man durch die einstürzenden Brecher hindurchtauchen konnte.

Homer sah Sandy nach. Sie drehte ihr Brett Richtung Strand, setzte sich rittlings darauf und wartete. Und wartete. Warum war ihr keine Welle genehm? Warum paddelte sie nicht los? Er sah genauer hin. Dann schloss er für einen Moment die Augen. Als er sie wieder öffnete, war Sandy deutlich weiter weg als vorher. Viel zu weit hinter den Wellen, fand er. Inzwischen saß sie auch nicht mehr auf dem Surfbrett, sondern hatte sich bäuchlings daraufgelegt und ruderte mit den Armen. Offenbar wollte sie zum Strand. Nur kam sie nicht näher. Sie richtete sich kurz auf und winkte erst mit der einen Hand und danach mit beiden, um sich sofort wieder auf ihr Board zu werfen und weiter zu paddeln.

Gebannt verfolgte Homer das Spektakel. Rockaway Beach war zwar nicht besonders gefährlich, doch war das Meer bekannt dafür, dass sich im Herbst unter der Wasseroberfläche Strömungen bildeten, die alles, was sich treiben ließ, aufs Meer hinauszogen. Normalerweise setzte die Drift immer erst Ende September, also zwei Wochen später, ein.

Er bemerkte nicht, wie Madeleine einen Schritt an ihn herantrat.

»Guck mal«, forderte sie ihn auf, »ein bisschen zu weit weg, oder?«

»Hm …«, sagte Matt, der ebenfalls in ihre Richtung schaute, um dann unmittelbar die gekrümmten Hände an den Mund zu legen und nach ihr zu rufen. Mehrfach hintereinander. Madeleine begann zu winken. Homer aber stand regungslos daneben und starrte aufs Wasser.

In dem Moment begann auch Sandy zu schreien. Sie richtete sich auf, begann erneut mit den Armen zu fuchteln, warf sich aber sofort wieder auf ihr Board und kämpfte gegen den Sog.

»Homer, wir müssen sie da rausholen!«, zischte Matt, während er sich bereits das T-Shirt vom Oberkörper riss.

Homer schwieg.

»Homer, los, lass uns hinter ihr herschwimmen. Mach voran!«

Homer schwieg immer noch. Reglos stand er da und beobachtete seine verzweifelte Schwester in der Ferne. Ihre Stimme war nur noch wegen des auflandigen Windes zu hören. Auch war sie noch gut zu sehen. Die Strömung war offenbar nicht allzu stark. Aber sie entfernte sich immer weiter, kam gegen das Wasser nicht an und geriet zunehmend in Panik.

»Homer, du Vollidiot, geh ins Wasser«, jetzt hatte sich auch Matts Stimme verändert.

Laut und hässlich war sie geworden, überschlug sich fast. Dann rannte er los, blickte sich nicht mehr nach Homer um, warf sich mit nach vorn gestreckten Armen kopfüber in die Brandung und verschwand binnen ein paar Sekunden in der ersten Welle. Matt indes rührte sich nicht. Bleischwer drückten sich seine Füße in den Sand. Er bekam sie nicht hoch. Stattdessen starrte er aufs Meer in die Ferne, in der Sandy langsam kleiner wurde. Allmählich begann der Horizont sich aufzulösen. Die feine Linie, die Himmel und Meer so akkurat voneinander trennte, war verschwunden. Das Meer verlor seine Farbe, langsam, aber unerbittlich, bis Homer nur noch eine glatte Fläche sah, die sich vor seinen Augen wie eine dunkle, eisgraue Wand bedrohlich nach oben schob. Sandy und Matt waren dahinter längst verschwunden. Homer wurde übel, er schloss die Augen.

Madeleine reagierte fassungslos angesichts der Regungslosigkeit ihres Cousins. Für einen Moment starrte sie ihn an, wie er die Augen schloss, boxte ihn mit der Faust in seinen Oberarm, blieb gleichwohl geistesgegenwärtig genug, sich nach dem nächsten Hochsitz umzudrehen, in dem sie noch einen der Rettungsschwimmer entdecken konnte, rannte auf ihn zu und rief nach oben.

Dann ging alles ganz schnell. Der Rettungsschwimmer sprang von seinem Stuhl, blies zweimal laut in die Trillerpfeife, bis ein Kollege herbeilief, der ein Boot auf Rollen hinter sich herzog. Binnen weniger als einer Minute hatten sie das Boot zu Wasser gelassen und den Motor gestartet, um aufs Meer hinauszujagen. Der aufheulende Motor riss Homer in die Gegenwart zurück. Er schreckte auf und beobachtete die Szene – noch immer regungslos, benommen. Er sah das Boot, dass sich aufgrund seines Tempos gegen die entgegenkommenden Wellen aufbäumte, er sah die spritzende Gischt und plötzlich den Kopf von Matt und seine Hand, die er für einen kurzen Moment nach oben reckte. Dann kraulte er weiter und kam erstaunlich zügig voran, offenbar hatte auch ihn die Strömung ergriffen. Sandy indes war kaum noch auszumachen, ein kleiner Punkt weit hinten am Horizont. Für einen Moment stand alles still. Die Szenerie geriet zum Foto, brannte sich in Homers Gedächtnis, um danach wie ein unterbrochener Film wieder anzulaufen.

Regungslos stierte Homer weiter geradeaus aufs Meer. Madeleine konnte nicht glauben, dass er nicht einen Schritt von der Stelle wich. Sie fuhr ihn an:

»Was ist eigentlich los mit dir? Du weißt doch genau, was passiert, wenn Schwimmer oder Surfer auf den Atlantik hinausgetrieben werden!«

Homer drehte sich zur Seite und schaute ihr direkt ins Gesicht. Sie hatte die Augen weit aufgerissen. Ihr Mund mit den für den Strand, wie er fand, übertrieben rot geschminkten Lippen erschien ihm plötzlich wie eine fratzenhafte Öffnung, aus der sie jetzt ihre Geschosse auf ihn abfeuerte.

»Homer, hörst du mich überhaupt?«

Sie brüllte weiter, Tränen liefen ihr über die Wangen, die mit Wimperntusche vermischt schwarze Linien zeichneten. Dann trat sie mit zwei Schritten auf ihn zu und begann, gegen seine Brust zu trommeln.

»Was ist verdammt noch mal mit dir los?«

Homer sagte nichts, einfach nichts. Wächsern leblos stand er da, schob sie gedankenlos von sich fort und beobachtete wieder das Wasser.

Inzwischen hatte das Boot Sandy erreicht. Die beiden Männer hievten zuerst sie herein und befestigten, so viel war zwar nicht zu sehen, aber zu vermuten, das Brett an einer längeren Leine, um es den Weg zurück hinter sich herzuziehen. Sie drehten und fuhren zurück Richtung Strand, verlangsamten allerdings hundert Meter weiter vorne ein zweites Mal die Fahrt, um Matt an Bord zu ziehen, der, kaum dass er im Boot saß, in sich zusammensackte. Vor Erschöpfung wahrscheinlich. Plötzlich, so viel war ebenfalls noch zu sehen, stand er auf und setzte sich auf die Rückbank neben Sandy, während das Boot an Fahrt aufnahm. Homer konnte noch immer nicht alles erkennen, aber es sah so aus, als hätte Matt den Arm um seine Cousine gelegt, während das Boot schaukelnd auf den Wellen ritt und sich dem Strand näherte.

Noch im Wasser stiegen Matt und Sandy aus. Vor Nässe triefend und zitternd, während die Männer den Motor hochklappten, das Schlauchboot samt Surfboard an Land zogen und das Seil entknoteten, an dem das Brett befestigt war. Einer von ihnen stellte es aufrecht in den Sand. Madeleine nahm Sandy mit einem Handtuch in Empfang. Sie schloss sie in die Arme. Sandy weinte.

Matt kam auf Homer zu. Er schaute ihn an und sagte nichts. Blitzschnell holte er aus und rammte Homer seine Faust gegen den Kiefer. Es krachte. Homer fiel in den Sand – unfähig, sich zu wehren oder ein Wort der Erklärung zu sagen. Mühsam raffte er sich auf, öffnete den Mund, aus dem ein Schwall roter Flüssigkeit hervorquoll, ihm über die Unterlippe und das Kinn auf seinen noch immer nackten Oberkörper tropfte. Er hatte sich auf die Zunge gebissen.

Wenig später kamen die Rettungsschwimmer auf Homer und Matt zu.

»Wie kommt die Anfängerin eigentlich auf die Idee, um diese Zeit noch mit Surfbrett ins Wasser zu gehen?«, fragte der Muskulösere von beiden, und strich sich mit beiden Händen die wasserstoffblond gefärbten Haare nach hinten.

Wahrscheinlich war er auf seinem Hochsitz eingenickt, sonst hätte er die vier sicher davor gewarnt.

»Ist ja noch Saison«, antwortete Matt leise. »Aber die Strömung haben wir einfach unterschätzt.«

»Die kann schon mal früher einsetzen. Normal kommt sie erst Ende September«, gab sein schmächtiger Kollege, der Bootsführer, zurück.

»Geht nach Hause!«, forderte er die vier auf. »Das Mädchen ist total fertig. Sie sollte unbedingt etwas trinken.«

Sie nickten. Matt nahm Sandy in den Arm und führte sie zu ihren Sachen, während Madeleine das Surfbrett trug. Er hatte sich inzwischen sein T-Shirt übergezogen. Seine Shorts waren immer noch nass und klebten an den Oberschenkeln. Aber das schien ihn kaum zu stören. Sie rafften ihre Taschen zusammen und machten sich auf in Richtung Straße.

Homer lief hinterher – noch immer wie benommen.

Warum war er nicht ins Meer gesprungen, seiner Schwester hinterhergeschwommen? Warum hatte er am Strand gestanden und nur zugesehen? Warum hatte er nicht wenigstens die Rettungsschwimmer alarmiert, sondern auch das Madeleine überlassen?

»Ich frage mich das bis heute«, sagte Homer. »Ich weiß es nicht.«

»Hattest du heimlich gehofft, deine Schwester würde schlichtweg wieder verschwinden?«, gab ich zurück und erschrak über meinen bösen Verdacht.

»Bullshit. Das allerdings unterstellt mir die Familie seither. Denke ich mal. Aber so ist das nicht. Sie ist meine Schwester. Ich kann es mir bis heute nicht erklären, warum ich in dieser Situation wie angewurzelt stehen geblieben bin. Vollkommen gefühllos hinter dieser grauen Wand.«

»Paralysiert?«

»Ja, nenn es so, wenn du willst. Ich weiß nur eins: Seither bin ich raus.«

Ich schaute ihn fragend an.

»Raus?«

»Ich meine aus der Familie. Klar, wir haben alle noch Kontakt, oberflächlich ist alles wie früher. Aber doch anders. Ein bisschen wie eine Glaswand, die sich zwischen die Familie und mich geschoben hat.«

»Habt ihr mal drüber geredet?«

»Nein. Es gab keine Fragen, keine Vorwürfe, nichts. Bis jetzt, es ist ja auch noch nicht so lange her. Das ist eigentlich das Schlimmste. Als wäre ich gar nicht da. Allerdings ist mein Verhalten ja auch mit nichts zu erklären. Nur meine Großmutter hat mir gesagt, sie würde so etwas nicht verstehen.«

»Und?«

»Sie hat sich angehört, dass ich mich selbst nicht verstanden habe. Dass ich in einem grauen Nichts versunken bin. Sie wollte es nicht glauben und war entsetzt. Dann hat sie sich mit den Worten abgewandt, dass ich ein Feigling bin. Nach einigen Stunden hat sie dann das Thema noch einmal aufgenommen. Das mit dem Feigling täte ihr leid. Diese graue Wand – das klinge nicht gut. Ich solle mir Hilfe holen.«

Homer pausierte, hing offenbar einem anderen Gedanken nach, holte nach einer gefühlten Ewigkeit einmal tief Luft und fuhr fort:

»Matt wäre ertrunken, wären die Rettungsschwimmer nicht in ein Boot gesprungen und hätten nach Sandy auch ihn aus dem Wasser gezogen. Dabei ist ein sehr guter Schwimmer.«

»Klar. Aber du bist noch nicht einmal auf die Idee gekommen, die Rettungsschwimmer zu alarmieren.«

»Das stimmt. Und insofern hätte ich mich schuldig gemacht, wenn Sandy nicht« gerettet worden wäre«, gab er fachmännisch zurück. Er deutete die Sache offenbar juristisch.

»Jetzt aber trifft dich keine Schuld?«

»Ob du es glaubst oder nicht: Das alles beschäftigt mich bis heute. Vor allem frage ich mich, wie ich, wenn Sandy tatsächlich umgekommen wäre, weitergelebt hätte.«

»Hm …«

»Was mich am meisten beunruhigt ist, dass ich bis heute nicht sagen könnte, ob es mir überhaupt etwas ausgemacht hätte.«

»Was jetzt? Ihr Verschwinden oder die Tatsache, dass du ihr nicht geholfen hast?«

Darauf gab Homer keine Antwort. Vielleicht hatte er keine. Von da an lagen die Dinge in seiner Familie klar: Matt war der Gute, der Aufopferungsvolle. Als hätte es dafür noch einen handfesten Beweis gebraucht, die Begebenheit am Strand hatte ihn geliefert. Gegen die Charakterstärke und die bedingungslose Selbstlosigkeit seines Cousins kam Homer nicht an. So sahen es die anderen und so sah er es inzwischen selbst. Die Welt der Nachkommen von Tana Pinsker kreiste um Matt. Er, Homer, war tatsächlich nicht viel mehr als ihr Appendix. Er würde sich seine eigene Welt schaffen müssen.

24

Homer war den letzten Tag in München. Er hatte sich die Stadt angesehen und wollte weiter nach Venedig. Für den folgenden Tag hatte er sich einen Mietwagen gebucht, um den Brenner zu überqueren – auf der Landstraße. Glutrot erhob sich die Sonne im Osten. Weit hinten war die Silhouette des Friedensengels zu sehen. Die Luft war immer noch warm. Es würde ein neuer, heißer Sommertag werden. Wir erhoben uns langsam von den Stufen des runden Tempels und schlenderten schweigend durch den Englischen Garten in Richtung Königinstraße. Dort musste Homer nach rechts, ich nach links.

»Ich muss los«, sagte ich entschuldigend.

»Sicher«, gab Homer zurück und lächelte. »Werden wir uns wiedersehen?«

Er zog den Reißverschluss seiner Hüfttasche auf, die er den ganzen Abend geschultert getragen hatte, und reichte mir eine Karte. »Homer Spiegelman« stand auf der einen Seite. Auf der Rückseite befanden sich lediglich ein Straßenname mit Hausnummer, eine Postleitzahl und die Initialen von New York City. Er bemerkte meine Verwunderung.

»Ist eigentlich nur ein Spaß«, sagte er. »Aber die Dinger sind wirklich ganz nützlich. Die Adresse ist die meines Vaters in Queens. Wenn du dorthin schreibst, wird mich deine Nachricht erreichen.«

Ich nickte.

»Melde dich, New York is a great place!«

»Ist ja ganz was Neues«, gab ich zurück.

Homer verzog die Mundwinkel nach unten zu einem spöttischen Grinsen, fuhr sich mit der Hand durch die dunklen Haare und begann, an einer Ponysträhne zu zwirbeln.

Er trat paar Schritte zurück, musterte mich amüsiert und sagte:

»Take care. Wenn wir uns wiedersehen, bin ich ein gefragter Anwalt.« Wieder lachte er sein umwerfendes Lachen. »Ich mache ein

Heidengeld und lade dich in das beste Restaurant Manhattans ein. Wirst schon sehen.«

Dann hob er die Hand zum Gruß, nickte mir noch einmal zu, drehte sich um und ging. Ich schaute ihm nach, bis er hinter der nächsten Biegung verschwunden war.

Teil II

Homer – Matt

1

Homer eröffnete die neue Woche mit einem kurzen »Guten Morgen«. Verschwitzt saß er am Schreibtisch seines Apartments an der Upper Westside in New York, war gerade von seiner täglichen Jogging-Runde aus dem Central Park zurückgekehrt und hatte sich noch in Sportbekleidung über sein Festnetztelefon in den Konferenzraum der Kanzlei eingewählt. Seine Mitarbeiter erwarteten ihn dort bereits. Nach seiner kühlen Begrüßung begannen sie mit den üblichen Berichten über die bevorstehende Woche und das, was zunächst abgearbeitet werden sollte. Das Ritual wiederholte sich jeden Montagmorgen um viertel nach acht. Homer legte noch vor dem Wochenende die Vortragsreihenfolge fest, um sie häufig genug sonntagabends noch einmal zu verändern. So hielt er seine Mitarbeiter auf Trab.

In der Regel ging es um Einzelheiten von Verträgen, die verhandelt, angepasst oder – am besten – durchgesetzt werden sollten. Um Unternehmensverkäufe, Fusionen, Börsengänge, solche Sachen. An jenem sonnigen Maimorgen 2012 stand eine größere Übernahme im Fokus, um deren Bedingungen zwischen den Vertragsparteien heftig gerungen wurde. Homer hatte sich die Entwürfe seiner Mitarbeiter für Stellungnahmen zu den völlig unrealistischen Verkaufsvorstellungen der Gegenseite am Wochenende angesehen und kommentierte nun die einzelnen Beiträge seines daran arbeitenden Teams mit Hinweisen und der einen oder anderen Nachfrage, die bei seinem Team besonders gefürchtet waren. Allzu oft bedeuteten sie Nacharbeiten.

Dass die Woche immer mit dieser langwierigen Prozedur beginnen musste, an der alle teilnahmen, auch wenn einzelne Mitarbeiter völlig unterschiedliche Mandanten betreuten, war Homer mehr als lästig. Doch hatte sein Partner Patrick Mersh, Gründer der auf Unternehmensübernahmen, Fusionen und Börsengänge spezialisierten Kanzlei, die Montagskonferenzen schon Jahre vor Homers Zeit eingeführt und sich bisher standhaft geweigert, daran etwas zu ändern. Einmal in der Woche sollten alle wissen, woran in den kommenden Tagen gearbeitet werde. Homer hielt das für unnötig. Nicht jeder musste wissen, worüber sich sein Kollege gerade den Kopf zerbrach. Außerdem hasste er die zu Boden gerichteten, betretenen Blicke, wenn er von einzelnen Teams mehr verlangte als das, was das Tagesgeschäft mit sich brachte. Gar nicht ertragen konnte er die Unsicherheit seiner Mitarbeiter. Manchmal meinte er sogar, schon am frühen Morgen einen Hauch von Schweißgeruch in der Luft zu vernehmen. Vor Längerem hatte er beschlossen, sich nur noch telefonisch dazuzuschalten. Zu ungern saß er mit mehreren Menschen in einem Raum. Sein Partner hatte längst aufgegeben, auf Homers physischer Anwesenheit zu bestehen.

Über seinen Führungsstil und die stete Verunsicherung, die er schuf, hatte er sich nie Gedanken gemacht. Auch die Missbilligung seines Partners interessierte ihn nicht. Homer wusste längst, wie wertvoll er war. Er kannte die Details der Übernahmen, die rechtlichen Spielräume der Transaktionen und deren Fallstricke besser als Mersh. Der war 64 Jahre alt, hatte sein Berufsleben weitgehend hinter sich, ging inzwischen lieber zum Golfspielen und würde – so Homers Hoffnung – in weniger als anderthalb Jahren die Kanzlei verlassen.

Homer hatte längst gemerkt, dass Mersh bei dem hohen Arbeitstempo nicht mehr mithalten konnte und die steigende Komplexität der Verträge kaum noch durchdrang, wahrscheinlich, weil er nicht die Akribie aufbrachte, sie bis ins letzte Detail zu lesen. Und weil er schlicht zu langsam dafür war. Homer arbeitete mit einer ganz anderen Schlagzahl, er speicherte den Inhalt der Unterlagen, die seine Assistenten ihm vorlegten, nach einem Blick darauf und vergaß sie nicht mehr.

Geschickt hatte er in den vergangenen zwei Jahren keine Gelegenheit ausgelassen, seinen Partner auf Meetings und vor ihren Mitarbeitern durch kleine korrigierende Hinweise zu diskreditieren. Er vermutete, dass Mersh sich dessen bewusst war, sich seine Verunsicherung aber nicht anmerken ließ. Dafür war er zu eitel. In Besprechungen mit Mitarbeitern oder gar Mandanten, in denen sie beide zugegen waren, beeindruckte Homer mit schier unerschöpflichem Detailwissen und lenkte die Entscheidungsprozesse so in eine andere Richtung. Die Entscheidungen würden dadurch nur besser, behauptete er, wenn sich Mersh darüber im Nachhinein wortreich beklagte.

Während seine Teams ihm an jenem Montagmorgen die nächsten Arbeitsschritte herunterbeteten, schaute Homer von seinem Schreibtisch aus dem Fenster in den strahlend blauen Himmel über dem Central Park, dessen Bäume bereits einen frühlingshaften grünen Schimmer angenommen hatten, und dachte kurz darüber nach, wann er das nächste Mal über den Atlantik in die Schweiz fliegen würde. Das hatte er seiner Freundin vor ein paar Tagen versprochen. Im kommenden Winter würde er es angehen müssen, wenn er sie halten wollte. Seit einem halben Jahr waren er und die zwölf Jahre jüngere Werberin Tessa ein Paar. Sie war eine etwas kapriziöse Halbitalienerin, die ein beachtliches Maß an Aufmerksamkeit verlangte. Er strengte sich an, ein bisschen wenigstens, denn die Szenen, die sie ihm machte, wenn seine Zuwendung ihrer Meinung nach zu wünschen übrig ließ, waren ihm unangenehm. Glücklicherweise war es erst Anfang Mai, dachte er, die nächste Skisaison in den Alpen noch lange hin, wollten sie nicht in Zermatt oder im Engadin die flachen Hänge der Gletscher hinuntergleiten. Er würde also erst fliegen müssen, wenn im Herbst der erste Schnee gefallen wäre. Und es war überhaupt nicht klar, ob er es so lange mit ihr aushielt oder sie mit ihm.

Während er in den tiefblauen Morgenhimmel blickte, nahm er im Augenwinkel den roten Leuchtpunkt auf seinem Blackberry wahr, der ihm den Eingang einer neuen Nachricht anzeigte. Die letzte eingegangene Mail war von Matt – das war ungewöhnlich. Sein Cousin nutzte, wenn er – selten genug – mit Homer kommunizierte, normalerweise Kurznachrichten. Noch befremdlicher allerdings muteten die Worte an, die Matt in der Betreffzeile seiner Mail notiert hatte: »Change of direction« – Richtungswechsel.

Homer öffnete die Mail und begann, die Zeilen zu lesen.

An meine Familie,
vergangene Woche ging ich für eine Routineuntersuchung zu meiner Internistin. Ich wollte nichts weiter, als meine Blutwerte und das Herz kontrollieren lassen – der alljährliche Check-up, den ich auch meinen Mitarbeitern immer nahelege. Nicht klar war mir in dem Moment, dass es nicht bei dem üblichen Check-up bleiben würde. Meine Blutwerte waren auffällig. Meine Ärztin überwies mich in eine Klinik, wo ich in den vergangenen Tagen die wohl aufwendigsten Untersuchungen über mich habe ergehen lassen, die man sich vorstellen kann. Das Ergebnis wird meinen Blick fortan in eine andere Richtung, meine Aufmerksamkeit auf andere Dinge lenken und mein Zeitempfinden womöglich stark verändern. Ehrlich gesagt, der Prozess hat schon begonnen.

Bei mir wurde ein inoperables Pankreaskarzinom diagnostiziert. Ich befinde mich im 4. Stadium. Auch in der Leber haben die Ärzte Metastasen gefunden. Es gibt so gut wie keine Chancen, diese Krankheit zu überwinden – nehmen wir Spontanheilungen am besten sofort aus. Wie lange ich noch leben werde, weiß ich nicht. Die Ärzte rechnen in Anbetracht des Stadiums mit sechs Monaten. Mir erscheint das übertrieben pessimistisch, natürlich werde ich mindestens ein Jahr durchhalten, wenn nicht noch länger. Aber das ist ein Spiel mit Wahrscheinlichkeiten.

Ich weiß, es ist befremdlich, aber ich muss gestehen, dass es mir bisher sehr gut geht. Ich habe keine Beschwerden, fühle mich fit wie immer und gehe weiterhin mit zwei meiner Mitarbeiter joggen. Ich wüsste nicht, was dem entgegensteht.

Über meine Gesundheit werde ich euch von Zeit zu Zeit informieren – immer dann, wenn ich es für nötig halte. Da sich mein Leben jetzt unter Beobachtung zahlreicher Spezialisten vollzieht, wird es genügend Anlässe für Updates geben.

Die Zeit, die mir bleibt, ist begrenzt und deshalb wertvoll. Wenn wir uns das nächste Mal begegnen oder am Telefon sprechen, lasst uns über das Leben reden, nicht über den Tod. Ich bin sicher, der ist noch ein bisschen hin.

Ich liebe euch alle,
Matt

Zweimal las Homer die Mail. Eine leichte Übelkeit stieg ihn ihm auf. Dann unterbrach er jäh die Sitzung:

»Stopp!«, rief er in den Hörer, »Wir müssen abbrechen. Ich muss dringend auf einen Termin. Morgen treffen wir uns um halb vier im Konferenzraum 2. Ich komme heute nicht mehr ins Office.«

Dann hängte er ein. Sein Puls hatte sich deutlich erhöht. Schnell tippte er die Telefonnummer seiner Sekretärin in sein Blackberry.

»Amanda, buchst du mir einen Flug nach San Francisco, den nächstmöglichen, in zwei Stunden kann ich am Flughafen sein. In San Francisco brauche ich einen Wagen«, flüsterte er kurzatmig und hängte ein.

Umgehend klappte er sein Notebook auf, hastete mit dem Cursor über den Bildschirm zu seinen Mails und öffnete Matts Nachricht erneut. Er las sie ein drittes Mal, langsam – Satz für Satz. Beim

Wort Pankreaskarzinom hielt er inne. Er wusste, dass es sich um die Bauchspeicheldrüse handelte und dass deren Erkrankung an Krebs das Übelste war, das einen ereilen konnte. Aber den Begriff Stadium 4 kannte er nicht. Er gab die Worte Pankreas und Stadium 4 in das Feld der Suchmaschine ein: »… Stadium IV steht für einen weit fortgeschrittenen Tumor mit Fernmetastasen«, hieß es gleich in der Anlaufzeile des ersten Eintrags. Er scrollte über die Seite. Therapien interessierten ihn nicht, nur die Sache mit den Wahrscheinlichkeiten. Nichts. Ein neuer Versuch: »Pankreaskarzinom Überlebenschance«. Er stockte.

»Falscher Eintrag, hatte Matt nicht geschrieben, dass man diese Krankheit gar nicht überleben kann?«, sagte er sich und ersetzte das Wort Überlebenschance durch Lebenserwartung.

Die Suchmaschine lieferte neue Einträge. Dort stand es schwarz auf weiß. Die Überlebensquote bei solchen Patienten liege unter drei Prozent. Die Lebenserwartung bei inoperablen Tumoren dieser Art betrage vier bis sechs Monate. Homer stöhnte: »Mein Gott.« Er atmete einmal tief durch und jagte den Cursor weiter den Bildschirm hinunter, öffnete hin und wieder einen Eintrag, als bräuchte er noch eine weitere Bestätigung dessen, was in der Wissenschaft ganz offensichtlich unumstritten war. Patienten im Stadium 4 hatten so gut wie keine Chance auf Heilung.

Auf einer der nächsten Seiten entdeckte er einen Eintrag, der ihn aufhorchen ließ: »In den vergangenen Jahren konnte durch die Einführung neuer Chemotherapien die Behandlung insbesondere für Patienten mit gutem Allgemeinzustand deutlich verbessert werden.« Das war's. Matt befand sich in genau einem solchen, guten Allgemeinzustand, hatte er doch geschrieben, er würde weiterhin Sport treiben. Beruhigend klangen die Prognosen gleichwohl nicht.

Homer schaute auf seine Hände, die weiter rastlos über die Tasten glitten. Sie zitterten. Sollte es das jetzt für Matt gewesen sein? Einfach so?

2

Im Herbst 2013 flog ich für einige Tage nach New York, um an einer Konferenz amerikanischer Investmentbanken zu neuen Kapitalmarktprodukten teilzunehmen. Zu der Zeit leitete ich ein Team in

der Abteilung für Finanzmarktforschung einer Frankfurter Denk-
fabrik, die sich mit der Entwicklung an den Finanzmärkten befasste.
Meinen Kurztrip nach New York hatte ich um die Nacht von Freitag
auf Samstag verlängert, wollte Samstagvormittag noch das Museum
of Modern Art und das Guggenheim besuchen und am Nachmittag
zurück nach Deutschland fliegen. Die Museen sollte ich allerdings
nicht sehen, denn am zweiten Tag der Konferenz traf ich vollkommen unerwartet auf Homer Spiegelman.

Wie schon am Vortag hatte ich mich morgens um kurz vor neun
ins Waldorf Astoria an der Park Avenue begeben. Die Veranstalter
hatten in dem bekanntesten Hotel New Yorks für drei Tage den
Vanderbilt-Room gebucht, einen Saal, der vierhundert Menschen
fasste. Die Stuhlreihen waren um ein Podium angeordnet, auf dem
im Neunzig-Minuten-Takt wechselnde Referenten über Vorträge zu
unterschiedlichen Finanzmarktthemen diskutierten, die zunächst
von sogenannten Keynote-Speakern gehalten worden waren. Die
Liste der Experten wies eine Reihe sehr bekannter Namen auf.
Boardmitglieder fast aller großen Investmentbanken waren vertreten. Die Konferenz war ausgebucht.

Eilig betrat ich das Waldorf, war fast ein bisschen zu spät dran,
um noch einen guten Platz zu ergattern, kam an der reich verzierten
Standuhr im Zentrum der Lobby vorbei, drehte mich noch einmal
nach ihr um, um mich – warum auch immer – zu vergewissern,
dass ihre Spitze tatsächlich mit einer goldglänzenden Miniatur der
Freiheitsstatue verziert war, die den Besuchern die Fackel entgegenstreckte, und stieß, während ich mit rückwärtsgewandtem Kopf
weiterlief, ziemlich unsanft mit einem der Konferenzteilnehmer
zusammen, der offenbar seinerseits nicht aufgepasst hatte. Wir ent-
schuldigten uns kurz, er wortreicher als ich, bis ich mich abwandte.
Schon nach wenigen Schritten hörte ich meinen Vornamen.

Abrupt blieb ich stehen und drehte mich um. Der Banker, in den
ich vor drei Sekunden hineingelaufen war, stand immer noch da.
Jetzt lächelte er mich an.

»Du bist es also wirklich«, sagte er zu mir.

Ich war verunsichert, überlegte fieberhaft, woher dieser Mann
meinen Namen wissen konnte, wollte ihm entgegnen, er müsse mich
verwechselt haben, was natürlich nicht möglich war, weil er soeben
meinen Namen ausgesprochen hatte, als er mir seine Hand entgegenstreckte. Fast ein wenig triumphierend sagte er:

»Ich bin mir sicher, wir kennen uns aus München. Erinnerst du dich an Homer Spiegelman?«

Für einen Moment war ich sprachlos, kniff die Augenlider zusammen in der Hoffnung, es würde sich umgehend der Effekt des plötzlichen Wiedererkennens einstellen. Vergeblich. Zunächst. Dann aber registrierte ich sein breites Lachen, das mich wie damals entfernt an Sylvester Stallone erinnerte, seine hochgezogenen Augenbrauen, diese Erwartung, die er dadurch zum Ausdruck brachte, und konnte es doch nicht glauben.

»Das ist jetzt nicht wahr!« Ungläubig schüttelte ich seine Hand. »Homer Spiegelman – das kann gar nicht sein.«

Homer nickte, trat einen Schritt zurück, musterte mich und ich ihn. Er hatte sich verändert, war schmaler geworden, die Haare waren weniger dicht und vor allem deutlich kürzer als damals. Außerdem trug er eine dunkle, fast schwarze, halbrunde Hornbrille, die seinem Gesicht etwas beängstigend Strenges gab. Als hätte er meine Gedanken erahnt, nahm er sie ab.

»Jetzt vielleicht«, sagte er selbstsicher. »Ausnahmsweise trage ich heute mal keine Kontaktlinsen, sonst hättest du mich sicher sofort erkannt.«

Tatsächlich, da stand er, Homer Spiegelman – gut ein Vierteljahrhundert war es her, seit wir uns in München begegnet waren. Danach hatten wir nie wieder etwas voneinander gehört.

»Was machst du hier?«, wollte er wissen.

»Das wollte ich dich gerade fragen«, antwortete ich.

»Ich bin gleich auf dem Podium und spreche über ein paar rechtliche Aspekte bei IPOs von Start-ups. Seit Facebooks Börsengang im Mai letzten Jahres ist das hier ein Mega-Thema.«

Das war es seinerzeit in Deutschland auch.

»Faszinierend«, sagte ich unbeholfen.

»Well, damals haben die Banken auf Kosten der Kleinanleger richtig abkassiert. Das hatte rechtliche Folgen. Und die sollte die Branche genau verstehen, um so etwas künftig zu vermeiden.«

»Auf der Rednerliste stehst du aber nicht«, bemerkte ich.

»War auch nicht geplant – für solche Konferenzen habe ich normalerweise keine Zeit. Aber dem Veranstalter ist einer der Redner ausgefallen. Da ich ihn gut kenne, springe ich kurzfristig ein.«

Homer warf einen hastigen Blick auf seine Uhr.

»Es geht gleich los«, sagte er. »Wie lange bleibst du noch in New York?«

Ich antwortete ihm kurz – bis zu seinem Vortrag blieben nur noch wenige Minuten. Er nickte.

»Ich muss danach ziemlich schnell los. Hast du morgen Abend etwas vor? Wir könnten gemeinsam zum Essen gehen, wenn du willst.«

Wieder muss ich ihn konsterniert angesehen haben. Schnell sprach er weiter.

»Hast du eine Karte? Mein Büro wird sich nachher melden und etwas ausmachen. Würde mich wirklich freuen, wenn es klappt.«

Wenige Minuten später saß ich in einer der mittleren Reihen, während Homer mit Headset auf dem Podium hin und her ging und über Börsengänge von Tech-Unternehmen referierte – frei und ohne die üblichen Präsentationsfolien. Nach 45 Minuten war es vorbei und er verschwunden.

Wenige Stunden später rief mich seine Sekretärin unter meiner Mobilnummer an und fragte mich, ob ich Homer am folgenden Tag um 18:00 Uhr auf einen Drink in seiner Stadtwohnung aufsuchen wollte, um danach gemeinsam mit ihm auswärts zu essen. Ich willigte ein. Stadtwohnung – dann würde er wohl noch eine Immobilie auf Long Island besitzen. Noch am selben Abend im Hotel loggte ich mich ins Internet ein, in der Hoffnung, ein bisschen über ihn in Erfahrung zu bringen.

Nur wenige Bilder von ihm fanden sich im Netz. Die üblichen Informationen, die man über die Wall-Street-Granden, Stars und Sternchen gemeinhin in den Finanzklatschspalten von Zeitungen und Webseiten lesen konnte, gab es über Homer kaum. Auf die Schnelle stieß ich auf einen Artikel im Wall Street Journal und auf ein älteres Porträt der New York Times, für das man allerdings bezahlen musste. Das ließ ich bleiben. Immerhin erfuhr ich auf meinem Streifzug, dass er Partner einer auf Börsengänge von Start-ups spezialisierten Anwaltskanzlei geworden war und zu den Spitzenberatern der Finanzindustrie gehörte. Ob und wie er lebte, mit Frau und Kindern oder nicht, war dagegen nicht in Erfahrung zu bringen. Homer hatte es sich offenbar zum Ziel gesetzt, weitgehend unsichtbar zu bleiben. An Öffentlichkeit lag ihm nicht – im Gegenteil.

Am nächsten Abend tauchte ich auf dem Weg zu seinem Apartment vor meinem Hotel in die New Yorker Metro ab und fuhr bis zur

81st Street, um am Museum of Natural History wieder an die Oberfläche zu stoßen. Von dort aus blieb mir nur noch ein Block zu Fuß, bis ich vor dem Apartment-Haus stand, in dem er wohnte. Die Luft hatte sich bereits abgekühlt, der Sommer war eindeutig vorüber. Aus dem Central Park strömte mir die Frische eines Herbstabends entgegen.

Als Homer in der Wohnungstür seines Apartments an der Upper Westside erschien und wartete, bis ich den Aufzug verlassen und noch ein paar Stufen zu ihm hinaufgestiegen war, erstaunte mich, wie sehr er mich jetzt an unser Treffen in München erinnerte. Diesmal trug er Kontaktlinsen. Zwar hatte er ausgedehnte Geheimratsecken, die seine Stirn höher erscheinen ließen, was mir am Vortag nicht aufgefallen war. Doch seine Lässigkeit von damals hatte er sich erhalten. Entspannt lehnte er am Türstock.

Dann breitete er die Arme aus. Ich stockte für eine Sekunde. Schlagartig wurde mir gewahr, dass ich nicht wirklich wusste, wie ich ihn begrüßen sollte. Ihm nochmals die Hand zu geben, erschien mir zu formell. Aber ich konnte ihn schließlich auch nicht wie einen guten Freund umarmen. Wir waren keine Freunde. Homer bemerkte mein Zaudern, trat zwei Schritte aus seiner Wohnungstür auf mich zu und strahlte.

»Come on«, lachte er. »Lass dich umarmen!«

Er hatte sich ein Apartment an der Upper Westside gekauft, in einem der typischen alten Hochhäuser am Central Park, von denen man einen unverstellten Ausblick auf die grüne Lunge der Stadt hat. Dass er sich das leisten konnte, wunderte mich nicht. Aus dem Internet wusste ich zumindest so viel: Er war nach einigen Jahren als Associate in einer traditionellen Kanzlei zu einer der größten amerikanischen Vermögensverwaltungsgesellschaften gewechselt und hatte es dort bis zu einem der stellvertretenden Chef-Justitiare gebracht. Nach dem Platzen der Dotcom-Blase im Jahr 2000 hatte er sich bei Patrick Mersh eingekauft, der eine Anwaltskanzlei für Fusionen, Übernahmen und Börsengänge betrieb und sich darin auf besonders knifflige Transaktionen spezialisiert hatte. Mersh war eine Legende, auch das hatte ich am Vorabend im Internet lesen können. Eine, die sich ihre Expertisen mit Spitzenhonoraren vergüten ließ.

Homer war also tatsächlich ein Wall-Street-Anwalt geworden. Dass er es geschafft hatte, in die Klasse der Topverdiener aufzusteigen, der Einkommensmultimillionäre, ließ sich nicht nur an seiner privaten Adresse festmachen. Auch an seiner Kleidung, seinen Manschettenknöpfen, die im Licht der Halogenspots an der Decke des Hausflurs vor seiner Wohnungstür für den kurzen Moment funkelten, in dem er mir die Arme entgegenstreckte.

Homer war offenbar gerade nach Hause gekommen, trug zu seinem Anzug ein weißes Hemd mit großem, steifem Kragen und eine hellblaue Krawatte, deren doppelt geschlungenen Four-in-Hand-Knoten er bereits ein wenig gelockert hatte.

So ungewöhnlich er war, so erwartbar war seine äußere Erscheinung – damals und heute, dachte ich. Mit ihr entsprach er dem Klischee des Amerikaners, der sich als Student ebenso uniform kleidete, wie er es als Teil der Finanzwelt an der Wall Street tat. Noch bevor ich im Hausflur einen ersten Satz loswerden konnte, hatte er mich in seine Wohnung geschoben und die Tür hinter uns geschlossen.

Das Apartment war hell und offen. Flur, Wohn- und Esszimmer gingen ineinander über, rechter Hand befand sich eine Küche mit Bar, an der ich jetzt stand und Homer zusah, wie große Eiswürfel aus der überdimensionierten Kühlschrankmaschine in niedrige Gläser fielen.

»Ich hatte nach dieser Nacht in München immer gehofft, wir würden uns mal wiedersehen, aber am Ende nie mehr daran geglaubt«, sagte er unvermittelt.

»Du hättest dich doch melden können«, gab ich gespielt vorwurfsvoll zurück.

»Du weißt doch, wie es ist. Unterschiedliche Welten, ein Ozean dazwischen. Jeder von uns wollte Karriere machen. Und mal ehrlich: Briefe schreiben war nicht mein Ding.«

Er hatte recht, damals hätten wir uns schreiben müssen. Telefongespräche über den Atlantik waren teuer. Man griff nicht einfach so zum Hörer. Doch hatten wir anderes zu tun, kümmerten uns um unseren Berufseinstieg, lernten fortlaufend neue Menschen kennen, befreundeten uns mit ihnen, bevor wir das Interesse und sie wieder aus den Augen verloren.

Homer blickte mich an, hatte die Augenbrauen erwartungsvoll nach oben gezogen und sagte:

»Erzähl mal – was zieht dich auf so eine Finanzmarktkonferenz von Europa hierher in die Vereinigten Staaten?«

Ich gab ihm einen kurzen Überblick über meinen beruflichen Werdegang und den Grund meiner Teilnahme an der Konferenz. Er hörte sich das an, nickte zwischendurch anerkennend, hakte aber nicht weiter nach, sodass ich nach ein paar Sätzen bereits zu einer Gegenfrage überging.

»Und was treibt dich derzeit um? Du lebst ja nicht schlecht hier.«

Unvermittelt stellte er die Gläser zur Seite, ging hinüber zu einem gläsernen Sekretär, der an der Wand zum hinteren Teil der Wohnung stand, und zog unter einer grauen Auflage ein Blatt mit jener Mail hervor, die Matt vor anderthalb Jahren an die Familie mit »Change of direction« überschrieben hatte. Er reichte mir die Seite.

»Was mich derzeit bewegt? Seit anderthalb Jahren letztlich nur eine Sache. Es ist Matt. Immer wieder Matt.«

Dann sagte er noch den einen Satz, der in mir binnen Sekunden unsere Münchener Unterhaltung zum Leben erweckte.

»Und er lässt mich nicht los.«

3

Er würde fliegen müssen, dachte Homer an jenem Frühjahrstag, an dem ihn die Nachricht der schweren Erkrankung seines Cousins ereilte. Er wollte Matt umgehend treffen, ihn trösten und sich davon überzeugen, dass er noch ganz der Alte war. Dabei war ihr Verhältnis längst nicht mehr so eng wie noch zu Jugendzeiten.

Sein privates Mobiltelefon klingelte. Es konnte nur Amanda sein, die darauf bestand, Amie genannt zu werden, was Homer allerdings nur tat, wenn sie sich zu zweit gegenübersaßen. Sie war die Einzige seiner Kanzlei, die privat anrief, wenn es nicht anders ging, weil er auf seinem offiziellen Mobiltelefon nicht zu erreichen war.

»Du bist auf der Maschine um zwölf«, sagte sie ihm knapp.

Homer blickte auf seine Armbanduhr. Es war viertel vor zehn.

»Alles Weitere in einer E-Mail. Aber Achtung: Newark. Fahr bitte nicht zum falschen Flughafen. Eingecheckt bist du bereits. Wann willst du zurück?«, wollte sie noch wissen.

»Mit der ersten Maschine morgen«, sagte Homer kurz. »Außerdem brauche ich ein Mietauto.«

»Das hattest du schon gesagt. Bist du sicher, dass du die Golden Gate Bridge alleine schaffst? Ich kann auch einen Fahrer organisieren«, sagte Amie vorsichtig.

»Hm. Es ist besser geworden. Und diesmal geht es auch nicht anders.«

»Okay. Guten Flug, Homer«, beschloss sie den Wortwechsel und war dabei einzuhängen, als er noch einmal ihren Namen sagte.

»Amie?«

»Ja?«

»Matt geht's nicht gut. Gar nicht gut.« Dann legte er auf.

Wenige Minuten später verließ er das Haus – ausnahmsweise mit einer kleinen Reisetasche. Er würde bei Matt übernachten. Dafür brauchte er zumindest eine Zahnbürste, Rasierzeug und einen Satz frischer Kleidung, anders als sonst im Hotel. Wieder einmal stellte er fest, wie sehr er Reisetaschen hasste. Er durfte nur beim Ausstieg nicht vergessen, sie aus dem Gepäckfach zu nehmen und nicht aus Versehen dort liegen lassen. Homer reiste fast immer ohne Gepäck.

Als die Maschine auf die Startbahn rollte, um wenig später zu beschleunigen, kam er zum ersten Mal zu sich. Richtungswechsel – was wollte Matt damit eigentlich sagen? Es ging doch so oder so alles immer nur weiter. Würde er aufhören zu arbeiten? Sein Leben ganz auf den Kopf stellen, eine Weltreise antreten? Noch einmal lud er sich die Nachricht seines Cousins auf den Bildschirm seines Blackberry. »Ich liebe euch alle«, so hatte sich Matt noch nie in einer Mail verabschiedet. Homer versuchte, in den Zeilen wenigstens eine Spur des Humors wiederzufinden, mit dem Matt in der Regel die alltäglichen Widrigkeiten des Lebens kommentierte. Vergeblich. Was ihn so verunsicherte, war die Wortwahl seiner Zeilen. So ernst, so apodiktisch, vollkommen hoffnungslos, wenn Matt sich selbst und den anderen die Gedanken an ein Wunder verbot.

Als Homer nach dem Start aus dem Fenster schaute, befand sich die Maschine in über zehntausend Metern Höhe im unendlichen Blau eines wolkenlosen Himmels. Er dachte unentwegt an die Mail, schweifte hin und wieder ab, tief zurück in ihrer beider Kindheit, zuckte dann aber jäh zusammen, als ihm in den Sinn kam, wen er heute alles versetzen würde. Seinen Partner am Nachmittag, zwei mögliche Mandanten zum Lunch, sie wollten ihm in einem Erstgespräch ihr Anliegen vorstellen. Tessa hatte Opernkarten für die

Met besorgt – Nabucco. Wieder einmal würde er ihr kuzfristig absagen, und auch diesmal würde sie dafür kein Verständnis aufbringen. Er seufzte. Sicher hatte sie ein Heidengeld für die Sitzplätze in einer der vorderen Reihen des Parketts ausgegeben. Natürlich musste sie zutiefst verärgert sein. Häufig kam ihm etwas dazwischen, wenn sie ein Date hatten. Diesmal ging es tatsächlich nicht anders. Amie würde ihr das schonend beibringen, ihr vorschlagen, eine Freundin mitzunehmen, und ihr die Ausgaben für die Karten erstatten. Den Mandantentermin würde sie rechtzeitig verschieben. Homer überlegte weiter: Gab es sonst etwas, das nicht bis zum nächsten Tag warten konnte? Er schüttelte den Kopf – über sich selbst. Was hatte das für eine Bedeutung, jetzt, da es Matt so schlecht ging?

Nichts konnte seine Sekretärin aus der Ruhe bringen. Er ertappte sich dabei, dass er sich mit einem Mal ihre Gesellschaft wünschte. Warum konnte sie ihn nicht begleiten? Aber Amie war in New York und hielt sein Büro am Laufen.

Verzweifelt suchte Homer nach Ablenkung, nahm die Bordzeitschrift in die Hand, blätterte sie durch, konnte sich doch nicht darauf konzentrieren, legte sie zurück und war sich nicht sicher, ob er die sechs langen Stunden im Flugzeug ohne Angstattacken überstehen würde. Fahrig tippte er auf seinem Blackberry, bis ihn eine neue Nachricht erreichte. Amie hatte den Rückflug gebucht und einen Mietwagen. Dann hatte sie ihm noch eine weitere Nachricht geschickt und eine umfängliche Datei angehängt. Sie enthielt die Ergebnisse einer Archiv- und Internetrecherche seines Assistenten zur Vorbereitung auf das geplante Mittagessen. Auch wenn er noch gar nicht wusste, ob er diesen beiden Herren würde helfen können, hatte er um ein Briefing gebeten. Das tat er immer. Wenn er jemanden traf, den er nicht kannte, informierte er sich sehr genau, merkte sich alle möglichen Fakten seines Gegenübers und wirkte dann in den Gesprächen besonders zugewandt. Das hatte ihm Matt vor Jahren geraten.

»Du musst aufpassen«, hatte er ihm gesagt, »da du dich für die meisten Menschen nicht interessierst, wirkst du in Gesprächen oft ziemlich überheblich. Wenn du potenzielle Kunden triffst, lerne möglichst viel über sie, um dein persönliches Desinteresse besser zu kaschieren.« Seither hielt sich Homer dran.

Das Treffen mit den möglichen Mandanten sei in drei Tagen, schrieb Amie in ihrer Mail dazu. Lustlos strich er über das Glas seines Smartphones, las sich Seite für Seite durch und speicherte die Informationen in Windeseile. Sein fotografisches Gedächtnis half ihm dabei.

Die Flugzeit kam ihm schließlich kürzer vor, als er befürchtet hatte. Offenbar war er über der Ansammlung von Zahlen und Fakten zur Unternehmensgeschichte seiner potenziellen Mandanten eingenickt. Die Stewardess musste ihn wecken: »Sir, würden Sie Ihre Rückenlehne bitte aufrecht stellen« – er schreckte aus dem Schlaf, war sicher, etwas geträumt zu haben, doch waren keine Bilder haften geblieben. An seinen Traum erinnerte nur ein Schweißfilm an seinem Nasenrücken. Auch seine Hände waren feucht. Der Landeanflug riss ihn aus seiner Selbstbeobachtung. Sanft setzte die Maschine auf. In San Francisco strahlte die Sonne.

Homer warf einen Blick auf seine Armbanduhr. Es war kurz vor zwei Uhr Ortszeit. Gegen halb vier würde er bei Matt zu Hause in Sausalito sein, mit ihm bei einem Kaffee auf der Terrasse sitzen, in den Garten schauen und über seine Krankheit sprechen. Und seine Pläne. Er würde ihn sogar fragen, ob er etwas für ihn tun könne, etwas Nützliches. Wenn es etwas gab, dass Homer verabscheute, dann war es Hilflosigkeit. Im Grunde war er hilflos.

4

Er parkte vor dem Haus. Matts Frau Kate hatte schon durch das Wohnzimmerfenster gesehen, wie er aus dem Auto stieg. Sie öffnete die Tür.

»Homer, schön, dich zu sehen. Aber was machst du hier?«

Homer legte den Kopf in den Nacken und blinzelte sie an. Er öffnete den Mund – und sagte gar nichts. Wieder raste sein Herz.

»Komm erst mal rein«, sagte Kate, »leg ab, ich mache dir einen Kaffee.«

Er umarmte seine Schwägerin.

»Wie furchtbar«, hauchte er ihr ins Ohr. Sie schüttelte den Kopf.

»Bist du deswegen gekommen?«

Homer blickte sich um.

»Wo ist Matt?«

Verständnislos schaute Kate ihn an.

»Im Office. Es ist doch erst kurz vor vier. Er arbeitet«, sagte sie, wandte sich ab und ging in die Küche, die sich im hinteren Teil des Hauses zum Garten hin befand. Homer folgte ihr.

Er hatte gar nicht an daran gedacht, dass Matt noch arbeiten würde, hatte diese Möglichkeit vielmehr ausgeschlossen. Mit seinem Schreiben hatte ihn das Gefühl übermannt, mit der Diagnose wäre Matts Welt stehengeblieben. Dass sein Cousin versuchen würde, den Anschein einer unbeschwerten Normalität um seiner Kinder willen so lange aufrechtzuerhalten, wie es ging, war ihm nicht in den Sinn gekommen. Richtungswechsel – so hatte er seine Mail doch überschrieben.

»Wissen es die Kinder?«, fragte er Kate, die ihm den Rücken zugewandt hatte, während sie die Kaffeemaschine mit Wasser befüllte.

Sie schüttelte den Kopf.

»Noch nicht. Wir haben keine Ahnung, wann der richtige Moment kommt, es ihnen zu sagen, und beschlossen, das ein bisschen auf uns zukommen zu lassen.«

»Sie werden es womöglich schneller erfahren, als euch lieb ist, jetzt, da Matt die Familie informiert hat.«

Kate zuckte die Schultern. Ihre von Natur aus schmalen Lippen hatten sich zu einem Strich verformt. Dann sagte sie kühl:

»Weißt du, wir können es selbst noch gar nicht glauben. Wir wissen nicht, was das bedeutet. Wir haben gerade erst angefangen, uns damit zu beschäftigen.«

Kate stellte ihm einen Kaffee auf den Holztisch im Garten. Sie setzte sich mit einem Glas Wasser dazu und blickte ihm direkt ins Gesicht. Ob sie abgenommen hatte, fragte sich Homer. Ihre Wangenknochen traten unter dem rotbraunen, leicht seitlich fallenden langen Pony spitzer hervor als sonst. Ihre großen, hellbraunen Augen schwammen nervös hin und her. Homer fragte sich, wie viele Tränen sie wohl schon vergossen hatte.

»Warum bist du eigentlich gekommen?«

»Wegen der Mail von Matt, ich dachte …«, weiter kam Homer nicht.

»Du hättest anrufen oder mailen können, um zu fragen, ob wir in dieser Situation, jetzt gerade, da alles noch so neu und unverarbeitet ist, wirklich jemanden sehen wollen.«

Homer nickte. Er senkte den Kopf. Mit der ihr eigenen Härte und der von ihm so gefürchteten Klarheit fuhr sie fort.

»An wen hast du eigentlich gedacht, als du heute Morgen ins Flugzeug gestiegen bist?«

Homer war wie vor den Kopf geschlagen. Seine Schwägerin wusste seinen Einsatz nicht zu schätzen. Was es für ihn bedeutete, seinen

Arbeitstag auf diese Weise zu unterbrechen und sechs Stunden im Flugzeug zu verbringen, war ihr offenbar nicht bewusst. Normalerweise stellte Homer seinen Mandanten pro Stunde mehrere Hundert Dollar in Rechnung. Doch Kate interessierte das überhaupt nicht.

So wäre der Nachmittag um ein Haar zu einem Desaster geraten, wären nicht die Kinder eines nach dem anderen erschienen, hätten sich über seinen Besuch gefreut und ihn dazu überredet, mit ihnen ein bisschen Fußball im Garten zu spielen. Er war erstaunt, wie sehr sie gewachsen waren. Matts Jungen bestanden darauf, dass er versuchen musste, im Tor ihre Bälle zu halten, die sie abwechselnd auf ihn eindroschen. Jeder zählte die Tore, die gegen ihn fielen. Für den Kleineren von beiden musste er ein wenig schummeln, möglichst unauffällig hin und wieder einen Ball durchlassen, was ihm der Große durchgehen ließ, während er Homer verschwörerisch zuzwinkerte.

Die Begeisterung der Jungen erleichterte Homer ein wenig. So fühlte er sich nicht gänzlich fehl am Platz. Natürlich wollten Matts Söhne wissen, warum er gekommen war. Er log sich irgendetwas von einem wichtigen Termin zusammen. Es funktionierte.

Gegen halb sieben stand plötzlich Matt im Garten. Homer sah ihn an, prüfend, ob die ersten Zeichen seiner Krankheit schon zu sehen waren. Aber da war nichts, einfach gar nichts, Matt sah aus wie immer. Förmlich gab er Homer die Hand. Das hatte er noch nie getan. Es fühlte sich an, als hätte jemand eine Glaswand zwischen sie beide geschoben. Matt wollte Distanz. Das merkte Homer sofort. Er wollte keinen Menschen, der ihm jetzt zu nahe rückte und mit ihm weinte – um all die verlorenen Jahre in der Zukunft, die Matt durch sein Schicksal genommen werden würden.

Homer folgte Matt aus dem Garten in die Küche.

»Willst du ein Bier?«, fragte sein Cousin.

»Warum nicht?« Homer versuchte, sich ein Lächeln abzuringen.

Mit zwei Flaschen kehrte Matt zurück in den Garten.

»Du auch?«, fragte Homer erstaunt und zog die Augenbrauen hoch.

»Warum sollte ich jetzt kein Bier trinken?«

»Du bist krank, todkrank. Und wenn du, wie du in deiner Mail geschrieben hast, die Lebenserwartung von vier bis sechs Monaten übertreffen willst, dann solltest du sicher keinen Alkohol mehr trinken.«

Matts Züge hatten all ihre distanzierte Freundlichkeit verloren. Er kniff die Augen zusammen.

»Du bist nicht im Ernst gekommen, um mit mir zu besprechen, wie ich meine Ernährungsgewohnheiten umstellen sollte?«

»Natürlich nicht«, gab Homer zurück. Aber er dürfe doch, um Himmels willen, seine Besorgnis äußern.

»Dann sag mir, warum du vorbeigekommen bist.«

Matts Stimme hatte einen merklich schärferen Ton angenommen. Er konnte allerdings nicht weitersprechen, weil Homer sofort dazwischenfuhr.

»Ich wollte dich sehen, dich aufmuntern, dir Mut zusprechen.«

»Nein, Homer, das wolltest du nicht. Du wolltest dich vergewissern, ob das alles stimmt. Du willst mich jetzt am liebsten ausfragen, du willst wissen, was ich plane. Du willst aus irgendeinem Grund mit dabei sein, wie ich in den nächsten Monaten verschwinde, ganz dicht dran. Aber du bist nur mein Cousin, du bist nicht meine Schwester und auch nicht meine Mutter oder mein Vater. Weißt du, dass sie alle noch nicht hier waren? Sie wären gar nicht auf die Idee gekommen, einen Antrittsbesuch bei einem Todgeweihten zu machen. Jedenfalls nicht, ohne zu fragen.«

Homer wurde still. Er wusste plötzlich, dass die Spontaneität seines Besuchs ein schwerer Fehler war. Matt war noch nicht bereit, mit anderen über seine Krankheit zu sprechen. Er wollte es nicht. Homer begann, sich innerlich ein paar rechtfertigende Erklärungen zurechtzulegen, warum er gekommen war. Er war Matt so viel näher als seine besten Freunde, sie waren fast wie Brüder aufgewachsen. Da würde er doch wohl nach seinem Cousin sehen dürfen, wenn dieser einen derart dramatischen Richtungswechsel ankündigte. Homer schwieg und überlegte weiter. Plötzlich zweifelte er. Vielleicht hatte Matt noch nicht einmal richtig mit Kate über die Schockdiagnose gesprochen, vielleicht hatten sie diese dunkle Wolke, die da so plötzlich aufgezogen war, über sich hängen lassen und gar nicht erst versucht, sie mit Wahrscheinlichkeitsrechnungen oder anderen Formen von Selbstbetrug zu vertreiben. Vielleicht wussten sie deshalb seinen Besuch auch nicht zu schätzen, konnten es überhaupt nicht.

»Matt, lass uns nicht streiten«, sagte Homer versöhnlich. »Du hast recht. Sieh mir meine Aufdringlichkeit nach, bitte. Und sag mir, was du jetzt vorhast.«

Die fast flehentlich vorgetragene Bitte schien seinen Cousin ein wenig zu erweichen. Leise begann Matt zu erzählen, von den vielen Untersuchungen, den Gesprächen mit den Ärzten, dem Moment der ersten Hinweise darauf, dass etwas ernsthaft nicht in Ordnung war. Dann von jenem Morgen der vergangenen Woche, in der er Kate eine Andeutung gemacht und sie gebeten hatte, ihn zu seinem Gespräch mit den Klinikärzten zu begleiten. Er beschrieb, wie sie kreidebleich und zerbrechlich neben ihm gesessen hatte, als einer der Ärzte ihnen die Wahrheit sagte, sachlich, vollumfänglich, hoffnungsvernichtend. Immer wieder schaute Matt sich um, um sich zu vergewissern, dass sich im Wohnzimmer hinter ihm keines seiner Kinder herangeschlichen hatte. Aber es war nichts zu sehen.

»Ich meine, sie müssten ganz bald ein Wundermittel erfinden, damit ich das übernächste Jahr noch erlebe«, sagte Matt abschließend. »Mit so einer Diagnose ändert sich alles, vor allem der Blick auf das Leben.«

Homer schwieg, er nickte.

»Die Unbestimmtheit des Lebensendes ist für vieles, das man tut, offenbar nicht unwesentlich. Wir suchen unser Leben lang nach Genuss, nach Erlebnissen, die uns erfüllen, oder einfach auch nur nach einem Kick. Das funktioniert so lange, wie wir uns unsterblich wähnen, weil wir den Zeitpunkt nicht kennen, wann es zu Ende ist. In dem Moment des angekündigten Todes aber musst du dieses falsche Spiel plötzlich sein lassen, weil der Genuss seine Sinnhaftigkeit verliert. Deswegen käme ich auch nicht auf die Idee, jetzt noch eine Weltreise zu unternehmen. Ich kann nicht erkennen, wie ich Dinge genießen soll, von denen ich weiß, dass es sich um das letzte Mal handelt. Diese letzten Male – die vermeide ich.«

»Warum, meinst du, ist das so?«

»Ich glaube, weil du weißt, dass du keine Zeit mehr hast, dich daran zu erinnern. Deshalb ist Genuss auch nicht das Wichtigste. Du genießt nicht mehr, du suchst.«

»Suchst was?«

»Hm … den Sinn. Vielleicht. Ich weiß es noch nicht.«

»Den Sinn wovon? Dass es ausgerechnet dich getroffen hat?«

»Nein, daran darfst du nicht denken, weil es darauf keine Antwort gibt. Das sagen dir die Ärzte schon im ersten Gespräch sehr deutlich. Du beginnst, darüber nachzudenken, wie du dieser Zeit, die dir im besten Fall noch bleibt, einen Sinn geben könntest. Das ist allerdings nicht leicht, weil sich nach so einer Diagnose ja immer wieder der Wunsch danach aufdrängt, das Sterben hinter sich zu bringen. Ich habe keine Angst vor dem Tod, aber ich fürchte das Sterben.«

Homer blickte nachdenklich zu Boden.

»Ein Beispiel«, sagte Matt. »Du entscheidest dich morgen, auf Diät zu gehen, weil du 35 Kilo abnehmen musst und weißt, dass es sehr schwierig wird. Am Vorabend bestellst du dir im Restaurant noch einmal eine richtig große Portion Spaghetti. Wie wird sie dir wohl schmecken? Nicht so gut, denke ich mal, weil du weißt, dass du sie – beginnend mit dem nächsten Tag – abarbeiten musst.«

Homer lachte laut auf, rau.

»Das ist doch zynisch – hier reden wir von etwas ganz anderem. Was machen – im besten Fall – zwölf Monate noch für einen Sinn, wenn es danach vorbei ist?«

»Genau das ist die Frage«, gab Matt zurück. »Jetzt hast du es begriffen.«

»Und?«, Homer zog die Augenbrauen hoch. Dann winkte er mit der rechten Hand ab. »Ich frage besser nicht, ob du schon eine Antwort darauf hast?«

»Oh, eine ganze Menge habe ich herausgefunden, zumindest in der einen Woche, die ich über diese Dinge nachgedacht habe. Aber da kommt sicher noch mehr. Jetzt weiß ich so viel: Du hast Zeit, alles vorzubereiten für den Moment, in dem du abtreten musst. Ich habe die Kinder, ich will mit ihnen reden, ihnen noch etwas mitgeben, was für ihr Leben wichtig sein könnte. Macht das keinen Sinn? Wenn ich mit ihnen zum Football gehe und wir das gemeinsam genießen, weil wir mitfiebern, in der Pause Drinks kaufen, Spaß haben, dann macht das plötzlich Sinn, weil die Kinder eine Erinnerung mehr an ihren Dad haben werden. Ich habe relativ viel zu tun, bevor es nur noch darum gehen wird, dass andere sich um mich kümmern müssen, was hoffentlich noch eine Weile hin ist. Ich organisiere meinen Abgang und sorge dafür, dass die, die hierbleiben, noch möglichst viele Erinnerungen an mich haben. Nicht nur die meines Siechtums.«

»Matt, ich kann mir das alles gar nicht vorstellen.«

Homers Ausruf musste Matt an einer empfindlichen Stelle getroffen haben. Denn er reagierte gereizt.

»Konntest du dir überhaupt jemals etwas anderes vorstellen als das, was du gerade machst?«

»Come on, so erbärmlich steht es auch nicht um mich und mein Einfühlungsvermögen. Das weißt du. Wir haben so viele Gespräche geführt, früher in Tanas Keller, wir haben über den Sinn des Lebens debattiert ...«

»... richtig«, unterbrach ihn Matt scharf. »Und jedes Mal hatte ich das Gefühl, ich hätte dich auf halber Strecke verloren.«

Homer schwieg eine Weile. Er verstand nicht, warum Matt zum zweiten Mal so aggressiv auf ihn reagierte. Er schaute in den Garten. Am Zaun machte sich eines dieser grauen Eichhörnchen zu schaffen, die die Gärten in den Wohngegenden wie eine Plage übervölkerten. Er dachte über die Zeit nach, die Matt noch da sein würde, und dass er das alles überhaupt nicht glauben konnte. Neben ihm saß nicht mehr sein Cousin von früher.

An diesem Nachmittag war Matt ihm fremd.

»Wissen es deine Leute in der Firma?«, fragte Homer, der das Schweigen kaum ertragen konnte.

»Noch nicht, in drei Tagen habe ich mich mit meinem Team zum Essen verabredet. Ich denke mal, dass es auch für sie ein Schock sein wird.«

»Und – wirst du aufhören zu arbeiten?«

»Auf keinen Fall, ich liebe meinen Job, das weißt du. Ich habe ein wunderbares Team an Analysten, wir sind so gut wie befreundet. Für die Kinder wird es wichtig, meinen Übergang von einem Zustand in den anderen so normal wie möglich zu erleben. Vielleicht kann ich für den einen oder anderen Kunden auch noch etwas bewirken.«

Homer nickte. Aus dem ersten Stock des Hauses drang Gebrüll. Die Kinder hatten zu streiten begonnen, gleich würden sie die Stufen hinunter und in den Garten stolpern, sich vor ihrem Vater und Homer aufbauen und atemlos berichten, wer wem etwas zugefügt hatte. Natürlich in dem Bestreben, sie auf eine Seite zu ziehen und zu Verbündeten zu machen. Homer wünschte sich die Kinder regelrecht herbei. Matts und seine Unterhaltung hatte sich erschöpft, sie war einer Sprachlosigkeit gewichen, die er durch neue Alltagsfragen nicht würde vertreiben können. Was gab es zum Alltag schon zu fragen? An diesem Abend verboten sie sich.

Schreiend liefen die Jungs in den Garten. Aber anstatt sich an die Erwachsenen zu wenden, begannen sie wieder, auf den Fußball einzutreten. Sie schossen ihn sich zu, nach einer Weile des Hin und Her war Frieden eingekehrt.

»Wann fliegst du zurück?«, fragte Matt plötzlich.

»Mit dem ersten Flugzeug morgen früh.«

»In welchem Hotel übernachtest du?«, fragte Matt.

Verblüfft schaute ihn Homer an. Hotel? Darauf war er nicht vorbereitet. Er hatte fest damit gerechnet, dass er bei Matt und Kate schlafen würde. Sie hatten ein Zimmer mit Bad im Souterrain, das Sandy immer nutzte. Und nun fragte Matt nach einem Hotel.

Homer sah Matt fragend an. Der schüttelte langsam den Kopf.

»Nein, Homer, du wirst nicht bei uns übernachten und auch nicht zum Abendessen bleiben. Ich buche dir ein Hotel. Du bist gekommen, ohne Kate oder mich vorher zu fragen, ob es uns recht wäre. Du hast über meinen Tod gesprochen und nicht über das Leben. Dabei war das meine einzige Bitte in meiner Mail.«

Er wolle, sagte Matt noch, die Abende, die ihm noch blieben und von denen er nicht sagen könne, wie viele es seien, so verbringen, wie er es entscheide.

»Mein Verhältnis zur Spontaneität hat sich in der letzten Woche sehr verändert.«

Das war unmissverständlich eine Aufforderung zum Aufbruch. Homer schaute ihn fassungslos an. Er konnte nicht glauben, was Matt da gerade sagte. Die wenigen Male, die er ihn in San Francisco aufgesucht hatte, war er stets in einem Hotel abgestiegen, allerdings immer Downtown. Die Situation jetzt war eine andere. Wie konnte es sein, dass ihn Matt nach seiner schockierenden Nachricht am Abend einfach sich selbst überließ, trostlos in einem Hotel? Er hatte alle Termine abgesagt, nur um sofort nach Matt zu sehen. Und der hatte nichts Besseres zu tun, als ihn nach kaum drei Stunden aus dem Haus zu werfen.

Homer wurde übel. Sein Puls beschleunigte sich, seine Gedanken rasten. Sein Cousin war offensichtlich nicht bei Sinnen. Wie konnte er ihn in einer solchen Situation vor die Tür setzen? Wie ein Eindringling kam er sich plötzlich vor, ein Tor.

Er würde Amie anrufen, um nachts noch zurückzufliegen, sie bitten, dem Fahrer seine Ankunftszeit durchzugeben, damit der ihn sofort nach Hause bringen würde oder am besten gleich in sein Büro. Als Matt erneut ansetzen wollte, womöglich mit einer neuen Erklärung, warum Homer ihn, Kate und die Kinder jetzt in Ruhe lassen sollte, winkte Homer ab.

»Lass gut sein, Matt. Ich habe verstanden.«

Er zuckte mit den Schultern, erhob sich abrupt, drehte Matt den Rücken zu und ging zurück ins Haus. Matt folgte ihm und rief nach Kate. Homer wolle sich verabschieden. Im Flur umarmte Kate ihn zurückhaltend und schob ihn weiter in Richtung Haustür. Homer fröstelte. Ganz plötzlich fühlte er sich krank. Matt hatte bereits die Haustüre geöffnet.

Homer wandte sich ab, stieg die drei Stufen in den sorgsam gepflegten Vorgarten hinunter. Grellgrün strahlte der akkurat getrimmte Rasen. Noch einmal drehte er sich um.

»Also dann«, er hob die Hand zum Gruß, besann sich eines Besseren, stieg noch einmal zu Matt hoch und umarmte ihn so, wie sie es früher getan hatten. Matt ließ es bewegungslos geschehen, die Arme schlaff am Körper.

»Pass auf dich auf«, flüsterte er ihm ins Ohr, bevor ihn Matt von sich schob, unangenehm berührt von der aufkommenden Sentimentalität.

»Nimm's mir nicht übel«, sagte Matt ernst. »Richtungswechsel – das Wort habe ich nicht umsonst geschrieben.«

Homer drückte auf seinen Autoschlüssel. Das Klicken der Entriegelung war deutlich zu hören. Er wandte sich ab und schlich zu seinem Mietwagen, das Kinn war ihm fast bis auf den Brustkorb gesunken. Im Auto zog er den Fensterheber nach hinten, fuhr die Scheibe an der Fahrerseite herunter und schaute Matt mit einem angestrengten Lächeln noch einmal an. Da stand er, groß, diszipliniert und so ungemein distanziert, wie er ihn noch nie zuvor erlebt hatte, die Arme vor der Brust verschränkt, dem Tod geweiht. Bei dem Gedanken musste Homer schlucken. Seine Augen begannen zu brennen. Matt lächelte. Fast befreit.

»Übrigens«, rief Matt ihm zum Abschied zu, »I still consider myself a fortunate man!«

5

Während Homer von der verunglückten Begegnung mit seinem Cousin erzählte, hatte die untergehende Sonne die Blätter der Baumwipfel im Central Park in ein warmes Abendlicht getaucht und war schließlich ganz hinter ihnen verschwunden. Wir saßen immer noch an seiner Bar, von der aus ich den Sonnenuntergang hatte beobachten können. In seinem Apartment war es inzwischen fast dunkel.

»A fortunate man – ich habe Matt damals nicht verstanden«, sagt Homer. »Und das hat sich bis heute nicht geändert.«

Er konnte nicht begreifen, dass sich sein todkranker Cousin als einen Menschen bezeichnete, dessen Leben rundum gelungen war, weil es ihm vor allem Glück beschert hatte – bis auf diesen kleinen Moment, die Millisekunde, in der eine erste Zelle mitten in seinem gesunden und so durchtrainierten Körper beschlossen hatte, den genetisch vorgegebenen Wachstumspfad zu verlassen und zu wuchern.

Dann stand er auf, streckte sich einmal und begann, jedes einzelne Fingergelenk zu überdehnen. Ein Knacken war zu hören.

»Hast du eigentlich Hunger?«, fragte er mich abwesend.

Intuitiv hatte ich mich mit ihm erhoben, nickte und fragte zurück.

»Sollen wir irgendwo hingehen?«

»Ach, lass uns etwas ordern. Ich habe keine Lust mehr, rauszugehen. Ich meine, wenn das für dich okay ist.«

Während er telefonierte, trat ich ans Fenster und schaute über den Park. Noch nie hatte ich die Blue Hour in New York bewusst wahrgenommen.

Homer bestellte drei verschiedene Nudelgerichte, einen Salat und ein bisschen Brot dazu. Dann holte er eine Flasche französischen Rotwein aus der Küche und ließ mich kurz auf das Etikett blicken – Château Haut-Brion, 2008, ein Wein einer jahrhundertealten Domaine aus dem Bordeaux.

»Von diesem Weingut hat schon der amerikanische Präsident Thomas Jefferson geschwärmt«, sagte er, während er sich mit den zwei dickbauchigen Gläsern zu mir ans Fenster stellte. »Tessa hasst schlechten Wein.«

»Tessa?«

»Meine Freundin – bis zu unserem Sommerurlaub vergangenes Jahr. Irgendwann danach war es vorbei. Ex-Freundin also. Wir sehen uns nicht mehr. Nur den Wein hat sie hiergelassen«, erklärte er mit einem etwas gezwungenen Lächeln. »Aber den habe ja auch ich besorgt.«

Mit einem Mal wurde mir klar, wie wenige Einzelheiten ich aus seinem Leben kannte, obwohl er mir schon nach dieser ersten Stunde wieder so vertraut vorkam. Ich hatte noch nicht einmal eine Ahnung davon, ob er Kinder aus irgendeiner längst vergangenen Ehe hatte.

»Auf unser Wiedersehen?«, fragte ich vorsichtig.

»Ja, warum nicht?«, gab er zurück, während sein Blick über den Park glitt. »Und auf den Zufall«, setzte er hinzu, zuckte kurz mit den Schultern und trank den ersten Schluck.

»Es gibt keinen besseren Zeitpunkt, die Bewegung der Erde wahrzunehmen, als beim Sonnenuntergang«, sagte er unvermittelt. »Von meinem Büro aus ist der Blick ähnlich. Wenn sich die goldene Scheibe noch etwa eine Daumenbreite über dem Horizont befindet, hinter dem sie in ein paar Minuten verschwinden wird, ist das für mich ein magischer Moment des beginnenden Versinkens, in dem es mir nicht mehr gelingt, den Blick von der abtauchenden Sonne zu lösen. Und dann denke ich an Matt und die Monate seines Verschwindens.«

»Hast du denn, wenn du arbeitest, überhaupt die Zeit dafür?«, wunderte ich mich.

Doch antwortete er darauf nicht.

»Die Sonne ist fast 150 Millionen Kilometer von uns entfernt, ihr Durchmesser beträgt 1,4 Millionen Kilometer. Ihre Masse ist etwa 800-mal so groß wie die Gesamtmasse aller Planeten, die sie umkreisen. Die Oberflächentemperatur liegt bei 6000 Grad Celsius, im Sonneninneren Millionen von Graden. Sie wird immer heißer, eine physikalische Gesetzmäßigkeit. Irgendwann, wenn sich die Sonne zu einem roten Riesen aufbläht, werden wir auf sie einstürzen und verglühen. Die Erde wird bedeutungslos. Nichts wird an sie erinnern. Davor wird schon lange niemand mehr da sein, der sich überhaupt an irgendetwas erinnert. Und ich denke seit anderthalb Jahren immerzu an Matt – diesen selbsterklärten ›fortunate man‹, den nichts erschüttern konnte. Offenbar noch nicht einmal die Aussicht auf einen frühen Tod. Das ist doch nahezu unmenschlich.«

Homer versenkte seine Nase in das Rotweinglas, um das Aroma einzufangen. Dann fuhr er fort.

»Ich weiß bis heute nicht, was dieser Ausspruch sollte«, sagte er. »In welcher Hinsicht empfand sich Matt als ein vom Schicksal Begünstigter, sein Leben als glückhaft, als gelungen? Auch konnte ich nicht verstehen, wie er meinen Besuch so falsch gedeutet hat. Wie einen Eindringling hat er mich behandelt. Ich war unbeschreiblich gekränkt.«

»Bist du denn umgehend zurückgeflogen?«

Homer schüttelte den Kopf.

»Das nicht, es war schon zu spät. Amie hat mir ein Hotelzimmer gebucht. In einem grauenhaften Kasten, der an Tristesse nicht zu überbieten war. Aus schierer Verzweiflung habe ich an dem Abend noch länger mit ihr telefoniert und ihr erzählt, wie Matt mich regelrecht aus seinem Haus geworfen hat. Sie hat sich auf Matts Seite gestellt. So kam es mir jedenfalls vor, hat versucht, mir seine Reaktion zu erklären. Ich hätte ihm keine Zeit gelassen, über seine Krankheit nachzudenken, hätte ihn überfallen, wenn auch in bester Absicht. Menschen, denen nicht mehr viel Zeit bliebe, hätten wahrscheinlich das verstärkte Bedürfnis, in jedem Moment Herr ihrer Zeit zu sein. Bis zum Ende. Irgendwann dachte ich dann, ich glaube ihr besser. Das machte die Sache für mich erträglicher.« Matt, dieser ›fortunate man‹, hatte Homer mit seinem letzten Satz zutiefst verunsichert.

»Ich war am Boden zerstört«, erinnerte sich Homer weiter, »nicht nur von seiner Reaktion, natürlich auch von der Tatsache, dass er bald nicht mehr da sein würde. In den letzten Jahren haben wir uns nicht mehr so gut verstanden, zeitweise sogar bekämpft. Unerbittlich. Doch war ich mit ihm aufgewachsen. Kaum jemand war mir so vertraut wie er. Im Hotel habe ich die Minibar geleert. Anders konnte ich mich nicht beruhigen.«

Homer wusste an jenem Nachmittag nicht, ob er Matt vor seinem angekündigten Tod noch einmal wiedersehen würde. Die Initiative dafür würde von Matt ausgehen müssen. Es blieb ihm nichts, als darauf zu warten. Und das tat er.

6

Ab dem Sommer 1987 geriet das Verhältnis zwischen Homer und Matt zunehmend zu einem gnadenlosen Kräftemessen. Sie beide wollten sich nach ihrem Bachelor-Abschluss für einen Job an der Wall Street bewerben. Vorzugsweise bei einer der großen Bulge-Bracket-Banken wie Salomon, Merrill Lynch, JP Morgan, Goldman Sachs, Barclays und noch ein paar anderen, deren Namen zu der Zeit in aller Munde waren. In der Familie wurde unablässig über Homer und Matts Zukunft diskutiert. Sie waren Tanas älteste Enkel, standen im Zentrum familiärer Aufmerksamkeit und Erfolgserwartung.

Vor allem die Zwillingsonkel Aaron und Zach elektrisierte die Aussicht darauf, dass die beiden an der Wall Street Karriere machen und

Vorbild für ihre Kinder werden würden. Wer, wenn nicht sie, hätte das Zeug dazu? Hank hingegen verstand davon nicht allzu viel. Zwar kamen seine reichen, auf Oldtimer versessenen Klienten vielfach aus großen Banken, bei denen sie an der Börse Jahr für Jahr ein Vermögen machten, doch waren ihm die Zusammenhänge nicht ganz klar. Sein Schwager Aaron dagegen verfolgte die Entwicklung sehr viel genauer. Er war, wie sein zu früh verstorbener Vater, ins Versicherungsgeschäft eingestiegen, zunächst sogar bei Ives and Myrick wie Herb, der ihm dort nach seinem mittelmäßigen Bachelor einer staatlichen Universität einen Job besorgt hatte. Dann aber hatte Aaron eine eigene Agentur gegründet, die vor allem kleine Unternehmen beriet.

»Hätte ich damals nur geahnt, wie sich die Wall Street entwickelt, würde ich das heute nicht mehr machen«, sagte er einmal beim gemeinsamen Mittagessen in den Brooklyn Heights.

»Sondern?«, fragte Tana streng, als wolle er mit dieser Aussage auch gleich die Karriere ihres verstorbenen Mannes infrage stellen, was sie nicht dulden würde.

»Ich würde eher bei einer Investmentbank anheuern«, sagte Aaron trotzig und fügte mit einem bedeutungsvollen Blick in Richtung seines Neffen Matt hinzu: »Als Absolvent einer amerikanischen Spitzenuniversität so oder so. Nur habe ich ja nicht in Yale studiert.«

Matt schaute erwartungsvoll zu ihm auf. Homer und die anderen aßen schweigend weiter, sodass man für einen Moment nur das Geklapper des Bestecks auf den Tellern vernahm. Mit halbvollem Mund setzte Aaron wieder an.

»An der Wall Street herrscht Aufbruchstimmung. Ihr könnt euch nicht vorstellen, in welchem Tempo die Banken immer neue Finanzprodukte entwickeln«, sagte er.

»Haben sie das nicht immer getan?«, hakte Tana pikiert nach. »Dein Dad hat schon vor Jahren genau solche Dinge behauptet.«

»Mag sein. Aber diesmal ist es anders. In den Banken bauen sie Produkte, mit denen jedes Unternehmen seine Basisgeschäfte gegen alle möglichen Risiken, vor allem gegen Kursschwankungen absichern kann. Aber das ist ja nicht alles. Solche Produkte lassen sich handeln. Mit Optionsscheinen kann man richtig spekulieren. Ihr müsst euch mal anhören, wie die Leute bei Salomon oder Goldman Sachs so reden. Die sind im Goldrausch. Ich sage euch, der Einfallsreichtum dieser Typen, die immer neue Wege finden, um aus Geld noch mehr Geld zu machen, kennt keine Grenzen.«

Inzwischen hatte Lea ihr Besteck zusammengeschoben und mischte sich ein.

»Aber du verdienst doch auch sehr gut«, sagte sie zu ihrem Bruder gewandt.

»Es geht immer noch besser«, gab Aaron zurück und lachte. »Ich finde, dein Sohn sollte die Chancen nutzen, die ihm sein Bachelor in Yale bietet. Und dann baut er dir einen Swimmingpool in euren Garten.«

Jetzt lachten alle. Erwartungsvoll blickte Lea von Aaron zu Matt. Sie strahlte.

Auch für Homer und Matt war die Wall Street, dieses unangefochtene Zentrum des internationalen Wertpapierhandels, in der Zeit am College zu einem Sehnsuchtsort geworden. Was Aaron berichtete, wussten sie längst, hatten sich häufig darüber unterhalten. Hätten sie es erst einmal in einen der Handelsräume geschafft, stünde ihnen die Zukunft offen. An den Colleges kursierten wilde Geschichten über schier unglaubliche Gehälter, die junge Menschen bereits in ihren Zwanzigern verdienen konnten. So viel wie nie zuvor. Voraussetzung war natürlich, sie hatten an den Finanzmärkten Nerven und das Geschick bewiesen und dazu die Raffinesse, sich im Machtgefüge auf den Trading-Floors der Banken, in denen mit Aktien, Anleihen und allerlei anderen exotischen Finanzprodukten gehandelt wurde, zu behaupten. Homer hatte seinen Vater sogar davon überzeugt, ihm ein Studentenabonnement des Wall Street Journal zu finanzieren, das er jeden Tag Seite für Seite studierte, um dort genau solche Storys zu lesen.

Und so träumte auch er – wie so viele Collegestudenten in den Achtzigerjahren – von einem Job im Investmentbanking, war bereit, dafür in den ersten Jahren Mühsal, Stress und viele Demütigungen auf sich zu nehmen, brannte regelrecht darauf, sich vom schikanierten Praktikanten und Laufburschen über zwei Jahre als Analyst in die Position eines Händlers hinaufzuarbeiten, um nach ein paar Jahren dann das ganz große Rad zu drehen. Da stand er Matt in nichts nach.

»Fast die Hälfte meiner Kommilitonen versucht derzeit, bei First Boston einen Fuß in die Tür zu bekommen. Und wir sind mit 1300 Studenten im Hauptfach Business nicht gerade wenig. Da spreche ich nur von Yale«, berichtete Matt, um seinem Onkel recht zu geben.

Als bedürfe es einer weiteren Bestätigung, berief er sich darüber hinaus noch auf einen Freund in Harvard, der von immer mehr

Studenten erzählte, die sich mit dem Ziel, im Investmentbanking anzuheuern, massenhaft in die Einführungskurse für Betriebswirtschaft einschrieben. In einem Jahr seien es fast 1000 gewesen.

»Die hocken überall an den Top-Unis auf Fensterbänken und den Fußböden. Das Fach ist total überbelegt. Logisch, die besten Karriereaussichten hast du nun mal, wenn du dich hier spezialisierst.«

Auf den Einwand von seiner Mutter, dass es vielleicht doch lohnen könnte, seine Studienschwerpunkte nach Neigung und Begabung und nicht nur nach Karrierechancen zu wählen, reagierte Matt mit einem mitleidigen Lächeln.

»Ach, Mom, du hast keine Ahnung. Das ist längst nicht mehr so. Die Top-Banken kommen an die Unis und picken sich die besten Absolventen aus. Wenn du Business Administration studierst, hast du vor allem einen Vorteil. Du zeigst allen, wie sehr du von der Bedeutung der Finanzmärkte für die Wirtschaft und Gesellschaft überzeugt bist. Und genau das wollen die bei den Investmentbanken hören.«

Homer und Matt – so viel war klar – sollten es weiterbringen als ihre Eltern und das nicht nur auf akademischen Wegen. Diese waren lediglich Mittel zum Zweck. Natürlich ging es um Geld und Status. Mit dem Abschluss ihrer ersten vier Jahre am College wurde in den Brooklyn Heights auch darüber gesprochen, wer von ihnen beiden sich am schnellsten eine Zusage zu einem der begehrten Trainee-Programme in einer der Wall-Street-Institutionen ergattern würde.

Matt war die Sache zu Beginn seines Studiums erwartbar zielstrebig angegangen, hatte sich – wider sein Interesse an Informatik – tatsächlich für Betriebswirtschaftslehre im Hauptfach entschieden und tat alles dafür, seine ersten vier Jahre mit hervorragenden Noten abzuschließen. Danach wollte er sich an der Wall Street für einen der zunächst miserabel bezahlten Jobs als Analyst oder ein Trainee-Programm bewerben. Zwei Jahre würde er durchhalten müssen, um im Anschluss an einer der renommierten Business Schools einen Studiengang mit dem Master of Business Administration abzuschließen. Harvard, Princeton oder Stanford standen auf seiner Wunschliste ganz oben. Hatte man es dorthin geschafft, musste man sich über alles Weitere keine Sorgen mehr machen.

Homer erinnerte sich an ein denkwürdiges Gespräch mit seinem Cousin bei einer ihrer seltener gewordenen Begegnungen in den Brooklyn Heights. Es war in ihrem ersten Collegejahr zu Chanukka, als sie nach mehreren Monaten wieder einmal im Keller ihrer Großmutter saßen und sich über ihre ersten Erfahrungen als Freshmen austauschten.

»Bist du sicher, dass du dich auf Jura konzentrieren willst?«, fragte Matt, nachdem Homer ihm dargelegt hatte, wie er sich die nächsten dreieinhalb Jahre am College vorstellte.

»Sehr sicher«, gab Homer zurück und setzte weltmännisch hinzu: »Das wird Zukunft haben.«

»Nein, Zukunft hat das Investmentbanking. Fast die Hälfte unseres Jahrgangs wird sich für die Kurse in Business Administration einschreiben.«

»Und das beweist schon die Richtigkeit deiner These?«

»Beweisen vielleicht nicht, aber es bestätigt mich. Es zeigt einfach, wo der Zug hinfährt. Im Investmentbanking liegt die Zukunft.«

»Das glaube ich auch. Ich glaube nur nicht, dass die dort ausschließlich Business-Studenten brauchen«, warf Homer selbstbewusst ein, empfand er sich doch gegenüber Matt durch seine Gespräche, die er mit Mr. Thornton immer wieder über seine Berufswahl geführt hatte, ausnahmsweise im Vorteil.

Er hatte, so dachte er, einen Wissensvorsprung, der auf den Erfahrungen eines echten Aktienhändlers beruhte und nicht auf den Sprechblasen seiner Mitstudenten.

»Investmentbanker sind wirklich besondere Menschen«, fuhr Matt fort, ohne sich auf den Einwurf von Homer weiter einzulassen. »Sie gehen auf volles Risiko, sind richtig ehrgeizig, den Angestellten der Handelsbanken weit überlegen. Ohne sie dreht sich in der Wirtschaft bald kein Rad mehr. Du wirst sehen.«

»Mich brauchst du nicht zu überzeugen. Ich zweifle nur daran, dass man unbedingt Wirtschaft studieren muss, um dort genommen zu werden und erfolgreich zu sein.«

»Was denn sonst?«, fragte Matt, beirrt von der Selbstsicherheit seines Cousins.

»Ehrlich gesagt, kann man alles studieren. Wenn man will, sogar Philosophie. Das Geschäft an den Märkten ist nicht kompliziert. Kurse rauf, Kurse runter – dafür brauchst du doch nicht die ganze Palette an Management-Programmen zu absolvieren. Ich glaube jedenfalls nicht daran.«

»Homer, du hast es nicht ganz begriffen. Es geht gar nicht darum, ob du daran glaubst. Es geht darum, woran die anderen glauben und was du brauchst, um bei einer Bewerbung gute Chancen zu haben. Die nehmen keine Paradiesvögel mehr. Die nehmen nur noch solche, die durch die richtige Wahl des Hauptfachs bewiesen haben, dass sie von der Dominanz der Wirtschaft überzeugt sind.«

Homer wunderte sich ein wenig. Was war mit Matt passiert? Noch nie war er einer Herde von, wie Homer es nannte, intelligenten Schafen hinterhergelaufen, jetzt aber tat er genau das, bewegte sich mit dem Mainstream und empfand dabei offensichtlich auch noch eine gewisse Überlegenheit.

»Überleg dir lieber nochmal gut, was dein Ziel wirklich ist«, riet Matt seinem Cousin herablassend. »Und ob du dich nicht doch, wenn du unbedingt an die Wall Street willst, ziemlich bald in einen Einführungskurs für Business Studies setzt, anstatt dich nur mit Paragrafen zu beschäftigen.«

Homer ärgerte sich. Nicht so sehr über das, was Matt sagte, als vielmehr über dessen Arroganz. Um dem Gespräch ein Ende zu machen, sagte er mit einem maliziösen Grinsen:

»Wir werden ja sehen, wer weiterkommt. Oder noch einfacher: Wir werden sehen, wer nach den nächsten dreieinhalb Jahren den besseren Job an der Wall Street hat.«

»Lass gut sein«, erwiderte Matt und lachte. »Du hast keine Ahnung.« Dann stand er auf und ging zurück nach oben.

Homer blieb sitzen und sah ihm nach, wie er sich Richtung Tür bewegte. Matt musste dafür über ein altes Schaukelpferd steigen, das ganz früher einmal in Tanas Wohnzimmer gestanden hatte. Ein Ohr war abgebrochen, sodass von ihm nur noch zwei scharfkantige Holzsplitter geblieben waren. Matt hatte sein rechtes Bein nicht hoch genug gehoben, blieb mit der Beininnenseite hängen, sodass ein kurzes Reißen zu hören war.

»Verdammt!«, rief er aus, zog das andere Bein nach und blickte an sich herunter.

Das Ohr des Schaukelpferds hatte eine fünf Zentimeter große Triangel in seine Stoffhose gerissen, deren Spitze jetzt herunterhing und den Blick auf seinen weißen, an der Innenseite schwarz behaarten Oberschenkel freigab. Matt fluchte. Homer lachte.

»Wieso habe ich keine Ahnung?«, rief er ihm hinterher.

Matt hatte bereits die Türklinke heruntergedrückt. Von oben blickte er auf Homer herunter, der sich in dem alten Zahnarztstuhl zurückgelehnt hatte.

»Ich studiere in Yale, du an der Penn, schon vergessen?«

Jetzt grinste auch Matt – siegessicher.

»Ich werde den besseren Job bekommen. Das wirst du sehen«, sagte er noch und wandte sich zur Tür.

»Niemals«, entgegnete Homer mit erhobener Stimme. »Darauf würde ich sogar meinen Mustang verwetten.«

7

Das Freshman-Jahr verging im Flug. In den darauffolgenden Jahren begannen sie, sich etwas mehr zu spezialisieren. Matt schwamm mit dem Strom.

Homer dagegen hatte seine Fächer so gewählt, dass er später einmal bei den besten Law Schools eine Chance haben würde. Sein steter Kontakt zur Mr. Thornton, den er immer dann sah, wenn er nach Sag Harbor fuhr, um Ware abzuholen, half ihm, sein Ziel nicht aus den Augen zu verlieren.

»Kolportage, Homer, nichts als Kolportage«, sagte sein Auftraggeber, wenn Homer ihm Matts Geschichten von den Investmentbanken weitertrug, die sein Cousin von den Masterstudenten nach ihren Praktika in den Handelssälen gehört hatte. Zu der Zeit machten die verrücktesten Anekdoten über die Stars der Branche die Runde, über ihre Arbeits- und Lebensgewohnheiten, ihre Partys und Bordellbesuche und ihre hochriskanten Wetten. »Der Unterhaltungswert solcher Storys hängt stark von der Fantasie des Erzählers ab. Also, nicht zweifeln, Kurs halten.«

Statt Glamour erwartete die Absolventen eine zermürbende Schufterei, behauptete Thornton.

»Die fangen mit hundert Stunden in der Woche an«, erzählte er ihm einmal. »Verbringen ihre Zeit auf dem ›Magic Roundabout‹. Hast du davon schon mal gehört? Du arbeitest die Nacht durch, fährst morgens mit dem Taxi in deine Wohnung, lässt den Fahrer warten, bis du geduscht und dich umgezogen hast, und sitzt nach einer halben Stunde wieder am Schreibtisch. Kein Schlaf für 48 oder sogar 72 Stunden.«

Thomas Thornton musste es wissen.

Gegen Ende ihres Studiums trafen Homer und Matt an einem ungewöhnlich kalten Februartag in den Brooklyn Heights unerwartet aufeinander. Dichter Nebel hing in den Straßen. Wieder einmal hatte sich die Familie in Tanas Haus zum Mittagessen eingefunden. Homer hatte zunächst abgesagt, war dann aber doch gekommen. Während Madeleine und Lea in der Küche das Essen vorbereiteten, Sandy bereits den Tisch deckte, die Kinder der Zwillingsonkel im Wohnzimmer dabei waren, auf dem Sofa aus Langeweile ein kleines Handgemenge zu veranstalten, hatten Homer und Matt sich in den Garten begeben. Unter missbilligenden Blicken der Familie zündeten sie sich fröstelnd eine Zigarette an.

Der Rauch hing zwischen ihnen. Die Luftfeuchtigkeit verhinderte seinen Aufstieg.

»Also …«, begann Matt und schaute Homer spöttisch an.

»Also …«, imitierte ihn Homer, während er den Kopf in den Nacken legte, in Erwartung irgendeiner provokanten Aktion von Matt, die ihn wieder einmal in die Defensive bringen würde. »Was ist los?«

Matt lachte.

»Was meinst du?«

»Na ja, du führst doch irgendwas im Schilde. Würden wir sonst hier in der Kälte auf Tanas Terrasse stehen?«

»Wir wollten rauchen, was drinnen verboten ist. Das weißt du doch«, entgegnete Matt derart zynisch, dass sich Homer der nächsten Überraschung sicher war. Es entglitt ihm ein pythisches »Hm«.

»Wie läuft es?«, fragte Matt weiter. Homer wusste sofort, dass das nur das Vorspiel war.

»Okay, bereite mich auf den Endspurt vor. Du sicherlich auch. Ist bei uns eine ganze Menge.«

»Bei wem wohl nicht?«, gab Matt zurück. »Und die Mädels?«, setzte er noch hinzu.

»Welche Mädels?«

»Oh Mann, Homer. Du weißt genau, was ich meine. Hast du jemanden?«

Homer legte den Kopf in den Nacken und blies Zigarettenrauch in die Luft.

Matt lachte.

»Ehrlich gesagt, da gibt es eine, aber ich weiß nicht, ob sie sich für mich interessiert.«

»Warum so kompliziert, frag sie doch einfach.«

»Das würdest du machen.«

»Oh je, so ernst? Nimm's gelassen, viel kann doch nicht mehr passieren. Im Mai ist eh alles vorbei. Und dann geht es woanders weiter.«

Homer zuckte mit den Schultern.

»Was ist bei dir?«, fragte er zurück.

»Na ja, dies und das. Nichts wirklich. Dabei hätte ich tatsächlich die Wahl. Aber ich will mich nicht festlegen«, sagte Matt.

Matts joviales Auftreten ärgerte Homer in dem Moment. Unwillkürlich blickte er zum Haus. Hinter den Scheiben war Tana zu erkennen, die Madeleine und Sandy gestikulierend etwas erklärte. Wahrscheinlich ging es wieder einmal um ihr Lieblingsthema, wie sie vor vielen Jahren Herb, ihren Mann, dazu bewogen hatte, einen Wintergarten an die Rückseite des Hauses zu setzen. Sie sprach häufig von ihm. Matt folgte seinem Blick und fuhr fast geschäftsmäßig fort: »Andere Sache.«

»Was?«, fragte Homer und wandte sich ihm wieder zu.

»Wie geht es bei dir weiter? Schon Ideen?«

Homer hielt sich mit der Antwort für einen kurzen Moment zurück. Er war sich nicht sicher, ob er Matt sagen sollte, dass auch er es nach wie vor darauf abgesehen hatte, sich einen Job bei einer der großen Wall-Street-Banken zu besorgen. Keinesfalls wollte er sich ein weiteres Mal darüber in eine Diskussion mit seinem Cousin verwickeln lassen, der ihm nur einmal mehr erklären würde, dass er dazu mit Jura falsch liege. Und auch, dass seine Universität an der Wall Street mit den Institutionen der sogenannten Ivy-League nicht gleichziehen konnte. Dann aber gab er sich einen Ruck, schüttelte all seine Vorbehalte ab und erzählte Matt von seinen Plänen.

Matt gab sich schweigsam. Erstaunlicherweise sagte er wenig dazu, hielt sich mit den sonst üblichen, aus Homers Sicht über die Jahre zunehmend herablassenden Kommentierungen und Ratschlägen zurück und nickte.

»Bin gespannt, wo du landest«, sagte Matt. »Hast du schon irgendeine Bank genauer ins Visier genommen?«

»Du bist natürlich bestens vorbereitet, schätze ich«, erwiderte Homer ausweichend, mit einer gehörigen Portion Sarkasmus. Er hatte sich inzwischen eine weitere Camel angezündet. »Anders könnte ich mir das gar nicht vorstellen.«

»Na ja, was heißt das schon. Es ist noch Zeit. Demnächst werden sich bei uns in Yale ein paar Investmentbanken vorstellen. Dann werde ich mich wohl entscheiden. Es heißt, jeder von uns würde unterkommen. Überhaupt kein Problem.«

Da war sie wieder, diese für Homer unerträgliche Selbstsicherheit. Was Matt anfing, das machte er richtig. Homer wusste, dass nicht nur Matt es selbst so sah, sondern die ganze Familie. Sie liebte und bewunderte seinen Cousin für seine Geradlinigkeit.

In einem Anfall leichter Aggression blies Homer Matt den Rauch entgegen, hinter dem sein Cousin für einen kurzen Moment verschwand.

»Zweifel gibt es für dich im Leben nicht, oder?«

Matt grinste.

»Vielleicht wollen die Typen an der Wall Street auch mal was anderes als immer nur Business-Major-Kandidaten, die wie eine Herde gedrillter Ziegen allesamt in die gleiche Richtung rennen«, fuhr Homer fort. »Du weißt genau, an den Märkten haben solche Typen nicht unbedingt die Nase vorn.«

Matt neigte den Kopf zur Seite. Dann beugte er sich Homer leicht entgegen.

»Vor gut drei Jahren hast du unten im Keller gesagt, du würdest deinen Mustang verwetten, dass du einen erfolgreicheren Berufseinstieg hinlegst als ich. Steht das immer noch?«

»Habe ich das? Kann mich nicht mehr erinnern«, sagte Homer mit einem angedeuteten Lächeln, tat dann einen tiefen Atemzug, und sagte schließlich mit fester Stimme: »Ja, Matt, ich werde dich überholen.«

Sein Cousin lachte siegessicher:

»Niemals. Wetten wir? Auf deinen Mustang.«

Gespannt wartete er auf Homers Reaktion. Der nickte und streckte ihm die Hand entgegen.

»Okay. Auf meinen Mustang. Ich werde mit einem höheren Gehalt und bei einer renommierteren Bank einsteigen als du. Setz etwas dagegen, wenn du so überzeugt bist.«

Matt überlegt kurz. Dann sagte er:

»Einen Flug nach Europa, hin und zurück, 1. Klasse – egal wohin.«

Homer hielt noch immer Matts Hand. Sie schauten sich in die Augen, als hinge der Ausgang der Wette davon ab, wer von ihnen beiden den Blick als Erster senken und seine Hand zurückziehen würde. Da trat Tana auf die Terrasse, erkundigte sich, was genau sie beide in dieser Starre verharren ließ und kündigte an, dass in fünf

Minuten gegessen werde. Homer und Matt ließen voneinander ab. Die Wette lief. Dabei ging es um viel mehr als um einen Mustang oder einen Flug nach Europa.

»Im Grunde fing unsere Rivalität schon viel früher an«, sagte Homer nachdenklich. »Mit dem Tod meiner Mutter.«

»Warum eigentlich?«, fragte ich zweifelnd.

»Das weiß ich nicht. Vielleicht ging es sogar von mir aus. Ich hatte immer das Gefühl, ich müsse es allen zeigen, vor allem Matt.«

»Was zeigen?«

Homer senkte den Kopf. Dann schaute er auf, nachdenklich, ein wenig traurig. Fast flüsternd setzte er hinzu:

»Dass ich doch etwas wert bin?«

8

Ein Vierteljahr später, im Frühsommer 1987, kehrten Homer und Matt wieder zurück nach New York City. Matt hatte Anfang Juni seine Sachen gepackt, sie in das Auto seines Vaters geladen, das er ein paar Tage zuvor geholt hatte, und fuhr nach Südwesten. Homer warf seine Kleider, Gesetzestexte und andere Bücher, ein Skateboard und einen Baseballschläger in den alten Mustang und brach von Philadelphia in östlicher Richtung auf. Homer und Matt kamen sich sozusagen entgegen. Beide mit demselben Ziel – der Wall Street. Wohnen würden sie erst einmal wieder bei ihren Eltern, bis jeder für sich eine neue Unterkunft gefunden hatte, die er sich leisten konnte.

Matt hatte sich, das war Homer über seine Stiefmutter und seine Schwester zu Ohren gekommen, bei allen klangvollen Namen der Finanzindustrie vorgestellt: bei Salomon Brothers, Goldman Sachs, First Boston, Merrill Lynch und J. P. Morgan. Zum Teil waren die Gespräche alles andere als angenehm gewesen, auch das machte in der Familie die Runde. Bei einer der Banken hatte Matts Gegenüber minutenlang geschwiegen und dann begonnen, im Wall Street Journal zu blättern, von Matt also überhaupt keine Notiz genommen. Der hatte in der Annahme, dass man von ihm erwarte, das Gespräch in die Hand zu nehmen, begonnen, auf seinen augenscheinlich desinteressierten Gesprächspartner einzureden, ihm unaufgefordert seine Geschichte erzählt und dann mit seinen Fragen begonnen. Das sei gar nicht gut angekommen. Wenig später habe man ihn hinauskomplimentiert, mit den Worten, er habe sich wohl in der Adresse geirrt.

Doch Matt hatte sich, so viel bekam Homer mit, nicht weiter verunsichern lassen, bewarb sich auch bei kleineren, spezialisierten Investmentbanken, die erlesene, schwerreiche Klienten berieten und deren Vermögen verwalteten. Mit welchem Angebot er im Sommer wirklich aufwarten würde, ließ er im Dunkeln. Die Wette mit Homer lief. Matt wollte sich, so schätzte Homer die Lage ein, ganz offensichtlich nicht in die Karten schauen lassen.

Bei Homer war es nicht anders. Nur spielte er mit einem Joker. Drei Monate vor seiner Rückkehr nach New York hatte sich er in seinen Mustang gesetzt und war in die Hamptons gefahren. Es sollte das letzte Mal sein. Das hatte er sich fest vorgenommen. Diesmal war er mit Mr. Thornton nicht verabredet. Es gab keine Ware, die er transportieren sollte. Er hatte sich auch nicht angekündigt, sondern sich vorgenommen, in die nachmittägliche Ruhestunde von Mr. Thornton hineinzuplatzen, um ihm zunächst einen kleinen unangenehmen Schrecken und dazu ein paar beängstigende Gedanken zu bescheren, bevor er mit ihm über das Ende der Botendienste und seine berufliche Zukunft reden würde.

Sein unvermitteltes Auftauchen verfehlte seine Wirkung nicht. Mr. Thornton hatte sich mit einem kleinen Büchlein in abgegriffenem Ledereinband, das wahrscheinlich auch zu seinen illegal erworbenen Kulturschätzen gehörte, aufs Sofa gelegt und war über seiner Lektüre eingenickt. Als sich Homer in dem gegenüberstehenden Sessel niedergelassen hatte und sich leise, aber unüberhörbar räusperte, schreckte Mr. Thornton hoch und starrte Homer an.

»Was zum Teufel machst du denn hier?« Mit einem Mal saß er aufrecht. »Ist was passiert?«

»Thomas. Wir müssen reden«, presste Homer hervor.

Das erste Mal nannte er ihn bei seinem Vornamen. So hatte er es sich zurechtgelegt, es sollte ihn auf Augenhöhe bringen, kam ihm aber jetzt befremdlich vor. Eigentlich hatte er eloquenter ansetzten wollen, vor Aufregung aber kaum mehr als diese drei Worte zustande gebracht.

Äußerlich hatte sich Mr. Thornton schnell gefasst. Gleichwohl meinte Homer zu erkennen, dass seine rechte Hand, in dem Moment, in dem er sie hob, um nach seinem Personal zu klingeln, kaum merklich zitterte. Als er zwei Gläser mit Zitronenlimonade und zwei

Tassen schwarzen Kaffee in Auftrag gegeben hatte, wandte er sich erneut Homer zu. Seine Contenance hatte er wiedergewonnen. Er strich sich mit der Linken durch seine grauen Wellen. Herablassend fragte er dann:

»Was nur könnte in deinem kleinen Studentenleben so wichtig sein, dass du gänzlich unangekündigt in meiner Mittagsruhe aufkreuzen musst?«

Homer schluckte und überlegte. Er hatte seine ersten Sätze ihres Gesprächs schon vor Wochen formuliert und sich noch während der Hinfahrt in die Hamptons immer wieder vorgesagt, doch funktionierten sie jetzt nicht so wie hinter dem Steuer gegen die Windschutzscheibe seines Mustangs.

»Ich kann und will Ihre Hehlerware nicht mehr transportieren.«

»Ach, Homer, Hehlerware, was für ein äußerst hässlicher Begriff. Willst du mir den wirklich zumuten? Es handelt sich um Kulturgut«, konterte Thornton süffisant.

Homer legte nach:

»Ihre Geschäfte sind illegal. Das wissen Sie genau …«

»… und du bist Teil davon, das weißt du genau. Wir befinden uns sozusagen in einem Boot.«

Homer lehnte sich zurück, verschränkte die Hände vor der Brust und hob das Kinn.

»Zu einem geringeren Teil als Sie. Auch das wissen Sie genau. Ich bin nur der Bote, ein argloser Kofferträger.«

Mit einem Mal lächelte Mr. Thornton. Offenbar war es versöhnlich gemeint.

»Über deine Arglosigkeit sollten wir ein andermal diskutieren, denke ich. Seit drei Jahren arbeiten wir zusammen. Ich weiß nicht mehr genau, wie oft du hin und her gefahren bist, gut gegessen hast und ordentlich untergebracht warst. Ich weiß auch nicht genau, wieviel du an mir verdient hast und was dir meine Kunden an Trinkgeld noch zugesteckt haben. Aber das ist auch nicht wichtig. Wenn du nicht mehr fahren willst, dann ist das so. Ich akzeptiere es. Bist du deswegen gekommen?«

Homer seufzte erleichtert.

»Danke, Mr. Thornton …«

»Du warst doch soeben noch bei Thomas und Du, oder?«

»Nein, nicht wirklich. Das steht mir eigentlich nicht zu«, lächelte Homer verlegen.

»Bleiben wir dabei. Du hast es dir verdient. Schließlich haben wir beide ein paar Jahre lang ein gemeinsames Projekt betrieben, das uns auch weiterhin verbinden wird.« Während er das sagte, schaute Mr. Thornton Homer herausfordernd in die Augen. »Oder?«

Mit einem leichten Nicken deutete Homer an, dass er verstanden hatte. Ein versöhnlicher Warnschuss war das, nicht mehr und nicht weniger, wenn Mr. Thornton nun ihrer beider Verbundenheit so sehr in den Vordergrund stellte. Dann lächelte Homer zum Zeichen, dass er nicht nur auf den konzilianten Kurs von Mr. Thornton einschwenken würde, sondern ihm dafür sogar ein bisschen dankbar war. Denn er wusste genau: Konflikte oder gar ein Kräftemessen mit Mr. Thornton hätte er nicht gewinnen können – damals zumindest noch nicht. Er wäre ihm nicht gewachsen gewesen. Die Szene, die er von seinem Auftraggeber eigentlich erwartet hatte, hatte nicht stattgefunden. Ganz allerdings traute er dem Frieden nicht. Mr. Thornton bemerkte seinen Zweifel.

»Homer, du musst für mich nichts tun, was du nicht willst. Es ist okay. Ich werde wie vor deiner Zeit auch andere Lösungen finden.«

»Danke, Mr. Thornton«, murmelte Homer erneut. »Danke, Thomas«, korrigierte er sich. »Danke!«

Einen Moment herrschte Stille zwischen den beiden. Homer senkte den Kopf, hob ihn wieder und blickte Mr. Thornton von unten halb fragend, halb fordernd an.

»Was hast du noch auf dem Herzen? Raus mit der Sprache«, forderte ihn Mr. Thornton auf.

»Na ja, da ist tatsächlich noch etwas. In ein paar Monaten beende ich das College – mit Jura im Hauptfach, so wie Sie mir das vor Jahren geraten haben.«

Erneut war Homer zum Sie zurückgekehrt. Er konnte nicht anders.

»Im Moment nicht unbedingt die besten Voraussetzungen für einen Wall-Street-Job«, fuhr er fort. »Und trotzdem muss ich dahin – zumindest für ein Praktikum im Sommer.«

Ganz langsam legte sich ein freundlicheres Lächeln über Mr. Thorntons Gesicht. Dann begann er, den Kopf zu schütteln. Immerhin lächelte er noch.

»Du hast Nerven. Erst drohst du mir und kündigst den Dienst und dann soll ich dir einen Job an der Wall Street beschaffen. Wie hast du dir das gedacht?«

Homer zuckte die hängenden Schultern. Er wusste genau, was er tat. Bei seiner Antwort stockte er gekonnt.

»Ich brauche den Job. Das wissen Sie. Und das andere – ist mir einfach zu riskant. No games! Ich soll doch Anwalt werden. Ich gebe zu, ich hätte das hier alles geschickter anstellen können. Aber beides ist mir ernst.«

Erwartungsvoll blickte er Mr. Thornton an in der Hoffnung, dass dieser am Ende seine Ehrlichkeit belohnen und ihm nicht die latente Drohung vom Anfang vergelten würde. Mit seinem Studienschwerpunkt auf den Rechtswissenschaften würde er von keiner Investmentbank ein Angebot bekommen. Gegen die Business-Studenten der Ivy-League-Institutionen hätte er keine Chancen. Mr. Thornton holte einmal tief Luft. Dann stand er auf und blickte von oben auf Homer herab.

»Das stimmt. Du hättest nicht die besten Chancen. Aber das nur, weil meine engstirnigen Kollegen sich ausschließlich ihresgleichen vorstellen können. Ich besorge dir bei uns im Aktienhandel einen Sommerjob. Da lernst du was über das Geschäft. Aber nur für den Sommer. Danach gehst du an die Law School. Und zwar an eine der besten des Landes. Verstanden?«

»Ich soll also nicht zwischendurch zwei Jahre arbeiten?«

»Meine ehrliche Meinung? Nein, sieh zu, dass du die Anwaltsprüfung machst – so schnell wie möglich. Alles andere planen wir danach.«

Das »wir« hatte Homer in der Tat sofort gehört. Offenbar hatte er ungeachtet seiner heiklen Aktion die Gunst von Mr. Thornton nicht verloren. Es fühlte sich beruhigend an.

»Was muss ich dafür tun?«, fragte Homer vorsichtig.

»Schick mir deine Bewerbung. Ich gebe sie weiter. Einer meiner Mitarbeiter wird dich kontaktieren und mit dir besprechen, was deine Aufgaben für die drei Sommermonate sein werden. Und er wird dir sagen, was wir dir zahlen. Den Rest regeln wir später.«

Wieder dieses »wir«. Homer konnte sein Glück nicht fassen. Er vertraute Mr. Thornton. Etwas anderes blieb ihm allerdings auch nicht übrig.

»Und jetzt mach dich von dannen«, sagte Mr. Thornton barsch. »Ich bekomme Besuch zum Abendessen. Und möchte mich vorher tatsächlich noch etwas ausruhen. Du wirst von mir hören.«

Thornton streckte ihm die Hand entgegen.

»Thank you, Sir!«, sagte Homer und schlug ein.

Amüsiert lächelte ihm Mr. Thornton zu, deutete dann mit dem Kopf in Richtung Terrassentür. Beschwingt sprang Homer die Terrassenstufen herunter. Im Sommer würde er an der Wall Street sein, in einer der bekanntesten Banken des Landes. Nicht etwa als Analyst, als unterstes Mitglied der Hierarchie, als Laufbursche, sondern als Assistent eines Aktienhändlers, um die Vibrationen des aufregendsten Marktplatzes, den der globale Kapitalismus zu bieten hatte, direkt zu erspüren. Und er würde aller Voraussicht nach die Wette gegen Matt gewinnen. Dabei ging es ihm weniger um seinen alten Mustang als darum, seinen Cousin auszustechen. Nur ein einziges Mal.

Als er in sein Auto steigen wollte, hörte er plötzlich noch einmal seinen Namen.

»Eine Sache noch, Homer.«

Homer drehte sich um. Mr. Thornton lehnte am weißen Rahmen einer der Flügeltüren zur Terrasse.

»Einmal brauche ich dich noch«, rief er ihm zu, »ein allerletztes Mal. Nicht jetzt sofort, es kann ein bisschen dauern.«

»Okay«, rief Homer zurück. »Versprochen. Ein letztes Mal noch. Wieder nach Washington?«

»Nein, dieses Mal wirst du nach Europa reisen.«

9

Ich warf einen Blick auf die Uhr. Homer musste das aufgefallen sein. Er erhob sich umgehend, als hätte ich damit ein Signal zum Aufbruch gegeben.

»Ich mache uns noch einen Tee. Was hältst du davon?«

Ich nickte.

»Waren die Geschäfte deines geheimnisvollen Mentors der Grund, warum du damals auch in München warst?«, wollte ich wissen.

Seine Europareise, die ihn durch verschiedene Städte geführt hatte, stand tatsächlich in Verbindung mit Mr. Thornton. Der hatte über die Jahre sein Handelsnetzwerk an Lieferanten und Kunden auf Europa ausgedehnt und Homer in zwei Koffern mit allerlei gebrauchter Kleidung 13 Pakete gelegt, die er in verschiedenen Städten in bestimmten Hotels zur Abholung deponieren sollte. Thorntons privates Büro hatte die Reise gebucht, den Flug nach London und von dort nach Paris, wo er einen Mietwagen bestieg, mit dem Homer weiter Richtung Deutschland fahren sollte und im Anschluss nach Italien. Auch die Hotels hatte Mr. Thornton ausgesucht – kleine Häuser, die in Reiseführern kaum zu finden waren und sich jenseits des Radars breiter Touristenströme befanden.

»Aber damals hast du mir nicht ganz die Wahrheit gesagt. Du hast mir erzählt, du seist im Herzoghof in München untergekommen. Erinnerst du dich? Ich war total erstaunt, dass ein Student in so einem Hotel residiert. Doch da bist du nie gewesen.«

»Wirklich?« Mit gespieltem Erstaunen zog Homer die Augenbrauen hoch. »Woher weißt du das?«

»Ein paar Tage nach unserer ersten Begegnung bin ich dort vorbeigegangen und habe gefragt, ob du schon abgereist wärst. Ich war neugierig, wollte wissen, ob du mir nicht irgendein Märchen aufgetischt hast. Ein Homer Spiegelman, sagte mir der Rezeptionist damals, habe dort nie übernachtet. Er kannte dich gar nicht.«

Über Homers Gesicht huschte erneut ein Lächeln.

»Du hast mir nachspioniert?«

»Na ja. Es klang alles ein bisschen unglaubwürdig.«

Jetzt lachte er laut heraus. Dann klärte er mich auf.

Es hatte sich tatsächlich um diese eine Reise gehandelt, die er im Auftrag von Mr. Thornton noch unternehmen sollte. Er hatte 13 Statuetten, wie er Homer anvertraute, zwischen verschiedenen Kleidungsstücken in zwei Koffern verstaut. Es handelte sich um »Pretiosen« aus der Hochzeit der Maya – altamerikanische Kulturgüter, die sich seit den Siebzigerjahren in Europa zunehmender Beliebtheit erfreuten, erklärte ihm Mr. Thornton.

»Vor fünfhundert Jahren haben die Europäer dank Christoph Columbus Amerika entdeckt, jetzt tun sie es ein zweites Mal«, sagte er. »In vielen europäischen Städten sind Zeugnisse alter indianischer Hochkulturen unglaublich gefragt. Deshalb habe ich beschlossen, mich darauf zu konzentrieren.«

Erstaunt schaute ihn Homer an. Nie wäre er darauf gekommen, dass sich ein paar reiche Europäer ausgerechnet für Indianerkunst interessierten.

»So einfach ist es nicht, an Material zu kommen«, fuhr Mr. Thornton fort. »Es braucht seine Zeit, bis man sich einen Zugang zum Kreis der wichtigsten und verlässlichsten Lieferanten erarbeitet hat.«

Maya-Stelen, Fragmente zertrümmerter Reliefs, kleine Olmeken-Masken aus Jade waren die Dinge, die in Europa gut gingen und bereits höhere sechsstellige Beträge einbrachten.

»Wer gräbt das denn alles aus?«, wollte Homer noch wissen.

»Einigermaßen versierte Archäologen«, behauptete Thornton. »Sie zerlegen die Stelen vorsichtig mit Steinbohrern und Motorsägen, packen die Fragmente auf die Rücken von Eseln, treiben die Tiere aus dem Dschungel zu den Flüssen, um die Ware auf Schiffen in die Städte zu transportieren. Über lateinamerikanische Flughäfen gelangt ein Großteil davon in die USA.«

»Wird da nicht kontrolliert?«, fragte Homer.

»Die Kontrollen sind eher lasch. Es reicht, die Transportkisten mit den Lettern ›Machinery‹ zu versehen, um sie ohne Beanstandungen durch den Zoll zu schleusen. Das Problem ist der Transport nach Europa.«

Homer runzelte die Stirn.

»Ich weiß natürlich nicht genau, wie Mr. Thornton an das Material gekommen ist, das ich nach Europa geschmuggelt habe, und habe auch nie genau danach gefragt. Aber es muss im Zusammenhang mit einer großen Ausstellung im New Yorker Metropolitan Museum gestanden haben. Mr. Thornton ist unglaublich gut vernetzt, ich will gar nicht wissen, was im Hintergrund dieser Ausstellungen alles gelaufen ist. Irgendwie wird er sich damals Zugang zu den Kreisen verschafft haben, die ihre Lieferketten bis weit in die lateinamerikanische Gesellschaft hinein organisiert hatten«, spekulierte Homer. Genauer wusste er es nicht.

Für einen Moment schien er weiter darüber nachzudenken, als fiele ihm gleich noch etwas dazu ein. Dann setzte er wieder an.

»Als ich mich damals in Sag Harbor von ihm verabschiedete, war mir nicht ganz klar, ob er meinen letzten Botengang längst geplant hatte oder sich für den Fall der Fälle nur noch einmal einen Freifahrschein holen wollte, wohl wissend, dass ich auf ein Sommerpraktikum in seiner Abteilung brannte und ihm ohne weitere Überlegung aus lauter Dankbarkeit diese Fahrt zusagen würde. Als er dann sagte, ich würde bald nach Europa fliegen, verfluchte ich meine Naivität. Denn ich wusste ja, mit was für Material ich reisen sollte. Dann allerdings habe ich mir die Europareise richtig schöngeredet und die Sache nach ein paar Wochen vergessen. Denn bis es dazu kam, vergingen noch einmal anderthalb Jahre.«

Homer war damals also im Auftrag von Thornton unterwegs gewesen, hatte unter falschen Namen in den einschlägigen Hotels eingecheckt, die dem Hehlernetzwerk angehörten, so auch im Münchener Herzoghof, bei dem Mittelsmänner die Ware abholten. Die Stücke selbst bekam er nie zu Gesicht, sie waren allesamt gut verpackt und nummeriert. Er musste die Pakete lediglich den Hotelbesitzern übergeben. Den Großteil der Ware sollte er in Deutschland abliefern, genauer gesagt in München. Die deutschen Händler und Auktionshäuser in der bayerischen Hauptstadt waren bekannt dafür, dass sie sich über die Provenienz der Altertümer nicht allzu viele Gedanken machten. Kamen Kulturgüter bei einem öffentlichen Auktionator unter den Hammer, verschwanden sie in Privatbesitz, ohne dass die neuen Eigentümer irgendwelche Restitutionsansprüche zu befürchten hatten. So wollte es das deutsche Recht. Und der internationale Antikenmarkt machte sich diese ungewöhnliche Regelung zunutze.

Ob er sich keine Gedanken darüber gemacht habe, wie er durch den Zoll käme und welche Konsequenzen ihm drohten, wenn er erwischt würde, wollte ich wissen. Er schüttelte den Kopf.

»Es gibt bestimmte Dinge, die traust du dich wahrscheinlich nur in jugendlichem Alter, wenn dir die Kombination aus Testosteron und Adrenalin den Geist vernebelt. Dazu kam das Geld – Thornton hat mir ja nicht nur einen Flug in der Business Class und ein paar schöne Übernachtungen spendiert, einen Mietwagen gebucht und ein Budget für meine Verpflegung festgelegt, sondern zahlte auch ein beachtliches Honorar. Außerdem fühlte ich mich ihm verpflichtet, hatte es ihm schließlich versprochen. Er hatte mir den Sommerjob besorgt. Was blieb mir anderes, als darauf zu setzen, dass schon alles gut gehen würde.«

Und das tat es – bis Homer in Paris einen Mietwagen bestieg und Richtung Deutschland fuhr.

Er war weder in London noch in Paris kontrolliert worden. Mit den zwei schäbigen Koffern, mit denen er den Abschnitt »Nothing to declare« an den beiden Flughäfen unbehelligt passierte, sah er aus wie ein Student, der sich an einer der europäischen Hochschulen einschreiben wollte und daher mit seinem Hab und Gut für längere Zeit auf den alten Kontinent übersiedelte. Niemand schöpfte Verdacht. Dazu war seine ganze Erscheinung zu harmlos.

Das aber änderte sich in Frankreich. Sein Studentenimage verlor sich in dem Moment, als er sich einen Wagen mietete. Mit Absicht. Er wählte einen silbergrauen Peugeot 604, zog sich einen seiner dunklen Anzüge an, die er sich zwei Jahre zuvor für sein Sommerpraktikum in der Bank zugelegt hatte, band sich eine unauffällige dunkelblaue Krawatte um und steuerte die Limousine über Nancy in Richtung Straßburg. Den Grenzübergang nach Deutschland hatte er wohlüberlegt ausgesucht, einen der größeren, an dem auch jede Menge Lastwagen abgefertigt wurden. Er entschied sich für Straßburg-Kehl, wo täglich Tausende LKWs die Grenze passierten. Die Wahrscheinlichkeit, dass er einer genaueren Passkontrolle unterzogen werden würde, erschien ihm geringer, als wenn er an einer der Nebenstraßen gelangweilten Grenzbeamten zum Opfer fiele.

Es herrschte viel Verkehr auf den französischen Straßen, der sich vor Straßburg noch einmal verdichtete. Den letzten Kilometer vor dem Grenzübergang wälzten sich die Autos nurmehr im Schritttempo in Richtung Deutschland. Homer blieb geduldig, hatte eine seiner Musikkassetten eingelegt und hörte Guns N' Roses.

Die Ausreise aus Frankreich verlief problemlos. Er hatte die Fahrerscheibe heruntergelassen, rollte auf zwei Grenzbeamte zu, hielt ihnen seinen Pass entgegen, wurde durchgewunken, dachte nicht weiter darüber nach und steuerte die deutsche Seite an.

Ein älterer Beamter hob die Hand. Homer trat auf die Bremse, streckte auch ihm den Pass entgegen. Der aber reagierte nicht weiter darauf, sondern wies Homer an, auf eine der rechten Seitenspuren zu fahren und dort anzuhalten.

Eine leichte Nervosität stieg in ihm auf, denn damit hatte er nicht gerechnet. Doch er bemühte sich, sich nichts anmerken zu lassen, setzte ein argloses Lächeln auf und wartete im Auto, bis er von zwei jungen Beamten nach Pass und Papieren gefragt wurde. Die Musik hatte er nicht abgeschaltet. Es lief *Paradise City* – «Ya gotta keep pushin' for the fortune and fame, you know it's all a gamble when it's just a game», sang Axl Rose. Homer mochte den Sänger und seine Stimme weniger als die Textzeilen. Für die Reise hatte er etliche Songs von ihnen auf Kassette aufgenommen. Während er einem der beiden seine Papiere reichte, nickte er mit dem Kopf in Takt. Wieder lächelte er.

»Wo geht's denn hin?«, wollte der Beamte wissen.

Homer verstand ihn nicht, zuckte fragend die Schultern, lächelte diesmal noch breiter, hob entschuldigend beide Hände und sagte auf Englisch:

»Sorry, I'm American and unfortunately don't speak any German.« Etwas Englisch verstanden die beiden Beamten schon. Während der eine seinen Pass durchblätterte, wies ihn der andere an, aus dem Auto zu steigen. Aus den Lautsprecherboxen tönte inzwischen Slashs Gitarrensolo. Homer summte es mit, während er die Autotür öffnete und sich erhob. Unwillkürlich musste einer der Beamten grinsen. Er fragte Homer in gebrochenem Englisch noch einmal nach seinem Zielort in Deutschland.

»München«, sagte Homer, er beginne dort einen neuen Job in der Niederlassung einer amerikanischen Bank.

Beide Beamte nickten, machten allerdings keine Anstalten, ihm seinen Pass zurückzugeben. Stattdessen inspizierten sie den Wagen, wiesen ihn an, den Kofferraum zu öffnen. Jetzt bemerkte Homer, dass ihm der Schweiß den Rücken hinunterlief.

»Zwei Koffer«, stellte einer der beiden fest. »Was ist da drin?«

»So bald komme ich nicht nach New York zurück«, sagte Homer auf Englisch entschuldigend und hoffte, das würde als Erklärung reichen.

Im Auto pfiff Axl Rose derweil das Intro zu *Patience*.

»Die Melodie kenne ich«, sagte einer der Beamten. »Was ist das?« Erst schaute er seinen Kollegen und dann Homer an.

»*Patience* von Guns N' Roses«, antwortete Homer.

»Haben Sie die mal live gehört?«, wollte der Beamte wissen.

Plötzlich schoss Homer durch den Kopf, dass er für einen längeren Deutschlandaufenthalt oder eine Arbeit in München gar nicht die richtigen Stempel im Pass nachweisen konnte. Seine ganze Geschichte und auch der französische Mietwagen passten nicht. Homer verschränkte seine Hände auf dem Rücken, damit die Beamten sein Zittern nicht bemerkten.

»Die Band, meine ich«, setzte der Beamte hinzu.

Homer schüttelte den Kopf.

»Leider noch nie, aber in das nächste Konzert werde ich definitiv gehen.«

Es kostete ihn ein Höchstmaß an Selbstbeherrschung, seine Angst mit glaubwürdiger Jovialität zu überspielen. Der Beamte nickte, gab ihm ein Zeichen, den Kofferraum wieder zu schließen. Gemeinsam gingen die beiden noch einmal um das Auto herum. Homer folgte ihnen und stieß, was er selten tat, ein Stoßgebet gen Himmel, sie mögen ihm endlich seinen Pass aushändigen und ihn weiterziehen lassen. Als hätte der Himmel ihn erhört, gaben die Grenzer ihm, sobald sie nach ihrer Runde an der Fahrertür angekommen waren, seine Papiere wieder zurück.

»Willkommen in Deutschland«, sagten sie. »Und eine gute Weiterfahrt.«

Homer nickte, stieg ins Auto und schloss die Tür. Er war gerade dabei, den Fensterheber zu drücken, als einer der beiden seine Hand noch einmal auf das Autodach legte und sich zum ihm herunterbeugte.

»Wie heißt das Album?«, wollte er noch wissen.

»*G N' R Lies*, es ist das zweite der Band.«

Die beiden Beamten nickten und wichen einen Schritt zurück. Homer lächelte immer noch und schloss das Fenster, während er den Wagen anließ. Dann rollte er langsam zurück auf die Straße. Noch einmal warf er einen letzten Blick in den Rückspiegel. Er sah, wie einer der jungen Grenzbeamten bereits den nächsten aus der Autoschlange herauswinkte. Erleichtert ließ er die Luft aus der Lunge. In München endete sein Job. Er wäre die gesamte Ware los und damit endlich frei.

»Deswegen war ich in München«, schloss er seinen Bericht über die Episode seiner Botendienste für den Wall-Street-Mann. »Allein, ohne Begleitung und nicht gerade so, wie ein normaler amerikanischer Student reisen würde. Als wir uns an jenem Abend trafen, war ich bereits die ganze Ware los. Der Rest der Reise war nur noch Vergnügen.«

»Hattest du eine Ahnung, welche Werte du da quer durch Europa gefahren hast?«, wollte ich noch wissen.

»Nicht wirklich – Mr. Thornton meinte damals, es sei besser, wenn ich es nicht wüsste. Es wird sicher ein siebenstelliger Betrag gewesen sein. Sechs oder sieben Millionen Dollar vielleicht.«

»Verrückt. Allerdings bin ich im Nachhinein sehr beruhigt, dass ich nicht noch Teil dieses Schmugglerrings geworden bin«, sagte ich mit einer gewissen Ironie. »Du schienst ziemlich undurchsichtig. Damals dachte ich, dass sei deine Art, dich in Szene zu setzen, aber so war es gar nicht.«

»Du kannst dich ja noch wirklich gut erinnern«, erwiderte er, während er die Augenbrauen wie immer, wenn er eine Antwort erwartete, weit nach oben schob.

Bis zu seiner Europareise nach seinem Masterstudium und jenem Nachmittag, als er in Sag Harbor Mr. Thornton das Ende der regelmäßigen Kurierfahrten ankündigte, vergingen mehr als zwei Jahre. Dazwischen lag sein Sommerpraktikum an der Wall Street im Anschluss an die Collegezeit in Pennsylvania. Sein Gönner und Auftraggeber hatte Wort gehalten. Schon bald wurde Homer von einem jüngeren Mitarbeiter des Aktienhandels kontaktiert und traf sich mit ihm in Manhattan, um zu erfahren, wo und wie er im Sommer eingesetzt werden würde. Anders als bei Matt handelte es sich nicht um eines der damals berüchtigten Bewerbungsgespräche, in denen die Kandidaten, noch bevor sie die Bank überhaupt betreten hatten, schon einmal auf ihre Nervenstärke getestet und ordentlich drangsaliert wurden. Es glich eher einer Vorbesprechung auf Basis eines Einsatzplans, der längst festgelegt war. Homer sollte zunächst als Assistent eines erfahren Aktienanalysten arbeiten, um sich Grundkenntnisse in der Bewertungstechnik von Aktien und Anleihen anzueignen oder zumindest ein Gefühl dafür zu bekommen. Nach ein paar Wochen schon würde er neben einem der Händler auf dem Trading-Floor der Bank sitzen und dessen Geschäfte verfolgen. Im Anschluss daran würde er noch zwei Wochen im Rentenhandel verbringen. Das sei, ließ ihn Thorntons Mitarbeiter mit ernster Stimme und bedeutungsschwerer Miene wissen, alles andere als ein normales Sommerpraktikum. Es sei viel mehr die Luxusversion dessen, zumal er auch noch regulär bezahlt würde. Offenbar, so schloss Thorntons junger Mitarbeiter, habe sein Chef mit ihm noch andere Pläne. Während er das sagte, lachte er bedeutungsvoll. Und Homer lachte mit.

Matt staunte nicht schlecht, als Homer seine Karten aufdeckte. Ein Sommerpraktikum bei einer der großen Investmentbanken – er konnte sich kaum erklären, wie sein Cousin dazu gekommen war. Mit 3000 Dollar schien er auch nicht allzu schlecht bezahlt. Matt hatte sich eine Stelle als Junior Analyst bei einem kleinen, aber feinen und vor allem aufstrebenden Vermögensverwalter ergattert, die allerdings im ersten Jahr kaum besser dotiert war als Homers Praktikum. Eine

Weile stritten die beiden darüber, wer die Wette gewonnen hatte, wurden sich aber nicht einig. Schließlich waren ein Praktikum und ein Zweijahresjob nicht gut vergleichbar. So blieb der Mustang Homers Eigentum. Matt musste keinen Flug nach Europa finanzieren, was Homer nicht sonderlich störte, hatte er doch die Aussicht darauf, den alten Kontinent alsbald auf ganz anderem Niveau zu bereisen, als dies mit Matts Flugticket und einem Studentenbudget möglich gewesen wäre. Ihre Wette ließen die beiden auf sich beruhen.

In der Familie wurde weiter über die Zukunft der beiden diskutiert. Homers Plan, sich in einem Sommerpraktikum nur kurz dem Arbeitsmarkt zuzuwenden, um dann weiterzustudieren, wurde mit Unverständnis aufgenommen. Und auch an Matts Entscheidung wurde – gleichwohl verhaltene – Kritik geäußert. Dass er angeblich die Angebote zweier der führenden Institute zugunsten eines kleinen Marktteilnehmers ausgeschlagen hatte, wusste keiner zu deuten. Lieber Schnellboot als Tanker, hatte Matt seine Entscheidung mehrfach begründet, was seine Verwandten allerdings nicht überzeugte, sondern sie zu der Mutmaßung veranlasste, ein besseres Angebot habe es gar nicht gegeben. Seine Eltern, vor allem Lea, verunsicherte das Gerede.

Nur Tana konnte all dem nichts abgewinnen. Eines Sonntags schlug sie während des Mittagessens mit der Faust auf den Tisch.

»Nun lasst doch die Jungen einfach in Ruhe«, sagte sie mit fester Stimme. »Sie fangen gerade erst an. Das Leben ist lang. Und es nützt uns nichts, wenn die beiden immerzu verglichen werden. In unserer Familie brauchen wir keine Rivalitäten und schon gar keine Rivalen.«

Dann schaute sie Homer an und zwinkerte ihm kaum merklich zu. So war Tana, ernst und versöhnlich, streng und dann wieder humorvoll. Streitbar, durchsetzungsstark und zugleich so harmoniebedürftig. Die offene Unterhaltung über die Karrieren der beiden war mit ihrem Ausspruch beendet. Und es blieb vorerst dabei.

10

Gegensätzlicher hätten Matt und Homer ihren Einstieg in die New Yorker Finanzwelt kaum angehen können. Matt verschrieb sich mit Haut und Haar seinem Arbeitgeber, verbrachte neunzig Stunden und mehr im Büro, arbeitete Nächte durch und ließ sich weder zu Hause noch in den Brooklyn Heights häufig blicken. Die Familie bewunderte ihn für seine Akribie und Beharrlichkeit und kolportierte so einiges aus seinem Arbeitsalltag. Wenn Homer bei seinem Vater in der Werkstatt vorbeischaute, bekam er davon stets etwas zu hören. Matt habe mit einer Analyse seinen Chef beeindruckt. Er habe bereits auf Terminen vortragen dürften, was für Neueinsteiger nach drei Monaten eher ungewöhnlich war. Die Firma hätte ihm sogar schon eine Verbesserung seiner Bonusregelung in Aussicht gestellt oder Sonderzuwendungen. Sie wolle sich angeblich mit einem weit unter Marktbedingungen verzinsten Darlehen in zwei Jahren an den Universitätskosten beteiligen, sollte es Matt tatsächlich an die Harvard Business School schaffen. Würde er danach zurückkehren, versprach man, ihm einen Teil seines Kredits zu erlassen. Das erzählte Lea voller Stolz, als sie Homer eines Sonntagnachmittags bei Hank und Josie traf.

Homers Arbeitsbelastung hielt sich dagegen in Grenzen. In der Analyseabteilung hatte er noch gut zu tun, musste sich allerdings erst einmal in die Finanzmarktterminologie und die Grundzüge betriebswirtschaftlicher Zusammenhänge einarbeiten. Die meisten Bilanzkennzahlen waren ihm nicht geläufig, vieles musste er lernen. Der Mitarbeiter, dem er zugeteilt war und an dessen Seite er den ersten Monat verbringen sollte, war aufgrund von Homers Ahnungslosigkeit derart verärgert, dass er ihm bereits am zweiten Tag ein finanzwirtschaftliches Lehrbuch auf den Schreibtisch legte, mit der Anweisung, dieses erst einmal durchzuarbeiten, bevor es überhaupt weitergehen würde. Er hatte augenscheinlich gehofft, sich den lästigen Praktikanten damit für mindestens eine Woche vom Leib zu halten und ihn trotzdem halbwegs sinnvoll zu beschäftigen. Womit er nicht gerechnet hatte, war, dass Homer lediglich anderthalb Tage brauchte, um das Buch zu studieren und sich so gut wie jede Einzelheit zu merken. Und so war er einigermaßen überrascht, als ihm dieser höchst ungewöhnliche Praktikant das Lehrwerk mit den Worten zurückgab, er sei jetzt »im Stoff« und wolle sich gerne bei der Erstellung von Aktienanalysen nützlich machen.

Die vier Wochen vergingen wie im Flug. Homer war zufrieden mit dem, was ihm sein Vorarbeiter auftrug. Er habe, sagte er mir, eine Menge gelernt, darunter vor allem eines: Dass er diese Arbeit nach dem immer gleichen Schema auf Dauer kaum würde ertragen können. Hin und wieder dachte er an Matt und bemitleidete ihn. Der Arme würde sich mit Finanzanalysen die nächsten zwei Jahre herumschlagen müssen. Homer wusste, dass die Junior-Analysten in der Hierarchie der Mitarbeiter von Investmentbanken ganz unten standen und nicht nur rund um die Uhr arbeiteten, sondern für ihre Vorgesetzten auch noch den Lunch besorgten, was wiederum von ihrer eigenen Mittagspause abging.

Offenbar hatte der so einflussreiche wie umsichtige Mr. Thornton Homers Zeit in der Bank derart strukturiert, dass er zwar einen Einblick in die Arbeit der verschiedenen Abteilungen bekam, nirgends aber so richtig Fuß fassen würde. Homer sollte sich nicht zu sehr für das eine oder andere Geschäftsfeld oder gar die Bank begeistern. Schließlich sollte er zurück an die Universität und seinen Master in Rechtswissenschaften ablegen, um dann an der Wall Street in das Anwaltsgeschäft einzusteigen. Das war der Plan.

Homer wurde schnell klar, dass ihn Aktien- und Rentenhandel deutlich mehr interessierten als die Aktienanalysen. Im Handelssaal flirrte die Luft, alles vibrierte, die Aufregungswellen waren deutlich zu spüren, die Atmosphäre oft zum Zerreißen gespannt. Immer wieder beobachtete er, wie Mr. Thornton durch die Gänge der Handelssäle strich, sich mitunter hinter die Händler stellte und ihre Käufe und Verkäufe beobachtete. Wenn etwas gut war, pflegte er einem Händler – zu 99 Prozent waren es Männer – anerkennend die Hand auf die Schulter zu legen. Der zuckte erst einmal zusammen, bevor er dessen gewahr wurde, dass die Geste seines Vorgesetzten einem Ritterschlag gleichkam. Derart mit Lob bedacht, schwebte er am Abend aus dem Saal. Meistens traf man ihn und seine Freunde dann in einer der teuersten Bars von Manhattan, nicht selten zur Feier des Erfolgs betrunken.

Homer begriff darüber hinaus, dass es sich an den Finanzmärkten häufig um wenig mehr als eine etwas differenzierte Zockerei handelte, Black Jack oder gar Roulette, weil man manchmal nur vage erahnen konnte, wie sich die Kurse der einzelnen Titel entwickeln würden. Das Handelsgeschäft war etwas für sehr risikoaffine Typen, Hasardeure mit einem sicheren Instinkt für die Gemütslage und bevorstehenden Volten der Masse, die den Markttrend bestimmte. Intellekt erforderte die Arbeit im Handelssaal indes nicht. Im Gegenteil.

»Unterkomplex«, kommentierte Homer das Aufgabenspektrum jenes Sommerpraktikums in der Aktienanalyse und im Handel, welches ihn nur weiter darin bestärkte, dass Mr. Thornton mit seiner Empfehlung, auf Rechtswissenschaften zu setzen, richtig gelegen hatte.

Tatsächlich blieb jenes Praktikum im Sommer 1987 das einzige Mal, dass er den Trading-Floor einer der großen Banken mit Hunderten von Bildschirmen, vor denen die Wertpapierhändler ihre Geschäfte für die Bank oder ihre Kunden abwickelten, überhaupt betreten hatte. Die letzten zehn Tage verschaffte ihm sein Mentor eher unverhofft noch die Möglichkeit, einen Einblick in die Arbeit der Abteilung für Unternehmenszusammenschlüsse und Übernahmen zu bekommen, das sogenannte Geschäft des M&A und Private Equity. Es blieb ihm zwar nicht mehr viel Zeit, doch waren es höchst aufschlussreiche Tage, die er in dieser Abteilung verbrachte. Schließlich lernte er schnell, arbeitete an der Erstellung des Profils eines zum Verkauf stehenden Unternehmens mit und bereitete die Finanzdaten dieser Firma auf, die aufgrund ungeklärter Nachfolgeregelung – der Gründer hatte keine Kinder – von einem Investor übernommen werden sollte. Darüber hinaus verfolgte er noch ein paar weitere Geschäftsvorhaben, stets war von »Deals« die Rede. So bekam er eine Ahnung von den Finanzierungsmöglichkeiten und der Abwicklung derartiger Transaktionen und der großen Hebelwirkung des Einsatzes von Fremdkapital. Er verfolgte auch, mit welcher Gewinnspanne dieses Geschäft belegt war. Wenn die Märkte gut liefen, lag sie deutlich unter dem, was im Eigenhandel zu verdienen war. Dafür aber waren sie genauer planbar und auch nicht gerade gering. Das Geschäft des M&A war deutlich komplexer und schon deshalb spannender als der Handel, dachte sich Homer.

»Es müssen diese zehn Tage gewesen sein, in denen ich mir plötzlich klar wurde, was ich wollte. Solche Deals als Jurist zu begleiten, um vielleicht selbst einmal Investor zu werden, das war mit einem Mal eine Perspektive«, sagte Homer schließlich. Er hatte seine Berufung offenbar gefunden.

Noch während seines Praktikums hatte sich Homer eine Wohnung gesucht. Zu Hause bei Hank und Josie hielt er es nicht lange aus. Seine Schwester ging ihm gehörig auf die Nerven. Mit seinem Vater verstand er sich zu der Zeit dagegen erstaunlich gut. Hin und wieder suchte er ihn in der Werkstatt auf, zunächst, um seinen

Mustang dort unterzustellen, später dann, um mit ihm ein Bier zu trinken. Solche Momente erinnerten ihn an früher, an die Zeit unmittelbar nach dem Tod seiner Mutter, an ihre Zweisamkeit, die Josie noch nicht zu stören begonnen hatte. Ganz geheuer war ihm seine Sentimentalität allerdings nicht. Hank freute sich aufrichtig, was er Homer gegenüber mehrfach betonte. Homer aber wollte sich nicht völlig auf ihn einlassen. Hanks Umarmungen zur Begrüßung quittierte er mit einem distanzierten Klopfen auf dessen Schulterblatt und einem gequälten Lächeln, weil er nicht wusste, wie er sonst dreinschauen sollte. Trotzdem beruhigte es ihn, dass er sich mit seinem Vater auf eine gewisse Distanz recht gut verstand.

11

In den späten Achtzigerjahren, in ihrer gemeinsamen Zeit in New York, sahen sich Matt und Homer regelmäßig, obwohl sie, wie Homer fand, persönlich immer unterschiedlicher wurden. Matt lebte ein etabliertes, Homer weiterhin ein studentisches Leben. Matt ging seiner Arbeit in der Analyseabteilung nach und hatte unter der Woche keine Zeit, sich zu treffen. Homer hatte es nach seinem Praktikum an die Law School der New York University geschafft. Und das auch noch mit einem Stipendium, um seinen Vater vor einer weiteren Investition in seine Ausbildung zu bewahren. Immerhin bekam er fünfzig Prozent der Studiengebühren erlassen, für den Rest nahm er einen Kredit auf, den er, sollte er dort wirklich seinen Master machen, sicher ohne Probleme würde tilgen können. Die Law School galt als eine der besten des Landes, von der aus einem die Zukunft in allen möglichen Anwaltskanzleien offenstand.

Hank unterstütze seinen Sohn lediglich bei den Mietzahlungen. Er hatte bei einem ihrer letzten Gespräche in der Werkstatt darauf bestanden, für irgendetwas müsse ein Sohn seinem Vater später mal dankbar sein können. Homer nahm gerne an, interpretierte es als Zeichen eines letzten Restes von Zuneigung, die sich sein Vater erhalten habe, oder auch des schlechten Gewissens.

Er lernte eine Reihe netter Leute kennen, darunter auch ein paar Mädchen, die ihn umschwirrten, zu denen er sich allerdings nicht besonders hingezogen fühlte. Er hatte sich in die Bedienung eines Coffeeshops unweit des Campus verliebt, was dazu führte, dass er fast jeden Tag dort aufkreuzte, um sie zu sehen und ihr auf seine etwas ungelenke Art den Hof zu machen. Natürlich entging ihr – sie hieß Elena und hatte unverkennbar lateinamerikanische Wurzeln – das nicht. Sie stammte aus einfachen Verhältnissen, lebte in Queens, hatte nach der Highschool noch nicht wirklich etwas gelernt, hier und da irgendwelche Jobs angenommen, weil sie Geld brauchte, um ihre alleinerziehende Mutter und ihre drei jüngeren Geschwister zu unterstützen.

Homer mochte ihre direkte Art, ihre humorvollen Absagen an seine Avancen machten ihn mitunter rasend. Er hatte keine Ahnung, was sie dagegen haben könne, mit ihm wenigstens einmal auszugehen. Als sie ihm einmal den Kaffee an seinen Platz am Fenster brachte, beugte sie sich zu ihm hinunter, um ihm mit liebreizendem Lächeln zu verstehen zu geben, dass es sich für sie nun wirklich nicht gehöre, sich mit Studenten der NYU zu verabreden, und dass das auch niemals gutgehen würde. Derweil baumelte ihm das an einer zierlichen Goldkette hängende Kreuz, das sie um den Hals trug, wie ein Pendel entgegen. Sie habe, sagte sie, auch keine Ahnung, worüber sie sich mit einem Masterstudenten an der New York Law School unterhalten sollte, und meinte das vermutlich ernst. Homer verzweifelte. Darauf komme es ihm nicht an, entgegnete er. Er interessiere sich nun mal nicht für eine dieser eingebildeten New Yorkerinnen, die mit ihren Gesetzestexten und Ringheftern, mit lackierten Fingernägeln und auf High Heels die Gänge der verschiedenen Fakultäten der New York University bevölkerten. Sie glaubte ihm nicht.

Matt schien da eine glücklichere Hand und andere Vorlieben zu haben. Er hatte mit einer Analysten-Kollegin angebandelt. Das erste Mal hatte Homer Matts Freundin in einem Restaurant zu Gesicht bekommen, in dem sie sich während der Woche zum Lunch verabredet hatten. Die aschblonde Emma, so hieß sie, erschien ihm in ihrem blauen Kostüm samt kreisrunder Brille, die starke Gläser fasste, ziemlich bieder. Das aber änderte sich schlagartig, als sie sich gemeinsam mit Madeleine an einem Samstagabend in einer Bar in Manhattan trafen. Statt der Brille trug Emma Kontaktlinsen, hatte sich ihre Wimpern stark getuscht, die Haare zu einer Hochfrisur getürmt und einen knallroten Lippenstift aufgelegt. Homer staunte nicht schlecht, musste insgeheim allerdings über Matt lachen, der dagegen mit seinem akkurat gescheitelten schwarzen Haar wie ein Streber im Konfirmationsalter aussah. Homer begann sofort, mit

Emma zu flirten, in der Hoffnung, Matt damit zu verunsichern, was ihm gelang. Irgendwann verließ der entnervt die Bar, ohne sich von seiner Freundin zu verabschieden. Es war nicht das erste Mal, dass er Matt bei dessen Eroberungen die Show stahl. Später am Abend schleppte er sie mit nach Hause. Sie tranken gemeinsam noch ein paar Gläser und landeten wenig später auf Homers Bett. Sie blieb über Nacht. Homer wunderte sich, wie einfach es sein konnte. Noch vor dem Morgengrauen bestellte sich Emma ein Taxi und ging, nicht ohne ihn vorher darauf eingeschworen zu haben, Matt gegenüber Stillschweigen zu bewahren. Die Nacht sei ein Ausrutscher gewesen, sie hege keinerlei Absicht, Matt den Rücken zu kehren. Homer gelobte es feierlich und wusste genau, dass er sich daran nicht halten würde. Den Triumph, Matt kurzerhand die Freundin für zumindest eine Nacht ausgespannt zu haben, würde er sich nicht nehmen lassen. Nach ein paar Monaten erging sich Homer in Andeutungen über Emmas Vorzüge, die Matt zunehmend hellhörig werden ließen. Wenig später war es mit Emma vorbei.

Nach jener Nacht mit Emma beschloss Homer, einen letzten Versuch zu unternehmen, mit Elena wenigstens einmal auszugehen. Die Bereitwilligkeit, mit der sich Matts Freundin auf ihn eingelassen hatte, hatte ihn in seinem Selbstbewusstsein gestärkt.

Homer beschloss, sich eine ganze Woche lang im Café nicht blicken zu lassen. Vielleicht, so seine Hoffnung, würde Elena sich dann doch fragen, wo er geblieben wäre und ob sie sich durch ihre konsequenten Absagen nicht eine Gelegenheit hätte entgehen lassen, mit einem Studenten auszugehen, der die Aussicht auf eine glänzende Karriere hatte, wenn sie so überhaupt dachte – da war sich Homer allerdings nicht so sicher. Nach einer Woche wollte er dort wieder aufkreuzen, dann aber nicht wie üblich gegen Mittag, sondern erst am Abend, noch bevor ihre Schicht um halb neun endete.

Tatsächlich hielt er sieben lange Tage durch. Er machte einen großen Bogen um das Café, ließ sich auch von seinen Kommilitonen nicht überreden, dort hinzugehen. Sie lachten ihn aus. Am achten Tag schließlich tauchte er abends gegen halb sieben dort auf. In dem Moment kam Elena aus der Küche, balancierte zwei Teller auf ihrer Rechten, die mit Hamburgern und Pommes frites beladen waren, trug auf der anderen Hand ein Tablett mit mehreren gefüllten Gläsern und wäre um ein Haar in Homer hineingelaufen, hätte er nicht im letzten Moment einen Satz zur Seite getan. Sie warf ihm einen, wie er fand, grimmigen Blick zu, der Homer nichts Gutes ahnen ließ, eilte weiter zu einer gemischten Viererrunde im hinteren Teil des Cafés, dann schließlich kam sie an seinen Tisch und lächelte ihn an. Innerlich atmete er auf.

»Wo warst du die ganze Woche?«, fragte sie ihn.

Homer lächelte zurück.

»Busy«, sagte er nur. »Könnte ich ein Bier bestellen?«

»Natürlich. Was zu essen willst du nicht?«

Er überlegte kurz, etwas zu essen wäre nicht schlecht, er hätte bis zu ihrem Schichtende etwas zu tun, außerdem würde sie mindestens zweimal bei ihm vorbeischauen.

»Stimmt eigentlich. Ich würde dann auch so einen Burger nehmen, den ich dir gerade fast von den Tellern gestoßen hätte.«

»Hast du es eilig?«, fragte sie weiter. »Soll ich dem Koch sagen, dass er schnell machen soll?«

Homer schüttelte den Kopf.

»Nein, heute nicht. Ich habe jetzt frei, lass dir Zeit.«

Sie brachte das Bier, wenige Minuten später den Burger. Homer ging das alles viel zu schnell. Dann würde er binnen dreißig Minuten wieder gehen müssen. Genau das wollte er nicht. Außer der Viererrunde und einem älteren Herrn, der die *Times* vom Vortag las, was Homer am Aufmacherbild und der oberen Schlagzeile erkannte, war niemand mehr im Café. Homer war nicht sonderlich hungrig, trotzdem begann er zu essen. Anders als üblich benutzte er Messer und Gabel. Er wusste, wie dämlich man aussah, wenn man sich mit beiden Händen einen überladenen Hamburger zwischen die Kiefer schob. Unvorteilhaft aussehen wollte er an diesem Abend nicht.

Es dauerte keine Stunde, dann war er der letzte Gast im Café. Die Viererrunde, Studenten von der NYU, hatte sich bald aus dem Restaurant verabschiedet. Sie wollten noch in eine Bar weiterziehen. Der ältere Herr war verschwunden, ohne dass Homer davon Notiz genommen hatte. Jetzt war er mit Elena allein.

Sie kam an seinen Tisch, nahm ihm gegenüber Platz und zog ihr schwarzes Portemonnaie aus dem Bund ihrer Schürze.

»Willst du los?«, fragte sie ihn und sah dabei etwas müde aus.

Homer schüttelte den Kopf.

»Nein«, sagte er bestimmt. »So sehr du dich auch anstrengst, es wird dir nicht gelingen, mich so einfach loszuwerden. Zumindest heute nicht.«

»Also dann«, sagte sie und machte Anstalten, sich wieder zu erheben, »aber lass dich nicht stören, wenn ich derweil die Tische abwische und die Stühle hochstelle.«

Wieder schüttelte Homer den Kopf. Er beobachtete sie dabei, wie sie die ersten Tische säuberte. Sobald sie mit ihnen fertig war, erhob er sich ebenfalls und begann, die Stühle hochzustellen. Sie nahm das mit einem Nicken zur Kenntnis. Dann kam sie auf ihn zu.

»Du lässt dich wirklich nicht abschütteln«, sagte sie und lächelte wieder, diesmal unsicher. »Was willst du eigentlich von mir?«

Homer nahm allen Mut zusammen.

»Lass mich dich, wenn du hier fertig bist, nach Hause fahren. Ich setze dich bei deiner Familie ab und verschwinde wieder. Versprochen. Du würdest mir damit eine Freude machen.«

Dann strahlte er sie an, erwartungsvoll und so siegessicher, wie es eben ging. Willigte sie ein, wären das mindestens fünfzig Minuten gemeinsam im Auto.

»Also gut«, sagte Elena freundlich und zuckte die Schultern. »Aber nicht, dass du denkst, wir hätten damit ein Date oder wir würden danach ein Date verabreden.«

»Natürlich nicht«, sekundierte Homer mit leichter Ironie, von der er nicht wusste, ob sie diese bemerkt hatte.

Eine halbe Stunde später fuhren sie durch Lower Manhattan und dann weiter über die Brooklyn Bridge Richtung Osten. Homer brach das Schweigen. Er fragte sie nach ihrer Lieblingsmusik, worauf sie ihm nichts anderes zu antworten wusste, als dass sie das hörte, was in den Charts rauf und runter gespielt wurde. Dann fragte er sie nach ihren Plänen. Von irgendetwas, sagte er ihr, müsse sie träumen, wollte sie sich und ihre Familie nicht weiterhin mit Restaurantjobs über Wasser halten.

Diesmal hatte er die richtige Frage erwischt. Denn tatsächlich hatte Elena Träume. Zunächst wollte sie darüber nicht sprechen, was Homer veranlasste, ihr von seinen eigenen Zukunftsplänen zu erzählen, um dann schließlich – sie waren Queens bereits bedenklich nahe – mit einem Jetzt-bist-du-dran noch einmal nachzusetzen.

Sichtlich verlegen erzählte sie ihm von ihrem Wunsch, irgendwann einmal ein eigenes Café zu eröffnen – natürlich in Manhattan, weshalb sie bisher auch nur in Restaurants und Cafés gejobbt hatte, die in Manhattan lagen. Dort würde sie, wenn auch nicht sofort, aber längerfristig, vor allem gesundes Essen anbieten, aus Zutaten mit Bio-Qualität, ein oder zwei Tagesgerichte und ansonsten Salate, Smoothies und Ähnliches. Je mehr sie von ihren Plänen berichtete, desto mehr verflüchtigte sich ihre Verlegenheit. Noch reiche das Geld nicht aus. Aber wenn ihre jüngeren Geschwister in ein paar Jahren aus dem Haus seien, dann würde ihre Mutter, eine Aushilfsköchin, ihr in der Küche unter die Arme greifen. Sie beide hätten sich das alles schon so oft ausgemalt.

Elena wohnte mit ihrer Mutter und ihren Geschwistern im Stadtviertel Jamaica, damals keine besonders gute Gegend. Homer hatte seinen Mustang vor dem Wohnblock geparkt, wo sie zu Hause war. Von der grauen Fassade, die einmal weiß gewesen sein musste, blätterte die Farbe. Noch eine ganze Weile lange saßen sie im Auto und diskutierten ihre Pläne. Homer war beeindruckt. Denn eine solche Entschlossenheit hatte er von ihr nicht erwartet. Schließlich verabschiedete sie sich.

»Ich muss jetzt hoch. Meine Mutter wartet sicher schon«, sagte sie entschuldigend. »Und danke dir, dass du dir meine Spinnereien angehört hast.«

Homer war hingerissen.

»Ich habe sie mir gerne angehört. Die sind bei Weitem nicht so langweilig wie das, was meine Kommilitonen diskutieren, und weit mehr, als ich zu bieten habe. Was hat man schon zu erzählen, wenn man Anwalt werden will?«

»Ach was«, gab sie zurück und hatte bereits einen Fuß auf dem Trottoir. Sie nickte ihm zu, um danach ganz aus dem Mustang auszusteigen.

»Ich werde dir in den nächsten Tagen wieder einmal helfen und dich nach Hause fahren«, sagte Homer halb fragend. »Natürlich nur, wenn du mich lässt.«

»Ja, warum eigentlich nicht?«, sagte Elena, »aber Vorsicht, das sind keine Dates.«

Dann schlug sie die Autotür zu und überquerte die Straße. Homer schaute ihr nach. An der Tür drehte sie sich noch einmal um, winkte freundlich und verschwand.

»Warum eigentlich nicht«, flüsterte Homer.

Dann zündete er den Motor und fuhr zurück nach Manhattan in seine Wohnung.

12

Für Homer war das der Beginn eines glücklichen Jahres. Es war sein zweites Jahr an der NY Law School. Etliche Male noch kreuzte er abends im Café auf, um Elena beim Aufräumen zu helfen, sie dann nach Hause zu fahren und ihr jedes Mal zu versichern, dass sie ihn so schnell nicht mehr loswerden würde. Eines Abends willigte sie ein, sich von ihm noch in eine Bar einladen zu lassen. Sie hatte, wie sie Homer später erzählen würde, ihrer Mutter schon gesagt, dass sie einer der Masterstudenten abends nach Hause fuhr und es vielleicht einmal sein könne, dass sie nach ihrer Schicht noch etwas trinken gehen würden. Sie solle sich also nicht wundern.

»Na ja, ein paar Abende nach diesem ersten richtigen Date waren wir dann wirklich zusammen«, sagte Homer. »Und diesmal war es mir ernst. Es war keine Affäre, sondern meine erste richtige Freundin.«

»Wie sah sie denn aus?«, wollte ich noch wissen.

»Sie war klein, ein bisschen pummelig, hatte lange braune Haare und sehr warme, braune Augen. Groß und rund, sie wurden noch größer, wenn man ihr etwas Amüsantes erzählte, und tiefschwarz, wenn sie sich ärgerte. Ich glaube, es waren ihre Augen, die es mir angetan hatten«, sagte er. »Und ihre Herzenswärme. Sie war bodenständig, authentisch, wirklich warmherzig und komplett unfähig zu verbergen, was in ihr vorging.

Seinem Vater und Josie erzählte Homer irgendwann beiläufig, dass er jemanden kennengelernt habe, mit dem er ausging. Mehr aber gab er nicht von ihr preis. Mehrmals fragte Hank nach, wenn sie gemeinsam ein Bier in seiner Werkstatt tranken. Doch Homer schüttelte immer wieder den Kopf:

»Dad – wir haben eine Großfamilie, die alles kommentiert. Ich habe wirklich keine Lust, dass sie da unter die Räder gerät. Oder ich zwischen die Fronten.«

Sein Vater beließ es dabei. Er kannte seinen Sohn. Wenn der etwas nicht wollte, kam er dagegen nicht an.

»Wenn ich an die Zeit zurückdenke, dann muss ich sagen, dass ich in diesen Monaten, die wir zusammen waren, wirklich unbeschwert war. Elena gab mir die Farben zurück. Nicht alle, aber einen Teil davon.«

Für einen Moment schloss er die Augen und wiegte den Kopf.

»Wie lange wart ihr denn zusammen?«, fragte ich ihn.

»Ein gutes Jahr, würde ich sagen. Am Anfang war es nahezu perfekt. Am liebsten wäre ich mit ihr bereits nach sechs Monaten zusammengezogen. Doch dann kamen wir vom Kurs ab.«

Nach einer kurzen Pause nahm er das Gespräch wieder auf. Tatsächlich sahen sie sich bald fast täglich. Am Wochenende, wenn sie nicht arbeiten und Homer nicht studieren musste, machten sie Ausflüge ans Meer oder vertrieben sich die Zeit in einem der New Yorker Freibäder. Immer, wenn Elena vorschlug, am Abend noch nach Rockaway Beach rauszufahren, erfand Homer eine andere Ausrede, um dort nicht zu halten. An sein Versagen bei Sandy wollte er partout nicht erinnert werden. Am Anfang versuchte sie noch, ihm eine Erklärung abzuringen. Doch irgendwann gab sie auf.

Homer lernte Elenas Familie kennen, ihre Mutter und die jüngeren Geschwister, die ihn mit jedem Mal herzlicher begrüßten. Die kleine, übermöblierte Wohnung fand er – wider Erwarten – angenehm gemütlich und erstaunlich modern eingerichtet. Vor seinem ersten Besuch hatte er sie sich anders vorgestellt. Unordentlicher, schmuddeliger. Nur eines ging ihm gehörig gegen den Strich, dass ihn die Mutter regelmäßig abends nach Hause schickte. Übernachten könne er nicht, sie hätten kein separates Gästezimmer zur Verfügung. Für alle anderen Lösungen war sie zu katholisch.

Immer öfter übernachtete Elena deshalb bei Homer in seiner Wohnung im Süden von Harlem. Mit ihr entdeckte er eine gewisse Begeisterung fürs Kochen. Sie gingen ins Kino, sonntagmittags gemeinsam joggen im Central Park, hatten schon bald ihre kleinen Rituale. Homer war glücklich und Elena war es auch.

Nur über eines gerieten sie immer wieder in Streit. Und das war Homers Familie. Elena wollte seine Schwester und vor allem seinen Vater kennenlernen. Sie wollte die Werkstatt und die Oldtimer sehen. Doch beständig wiegelte Homer ab. Die Zeit dafür sei noch nicht reif. Außerdem stehe dahinter noch eine Großfamilie, die sich regelmäßig in den Brooklyn Heights treffe und sich sicher schon bald über sie das Maul zerreißen würde. Das, sagte Homer ihr, würden weder er noch sie wirklich wollen.

Eine Weile lang gab Elena Ruhe, doch dann wurde sie misstrauisch.

»Nach einem Jahr etwa beschloss sie, mich nachmittags in der Werkstatt meines Vaters zu überraschen«, sagte Homer. »Sie wollte meinen Vater unbedingt kennenlernen. Vielleicht aber wollte sie einfach auch kontrollieren, ob das, was ich ihr von meiner Familie erzählt hatte, auch wirklich stimmte. Sie wusste, wann ich mich mit meinem Vater verabredet hatte. Doch als sie dort aufschlug, waren wir unterwegs zu einem Kunden. Mein Vater hatte mich mit diesem Vorschlag überrumpelt. Eine kleine Reminiszenz an alte Zeiten, hatte er mir gesagt. An jenem Nachmittag also waren wir nicht da. Elena kam in die Werkstatt und beschloss, dort auf mich zu warten. Derweil begann sie, sich mit Bob zu unterhalten, einem neuen Mitarbeiter meines Vaters. Ein gutaussehender, recht schlichter Typ, ein blondes Muskelpaket, der wohl sofort begann, mit ihr zu flirten. Als wir zurückkamen, war sie bereits gegangen. Das jedenfalls berichtete mir Bob mit einem breiten Grinsen, das mich hätte skeptisch werden lassen müssen.«

»Das ist jetzt nicht wahr!«, rief ich aus, weil ich bereits ahnte, was er mir gleich erzählen würde.

Homer nickte.

»Sie hat ihn offenbar mehrfach getroffen«, setzte Homer hinzu, »während ich auf Tour in Europa war.«

Als Homer von seiner Europareise zurückkehrte und sie nach zweieinhalb Wochen in ihrem Café aufsuchte, wo sie an jenem Tag bis abends beschäftigt war, schien sie verändert. Zurückhaltender als sonst. Als sie gemeinsam die Stühle hochgestellt hatten, gestand sie ihm, dass sie des Öfteren mit eben jenem Bob aus der Werkstatt unterwegs gewesen war, einmal sogar in einem der Oldtimer seines Vaters, der Bob zu einer Probefahrt geschickt hatte. Sein Vater, der Elena nicht kannte, konnte nicht ahnen, dass einer seiner jungen Mitarbeiter mit der Freundin seines Sohnes etwas angefangen hatte.

An jenem Abend hörte sich Homer ihre stockenden Sätze zunächst an, dann fragte er sie direkt:

»Wie oft warst du mit ihm aus?«

Elena schwieg zunächst, presste die Lippen aufeinander und versuchte, ihre Tränen zurückzuhalten. Homer setzte nach.

»Wie oft?«

»Mehrmals«, stotterte sie.

»Hast du ihn geküsst?«

Sie nickte.

»Jetzt sage mir nicht noch, dass du mit ihm geschlafen hast.«

Schweigend schaute sie zu Boden.

Homer verharrte einen Moment lang in einer Art Schockstarre. Dann stand er auf, schaute sie verächtlich an und sagte nur.

»Das war's.«

Mit diesen Worten ließ er sie stehen und verschwand aus dem Café, das er danach nie wieder betrat. Die Wochen nach seiner Trennung waren fürchterlich. Elena hatte ihn betrogen, einfach so. Sie hatte sich keine zwei Wochen gedulden können, bis er aus Europa wieder zurück war, und sich stattdessen mit diesem Werkstatt-Hallodri eingelassen und damit dem glücklichsten Jahr ein Ende gesetzt, das er seit dem Tod seiner Mutter erlebt hatte. Mehrfach noch hatte sie versucht, mit ihm Kontakt aufzunehmen und ihn angerufen. Jedes Mal, wenn er ihre Stimme am Telefon hörte, hängte er umgehend ein. Es war aus und vorbei, es gab kein Zurück. Monatelang noch überlegte er, wie er den Mitarbeiter seines Vaters diskreditieren könne, damit dieser seinen Job verlöre. Doch es fiel ihm nichts ein, denn seinem Vater gegenüber wollte er die Schmach der Demütigung nicht eingestehen, die ihn mehr beschäftigte als der Liebeskummer. Irgendwann würde sich die Gelegenheit ergeben, es seinem Widersacher heimzuzahlen.

»Come on«, sagte ich, »wenn sich für dich auf deiner Europareise etwas ergeben hätte, wärst du auch nicht abgeneigt gewesen, oder?«

Homer schwieg und überlegte.

»Kann schon sein. Aber das wäre etwas anderes gewesen. Elena ging mit jemandem aus, der auch noch für meinen Vater arbeitete. Mehr Erniedrigung geht doch gar nicht. Noch schlimmer: Ich konnte nicht begreifen, dass sie mich mit jemandem hinterging, der so wenig Niveau hatte.«

Viel Zeit, sich in dieser Kränkung auszuleben, blieb Homer so oder so nicht. Er musste sich auf seine Anwaltsprüfung vorbereiten, warf sich in die Arbeit und verdrängte Elena, so gut es ging. Und es ging.

13

Matt hatte seine – aus Homers Sicht weitgehend bedeutungslosen und überaus langweiligen – zwei Jahre in der Analysenabteilung einer Investmentbank »heruntergerissen«. Er hatte rund um die Uhr gearbeitet, die verschiedenen Analysetechniken genauso gelernt wie die Bedienung der Espressomaschine, das Balancieren von sechs Kaffeebechern gleichzeitig und trainiert, sich zehn verschiedene Essensbestellungen zu merken, wenn er als Junior seiner Abteilung von den älteren Kollegen aus dem 22. Stock hinunter auf die Straße geschickt wurde, um für die gesamte Mannschaft Verpflegung zu besorgen. Er hatte verinnerlicht, dass man mit Kaufempfehlungen für Aktien nicht allzu kleinlich sein durfte, weil sich die Märkte so oder so allesamt nach oben bewegten. Und dass man bereits als Analyst auf der untersten Hierarchiestufe der Investmentbanken einiges verdienen und dafür nicht wenig für ein künftiges Masterstudium zurücklegen konnte. Der Auftrieb an den Finanzmärkten Anfang der Neunzigerjahre ließ sich auch an den Gehaltszetteln der Banker ablesen.

In dieser Zeit entging Homer nicht, dass Matt ungeachtet seiner unentwegten Klagen über seinen stressigen Arbeitsalltag – alles Wichtigtuerei vor der Familie, fand Homer – einen gewissen Spaß an seiner Arbeit hatte. Die Analyse war eindeutig seine Sache. Er liebte das Sammeln von Daten und deren Aufbereitung, war bald in der Lage, Bilanzpositionen von Unternehmen in immer neue Zusammenhänge zu stellen und daraus die Zukunft zu lesen. Und er war sehr geschickt darin, seine Erkenntnisse grafisch umzusetzen, sodass die Kollegen aus den Handelsabteilungen sie mit einem Blick begreifen und einsetzen konnten.

In der Familie war Matts Einzug in die New Yorker Finanzszene ein Dauerthema, das er mit fortlaufenden Zustandsberichten und allerlei Anekdoten aus den bläulich gläsernen Bürotürmen fütterte. Als sich das Ende der zwei Jahre näherte, bewarb er sich mit makellosen Zeugnissen aus seiner Zeit im Investmentbanking und den exzellenten Abschlussnoten vom College an der Harvard Business School um einen Masterstudienplatz, den er tatsächlich auch bekam. Seine Eltern platzten vor Stolz. An einem sonnigen Nachmittag im Juli 1989 lud Lea zu einer kleinen Feier in die Brooklyn Heights ein, um auf Matts Erfolg anzustoßen. Homer war nicht gekommen. Ihm war nicht danach, wieder einmal zu erleben, wie sich die gesamte Familie um seinen Cousin Matt versammelte.

Dabei verfolgte er seine Karriere nicht minder zielstrebig. Mit gerade einmal 25 Jahren heuerte er bei einer mittelgroßen Anwaltskanzlei an, die Finanzkonzerne auf verschiedenen Feldern beriet, und bekam die Chance, sich auf Börsengänge und Kapitalerhöhungen zu spezialisieren. Damit war er allerdings nicht allein, viele junge Juristen drängten auf dieses Feld. Die Börse boomte, ständig steigende Kurse und Handelsumsätze führten zu einer Vielzahl von Börsengängen vor allem junger Unternehmen aus der sogenannten New Economy.

»Diese neuen Unternehmer, die sich die hohen Beratungsgebühren nicht leisten konnten, sind dann dazu übergegangen, Anwälte mit Beteiligungen an ihren Unternehmen zu bezahlen. Ein paar Prozent – das war nicht viel. Der eine oder andere aus unserem Büro damals hat sich dann weitere Anteile dazugekauft. Und war auf einmal selbst Unternehmer.«

Homer nahm sich vor, dass er sich, wenn er einmal ein eigenes Mandat bearbeitete, ebenso bezahlen lassen würde. Denn er sah auch, wie die Kurse an den Märkten immer weiter stiegen und die Partner seiner Kanzlei durch ihre Beteiligungen beständig reicher wurden – auf dem Papier zumindest.

Ein paar Jahre später wechselte er die Seiten. Einer der größten Vermögensverwalter der Welt hatte ihn abgeworben. Zunächst hatte er sich gewundert, als er eines Tages ein Telefonat entgegennahm, dessen Anrufer ihm, von der Unternehmensadresse einmal abgesehen, nicht bekannt war. Das Unternehmen war ein Kunde der Kanzlei, die Stimme am anderen Ende der Leitung gehörte dessen Legal Council, dem Chef der Rechtsabteilung. Und der suchte Verstärkung.

Vier Jahre nach seinem Abschluss an der Universität stand Homer somit in Diensten eines der bedeutendsten Finanzunternehmen, welche die Wall Street aufzubieten hatte. Als Assistent des Chefjustiziars saß er an einer der wichtigen Schnittstellen im Unternehmen, an der man jede Art von Geschäft genau studieren konnte. Das Emissionsgeschäft mit all seinen dazugehörigen Beratungsleistungen kannte er zur Genüge. Bei seinem neuen Arbeitgeber wollte er neue Produkte kennen- und verstehen lernen. Aber er wollte vor allem eines: besser verdienen als ein angestellter Anwalt, der er bis dahin gewesen war.

Die Rechnung ging auf. Die Firma wuchs rasant. Ihre Mitarbeiter bezahlte sie nicht nur in bar, sondern vor allem mit Optionen auf zukünftige Aktien im Fall eines Börsengang. Im letzten Jahr vor dem Jahrtausendwechsel war es so weit. Das Unternehmen ging an die Börse und hatte mit der Aktienemission tatsächlich die Spitze des zehnjährigen Booms der Neunzigerjahre erwischt. Der Aktienkurs stieg, kaum dass das Unternehmen erstmals notiert war, und Homer war plötzlich um einen höheren einstelligen Millionenbetrag reicher. Im Alter von 34 Jahren war er Multimillionär.

14

»Die Neunziger, das war eine Zeit, in der man wirklich dachte, das Geld komme aus der Steckdose«, sagte Homer. »Eine unglaubliche Marktphase. Ich erinnere mich noch, wie ich eines Abends auf der Dachterrasse eines Freundes in Brooklyn stand. Das war ein halbes Jahr, bevor mein Arbeitgeber an die Börse ging. Ein Sonntag im Spätsommer 1999, es war unglaublich heiß. Wir hielten unsere Biergläser in der Hand und schauten rüber nach Manhattan. Das Bier war schon nicht mehr kalt, irgendwie schmeckte es bitter. Es war schwül, Wolken hingen am Himmel, kein Windzug regte sich. Die Luft über Manhattan flirrte. Es war das Bild einer völligen Paralyse. Ich dachte über die vergangene Woche nach, über die Milliarden, die ein weiteres Mal im Handel verdient worden waren, und darüber, dass mit dem Verlauf der Kurse irgendetwas nicht stimmen konnte. Plötzlich war ich mir sicher: So würde das nicht ewig weitergehen.«

Ein paar Monate noch schaute sich Homer die Kursentwicklung an. Immer mehr erinnerte ihn das Marktgeschehen an eine gigantische Spielbank. Ende Januar 2000 entschloss er sich dazu, seine Aktien an dem Unternehmen, für das er arbeitete, zu Geld zu machen. Den Höchststand des Marktes, die letzten zwanzig Prozent erwischte Homer zwar nicht mehr. Aber der dann folgende Zusammenbruch, der Billionen vernichtete, und auch jene Papiere in die Tiefe fallen ließ, mit denen er von seiner Firma bezahlt worden war, traf ihn ebenso wenig.

Am Vorabend des Tages, an dem er seinen geplanten Ausstieg aus dem Markt in die Tat umsetzte und alle seine Aktien verkaufte, verabredete er sich mit Matt auf ein Bier in Downtown Manhattan, um sich mit ihm über dessen Markteinschätzung zu unterhalten. Sie hatten sich länger nicht gesehen. Matt aber war nicht besonders gesprächig, schon gar nicht wollte er über die Märkte diskutieren. Homer erschloss sich nicht ganz, warum das so war. Wollte er seine Strategie nicht preisgeben oder hatte er womöglich keine eindeutige Meinung über die weitere Entwicklung? Homer jedenfalls hielt nichts von großen Umschweifen. Kaum, dass sie beide mit einem Lager-Bier versorgt waren und eher pro forma als mit besonderer Herzlichkeit angestoßen hatten, kam er zur Sache.

»I'm out«, sagte er kurzerhand. »Ich bin raus.« Matt verstand nicht sofort, was er meinte, sodass Homer ihm auf die Sprünge helfen musste.

»Matt, morgen verkaufe ich alle meine Aktien, die ich aus dem Börsengang erhalten habe. An den Märkten wird das nicht ewig so weitergehen.«

»Bist du so pessimistisch?«, fragte Matt zurück. »Wieso so plötzlich?«

Homer überlegte einen Moment. Wie sollte er ausgerechnet Matt sein Bauchgefühl erklären, der eigentlich nur mit rational begründeten Argumenten etwas anfangen konnte. Er atmete tief ein, blies die Backen auf und ließ die Luft langsam ab, was ihm noch einen Moment gewährte, um zu überlegen, was er jetzt sagen würde.

»Die Stimmung ist überdreht, viele Unternehmen sind überbewertet, viel zu teuer. Die neuen Geschäftsmodelle haben sich noch nicht als stabil und krisensicher erwiesen. Ich glaube nicht daran.«

»Du glaubst nicht an den Technologieschub, den wir gerade erleben?«, fragte Matt eher erstaunt zurück.

»Doch, aber das Internet steht erst am Anfang seiner Entwicklung, es wird vieles verändern. Ich glaube nicht, dass all die Unternehmen, die jetzt an die Börse drängen, schon ein solides Geschäftsmodell gefunden haben, um damit wirklich Geld zu verdienen. Das wird noch eine ganze Weile dauern. Es wird ein Moment kommen, in dem auch die Anleger begreifen, dass all diese neuen Unternehmen am Markt die Gewinnerwartungen, die in sie gesetzt werden und jetzt die Kurse so treiben, nicht erfüllen können.«

Matt starrte ihn einigermaßen ungläubig an. Dann lachte er, das erste Mal überhaupt an diesem Abend, und begann, Homer aus der Perspektive einer der großen Investmentbanken zu erklären, warum der Boom noch keinesfalls zu Ende wäre.

»Wir reden hier von einem Paradigmenwechsel, Homer. Gewinne werden in der Einschätzung professioneller Investoren vorerst keine große Rolle mehr spielen. Es geht um Umsatz. Das ist das Neue. Genau diese Denke bestimmt jetzt die Marktentwicklung.«

Weder er noch Homer ahnten, dass Matt mit dieser Prognose langfristig recht behalten sollte und dass eine Phase kommen würde, in der die schlechten Ergebnisse von Technologieunternehmen so lange negiert wurden, solange das Geschäftsmodell nur verständlich war und der Unternehmensumsatz und die Menge der zahlenden Nutzer wuchsen. Doch im Jahr 2000 war die Zeit dafür noch lange nicht reif.

Homer hatte Matt nicht viel entgegenzusetzen – von seinem Bauchgefühl einmal abgesehen. Sie diskutierten eine Weile über Argumente für oder gegen einen fortdauernden Boom. Doch schon bald ging ihnen der Stoff aus.

»Ich würde es mir noch einmal gut überlegen«, sagte Matt schließlich. »Was meinst du, wie du dich ärgern wirst, wenn die Kurse weiter steigen. Wir jedenfalls setzen darauf.«

»Wir«, damit meinte er sich und die Investmentbank, für die er arbeitete.

»Gewagt. Selbst die besten Aktienanalysten sind nur in der Lage, den Status quo fortzuschreiben. Eine Wende zu prognostizieren und dann auch das Timing dazu, ist unmöglich. Dazu reicht die Vorstellungskraft von Analysten und auch deine nicht.«

Eindringlich fügte er noch hinzu:

»Am 31. Januar haben allein zwei Dotcom-Buden zwanzig Prozent des Werbevolumens gekauft, die der Superbowl zu vergeben hat und – ich weiß nicht wie viele – Millionen dafür ausgegeben. Dabei verdienen sie noch keinen einzigen Cent. Ein 30-Sekunden-Spot kostet mehr als 2 Millionen Dollar. Das Geld wird durch die Werbung sicher nicht sofort verdient. Insofern ist das mehr als waghalsig. Glaubst du wirklich, dass sie sich das auf Dauer leisten können?«

Noch für anderthalb Monate sollte Matt recht behalten – er triumphierte. Mehrfach telefonierten sie in dieser Zeit. Er ahnte, dass Homer bereits mehrere Millionen Dollar bar auf seinem Konto hatte und dass sich die ihm durch den frühen Ausstieg aus den Aktienmärkten entgangenen Gewinne ebenso auf mehrere Millionen summierten. Das musste ihn schmerzen. Homer schluckte Matts bissige Kommentare herunter und schwieg.

Genau sechs Wochen lang hielt Matts Überlegenheit. Dann wendete sich das Blatt.

Was die Kurse ganz plötzlich für eine lange Periode auf Talfahrt schickte, konnte Homer nicht erklären. Er hatte keine Ahnung, warum die Indices in den kommenden Jahren mehr als siebzig Prozent ihrer Bewertungen einbüßten, und hatte dafür keine Begründung.

Mitte Januar 2000 kündigte der Chef der amerikanischen Notenbank, Alan Greenspan, eine kräftige Zinserhöhung in einer Rede an, die sich Homer auf Bloomberg TV anhörte.

»Hast du schon mal was von dem Finanzinformationsdienst Barron's gehört?«

Ich schüttelte den Kopf.

»An der Wall Street lasen den damals alle. Im März erschien darin ein Beitrag unter der Überschrift *Burning Up* und beschrieb genau das, was mich dazu bewogen hatte, aus den Märkten auszusteigen, dass nämlich diese ganzen neugegründeten Internetfirmen rasend schnell Geld verloren. Die Autoren hätten das mit ihrer Überschrift nicht treffender beschreiben können. An den Märkten reicht es schon, wenn die Mehrheit an so etwas glaubt, damit die Kurse rutschen. So kam es dann auch. Zunächst hegten einige noch Hoffnung, dass sich die Lage beruhigen werde. Aber das tat sie nicht.«

Was zu Beginn des Jahres 2000 für Homer noch wie eine vergebene Chance ausgesehen hatte, entpuppte sich an dessen Ende als ein verblüffend weitsichtiges Manöver, mit dem er sein Vermögen damals vor dem Schlimmsten bewahrte. Seine Millionen lagen als Bar-Reserven auf der Bank. Er hatte sie Monate nicht angerührt.

»Du hast den richtigen Riecher gehabt«, sagte ich.

»Aber auch Glück, wenn man es genau nimmt. Einen derartigen Crash hatte auch ich nicht erwartet. Außerdem bin ich viel zu früh ausgestiegen.«

»Und dein Cousin?«

»Matt hatte davon ja nichts wissen wollen. Er blieb investiert und hat einen Großteil seiner Ersparnisse verloren. Zumindest auf dem Papier. Bitter für ihn.«

Matt hatte sich bei Homer im Laufe des Jahres kaum noch gemeldet, war in seiner Bank von einer Krisensitzung zur nächsten unterwegs, in denen nicht viel mehr als Ratlosigkeiten ausgetauscht und darüber gestritten wurde, ob man nun alle Positionen räumen sollte oder nicht. Das erzählte man sich in der Familie, was Homer am Rande mitbekam.

Matt verlor nicht nur drei Viertel seines Ersparten, das er irgendwann in ein Haus für eine Familie investieren wolle. Er hatte auch einen Teil seiner so oft zur Schau gestellten Selbstsicherheit eingebüßt, war schweigsamer geworden, insistierte weniger als sonst auf seinen Standpunkten und hatte, auch das fiel Homer einmal im Laufe des Jahres auf, an den Schläfen und am Hinterkopf plötzlich kahle Stellen. Ja, er hatte tatsächlich während dieser Krise kreisrunden Haarausfall bekommen, sah nicht gesund aus und älter als 37 Jahre.

Für Matt kam dieses Jahr einer persönlichen Niederlage gleich. Er hatte nicht nur sein eigenes Geld verloren – Homer schätzte Matts Verluste auf mindestens drei Millionen Dollar –, sondern seine Eltern und die Onkel mit ihren Familien völlig falsch beraten. Sie alle waren seinen Anlageempfehlungen gefolgt, hatten ihre Aktienanteile viel zu spät veräußert und enorme Verluste hinnehmen müssen. Matt fühlte sich dafür verantwortlich und litt. Die Familie allerdings hängte ihm dies nicht persönlich an, schließlich befand sie sich in bester Gesellschaft von Millionen von Anlegern, Bankanalysten und institutionellen Investoren, die enorme Verluste eingestrichen hatten. Gleichwohl kam es für ihn, wie Homer hörte, in den Brooklyn Heights mehrfach zu einem Spießrutenlaufen, bei dem sich auch eine ganze Menge Spott über ihn ergoss.

»We hope you'll get it right next time«, witzelte sein Onkel Aaron immerzu. »Hoffen wir also, dass du das das nächste Mal besser machst.«

»Wenn es ein nächstes Mal gibt ...«, setzte Zach, der Zwillingsbruder, zynisch hinzu.

Matt blieb stumm. Homer fiel auf, wie hager er geworden war.

2001, kurz bevor islamische Terroristen zwei Passagierflugzeuge in die Zwillingstürme des World Trade Center in New York steuerten, warf Matt endgültig das Handtuch. Die Märkte hatten sich nicht erholt, das Kursniveau blieb niedrig, die Wirtschaft in der

Rezession. Nichts war so wie in der Zeit, in der er an die Wall Street aufgebrochen war. Matt war sich nicht sicher, ob er nicht einer der nächsten Kündigungswellen in den Glastürmen zum Opfer fallen würde. Es hatte zwar bisher nichts darauf hingedeutet, doch kamen die Kündigungen so überraschend, dass sich niemand wirklich darauf einstellen konnte. Ende August beschloss er, der Wall Street den Rücken zu kehren.

Wieder einmal trafen sich Homer und Matt in Manhattan auf ein Bier. Diesmal eröffnete Matt das Gespräch.

»Homer, I'm out, too«, sagte er und prostete ihm zu. »Ich bin jetzt auch raus.«

»Ein bisschen spät, findest du nicht?«, frotzelte Homer zurück, dachte er doch, Matt würde sich auf seine Kapitalanlagen an den Aktien- und Rentenmärkten beziehen und zumindest noch das verkaufen wollen, das ihm geblieben war.

Aber Matt ließ sich nicht verunsichern, hatte er doch einen in sich schlüssigen Plan für die Zukunft.

»Du verstehst mich nicht«, sagte er mit – wie Homer fand – allzu forcierter Entschlossenheit. »Ich steige ganz aus. Vor drei Tagen habe ich meinen Job gekündigt.«

»Du hast was?«

»Ich habe gekündigt und werde die Wall Street verlassen.«

Konsterniert schaute Homer seinen Cousin an.

»Na ja, ich habe beschlossen, ganz aus New York wegzuziehen. Ich brauche Abstand, will raus aus diesem Money Game, weil ich glaube, dass es mich nicht glücklich macht.«

Homer schüttelte den Kopf.

»Seit wann geht es dir darum, glücklich zu werden?«

»George Soros hat mal gesagt: I was a human being before I became a businessman.«

»Bild dir bloß nichts ein, Matt: Du bist nicht George Soros, der das wahrscheinlich erst gesagt hat, als er mit seinen Währungsspekulationen Milliarden gewonnen hat.«

Matt hob die Hand und winkte ab. Homer solle seinen Sarkasmus einen Moment für sich behalten und ihm zuhören. Die Ernsthaftigkeit in seiner Stimme war Homer nicht entgangen. So hielt er sich zurück und ließ seinen Cousin ohne Unterbrechung reden.

»Ich werde nach San Francisco ziehen. Nach den letzten anderthalb Jahren brauche ich einfach Abstand – auch von euch allen. Ich will meine eigene Firma gründen, ein Institut für unabhängige Finanz-analyse, die sich nicht an irgendwelche bankinternen Vorgaben zu halten hat und die Positionen berücksichtigen muss, die auf dem Tra-ding-Floor eingegangen wurden. Ich denke, unabhängige Finanzana-lyse ist eine Marktlücke. Akademisch, korrekt, sauber, nicht immer nur von Interessen geleitet, auch wenn die Banken stets behaupten, ihre Analysten täten genau das nicht. Ich werde das schon hinkriegen in San Francisco. Dieses Big Money Game ist nicht meins.«

Homer hatte den Kopf zurück in den Nacken gelegt und ihm schweigend zugehört.

»Das ist jetzt nicht dein Ernst!«, sagte er, als Matt zum Ende kam.

»Homer, lass das. Es ist mein voller Ernst. Nächste Woche bin ich hier weg.«

Eine Woche, bevor die Türme des World Trade Centers kollabierten, flog Matt nach San Francisco und ließ Homer ratlos zurück. Aus ihrer beider Konkurrenzkampf, der ihn über all die Jahre angetrieben hatte, war Matt ausgestiegen, hatte sich verflüchtigt, als bräuchte er das alles nicht mehr: die Familie genauso wenig wie ihn, Homer, den Glamour der Wall Street nicht, den Aufregungs- und Adrenalin-Level in den Handelssälen, das Gebrüll auf dem Parkett, die Abende in den Bars mit Freunden, mit denen man sich immer über dasselbe austauschte, über Aktienempfehlungen, die die Kurse auf dem Börsenparkett rauf und runter trieben, oder über die Umsätze, die man am Tag erzielt hatte, und im Herbst über die Boni, die man einstrich, um danach das alles in Alkohol zu ertränken.

Die Wall Street hatte Matt hinter sich gelassen, war verschwun-den – so, als hätte ihm die Finanzwelt nie wirklich etwas bedeutet. Er hatte tatsächlich die Chuzpe, ihnen allen seine Unabhängigkeit zu demonstrieren.

Und genau das setzte Homer zu. Ein schales Gefühl bemächtigte sich seiner, wenn er morgens durch die Drehtür den Büroturm sei-nes Arbeitgebers betrat. Es war, das musste er zugeben, nicht mehr das Gleiche, dort mit dem Wissen seinen Tag zu beginnen, dass der andere so mir nichts, dir nichts gegangen war, weil ihm das alles nichts mehr bedeutete. Wie ein Spielverderber nach einer herben Niederlage hatte Matt in Homers Augen die Runde verlassen, zu der sie sich vor Jahren einmal verabredet hatten. An seinem Unmut änderten solche Überlegungen nichts. Sie beförderten sie nur.

15

Ein paar Tage nach Matts Abreise fuhr Homer abends zu Tana. Diesmal trieb ihn weniger die Sorge um seine Großmutter in die Brooklyn Heights als vielmehr das Bedürfnis, mehr über Matts Beweggründe zu erfahren. Er konnte sich dessen Abgang von der Wall-Street-Bühne nicht erklären. Tana war zwar nicht mehr so vital wie früher, lebte inzwischen deutlich zurückgezogener und begab sich nur noch selten mittags auf ihre geheimnisvollen Touren nach Downtown Manhattan. Doch war sie immer noch die unangefochtene Autorität der Familie. Wer, wenn nicht sie, würde ihm sagen können, was Matt bewogen hatte, sich an die Westküste zurückzuziehen.

»Wenigstens du bist hiergeblieben«, begrüßte sie Homer mit bedrückter Miene, als wäre Matt nicht nur fortgezogen, sondern etwas zugestoßen. »Komm rein, ich mache dir einen Tee.«

Tana trank abends meistens Früchtetee, sie hatte ein ganzes Sortiment im Schrank. Homer nickte. Häufig kam er abends und leistete ihr beim Teetrinken Gesellschaft. Als sie im Wohnzimmer saßen und er ihr auf dem Sofa ein paar Kissen in den Rücken geschoben hatte, platzte es aus ihm heraus.

»Weißt du, warum Matt in New York alles aufgegeben hat?«, fragte Homer.

Tana zuckte die Schultern.

»Hat er dir vorher nichts von seinen Plänen erzählt?«, setzte Homer nach.

»Doch, aber nur vage. Er hat auch nicht gesagt, wohin es geht. Ich glaube, er hat sehr darunter gelitten, dass ihn die Märkte zuletzt so viel Geld gekostet haben. Er hat unglaublich viel verloren.«

»Das wird kaum der Grund für so einen Schritt gewesen sein. Er ist regelrecht geflohen. Dabei weiß er doch, dass sich die Märkte innerhalb von ein oder zwei Jahren wieder erholen«, gab Homer zurück.

»Er dachte wirklich, er wäre gescheitert, fühlte sich gedemütigt, was auch ein wenig mit dir zu tun hatte.«

»Wieso denn mit mir? Hat er das so gesagt?«

»Nein, hat er nicht. Aber ich glaube es. Er sagte mir, die Wall Street mache ihn, anders als dich, nicht glücklich. Du hast kein Geld verloren, oder? Das jedenfalls hat er mir auch erzählt.«

Homer nickte und erklärte Tana, dass er bereits Monate vorher alle seine Aktien verkauft hatte, ein wenig zu früh zwar, weil die Kurse danach noch weiter gestiegen waren. Doch hatte ihn das später vor den massiven Verlusten des Dotcom-Crashs verschont.

»Manchmal macht man Dinge aus einem Bauchgefühl heraus. Und ob dich dieses Gefühl dann trügt oder nicht, ist immer auch Glückssache. Ich hatte in dem Moment einfach Glück.«

Tana nickte. Doch Homer setzte noch einmal nach.

»Aber Matt kann doch so eine gravierende Entscheidung nicht von mir abhängig machen.«

»Ach, Homer, glaubst du wirklich, ich bekomme nicht mit, welche Rivalität sich zwischen euch seit Jahren aufgebaut hat? Sie bedrückt mich. Wir sollten uns in der Familie nicht ständig vergleichen, sondern zusammenhalten.«

»Trotzdem glaube ich nicht, dass das der einzige Grund gewesen ist.«

Traurig schaute Tana Homer an, zuckte mit den Schultern und schwieg. Dann holte sie tief Luft, öffnete den Mund, schloss ihn aber wieder und schwieg weiter.

»Tana«, sagte Homer und legte seine Hand auf ihr knochiges Knie, das spitz aus dem Stoff ihrer schwarzen Jersey-Schlafhose hervorstach. »Da ist doch noch etwas.«

Sie nickte.

»Es gibt ein Problem.«

»Mit Matt?«

»Nein. Etwas anderes. Ich hatte vor ein paar Tagen einen Rohrbruch im Badezimmer. Erst kam der Notdienst, dann noch ein anderer Handwerker. Sie haben mir gesagt, dass ich hier mindestens eine Steigleitung erneuern muss, wenn nicht gleich alle.«

»Das ist lästig, aber das ist doch kein Problem.«

Tana nahm seine beiden Hände und sagte eindringlich:

»Doch Homer, das ist ein Problem. Es wird sehr teuer. Du weißt, dass mein Vermögen vor allem in diesem Haus besteht. Ich kann das nicht bezahlen.«

Homer schaute sie an, dann brach er in Gelächter aus.

»Dann bezahle ich es eben.«

»Das kostet etliche Tausend Dollar.«

Offenbar hatte Tana keine Ahnung, dass Homer zu der Zeit schon lange nicht mehr in den Kategorien von ein paar tausend Dollar dachte.

»Tana, das muss dir nun wirklich keine Sorgen bereiten. Ich übernehme das natürlich. Ich schicke dir in den nächsten zwei oder drei Tagen eine Firma vorbei. Wahrscheinlich komme ich dazu. Und dann erledigt sich das wie von selbst. Du musst tagsüber nur den Krach und den Staub ertragen. Aber in vier oder fünf Wochen dürfte auch das vorbei sein.«

Er lächelte sie an und nickte dabei.

»Und wenn wieder etwas ist, dann rufst du mich einfach an. Das Haus sollte nicht verfallen. Alles, was nicht repariert wird, kommt uns hinterher nur noch teurer zu stehen.

Tana senkte den Kopf.

»Über Geld musst du dir keine Sorgen machen«, setzte er noch hinzu.

»Wirklich nicht?«, fragte sie verunsichert. »Ich wusste ja nicht … Matt hat so viel verloren.«

Homer presste die Lippen aufeinander. Matt hatte in der Tat sehr viel Geld verloren, mehr, als sich Tana wahrscheinlich vorstellen konnte. Sein Abgang von der Wall Street hatte sie offenbar stärker erschüttert, als sie sich das ihm und sich selbst eingestehen wollte.

»Er war so aufgebracht, fast panisch. Vielleicht sogar verzweifelt, als er das letzte Mal hier war vor seiner Abreise«, setzte sie noch hinzu.

»Mach dir nicht so große Sorgen. Matt ist sehr klug, er wird schon wieder auf die Füße fallen.«

»Meinst du? Es hörte sich so an, als sei er so gut wie bankrott, so Hals über Kopf, wie er nach San Francisco aufgebrochen ist.«

Homer schüttelte den Kopf. Er sei nicht bankrott, beruhigte er seine Großmutter, sonst wäre er gar nicht in der Lage, sich etwas Eigenes aufzubauen.

Matt plante einen Neuanfang. Dass seine Verluste damit zu tun hatten, sollte allerdings nur die halbe Wahrheit sein. Es gab noch andere Beweggründe, die Matt dazu getrieben hatten, sich so überraschend aus New York zu verabschieden. Tana konnte sie nicht kennen. Und Homer damals auch noch nicht.

16

»Wie hat denn die Familie auf Matts Abgang reagiert?«, wollte ich von Homer wissen.

»So richtig weiß ich es nicht. Für Lea mag es schwierig gewesen sein. Er hat sich immerhin von New York aus gesehen so ziemlich den entferntesten Flecken für seinen Neustart ausgesucht«, antwortete er, stand unvermittelt auf und verschwand im hinteren Teil seiner Wohnung.

Als ich mich umschaute, wurde mir bewusst, wie still es war. Es war mitten in der Nacht, halb drei, auf den Straßen fuhren kaum Autos, der übliche Stadtlärm würde wahrscheinlich erst gegen sieben oder halb acht wieder einsetzen. Trotzdem war ich überrascht, dass man überhaupt nichts hörte von der Stadt. Ich stand auf, trat an eines der offenbar gut isolierten Fenster und überlegte, ob ich versuchen sollte, es zu öffnen, zauderte kurz und ließ es bleiben.

Als Homer zurückkehrte, hatte er zwei beige Wolldecken mitgebracht, warf eine auf den Platz, an dem ich gesessen hatte, die andere behielt er in der Hand.

»Brauchst du frische Luft?«, fragte er mich.

»Nein, das nicht. Es ist nur so still hier. Beängstigend still.«

Homer reagierte mit einem Lächeln und fragte mich, ob er wieder Musik auflegen sollte. Ich schüttelte den Kopf.

»Lass lieber ein bisschen Stadtlärm hinein. New Yorker Nacht-Stadt-Lärm. Das habe ich zu Hause nicht.«

Er nickte und öffnete eines der modernen Fenster. Die kühle Nachtluft strömte herein, vermischt mit dem leisen Rauschen vereinzelt vorüberfahrender Autos.

»Wie hat die Familie reagiert?«, wiederholte Homer meine Frage, ohne sie zu beantworten.

Eine Weile lang schwieg er. Dann wandte er sich mir zu.

»Diese Krise bescherte mir den bisher größten Triumph über ihn. Er, der erfahrene Analyst, der sie hätte kommen sehen müssen, war gescheitert. Aber durch sein Verschwinden hatte ich keine Chance, meine Überlegenheit auszukosten. Ich glaube, das ärgerte mich damals am meisten.«

Nur wenige Wochen nach dem 11. September kündigte auch er seinen Job und beschloss, sich wieder auf die Seite der Anwälte zu begeben. Die Initiative zu dieser Veränderung war allerdings nicht ganz von ihm ausgegangen. Vielmehr hatte er eines Vormittags den Anruf des bekannten Anwalts Patrick Mersh entgegengenommen, der für seine kleine, jedoch sehr renommierte Kanzlei einen jüngeren Partner suchte. Mersh war 52 Jahre alt, Homer noch keine 38. Wie dieser Anwalt gerade auf ihn kam, der er als Anwalt bisher nicht über den Status eines Angestellten hinausgekommen und dann in einer der Büroetagen eines Vermögenverwalters verschwunden war, der Tausende von Mitarbeitern beschäftigte, konnte sich Homer nicht erklären. Er sagte mir, er könne sich vorstellen, dass auch hier wieder sein »Freund« Thomas Thornton die Finger im Spiel gehabt habe, wollte es aber lieber nicht so genau wissen. Homer war sehr darauf bedacht, zu Mr. Thornton einen gewissen Abstand zu halten, was schwer genug war. Denn sein Mentor tauchte mit berechenbarer Regelmäßigkeit in seinem Umkreis auf. So hütete er sich davor, Thornton zu fragen. Nur seinen zukünftigen Partner fragte er beim ersten Treffen. Der allerdings hielt sich bedeckt und beließ es bei der nichtssagenden Antwort, Homer sei ihm als Anwalt mit interessanter Expertise in der Rechtsberatung vor allem für Börsengänge empfohlen worden. Genau diese Kombination hatte Mersh beeindruckt.

Vom ersten Treffen bis zum Einstieg Homers in dem Anwaltsbüro, das fortan als Mersh & Spiegelman LLP, einer Art Partnerschaft mit beschränkter Haftung nach amerikanischem Recht, firmieren sollte, vergingen gerade einmal vier Wochen. Während die Welt in der Schockstarre verharrte, in die sie der 11. September 2001 versetzt hatte, krempelte Homer sein Berufsleben um.

In Absprache mit seinem Partner konzentrierte er sich auf die Beratung seiner Mandanten bei Kapitalmarkttransaktionen. Trotz der nunmehr seit anderthalb Jahren fortdauernden Baisse glaubte er noch immer an die kurstreibende Kraft, die die technologische Entwicklung und mit ihr das Internet künftig entfalten würden. Die Frage war nur, wann.

»Ich war felsenfest überzeugt, dass sich dieser Paradigmenwechsel in den Grundstrukturen der Weltwirtschaft irgendwann auf die Märkte niederschlagen würde«, erinnerte er sich.

»Ganz falsch lagst du damit ja nicht« – aus meiner Bewunderung machte ich keinen Hehl.

»Well, ich sollte fair bleiben: Generelle Trends vorherzusagen, ist nicht so schwer, wann sie aber eintreten und an den Märkten ihre Wucht entfalten, wann daraufhin die Horde der Anleger in ihren Sog gerät, das kann man meistens nicht einmal erahnen.«

Homer überlegte einen Moment, nickte sich zustimmend zu und fuhr fort:

»Ich war jedenfalls Realist genug, dies als Faktum zu akzeptieren. Gelernt hatte ich das bei einem Rentenhändler, dem ich während meines Praktikums zuarbeitete. Es blieb mir deshalb nichts anderes übrig, als auf den Beginn dieser Phase zu warten. Das war zäh, es gab nicht viele große Mandate. Zwei Jahre hat es schließlich gedauert, bis das Geschäft an den Kapitalmärkten allmählich wieder in Schwung kam.«

Dann aber nahm das Silicon Valley erneut einen rasanten Aufstieg. Die Ingenieure, Produktentwickler und Programmierer hatten sich von dem jähen Ende des Booms der Neunzigerjahre nicht entmutigen lassen. Im Gegenteil. Immer mehr Ideen wurden in Geschäftsmodelle umgewandelt, vorwiegend in Plattformen. Und drängten an die Börse. Dafür brauchten sie die juristische Beratung der bekannten Wall-Street-Kanzleien. Viele der Anfragen liefen bei Mersh & Spiegelman auf und landeten so direkt auf Homers Schreibtisch. Die Kanzlei begann zu wachsen – vor allem Homers Feld. Er stellte fortlaufend neue Mitarbeiter ein, wollte – anders als sein Seniorpartner Patrick Mersh – die Partnerschaft aber nicht erweitern, sondern arbeitete lieber mit jungen, angestellten Anwälten, die bereit waren, ihren Mandaten und damit ihm rund um die Uhr zur Verfügung zu stehen.

In den Aufwind der wirtschaftlichen Erholung und des Aufstiegs des Silicon Valley geriet auch Matt mit seiner neuen Firma »Independent Researchers«. So hatte er sie genannt, um sich in zweierlei Hinsicht von den großen Investmentbanken, die den Markt ihrerseits mit Analysen überschwemmten, abzusetzen. Mit dem ersten Teil des Namens seiner neuen Firma machte er deutlich, dass es sich um ein gänzlich unabhängiges Unternehmen handelte, im zweiten, dass die Analysen nicht etwa aus der seriellen Produktion eines für die Kunden unübersichtlichen Teams kamen – Retortenarbeit nannte es Matt einmal –, sondern dass hinter jedem Urteil über eine Aktie oder ein Unternehmen die analytische Arbeit eines

Individuums stand, dessen Bewertung in der Diskussion mit den Kollegen bestehen musste. Auch Matts Unternehmen wuchs, auch er stellte Mitarbeiter ein, die im Aufschwung nicht leicht zu bekommen waren. Zumindest die Spitzentalente unter ihnen nicht.

Homer wunderte sich, wie schnell sich Matt nicht nur einen exzellenten Namen gemachte hatte, der seinen Bekanntheitsgrad über die Bay Area hinaus bald bis an die Ostküste beförderte. Natürlich half auch ihm der wiedereinsetzende Internetboom, der eine schier unersättliche Nachfrage nach differenzierten Unternehmensbewertungen entfachte, die die großen Institute an der Wall Street gar nicht befriedigen konnten. Dabei traute man den kleinen, lokal vernetzten Analyse-Häusern in dieser Zeit das verlässlichere Urteil zu, vor allem dann, wenn sie in der Gegend selbst angesiedelt waren und nicht aus der Ferne ihre Bewertungen verfassten. Genau darauf hatte Matt offenbar gesetzt, ein strategisch äußerst kluger Zug, das musste Homer anerkennen. Er tat es – wenn auch nur ungern – und bewunderte ihn für seine Voraussicht sogar. Hatte Matt den Aufstieg des Silicon Valley tatsächlich kommen sehen?

Doch verfolgte Homer die Arbeit von Matt auch aus beruflichen Gründen. Schließlich beriet er immer mehr Unternehmen, die an die Wall Street drängten. Da er sich von den Neugründern mit Beteiligungen bezahlen ließ, war auch er auf die Analysen von Matt angewiesen. Er kannte seinen Cousin, dessen Genauigkeit und vor allem sein Urteilsvermögen, in das nicht nur das reine Zahlenwerk einfloss, das die jungen Entrepreneurs ihm überließen, sondern auch deren Persönlichkeit. Matt und seine Mitarbeiter waren unentwegt unterwegs und schauten sich die Führungsteams und Geschäftsräume jedes Unternehmens an, das sie bewerteten. In dieser Hinsicht, das wusste er, würde er sich auf Matt verlassen können.

Das von ihm gewählte Vergütungsmodell bescherte Homer in kürzester Zeit eine Reihe von zunächst stillen Beteiligungen. Doch hielt er seine Aktienpakete nicht unbedingt lange, sondern stieß sie in der Regel zügig wieder ab, wenn ihm der Moment an der Börse günstig erschien. Er verstand sich nicht als professioneller Investor, sondern weiterhin als Anwalt.

In jener Nacht gab ich mich mit seiner Erklärung zufrieden, fragte auch nicht weiter nach, weil es mir indiskret erschien. In den darauffolgenden Tagen allerdings konnte ich nicht umhin, das Internet

noch einmal sehr viel genauer auf Nachrichten über ihn zu durch-
forsten. Die Berichte über ihn und seine Beteiligungen auf den hinteren Seiten klangen deutlich weniger harmlos. Bei verschiedenen
Finanzinformationsdiensten, die sich vor allem mit den Neugründungen im Silicon Valley befassten, erschien sein Name häufiger.
Dabei kristallisierte sich über seinen Umgang mit den Engagements
ein bestimmtes Muster heraus.

Als Investor verhielt er sich keineswegs passiv. Im Gegenteil, er
stockte seine Anteile bei besonders zukunftsträchtigen Unternehmen auf, drängte auf einen Sitz im Aufsichtsrat und versuchte von
dort aus, die Unternehmensgeschicke zu beeinflussen. Gewandt
ritt er dabei so manche Attacke gegen die Führungsspitze, stellte
diese mit seinem schier unendlichen Detailwissen bloß, ohne sich
jemals im Ton zu vergreifen, blieb vordergründig stets freundlich
und wohlwollend, während die Unternehmensführung seinen Fragen immer weniger gewachsen schien, schon nach wenigen Sitzungen bei den Mitaufsehern an Ansehen verlor und irgendwann den
Rückzug antrat. Homer war es dadurch mehrfach gelungen, junge
Unternehmen nach erfolgreichen Finanzierungsrunden in kurzer
Zeit unter seine Kontrolle zu bringen, das operative Geschäft zu
verkaufen und am Ende mit Cashbeträgen in mehrstelliger Millionenhöhe als Haupteigentümer übrig zu bleiben. Diese investierte er
dann wieder. Vor allem kleine Anleger und besonders unbedarfte
Gründer hatten gegen seine Raffinesse, sein Wissen und seine
Durchsetzungsfähigkeit kaum eine Chance. Das jedenfalls war in
den Berichten mehrfach zu lesen. Negative Schlagzeilen machte
er mit einem besonders spektakulären Manöver einer heimlichen
Übernahme, um mit dem gerade eingesammelten Geld Tausender
Anleger an Währungsspekulationen zu verdienen. Ich versuchte,
den Wert seiner Beteiligungen zu der Zeit zu überschlagen und kam
auf zwei- oder dreihundert Millionen Dollar. Viel zu wenig, wie sich
später herausstellen sollte. Sympathischer machte es ihn mir nicht.
Im Alter von gerade einmal vierzig Jahren hatte Homer bereits ein
Vermögen angehäuft, das er bis zum Ende seines Lebens wohl nicht
mehr würde ausgeben können.

17

Seine Erfolge nährten das Verlangen nach mehr. Die Freude an jedem weiteren Dollar, den er verdiente, schien stets größer als an dem vorherigen. Seit Beginn des Aufschwungs nach dem Platzen der Dotcom-Blase und den Terroranschlägen des 11. September arbeitete er ununterbrochen und spann seine Fäden zwischen verschiedensten Protagonisten der Finanzwelt. Unaufhörlich war er unterwegs, flog alsbald sogar an die Westküste, um sich mich Matt über die Entwicklung in der Bay Area und dem Silicon Valley an Ort und Stelle auszutauschen und das eine oder andere Beratungsmandat zu akquirieren.

Bei einem ersten Besuch in San Francisco hatte sich Matt zunächst geweigert, Homer in seiner neuen Firma zu empfangen. Denn er hatte in einer der schäbigeren Seitenstraßen der Market Street ein paar dunkle Büroräume einer niedrigen Zwischenetage angemietet und sich dafür geschämt. Doch Homer ließ nicht locker. Er bestand darauf, Matt in seiner neuen Firma aufzusuchen. Sollte er bei Matt Analysen in Auftrag geben, müsse er sehen, wie und mit wem er arbeitete. Fünf Leute hatte Matt eingestellt, junge, intelligente Analysten, darunter auch eine Frau, allesamt hoch motiviert, mit Matt gemeinsam eine unabhängige Finanzberatung aufzubauen. Sie brannten dafür. Nach zwei Stunden trat Homer zufrieden und erleichtert wieder auf die Straße, lief Richtung Market Street, winkte ein Taxi heran und ließ sich zu seinem nächsten Termin chauffieren. Er hatte sich mit Matt recht gut verstanden. Sie würden fortan zusammenarbeiten. Er, Homer, würde sein Auftraggeber werden.

»Ich hatte Matt endgültig abgehängt«, sagte er abschließend. »Und das nicht nur mit Blick auf das, was ich verdiente. Er fing damals buchstäblich von vorne an. Aber er war ein brauchbarer, guter Analyst.«

Die folgenden Jahre waren für Homer geschäftlich so erfolgreich wie nie zuvor. Trotz oder vielleicht sogar wegen der Entfernung von mehreren Tausend Meilen brachten sie Matt und Homer auch wieder ein wenig näher zusammen. Die Konkurrenz zwischen ihnen wich einer recht fruchtbaren Zusammenarbeit. Die Beklommenheit, die ihre ersten Treffen in San Francisco noch belastet hatte, war in eine Geschäftsmäßigkeit übergegangen, die Homer als angenehm empfand.

Matt versorgte Homer mit Analysen. Homer zahlte gut dafür, gab sich allerdings wenig mitteilsam, wenn es darum ging, Matt über seine eigenen Geschäfte aufzuklären und darüber zu berichten, was er mit dessen Informationen und Analysen anfing. Stets verwies er auf seine Verschwiegenheitspflicht, der er als Anwalt nun einmal unterlag, auch wenn längst nicht mehr alle Engagements aus seiner Beratungstätigkeit herrührten.

Entgegen seiner ursprünglichen Intention hatte Homer nach ein paar Jahren des Booms eine Investmentgesellschaft gegründet und dafür ein Team an Mitarbeitern zusammengestellt, das unter seiner Führung das Portfolio der Gesellschaft verwaltete. Bei seiner Investmentgesellschaft handelte es sich um den Mantel eines einst börsennotierten Unternehmens, dessen operatives Geschäft er veräußert und das Unternehmen von der Börse genommen hatte. Dass die Firma schon bald nach dem Verkauf zusammenbrach, musste ihn nicht mehr interessieren. Es war ihm eine Cashreserve in niedriger dreistelliger Millionenhöhe geblieben, die er fortan investierte. Dadurch kamen immer neue Millionen dazu. Über die Jahre hatte er ein paar Geschäftspartner um sich versammelt, denen er vertraute. Sie saßen in den Aufsichtsräten der Unternehmen, an denen Homer einen maßgeblichen Anteil hielt. Sie waren seine Gesprächspartner, wenn es darum ging, etwas zu akquirieren oder zu verkaufen. Mitunter fungierten sie auch als Strohmänner, wenn Homer nicht in Erscheinung treten wollte. Seine Kontakte gingen weit über New York und die Wall Street hinaus. Er hatte sie sogar bis in die oberen Etagen des Finanzministeriums in Washington hinein etabliert, um frühzeitig über geplante Gesetzesinitiativen informiert zu sein und – im besten Fall – angesichts seiner Expertise auf dem Feld der Börsengänge um seinen Rat und seine Einschätzung gefragt zu werden, die ihm wiederum tiefe Einblicke inNeugründungen und schließlich Beteiligungen ermöglichte.

Matt lachte über die Umtriebigkeit seines Cousins, behauptete sogar einmal, er halte von derlei Kontakten nichts. So ganz aber glaubte Homer ihm das nicht. Denn auch in seiner Arbeit war er auf jede noch so scheinbar unbedeutende Information aus politischen Kreisen angewiesen, mit der er aktuelle Entwicklungen richtig deuten und künftige Trends besser vorhersagen konnte.

»Hattest du in der Zeit eigentlich eine Freundin?«, unterbrach ich ihn. Ich weiß nicht genau, wie ich darauf kam.

Reichlich erstaunt schaute mich Homer an.

»Freundin?«

»Ja, Freundin oder Ehefrau, ein Privatleben, was weiß ich«, wiederholte ich, »eine Lebensgefährtin – gab's so etwas in deinem Leben?«

Homer nickte nachdenklich. Dann legte sich seine Stirn in Falten.

»Mein Privatleben – das war und ist ein schwieriges Thema. Von Tessa habe ich dir erzählt. Damals aber war sie noch nicht aktuell. Ich habe sie ja erst vor zwei Jahren kennengelernt. Und allzu lange hat unsere Beziehung nicht gehalten.«

Ich wartete. Er schwieg eine Weile, dann fuhr er fort:

»Um deine Frage konkret zu beantworten: Nein, ich war noch nie verheiratet, habe auch keine Kinder. Zumindest nicht, dass ich wüsste. Ich hatte immer wieder Freundinnen. Aber die Richtige war bisher noch nicht dabei.«

Wieder sagte ich nichts. Schweigen kann manchmal hilfreich sein. Tatsächlich holte Homer noch einmal tief Luft und bewegte die Lippen, ohne dass ihm ein Ton entwich. Ich beugte mich zu ihm hinüber und versuchte es mit einem Lächeln. Leise sagte er:

»Privatleben. Ein richtiges Privatleben. Das hatten immer nur die anderen.«

18

Matt zum Beispiel. Er hatte sich Ende des Jahres 2000 aus New York nicht etwa allein, sondern mit seiner damaligen noch recht neuen Freundin Kate aus Harvard-Zeiten verabschiedet. Zusammen waren sie an die Westküste in den Künstlervorort Sausalito auf der Nordseite des Golden Gate in eines der typischen Holzhäuser gezogen und hatten dort geheiratet. Auch Kate hatte ihren Job aufgegeben. Schon bald nach ihrem Umzug wurde sie schwanger und brachte ihren ersten Sohn zur Welt. Da auch sie erst einmal Karriere gemacht hatte, war sie mit 36 Jahren keine junge Mutter mehr. Vier Jahre später kam das zweite Kind zur Welt, wieder ein Junge. Während Homer seine Kontakte zu Matt in dieser Zeit auf geschäftliche Angelegenheiten beschränkte, badete der Rest der Familie im Glück. Matts Eltern flogen häufig an die Westküste, um Kate mit ihren Kindern zur Seite zu stehen. Sogar Hank und Josie entdeckten auf einmal die Vorzüge Kaliforniens, obwohl sie nicht die Großeltern, sondern nur Großonkel und -tante waren. Sogar Sandy – inzwischen Lehrerin – besuchte ihn hin und wieder. Sie mochte die Westküste. Homer indes mied die Familie seines Cousins. Da er sich in den vergangenen Jahren auch in Brooklyn nur ein- oder zweimal im Jahr an den Wochenenden hatte blicken lassen – seine Großmutter suchte er lieber allein und deshalb unter der Woche auf –, fiel seine Abwesenheit niemandem auf. Homer war nun einmal der schwer beschäftigte, erfolgreiche Sonderling in der Familie. An seiner Zurückhaltung nahm deshalb keiner von ihnen Anstoß. Und es fragte ihn auch niemand mehr danach.

Im Frühjahr 2007 flog Homer wieder einmal beruflich nach San Francisco. Abends war er mit Matt verabredet. Matt und Kate hatten ihn zu sich nach Hause eingeladen, das erste Mal. Zwanzig Minuten würde er vom Zentrum aus brauchen.

Gegen halb acht Uhr abends setzte er sich in einen Mietwagen, den ihm Amie gebucht hatte, und brach von der Market Street in Richtung Sausalito zu seinem Cousin auf. Er fühlte sich abgeschlagen, ihm war zwischendurch in Phasen immer wieder leicht schwindelig geworden, was er auf eine erst vor wenigen Tagen auskurierte Ohrenentzündung zurückführte, die er sich auf einem Flug nach Asien zugezogen und verschleppt hatte.

Im Auto stellte er das Radio an, wollte die Nachrichten hören, war gedanklich aber derart abgelenkt, dass er davon kaum etwas mitbekam. Schon als er von Weitem die roten Pylone der Golden Gate Bridge erblickte, wurde ihm unwohl. Er fragte sich, warum ein kalter Schweiß sein Gesicht überzog und wenig später seinen Nacken hinunter in den Hemdkragen rann. Er begann, sich mit wiederholten Blicken in den Rückspiegel zu beobachten. Als er über die Auffahrt in die Hängebrücke einbog, waren bereits große dunkle Flecken, die sich unter den Armen und auf der Brust gebildet hatten, auf seinem hellblauen Hemd zu sehen. Er wunderte sich, wie schnell das ging, und hoffte inständig, diese würden mit einer Ankunft in Sausalito wieder verschwunden sein.

Wie sollte er Matt das erklären? Es war noch Winter, ein klarer, kühler Februartag, für Schweißausbrüche gab es keinen äußerlichen Grund. Just bei diesem Gedanken begann sein Herz, schneller zu schlagen. Auch das bemerkte er, während er weiterhin in den Rückspiegel blickte, um die Ausbreitung der Flecken auf seinem Hemd zu kontrollieren. Er nahm die Hand vom Lenkrad und betrachtete seine Handflächen. Sie glitzerten im Licht der Straßenbeleuchtung. Auch auf dem Lenkrad schimmerte die Feuchtigkeit. Während er sich unendlich langsam mit dem Verkehr der Rushhour über die Brücke schob, im Sitz immer wieder aufrichtete, um sich von der zunehmenden Enge in seiner Brust zu befreien, verschwammen die Rücklichter vor seinen Augen. Er blinzelte. Das schleppende Tempo setzte ihm zu, er versuchte, den elektronischen Fensterheber nach hinten zu ziehen und die Scheibe herunterzufahren. Doch der ließ sich nicht betätigen. Sein Blut pulsierte durch die Halsschlagader und schien ihm die Luft zu nehmen.

Und dann, ganz plötzlich, erfasste ihn die Panik. Wie eine träge, schwarze Masse stieg sie in seinen Waden auf, wälzte sich durch seine Lenden über den Magen bis zur Kehle. Er schluckte mehrfach. Würde er im nächsten Moment die Kontrolle über den Wagen verlieren und über sich selbst? Oder in wenigen Minuten bewusstlos sein? Plötzlich war er sich sicher, es handelte sich um einen Herzinfarkt.

Mit mehreren tiefen Atemzügen kam er bis zum Ende der Brücke, passierte die roten Pylone bei Lime Point auf der Gegenseite des Golden Gate und nahm unter dem ungeduldigen Hupen der anderen Autofahrer schlingernd Kurs auf die nächstgelegene Ausfahrt, die ihn direkt auf den Parkplatz am Vista View Point brachte.

Keuchend stellte er den Motor ab. Sein Puls raste. Wasser rann ihm in Strömen in den Hosenbund hinunter. Und die Angst, sie war immer noch da. Homer schloss die Augen und versuchte, sich nur noch auf seine Atemzüge zu konzentrieren. Er begann zu zählen: In – Out – 1, In – Out – 2, In – Out 3 und tat damit intuitiv das Richtige. Es kam ihm ewig vor, bis die Atemübungen Wirkung zeigten.

Er beruhigte sich leicht, eine Welle der Entspannung glitt durch seinen Körper, gefolgt von einer großen Müdigkeit. Dann wurde ihm übel, sodass er das Zählen einstellte und die Autotür aufstieß. Er lehnte sich hinaus in die frische Luft. Mit einem Mal schoss es in ihm hoch, wie eine Fontäne, mit unglaublichem Druck. Im letzten Moment beugte er sich vornüber nach draußen. Der Brechreiz überrollte ihn in mehreren Wellen. Irgendwann war er vorüber.

Homer zog den Kopf ins Auto und lehnte sich wieder zurück, wischte sich mit dem Hemdsärmel über seinen Mund und schloss die Augen. Was war das alles? Was passierte mit ihm? Die Attacke hatte ihm Todesängste beschert, so wie er sie vorher noch nie erlebt hatte. Völlig erschöpft sank er in sich zusammen. Mit letzter Kraft gelang es ihm, seinen Sitz ein wenig nach hinten zu stellen, sodass er sich entspannen konnte. Wieder schloss er die Augen und fiel im nächsten Moment in einen tiefen Schlaf. Die Autotür stand weiterhin sperrangelweit auf. Als er aufwachte, war es bereits halb elf.

»Ich musste drei Stunden geschlafen haben«, erinnerte sich Homer. »Stell dir vor, drei Stunden, die meine Autotür die ganze Zeit über offenstand.«

»War denn alles noch da?«

»Ich hatte Glück, es war tatsächlich alles noch da. Mein Notebook, mein Handy, meine Kreditkarten. Ich war offenbar dermaßen weggetreten, dass mir Matts Anrufe entgangen sind. Das Klingeln habe ich schlicht nicht gehört.«

Das Knirschen von Autoreifen auf Schotter holte ihn aus dem Schlaf. Vorsichtig öffnete er die Augen, konnte im ersten Moment aber nicht genau lokalisieren, wo er sich befand. Das Einzige, was er wahrnahm, war das grelle, blaue Blinken eines Polizeiwagens, der unmittelbar neben ihm hielt. Zwei Polizisten stiegen aus und näherten sich ihm. Irgendjemand musste sie alarmiert haben, nachdem er oder sie Homer im Tiefschlaf bei offener Autotür erblickt und womöglich vermutet hatte, dass er bewusstlos wäre.

Homer beugte sich zunächst nach vorne, um umgehend aus dem Auto steigen, besann sich dann doch eines Besseren, blieb sitzen und legte die Hände aufs Lenkrad. Einer der beiden Cops fragte ihn nach seinen Papieren und ob alles in Ordnung sei. Homer erzählte, was ihm widerfahren war. Allerdings mit einer leichten Abwandlung. Er sei auf dem Weg zu seinem Cousin nach Sausalito gewesen, habe während der Fahrt unter extremer Müdigkeit gelitten und sei deshalb auf den nächstgelegenen Parkplatz gefahren, um sich für zehn Minuten auszuruhen. Dass daraus nun mehr als drei Stunden geworden waren, erstaune ihn selbst.

So glaubhaft, wie er sein Verhalten erklären konnte, gaben sie sich damit zufrieden und zogen mit guten Wünschen für eine sichere

Fahrt weiter. Als sie vom Parkplatz verschwunden waren, blieb Homer allein im Dunkeln zurück. Einen Moment verharrte er dort. Dann drehte er den Schlüssel im Zündschloss herum. Der BMW sprang an, Homer wunderte sich, wie leise der Wagen lief. Als er die Tür zuzog und die Handbremse lösen wollte, wurde er unsicher. Was, wenn sich dieses beengende Gefühl sofort wieder einstellte?

Schon schlug sein Herz höher, die Hände wurden wieder feucht. Nur nicht die nächste Attacke, dachte er sich. Dann schoss es ihm durch den Kopf: Wo wollte und sollte er jetzt überhaupt hin? Der Gedanke brachte ihn zurück in die Wirklichkeit, die ihm bereits wieder zu entgleiten schien – aus Angst vor der Angst.

In der Tat: Wo wollte er überhaupt hin? Matt würde er jetzt nicht mehr aufsuchen können. Zu spät war es, er war sicher schon ins Bett gegangen oder kümmerte sich um seine kranke Frau. Es blieb ihm nichts weiter, als zurück zum Hotel zu fahren, am nächsten Morgen um halb neun ging sein Flugzeug nach New York. Doch statt den Wagen endlich vom Parkplatz zurück in Richtung Golden Gate Bridge zu steuern, verharrte er noch einen Moment. Seine Hinfahrt über die Brücke ging ihm durch den Kopf, das Gefühl der Enge, das ihn ergriffen hatte. Dann fasste er sich ein Herz und beschloss loszufahren, legte den Rückwärtsgang ein, um zu wenden und blieb in umgekehrter Fahrtrichtung unvermittelt stehen. Es ging nicht. Wieder schlug ihm das Herz bis zum Hals. Er stöhnte.

»Was zur Hölle ist mit dir los?«, fragte er sich und wusste keine Antwort.

Mit der Faust begann er, auf das Lenkrad zu hämmern und dann gegen seine nasskalte Stirn. Wieder wischte er sich mit dem Hemdsärmel übers Gesicht. Erst da wurde ihm klar, dass es nicht nur der Angstschweiß, sondern Tränen waren, die da heruntertropften und über den Hals in den Kragen rannen.

Er griff nach seinem Handy, das – wie auch immer – auf dem Beifahrersitz gelandet war, sah, dass Matt etliche Male angerufen hatte, und tippte mit zitternden Fingern die Privatnummer von Amie ein. Er musste ein wenig warten, dann antwortete sie.

»Amie, ich stehe hier mit dem Mietwagen am Vista View Point von Sausalito. Ich kann nicht mehr fahren«, stöhnte er ins Telefon. »Frage nicht, warum, irgendetwas stimmt nicht …«

Er konnte nicht weitersprechen, ein Schauer durchfuhr seinen Körper, eine Reaktion auf den Schock des Eingeständnisses der eigenen Hilflosigkeit, die ihm die Kehle zuschnürte. Wieder stürzte das Wasser aus seinen Augen und es verschlug ihm die Sprache. Er brachte keinen Laut mehr hervor und wollte es auch nicht. Seine Sekretärin sollte nicht mitbekommen, dass er weinte.

»Es war lächerlich«, schloss Homer, »sie hat es so oder so gemerkt, da bin ich mir sicher. Aber sie hat so sachlich und klug reagiert, dass mir das egal war.«

Unaufgeregt sprach Amie ihre Anweisungen ins Telefon:
»Bleib, wo du bist und gib mir ein paar Minuten. Ich lasse dich abholen. Wenn das Taxi da ist, steigst du aus, verriegelst den Wagen und steckst den Autoschlüssel ein. Das Taxi bringt dich zurück ins Hotel. Ich organisiere das jetzt, dann rufe ich dich wieder an. Du bist nicht allein.« Sie hängte ein.

19

Du bist nicht allein – das hatte noch niemand zu ihm gesagt. Homer wollte diese vier Worte nicht mehr loslassen, murmelte sie noch eine Weile vor sich hin. Nach einer halben Stunde hielt ein Taxi neben seinem Wagen. Er hatte den BMW nicht von der Stelle bewegt, konnte ihn nicht erneut anlassen, weil er dachte, mit dem Anspringen des Motors würde er eine weitere Attacke auslösen. Als allerdings der Taxifahrer neben ihm hielt, war diese Sorge wie weggeblasen. Er parkte das Mietauto an der ursprünglichen Stelle und stieg um. Amie hatte ihn nach einiger Zeit wieder angerufen, um sicherzugehen, dass er nicht noch einmal in Panik geriet, hatte sich die Begebenheit erzählen lassen, so wie er sie erlebt hatte, um dann sachlich eine erste Diagnose zu stellen:
»Das war eine Panikattacke. Danach ist man meist vollkommen erschöpft.«
Homer wunderte sich:
»Wieso bist du dir da so sicher?«, hatte er sie gefragt.
Amie hatte leise gelacht, was ihn erleichterte.
»Vielleicht, weil ich es kenne.«
Es war die erste private Unterhaltung, die er mit ihr führte. Sie arbeitete erst ein paar Monate für ihn. Mit jener Nacht allerdings

wurde es anders. Sie begann, ihm zu erklären, was es mit derartigen Attacken auf sich hatte. Sie würden einen aus heiterem Himmel wieder ereilen, wenn einem die Erinnerung an den Moment des Kontrollverlustes ganz plötzlich durchs Gedächtnis jage. Sie riet ihm auch, in den Tagen nach seiner Rückkehr einen Psychologen aufzusuchen, der ihm helfen würde, den Auslöser für die Attacke zu finden. Das sei keine Angelegenheit, die man allzu leichtnehmen oder gar verschleppen sollte. Sie gehöre möglichst bald aufgearbeitet. Schließlich erzählte sie ihm ein wenig von ihren Erfahrungen.

Zurück in New York ging Homer die Sache pragmatisch an. So wie als Anwalt auch. Er löste unentwegt Probleme und fand praktikable Antworten auf heikle Fragen. Streitigkeiten mussten geschlichtet, Fusionen verhandelt werden, Unstimmigkeiten war mit Kompromissen beizukommen. Er bat Amie, ihm so schnell wie möglich einen Psychologen zu suchen. Männlich sollte er sein, darauf hatte er bestanden, ansonsten aber ließ er ihr freie Hand. Homer wollte unbedingt wieder fit und bloß nicht noch einmal von einem derartigen Kontrollverlust heimgesucht werden. Nur deshalb war er bereit, sich auf die Sache mit dem Psychologen einzulassen.

Dessen Tätigkeit betrachtete er nicht anders als die seines Physiotherapeuten, der dafür da war, ihm seine Beweglichkeit zurückzugeben. Dabei interessierten ihn nicht die Hintergründe für seine physische Malaise – in Homers Fall waren es ganz offensichtlich drei Bandscheibenvorfälle –, sondern nur die Beseitigung der Symptome. Und genauso verhielt es sich mit dem Psychologen. Hauptsache, der würde ihn von dem Problem befreien und das – noch besser – möglichst schnell. Wenn eine Therapie dafür taugte, würde er diese angehen.

»Es geht vor allem darum, die Kontrolle über seine Gedanken nicht zu verlieren«, beendete Homer seine Überlegungen. »Das kann man trainieren wie alles andere auch.«

»Kann es sein, dass dir dein Verhältnis zu Matt doch sehr viel mehr zusetzt, als du dir selbst eingestehen willst?«, fragte ich ihn.

Erneut wiegelte Homer ab.

»Wie kommst du darauf? Natürlich haben wir ein Konkurrenzverhältnis. Aber die Siege werden auf beruflichem Feld errungen. Und da habe ich Matt doch längst abgehängt.«

»Nur tragen einen solche Siege nicht weit. Ihre Wirkung nutzt sich ab, an erster Stelle für den, der siegt.«

Homer schaute mich an. Dann lächelte er und schüttelte den Kopf. Wie zu sich selbst gewandt fuhr er nach einer Weile fort.

»Matts Leben war so anders geworden als meins. Er hat eine Frau geheiratet, die mich nicht wirklich interessiert, die trotz ihres Ivy-League-Abschlusses zu Hause sitzt, ihre Kinder betreut und im Garten das Unkraut jätet. Matt selbst ist über die Aktienanalyse nie hinausgekommen. Klar, er hat ein Unternehmen gegründet, ist damit bekannt geworden und geschäftlich sicher erfolgreich. Finanziell hat er sich gut aufgestellt und inzwischen angeblich auch eine Handvoll sehr lukrativer Übernahmeangebote für seine Firma erhalten. In der Familie wird kolportiert, er habe mal dreißig Millionen Dollar ausgeschlagen, was ich nicht glaube. Independent Researchers – so heißt seine Firma, ist zwar auch an der Wall Street keine Unbekannte. Aber so viel ist sie nicht wert. Egal. Matt ist Finanzanalyst, einer, der überhaupt kein Risiko eingeht. Und genauso ist seine Frau. Die beiden hocken aufeinander und machen alles richtig. Immerzu schrecklich richtig. Was haben wir uns da noch zu sagen?«

»Schwer erträglich für dich, oder?«

»Was?«

»Na ja, das Lebensmodell von Matt, in dem alles zu stimmen scheint. Frau, Kinder, Haus, Firma – hättest du dir das nicht auch gewünscht?«

Kaum hatte ich die Frage abgeschlossen, brach er in ein lautes Gelächter aus.

»Das ist jetzt nicht dein Ernst?«

»Aber ja. Was ist daran falsch, einen Ort zu haben, an dem man zu Hause ist?«

20

Immerhin hatte sich seit Matts Umzug nach San Francisco Homers Verhältnis zu Sandy verbessert. Sie sahen sich hin und wieder, nicht nur, wenn Homer etwas über die Familie und vor allem über Matt wissen wollte, über dessen Leben Sandy stets gut informiert war. Manchmal allerdings wunderte er sich ein wenig, wie genau sie über alles Bescheid wusste. Sie sah Matt offenbar regelmäßig, wenn er in New York war, was mindestens ein bis zwei Mal im Monat vorkam. Außerdem war seine Schwester deutlich kommunikativer als er und hielt zu all ihren Cousins und Cousinen Kontakt. Matt, auch das wusste Homer von Sandy, schaute immer auch bei Tana vorbei.

»Warum war das eigentlich so?«, unterbrach ich ihn kurz.

»Was? Dass er meine Schwester oder Tana dauernd traf?«

»Nein, dass er ausgerechnet dich zu meiden schien.«

Homer presste die Lippen aufeinander und verengte die Augen zu zwei dunklen Schlitzen.

»Willst du das wirklich wissen?«, fragte er dann.

»Sollte ich es wissen?«, gab ich zurück.

Homer überlegte kurz, dann lächelte er verächtlich und wurde umgehend wieder ernst.

»Hast du noch Zeit?«

Ich schaute auf die Uhr und nickte. Es war halb vier in der Früh.

21

Mit seinem Einstieg in die Anwaltskanzlei war Homers Kontakt zu Mr. Thornton wieder enger geworden. Thornton war zeitweise auf Distanz gegangen, was Homer auf seinen Wechsel in die Dienste des Vermögensverwalters zurückführte, der seinen Mentor womöglich enttäuscht hatte. Seit er bei Mersh eingestiegen war, griff Thornton häufiger zum Hörer, um sich mit Homer zu verabreden. Meistens trafen sie sich zum Essen in einem der französischen Restaurants in Manhattan, die Mr. Thornton viel lieber waren als die diversen Italiener, bei denen Homer einkehrte.

Anfang 2007 lud er Homer zu sich auf sein Anwesen nach Sag Harbor ein. Das hatte er seit Jahren nicht mehr getan. Er wolle, begründete Thornton die Einladung, ihm ein Projekt vorstellen. Dafür brauche er Rat und vor allem zunächst einmal Ruhe.

Als Homers Fahrer auf Thorntons Anwesen einbog und entlang an den noch nicht wieder erblühten Hortensien, an deren blaue Farbe er sich noch lebhaft erinnerte, auf das Haus zufuhr, war es immer noch hell. Unwillkürlich musste er an die Zeit denken, in der er regelmäßig mit seinem alten Mustang vor dem Haus geparkt und verschiedene Pakete eingeladen hatte.

Wie damals stand Thornton auf der Veranda und hob die Hand. Freundlich lächelte er Homer und seinem Fahrer zu, wartete, bis der ihn aussteigen ließ. Dann trat er zwei Schritte auf Homer zu und drückte ihn an sich.

»Wie schön, dich zu sehen«, sagte er, lachte und schob Homer wieder von sich. »Gut siehst du aus.«

»Ebenso«, gab Homer zurück, ließ Mr. Thornton allerdings im Unklaren, ob sich dies auf die Freude über das Wiedersehen oder auf Thorntons äußere Erscheinung bezog.

Über die Jahre hatte er sich – erstaunlicherweise, wie Homer befand – kaum verändert. Dabei jagten die Kurse den Händlern in der Regel jeden Tag aufs Neue derart viel Adrenalin durch die Adern und ins Gehirn, dass diese, wie er fand, schnell alterten. Mr. Thornton aber hatte sich seine Jugendlichkeit bewahrt, trug wie eh und je einen perfekt sitzenden grauen Anzug, der farblich auf sein makellos gelegtes, leicht welliges Haar abgestimmt war, das über die Jahre von seiner Fülle kaum etwas verloren hatte, allerdings weißer geworden war. Seine Liebhaber, dachte Homer, hielten ihn jung.

Über die Veranda folgte Homer ihm in den Salon. Die graue Sofa-Garnitur war immer noch da, auf dem Sideboard, von dem er einst die ägyptische Statuette in die Hand genommen hatte, standen keine Pretiosen mehr, sondern weiße Orchideen, fleischig-rosa zum Stängel hin. Auf dem Couchtisch lag eine Mappe.

»Setz dich doch«, sagte Mr. Thornton, drehte sich um, verschwand in der Küche, um dort zwei Gläser mit Limonade zu holen.

Erstaunt schaute ihn Homer an.

»Du fragst dich, wo mein Personal geblieben ist? Ich habe ihm freigegeben. Heute Abend würde ich gerne ungestört mit dir sprechen.«

Dann rückte er auf die Sofakante, streckte die Hand nach der Mappe aus und überreichte sie Homer. Darin fanden sich eine ausgedruckte Power-Point-Präsentation und noch ein paar weitere Grafiken und Tabellen eines Londoner Start-ups, das zu der Zeit die Gründerszene elektrisierte. Es handelte sich um eine Plattform, auf der jeder, der sich dazu befähigt fühlte, gegen eine Gebühr seine eigenen Lernvideos einstellen konnte. Die Idee würde den Bildungsmarkt revolutionieren, mutmaßte auch Thornton. Die Plattform wuchs rasant und war bereits mehrfach von Journalisten beschrieben worden. Sie versetzte nicht nur die Presse, sondern offenbar auch viele Investoren in Aufruhr, sowie Tausende von Nutzern.

Nicht nur, dass immer mehr Menschen dank des Internets plötzlich in der Lage waren, sich weltweit ihren eigenen Fan- oder Schülerkreis aufzubauen. Auch Millionen an Nutzern konnten ohne großen Aufwand an Kursen teilnehmen, die sie sich niemals hätten leisten können. Das Spektrum war bereits auf 15 000 Anbieter gewachsen: ältere Damen wurden zu Stricklehrerinnen, Teenager zu Mathelehrern, Maler zu künstlerischen Pädagogen, Berufsschullehrer boten Einführungen in doppelter Buchführung an.

»Hast du davon mal gehört?«, fragte Mr. Thornton, während sich Homer Seite für Seite der Präsentation ins Gedächtnis lud.

Homer nickte. Hatte er tatsächlich. T&L hieß diese aufregende Neugründung, T stand für Teaching, L für Learning. Er schlug die Mappe wieder zu und gab sie Thornton zurück.

»Was hast du damit zu tun?«, fragte er ihn gespannt.

Mr. Thornton lächelte.

»Weißt du etwas über die beiden Gründer?«, fragte er zurück.

»Nichts«, sagte Homer. »Gar nichts im Grunde.«

Die beiden Gründer – einer von ihnen hatte sein Informatikstudium mit Nachhilfestunden finanziert – waren selbst noch jung und hatten keine Ahnung, wie man ein Unternehmen überhaupt aufziehen, geschweige denn sein starkes Wachstum finanzieren würde. Sie wussten nur eines: Wenn sie erfolgreich sein wollten, brauchten sie schnell sehr viel Geld. Und das war damals in Europa nicht so leicht zu bekommen wie in den Vereinigten Staaten. Denn sie benötigten Büroräume und vor allem unentwegt neue Mitarbeiter, darunter Programmierer, Vertriebs- und Medienexperten sowie Produktentwickler, die sich trauten, in einem Markt etwas zu entwickeln, den es eigentlich noch gar nicht gab.

»Nichts von dem ist vorhanden«, fuhr Mr. Thornton fort. »Und wenn, dann nur in Ansätzen. Aber sie brauchen nicht nur Geld. Sie brauchen vor allem ein seriöses Gesicht, jemanden, der nicht mehr so jung ist, der sich in Sachen Unternehmensfinanzierung auskennt und der genügend Kontakte zu finanzstarken Investoren hat, die bereit sein könnten, sich auf ein gewisses Geschäftsrisiko einzulassen.«

Thornton holte einmal tief Luft und wartete einen Moment auf die Wirkung seiner Worte. Dann setzte er wieder an:

»Immerhin sind sie klug genug, sich dieses Gesicht in den Vereinigten Staaten zu suchen, weil sie wissen, dass sich bei uns in der Gründerszene bereits eine Vielzahl von Finanzierungsinstrumenten entwickelt hat und die Kapitalgeber deutlich risikobereiter sind als in Europa. Langfristig wollten sie womöglich hierher übersiedeln. Erstmal aber brauchen sie Kontakte – und Geld.«

Homer begann zu lächeln.

»Verstehe, und das seriöse Gesicht bist ganz zufällig du?«

Homer wusste, dass Thomas Thornton sich in jüngster Zeit von New York aus immer einmal wieder nach Europa begab, um die Gründerzentren in den verschiedenen Städten zu besuchen und sich dort umzusehen. Er akquirierte – nicht nur für seinen Noch-Arbeitgeber, die Bank, sondern auch für den Moment, in dem er aus Altersgründen die Bank verlassen würde. Offenbar bereitete er sein künftiges Leben als Business Angel für Neugründungen junger Unternehmer und als Investor bereits akribisch vor. Homer wunderte das nicht. Immer hatte sich Mr. Thornton mit jungen Menschen umgeben, sie beraten und hin und wieder auch finanziert, wovon sein Noch-Arbeitgeber nie etwas mitbekommen hatte. Er flog dafür nicht nur häufiger nach London, sondern auch nach Tel Aviv, Berlin und ins Baltikum, die drei Orte in Europa, die dabei waren, sich als Gründerzentren zu etablieren. In den Nullerjahren boomten weltweit die Märkte, es herrschte Aufbruchstimmung, die inzwischen auch Europa erfasst hatte.

Wie Mr. Thornton die beiden jungen Männer mit ihrer Lernplattform in London kennengelernt hatte, interessierte Homer nicht. Nur ihre Geschäftsidee faszinierte ihn und ihre Weitsicht, sich für den weit größeren amerikanischen Markt für Risikokapital mit einem Senior an ihrer Seite auch gleich die Expertise und den Zugang zu potenten Investoren zu sichern.

Sie wollten Mr. Thornton gegen eine Minderheitsbeteiligung von ein paar Prozent zum Geschäftsführer machen. Die Konstruktion sollte zeitlich begrenzt sein. In ein oder zwei Jahren, wenn der Sitz des Plattform-Unternehmens in die Vereinigten Staaten umgezogen und das Unternehmen womöglich an die Börse gebracht war, würde sich Thornton zurückziehen und sich anderen vielversprechenden Geschäftsmodellen zuwenden. Genau darüber wollte Mr. Thornton mit Homer an jenem frühen Abend in Sag Harbor sprechen.

»Würdest du das an meiner Stelle machen?«, fragte Thornton ihn schließlich.

Homer überlegte eine Weile.

»Du überraschst mich. Hätte nicht gedacht, dass du schon vor deiner Pensionierung ein Angebot bekommen würdest. Zu deiner

Frage: Auf jeden Fall. Wenn du willst, entwerfe ich dir die Verträge. Gib mir mal ein paar Blätter Papier.«

Umgehend holte Homer aus, skizzierte im Nu eine mögliche Unternehmensstruktur, legte ein beschriebenes Blatt nach dem anderen nebeneinander auf den Tisch und räumte schließlich auch die letzten Zweifel seines Freundes aus, sich in diesem Unternehmen zu engagieren. Nach ein paar Stunden erhob er sich, klopfte Mr. Thornton, der immer noch auf der Kante seines Sofas saß und Homers handschriftliche Notizen studierte, aufmunternd auf den Rücken und versprach ihm für die kommende Woche in seiner Kanzlei in Manhattan einen Termin. Amie würde sich melden.

Erst als er im Fond seiner Limousine saß und sein Fahrer den Motor startete, fiel ihm auf, dass es schon dunkel war. Und dass er Hunger hatte. Außer einer Limonade hatte Thomas Thornton ihm nichts angeboten. Sein Fahrer schaltete die Scheinwerfer ein. Dann fuhren sie los.

22

Homer entwarf die Verträge, zunächst für Mr. Thornton und dann auch für die Gründer – alles für einen Freundschaftspreis. Die Gründer hatten zu wenig Geld, um sich jemanden wie Homer überhaupt leisten zu können. Gemeinsam mit Mr. Thornton saßen sie wenige Tage später bei ihm in der Kanzlei. Eigens dafür waren die zwei dürren, wachsbleichen britischen Jungen mit den dunklen Ringen unter den Augen nach New York geflogen. Man sah ihnen an, dass sie nichts anderes im Sinn hatten als ihre Plattform und dafür täglich zwanzig Stunden vor ihren Bildschirmen saßen. Sie erschienen mit strähnigen Haaren, in abgewetzten Hosen und in Turnschuhen, die sich bereits aufzulösen begannen. Hätte ihr Äußeres nicht allen Klischees entsprochen, die die Horden von angeblich mittellosen Garagen-Gründern über die Jahre in Umlauf gebracht hatten, und hätte Homer nicht gewusst, dass beide als Kinder- und Jugendfreunde durchaus wohlhabender Eltern in London Chelsea aufgewachsen waren, er hätte Mitleid mit ihnen haben können.

Anders als sonst verzichtete Homer auf das übliche Honorar, er beriet das Start-up nur Thornton zuliebe. Die Mehrheitsanteile der Gründer bündelte er in einer Gesellschaft, die von Mr. Thornton in einer weiteren, der auch die Geschäftsführung oblag. Als Finanzierungskonzept schlug er eine bestimmte Form von massenhaften Wandeldarlehen vor, ein unreguliertes und vor allem für die Anleger riskantes Verfahren, das hohe Gewinnanteile und auch die Option der Unternehmensbeteiligung versprach. Um die Handlungsfähigkeit der Geschäftsführung in der mehrwöchigen Finanzierungsphase zu erhöhen, empfahl er den anfangsblinden Gründern, ihre Anteile für den Zeitraum von sechs Wochen auf Mr. Thornton zu übertragen. So könne dieser als Mehrheitseigener schneller Entscheidungen treffen. Die zwei Ahnungslosen willigten ein und unterzeichneten alles, was Homer ihnen vorlegte.

Die Finanzierungsphase lief an und übertraf alle Erwartungen. Mehrere Tausend Investoren wollten sich ihren Anteil an den zukünftigen Gewinnen der Plattform sichern. Die Gründe dafür waren nicht ganz von der Hand zu weisen. Erstens handelte es sich um ein Geschäftsmodell, das ein jeder sofort nachvollziehen konnte. Und zweitens war es – auch das hatte Homer empfohlen – Bezieher mittlerer Einkommen erstmals möglich, sich – wenn auch in kleinem Stil – an dem Boom der Plattformunternehmen zu beteiligen. Das Gros der Anleihen allerdings zeichneten professionelle Investoren. T&L schien bis dahin ein Selbstläufer.

Eines Abends aber erreichte Homer ein Anruf von Mr. Thornton. Er machte am Telefon einen nervösen, recht kurzatmigen Eindruck. Homer wunderte sich sehr, weil er seinen ehemaligen Mentor so noch nie erlebt hatte. Thornton berichtete, ihn habe in den vergangenen Tagen das Gefühl beschlichen, die Gründer würden angesichts des grandiosen Beginns der Finanzierungsrunde nebenher ihrerseits Geld einsammeln und dafür Gewinnbeteiligungen an ihrer eigenen Gesellschaft versprechen. Ein Bekannter habe ihm einen Hinweis gegeben.

»Ist der glaubwürdig?«, fragte Homer.

»Ein Journalist, mit dem ich seit Jahren zusammenarbeite«, stöhnte Thornton.

Homer holte einmal tief Luft.

»Also im Grunde nicht wirklich. Was sollte der für ein Interesse haben, dir diese Information zu geben?«

»Homer, du hast Journalisten immer gemieden. Das war bei mir anders. Da kann nach vielen Jahren manchmal auch Verbundenheit entstanden sein. Man hilft sich.«

»Oh Gott, Thomas, du bist zu leichtgläubig.«

»Nein, sicher nicht. Der ist sehr seriös. Wir haben schon die eine oder andere wirklich gute Geschichte gemeinsam lanciert. Ich halte ihn für absolut vertrauenswürdig.«

Er, Thornton, überblicke die Aktivitäten der beiden Gründer derzeit nicht. Sie seien für ihn im Moment auch nur schwer erreichbar, eine sehr unbefriedigende Situation, wisse er doch nicht, wie er die beiden wieder zu Räson bringen sollte.

Homer überlegte einen Moment, gab zu bedenken, dass die gesamte Finanzierung zu guter Letzt noch in sich zusammenfallen könnte, sollten derartige Nebengeschäfte bekannt werden. Dann hätten die Investoren die Möglichkeit, ihr Geld umgehend zurückzufordern. Und er, Thornton, wäre seinen guten Ruf ein für alle Mal los.

»Gib mir zwei Tage Zeit«, sagte Homer zum Schluss, »dann werde ich eine Lösung gefunden haben.« Danach hängte er ein.

Die Lösung hatte er längst im Kopf. Doch das verschwieg er Thomas Thornton genauso wie die Tatsache, dass er dafür zunächst einmal seinen Cousin in San Francisco aufsuchen würde.

23

Am folgenden Tag bestieg Homer ein Flugzeug. Amie hatte auf seine Bitte hin ein Treffen mit Matt organisiert. Matts Büro befand sich noch immer Downtown in San Francisco. Allerdings war er deutlich näher an den Finanzdistrikt gezogen, in die hellen Räume einer mit Glas verkleideten Hochhausetage. Er beschäftigte inzwischen dreißig Mitarbeiter.

Amie hatte Homer für den ganzen Tag einen Fahrer gebucht, sodass er im Falle einer Planänderung nicht noch einmal auf die Idee kommen würde, sich selbst hinter das Steuer zu setzen. Sie bestand darauf, auch wenn sich Homers Panikattacken seit einiger Zeit in Grenzen hielten, und er verließ sich auf sie.

Homer meldete sich beim Empfang und fuhr mit dem Aufzug in den 15. Stock. Während der Fahrt nach oben hielt er den Atem an. Aufzüge mochte er nicht.

»Dass ich dich mal wieder hier bei uns in der Firma sehen würde, hätte ich mir im Leben nicht träumen lassen«, begrüßte Matt Homer an der Tür der Büroetage.

»Well«, lächelte Homer verlegen, er wusste nicht wirklich, in welcher Tonlage er darauf reagieren sollte, fing sich aber schnell und sagte es so, wie es war: »Tatsächlich brauche ich mal dringend deinen Rat.«

»Bin gespannt, um was es sich handelt. Ich hoffe, ich kann dir etwas dazu sagen. Du weißt, wir Analysten sind lieber vorbereitet.«

Homer hatte Matt die Unterlagen vorher nicht zukommen lassen, schließlich wollte er kein Risiko eingehen. Er folgte ihm durch den engen Gang bis ganz hinten an das andere Ende des Gebäudes, wo eine Fensterscheibe den Blick auf den Finanzdistrikt in San Francisco freigab. Im Hintergrund schimmerte tiefblau das Meer. Matt bog rechts in sein Büro und schloss die Tür hinter sich. Der Raum war schlicht, vielleicht gerade einmal zwanzig Quadratmeter groß, unauffällig in Beige gehalten. Bemerkenswert war lediglich die Aussicht. Es handelte sich um ein Eckzimmer, dessen rechtwinklige Außenwände aus Glas bestanden und das sich in der gegenüberliegenden, bläulich schimmernden Fassade widerspiegelte.

»Nicht schlecht«, sagte Homer. »Glückwunsch. Ich wusste ja, dass du dir was aufgebaut hast, aber ich wusste nicht, dass es auch für so etwas reicht.«

»Oh Mann, Homer, keiner in der Familie wird je so viel Geld machen wie du. Aber ein bisschen beherrsche ich das schon auch.«

Homer lachte.

»Und das mit ehrlicher Arbeit«, setzte Matt noch hinzu. »Wirklich ehrlicher Arbeit.«

»Ist ja gut. Ich bin Anwalt. Die Grenzen unserer Gesetzgebung kenne ich ziemlich genau.« Er klopfte Matt kurz auf den Arm. »Sollen wir loslegen?«

»Sag mir nur schnell, was du trinken willst. Tee, Kaffee, Wasser.«

Homer erbat sich eine Cola Light, Kaffee hatte er bereits im Flugzeug getrunken, warf seine Unterlagen auf den Besprechungstisch und nahm an der Seite gegenüber dem Fenster Platz. Diesmal wollte er die Aussicht genießen, normalerweise bevorzugte er das Fenster im Rücken, sodass sein Gegenüber ins Licht schaute. So verhandelte es sich besser. Aber an diesem Tag musste er nicht verhandeln, er benötigte lediglich die Einschätzung eines Spitzenanalysten.

Er blätterte die Unterlagen vor Matt auf und erklärte ihm den Sachverhalt – Geschäftsidee, Unternehmensstruktur, Finanzierungskonzept. Matt, der sich nun seit einigen Jahren unweit des Silicon Valley etabliert und sich auf die Entstehungen immer neuer

Unternehmen spezialisiert hatte, sollte ein Urteil über T&L abgeben. Homer wollte von ihm vor allem hören, wie er die Zukunft eines solchen Start-ups einschätzte. Matt brauchte eine Zeit lang, bis er all die Papiere begutachtet hatte. Dann stellte er verschiedene Fragen und notierte sich das eine oder andere auf einem Zettel. Das Wachstum der Plattform sowohl auf Seiten der Kursanbieter als auch auf Seiten der Nutzer erstaunte ihn. Nach gut einer Stunde erlaubte er sich ein erstes Fazit.

»Faszinierend«, sagte er anerkennend. »Willst du wirklich wissen, was ich denke?«

»Hm«, Homer nickte.

»In fünf bis zehn Jahren wird das Ding hier zwei Milliarden Dollar wert sein. Wenn ihr es an die Börse bringt, vielleicht sogar noch mehr. Voraussetzung ist natürlich, dass es nach eurer bevorstehenden Finanzierungsrunde noch professioneller aufgestellt wird. Die brauchen eine richtige Geschäftsführung, keinen ausrangierten Trader, der weder das Silicon Valley noch das Plattform-Business und dessen Produktentwicklung wirklich kennt und der schon gar nicht über die entscheidenden Kontakte im Valley verfügt. Der Erfolg wird von dem richtigen Personal abhängen. Und das findest du in dem Umfang, wie ihn T&L angesichts der Wachstumskurve, die ich sehe, bräuchte, garantiert nicht auf dem alten Kontinent. Noch nicht …«

»Würdest du mir mit deinem Team eine Analyse schreiben?«, fragte Homer.

Matt lächelte.

»Klar, da müsste ich vorher allerdings noch ein paar Interviews mit den Gründern führen. Und wahrscheinlich auch mal mit diesem Mr. Thornton.«

»Das würde sich organisieren lassen«, erwiderte Homer.

Er gab die Analyse umgehend in Auftrag, würde Thomas zu einem Treffen verpflichten, ihm empfehlen, die Zeichnungsspanne für die Investoren noch etwas zu verlängern, damit das Unternehmen in den vollen Genuss von Matts sicher euphorischer Einschätzung der Geschäftsaussichten käme, und derweil möglichen Nebengeschäften der Gründer einen Riegel vorschieben. Er kannte die Verträge, da sie aus seinem Büro stammten, und er wusste, welchen Hebel er ansetzen musste. Es war ganz einfach.

Zurück in New York meldete er sich bei Thomas Thornton. Es gebe einen Weg, versicherte er ihm. Er, Homer, könnte sich als stiller

Teilhaber an der Holding der T&L in einer Höhe engagieren, welche die bei Mr. Thornton geparkten Anteile der Gründer zu einer Minderheitsbeteiligung verwässern würde. Ein paar Hunderttausend Dollar würden reichen, seinen Anteil zusammen mit dem von Mr. Thornton auf 65 Prozent zu heben. Damit hätten die Gründer nicht mehr das Sagen – auch dann nicht, wenn die für die Finanzierungsperiode bei Mr. Thornton geparkten Anteile an sie zurückfielen. Als Anwalt wusste Homer sehr genau, dass die Begründung der Nebengeschäfte ausreichen würde, um diese heimliche Übernahme als Sicherheitsmaßnahme zu rechtfertigen. Thornton atmete auf.

Unsicher war sich Homer lediglich über die Motivlage seines früheren Mentors und fortan neuen Geschäftspartners. Er wollte nicht ausschließen, dass Thornton nicht sogar verschlagen genug war, Homer mit der Information der illegalen Nebengeschäfte der Gründer während der Finanzierungsrunde auf genau jenen Weg zu bringen, den er ihm nun vorschlug, dass er sich nämlich beteiligen würde, um die Gründer aus ihrer Mehrheitsposition zu drängen.

Für Homer waren die nächsten Züge logisch: Eine grandiose Geschäftsidee, die Aussicht auf enorme Wertsteigerungen, ein künftiger Börsengang, der in ein paar Jahren Milliarden bringen würde – und eine wohlbegründete Übernahme der Mehrheit des Unternehmens – angeblich aus Sicherheitsgründen. Für Investoren war das die perfekte Story und für Homer die Chance, das bereits mit erheblichen Investitionsmitteln aus der jüngsten Finanzierungsrunde gut aufgestellte Start-up bald höchst gewinnbringend zu verkaufen, vor allem, wenn er dazu noch die Analyse von einem für seine Unabhängigkeit bekannten Dienstleister wie Independent Researchers vorweisen konnte. Um die Gründer scherte sich Homer weniger. Mit den frisch eingesammelten Millionen würde er sie auszahlen können. Ihnen würde sicher noch etwas anderes einfallen, in das sie ihr Geld investieren konnten.

Homers Rechnung ging zunächst auf. Derweil investierten vorwiegend britische und amerikanische Anleger sagenhafte 200 Millionen britische Pfund binnen acht Wochen in das Unternehmen. 25 Prozent jährliche Rendite sollten sie damit in ein paar Jahren erwirtschaften. Mehr als 5000 Investoren glaubten den vagen Versprechungen. Als die beiden Gründer mit Ende der Finanzierungsphase ihre Anteile zurücküberschrieben bekamen, mussten sie feststellen, dass sie längst nicht mehr die Mehrheit an ihrem

Unternehmen hielten. Sie reagierten entsetzt und stellten Mr. Thornton zur Rede, der ihnen, wie er Homer erzählte, vorhielt, außerhalb des Darlehensprogramms noch irgendwelche Gewinnanteilsscheine verkauft zu haben, um mehr Geld für sich einzusammeln. Die mit der Kapitalerhöhung durch die Investmentgesellschaft Spiegelman verbundene Übernahme der Anteilsmehrheit ihres Start-ups sei eine reine Sicherheitsmaßnahme gegenüber den Investoren gewesen.

Die Gründer wiederum wiesen die Vorwürfe als vorgeschoben zurück. Thornton und Homer Spiegelman hätten sie konstruiert, um sich die Mehrheit an T&L zu sichern. Sie engagierten einen Anwalt und klagten vor Gericht, konnten allerdings nicht glaubhaft genug nachweisen, dass sie die Finanzierungsphase nicht auch dazu genutzt hätten, neben den offiziellen Investoren auch noch eine ganze Reihe von Freunden aus der Szene zu bedienen und das Geld selbst einzustreichen, anstatt es dem Unternehmen zugutekommen zu lassen. Sie gingen ihrerseits an die Presse, um ihre Sicht des ziemlich einmaligen Vorgangs – sie bezeichneten ihn als den dreistesten Firmenraub der Start-up-Geschichte – an die Öffentlichkeit zu bringen. Doch es half wenig. Mr. Thornton hielt sich zunächst mit Entgegnungen auf die Vorwürfe zurück, schickte indes einen PR-Berater vor, einen, wie er Homer berichtete, hervorragend vernetzten Ex-Kriegsreporter mit eigener Beratungsfirma. Wenig später begannen Homer und Mr. Thornton, ihrerseits die Gründer zu verklagen, und machten sich derweil schon einmal auf die Suche nach Käufern für T&L. Inoffiziell allerdings, denn die Rechtslage war noch ungeklärt. Das Interesse war zunächst enorm – vor allem auch in den Vereinigten Staaten. Doch im Spätsommer 2007 ließ es ganz plötzlich nach. Potenzielle Käufer zeigten sich mit einem Mal verhalten, was nicht nur an den Rechtsstreitigkeiten lag, die zwischen den Parteien bereits im vollen Gange waren. Vielmehr war der Zins für Interbankenkredite schlagartig in die Höhe geschnellt. Niemand konnte sich darauf so recht einen Reim machen, außer dass sich – aus welchem Grund auch immer – eine veritable Vertrauenskrise anbahnte, deren Auswirkungen nicht vorherzusagen waren. Gegen Ende des Jahres lagen die Verkaufsverhandlungen auf Eis.

»2007 war seltsam«, erinnerte sich Homer. »Aus reinem Bauchgefühl heraus habe ich die 200 Millionen Pfund der Investoren in Dollar getauscht – am Peak des Pfundkurses.«

»Wäre das denn nötig gewesen?«, fragte ich.

»Nein, es handelte sich ja um eine britische Neugründung mit Sitz in London. Auf der anderen Seite hatte Mr. Thornton in der Finanzierungsrunde begonnen, die Wandeldarlehen auf Dollarbasis auch Investoren im Silicon Valley anzubieten, denn die wollten sich mit dem Pfund nicht gleich auch noch ein Währungsrisiko einkaufen.«

»Und was hast du für die 200 Millionen Pfund schließlich bekommen?«

»Fast 420 Millionen Dollar. Ich hatte befürchtet, dass sich das Pfund auf diesem Niveau nicht würde halten können. Mit dem Umtausch in Dollar wollte ich das Unternehmen gegen mögliche Kurverluste absichern. Der Dollar ist viel stabiler als das Pfund.«

Wieder einmal lag er mit seiner Vermutung richtig. Das Pfund verlor schon bald dramatisch an Wert. Nur, die persönlichen Konsequenzen seines Manövers konnte Homer damals noch nicht absehen.

24

Im September 2008 kamen die internationalen Finanzmärkte binnen weniger Tage zum Stillstand. Es war ein merkwürdiger, fast unwirklicher Crash, der sich über ein ganzes Jahr hinweg angekündigt hatte, in seiner Vorlaufphase 2007 allerdings von kaum jemandem als Möglichkeit ernst genommen wurde. Wieder einmal bestätigte sich, was Homer mir einmal gesagt hatte: Die meisten Menschen, darunter auch professionelle Anleger, Analysten und Händler, seien im Grunde nur in der Lage, den Status quo fortzuschreiben. Ein sich rapide änderndes Szenario hingegen konnten sie sich nicht vorstellen. Genauso erging es damals auch Homer.

»Ich habe einen derartigen Einbruch der Märkte in 2007 ehrlich gesagt nicht kommen sehen«, gestand er. »Mir war nicht klar, welche globalen Auswirkungen die amerikanische Immobilienkrise haben würde. Zwar betraf sie unmittelbar erstmal nur unsere, also die amerikanischen Kapitalmärkte. Aber alle Welt war über den Handel mit den Finanzprodukten auf der Basis von Millionen amerikanischer Immobilienkredite direkt involviert. Es war wie beim Domino.«

Einige Wochen vor dem Crash hatte ihn Thomas Thornton angerufen.

»Erinnerst du dich an das, was ich dir vor mehr als einem Vierteljahrhundert gesagt habe?«, begann er direkt und ohne die üblichen Begrüßungsfloskeln.

»Natürlich, sehr gut sogar«, sagte Homer.

»Anwälte sind die Stars der Krisen. An den Märkten braut sich ein Sturm zusammen. Der Handel stockt. Das habe ich so noch nie erlebt. Du wirst bald viel mehr gebraucht, als du es dir im Moment vorstellen kannst.«

»Thomas, warum so pessimistisch?«, fragte Homer spöttisch zurück. »Das bist du nie gewesen.«

»Diesmal ist es anders. Die Banken vertrauen sich gegenseitig nicht mehr. Über kurz oder lang wird es einen Kursrutsch geben. In ein paar Monaten werden Tausende von Händlern ihre Jobs verlieren«, sagte Mr. Thornton noch, mit einem, wie Matt herauszuhören meinte, befremdlich apodiktischen Ton.

Homer fragte seinen langjährigen Förderer umgehend danach, wie es ihm persönlich ging.

»Uninteressant«, wiegelte Mr. Thornton ab. »Das alles wird nicht lustig werden.«

Ihr gemeinsames Engagement bei T&L kam an jenem Tag nicht zur Sprache. Es gab auch nichts zu berichten. Käufer fanden sich keine.

Homer war verunsichert, obwohl oder gerade weil die Kurse noch nicht gesunken waren. Um Mr. Thornton machte er sich keine Sorgen. Er stand am Ende seiner beruflichen Karriere, hatte sein Leben lang mehr als genug verdient, war schon länger nicht mehr Chef des Aktienhandels und konnte die von ihm vermutete Katastrophe, die sich seiner Meinung nach im Herbst 2007 abzeichnete, mit einer gewissen Gelassenheit beobachten.

Seine Bank hatte ihren langgedienten Chef des internationalen Aktienhandels vor zweieinhalb Jahren zu einer Art Scout degradiert – so sah es Homer. Er sollte fortan die europäische Start-up-Szene beobachten. Homers kunstsinniger Mentor wusste diese Chance auf seine Art zu nutzen. Er machte sich auf Reisen, war permanent in Europa unterwegs, suchte nach Unternehmen und trieb sich nebenher in der Kunstszene herum, auf Kosten seiner Bank in Flügen der 1. Klasse und den besten Hotels.

»Es wird einen Aderlass in den Banken geben«, wiederholte Thornton seine Prognose am Telefon. »Tausende werden entlassen werden.«

Er holte tief Luft, hielt einen Moment inne, um dann fortzufahren: »Die Krise, die da kommt, hat die Welt noch nicht erlebt.«

Dann hängte er ein.

Homer schüttelte den Kopf und führte Thorntons Pessimismus auf dessen baldige Pensionierung zurück. Er dachte nicht daran, seine Aktien zu verkaufen. Dass ein knappes Jahr später ein veritabler Crash einsetzen würde, war für ihn noch Ende 2007 unvorstellbar.

2008 begann mit schlechten Nachrichten aus der Finanzbranche. Berichteten amerikanische Banken zunächst noch von Gewinneinbrüchen, war schon bald von Verlusten in Folge hoher Abschreibungen die Rede, vor allem auf Immobilienkredite.

»Bear Stearns steht kurz vor der Pleite«, rief Thomas Thornton Homer im März 2008 durchs Telefon zu. Vor Aufregung war er außer Atem. »Die Fed wird sie retten müssen. Sie wird nicht die einzige Bank bleiben. Homer, spätestens jetzt solltest du sehen, dass du deine Aktien verkaufst.«

Tatsächlich erhielt die amerikanische Investmentbank von der Fed, der amerikanischen Notenbank, Mitte März eine Finanzspritze, die sie vor dem Zusammenbruch bewahrte. Der Dow Jones fiel an jenem Tag um elf Prozent. Im Juni dann musste die amerikanische Regierung zwei großen Hypothekenbanken beispringen, die unter der Last notleidender Immobilienkredite zu ersticken drohten. Homer wollte just an diesem Tag nach Asien fliegen. Gebannt verfolgte er in der Business-Lounge von American Airlines die Nachrichten auf CNN, bis er schließlich entschied, die Maschine nicht zu besteigen, sondern sich umgehend zurück in sein Büro zu begeben. Amie hatte ihn angerufen. Ein paar Banker hätten sich bereits in seinem Büro gemeldet, dazu der Vorstand einer schlingernden Hypothekenbank, der die Kreditausfälle schwer zu schaffen machten. Wieder dachte er an Thomas Thornton. Als Anwalt würde er in der Krise gebraucht werden, was nichts anderes bedeutete, als noch mehr Geld zu verdienen. Vom Flughafen nahm er ein Taxi zurück in sein Büro. Die Fahrt verbrachte er an seinem Smartphone.

In den folgenden Tagen und Wochen darauf häuften sich die Nachrichten über Milliardenverluste bei amerikanischen und inzwischen auch europäischen Finanzinstituen. Anfang September dann hielt

Homer erstmals den Atem an: Die amerikanische Aufsichtsbehörde Federal Housing Finance Agency übernahm die Kontrolle über die zwei großen Hypothekenbanken. Anders waren sie nicht mehr zu retten. Wenige Tage später, am 10. September 2008, vermeldete Lehman Brothers einen Verlust von 3,9 Milliarden Dollar. Ein paar weitere Tage noch wankte die Investmentbank, am 15. September war sie bankrott. Homer wusste schon zwei Tage vorher, dass die amerikanische Regierung mit dem Gedanken spielte, ein Exempel zu statuieren und ihr die Rettung auf Staatskosten zu versagen.

Der 15. September war der Tag, an dem die Wall Street implodierte. Der Interbankenhandel kam weltweit zum Erliegen. Nicht wenige befürchteten eine Kernschmelze des internationalen Finanzsystems und damit seinen vollständigen Zusammenbruch.

»Hattest du vorher noch Aktien verkauft?«, fragte ich.

Homer schüttelte den Kopf.

»Zu wenig«, sagte er.

»Warum? Mr. Thornton hatte dich doch mehrfach gewarnt.«

»Willst du eine ehrliche Antwort?«, fragte er, wartete aber gar nicht erst ab und sprach weiter. »Wir alle hatten doch keine Ahnung, wie es zu diesem Desaster kommen konnte. Heute wissen wir so viel mehr über die Zusammenhänge. Damals aber haben die Banker die Krise selbst nicht begriffen. Sie haben die immer neuen Produkte, die ihre Mitarbeiter entwickelten, nicht verstanden und sich solange keine Gedanken über die Systemrisiken gemacht, solange sie damit viel Geld verdienen konnten.«

»Das glaube ich nicht. Es wird doch Risikoanalysen gegeben haben?«

»Du kannst Risiken nur analysieren, wenn du die Produkte verstehst, mit denen man sich der Risiken zu entledigen versucht. Jeder, der behauptet, damals alles durchblickt zu haben, sagt mit Sicherheit die Unwahrheit. Die Chefs der Investmentbanken hatten keine Ahnung, welche Systemrisiken die neuen Produkte mit sich brachten. Auch bei Thornton war es nur ein Bauchgefühl.«

Homer telefonierte in jener Zeit viel mit seinem Vater. Die Familie war aufgeregt und fürchtete um ihr Erspartes, das natürlich großenteils in Aktien und Fonds angelegt war. Er versuchte, ihn zu beruhigen. Ende Oktober desselben Jahres trommelte er die

Großfamilie in den Brooklyn Heights zusammen, um ihnen eine Einschätzung der Situation zu geben. Er tat dies gemeinsam mit Matt, der in jenem Herbst häufig in New York war. Sie beide beschlossen, der Familie ein abgestimmtes und wenig kontroverses Bild der Lage zu geben, eines, welches sie nicht weiter verunsichern würde. Darin waren sie sich einig. Homer hatte Einvernehmen darüber zur Bedingung gemacht, dass sie der Familie gemeinsam ihre Fragen zur Lage an den Kapitalmärkten und der allseits erwarteten bevorstehenden Wirtschaftskrise beantworteten, um sie zu beruhigen. Er hätte Matt dafür nicht gebraucht, doch wollte sein Cousin sich seinen Auftritt bei dem geplanten Treffen in Tanas Haus nicht nehmen lassen. Eigens dafür stieg er in San Francisco ins Flugzeug, tauchte in den Brooklyn Heights übermüdet auf und begrüßte Homer kühl.

»Du hältst dich an das, was wir besprochen haben«, zischte ihm Homer zu, bevor sie gemeinsam das Wohnzimmer betraten.

Matt zuckte mit der Schulter.

Beide waren sie damit beschäftigt, an den Aufräumarbeiten des gigantischen Scherbenhaufens mitzuwirken, den die Finanzkrise hinterlassen hatte. Geld hatten sie beide verloren. Jeder von ihnen ein Vermögen, Homer mehr als Matt, allerdings weitgehend in Buchwerten, also auf dem Papier. Sie behielten, was sie hatten, und warteten ab. Nicht anders hatten sie es auch der Familie empfohlen.

Immerhin waren weder Matts Unternehmen noch Homers Kanzlei von der Krise existentiell bedroht. Eher im Gegenteil. Zwar hatten Matt und sein Team die Krise in diesem Ausmaß genauso wenig vorhergesehen wie das Gros ihrer Kollegen in anderen Instituten. Doch waren sie als unabhängige Analysten weiterhin gefragt. Matt war mit seinen Honoraren der finanziellen Situation seiner Kunden entgegengekommen und hatte die meisten von ihnen dadurch halten können. Er musste keinen seiner Mitarbeiter entlassen.

Homer war als auf Gesellschaftsrecht spezialisierter Anwalt gefragter denn je. Nur kümmerte er sich nicht wie vor der Krise um Börsengänge, sondern beriet die großen Investmentbanken in rechtlichen Fragen der Übernahme in Schieflage geratener Institute. Er profitierte von dem großen Kehraus an der Wall Street, den die Subprime-Krise mit sich brachte, als eine Vielzahl von großen und kleinen Instituten binnen weniger Tage vom Markt verschwanden.

Es war so gekommen, wie es Mr. Thornton ihm vor vielen Jahren prophezeit hatte: Als Anwalt war sein Job krisensicher. Mehr noch, Homer war, wie einige seiner hochspezialisierten Anwaltskollegen auch, einer der großen Gewinner, der an der Krise Millionen verdiente.

25

Wenig erfreulich blieb es bei T&L. Homer und Mr. Thornton fanden keinen Käufer. Investoren gelang es nicht, den Kaufpreis zu finanzieren.

»Die Verunsicherung der Märkte hielt bis weit ins Jahr 2009. Erschwerend kam hinzu, dass die Gründer beschlossen hatten, sich auf den Rechtsstreit mit uns zu konzentrieren, anstatt sich um das Geschäft zu kümmern«, sagte Homer.

Ich musste unwillkürlich lachen.

»Das meinst du nicht im Ernst? Du hast ihnen schlichtweg die Grundlage für jedes weitere Engagement entzogen.«

»Wie auch immer. Das Geschäft der Plattform ruhte. Damit verlor sie an Wert. Dass wir uns mit diesen Garagen-Jungen derart zerstreiten würden, hätte ich nicht gedacht. Ich hatte von ihnen eine gewisse Dankbarkeit dafür erwartet, dass ich ihnen ungeachtet ihrer illegalen Nebengeschäfte den Verbleib in der Firma garantieren wollte.«

Im Internet war über diesen Streit auf den einschlägigen Finanzportalen viel zu lesen. Dabei hegten die Journalisten ihre Zweifel an der Version, die Homer und Mr. Thornton ihnen auftischten. Dass die beiden die Kapitalerhöhung just in dem engen Zeitfenster durchzogen, in dem die Gründer ihre Aktienmehrheit auf Mr. Thornton übertragen hatten, sprach eher dafür, dass sie sich die Firma zu eigen zu machen wollten. Und das für ein paar Hunderttausend Dollar.

Die Vorwürfe der illegalen Gewinnbeteiligung von befreundeten Investoren, die Mr. Thornton als Grund für die kurzfristige Übernahme von T&L angeführt hatte, konnte von ihm nie bewiesen werden. Über die Monate zeichnete sich immer deutlicher ab, dass sie womöglich vorgeschoben war, zumal Thornton sich in einem der wenigen Fernsehinterviews, die er zu dem Fall gab, vor laufender Kamera selbst widersprach.

»Vollidiot«, dachte Homer mehrfach, als er dessen Aussagen-Zickzack bei Bloomberg mitverfolgte, Thornton gegenüber aber hielt er sich zurück, solange der nur nicht die Nerven verlor.

Die Ermittlungen gegen Thornton und Homer blieben erfolglos und wurden nach mehr als einem Jahr eingestellt. Statt eines Unternehmensverkaufs hatten Homer und sein Team begonnen, die Finanzierungsrunde rückabzuwickeln, um den Investoren ihr Geld in Pfund wieder auszuzahlen. Die kleinteilige Organisation der Abwicklung überließ Homer dem Team seiner Investmentgesellschaft. Er kümmerte sich um die rechtlichen Aspekte.

Sorge bereitete ihm lediglich die Tatsache, dass er immer mehr ins Zentrum medialer Berichterstattung rückte – als geheimnisvoller Strippenzieher eines spektakulären Firmenraubs, der Insidern der Start-up-Szene für seine undurchsichtigen Investments angeblich hinreichend bekannt war.

26

Mit Wucht traf Homer schließlich ein Artikel der New York Times Ende 2009. »The perfect rip-off« – die perfekte Abzocke stand über einer Teaser-Meldung auf der Titelseite von Amerikas größter Tageszeitung. »Wie der Wall-Street-Staranwalt Homer Spiegelman Investoren ganz legal um mehr als 100 Millionen erleichtert.« Homers Puls beschleunigte sich, als er das las. »Bitte nicht!«, stöhnte er und schickte, während er zu einer der hinteren Seiten blätterte, auf die die Meldung verwiesen hatte, noch einen weiteren Stoßseufzer gen Himmel – »Lieber Gott, gib mir Kraft.« Ihm schwante, dass die Journalisten den Fall T&L zu einem der größten Skandale der Gründerszene aufgezogen hatten. Doch in dem Artikel ging es gar nicht mehr um T&L. Die Journalisten hatten ein ganzseitiges, süffiges Porträt über ihn verfasst, das ihn ins Zentrum der Affäre stellte. Hastig las er Spalte um Spalte, hoffte inständig auf ein versöhnliches Ende der 400 vernichtenden Zeilen. Vergeblich.

Die Autoren – es waren derer drei, die die Geschichte recherchiert hatten – hielten sich nicht lange mit der Tatsache auf, dass Homer sich in einem wenn auch nicht rechtlich, so doch moralisch fragwürdigen Manöver die Mehrheit an T&L gesichert hatte. Sie konzentrierten sich zunächst auf die Umstände der Rückabwicklung. Die

Investoren, darunter Tausende Kleinanleger, erhielten ihren Einsatz in Pfund zurück. Mr. Thornton und Homer machten dadurch einen exzellenten Schnitt. Aufgrund der Kursverluste des Pfunds mussten sie für die Auszahlung der Investoren nicht mehr knapp 420 Millionen Dollar aufwenden, in die Homer die 200 Millionen seinerzeit investierten Pfund getauscht hatte, sondern nur noch 290 Millionen Dollar. Somit verblieben fast 130 Millionen Dollar bei Homer und Mr. Thornton, 90 Prozent davon bei Homer – ein gigantischer Spekulationsgewinn. »Spiegelman verwandelt 800 000 Pfund, die er einst selbst in die verdeckte Kapitalerhöhung investiert hatte, in unglaubliche 126 Millionen Dollar«, stand da zu lesen, »indem er die Hoffnungen zweier junger Gründer brutal zunichtemachte. Warum tut einer das?«

Für die Autoren war das die Kernfrage, für die sie Antworten gesucht hatten. So wurde Homer in dem Artikel vom ersten Absatz an zum skrupellosen Anwalt, der sich seine einträglichen Manöver auch deshalb leisten konnte, weil er als versierter Jurist die Grenzen legalen Handelns besser kannte als jeder andere, mit dem er Geschäfte machte. Und weil er, dieser Workaholic, als Einzelgänger lebte, als Mann, der auf niemanden Rücksicht nehmen wollte und musste. Als einer, der als Halbwaise aufgewachsen war, schon immer ein narzisstischer Sonderling gewesen sei, in der Schule, an der Universität, im Beruf. Unnahbar, nicht nur für Kollegen und Freunde, auch für seine Eltern und seine New Yorker Großfamilie.

Kraftlos ließ Homer die Zeitung fallen und drehte sich in seinem Bürostuhl zum Fenster. Diese ganzen privaten Details – nur einer Person würde er die Perfidie zutrauen, ihn derart zu denunzieren. Und die Motivation dazu. Als er hörte, wie Amie sein Büro betrat, gab er ihr mit einem Handzeichen zu verstehen, dass er in dem Moment nicht gestört werden wollte. In seinen Gedanken war er bei Matt.

Eines nämlich hatte das Journalisten-Trio ungeachtet seiner akribischen Recherchen nicht in Erfahrung gebracht. Doch Homer wusste es längst. Unter den Investoren von T&L befand sich auch sein Cousin. Für eine Million Pfund hatte Matt über einen Strohmann Wandeldarlehen gezeichnet, in der Hoffnung, dass daraus bald deutlich mehr werden sollte. Aus den Medien musste er dann aber erfahren, mit welch zweifelhaften Manövern sich Homer gemeinsam mit Mr. Thornton des jungen Unternehmens bemächtigt hatte.

»Jetzt sitzt er in der Falle«, dachte Homer, »beschweren kann er sich bei mir nicht.«

Dass Matt als maßgeblicher Analyst verdeckt in eine Firma investierte, noch bevor er deren Wert mit einer euphorischen Beurteilung des Entwicklungspotentials in die Höhe schrieb, konnte er Homer nicht sagen. Überhaupt dürfte davon niemals irgendjemand erfahren. Denn das würde sein bis dahin blitzsauberes Renommee beschädigen, was das Ende seiner Firma bedeuten konnte. Gegen Homer war Matt machtlos. Er kochte.

Auf welchen Wegen Homer herausgefunden hatte, dass sich Matt für einen Privatanleger in beträchtlicher Höhe bei T&L engagierte hatte, weiß ich nicht. Dazu wollte Homer nichts sagen. Es wird ihm oder einem seiner Mitarbeiter im Zuge der Rückabwicklung aufgefallen sein. Homer behielt sein Wissen vorerst für sich. Matt würde, das wusste er, ein paar Hunderttausend Dollar verlieren, wenn er nach der Rückzahlung seines Wandeldarlehens in Pfund diese wieder in Dollar tauschte.

»Für Matt war dieser Währungsverlust sicher ärgerlich, vielleicht sogar schmerzhaft, aber er konnte ja warten, bis sich der Kurs des Pfunds gegenüber dem Dollar wieder erholte«, sagte Homer.

»Vor dem Hintergrund, dass dir das Ganze mehr als 120 Millionen Dollar gebracht hat, muss dein Cousin aber vor Wut fast geplatzt sein«, entgegnete ich ihm.

Homer nickte.

Matt ärgerte sich so sehr über Homers Manöver, dass er in den Brooklyn Heights begann, zunehmend schlecht über Homer zu reden und sich in Andeutungen zu der Art von Geschäften zu ergehen, die Homer im Laufe seines Lebens abgeschlossen hatte. Er scheute sich auch nicht, diese für einen Nachkommen von Tana als in höchstem Maße unpassend zu erklären. Homers Millionen hin oder her – so wie er verhalte man sich nicht. Homer kam das zu Ohren, als Josie einmal versuchte, ihn zur Rede zu stellen. Er wollte sich erklären, lockte zunächst aber alle Anschuldigungen Matts aus Josie heraus und war über die Unverfrorenheit seines Cousins verblüfft.

Der lästerte weiter, stachelte nicht nur seine Mutter, sondern zunehmend auch Sandy gegen ihn auf, die – auch das wusste Homer von Josie – wiederum bei ihr und Hank ihrem Unmut über

Homers mangelhafte moralische Haltung freien Lauf ließ. Noch viel mehr aber fürchtete Homer, dass Matt alles daransetzen würde, Tana gegen ihn aufzubringen – seiner Meinung nach natürlich zu Unrecht, hatte sich doch Matt selbst in einem für einen unabhängigen Analysten höchst anrüchigen Zug an T&L beteiligt, um nicht zuletzt in den Genuss der Früchte seiner eigenen so überaus positiven Unternehmensbewertung zu kommen. Homer beschloss, seinen Cousin zur Rede zu stellen. Sein Wissen um dessen Investment würde er als Druckmittel einsetzen, damit Matt die üble Nachrede endlich einstellte.

Er bat Amie, in Matts Firma anzurufen, um für seinen nächsten Besuch in New York einen Termin zu vereinbaren. Unter vier Augen – darauf sollte Amie beharren. Würde Matts Assistentin nach einem Stichwort fragen, mit dem sie das Treffen in den Kalender ihres Chefs eingeben sollte, würde der Hinweis auf T&L sicherlich ausreichen. Nach zwei Tagen stand der Termin fest. Matt schlug vor, Homer in zwei Wochen abends um halb sieben im Central Park am Loeb Boathouse für zwei Stunden zu treffen. Wenige Tage davor war der Bericht in der New York Times erschienen.

27

Es dämmerte bereits, als sich Matt und Homer im Central Park vor dem verabredeten Restaurant begegneten. Nebel hing über dem See. Die kalte Feuchtigkeit ließ Homer frösteln. Er hatte seine Hände tief in die Manteltaschen geschoben und nahm sie auch dann nicht heraus, als Matt ihn von hinten ansprach.

»Homer Spiegelman – der ehrenhafte Rain Maker in unserer Familie.«

Homer wusste nicht, ob das scherzhaft gemeint war oder bösartig, und drehte sich um. Matt stand ihm gegenüber und schaute zu ihm herunter. Er war einen halben Kopf größer, hatte offenbar ein paar Kilo abgenommen und wirkte dadurch kantiger als noch vor einem halben Jahr. Die Finanzkrise hat ihm zugesetzt, dachte Homer.

»Schön, dich zu sehen«, antwortete er und versuchte ein Lächeln, das ihm misslang.

Matt wurde schnell wieder ernst.

»Was gibt es so Wichtiges zu besprechen, dass du einen offiziellen Termin über mein Büro vereinbarst?«

»Lass uns lieber noch eine Runde gehen«, schlug Homer vor. »Zum Essen ist mir das eigentlich noch zu früh.«

Matt zuckte die Schultern.

»Nun gut, wie du meinst.« Mit einem Kopfnicken deutete Matt gen Süden. »Drehen wir eine Runde um den See, was immer du auf dem Herzen hast.«

Gemeinsam gingen sie Richtung Bethesda Terrace, den Blick geradeaus. Nach ein paar Schritten setzte Matt nach.

»Worum geht's?«, fragte er noch einmal.

Homer schwieg noch ein paar weitere Schritte, während er seinen Atem beobachtete, der in der kalten Winterluft für den Hauch einer Sekunde eine Nebelwolke bildete.

»Hör mir jetzt gut zu«, setzte er an. »Ich weiß, dass du in der Familie alle gegen mich aufstachelst. Warum tust du das?«

Matt schaute ihn mit, wie Homer damals fand, gespielter Entrüstung an.

»Bullshit, wie kommst du darauf?«

»Matt, lass die Spielchen. Ich weiß es. Es ist nicht so, dass niemand mehr mit mir sprechen würde. Ich weiß, wie schlecht du über mich redest. Und ich wollte dich mit allem Ernst bitten, das bleiben zu lassen.«

Diesmal schwieg Matt für einen Moment. Dann setzte er mit fester Stimme wieder an.

»Ich rede nicht schlechter über dich, als du bist. Ich referiere die Fakten. Und die sprechen nicht gerade für dich.«

Homer wartete zwei Sekunden, bevor er nach den Fakten fragte, auf die sich Matt beziehe.

»Was in den Zeitungen steht. Du fährst deine Geschäfte mit hohem Risiko. Es ist bezeichnend, dass du deine Millionen damit machst, andere auszunehmen«, gab Matt mit ruhiger, fester Stimme aufreizend überheblich zum Besten.

»Und das, was in den Gazetten steht, reicht dir, um meine Geschäfte zu beurteilen?«

»So manch ein Journalist wird schon solide recherchiert haben«, sagte Matt und lächelte süffisant.

Homer schaltete blitzschnell. Die Journalisten hatten Matt angerufen, der sie bereitwillig mit Einzelheiten aus dem Privatleben seines Cousins gefüttert hatte. Er konnte es nicht glauben. Matt war sich seiner Sache offenbar derart sicher, dass er gar nicht verhehlen wollte, wie sehr er den Journalisten der New York Times behilflich gewesen war.

»Ich glaube«, sagte Homer gelassen, »du lässt das fortan alles bleiben. Keine Informationen mehr an die Presse, und schon gar nicht redest du in den Brooklyn Heights schlecht über mich. Verstanden?«

Erstaunt blickte Matt zu ihm herunter.

»Warum sollte ich das lassen, wenn ich es überhaupt täte? Es entspräche doch den Fakten.«

Homer war verblüfft, wie selbstsicher Matt noch immer war und wie sehr er sich im Recht fühlte. Er hatte offenbar keine Ahnung davon, dass Homer sein eigenes höchst fragwürdiges Investment längst bekannt war. Homer antwortete nicht sofort. Sie gingen eine Weile still nebeneinander. Es war noch dunkler geworden. Homer beschloss, sich mit seiner Antwort noch ein wenig Zeit zu lassen, in der Hoffnung, Matt dadurch etwas von seiner Selbstsicherheit zu nehmen. Ungeduldig setzte Matt nach:

»Wenn ich gefragt werde, referiere ich die Fakten. Mich fragt eben nicht nur die Familie, sondern auch die Presse. Was soll daran nicht richtig sein?« Wieder warf er einen überlegenen Blick zur Seite.

»Weil du kein Recht hast, dich über mich zu erheben. Es gäbe genügend Anlass, mit der Presse, zu der du so einen wunderbaren Kontakt hast, auch über dich zu sprechen«, entgegnete Homer ruhig, während er seinen Blick über das tiefschwarze Wasser unter den Nebenschwaden schweifen ließ.

Abrupt blieb Matt stehen. Homer indes ging ungerührt noch ein paar Schritte weiter. Dann stoppte auch er und drehte sich um.

»Wovon sprichst du?«, fragte Matt und lächelte.

»Von deinem Investment: mit einer Million Pfund hast du dich bei T&L engagiert, noch bevor du für das Unternehmen eine fulminante Empfehlung ausgesprochen und damit für einen unglaublichen Ansturm an interessierten Investoren gesorgt hast.«

Ungläubig schaute Matt ihn an.

»Woher weißt du das?«, fragte er gelassen zurück.

»Es ist für einen gut vernetzten Anwalt nicht so schwer, die Auftraggeber hinter Strohmännern herauszufinden.«

»Seit wann ist es verboten, verdeckt zu investieren?«

Jetzt lächelte Homer. Zum ersten Mal in ihrem Gespräch.

»Es ist nicht verboten. Aber es klingt auch nicht schön: Independent Researchers geben eine uneingeschränkte Empfehlung für ein Start-up, nachdem sie am ersten Tag der Zeichnung eine Million Pfund investiert haben. Deine Journalisten nähmen auch so etwas sicher gerne zur Kenntnis.«

Die Parkbeleuchtung war bereits eingeschaltet, die Luft hatte sich weiter abgekühlt. Es war vollkommen windstill. Matt ging ein paar Schritte auf Homer zu. Dann stand er direkt vor ihm und schaute ihn feindselig an.

»Du drohst mir«, zischte er Homer an.

»Nein, ich habe dir einen Deal vorgeschlagen. So einfach ist das.«

Matt zog die Augenbrauen zusammen. Seine Brust hob und senkte sich. Er war wütend und vor allem nervös geworden.

»Gegen das, was du mit der Firma getrieben hast, ist mein Investment harmlos. Ich habe jedenfalls niemandem geschadet. Aber du. Dieses Manöver wird uns Investoren eine Menge Geld kosten. Im Grunde hast du uns alle über den Tisch gezogen. Diesmal leider auch mich.«

Wieder lächelte Homer. Sein Selbstbewusstsein war mit Matts zunehmender Unsicherheit gestiegen.

»Was ich mache, kann dir egal sein. Wenn ich der Presse von deinem Investment erzähle, fangen sie richtig an zu graben. Dann ist deine schöne kleine Firma ziemlich bald am Ende. Ich verlange von dir nichts weiter, als dass du die üble Nachrede einstellst. Und zwar sofort. Ist das nicht der Fall, dann fange ich auch an. Mehr will ich nicht von dir.«

Matt überlegte. Noch immer stand er direkt vor Homer und atmete tief ein und aus.

»Ich will meinen Einsatz zurück. In Dollar«, flüsterte er. »Und das sofort.«

Homer begann zu lachen und wich einen Schritt zurück.

»Ist das so?«, fragte er und lachte immer noch. »Jetzt plötzlich? Oh je. Dabei hattest du die Firma doch wärmstens empfohlen.«

Das hätte er besser nicht sagen sollen. Matt schwoll eine Ader auf der Stirn, vertikal baute sie sich auf, zog sich von der Nasenwurzel hoch bis zum Haaransatz. Homer wusste, dass das kein gutes Zeichen war. Er kannte die Ader und den Blick dazu aus Auseinandersetzungen in ihrer Kindheit, wenn sie, was selten genug vorkam, handgreiflich aneinandergeraten waren. Er zwang sich, nicht intuitiv zurückzuweichen, aus Sorge, genau das könnte Matt dazu verleiten, erstmals seit Jahrzehnten wieder seine Fäuste zu gebrauchen.

Kaum hatte er diesen Gedanken zu Ende gebracht, griff ihm Matt im Bruchteil einer Sekunde mit seiner rechten Hand an die Kehle. Er hielt ihn einen Moment fest, kam seinen Gesicht noch näher. Wieder musste Homer unwillkürlich lachen, weil sein erboster Cousin mit seinen verzerrten Gesichtszügen plötzlich einer Mischung von Boxer und Pekinese ähnelte. Es entwich ihm ein Krächzen. In dem Moment drückte Matt zu.

Reflexartig fuhr Homer seinem Cousin mit der Faust gegen die Wange. Mit voller Wucht. Es knackte. Matt ließ ihn los, Homer sprang nach Luft schnappend einen Schritt zurück, während Matt sich die Wange hielt. Blut rann ihm aus der Nase und tropfte über seinen Handrücken auf den Boden.

Für einen Wimpernschlag herrschte Stille zwischen ihnen beiden.

Dann fingen sie gleichzeitig an zu brüllen, der eine lauter als der andere, als würden sie mit Stimmen weiter ausfechten, was sie mit ihren Fäusten besser sein ließen. Ihre Stimmen überschlugen sich. Im Licht der Parklaternen stiegen die Nebelwolken ihres Atems auf, durchsetzt mit Speicheltropfen. Jeder versuchte, den anderen niederzuschreien. Immer wieder bewegten sie sich aufeinander zu, wichen zurück, um sich nicht erneut anzugehen, und brüllten weiter aufeinander ein.

Ihre Tiraden enthielten Beleidigungen der übelsten Sorte, Vorwürfe über Vorwürfe, Unterstellungen – kurzum all das, was sie sich über die Jahre zwischen ihnen aufgebaut hatte, aber nie ausgesprochen worden war. In dem Moment, in dem Homer Matt als perfiden Heuchler bezeichnete, nervenschwach, neidisch, narzisstisch, als einen, dem Homers geschäftlichen Erfolge unerträglich seien und der sich nicht anders als mit übler Nachrede zu helfen wisse, während er sich in der Familie immerzu in den Vordergrund spiele, verlor Matt endgültig die Nerven. Er holte seinerseits aus und rammte Homer die Faust in die Magengrube. Homer, der damit nicht gerechnet hatte, stürzte rücklings zu Boden, lag auf dem Asphalt und begann erneut zu lachen. Matts Ausraster bescherte ihm eine gewisse Genugtuung. Nie hatte er seinen Cousin nervlich derart angeschlagen und außer sich erlebt. Matt stand regungslos da und beobachtete, wie Homers Lachen in einem Würgereiz erstickte. Mühsam rappelte sich Homer hoch. Als er im Vierfüßlerstand angekommen war, musste er sich übergeben. Dann lachte er wieder, den Blick nach oben gerichtet. Verächtlich schaute Matt auf ihn herab, spitzte die Lippen und spuckte eine Portion blutigen Schleims vor ihm auf den Teer. Dann drehte er sich um und ging.

28

Mir verschlug es die Sprache. Ich wusste gar nicht, in welche Richtung ich denken sollte. Da war dieses atemberaubende, höchst unfaire Manöver, das zwei wahrscheinlich arglosen Gründern ihr Geschäft zerstörte. Da waren die mehr als 120 Millionen Dollar Kursgewinne, die Homer daraus gezogen hatte, für die er ein Risiko in Höhe von gerade einmal 800 000 Dollar eingegangen war. Dazu kam die Auseinandersetzung mit Matt, dem vor dem Hintergrund von Homers Gewinnen der durchaus zu verschmerzende Verlust offenbar unerträglich war. Und da war dieses Lachen der Überlegenheit von Homer im Central Park. Ein vergiftetes Lachen im Moment eines langersehnten Sieges über seinen ärgsten Widersacher, das mir noch für einige Minuten in den Ohren klang, während ich versuchte, die Raffinesse von Homers Zügen nachzuvollziehen, um seine Skrupellosigkeit zu vermessen. Dann, unvermittelt, brach es aus mir heraus:

»Du bist ein Raubtier, Homer. Ein richtiges Raubtier. Soll Wirtschaft so funktionieren? Wenn jeder seinen rechtlichen Spielraum bis zum Letzten ausreizen würde, bräche das ganze System zusammen. Es kann nicht gutgehen, wenn eine Spezies wie deine einzig darauf aus ist, weniger bewanderte Marktteilnehmer über den Tisch zu ziehen. Oder Gründer mit brillanten Ideen an den Rand des Ruins zu treiben und die zarten Pflänzchen, die sie gesetzt haben, mit ihrem Geld zu zertreten. Bist du vor 25 Jahren angetreten, um deine Intelligenz nur so zu nutzen?«

Homer schwieg. Und ich auch.

Er hatte es tatsächlich auf die Hauptbühne des großen Theaters geschafft, dachte ich, und in den Finanzdramen die besten Rollen ergattert. Nur gab es, anders als in der Literatur, in Homers Welt keine Gefühle, keine Reue, keine Zweifel. Dem realen Leben fehlte das Theatralische, das schlechte Gewissen, die Schuld, die Tragik. In Homers Welt gab es nichts als das bloße Kalkül, das weder Moral noch Gewissen kannte. Es gab die rote oder die schwarze Zahl unter dem Strich, niemals aber den Perspektivwechsel auf die Seite desjenigen, der Homers schwarze Zahlen mit horrenden Verlusten beglich. Nicht alle agierten so, aber zu viele. Homer war längst einer von ihnen geworden.

Während ich diesen Gedanken nachhing, schob sich mir plötzlich das Bild eines kleinen, dunkelhaarigen Jungen vor die Augen, der auf dem Friedhof stand zwischen all den Erwachsenen, die seine Mutter zu Grabe trugen, und der einfach nicht verstehen konnte, dass sie irgendwo anders als im eigenen Garten begraben werden sollte, wo er sie doch wenigstens in seiner Nähe gewusst hätte. Ich sah ihn über all die Jahre älter werden und einsamer in seiner Großfamilie, in einem erbitterten Kampf mit sich selbst gegen seinen Schmerz. Hätte ich Homers Kindheitsgeschichte nicht gekannt, wäre ich an jenem Abend spätestens in diesem Moment gegangen.

»Weißt du«, sagte er nach einer halben Ewigkeit. »Es herrschen sehr harte Regeln an der Wall Street. Die wichtigste ist, dass du dich niemals in die Seelenlage deines Gegenübers hineinversetzt. Denn dann wirst du unweigerlich verlieren. Über all die Jahre habe ich mir das zu eigen gemacht. Zugegebenermaßen war es nicht schwierig. Ich war das gewohnt. Hat sich je einer in meine Lage hineinversetzt?«

»Hätte das einen Unterschied gemacht?«, fragte ich zurück.

Homer zuckte mit den Schultern.

»Mit Matt habe ich mich oft über die Wall Street unterhalten. Er war immer ein wenig auf Abstand. Aber er war auch nicht so erfolgreich. Die, die dort nicht so erfolgreich sind, stellen schon mal gerne die Moral der Geschäfte infrage. Aber die Wall Street ist der Inbegriff des Marktes. Und der Markt hat nun einmal keine Moral. Das Geld fließt zu den Gewinnern. Und das ist gut so. Denn bei denen ist es dann auch am besten aufgehoben.«

»Ich weiß, ich weiß. Danke für die Lektion in Kapitalismus.«

»Es ist nicht alles schlecht daran.«

»Nur dass er die Menschen verdirbt, der Kapitalismus. So jemanden wie dich zum Beispiel.«

29

In den Brooklyn Heights verfehlte der Artikel der New York Times seine Wirkung nicht. Im Gegenteil: Er schlug ein, versetzte die Familie in Aufruhr, öffnete ihnen die Augen dafür, in welcher Art von Geschäften sich eines ihrer Familienmitglieder seit Jahren engagierte – von Matts vagen Andeutungen einmal abgesehen. Bisher hatten sie gewähnt, Homer sei ein erfolgreicher Wall-Street-Anwalt, der im Jahr mit seinen Beratungen auf dem Feld des Aktien- und vor allem Gesellschaftsrechts – zu Recht – siebenstellige Beträge als Honorare einstrich, der aber glücklicherweise nie vor Gericht und damit auch nicht in der Öffentlichkeit erschien. Sie hatten ihren Frieden damit geschlossen, dass Homer über das, was er tat, niemals sprach. Nachfragen dazu hatte er ihnen mit dem Hinweis auf Mandantenschutz und das Anwaltsgeheimnis abgewöhnt.

Plötzlich aber war alles anders und die Familie in heller Aufregung. Nicht so sehr über die vielen privaten Details, die da über Homer Spiegelman zu lesen waren, sondern vielmehr über die Auflistung an Investments, die einer der ihren über die Jahre neben seiner anwaltlichen Tätigkeit unternommen hatte.

Alles in allem, so resümierten die Autoren des Porträts in der New York Times, würde sich das Vermögen jenes öffentlichkeitsscheuen Anwalts inzwischen auf mindestens 500 Millionen Dollar belaufen – freilich nicht alles auf dem Konto, sondern gebunden in einem reichlich intransparenten Geflecht an Beteiligungen hoch erfolgreicher, finanzstarker Nischenunternehmen der Tech-Welt.

All das musste die Familie mit einem Male lesen und einsehen, dass es tatsächlich eine Seite an Homer gab, die sie nicht kannten und die, so betonte vor allem seine Tante Lea, die ihrem Neffen seinen Erfolg und vor allem sein Geld nicht gönnte, so gar nicht zum Stil ihrer Familie passte. Wie Homer wenig später erfuhr, war sie es, die nach Matt den Rest der Sippe zunehmend gegen ihn aufbrachte – darunter auch seinen Vater, der Homer schließlich anrief und zur Rede stellte.

»Es war kein sehr ergiebiges Gespräch«, erinnerte sich Homer. »Denn ich konnte und wollte ihm nicht wirklich antworten.«

»Wäre es nicht eine Chance für dich gewesen, ihm einmal deine Sicht auf die Dinge zu erklären?

Homer schwieg einen Moment, dann zuckte er die Schultern und schaute mich fragend an.

»Ich weiß nicht. Ich glaube, ich hatte mich von allen schon viel zu weit entfernt. Er verstand mich nicht mehr und er verstand auch die Finanzmärkte nicht. Das mag der Grund gewesen sein.«

Seine Antwort befriedigte mich nicht.

»Du machst es dir wirklich ein bisschen einfach …«

Noch bevor ich weitersprechen konnte, fuhr Homer fort.

»Du glaubst nicht, was für ein Cocktail an Reaktionen mir nach diesem Artikel entgegenschwappte. Eine Mischung aus Abscheu, Neid und Bewunderung. Klar, Matt verfolgte ein in den Augen der Familie honoriges Geschäft. Er verdiente nicht schlecht, sorgte dafür, dass immerhin dreißig Menschen Arbeit und ein passables Auskommen hatten, und eckte mit dieser Lebensbilanz natürlich nirgendwo an. Dass er in T&L investiert hatte, war ihnen ja nicht bekannt. Ich will ehrlich gesagt auch nicht wissen, was er sonst noch für Geschäfte nebenher betrieben hat.«

Der Familie war Homer fortan nicht mehr geheuer.

Eine gewissen Bigotterie war dem familiären Verhalten allerdings eigen. Denn sie alle profitierten von Homers Vermögen. Immer wieder sprang er ein, wenn es irgendwo eng wurde. So unterstützte er Sandy und ihre schulischen Projekte über Jahre großzügig. Seinem Vater half er bei dem Verkauf seiner Werkstatt, für die Renovierung ihres Reihenhausdachs legte er einen sechsstelligen Betrag auf den Tisch. Einem seiner deutlich jüngeren Cousins – es handelte sich um den jüngsten Sohn seines Onkels Aaron, der erst sehr spät geheiratet und Kinder bekommen hatte – zahlte er Teile der Universitätsgebühren, weil dieser die Hürden für ein Stipendium nicht genommen hatte. Homer wusste, dass sein Cousin ansonsten hätte einen Kredit aufnehmen müssen, den er mit einem Abschluss in Philosophie so schnell nicht wieder würde zurückzahlen können.

Und dann war da noch das Haus in Brooklyn, das Familienzentrum, das erhalten werden musste. Denn bei der Erneuerung der Steigleitungen war es über die Jahre nicht geblieben. Wann immer Tana Handwerker bestellte, tat sie das seither über Homers Sekretärin Amie. Da sie von Natur aus sparsam war, ließ er sie gewähren. Die Familie wiederum ahnte, dass Homer den Unterhalt des alten Backsteingebäudes aus der Jahrhundertwende weitgehend allein finanzierte, fragte allerdings nie genauer nach, wenn etwas renoviert oder sogar neu angeschafft worden war.

Alles in allem handelte es sich um Beträge, die sich in Homers Vermögensbilanz nicht bemerkbar machten. Aus Sicht der Familie hielt sich seine Großzügigkeit in den Angelegenheiten, von denen sie wusste, so gesehen in Grenzen – nachdem sie erfahren hatte, welche Investitionsvolumina er tatsächlich bewegte und was er als Anwalt verdiente. Sie brauchten ihn.

Auf die Anwürfe seines Vaters, die Hank mehrfach vorbrachte, ließ Homer sich nicht weiter ein. Josie, die in ihrer grenzenlosen Harmoniebedürftigkeit immer noch versuchte, Homer wieder ein wenig in die Familie hineinzuziehen, mühte sich vergeblich. Dabei rechnete ihr Homer ihr Bemühen hoch an. Nach seinem Versagen am Meer vor vielen Jahren, als er für die Rettung ihrer Tochter nicht ins Wasser ging, hätte er sogar verstanden, wenn sie ihn für immer verstoßen hätte. Doch das tat sie nicht. Allerdings scheiterte sie nicht so sehr an Homer, sondern zunehmend an den Widerständen der Familie, die sich weiterhin regelmäßig in den Brooklyn Heights traf, Homer allerdings nicht mehr Bescheid gab. Er würde, so hieß es dann, ohnehin keine Zeit finden zu kommen. Wortführerin war dabei meist Lea, wie Homer von seiner Schwester einmal beiläufig erfuhr.

Was ihm dagegen sehr zu schaffen machte, war die Reaktion seiner Großmutter auf das, was sie alle ganz plötzlich über ihn erfahren hatten. Tana reagierte gar nicht. Drei oder vier Wochen blieb sie für ihn unerreichbar, ging nicht ans Telefon. Er traute sich kaum, bei ihr in den Brooklyn Heights aufzuschlagen, was er normalerweise einmal in der Woche tat. Erstmals litt Homer wieder unter Verlustangst, die ihn stark an sein Lebensgefühl nach dem Tod seiner Mutter erinnerte. Das war lange nicht mehr so gewesen. Er hatte es über die Jahre aus seinem Leben erfolgreich ausgeklammert und fast vergessen, wie schwer es ihm einst auf der Seele gelastet hatte. Auf den Gedanken, dass seine Großmutter womöglich auf eine Erklärung seinerseits wartete, zu der wiederum er die Initiative hätte ergreifen müssen, kam Homer nicht. Verblüfft schaute er mich an, als ich dies ihm gegenüber erwähnte. Das menschlich Naheliegende war ihm oft so fern.

»Na ja, es hat sich dann ja so oder so erledigt«, sagte er schließlich.

Ich war mir nicht sicher, was genau er meinte, und blickte ihn fragend an.

»Nach vier Wochen meldete sich Tana in meiner Kanzlei bei Amie und ließ sich, anders als sonst, wenn es nur um Rechnungen für Arbeiten am Haus ging, direkt durchstellen. Glücklicherweise war ich gerade nicht in einer Besprechung, sondern arbeitete an einem Vertrag.«

Als er das Gespräch entgegennahm, bemerkte er, dass sich sein Puls beschleunigt hatte. Anders als erwartet aber stellte Tana ihn am Telefon nicht zur Rede. Mit ihrer rauen, dunklen Stimme sprach sie nur einen einzigen Satz:

»Homer, übermorgen bin ich in Manhattan im Delmonico's, wo ich dich um 13 Uhr erwarte.«

Dann klickte es in der Leitung. Das war keine Frage, es war eine Anweisung, Tana interessierte sich diesmal nicht dafür, ob ihm dieser Termin überhaupt möglich war. Sonst fragte sie meist mehrfach nach, um sicherzugehen, dass er ihretwegen nicht seine Arbeit unterbrach. Auch hätte er, wie so häufig, auf Reisen sein können. Das aber spielte für sie diesmal keine Rolle. Tana hatte ihre Erwartung unmissverständlich kundgetan: dass ihr Enkel diesen Termin möglich machte. Nicht mehr und nicht weniger. Genau das tat er auch.

30

Das Delmonico's in der Beaver Street, fast an der Südostspitze Manhattans unweit der Auffahrt zur Brooklyn Bridge, war eines der älteren Restaurants in der Stadt – gediegen, mit italo-amerikanischer Küche, bekannt vor allem für seine Steaks. Der vergilbte Steinboden, die großgemusterte Tapete über der anderthalb Meter hohen dunkelbraunen Holzvertäfelung, die leicht mit Staub bedeckten Kronleuchter, gepolsterte Stühle – es war kein Etablissement nach Homers Geschmack. Gleichwohl kannte er es natürlich, führte immer einmal ausländische Kunden dorthin, vor allem, wenn sie schon älter waren. Die roten, halbrunden Baldachine, die außen über der Laibung vor den Fenstern angebracht waren, verstärkten das gedeckte Licht im Inneren. Am eindrucksvollsten war der Eingang in der gerundeten Hausfassade, vor der die Beaver Street im Halbrund vorbeiführte.

Obwohl Homer einige Minuten vor der vereinbarten Zeit das Restaurant betrat, wurde er von Tana bereits erwartet. Aufmerksam schaute sie in Richtung Tür und hob, kaum dass er sich nach ihr umschaute, die Hand. Sie hatte ihren kleinen, schwarzen Hut aufbehalten, der über ihrem im Nacken justierten Haarknoten saß, trug eine beige Bluse, die am Hals mit einer Schleife gebunden war, und hatte, wie häufig, wenn sie nach Manhattan fuhr, Perlenohrringe angelegt. In ihrem Outfit wirkte sie ein wenig aus der Zeit gefallen. Sie musste schon eine Weile dort gesessen haben, ihr mit Wasser gefülltes Glas war bereits halb geleert. Der Rest eines Eiswürfels schwamm obenauf.

Homer ging auf sie zu, beugte sich zu ihr herunter und küsste sie links und rechts auf ihre Wangen. Die Hände hatte er dabei auf den Rücken gelegt. Sie sollte nicht mitbekommen, wie feucht sie waren.

Tana musterte ihn streng, anders als sonst lächelte sie nicht, bedeutete ihm lediglich mit einem Kopfnicken, dass er ihr gegenüber Platz nehmen sollte, was er auch tat. Eine endlose Weile schaute sie ihn an, sodass es Homer schwerfiel, ihrem Blick standzuhalten, und er erleichtert ausatmete, als der Kellner ihm ein Glas Wasser brachte und die Speisekarte reichte.

Homer wählte wie seine Großmutter auf der Tageskarte das Steak mit einem Salat, klappte das Menü zu und legte es neben sich auf den Tisch. Dann erst traute er sich, Tana anzublicken.

»Also«, sagte er und atmete einmal tief durch.

»Also«, erwiderte Tana, verharrte einen kurzen Moment und fuhr dann fort. »Ich glaube, du solltest mir endlich mal erklären, wen ich in diesem Moment vor mir habe.«

Homer senkte den Kopf und schwieg.

»Ich habe das Porträt über dich und deine Geschäfte in der New York Times gelesen. Ich weiß, dass du viel Geld verdienst. Aber so, wie du dort beschrieben wirst, erkenne ich dich kaum wieder. Die anderen sind ziemlich entsetzt. Willst du mir nicht mal sagen, was es damit auf sich hat?«

Mit der Stoffserviette wischte sich Homer den Schweiß von der Oberlippe und begann zu erzählen. Er erklärte ihr sein Modell der Beratung junger Unternehmen, die er sich mit einer Beteiligung vergüten ließ, war sich aber nicht sicher, ob sie das überhaupt verstand.

Eine Weile lang hörte sie ihm aufmerksam zu, schien einigermaßen gelassen und offenbar nicht gewillt, sich auf das Empörungsniveau der anderen zu begeben. Aus gutem Grund, wie er mutmaßte. Natürlich wusste sie, wie viel Geld Homer schon seit Jahren in die Brooklyn Heights investierte und mit welchen monatlichen Beträgen er ihren Lebensunterhalt finanzierte. Außer einer kleinen Rente bekam sie nicht viel. Ihr Vermögen war das Haus, mehr nicht. Sie wusste auch, dass er niemals eine Erklärung dafür verlangte, ob die eine oder andere Ausgabe für das Haus tatsächlich sinnvoll wäre. Anders als die anderen konnte sie sich eine Auseinandersetzung mit ihm und in der Folge womöglich seine Zurückweisung nicht leisten. Als er mit seinen Erklärungen zum Ende kam, sagte sie ihm gleichwohl:

»Ich bin enttäuscht, Homer. Ich hätte nicht gedacht, dass du in deinen Geschäften so hart am Wind segelst. Man kann auch fair sein Geld verdienen.«

Homer schwieg. Ihre Enttäuschung bedrückte ihn mehr als all die scharfen Nachfragen und die Kritik, die er sich von den anderen Familienmitgliedern hatte anhören müssen. Sie stellte ihn zum ersten Mal seit Jahren infrage, die anderen konnten das nicht mehr. Noch bevor er dies zu Ende denken konnte, fuhr Tana fort:

»Natürlich weiß ich, was du seit Jahren für mich, für uns alle tust. Jetzt weiß ich darüber hinaus, wo das ganze Geld tatsächlich herkommt. Und ich weiß auch, wie wohlfeil es wäre, immer die Hand aufzuhalten und am nächsten Morgen vor Scham über das Geschäftsgebaren meines Geldgebers aus dem Bett zu fallen.«

Homer schaute sie an und räusperte sich, dann lenkte er ein.

»Du hast recht. Ich hätte dir einfach mehr erzählen sollen. Aber an der Wall Street spielt Moral keine Rolle. Da geht es um Macht und Geld. In jedes Vakuum, das du nicht besetzt, stößt ein anderer hinein. Das sind die Regeln.«

Einen Moment lang schien Tana nachzudenken. Dann begann sie, über Matt zu sprechen.

»Wahrscheinlich ist das der Grund, warum Matt irgendwann ausgestiegen ist. Er wollte dieses Spiel nicht mehr mitspielen, sondern sein Geld mit einer faireren Arbeit verdienen. Er ist wahrscheinlich nicht so hartgesotten wie du.«

Innerlich zuckte Homer zusammen. Da war er wieder, dieser unsägliche Vergleich zwischen ihm und seinem Cousin, dem er über all die Jahre zu entkommen versucht hatte. Das war ihm durch die Entfremdung und seine seltene Teilnahme an Familienereignissen – eigentlich traf er die Großfamilie nur noch zu einem der Chanukka-Abende – teilweise gelungen. Aber eben niemals ganz.

Lange schaute er Tana an, dann ließ er seiner Verbitterung freien Lauf:

»Hat das nie ein Ende? Immer dieses Vergleichen. Matt und ich. Seit Jahrzehnten geht das so. Matt ist immer der Gute, ich der Böse. Er ist der Stolz der Familie, das moralische Gewissen, die Vorbildfigur, die vor lauter Rechtschaffenheit nicht in der Lage ist, sich an den Kosten für die Brooklyn Heights zu beteiligen. Ich bin euer Geldlieferant, wenn alle Stricke reißen, und ansonsten bin ich jemand, um den ihr lieber einen Bogen macht. Jetzt, da alle wissen, in welchen Größenordnungen sich meine Investments bewegen, werden sie sich noch häufiger an mich wenden, wenn sie Geld benötigen. Und noch weniger mit mir zu tun haben wollen, wenn sie mich gerade nicht brauchen. Ihre derzeitige Verachtung dafür, wie ich mein Geld verdiene, wird schon in ein paar Monaten keine Rolle mehr spielen, wenn sie etwas brauchen. Denkst du, dass *das* fair ist?«

Tana schwieg.

»Weißt du, dass zwischen Matt und mir unglaubliche Rivalität herrscht?«

»Natürlich, das weiß ich seit Jahren. Und ich weiß auch, dass es bei diesem Kampf gar nicht so sehr um die Millionen geht. Es geht um die Anerkennung in der Familie …«

»… und um deine«, setzte Homer hinzu. »Und weißt du eigentlich, dass dieser Kampf zwischen Matt und mir mit nicht ganz fairen Mitteln ausgetragen wird?«

Fragend schaute ihn Tana an. Homer biss sich auf die Lippe. Das hätte er nicht sagen sollen, denn jetzt musste er seiner Großmutter dafür auch eine Erklärung liefern. Und die würde Matt vielleicht in einem etwas anderen Licht erscheinen lassen. Es würde seine Großmutter schmerzen, was er nicht wollte.

»In unserer Familie sieht jeder von jedem nur das, was er tatsächlich sehen will. Und das ist seit vielen Jahren festgelegt. Ich habe mich gefragt, wer letztlich der Treiber des Ganzen ist. Keiner spielt mit offenen Karten, auch Matt nicht.«

Tana schwieg noch immer. Und so nahm Homer seine Rede umgehend wieder auf.

»Das Geschäft, auf das sich die ganzen Artikel der letzten Zeit über mich und meine Transaktionen konzentrieren, spielt auch in Matts Tun eine Rolle.«

Tana hob ihre mit einem Crayon fein konturierten Brauen. Sie nahm ihre Brille ab. Homer erschrak vor der Größe und Dunkelheit ihrer Augen. So hatte er sie lange nicht mehr gesehen.

»Matt hatte mir zu dem Unternehmen, bei dem ich die Mehrheit übernommen habe, eine Analyse geschrieben, die er auch veröffentlicht hat. Das war enorm hilfreich, denn es hat uns eine ganze Menge Investoren gebracht. Im Nachhinein hat sich herausgestellt, dass sich Matt höchstselbst mit einem siebenstelligen Betrag über einen Strohmann beteiligt hat. Und das als ›Independent Researcher‹, der seinen Kunden seit Jahren die absolute Unabhängigkeit seiner Bewertungen verspricht. Wenn das bekannt wird, dann wird sein Unternehmen nicht lange überleben.«

Es schien eine Weile zu dauern, bis Tana begriffen hatte, worum es ging.

»Ist das illegal, was Matt gemacht hat?«, fragte sie verunsichert.

Analysten durften Aktien, die sie für eine Bank bewerteten, persönlich nicht handeln. So verhielt es sich in den Vereinigten Staaten. Nun war aber T&L nicht am Markt notiert und Matt war kein Angestellter der Bank, die die Finanzierung des Unternehmens organisierte, erklärte ihr Homer.

»Matt bewegte sich mit seinem Investment als Analyst folglich in einem der vielen Graubereiche. Nicht legal bedeut nicht immer gleich verboten. Aber wenn man wie Matt mit seiner Unabhängigkeit um Kunden wirbt, dann ist das, was er getan hat, mehr als fragwürdig.«

»Kann er dafür vor Gericht kommen?«, fragte Tana.

»Es ist kompliziert«, beruhigte sie Homer. »Du musst das nicht alles verstehen. Aber wenn die Anleger Matt auf Schadenersatz verklagen würden, wüsste ich nicht, ob ich mich als Anwalt des Falls annehmen würde.«

Im selben Moment ärgerte er sich, dass er so etwas überhaupt gesagt hatte. Es musste Tana zusetzen. Und das wollte er nicht. Andererseits konnte er die Rollen, die Matt und er in der Familie innehatten, in diesem Moment kaum ertragen. Fast flehentlich schob er deshalb noch einen Satz hinterher, von dem er hoffte, dass seine Großmutter den wenigstens verstand.

»In euren Augen macht Matt immer alles richtig. Da habe ich einfach keine Chance. Genau genommen seit Elaines Tod nicht mehr.«

Warum er seine Mutter mit ihrem Vornamen genannte hatte, wusste er nicht. Doch in dem Moment, in dem er ihn aussprach, fiel ihm das auf. Tana nickte.

»Homer, das beobachte ich seit Jahren. Und zwar mit Sorge. Meinst du, ich hätte dich als Kind sonst mittags zu mir ins Schlafzimmer gelassen, damit wir gemeinsam etwas lesen? Mit Kummer habe ich auch wahrgenommen, wie du dich nach dem Tod deiner Mom immer mehr zurückgezogen hast. Schon als Teenager warst du derart verschlossen, dass ich mich kaum getraut habe, dich danach zu fragen, was in dir vorgeht.«

Homers Oberlippe begann zu zittern. Er schwieg.

»Ich weiß, das tut in unserer Familie so oder so niemand«, sagte sie weiter. »Und das hat auch mich geschmerzt. Als Elaine verunglückte, hast nicht nur du deine Mutter, sondern ich meine Tochter verloren. Darüber, dass dein Kind vor dir stirbt, kommst du nie hinweg. Meinst du, die anderen hätten mich je danach gefragt, wie es mir in all den Jahren ergangen ist? Meine Verzweiflung hat kaum einer wahrgenommen.« Tana seufzte. »Ich nehme es ihnen nicht übel. Aber ich weiß, wie hart das für einen kleinen Jungen sein kann, der keine Mutter mehr hat.«

Betreten blickte Homer in sein leeres Wasserglas. Er nahm es zwischen die Finger und begann, damit auf der weißen, gestärkten Tischdecke immer größere Kreise zu ziehen. Das, was seine Großmutter sagte, galt schließlich auch für ihn. Nie hatte er sich für ihre Trauer interessiert. Er hatte gar nicht gespürt, wie sehr sie unter dem Tod ihrer Tochter gelitten hatte und offenbar noch litt. Zu selten hatte er sie nach ihr gefragt, was daran gelegen haben mag, dass es auch keiner der anderen tat. Elaine war spätestens mit dem Auftauchen von Hanks neuer Frau Josephine kein Thema mehr. Ihr Platz an dem großen Esstisch im Salon war vordergründig wieder besetzt. Das Leben ging seinen üblichen Gang. Und mit der Geburt von Sandy schien die Freude in das alte Backsteinhaus zurückzukehren. Eine Art oberflächliche Lebensfreude, die weder für Homer noch für Tana leicht zu ertragen war.

31

Beide schwiegen sie eine Weile. Dann ergriff Homer das Wort, fragte sie, ob sie noch einen Nachtisch bestellen wolle. Sie schüttelte den Kopf. Er winkte den Kellner heran, gab zwei Cappuccino in Auftrag und schaute seine Großmutter an.

»Bist du häufig hier?«, fragte er sie.

Sie wog den Kopf hin und her.

»Hin und wieder.«

Homer zog die Augenbrauen nach oben. Tana entwich ein tiefer Seufzer.

»Mit deiner Mutter habe ich mich hier regelmäßig getroffen. Alle zwei oder drei Monate. Sie rief mich an, um mich zum Essen einzuladen. Es war unsere gemeinsame, ganz private Zeit. Mir hat das sehr viel gegeben. Wem sonst konnte ich all das erzählen, was mich beschäftigte und natürlich manchmal auch bedrückte? Lea hatte nie die Ernsthaftigkeit von Elaine, sie kam eher nach ihrem Vater.« Tana stockte für einen Moment, trank einen Schluck ihres Cappuccinos und blickte sich um. »An der Einrichtung hat sich nicht viel geändert seither.«

Homer entwich ein nachdenkliches »Hm«. Nach einer Weile fragte er:

»Mit wem triffst du dich eigentlich, wenn du mittags ausgehst?«

Seine Großmutter schaute ihn verwundert an, als würde sie die Frage nicht ganz verstehen. Er legte nach.

»Na ja, wir haben uns alle jahrelang gefragt, wo du dich letztlich herumtreibst, wenn du mittags nach Manhattan fuhrst.« Er lächelte sie an. »Das hatte immer etwas Geheimnisvolles.«

Tana reagierte verwundert.

»Habt ihr euch darüber wirklich Gedanken gemacht?«, gab sie ungläubig zurück.

»Ja, immer einmal wieder. Einer deiner Söhne, ich glaube, Onkel Zach war es, hatte sogar mal die Devise ausgegeben, du würdest deinen Liebhaber treffen. Und er meinte das alles andere als abschätzig. Ich glaube, es hätte ihn gefreut.«

Jetzt begann sie, heftig mit dem Kopf zu schütteln.

»Ihr seid verrückt. Wo sollte der denn herkommen?«

»Von einer Kontaktanzeige aus der New York Times, die du ja auch eine Zeit lang eifrig studiert hast.«

Sie lächelte kurz. Tatsächlich hatte sie über Jahre die Kontakt-anzeigen gelesen und sich häufig darüber amüsiert, mit welchen verbalen Verrenkungen sich die Suchenden zu Markte trugen, um ein passendes Gegenüber zu finden. In Erwägung gezogen hatte sie so etwas nach dem Tod ihres Mannes allerdings nie. Ganz plötzlich wurde sie wieder ernst.

»Was glaubt ihr denn alle? Und vor allem: Was redet ihr? Meis-tens bin ich allein. Und ich will allein sein.«

Sie stockte kurz, schaute Homer an und sah plötzlich unendlich traurig aus.

»Weißt du, das Delmonico's ist das Restaurant, in dem ich mit deiner Mutter an jenem Tag verabredet war, als ihr Leben zu Ende ging. Als du sie sahst, wie sie aus dem Haus hinüber zu ihrem Auto lief, war sie auf dem Weg hierher zu mir.«

Sie schwieg eine Weile, nahm ihre Tasse zwischen die Finger und wollte sie erneut zum Mund führen, setzte sie dann allerdings wie-der ab.

»Meinst du, ich verstehe deine Schuldgefühle nicht? Meinst du, ich hätte nicht all die Jahre darüber nachgedacht, wie Elaines, mein und dein Leben verlaufen wäre, wenn wir nur diese eine harmlose Verabredung für jenen Tag nicht getroffen hätten? Meinst du, ich würde mir nicht vorwerfen, dass ich dir damals das Liebste genom-men habe, was du hattest, nur weil mir der Sinn danach stand, nach Monaten mit deiner Mutter mal wieder ein gutes Steak zu essen.«

Wieder pausierte sie. Und auch Homer schwieg.

»Und dann, wenn ich diese Gedanken, die mich nach all den Jah-ren immer noch nahezu täglich beschäftigen, nicht mehr aushalte, dann ziehe ich mich so an wie damals an jenem Tag. Ich trage den gleichen Rock, die gleichen Schuhe, den Hut ...«

Sie fasste sich an den Kopf und lachte rau:

»... den man als Dame von Welt damals auch im Restaurant nicht abnahm. Vor nunmehr über dreißig Jahren. Und dann sitze ich auf dem Platz, auf dem ich damals vergeblich auf sie gewartet habe, genau hier auf der Bank, mit dem Rücken zu dem großen Gemälde hinter mir, in das du jetzt gerade hineinschaust. Eine Weile lang blicke ich zur Eingangstür des Restaurants, durch die die Gäste kommen und gehen. Dann schließe ich die Augen und sehe Elaine plötzlich vor mir, deine Mutter, wie sie hereinkommt, mir zuwinkt, noch bevor ihr der Kellner den Mantel abgenommen hat, wie ihre Absätze auf dem Steinboden klacken, während sie auf mich zugeht, wie sie ihre dunklen Haare nach hinten wirft, den Kopf für einen Moment im Nacken lässt, bevor sie hier an diesen Tisch tritt und sich zu mir herunterbeugt, um mich mit einem flüchtigen Wangenkuss zu begrüßen, sich mir gegenüber zu setzen, meine Hände in die ihren zu nehmen, mich anzustrahlen und das zu sagen, was sie immer gesagt hat: ›Mom, du und ich mal wieder, ganz für uns. Wie schön. Ich habe Zeit.‹ Dann frage ich mich, wie ich so viel Schmerz und Sehnsucht überhaupt ausgehalten habe über die Jahre. Elaine – wie sie jetzt wohl aussähe?«, seufzte Tana. »Ich vermisse sie so. Und es hört nicht auf.«

Regungslos hatte Homer zugehört. Plötzlich schoss ihm das Wasser in die Augen.

Sie sah es nicht. Während sie weiter von Elaine sprach, hielt sie die Augen geschlossen und lächelte unmerklich.

»Deine Mom und ich – unter meinen Kindern stand sie mir wahrscheinlich am nächsten. Lea, Aaron, Zach – es ist nicht so, dass du ein Kind mehr liebst als das andere. Aber die persönliche Nähe ist unterschiedlich, was sich auch in Phasen immer wieder ändert. Als sie an jenem Tag nicht kam, war ich besorgt. Sie hatte noch nie eine unserer Verabredungen abgesagt oder war nicht erschienen. Nach einer Stunde habe ich es nicht mehr ausgehalten, habe mir ein Taxi gerufen, um nach Hause zu fahren. Im Taxi wurde ich immer nervöser. Zu Hause wartete ich noch eine Stunde. Vielleicht würde sie mich anrufen und sich entschuldigen. Plötzlich bekam ich Angst, ganz fürchterliche Angst. Ich weiß gar nicht mehr, was dann passiert ist. Ich weiß nur noch, dass ich wieder im Taxi saß und zu euch nach Hause fuhr. Dein Dad war bei dir. Er hatte dich mit Josie aus dem Krankenhaus abgeholt. Er wusste nicht, dass ich mit Elaine verabredet war. Und ich habe es weder ihm noch irgendeinem der anderen unserer Familie je erzählt. Ich konnte es nicht. Noch bevor ich ausstieg, hatte er die Haustür geöffnet. Er war sehr blass und schaute mich an. Seinen Blick werde ich nie vergessen. Diese Leere, die darin lag, und dieses Wissen darum, was er mir gleich würde sagen müssen. Als ich die Stufen zu euch hochstieg, streckte er mir die Arme entgegen und öffnete den Mund. Aber es kam kein Wort heraus, einfach nichts, er konnte nicht sprechen. Er fasste mich am Arm und zog mich die letzte Stufe zu sich hoch. In diesem Moment wusste ich alles. Ich glaube, ich habe angefangen zu schreien, ganz fürchterlich zu schreien, dann bin ich durch seine Arme hindurch auf den Boden gefallen.«

Tana öffnete die Augen. Traurig blickte sie ihn an, atmete einmal tief durch, presste die Lippen aufeinander, sodass sich ihr Mund zu einem Strich verengte, als würde sie den Schmerz ein weiteres Mal hinunterschlucken.

Homer nahm seine Serviette und wischte sich damit über sein tränennasses Gesicht. Er hatte sich inzwischen wieder gefasst, seinen rechten Arm ausgestreckt, um Tana über ihre von Altersflecken übersäte Hand zu streichen. Dann hielt er sie fest. Reaktionslos ließ sie es geschehen.

»Lass gut sein, Homer«, flüsterte sie nach einer gefühlten Ewigkeit, während sie ihm ihre Hand entzog, »genug der Sentimentalitäten und des Selbstmitleids.«

Sie holte tief Luft, schüttelte sich einmal, drückte den Rücken durch und richtete sich auf, als wolle sie die Erinnerungen an Elaine wieder an den Platz tief in ihrer Seele verräumen, an dem sie sie sorgsam aufbewahrte.

»Ganz ehrlich«, setzte sie mit gefestigter Stimme wieder an. »Ich kann weder deine noch Matts Geschäfte beurteilen und will es auch nicht. Ihr seid keine schlechten Jungen, beide nicht. Ich möchte nur, dass du eines weißt: Es wird ein Moment kommen, in dem dich die Familie wirklich braucht. Dich, Homer, dein Herz, nicht nur dein unendliches Geld!«

Nach einer kurzen Pause fuhr sie in der Sprache ihrer Kindheit, in Jiddisch fort:

»Aun ikh davnen tsu got, az ir vet derkenen dem moment.«
Und ich bete zu Gott, dass du diesen Moment erkennst.

32

Es war im Mai 2012. Die Schiwa, die Zeit der Trauer, war auf zwei Tage angesetzt. Das hatten Matt und Kate mit der Rabbinerin so besprochen. Zwar ist die Trauerphase, die nach der Bestattung des Leichnams beginnt, im traditionellen jüdischen Verständnis eigentlich eine Angelegenheit von sieben Tagen. Aber das war Matt und Kate ziemlich unpassend erschienen und unter weniger Konservativen auch nicht üblich. Außerdem hatten die Kinder genug getrauert. Wenn es vorbei war, sollten sie so schnell wie möglich in ihren Alltag zurückkehren, so gut es eben ging. Jeder konnte die Schiwa individuell gestalten, sofern ein paar Rituale eingehalten wurden. Und das taten sie.

Überhaupt hatten sie im Vorfeld gemeinsam mit der Rabbinerin minutiös festgelegt, wie die Beerdigung ablaufen sollte. »Das Warten auf den nahen Tod muss für Pedanten auch Vorteile haben«, hatte Matt bei seinem vorletzten Gespräch in der Synagoge mit der Geistlichen gesagt. Und Kate hatte einen Lachkrampf bekommen und sich so hineingesteigert, dass sie irgendwann alle drei dort saßen und sich schüttelten. So hatte es Kate ihrer Familie erzählt. Die Geschichte hatte die Runde gemacht, war schnell zur Legende geworden. Alle amüsierten sich darüber, fügten dem Ganzen noch ihre eigene Ausschmückung dazu. »Im Angesicht des Todes kann Matt sogar noch lachen«, hatte Matts Vater gepoltert, auf den Tisch gehauen und seinen inzwischen massigen Oberkörper nach hinten geworfen. »Ein Teufelskerl!«, rief er aus voller Kehle, verlor dann aber die Balance und krachte beim Abendessen vor versammelter Familie, einschließlich der Nachbarn, rücklings auf den Boden. Da lag er und kam nicht mehr hoch. Eine Schrecksekunde legte sich Stille über den Raum, dann aber lachten alle nur noch lauter und ausgiebiger, sodass es eine halbe Ewigkeit dauerte, bis dem Alten irgendwann einer aufhalf. Nur Homer hatte sich über diese dämliche Geschichte nie amüsieren mögen. Ihre häufige Wiederholung ekelte ihn an. Mit dem souveränen Sarkasmus seines Cousins, mit dem dieser, selbst als seine Tage gezählt waren, seine mentale, psychische und moralische Überlegenheit demonstrieren musste, konnte er überhaupt nichts anfangen. Ja, Matt war der perfekte Mann, ein guter Kerl, schlau, erfolgreich, ein liebender Vater seiner Jungs, dauertreuer Ehemann, zugewandt, hilfsbereit und so ungeheuer selbstkontrolliert, dass er über andere nie ein hässliches Wort verlor. Alle hatten ihn geliebt und liebten ihn noch, sie bewunderten ihn, kreisten um ihn, der selbst im Sterben noch mit kontrolliertem Sarkasmus punkten konnte – bis zum Ende. Immerhin meinte Homer, darin eine Art Verbitterung zu spüren, die so gar nicht zu Matt passte. Und den krachenden Sturz von Matts Dad fand er auf bedrückende Art und Weise lächerlich. Undiszipliniert. Irgendwie verzweifelt.

Als ihn vor ein paar Tagen sein Vater anrief, um ihm mitzuteilen, dass Matt wahrscheinlich keine 24 Stunden mehr leben würde, befand sich Homer am anderen Ende der Welt in Shanghai. Nahezu unmöglich wäre es, sich rechtzeitig von Matt zu verabschieden, sollte er es überhaupt noch in 24 Stunden schaffen. Homer rechnete: vierzehneinhalb Stunden von Shanghai nach New York, dort würde er ein paar Sachen einpacken, dann weiterfliegen nach San Francisco. In zwanzig Stunden könnte er da sein. Oder direkt fliegen, 13 Stunden, jeden Nachmittag flogen United und American Airline nach Amerika. Das wäre kein Problem. Er würde für einige Tage in San Francisco bleiben, den Vortag der Beerdigung, dann zur Beisetzung und schließlich noch einmal mindestens einen Tag der Shiwa. Er entschied sich für die direkte Variante. Vielleicht gab es noch eine Chance, Matt ein letztes Mal lebend zu sehen, auch wenn Hank ihm gesagt hatte, dass er schon am Vortag das Bewusstsein verloren habe.

Einen schlafenden Matt würde er ertragen können, besser als den gequälten, der sich vor Schmerzen krümmte, und dann, wenn er Morphium nehmen musste, nicht mehr er selbst war. Er rief Amie an und bat sie, ihn umgehend auf eine der Maschinen nach San Francisco und dort ein Hotelzimmer möglichst in der Nähe von Matts Haus zu buchen. Sie solle herausfinden, wo seine ganze Verwandtschaft unterkäme, dort wolle er auch sein. Seine Termine in Shanghai musste sein Kollege übernehmen, mit dem er zusammen angereist war, weil die Chinesen immer ganze Delegationen schickten und sich jedes Mal brüskiert fühlten, wenn man alleine oder nur mit Dolmetscher auftrat. Diesmal ging es nicht anders.

Wie immer reiste Homer ohne Gepäck. Er hasste Taschen oder Rollkoffer. Er hatte ja noch nicht einmal eine Aktenmappe dabei. Alles, was er brauchte, um Unterlagen zu studieren, Verträge zu prüfen, juristische Lösungen zu finden, war entweder in seinem Smartphone oder in seinem Kopf. Wenn er ein Notebook dabeihatte, dann nur, um Daten hin und wieder zu sichern. Er schleppte noch nicht einmal Waschzeug und einen Schlafanzug mit sich herum. Amie bestellte ihm Boxershorts und T-Shirt ins Hotel. Abends hängte er seine komplette Montur einschließlich der Socken und der Unterwäsche vor die Tür. Die Schuhe stellte er darunter. Am darauffolgenden Morgen zog er alles gewaschen und gebügelt wieder an. War er mehrere Tage unterwegs, dann trug er jeden Tag das Gleiche. Abwechslung interessierte ihn nicht.

In San Francisco stieg er aus, ein Fahrer erwartete ihn bereits, er setzte sich ins Auto und beschloss, sich erst einmal ins Hotel fahren zu lassen, um sich umzuziehen. Amie hatte ihm die Adresse inzwischen gemailt. Kurz stockte er, Wechselkleidung hatte er nicht dabei. Er würde an irgendeiner Mall halten müssen. Plötzlich hatte er das Gefühl von Zeitnot. Wie viele Stunden blieben Matt noch?

Auf der Autobahn erreichte er seine Tante, die bei Matt im Zimmer saß.

»Noch atmet er«, sagte sie tonlos. »Ich weiß nicht, wann es vorbei ist. Du musst dich beeilen.«

»Wer ist alles da?«

»Alle, Homer, beeil' dich.«

»Wer ist alle?«

»Wir drei, dein Vater und Josie. Keine Kinder.« Matts Mutter brach in Tränen aus.

Die Idee, sich auf dem Weg noch einen Satz Kleidung zu besorgen, verwarf er. Auch das Hotel ließ er links liegen, sondern fuhr direkt zu Matt. Ewig lang erschien ihm der Weg diesmal. Es dämmerte. Unvermittelt schaute er auf seine Armbanduhr: 6:45. Er verfluchte diese Unart der Amerikaner, die Geschwindigkeit auf Schnecken-tempo zu beschränken, jetzt, da es um Minuten ging. Er zählte die Autos, die sie überholten, weil sich der Fahrer immer ein paar Meilen mehr erlaubte, als eigentlich zulässig waren. Das Radio blieb stumm, Musik oder Nachrichten, überhaupt jedes belanglose Geplapper erschien ihm unangemessen. Unvermittelt nahm er seinen eigenen Geruch wahr. Er roch nach Schweiß.

Matts Schwester öffnete ihm die Tür. Sie weinte.

»Es ist vorbei«, sagte sie nur und ging ihm voraus in das Zimmer, das Matt seit Tagen nicht mehr verlassen hatte.

Es war zu einer High-Tech-Krankenstation umgebaut. Mitten im Raum stand ein Bett aus dem Krankenhaus, daneben waren verschiedene Apparaturen aufgereiht, zwei Monitore und offenbar ein Sauerstoffgerät. Auf der Schwelle blieb er stehen. Sie hatten Matt jüdischer Tradition entsprechend aus dem Bett gehievt und auf den Boden gelegt. Sein Gesicht war mit einem weißen Tuch bedeckt. Neben ihm stand eine Kerze.

»Darf ich ihn sehen?«, fragte er leise.

»Nein, Homer«, sagt Kate bestimmt und freundlich. »Du weißt, dass das nicht geht.« Sie hatte neben ihrem Mann gekniet. Jetzt stand sie auf, ging auf ihn zu und umarmte ihn.

»Ich konnte nicht schneller«, sagte Homer. »Die Direktflüge aus Shanghai gehen nur am Abend.«

»Ich weiß«, sagt sie. »Er war bewusstlos, du hättest ihn nur noch atmen sehen können. Endlich friedlich. Irgendwann hat das Herz aufgehört zu schlagen.«

Homer spürte, wie die Hitze in ihm aufstieg, als er versuchte, sich zusammenzureißen. Er wunderte sich, dass Kate so souverän und kontrolliert blieb. Eigentlich hatte er erwartet, sie völlig aus der Fassung vorzufinden wie Matts Eltern.

Als hätte sie seinen Gedanken erahnt, flüsterte sie.

»Er hat seinen Frieden. Das erleichtert mich. Ich habe sechs Monate lang Abschied genommen und alle meine Tränen vergossen. Jetzt habe ich keine mehr.«

Sie stand neben ihm im Türrahmen. Er legte ihr den Arm um die Schultern.

»Ich weiß«, sagte er noch.

Dann standen sie dort und betrachteten den abgedeckten Leichnam am Boden, Matts Eltern saßen auf dem Sofa, Matts Schwester Madeleine zu ihren Füßen. Sein Vater hockte mit Josie draußen auf der Treppe. Nichts war zu hören im Haus, ein Stillleben.

Kate holte tief Luft.

»Es ist so weit, ich werde Rebecca anrufen.« Homer schaute sie fragend an.

»Die von der Chewra Kadisha«, sagte sie und zog das Telefon aus der Seitentasche ihrer langen Strickjacke.

Chewra Kadisha, das war der Heilige Verein, der sich um die Vorbereitung der Beerdigung kümmern würde. Sie würden kommen, um den Toten mit lauwarmem Wasser zu waschen, ihm seine weiße Kleidung anzulegen, seinen Kopf zu bedecken und ihn dann in einen einfachen Holzsarg zu betten, den die Gemeinde für ihre Toten lieferte. Das war nicht mehr Kates Angelegenheit.

»Und dann lege ich mich hin«, sagte sie, »öffnet ihr die Tür, wenn es klingelt und sie kommen?«

Sie drehte sich um und verschwand in ihrem Schlafzimmer, in dem Matt seit Wochen nicht mehr übernachtet hatte. Irgendwann in der Nacht, wenn sie aufwachte, würde sie die Totenwache übernehmen. Homer blickte ihr lange nach. Dann, ganz langsam, rutschte er den Türrahmen herunter, bis er auf der Schwelle saß. Er stützte den Kopf in die Hände und begann zu weinen. Wenig später klingelte es. Von Matt würde ihm nichts bleiben als Erinnerungen. Es war 21 Uhr.

33

Zweihundert Menschen hatten sich in der Synagoge zur Trauerfeier versammelt. Tessa, seine Freundin, hatte neben ihm Platz genommen. Da saßen sie nun und blickten auf den Sarg. Aus, Ende, Schluss. Wieder ein Tod, den Homer nicht verstand. So wenig wie er damals den Tod seiner Mutter begriffen hatte. Ein reiner, dummer Zufall war es, der sie vor das Auto laufen ließ. Wäre das Auto nicht gewesen oder seine Mutter nur einen Moment später aus dem Haus getreten, manchmal kam ihm sogar der Gedanke, wie anders alles gekommen wäre, wenn er nur einen Satz mehr zu ihr gesagt hätte, vielleicht noch eine Frage oder irgendeine Belanglosigkeit, die sie für eine oder zwei Sekunden aufgehalten hätte. Eine oder zwei Sekunden, die den Unterschied machen. Und jetzt Matt. Was für ein Zufall, dass es nun ausgerechnet ihn treffen musste, mit einem der seltenen, aber dafür umso gefährlicheren Tumoren. Hätte es nicht auch irgendetwas anderes sein können?

Die Rabbinerin setzte zu ihrer Rede an. Sie strahlte, als wäre die Beisetzung ein Fest des Lebens, nicht des Todes. Auch das, was sie sagen würde, hatte Matt vorher mit ihr besprochen. Nichts wollte er dem Zufall überlassen. Homer dachte einen kurzen Moment daran, dass Matt genaue Vorstellungen davon im Kopf gehabt haben musste, wie ihn seine Familie, Freunde und seine Mitarbeiter in Erinnerung behalten sollten – als guten Menschen, der seinen Verwandten und Freunden auch im Tod noch eine frohe Botschaft mitgeben wollte.

Die Rabbinerin referierte Matts Leben, die New Yorker Zeit, dann Harvard, wo er Kate begegnet war, schließlich die Zeit in San Francisco, die Familiengründung, die mit dem Aufbau des eigenen Unternehmens zusammenfiel. Sie erzählte dies alles mit einer großen Freundlichkeit, nichts sollte das Bild, das Matt hinterlassen wollte, trüben. Was hätte sie wohl gesagt, wäre seinem Cousin nicht so viel Zeit geblieben, seinen endgültigen Abschied zu organisieren und die Grabrede bis in jede Einzelheit zu konzipieren?

Homer hörte nicht weiter zu. Die Stationen in Matts so erfolgreichem Leben kannte er und ließ seine Gedanken schweifen. Er überlegte stattdessen, was eine Rabbinerin wohl an der Seite seines Sarges sagen würde. Oder was er ihr als Rede aufgäbe, wenn er die Zeit hätte, sich darauf vorzubereiten. Was würde er wollen, das über ihn gesagt werden würde? Gäbe es überhaupt etwas zu sagen, was ähnlich freundlich oder gar liebevoll wäre? Nie hatte er sich in seinem Leben solche Gedanken gemacht.

»Sieh auf drei Dinge, und du wirst nie fehlschlagen im Leben: Wisse, woher du kommst und wohin du gehst und vor wem du dereinst wirst Rechenschaft ablegen müssen«, hörte er die Rabbinerin aus dem Talmud zitieren.

Woher er kommt, dachte Homer. »Woher komme ich eigentlich?« Middle class, lower middle class würde er sogar sagen, nicht von ganz unten, aber von ziemlich weit unten, verglichen mit den Höhen, in denen er jetzt schwebte. Homer hatte es wirklich weit geschafft. All die Jahre hatte er immer nur nach oben geschaut, sich Stück um Stück nach vorne gearbeitet, an anderen vorbeigeschoben, viele Weggefährten zurückgelassen, mit denen er heute kaum noch Kontakt hatte. Irgendwie waren sie mir nichts, dir nichts aus seinem Leben wieder verschwunden, leise eher als laut, ohne Streit. Er war einfach weitergezogen. Weiter nach oben.

Aber wo wollte er hin? Er dachte darüber nach. Die Rabbinerin sprach immer noch. Versonnen beobachtete er ihre kontrollierten Handbewegungen, kreisend, mit denen sie ihre Worte zu unterstreichen, ihnen offenbar mehr Gewicht zu verleihen suchte. So jedenfalls nahm es sich aus, die Trauergäste schienen allesamt in ihren Bann gezogen. Homer blickte sich unwillkürlich um. Konzentriert lauschten sie ihren oder besser Matts Worten.

Wo wollte er hin? Homer fiel auf, dass er sich darüber nie wirklich Gedanken gemacht hatte, weil alles immer so klar gewesen war. Wohin? Seinen Zuwachs an Einflussmöglichkeiten hatte er stets danach bemessen, ob es ihn in die Lage versetzen würde, noch mehr Geld zu verdienen. Und jetzt? Noch weiter hinauf? Gedanken an seinen Partner schossen ihm durch den Kopf. Noch ein oder zwei Jahre, dann würde der endlich aufhören, zermürbt von Kunden und von seinem engsten Mitarbeiter, den er immer gefördert hatte und der ihm seit einigen Jahren beständig auf den Fersen war, mit Vorliebe Mandate an sich zog und gerne auch an ihm vorbei agierte. Wo wollte er hin? Natürlich nach oben, an die Spitze ihrer Kanzlei. Hatte er es nicht verdient, er, der Anwalt der Wall Street, bekannt für seine Raffinesse und Verhandlungshärte, bekannt als heimlicher Liebling der milliardenschweren Plattformgründer aus dem Silicon Valley, der sich vor Anfragen in dieser darwinistischen Welt nicht retten konnte. Alle Fäden würden bei ihm zusammenlaufen, das hatte ein Journalist über ihn in der New York Times vor gar nicht langer Zeit geschrieben.

Aber danach, was kam danach? Er überlegte. Übelkeit stieg in ihm auf.

Seine Gedanken hätten ihn womöglich noch weitergetragen, hätte ihn nicht die Rabbinerin mit einem neuerlichen »Breathe!« ins Hier und Jetzt zurückgeholt. Noch einmal rief sie den Trauergästen das Wort »Breathe« entgegen, »Atmet!«, woraufhin ein tiefer, kollektiver Seufzer durch die Reihen rollte.

Aus der ersten Reihe erhob sich eine zierliche, dunkelhaarige Frau mittleren Alters, die Homer nicht kannte. Es war offenbar die Kantorin der jüdischen Gemeinde. Sie stellte sich neben den Sarg und begann, das Kaddisch zu singen, das Totengebet, die Lobpreisung Gottes. Die Töne der eindringlichen Melodie verhallten im Raum. Dann war es vorüber.

Gemeinsam mit fünf Männern erhob sich Homer. Die Sargträger saßen verstreut und kamen aus ganz verschiedenen Richtungen an der kleinen Bühne zusammen, auf der Sarg und Rednerpult aufgestellt waren. An den Längsseiten des Sarges stellten sie sich auf. Es waren Matts fünf engste Freunde aus New Yorker und Bostoner Zeiten und Homer, der sie natürlich alle gut kannte. Seit Jahren hatte er sie nicht mehr gesehen. Sie würden den Sarg nun hinaus auf den jüdischen Friedhof tragen müssen. Homer stockte der Atem. Er fühlte den anschwellenden Puls, das Blut schoss ihm in den Kopf. Unwillkürlich musste er schlucken. Mechanisch und synchron mit den anderen Sargträgern erfasste er den Griff am Sarg mit der Rechten, winkelte den Arm an und wuchtete die schlichte Holzkiste auf seine linke Schulter. Er stand vorne rechts, Särge sind in der Regel vorne schwerer als hinten. Der Eschenkasten wog um die sechzig, Matt selbst zum Schluss noch siebzig Kilogramm.

Ein bisschen ungelenk sah es aus, wie die sechs Männer die Truhe mit dem Toten auf ihre Schultern hievten. Dann aber bewegten sie sich im Gleichschritt in Richtung Ausgang. Solange Homer sich noch darauf konzentrieren musste, sich nach dem Kopfnicken seines Gegenübers mit dem richtigen Fuß in Marsch zu setzen, bewahrte er Haltung. Als sie sich dann aber an den vielen Verwandten und Freunden vorbeischoben, lief ihm plötzlich das Wasser aus den Augen. Streng geradeaus hielt er seinen Blick gerichtet, nicht stolpern, nur nicht stolpern, gleichmäßig atmen, raus aus dem Gebäude, den geteerten Weg entlang Richtung Friedhof. Man hatte ihm gesagt, dass Matts Grab relativ weit hinten lag. Der Baldachin, unter dem die Rabbinerin ihre letzten Worte sprechen wollte und wo noch einmal das Kaddisch gesungen werden würde, war aus der Ferne gut zu erkennen und wies den Weg.

Homer dachte nach, während er mechanisch einen Fuß vor den anderen setzte. Er begleitete seinen Cousin nicht nur auf seinem letzten Weg, er trug ihn auf seinen Schultern – das erste und einzige Mal in seinem Leben. Der Sarg erschien ihm unglaublich schwer. Die Außenkante schnitt in seinen Schultermuskel. Sie würde eine tiefe Rille hinterlassen. Das salzige Wasser rann ihm noch immer aus seinen Augen.

Als sich die Trauergäste unter dem weinroten, mit Goldornamenten bestickten Baldachin versammelt hatten, las die Rabbinerin einen Gebetstext auf Hebräisch vor. Begleitet von einem verhaltenen Gesumme der Kantorin ließen sie den Sarg mit Matts Leichnam an Seilen in die offene Grube hinab. Im Anschluss begannen Kate und ihre zwei Jungen nacheinander, drei Schaufeln Erde auf den Sarg zu werfen. »Denn du bist Erde und sollst zu Erde werden«, hörte Homer Kate murmeln.

Die Sonne schien, ein kühler Wind ließ den Baldachin ein wenig hin- und herschwanken. Nachdem Kate und ihre Kinder zur Seite getreten waren, formierte sich die lange Reihe all derer, die am Grab Abschied nehmen wollten. Homer, dessen Tränen inzwischen getrocknet waren, beobachtete Matts Eltern und Madeleine. Zerbrechlich wirkte seine Tante Lea, die sich am Arm ihres Mannes über die Grube beugte, um einen letzten Blick auf ihren Sohn zu werfen. Sie hatte während Matts Krankheit stark an Gewicht verloren. Spitze Schulterblätter zeichneten sich unter ihrer dünnen, schwarzen Bluse ab.

Langsam bewegten sich die Trauernden vorwärts. Jeder schien endlos lange an der geöffneten Grube zu stehen, als wolle er noch ein letztes Mal Zwiesprache halten mit dem Toten. Unvermittelt kam Homer die Beerdigung seiner Mutter in den Sinn, die ihm jetzt seltsam unrealistisch erschien. Auch da hatte es diese anstehende Menge gegeben, aber eben lange nicht so viele. Wer waren sie denn damals? Eine unbedeutende Mittelklassefamilie eines Oldtimerhändlers.

Damals hatte seine Tante, die sich jetzt so bemitleidenswert über den hinuntergelassenen Sarg ihres Sohnes beugte, immerzu den Arm um ihn gelegt. Matt hatte neben ihr gestanden. Sie wisse, dass der Tod seiner Mutter ein großes Loch in sein Leben reißen würde, eine Art Krater, hatte sie ihm ins Ohr gehaucht. Sie alle wären für ihn da, hatte sie ihm dann versichert. Wenn ihn dieser Schlund zu verschlucken drohe, würden sie ihn niemals alleine lassen. »Das verspreche ich dir.« Tante Lea – sie hatte sich lange an ihre Worte gehalten, irgendwann dann nicht mehr.

Homer schüttelte unwillkürlich den Kopf. Nein, der Tod seiner Mutter hatte kein Loch in sein Leben gerissen. Es war ganz anders. Ihr Tod hatte die Farben aus seinem Leben gewischt. Sie waren mit einem Mal verschwunden, Grautöne und ein kaltes Weiß waren ihm geblieben. Nichts strahlte mehr. Über Jahre hatte er versucht, dieser bedrückenden Farblosigkeit durch seinen glamourösen Lebensstil zu entkommen. Und jetzt war es wieder so. Nie hatte er jemandem davon erzählt.

Homer kniff für einen Moment die Augen zusammen, um die Tränen zurückzuhalten, die erneut an die Oberfläche drangen. Er dachte an die vielen Jahre, in denen er sich jeden Gedanken an seine Mutter verboten hatte, weil er die Erinnerung an die bunten Farben nicht ertrug, die seine kleine Welt hatten strahlen lassen, als sie noch lebte. Es war eine Zeit, in der er immer wieder das Gefühl hatte, dass ihm jemand die Luft zum Atmen nahm, und an die er sich in seinem Leben nicht mehr erinnern wollte.

Genau dieses Gefühl überkam ihn jetzt. Es sammelte sich in den Waden, um wenig später seinen Körper hinaufzukriechen, sich auszubreiten und in einem Ring seine linke Brust zu umklammern.

Plötzlich ergriff ihn eine innere Panik. Matts Tod würde das Gleiche bewirken. Er würde seinem Leben zwar nicht die Farbe nehmen, aber die Kontraste und Konturen. Die vielen Grautöne würden langsam ihre Schärfe verlieren, vielleicht ineinander verschwimmen. Und er würde sich in dieser grauen Suppe unauffällig auflösen. Homers Puls raste.

Seine Schwester schob ihn sachte nach vorn.

»Weiter, Homer«, flüsterte sie. »Warum gehst du nicht? Du bist gleich dran.«

»Ja, sicher. Entschuldige«, sagte er und schloss wieder auf. Er war schneeweiß geworden.

»Geht es dir nicht gut?«, fragte Sandy besorgt und ergriff mit beiden Händen seinen Arm.

»Ich weiß nicht. Nicht wirklich, ehrlich gesagt.«

Homer stand vor einer Panikattacke. Es war die Angst vor der Angst, die ihm das Blut aus dem Kopf zog. Diese Angst vor der Angst vor einer neuen Form der Farblosigkeit. Die Angst vor den Zweifeln. Wusste irgendjemand, wie nahe er sich Matt wirklich fühlte? Allen Auseinandersetzungen der jüngsten Zeit zum Trotz. Wie oft er an ihn gedacht hatte in den vergangenen Monaten, die Matt ihn nicht hatte sehen wollen? Matt war der konstante Pol in seinem Leben gewesen, Reibungspunkt, Herausforderung. Was würde jetzt, da Matt nicht mehr da war, aus ihm werden? Und wer sollte dessen Lücke füllen?

34

Das alles war kaum mehr als ein Jahr her. Homer war angetrunken. Er hatte vor einiger Zeit die dritte Flasche Rotwein geöffnet. Inzwischen war auch die fast leer. Allerdings saßen wir auch schon wieder viele Stunden zusammen. Mehrfach hatte er die Beine auf dem Couchtisch ausgestreckt. Wie er so dasaß, war er immer noch der etwas lümmelhafte Amerikaner, den ich vor fast 25 Jahren in München kennengelernt hatte. Nur sah er plötzlich unendlich müde aus. Oder traurig. Oder beides. Und vor allem alt, viel älter als noch zu Beginn des Abends. Ich musste daran denken, was die Zeit mit uns anstellt. Die Lebenserfahrung und auch die Erschöpfung bahnen sich über die Jahre mit Macht den Weg von innen nach außen und legen sich über das Gesicht. Irgendwann steht dort so viel geschrieben – für alle sichtbar.

Seine überbordende Energie schien ihn verlassen zu haben. Homer konnte regelrecht implodieren, wenn die Quelle des Adrenalins versiegte, das sich allmorgendlich in ihm aufbaute, bevor er zur Arbeit oder auf Reisen ging. Ringe hatten sich unter den Augen gebildet. Der Morgen stand kurz vor dem Anbruch. Er schaute erst mich an, dann an mir vorbei hinaus in die Morgendämmerung. Der Tag begann, sich über die Nacht zu schieben.

»Die Wohnung liegt nach Südwesten«, sagte er unvermittelt. »Den Sonnenaufgang wirst du von hier aus nicht sehen.«

»Ich habe die Sonne vor ein paar Stunden hier untergehen sehen«, antwortete ich ihm. »Das war beeindruckend genug.«

»Seit Matts Tod schaue ich oft in die untergehende Sonne. Vorher sind mir die Sonnenuntergänge nie aufgefallen. Sie bedeuteten mir nichts.«

»Weil du meistens wahrscheinlich gar nicht zu Hause warst. Hier lebt doch eigentlich niemand.«

»Hier lebt niemand?«

»Nein. Die meiste Zeit verbringt hier wahrscheinlich deine Putzfrau, wenn sie überhaupt etwas zu tun hat.«

Homer sagte nichts, er schaute mich nur unverwandt an. Nachdenklich.

Ich sagte ihm, was ich gerade gedacht hatte. Warum gab es keine Fotos, warum nichts, was darauf hätte hindeuten können, wofür er sich interessierte oder was ihm wichtig war? Was war ihm tatsächlich wichtig?

»Deine Wohnung riecht nicht nach dir«, schloss ich.

»Das ist doch Unsinn. Natürlich riecht sie nach mir, zumindest nach meinem Aftershave.« Er lächelte.

»Nein, Homer, sie riecht nicht nach dir, sie riecht nach Geld, nach unendlich viel Geld. Mit diesem Geruch kann es auf Dauer niemand aushalten.«

Er schwieg wieder. Endlos lange, wie mir schien. Ich wollte weiterreden, weil ich über die Härte meines letzten Satzes plötzlich erschrak. Wollte das so nicht stehen lassen, relativieren. Aber es fiel mir beim besten Willen nichts ein. Weil es so war. Alles an Homer roch nach Geld. Nicht nur seine Wohnung. Auch seine Anzüge, seine Schuhe, seine Manschettenknöpfe, sogar der Wein, den er geöffnet hatte. Wir hatten einen Bordeaux getrunken – in New York. Irgendwann stand ich auf und ging ans Fenster. Es dämmerte. Ich sollte endlich ins Hotel zurückkehren, mich noch ein paar Stunden hinlegen, bevor ich ein Museum besuchen und noch ein bisschen durch Manhattan schlendern würde, um am späten Nachmittag ins Flugzeug zurück nach Europa zu steigen.

Homer nahm die Füße vom Tisch und richtete sich auf.

»Matt war immer der Gute von uns beiden. Ich glaube inzwischen, im Innersten seines Herzens war er wirklich ein guter Mensch. Oder er hat zumindest versucht, es zu sein.«

»Und das macht dir zu schaffen«, erwiderte ich.

Er zuckte entmutigt die Schultern.

»Weil ich mir sicher bin, dass ich niemals so sein werde wie er. Ich weiß es seit Jahren. Genau genommen seit der Schulzeit. Und alle anderen wissen es auch. Er dachte immer erst an andere und dann an sich. Bei mir ist es umgekehrt.«

Ich sagte nichts.

»Ich weiß, was du jetzt denkst«, flüsterte er. »Weißt du …«, dann stockte er wieder und schluckte, holte einmal tief Luft, behielt sie einen Moment oben in seinem Brustkorb, dann ließ er sie hinaus in sein großes, karges Wohnzimmer. »Mein Job lenkt mich von solchen Gedanken ab. Das hat er eigentlich immer getan. Wenn ich nicht arbeite oder – egal von wo in der Welt – gerade nicht mit meinem Büro verbunden bin, bekomme ich Panik. Diese Verbindung, die ich zu meiner Arbeit brauche, hat etwas Zwanghaftes. Ich denke über Verträge nach, optimiere sie fortlaufend, nur um nicht über mich nachdenken zu müssen. Das ist wahrscheinlich auch der Grund, warum ich ziemlich erfolgreich bin. Meistens bin ich meinen Vertragspartnern und meinen Gegnern einen Schritt voraus. Aber das mache ich nicht aus reiner Erfolgsversessenheit. Ich mache es auch nicht, weil so viel zu tun ist. Ich mache es, um die Angst in Schach zu halten.«

Abends, wenn er spät nach Hause komme, klappe er sein Notebook wieder auf. Wenn er nachts aus dem Schlaf hochfahre, weil ihn irgendein Albtraum quäle, an den er sich meistens nicht mehr erinnere, dann komme es vor, dass er sich ein Taxi bestelle und gegen drei Uhr in der Früh in seine Kanzlei fahre, um sich wieder an den Schreibtisch zu setzen.

»Ich weiß genau, dass mich nichts anderes als diese Verbindung zu meinem Job stabilisiert.«

In der Zeit, in der er noch angestellt war, hatten ihn seine Vorgesetzten für seinen Arbeitseifer bewundert. Sie hatten ihn befördert. Er war aufgefallen – und das in einer Branche, die 24 Stunden lang keine Ruhe gab. Jede Minute des Tages wurde an den Börsen der Welt über die verschiedenen Zeitzonen hinweg gehandelt. Von einigen wenigen Feiertagen einmal abgesehen. Homer hasste die Zeit, in denen die Welt für ihn stillzustehen schien und sich nichts bewegte. Für seine Kunden war er deshalb auch rund um die Uhr erreichbar, klinkte sich lediglich in jenen wenigen Stunden aus, die er schlief.

»Das alles ist vollkommen verrückt. Von diesem Zwang kann ich mich nicht befreien. Und ich will es vielleicht auch nicht.«

Einmal hatte ihm ein Arbeitskollege vorgeworfen, dass sein Präsenzbedürfnis einem krankhaften Ehrgeiz geschuldet war. Und dass er so nicht durchhalten werde ein Leben lang.

»Natürlich war ich mit meiner Arbeitsversessenheit überaus nützlich. Und bin es noch. Schwierige Angelegenheiten landen bei mir. Ich erledige alles immer zur Zufriedenheit meiner Mandanten. Bei so viel Einsatz ist das allerdings auch kein Wunder.«

Er wusste, dass er die Grenzen des Rechts zum Erfolg desjenigen, in dessen Diensten er stand, bis zum Zerreißen dehnen musste. Und manchmal hatte er auch Linien überschritten. Wenn das Recht eine Lücke ließ, stieß er hinein und zwang sein Gegenüber in die Knie. Er verhandelte Verträge, deren Wirkungen für seine Vertragspartner verheerend sein konnten, weil sie angesichts der Komplexität die Folgen ihres Einverständnisses nicht abzuschätzen wussten. Er organisierte Übernahmen, bei denen den Verkäufern am Ende nur noch wenig blieb. Für seine Kunden konnte er deren Konkurrenten mit Wettbewerbsklagen und Verfahren überziehen, um sie schließlich aus dem Markt zu drücken. Ihn interessierte nur der unabdingbare Erfolg.

»Mit Skrupeln kannst du an der Wall Street nicht überleben«, sagte er plötzlich.

»Das Leben besteht nicht nur daraus, sich juristisch durchzusetzen«, gab ich zurück.

Homer aber konnte dieser Auffassung nichts abgewinnen. Das Recht hielt sein Leben zusammen, schuf eine Ordnung für das menschliche Verhalten, das er sich so oft nicht erklären konnte. Jede menschliche Handlung konnte man in dem Netzwerk Tausender Paragrafen einordnen und ablegen. Genau das tat er fortlaufend.

Mutlos ließ er sich ins Sofa fallen. Er war erschöpft – vom Kampf gegen die immer wiederkehrende Farblosigkeit in seinem Leben, dachte ich, und gegen die Angst vor seiner Einsamkeit. Vielleicht ahnte er am Ende dieses Abends, was Matt ihm bei ihrem letzten Treffen mit auf den Weg gegeben hatte: Dass er als zufriedener Mensch sterben werde, als »fortunate man«, dem das Glück vergönnt war, sein viel zu kurzes Leben trotz des bevorstehenden Endes als gelungen zu betrachten. Wie weit war er selbst davon entfernt?

Homer richtete sich wieder auf und starrte auf den Ausdruck der Mail von Matt, die sein Cousin vor knapp zwei Jahren an seine Familie geschrieben hatte. Das Papier, das er so oft gelesen hatte, lag immer noch auf dem Couchtisch.

Was gab es noch zu sagen? Nichts mehr. Es war Zeit zu gehen. Ich stand auf, schaute auf Homer hinunter und überlegte. Es gibt keine Garantie auf ein gelingendes Leben, dachte ich. Es gibt nur glückhafte Zufälle.

Homer erhob sich ebenfalls, nahm das Blatt vom Couchtisch und ging zum Schreibtisch, um es genau dorthin zurückzulegen, von wo er es zu Beginn des Abends geholt hatte. Er verharrte eine Weile am Fenster, kehrte zurück und stand vor mir. Er legte den Kopf nach hinten und schloss die Augen.

»Change of direction«, murmelte er. »Richtungswechsel.«

Teil III

Homer – Matt – Sandy

1

Homers Mail kam überraschend.

»Bin in der nächsten Woche in Berlin. Time for dinner am Freitag? Homer.«

»Wann und wo?«, schrieb ich umgehend zurück.

Ein paar Sekunden später kam die Frage nach einer Empfehlung. Ich schlug ihm ein Restaurant in Mitte vor, eines mit Rooftop-Bar und Blick über Berlin.

»Aber ich bezahle«, setzte ich noch hinzu.

Ein paar Minuten später kam eine weitere Mail zurück.

»Vergiss es. Ich lasse über mein Büro reservieren.«

Ich solle ihn, schrieb er noch, im Hotel De Rome abends um sieben abholen, einem noch jungen, vornehmen Haus im Zentrum Berlins, eine der besten Adressen der Hauptstadt, von elegantem, etwas überkandideltem Pomp und teuer. Amerikaner lieben den Pomp, dachte ich. Da schien Homer keine Ausnahme.

Unser letztes Treffen in seinem New Yorker Apartment lag gut zwei Jahre zurück. Zwischendurch hatte ich nichts von ihm gehört, von einer kurzen Mail zu Weihnachten einmal abgesehen. Er hatte mir ein frohes neues Jahr gewünscht, allerdings nicht erwähnt, wo er den Jahreswechsel verbringen würde.

Jetzt führte ihn eine Geschäftsreise nach Deutschland, er musste ein großes nordamerikanisches Unternehmen, das seine Europa-Zentrale in Berlin errichtet hatte, in einer Übernahme beraten. So formulierte er es. Ich fragte nicht weiter nach. Über seine Mandanten hätte er gewiss geschwiegen.

Homer wollte am nächsten Tag um 13 Uhr nach New York zurückfliegen, was mich ein wenig verwunderte, weil es ein Angebot von Fluglinien gab, die schon drei Stunden früher abhoben.

Als ich um sieben Uhr die Lobby des Hotels betrat, kam er mir lächelnd entgegen und breitete die Arme aus.

»Wie schön, dich zu sehen«, rief er mir zu.

Diesmal überraschte mich seine Herzlichkeit nicht mehr. Unverändert stand er vor mir: strahlend, energiegeladen, unternehmungslustig.

»Amie hat uns einen Tisch für acht Uhr reserviert. Den Aperitif trinken wir hier, dachte ich.«

Er nickte mir zu, drehte sich um und steuerte in Richtung der Bar La Banca. Das Hotel war einst das Hauptgebäude der inzwischen untergegangenen Dresdner Bank gewesen. Ich folgte ihm und überlegte, während ich hinter ihm herging, ob Homer sich dessen eigentlich bewusst war. Er trug eine ausgewaschene Jeans und ein dunkelblaues Sweatshirt. Als er auf einem Barhocker Platz nahm, musterte ich ihn zweifelnd.

»Was ist?«, fragte er mich.

»Hattest du nicht heute Termine? Ich wundere mich ein bisschen über deinen Aufzug.«

»Ja, hatte ich, bis vor einer guten halben Stunde. Dann habe ich mich umgezogen. Musste ich ja.«

So richtig verstand ich ihn nicht.

»Die Klamotten hier habe ich mir am Flughafen besorgt. Meine gesamte Wäsche habe ich im Hotel abgegeben, damit morgen früh alles wieder frisch ist.«

Ich erinnerte mich an Homers Art zu reisen – immer ohne Gepäck. Im Hotel übergab er am Abend alles dem Service, sodass er Anzug, Hemd, Unterwäsche und Socken vom Vortag wieder anziehen konnte. So hielt er es immer. Nie hatte er mehr dabei als sein iPad, ein Smartphone und seine Kreditkarten. Aktentaschen mit Unterlagen, irgendwelche Mappen, womöglich gar noch einen Rollkoffer – er hasste das. Was er brauchte, trug er am Körper oder im Kopf. Diese Art, von Kontinent zu Kontinent zu reisen, empfand ich als derart ungewöhnlich, dass ich ihn unwillkürlich fragte:

»Und was machst du mit den Sachen, die du jetzt trägst?«

»Ich lasse sie morgen im Hotel. Du kannst sie haben, wenn du willst. Vielleicht passen sie irgendjemandem, den du kennst.«

Hätte ich Homer nicht schon zwei Mal erlebt, hätte ich auf der Stelle die Bar verlassen. Stattdessen bestellten wir den Aperitif.

Wenig später saßen wir im Taxi.

2

Die Haustüre stand einen Spalt weit offen. Kate hatte sie nicht geschlossen, weil noch immer Trauergäste erwartet wurden. Ihre Freunde und Nachbarn hatten den unteren Stock des grauen Backsteinhauses mit den schneeweißen Fensterrahmen für die vielen Gäste etwas zu essen vorbereitet. Sie hatten für alles gesorgt. Ein überdimensioniertes Obst-Bouquet stand auf dem großen Esstisch unter dem Kronleuchter und bot den Anblick einer absurden Spiegelung: Spitz lief das Obstarrangement nach oben zu, spitz die gläsernen Tropfen des Leuchters nach unten. Das war Homer aufgefallen als eine der Absurditäten des perfekt inszenierten Abtritts seines Cousins.

Neben dem Obst befand sich ein Turm mit Bagels, belegt mit Lachs, Frischkäse und anderen Zutaten. Im Haus herrschte rege Betriebsamkeit. Immer neue Platten mit Fingerfood wurden herbeitragen, Getränke im Kühlschrank verstaut und wieder herausgeholt, die älteren Trauergäste von den jüngeren bedient. Es wurde von Papptellern und mit Plastikbesteck gegessen. Die Witwe sollte sich um gar nichts kümmern müssen und trauern dürfen. Essen schien das Hauptanliegen der Trauergesellschaft zu sein, ein Zeichen der Entspannung.

Zu Matts Beerdigung war nicht nur die Familie gekommen. Es fanden sich nach der Beisetzung unzählige Freunde und Bekannte bei Kate und Matt ein, darunter auch ehemalige Mitschüler der Highschool, noch immer enge Freunde von Matt, die eigens aus New York eingeflogen waren, um mit Homer Matts Sarg aus der Synagoge auf den Friedhof zu tragen. Es herrschte ein Kommen und Gehen. Kinder von Freunden rasten durch den Garten hinter dem Haus zwischen den Bäumen umher und spielten mit Matts Söhnen Fußball.

Homer stand im Hausflur, von dem aus er einen guten Blick in die offene Küche, das Wohn- und das Esszimmer hatte, und lauschte den Gesprächen. Alle redeten über die Vergangenheit, ihre Vergangenheit mit Matt, den sie auch heute noch bewunderten, nicht zuletzt für seine Tapferkeit und Haltung, mit der er die schwierige Phase seiner Krankheit bis zum Schluss ertragen hatte.

War es nicht immer so, dass schon mit dem Moment des Ablebens der Prozess der Verklärung einsetzte?, fragte sich Homer. Zumindest bei den Guten? Die Rabbinerin hatte in ihrer Rede auf Matt den Startschuss dafür gegeben. Nein, nicht die Rabbinerin, Matt selbst war es. Er hatte als letzten Willen eine Beerdigung genau nach seinen Vorstellungen angeordnet. Einschließlich der Ansprache. Niemand würde einem, der dem Tod geweiht ist, einen solchen Wunsch absprechen. Eine Carte blanche für die Deutung des eigenen Lebens im Anblick des Todes. Ganz verschwinden würde Matt sicher nicht, dachte er. Das Gegenteil würde passieren, die Umrisse von Matts Schatten würden mit der Zeit immer größer werden.

In den Gesprächen, die sich auf dem Weg zum Friedhof und auch jetzt am Nachmittag in Matts Haus ergaben, reihte sich eine Begebenheit aus Matts Leben an die nächste. Die Legendenbildung hatte begonnen. Homer beteiligte sich nicht daran. Nicht zuletzt, weil er Matt besser und anders kannte als die meisten Anwesenden. Er hatte die Gnadenlosigkeit der charakterlichen und fachlichen Perfektion seines Cousins vielfach zu spüren bekommen, seine vermeintliche Selbstlosigkeit und Hilfsbereitschaft, die dick aufgetragene Aufrichtigkeit, die schier unerträgliche Souveränität. Dazu kam der Anspruch, immer und überall der Beste zu sein und durch seine Sorge für andere im Mittelpunkt zu stehen. Die Momente, die Homer bei aller Nähe zu seinem Cousin darunter gelitten hatte, konnte er nicht zählen. Und Geschichten darüber wollte er ausgerechnet jetzt nicht zum Besten geben. Das hätte ihn noch weiter hinausgetrieben aus der Gemeinschaft der Anhänger von Matt.

Unbeteiligt ließ Homer die Erzählungen an sich vorüberziehen. In Erinnerungen zu schwelgen war seine Sache nicht. Im Esszimmer hatten Aron und Zacharias ihre Schwester, Matts Mutter Lea, in die Mitte genommen, der beständig die Tränen über das Gesicht rannen, was Homer ganz plötzlich an die Beerdigung seiner Mutter erinnerte. Etwas unbeholfen reichte Aron Taschentücher. Earnest, Matts Vater, saß neben Madeleine. Er hatte den Arm um seine Tochter gelegt. Ihr Kopf lehnte an seiner Schulter. Beide lachten plötzlich laut auf. Onkel Zach musste eine seiner flapsigen Bemerkungen gemacht haben. Unwillkürlich wendete sich Homer nach links und warf einen Blick hinüber. Die Anspannung, die in der Synagoge und auf dem Friedhof noch so schwer auf der Familie lastete, hatte sich so weit verzogen, dass es seinem Onkel offenbar gelang, Matts Schwester und seinem Vater ein Lächeln zu entlocken. Nur Lea blieb nahezu teilnahmslos. Sie litt.

Viele Bekannte standen um den Tisch in der Küche, hielten einen der Bagel in der Hand oder Ananasscheiben auf Holzspießchen, unter ihnen die Eltern von Kate, die Homer nur wenige Male in seinem Leben überhaupt gesehen hatte. Hatte der Vater seinen Haaren tatsächlich einen rötlichen Farbstich verpasst, um das Grau zu überspielen, das sich längst Bahn gebrochen hatte? Er wunderte sich. Immer wieder kamen neue Gäste durch die Haustüre, trugen Tabletts und Schüsseln in die Küche mit Selbstgebackenem und Salaten. Homer dachte an die Bottle-Partys von früher.

Kate hatte sich offenbar in die obere Etage zurückgezogen. »Sie braucht ein bisschen Ruhe«, hörte Homer Kates Mutter sagen, als jemand nach ihr fragte. In einer Stunde werde sie wieder herunterkommen. Eine kleine Auszeit nach den vergangenen Tagen vor der Beerdigung, die ihr keine Zeit zur Trauer gaben. Allerdings hatte sich Homer schon in der Synagoge des Eindrucks nicht erwehren können, dass Kate gar nicht trauerte. Sie nahm das Ritual mit einer gewissen Erleichterung. Monate hatte sie Zeit gehabt, Abschied zu nehmen und sicher viel geweint. Sie hatte mit Matt gelitten, unter ihm und für ihn, sie hatte ihre Kinder getröstet und aufgemuntert. Sie hatte sich selbst dabei wahrscheinlich ganz vergessen. Der Tod kann eine Befreiung sein – nicht nur für den Sterbenden.

Homer beschloss, sich zu den Freunden von Matt ins Wohnzimmer zu begeben und ließ sich auf eines der beiden überdimensionierten beigen Ledersofas fallen. Er blickte Richtung Garten, den man hinter dicht gewebten Gardinen nur erahnen konnte. Homer kannte Matts Freunde aus der Schulzeit gut, auch wenn er immer etwas außerhalb stand. Doch hatten sie alle gemeinsam in den Einfahrten entlang ihrer Straße Basketball gespielt, sobald sie nach Schulschluss ihre Hausaufgaben erledigt hatten. Wenn es regnete, hatten sie ihre Zeit mit dem Fantasy-Brettspiel Dungeons & Dragons verbracht oder mit endlosen Runden Monopoly, das bei ihnen damals ebenfalls hoch im Kurs stand.

»Wir waren alle ziemlich gute Schüler«, sagte James ein wenig selbstgefällig. »Und über die Maßen brav, wenn ich davon absehe, dass ich einmal in Matts Vorgarten gepinkelt habe.«

Zu dieser lächerlichen kleinen Mutprobe hatte ihn Robin überredet, der dank seiner Eloquenz andere gut zu überzeugen wusste.

»Du hast dir so einiges einfallen lassen«, warf Homer ein. »Vernünftig und vor allem fleißig war immer nur Matt.«

»Du aber auch. Dabei so kompetitiv – vor allem gegenüber deinem Cousin. Da konnte man manchmal einfach zu viel kriegen«, sagte Marc.

»Er hat es ja auch am weitesten gebracht«, ging Robin dazwischen. »Zumindest beruflich«, setzt er hinzu. »Auf allen anderen Gebieten ist er ein ziemlicher Loser.«

Im Grunde hatten sie recht, dachte Homer. Die vier anderen hatten Familie, er nicht. Robin lebte allerdings in Trennung von seiner schwer depressiven Frau. Dabei wusste Matt nicht genau, ob die Frau depressiv geworden war, weil er sich in die Witwe eines Versicherungsexperten der Aon Corporation verliebt hatte, deren Mann am 11. September 2001 mit dem Einsturz der Zwillingstürme vom 102. Stock in den Tod gerissen wurde. Oder weil sie gegen die Energie ihres Mannes nie eine Chance hatte, darüber schwermütig wurde, was Robin über die Jahre in die Arme einer anderen trieb, die stärker war als seine Frau. Die anderen indes pflegten ihre familiären Idyllen mit Kindern, Haus oder großer Wohnung und Hund. Nur Homer nicht.

»Gibt es Neues aus deinem Privatleben, Homer?«, wollte Robin wissen.

Homer grinste. Turbulenzen wie Robin hatte er nicht zu bieten. Es war seit jeher das gleiche Spiel. Matts Freunde wollten Dinge aus ihm herausbringen, die er nicht sagen mochte oder konnte, und machten sich daraufhin berechtigterweise Gedanken, ob es überhaupt etwas zu sagen gab.

Homer legte den Kopf ein wenig schief und überlegte.

»Jein.«

Abrupt beugte sich Robin nach vorne. »Was ist das für eine Antwort? Du hast also jemanden kennengelernt. Wer ist sie?«

»Vergiss es. Davon werde ich euch niemals etwas erzählen. Auch nicht von ihren extravaganten Fetischen.«

Die Runde lachte.

»Okay, ich habe eine neue Liaison.«

»Echt jetzt?«, Robin ließ nicht locker.

»Ja – mit meinem Dad, falls es dich beruhigt.«

»Mit deinem Vater? Erzähl nichts. Wie langweilig.«

»Lass ihn doch«, warf Marc ein. »Und, wie ist sie, diese Liaison?«

»Geschäftlich«, antwortete Homer. »Mein Vater ist bei mir eingestiegen.«

»Aber nicht in deine Kanzlei, oder?«, fragte David.

Homer schüttelte den Kopf, überlegte kurz, ob es klug war, seinen Jugendfreunden zu erzählen, dass er neben seinem Beruf als Anwalt und seinem Beteiligungsgeschäft, das er vor ein paar Jahren schon in einer eigenen Holding gebündelt hatte und von einem Team verwalten ließ, inzwischen auch noch Immobilien entwickelte. Es hatte sich zufällig ergeben, als ihm ein Gründer, der mit seiner ersten Start-up-Idee Schiffbruch erlitten hatte und dringend Geld brauchte, um seinen Lebensunterhalt zu finanzieren, während er sich etwas Neues ausdachte, Homer sein Haus in Sag Harbor angeboten hatte. Seither hatte Homer Gefallen daran gefunden, Häuser zu kaufen, zu sanieren und wieder zu verkaufen. Ein zu Zeiten von Matts Beerdigung noch neues Hobby. Aber das mussten seine Freunde eigentlich nicht wissen.

»Ich vermisse Matt«, sagte James. »Wenn er jetzt hier säße ...«, dann schluckte er für einen kurzen Moment. »Er hatte das ansteckendste Lachen der Welt, wenn er da so vor einem stand mit hochrotem Kopf und es Minuten dauerte, bis er sich wieder fing.«

David hatte bis dahin kaum gesprochen.

»Wie viele Abende haben wir in der Highschool gemeinsam unsere Hausaufgaben gemacht. Und wie oft hat uns Matt dabei in Mathe geholfen«.

»Und du in Literatur und Philosophie«, setzt Homer hinzu.

David war inzwischen ein bekannter Geisteswissenschaftler an der New York State University, weigerte sich aber beharrlich, sich Philosoph zu nennen. Das, so schien es ihm, sollte den großen Denkern vorbehalten bleiben, deren Ideen sich über die Zeitläufte hinweg als beständig erwiesen hatten. So weit war er noch nicht – trotz seiner Kolumne in der New York Times.

»Nun sag schon, Homer, was treibst du so gemeinsam mit deinem Vater?«, rief James ihm zu.

Homer zuckte zusammen. Er war mit seinen Gedanken abgeschweift, hatte die zunehmend lauter werdende Runde innerlich verlassen und war wieder seinen Beobachtungen nachgegangen.

»Was meinst du?«, fragte er etwas überrascht.

»Wir wissen, dass du einer der größten Betrüger an der Wall Street bist«, spottete James. »Was ist das jetzt mit deinem Dad?«

Homer lachte erneut.

»James, große Männer nennen nur das Verlieren eine Schande, nicht aber die Betrügereien, wenn sie gewinnen – oder so ähnlich«, gab Homer zurück.

»Dass du deinen Machiavelli inhaliert hast, wissen wir«, warf David, der Philosoph dazwischen. »Nur zitierst du ihn falsch: ›Große Männer nennen Schande das Verlieren, nicht aber den Gewinn durch Trug.‹«

»Lenk nicht ab, David«, sagte James und insistierte an Homer gewandt. »Also, was ist das jetzt für eine Sache mit deinem Vater?«

Die anderen schauten Homer mit einer gewissen Spannung an. Er schwieg. Doch sie ließen nicht locker.

»Was wollt ihr denn hören?«

»Wenn du schon nichts über die Sache mit deinem Dad erzählen willst und auch nichts von den Frauen, die du datest, dann berichte uns zur Abwechslung doch einfach, wie es deinem älteren Freund aus Sag Harbor so geht«, frotzelte James.

»… für den du inzwischen ein bisschen zu alt sein dürftest«, schob Robin nach.

Homer wusste natürlich, wen sie meinten: Mr. Thornton. Irgendwann hatten sie mitbekommen, dass Homer früher für einen sehr wohlhabenden Amerikaner mittleren Alters unterwegs war und immer wieder nach Sag Harbor fuhr. Das hatte sie alarmiert, sie hatten gemutmaßt, Homer ließe sich aushalten, einer von ihnen hatte sogar mal Josie und Hank ins Bild gesetzt. Ein besonderer Akt der Illoyalität, fand Homer damals. Denn seine Eltern wähnten ihn in Vergnügungsdiensten eines älteren Herrn, die sich Homer fürstlich bezahlen ließ. Sie waren entsetzt.

Den wahren Grund seiner Reisen nach Sag Harbor verriet er niemandem. Und er glaubte auch nicht, dass irgendjemand ahnte, welche Art von Botendiensten er für Mr. Thornton erledigt hatte.

»Gibt es diesen Menschen eigentlich noch?«, rief James dazwischen.

Homer nickte.

»Der Amerikaner mittleren Alters ist heute ein älterer Herr. Und er arbeitet längst nicht mehr an der Wall Street«, entgegnete Homer.

Inzwischen hatte Hank das Wohnzimmer betreten. Er hatte sich hinter der Rückenlehne des Sofas aufgebaut, auf dem Homer saß, und seinem Sohn die Hände auf die Schultern gelegt. Teile der Unterhaltung schien er von der Küche aus verfolgt zu haben.

»Homer, sag ihnen, an was wir beide gerade arbeiten«, rief er von hinten und es klang, als hätte er bereits ein bisschen zu viel getrunken, »du und ich.«

Einen Moment ärgerte sich Homer über das plumpe Auftreten seines Vaters. Musste er seinen Freunden für weitere Nachfragen eine solche Steilvorlage bieten? Doch dann verdrängte er seinen Unmut wieder und begann tatsächlich von seinen Plänen im

Immobiliengeschäft zu erzählen, allerdings nicht, ohne es so darzustellen, dass er damit vor allem seinem Vater eine neue Aufgabe verschaffte. Hank, der seine Werkstatt vor ein paar Jahren mit Homers Hilfe verkauft hatte, war bei ihm eingestiegen. Doch schilderte er seinen Freunden nicht alles und ließ vor allem Mr. Thornton aus dem Spiel, der ihm seither Kontakte zu veräußerungsbereiten Hausbesitzern in Sag Harbor verschaffte, die sich in gewissen Finanznöten befanden.

Homer hatte sich – auch das sagte er noch – auf ein Marktsegment spezialisiert, dass die alteingesessenen Makleragenturen und Entwickler aus dem Blick verloren hätten. Er kaufte und verkaufte niedrig- bis mittelpreisige Häuser in den Hamptons, vor allem in Sag Harbor. Es ging ihm weniger um die großen Anwesen, die unter fünf Millionen Dollar gar nicht zu haben waren. Er interessierte sich für kleine Objekte, einfachere Häuser mit übersichtlichen Gärten in der Preisklasse von 900 000 bis 1,5 Millionen Dollar, die sich leichter wieder verkaufen ließen.

»Dabei«, erklärte er seinen Freunden, »handeln wir nicht nur mit der Immobilie. Wir schaffen Mehrwert, entwickeln sie.«

Dazu gehörte nicht nur eine Grundsanierung, sondern der Ausbau von Dächern, oft auch die Neuanlage der kleinen Gärten. Auf keinen Fall allerdings der Abriss. Das rechne sich selten und wäre an Verkäufer und Käufer das falsche Signal. Die Hebel waren enorm, die Marge, zu der er verkaufte, lag meist bei fünfzig Prozent.

Homer entglitt ein Lächeln.

»Das ist ein fantastisches Geschäft. Es hängt natürlich mit der Performance von Hank zusammen.«

Er lehnte sich wieder ins Sofa zurück und schlug die Beine übereinander. Die Kommentare seiner Schulfreunde ließen nicht lange auf sich warten:

»Goldfinger«, sagte Robin. »Homer, gibt es irgendeine Sache, die dir nicht gelingt?«

Homer schwieg. Dann schüttelte er langsam den Kopf.

»Ich fürchte, beruflich nicht. Alles andere überlasse ich eurem Urteil.«

»Hank, darf ich fragen: Was haben Sie damit zu tun?«, entfuhr es David, der ungläubig zugehört hatte.

»Mein Vater führt die Bücher, wenn ihr es so nennen wollt«, fuhr Homer dazwischen, noch bevor Hank etwas sagen konnte. »Oder besser, er ist mein Controller. Ich habe ihm eine Buchhaltungssoftware auf seinem PC installieren lassen, in die er sich eingearbeitet hat. Er hat inzwischen auch schon eine Sekretärin. Halbtags allerdings – vorerst.«

Die vier Freunde staunten. Robin, der Informationstechnologie studiert hatte und inzwischen für einen der großen Energiekonzerne Amerikas arbeitete, schaute Hank fragend an.

»Was ist denn mit Ihrer Werkstatt?«

»Die habe ich vor fünf Jahren verkauft – samt Inventar und Mitarbeitern. Für gutes Geld. Eigentlich wollte ich nicht mehr arbeiten und schon gar nicht unter Chassis liegen. Ich habe ein wenig pausiert, begann aber bald, mich zu langweilen. Vor einiger Zeit kam Homer mit dieser Immobiliensache. Es hat ihn nicht viel Mühe gekostet, mich dazu zu überreden, ihm zu helfen.«

Hanks Hände lagen noch immer auf Homers Schultern. Unwillkürlich drückte er einmal fest zu, sodass Homer in die Höhe fuhr, nicht ohne seinem Vater einen warnenden Blick zuzuwerfen, alles Weitere für sich zu behalten. Doch Hanks Redseligkeit schien das eher zu befördern. Plötzlich legte er los, begann zu erzählen, wie er jetzt wieder mit Homer in die Hamptons fuhr, vor allem nach Sag Harbor, wie er kleinere Anwesen mit ihm besichtigte und »Visionen« entwickelte, was man alles mit diesen teilweise etwas heruntergekommenen Immobilien anstellen könnte, um sie in glitzernde Kleinode zu verwandeln und an jene Interessenten zu verkaufen, die das ganz große Geld nicht hatten, aber doch über ein gewisses Budget verfügten, welches ihnen ein Häuschen in den Hamptons ermöglichte.

Homer wusste, dass der Hebel des lukrativen Geschäfts in dem Verhandlungsgeschick seines Vaters lag. Es gelang ihm, den Hausbesitzern ihre Immobilien zu sehr niedrigen Preisen abzukaufen, viel niedriger, als sie der Markt tatsächlich hergab. Dabei kam Hank offenbar sein Auftreten zugute, für das sich Homer früher, als er mit zu seinen reichen Kunden in die Hamptons unterwegs war, um Oldtimer in Augenschein zu nehmen, geschämt hatte. Er betrat die Häuser mit der zuvorkommenden, augendienerischen Haltung eines Dienstleisters. Und die Verkäufer vertrauten ihm.

Erst vor Kurzem, berichtete Hank, hatte er einer alleinstehenden Dame ihr hundert Jahre altes Haus in Sag Harbor abgekauft. Sie hielt es mit Mühe instand und musste dafür zwei Zimmer regelmäßig an

Touristen vermieten, um sich überhaupt finanzieren zu können. Die Bürde des permanenten Kampfes um genügend Geld war ihr anzumerken. Gegenüber Immobilienentwicklern allerdings hegte sie größtes Misstrauen. Das Haus war über Jahrzehnte immer wieder von Künstlern bewohnt worden, von Schriftstellern und Malern. Es habe ein besonderes Flair. Genau das solle erhalten bleiben, versprach er der Besitzerin. Die Vorstellung, dass es der meistbietende Käufer dem Erdboden gleichmachen könnte, um dann eine Prachtvilla auf das Grundstück zu setzen, war ihr unerträglich.

Solche wie sie waren die willfährigen Adressaten der Bemühungen von Hank. Hatte er sich erst einmal Zutritt ins Wohnzimmer dieser Kunden verschafft, dann konnte er sich entfalten – altmodisch mit Block und Stift und einem kleinen Taschenrechner.

Hank war in seinen Schilderungen kaum noch zu bremsen. Homer, der, wenn er mit seinem Vater unterwegs war, den potenziellen Verkäufern nicht als Sohn, sondern gleich als Rechtsberater vorgestellt wurde, hielt sich bei den Gesprächen meist zurück. Es war Hank, der die Verhandlungen führte. Und er wurde mit jedem Objekt besser. Bei der alten Dame allerdings war Homer nicht dabei gewesen.

»Das habe ich allein gestemmt«, verkündete Hank stolz.

Genauso sollte es auf Dauer auch sein. Homer hatte nicht die Zeit, immerzu Häuser zu besichtigen, sollte das Geschäft erst richtig anlaufen.

Zehn Objekte hatten sie zur Zeit von Matts Beerdigung bereits gekauft. Die Finanzierung erledigte Homer. Mit seinem Namen und seiner Bonität war es überhaupt kein Problem, zu sehr günstigen Konditionen an Geld zu kommen.

»Wie kommst du denn an die Adressen der Objekte?«, fragte James unnachahmlich direkt.

Er war Unternehmer. Das merkte man. Homer indes hüllte sich in Schweigen und lächelte. Ein bisschen Kunst sei auch dabei, warf er schließlich ein. Dass sein ehemaliger Förderer und jetziger Freund Mr. Thornton über ein unendlich fein gesponnenes Netz an Kontakten verfügte, über das ihm vieles zugetragen wurde, erzählte er seinen Freunden genauso wenig wie seinem Vater. Auch dass er Mr. Thornton für seine Zuträgerdienste zu einem gewissen Prozentsatz am späteren Verkaufspreis beteiligen wollte, sagte er niemandem. Noch nicht einmal sein Vater hatte ihn danach gefragt, woher er um immer neue potenzielle Verkäufer wusste. Manche Dinge konnte man Homer nicht fragen. So konzentrierte sich Hank auf seine Aufgabe und erledigte sie mit großer Begeisterung.

»Wow!«, sagte Marc. »Du bist unglaublich. Kann ich da nicht auch mitmachen?«

Homer wiegelte ab.

»Das Ganze muss sich erst richtig einspielen.«

»Wie viel Geld hast du damit im ersten Jahr verdient?«

»Nichts«, sagte Homer. »Wir haben Kosten. Wir haben in Häuser investiert, in den Kaufpreis, in deren Sanierung, in unsere Homepage. Demnächst werden wir mit drei Objekten an den Markt gehen.«

Homer sah seinen Freunden an, dass sie gleich nachsetzen und ihn nach seinem Businessplan fragen würden. Deswegen versuchte er, ihre Neugier mit einer weiteren Angabe in Grenzen zu halten.

»Aus dem Verkauf der Objekte des ersten Jahres erwarte ich fünf Millionen Dollar brutto. Ich denke, das wird auch funktionieren.«

In New York wimmelte es an Millionären der unteren Klasse. Und genau auf die hatte er es abgesehen. Ihre Zahlungsbereitschaft schätzte er sogar noch höher ein als die der Milliardäre. Denn sie wollten, weil es nun einmal eine Frage des Status war, um jeden Preis ein Wochenendhaus auf Long Island besitzen und zahlten für die kleineren Anwesen proportional deutlich mehr als die Milliardäre für ihre großen Villen in den Hamptons.

David schüttelte den Kopf. Keiner von ihnen hatte es so weit gebracht wie Homer. Auch Sandy war der Unterhaltung gefolgt. Sie hatte sich im Hintergrund gehalten und sich an den Rahmen der Tür gelehnt, die vom Flur direkt ins Wohnzimmer führte.

3

Sie sah zerbrechlich aus, als müsste der Türstock sie stützen. Dabei war sie noch nicht einmal besonders dünn. Über einer eng anliegenden schwarzen Keilhose mit eingenähter Bügelfalte trug sie eine längere dunkle Bluse, die am Rücken und unter der Brust leicht gerafft war und locker bis zu ihren Oberschenkeln herabfiel. Die dunklen Farben ließen sie sehr blass erscheinen. Seit einiger Zeit trug sie die Haare tiefschwarz gefärbt. Sie mochte das dunkle Braun, das sie mit

Homer gemein hatte, nicht. Homer wunderte sich, wie viel älter sie plötzlich wirkte. Er hatte sie erst vor ein paar Wochen gesehen, als sie von San Francisco zurück nach New York gekommen war. In den Wochen, die sie seit der Diagnose von Matts Krankheit in San Francisco verbracht hatte, bevor er sie – kurz vor seinem Tod – ziemlich unsanft nach Hause schickte, war eine senkrechte Falte auf ihrer Stirn zwischen den Augenbrauen entstanden.

Während er sie am Türrahmen lehnen sah, erschienen vor seinem inneren Auge Bilder von ihr, wie sie noch zur Universität gegangen war. Unbeschwert, oft ausgelassen, kindlich. Doch war diese Zeit der Leichtigkeit längst vorbei. Zunächst hatte die Arbeit in der Bronx zwei tiefere Furchen um ihre Mundwinkel gegraben, die ihrem Gesicht, wenn es nicht gerade in Bewegung war, etwas Entschlossenes, ja sogar Hartes gaben. Dann war es das Leiden von Matt und seiner Familie, das für Kate und die Jungen nun ein Ende hatte, aber noch lange nicht für sie.

Als Homer, Hank und Matts New Yorker Freunde von ihr Notiz nahmen, verstummten sie und schauten sie an. Sofort schossen ihr die Tränen in die Augen. Hank trat auf sie zu und wollte den Arm um sie legen. Sie wich zurück. Brüsk wehrte sie ihren Vater ab. Ihr Blick blieb auf Homer gerichtet, schwer, feindselig, ablehnend. Homer wusste, irgendetwas würde jetzt aus ihr herausbrechen und auf ihn einstürzen. Etwas von früher. Beerdigungen beförderten die Vergangenheit in die Gegenwart. Wenn es nur nicht die Sache mit Matt am Meer sein würde.

»Homer«, sagte sie ruhig. »Matt ist tot. Er ist noch keinen Tag unter der Erde und du redest, kaum vom Friedhof zurück, schon wieder über nichts anderes als über Geld. Merkst du das eigentlich gar nicht?«

Homer erschrak. Nein, er hatte es nicht gemerkt. Doch blieb ihm keine Zeit, um darüber nachzudenken. Denn unbeirrt fuhr Sandy fort:

»Und Dad – du bist auch nicht besser. Vielleicht warst du es mal! Du bist infiziert von deinem Sohn.«

Homer sah, wie Hank einen weiteren vorsichtigen Versuch unternahm, Sandy in den Arm zu nehmen in der Annahme, der Tod von Matt setze ihr derart zu, dass sie jetzt überreagiere. Doch Sandy blieb abweisend und ruhig.

»Vergiss es, Dad. Sieh dich an – Homer hat dich vereinnahmt. Mit seiner Geldgier hat er auch dich vergiftet.«

Dann trat sie einige Schritte nach vorne, lief um das Sofa herum und stand plötzlich in der Mitte der Runde, ohne dass sie Homer aus ihrem Blick entließ. Sie schaute auf ihn hinunter. Es war sehr ruhig geworden in Matts Wohnzimmer. Niemand traute sich, irgendetwas zu sagen.

Endlos schien die unheilvolle Stille. Die Freunde schauten sich an, dann wieder Sandy, dann zu Homer und Hank. Homer hob die Hand und streckte sie nach oben zu seiner Schwester aus, einladend, ein Versuch, sie aufs Sofa herunterzuziehen. Sie wich zurück.

»Sandy, hör uns doch erstmal zu«, sagte Hank beschwörend.

»Genau das habe ich gerade getan«, zischte sie. »Und ich habe beschlossen, ich werde es keine Minute länger tun.«

Die Zornesfalte auf ihrer Stirn hatte sich beängstigend vertieft. Homer beschloss, lieber zu schweigen, als mit irgendeinem falschen Wort ihren Furor zu befeuern. Auch Hank verließ der Mut, auf seine Tochter einzugehen, in der Befürchtung, sie würde sich dann erst richtig in Rage reden.

Wieder herrschte Schweigen. Nur im Hintergrund waren die Stimmen der anderen zu hören, die von Sandys Auftreten unbehelligt ihr fröhliches Geplauder in der Küche fortsetzten.

Unvermittelt sprach Sandy weiter.

»Homer. Du bist mein Bruder. Aber dein Egoismus ekelt mich an. Und dein Geld tut es auch. Ich liebe dich immer noch, aber ich kann dich nicht mehr ertragen.«

Sie hatte leise, aber doch deutlich vernehmbar gesprochen, mit ihrer rauen Stimme, die vom Schulunterricht in der Bronx eine chronische Heiserkeit entwickelt hatte. Jetzt schwieg sie wieder, schaute Homer an. Nicht mehr wütend oder herausfordernd, sondern mit einem Male müde, fast abgekämpft. Wie viele Jahre hatte sie unter seiner Unnahbarkeit gelitten.

Inzwischen war es auch im Esszimmer stiller geworden. Alle Blicke richteten sich von Sandy auf Homer in der Erwartung einer Entgegnung. Doch Homer blieb stumm. Er saß da, schaute sie an und schwieg. Ihm fiel nichts ein, was er ihr hätte entgegnen können, um sie zu besänftigen. So verzichtete er auf jedwede Reaktion, stand noch nicht einmal auf, sondern saß zurückgelehnt auf dem Sofa, vermeintlich entspannt – so musste es auf seine Schwester gewirkt haben – während er versuchte, ihrem Blick ohne äußerlich wahrnehmbare Regung standzuhalten. Was ihm gelang. Den Ernst in ihrer Stimme hatte er vernommen, aber nicht richtig zu deuten gewusst, sonst hätte er es, wie er mir sagte, auf eine Auseinandersetzung ankommen lassen, um sie am Ende zum Bleiben zu bewegen.

Sandy kniff die Lippen zusammen, verengte ihre Augen und senkte langsam das Kinn auf die Brust, wandte sie sich ab, nahm ihre Tasche, die sie am Türrahmen abgestellt hatte und ging. Nur das Klackern der Absätze ihrer spitzen schwarzen Schuhe auf dem Steinboden war noch zu hören. Bevor sie die Tür öffnete, verharrte sie einen Moment, als sei sie sich ihrer Entscheidung nicht sicher oder warte darauf, dass sie einer zurückholen würde. Doch niemand traute sich. Dann fiel die Tür ins Schloss.

4

Das Solar hatte sich gefüllt. Homer hatte um einen Tisch in einer Nische gebeten und sofort eine große Flasche Wasser bestellt.

»Die Beerdigung von Matt ist mehr als zwei Jahre her. Als ich dich in New York besucht habe, hast du von dem Auftritt deiner Schwester gar nichts erzählt«, sagte ich.

»Ich habe ihm damals fatalerweise keine besondere Bedeutung beigemessen. Sie hatte immer so ihre Phasen des Protestes – auch gegen meinen Vater und Josie. Zwar haben mich ihre Worte hart getroffen, das erinnere ich noch – zumal sie ja für alle so unmissverständlich vernehmbar gewesen waren. Aber ich wusste nicht, dass sie danach ganz verschwinden würde.«

Homer hatte die Ellbogen auf den Tisch gestützt und das Kinn in seine Hände gelegt. Im Tischtuch bildeten sich leichte Kuhlen. So wie er mich anschaute, ahnte ich, dass das noch nicht die ganze Geschichte war, die er mir erzählen wollte.

»Verschwinden – was meinst du damit?«, fragte ich ihn.

»Lass uns erst mal etwas aussuchen«, sagte er statt einer Antwort, blätterte derweil unentschlossen durch das Menü, entschied sich schließlich für ein Entrecôte, klappte die Karte wieder zu und legte sie neben den Teller.

»An jenem Tag habe ich nicht nur Matt zu Grabe getragen. Es ist damals auch meine Schwester für mich das erste Mal gestorben.«

Ich riss die Augen auf.

»Sie hat sich von mir verabschiedet«, fuhr Homer fort, »nein, losgesagt. So würde ich es heute nennen.«

Auf keine von diesen Andeutungen konnte ich mir einen Reim machen.

»Was meinst du mit ›losgesagt‹?«

»Sandy ist aufgestanden, hat ihre Tasche genommen und ist verschwunden. Das Letzte, was ich von ihr gehört habe, war, wie die Tür von Matts Haus zufiel. Alles Weitere, was ich von ihr weiß, kommt von Amie. Sie war die Einzige aus unserer Familie, die über die Zeit mit ihr Kontakt hatte und mich auf dem Laufenden gehalten hat.«

»Amie, deine Assistentin?«

»Ja. Amie erledigt so einiges von meinem Büro aus, wenn die Familie etwas braucht.«

»Aber gesehen hast du Sandy seither nicht mehr?«

»Doch, ein einziges Mal noch, im vergangenen Jahr.«

»Homer, das klingt so endgültig. Hat sie den Kontakt zu euch allen abgebrochen? Ohne sich auszusprechen?«

»Nein, es hat nicht sollen sein. Solche Aussprachen sind eine Frage des richtigen Moments.«

Ich schüttelte den Kopf.

»Was?«, fragte er irritiert.

»Nein, Homer, sie sind keine Frage des richtigen Moments, sondern eine Frage des Wollens.«

»Glaube ich nicht. Oder sagen wir es so: Sie sind eine Frage des beiderseitigen Wollens.«

»Wollte Sandy nicht?«

»Ich weiß es nicht. Vielleicht wollte sie nicht. Vielleicht konnte sie auch nicht.«

Homer schossen plötzlich die Tränen in die Augen. Er starrte mich an, dann sackte er in sich zusammen. Er war noch einmal hagerer geworden und im Gesicht auch härter. Spitz standen die Kieferknochen hervor. In seinem Kinn hatte sich eine energische Kuhle eingegraben. Sein Schädel zeigte ausgeprägte Geheimratsecken.

»Wenn ich mich heute an diese Szene auf der Beerdigung erinnere, erkenne ich die endgültige Ablehnung im Gesichtsausdruck meiner Schwester. Sie galt mir, sie galt meinen Vater, sicher auch der ganzen Familie. Aber jetzt weiß ich eben auch mehr als damals, als wir Matt zu Grabe trugen«, sagte Homer.

Sie habe dort gestanden, angriffsbereit. Hinter ihren Zügen verbarg sich nicht nur ein tiefer Schmerz, den Homer damals als Trauer über den Verlust von Matt gedeutet hatte, sondern eine enorme Entschlusskraft. Sie hatte, während sie sprach, ihr Haargummi vom Handgelenk genommen und sich ihre dunklen Haare am Hinterkopf zu einem Dutt hochgebunden. Aus Verlegenheit, als schien sie nicht zu wissen, wohin mit ihren Händen. Unzählige Male hatte Homer über diese Szene nachgedacht. Aber er kam nicht weiter, verstand nicht wirklich, was sie ihm eigentlich hatte sagen wollen. Das hing auch damit zusammen, dass sie, wie die Familie zwei Wochen später erfuhr, Amerika ein paar Tage nach Matts Beerdigung verlassen hatte.

Homer tat einen tiefen Seufzer. Ich wollte ihn nicht anschauen, wandte deshalb den Kopf unwillkürlich zur Seite und blickte zum Nachbartisch hinüber. Die beiden Herren, die unzweifelhaft den Abend als Gelegenheitspaar verbrachten, waren inzwischen beim Nachtisch angekommen und ganz auf ihr Soufflee und sich selbst konzentriert, das bei dem Älteren von ihnen plötzlich in sich zusammenfiel. Vor mir saß Homer, unvermittelt grau und ganz und gar unscheinbar, zweifelnd. Irgendetwas quälte ihn, es musste noch etwas anderes sein als der Abschied von seiner Schwester.

Er tat mir leid. Ich dachte zurück an unsere erste Begegnung. Er hatte mir vom Tod seiner Mutter erzählt, von seinen Schuldgefühlen. Und plötzlich hatte er mich angeschaut, sein Gesicht hatte im Licht der Sommersonne geglitzert, das Wasser war ihm einfach aus den Augen gelaufen.

»Wann werdet ihr euch wiedersehen?«, fragte ich, um das Gespräch neu in Gang zu bringen.

Homer richtete sich auf. Er blickte in die Ferne. Dann winkte er einen der Kellner heran.

5

Erst mit 22 Jahren zog Sandy bei Hank und Josie aus. Bis zum Bachelor blieb sie in Brooklyn. Wahrscheinlich des Geldes wegen, dachte Homer. Hank verdiente gut mit der Werkstatt. Trotzdem war ihr Zuhause vom Lehman College nicht so weit entfernt, dass sich Sandy eine neue Wohnung hätte suchen müssen. Homer vermutete, dass auch Josies Sorge eine Rolle spielte. Es reichte ihr schon, dass sich Sandy tagsüber am College in der Bronx aufhielt. Sie wollte auf jeden Fall vermeiden, dass sie ihren Lebensmittelpunkt dorthin verlegte. Sandy in der Bronx, im gefährlichsten Stadtteil New Yorks, im Schmelztiegel sozialer Verlierer verschiedenster Herkunft und Ethnien, mit einer beängstigenden Kriminalitätsrate. Von den über 2000 jährlichen Tötungsdelikten in New York entfiel ein Großteil auf die Bronx. Josie konnte diese Gedanken kaum ertragen.

Von der High-School-Zeit seiner neun Jahre jüngeren Schwester hatte Homer kaum etwas mitbekommen, weil er mit 18 Jahren nach Pennsylvania gezogen und nur noch selten zu Hause war. Sandy vermisste ihn, schrieb ihm kindliche Briefe, in denen sie ihn anbettelte, er möge sich doch häufiger melden. Die Briefe ließ Homer meistens unbeantwortet, ihrer Bitte kam er nicht nach.

Hin und wieder begegneten sie sich in den Brooklyn Heights, wenn die Familie bei Tana zusammentraf. Dann sah er sie – jedes Mal verändert, ein Stückchen erwachsener, nicht mehr so lieblich, ab einem Alter von zwölf mit immer anderem Kleidungsstil, der zunächst noch brav und konservativ war, dann allerdings in Richtung Mod-Style Fahrt aufnahm. Heute würde man sie einen Hipster nennen. Überraschend waren ihre Frisuren. Sie trug die Haare mal kurz, dann wieder etwas länger, mit einer Unzahl simpler Haarklammern zusammengesteckt. So perfekt frisiert wie Madeleine war sie nie.

Homer war während seines Studiums mit den Botendiensten von Mr. Thornton beschäftigt. Seine Schwester, in seinen Augen kaum mehr als ein durchschnittlicher Teenie, lebte in ihrer eigenen Welt und er in seiner. Später kühlte ihre Beziehung aufgrund seines Versagens am Meer weiter ab. 14 Jahre alt war Sandy damals gewesen und er 23, in seinem letzten Jahr an der NYU. Von diesem Tag an hatte sie sich abgewandt. Ihre Bewunderung für Homer schien plötzlich versiegt. Sie war in Gleichgültigkeit umgeschlagen, was Homer so nicht erwartet hatte. Mit Ablehnung oder gar Hass hatte er gerechnet, entstanden aus der tiefen Kränkung heraus, dass ausgerechnet er, den sie so verehrte, noch nicht einmal den Fuß ins Wasser gesetzt hatte, um sie zu retten. Sandy aber strafte ihn mit stoischer Missachtung. Und das war härter. Sie verhielt sich stets gleichbleibend distanziert, kühl bis zum Gefrierpunkt, gänzlich desinteressiert. Sie erkundigte sich nicht mehr nach seinem Leben, wenn sie ihn traf, fragte ihn nicht mehr um Rat, wenn sie mit einer Schulaufgabe nicht zurande kam. Homer war sich sicher, dass sie ihn aufgegeben und das Ereignis tief in ihrem Innersten verkapselt hatte, sodass es nicht mehr an die Oberfläche kommen und sie aufs Neue erschüttern konnte. Stattdessen hatte sie sich an Matt gehängt, ihren Retter oder zumindest denjenigen, der für sie ins Meer getaucht war und damit für die Cousine sein Leben riskiert hatte.

»Für seine falsche Cousine müsste man eigentlich sagen«, warf Homer ein und lachte einmal kurz. »Oder gefühlte Cousine.«

Draußen war es dunkel. In den Fensterscheiben spiegelten sich die Lichter des Innenraums. Das Kollhof-Haus am Potsdamer Platz war deshalb nur zu erahnen.

»Wieso falsche Cousine?«, fragte ich erstaunt, weil ich mir keinen Reim darauf machen konnte, worauf er hinauswollte.

»Sandy ist Josies und Hanks Tochter. Sie ist zwar meine Halbschwester, aber mit meiner Familie mütterlicherseits und daher auch mit Matt nicht verwandt. Matts und meine Mutter sind Schwestern. Oder waren Schwestern. Keinen Blutstropfen hat Sandy mit unserer Großfamilie gemein.«

»So habe ich das noch gar nicht gesehen«, gab ich zurück.

»Ich auch nicht. Nie.«

Homer hatte sein Bar-Examen im ersten Anlauf bestanden und bei einer Anwaltskanzlei angeheuert. Er verdiente bereits seine ersten paar Tausend Dollar im Monat, als sich allmählich herauskristallisierte, welchen Weg Sandy nach Abschluss der Highschool einschlagen würde. Josie hätte sie zu gerne auf der Nursery School gesehen, in ihren Fußstapfen, eine Krankenschwester allererster Güte, so wie sie es gewesen war, bevor sie Elaines Tod direkt im Hanks Arme getrieben hatte. Josies Karriere blieb unvollendet, sie hätte ja nicht bloß einfache Krankenschwester, sondern danach auch noch Teamleiterin oder Stationsvorstand werden können, meinte Homer und mutmaßte, dass sie den Abbruch ihrer Karriere nach dem Tod seiner Mutter, trotz allem, stets ein wenig bedauert hatte. Mitunter hatte Homer sogar das Gefühl, er sei Mitschuld daran, weil er damals eben schon da war, als sie begann, sich mit Hank einzulassen, und sie sich nur ihm zuliebe um seinen Sohn kümmerte.

Überhaupt hatte Homer allerlei Vermutungen über Josies Absichten, die sie in einem schlechten Licht erscheinen ließen. Er wusste, dass er ihr damit Unrecht tat, und konnte doch nicht anders. Klar, sie hatte auch für Homer ihren Beruf aufgegeben, hatte ihn und Sandy stets als ihre beiden Kinder bezeichnet. Aber was hatte sie dafür nicht alles bekommen. Einen ansehnlichen Mann, ein eigenes Haus, eine Familie. Vorher war sie nicht viel mehr als ein Anhängsel seiner Mutter gewesen, der Hank nur insofern Bedeutung beimaß, als Elaine sie mochte.

Mit Argusaugen wachte Josie damals über ihre Tochter und hoffte inständig, Sandy würde den gleichen Weg wie sie einschlagen, um ihn im besten Falle zu vollenden. Was immer das hieß. Aber Sandy hatte andere Pläne, die zunächst einmal darin bestanden, die Erwartungen ihrer Eltern und vor allem der Mutter gerade nicht zu erfüllen. Andererseits trieb sie, was Josie durchaus richtig erkannt hatte, ihre soziale Ader schon als Jugendliche immer wieder in Projekte, die die Versorgung benachteiligter Bevölkerungsschichten zum Ziel hatten. Das jedenfalls bekam Homer zu hören, wenn er sich – selten genug – mal bei seinem Vater in der Werkstatt oder in den Brooklyn Heights blicken ließ. Zu Hause kreuzte er indes kaum auf. Er mied das bescheidene Reihenhaus, in dem er zwar aufgewachsen, aber vom achten Lebensjahr an kein glückliches Kind mehr gewesen war. Vor allem aber mied er Josie und seine Schwester.

Zur Verwunderung der Familie schrieb sich Sandy am Lehman College an der School of Education ein, entschied sich für die Fächer Englisch und Social Studies und begründete ihrer Familie dies damit, dass sie Lehrerin werden wolle. Das aber, anders als Matts Schwester Madeleine, später nicht an einer der begehrtesten Highschools in New York, sondern dort, wo die Menschen ihrer Meinung nach gute Lehrer wirklich nötig hatten: in der Bronx. Mit dem Beginn ihres Studiums war sie der Bronx bereits ein gutes Stückchen entgegengekommen. Das College lag mittendrin.

Die Familie beobachtete ihre Entscheidung mit Argwohn. Ausgerechnet die Bronx, der ärmste Stadtteil New Yorks, in dem sich Anfang der neunziger Jahre die soziale Lage zwar zum Besseren wenden und die Kriminalität auf Dauer erheblich zurückgehen sollte. Doch das war bei Josie und Hank damals noch längst nicht angekommen. Die Bronx – das war der soziale Brennpunkt von New York schlechthin, wo Banden ihr Unwesen trieben, fünfzig Raubüberfälle am Tag zur erbärmlichen Normalität abgehängter Bevölkerungsschichten gehörten und Drogen in Unmengen die Besitzer wechselten. Wo immer wieder leerstehende Mietshäuser brannten, deren Eigentümer in ihrer Verzweiflung über die allzu vergebliche Suche nach Mietern versuchten, wenigstens die Versicherungen zur Kasse zu bitten. Und wo das Gros der Bevölkerung nicht in den Vereinigten Staaten geboren war, sondern sonst wo in der Welt, und alles andere als einwandfreies Englisch sprach. Das genau war es, was Sandy suchte.

»Ich weiß nicht, woher sie diese Ader hatte«, sagte Homer. »Vielleicht von ihrer Mutter, die sich ja auch um alles kümmerte.«

Er legte das Besteck zusammen, wischte sich mit der gestärkten Serviette über den Mund und lehnte sich zurück.

»Vielleicht war es auch einfach ihre Art, sich von den Erwartungen unserer Familie abzusetzen, in der es in unserer ganzen Jugend eigentlich immer darum ging, wie gut man in der Schule war und welchen Beruf man günstigstenfalls wählen sollte, um es weiter nach oben zu schaffen als bis zum Dienstboten-Level unseres Vaters und um gutes Geld zu verdienen«, setzte er hinzu.

»… was du dir ja ganz offensichtlich zu hundert Prozent zu eigen gemacht hast«, sagte ich womöglich ein wenig zu spöttisch, denn Homer verzog das Gesicht leicht säuerlich.

»Stimmt. Irgendwie verrückt. Ich habe genau das gemacht, was mein Vater sich immer gewünscht hat. Erfolg, Geld, Einfluss.« Er lachte einmal laut auf, schüttelte den Kopf und fügte hinzu: »Aber geliebt haben sie immer nur Sandy.«

»Erstens glaube ich nicht, dass das stimmt«, widersprach ich ihm. »Es wird auch an dir gelegen haben. Du machst es deinen Mitmenschen nicht gerade leicht.«

»Und zweitens …?«

»… ist es oft so, dass natürlich die Menschen im Mittelpunkt stehen, die Erwartungen gerade nicht erfüllen. Bei Eltern zumindest. Vielleicht haben sie Sandy also gerade deswegen geliebt. Weil sie genau das nicht tat, was ihnen so wichtig war.«

»Ich weiß es nicht. Manchmal denke ich mir, dass Josie so jemanden wie Sandy wirklich verdient hat. Ein paar schlaflose Nächte – die taten ihr ganz gut.«

So konnte man es sehen, dachte ich, hielt mich aber zurück.

»Zu der Zeit wart ihr beide in New York. Habt ihr euch nie außerhalb der Familie getroffen? Ich meine, einfach mal so?«

6

Die Initiative ging tatsächlich von Sandy aus. Homer wusste nicht genau, warum sie ihn in seiner Kanzlei angerufen hatte eines Vormittags, eigentlich zur Unzeit, was ihm peinlich war, weil sie über das Switch Board zu ihm durchgestellt worden war. So hatten zumindest einige in der Kanzlei mitbekommen, dass er – kaum als Anwalt etabliert, vielmehr ein junger, noch wenig erfahrener Zuarbeiter für einen der Partner – private Telefongespräche während der Arbeitszeit führte, was einigermaßen verpönt war. Aber Sandy wollte er damals nicht abweisen, er wollte sich auch nicht verleugnen lassen. Ihr Anruf nach Jahren verweigerter Kontaktaufnahme war ihm wichtiger als ein kleiner Kratzer in seiner bis dahin so makellosen Vorstellung. Denn er hatte immer wieder versucht, sich ihr ein wenig zu nähern, seit sie sich abgewandt und aufgehört hatte, ihn anzuhimmeln. Bis dahin vergeblich.

»Bist du verrückt, mich untertags anzurufen? Das mögen die hier gar nicht«, zischte er so leise in den Hörer, dass Sandy ihn kaum verstand.

»Homer, hörst du mich? Warum redest du so leise?«, fragte sie verunsichert.

»Ich darf während der Arbeitszeit privat nicht telefonieren«, flüsterte er und hielt, während er sprach, die hohle Hand über Hörer und Lippen.

»Macht nichts, ich habe gesagt, ich bräuchte von dir einen Tipp für einen Anwalt, der einer Freundin helfen soll.«

»Oh, Mann, wie naiv bist du eigentlich. Das hat mit unserem Geschäft hier überhaupt nichts zu tun. Und solche Anwälte kenne ich auch gar nicht.«

Sandy schwieg für einen kurzen Moment. Umgehend beschlich Homer das Gefühl, dass er vielleicht doch ein wenig zu brüsk reagiert haben könnte. Schon fürchtete er, sie habe wieder eingehängt, weil am anderen Ende der Leitung nichts mehr zu hören war.

»Bist du noch da?«, fragte er aus Verunsicherung etwas freundlicher.

»Ja. Bin ich. Ich wollte dich das auch gar nicht fragen.«

»Sondern?«

»Ob du am übernächsten Wochenende zu Hause bist. Könnte ich bei dir schlafen? Also für ein oder zwei Nächte, meine ich.«

Jetzt war es Homer, der schwieg. Damit hatte er am allerwenigsten gerechnet. Verschiedene Szenarien schossen ihm durch den Kopf, was in seine Schwester gefahren war, dass sie nach Jahren der Distanz nun gleich in seine Wohnung einrückte. Zumindest für zwei Nächte.

»Homer, bist du noch dran?«

»Ja, ich bin noch da«, sagte er und verkniff sich einen Kommentar zu ihrer Anfrage nach all der Zeit.

»Was jetzt? Hast du keine Zeit?«, setzte sie hinzu.

Doch, Homer hatte sogar Zeit. Die Beziehung zu seiner letzten Freundin hatte er vor ein paar Monaten beendet. Derzeit zog er mit ein paar Freunden von früher oder zwei Arbeitskollegen los, wenn er ausgehen und etwas erleben wollte.

»Ich hab' Zeit. Warum willst du zu mir?«, fragte er unvermittelt.

»Ich brauche mal eine Pause von zu Hause. Ehrlich«, sagte sie und lachte. »Mom und Dad gehen mir auf die Nerven. Weißt du doch, weil ich am Lehman College in der Bronx studiere. Sie haben das immer noch nicht verkraftet.«

»Und was willst du das Wochenende bei mir den ganzen Tag machen?«

»Nichts, ausschlafen, lernen. Vielleicht können wir abends ausgehen. Was essen oder einen Film schauen.«

Homer überlegte kurz. Dann sagte er zu. Warum nicht? Ein Wochenende war nicht lang. Vielleicht war es sogar eine Möglichkeit, wieder ein wenig Nähe herzustellen. Nicht nur zu Sandy, sondern zu seinem Vater und Josie, wenn sie hörten, dass er sich seiner Schwester annahm. Im Nachhinein erinnerte er sich nicht mehr, warum er sich darauf eingelassen hatte. Um Sandy war es ihm weniger gelegen als vielmehr um sein Standing in der Familie. Aber von sich aus wollte er nicht aktiv werden.

Knapp zwei Wochen später stand Sandy tatsächlich vor seiner Wohnungstür. Homer war nach Manhattan gezogen in ein winziges Zwei-Zimmer-Apartment. Es befand sich im zweiten Stock eines mehrgeschossigen Reihenhauses zwischen der Upper East Side und Harlem, mehr in Richtung Harlem gelegen an der nordöstlichen Spitze des Central Parks. Die für die Gegend so typischen Außentreppen an den Häusern führten direkt an einem seiner Fenster vorbei und behinderten den Lichteinfall. Besonders hell war es deshalb nicht. Er zahlte die für Sandy unfassbare Summe von 1500 Dollar im Monat. Doch schon von seinem Einstiegsgehalt konnte er sich diese Miete problemlos leisten. Damals habe er sich gedacht, dass er sich auch räumlich langsam nach oben bewegen würde. Vom ersten Stock mit jedem Karriereschritt einen Stock höher und vor allem weiter Richtung Süden, weg von Harlem ins Zentrum Manhattans, bis er genügend verdienen würde, um sich eine Eigentumswohnung zu kaufen. Diese erste Wohnung war definitiv eine Übergangslösung.

Es war ein stürmischer Freitagabend im Herbst, der Wind hatte die herabfallenden Blätter ordentlich herumgewirbelt wie die Haare seine Schwester. In hellen Jeans, einem Sweatshirt und ausgetragenen Turnschuhen, deren Sohlen sicher schon löchrig waren, stand sie vor seiner Wohnungstür. Die Sporttasche von Nike hatte sie sich über die Schulter gehängt. Offenbar war sie von der Herbstfrische und dem Wind überrascht worden. Denn sie war viel zu sommerlich angezogen und fror.

Wortlos ließ Homer sie herein. Auch Sandy sagte nichts, als sie sich durch die schmale Tür an ihm vorbei in die Wohnung drückte, die Tasche auf den Boden sinken ließ und sofort begann, sich die Schuhe von den Füßen zu streifen.

»Lass das«, wies Homer sie an. »Das kannst du bei deiner Mom machen. Bei mir brauchst du das nicht.«

Sandy war unsicher. Das war nicht zu übersehen. Ihre Hand zitterte leicht, als sie sich die wirren Haare hinters Ohr schob. Homer war es auch. Nur äußerte sich das bei ihm nicht in einem Zittern, sondern in seinem barschen Tonfall. Er konnte sich nicht erinnern, wann sie sich zuletzt wirklich unterhalten hatten. Plötzlich befiel ihn die Sorge, dass er nicht wissen würde, worüber sie das Wochenende eigentlich sprechen sollten. Sie kannten sich ja kaum noch.

»Meine Schuhe sind feucht«, sagte Sandy entschuldigend mit einem Schulterzucken.

»Okay, dann zieh sie aus.«

Er drehte sich um und ging ins Wohnzimmer, in dem ein durchgesessenes Sofa stand, das ihm Tana geschenkt hatte. Es hatte im Keller ihres Hauses gestanden. Homer mochte es, weil es ihn an die frühen Zeiten in den Brooklyn Heights erinnerte, als er mit Matt im Keller auf Dartscheiben zielte oder sich gemeinsam mit ihm über das Leben Gedanken machte. In der dunklen Ecke des Zimmers gegenüber dem Fenster, vor dem die Feuertreppe angebracht war, befand sich eine Kochnische, deren Holzfront heruntergekommen wirkte, schäbig eben. Er bot seiner Schwester einen Kaffee an. Sie nickte, hatte sich bereits aufs Sofa fallen lassen und ein Päckchen Tabak vorne aus ihrem Sweatshirt herausgekramt. Während er die italienische Espressokanne mit Wasser und Pulver befüllte, begann sie, sich eine Zigarette zu drehen. Ihre Hände zitterten immer noch ein wenig. Homer stellte zwei Becher auf den niedrigen Couchtisch aus Glas. Er schaute Sandy an.

»Nein.«

»Nein?«, fragte sie verunsichert.

»Nein, nicht hier. Dann musst du vor die Tür gehen«, sagte Homer dezidiert. »Seit wann rauchst du eigentlich?«

Sandy zuckte die Schultern.

»Seit ich mir ein Tattoo habe stechen lassen.«

Sandy zog das Bein an, fuhr mit der Hand den Unterschenkel herunter, um einen Strumpf abzustreifen, sodass zwei kleine chinesischen Schriftzeichen zum Vorschein kamen, die sie sich auf die Außenseite des rechten Fußes zwischen Knöchel und Ferse hatte stechen lassen.

Homer schaute sie fragend an. Dann lachte er plötzlich laut auf.

»Ich habe keine Ahnung mehr, wer du bist.«

»Am Sonntagabend bin ich wieder weg. Du hast also ziemlich genau 48 Stunden, um das herauszufinden.« Erstmals lächelte sie, legte den Kopf zur Seite und schaute ihn an, von unten nach oben, weil er noch immer vor ihr stand, während die Kaffeemaschine zu zischen begann.

Es war genau der gleiche Blick, mit dem sie früher zu ihm aufgeschaut hatte, wenn er von Josie die Aufgabe bekommen hatte, auf sie aufzupassen. Eine Mischung aus Hilflosigkeit und Anspruch, schutzbedürftig und fordernd, ein Blick, bei dem sich schon damals sein Ärger über die unwillkommene Aufgabe jedes Mal binnen Sekunden verflüchtigte. Homer drehte sich um. Er musste lächeln, wollte aber nicht, dass sie das mitbekam. In zwei eiligen Schritten stand er an der Herdplatte, drehte sie ab, holte Milch aus dem Kühlschrank, nahm eine Zuckerdose von der Ablage und balancierte das alles wieder Richtung Sofa.

»Homer, Löffel«, sagte Sandy, war aufgesprungen und hatte, bevor er sich versah, eine der oberen Schubladen aufgezogen.

Fast zeitgleich ließen sie sich aufs Sofa fallen.

»Na, dann. Auf die nächsten zwei Tage.«

Diesmal schaute er sie an und lächelte wirklich. Erst in diesem Moment bemerkte er, dass ihr die Tränen in den Augen standen.

7

Homer wunderte sich. Er konnte sich nicht vorstellen, was sie bewegte: die Freude über das Wiedersehen, Kummer mit ihren Eltern. Vielleicht war sie auch nur von Sentimentalität ergriffen, weil sie sich jahrelang nicht zu zweit, sondern nur in größerer Runde in der Familie gesehen hatten. Jetzt schluckte auch er. Kontrollverlust war seine Sache nicht. Sie machte ihm Angst. Und genau das war gerade der Fall. Ihrem tränenverschleierten Blick konnte und wollte er nicht standhalten. Er schaute zum Fenster. Nur raus aus der Wohnung, dachte er, weil sie ihm plötzlich unglaublich eng vorkam. Bald würde es dunkel. Sie mussten etwas essen, am besten draußen. Das müsste auch in Sandys Sinne sein.

»Trink den Kaffee«, sagte er unbeholfen. »Dann kannst du dein Bett beziehen, bevor wir losgehen. Du willst doch sicher irgendwas erleben!«

So war es früher immer gewesen. Wenn Sandy mit Homer unterwegs war als kleines Mädchen, wollte sie immer etwas erleben – auf Bäume oder Dächer klettern, solche Sachen. Genau das würde ihnen beiden über die eigentümliche Anspannung hinweghelfen, die sich in dem Moment aufzubauen schien, da sie sich das erste Mal wiedersahen.

Sandy nickte, schluckte ihre Tränen herunter, kippte den Kaffee hinterher und schaute ihn erwartungsvoll an.

»Soho – was hältst du davon? Ich lade dich zum Essen ein«, schlug Homer mit einer gewissen Erleichterung vor in der Hoffnung, dass sie einwilligte.

Wieder nickte sie. Dann öffnete sie ihre Tasche, holte Bettwäsche heraus, die sie von zu Hause mitgebracht hatte, um Homer das Waschen zu ersparen. Wenige Minuten später schloss Homer die Wohnungstür hinter ihnen ab.

»Erzähl mal«, sagte er. »Wie ist es so zu Hause?«

»Ganz okay. Mom tut alles für mich, damit ich bloß nicht auf die Idee komme auszuziehen. Ich denke, sie haben Angst, dass ich am Ende noch mit meinem Privatleben in der Bronx lande. Dabei ist es dort längst nicht mehr so wie früher.«

Die elterliche Fürsorge beengte sie. Inzwischen beneidete sie ihren großen Bruder um seine frühe Unabhängigkeit. Was hatte Hank nicht alles dafür getan. Er hatte die Collegegebühren aufgebracht, ihm den Mustang geschenkt, ihn während seines Masterstudiums bei den Lebenshaltungskosten finanziell unterstützt. Was sie dagegen zunächst nicht wusste, war, dass Homer für den Master an der Law School einen Kredit aufgenommen hatte, um sich von seinen Eltern zunehmend unabhängig zu machen. Als sie das erfuhr, war sie erstaunt. Er hatte das damit begründet, er wolle nicht weiter Rechenschaft darüber ablegen, was er studierte und wie seine Noten ausfielen.

Sie schlenderten über das Trottoir, Sandy schien einigermaßen beschwingt, als genieße sie gerade ein Stück neugewonnene Freiheit jenseits Josies Kontrolle, der sie ansonsten permanent ausgesetzt war.

»Ich wünschte, Mom und Dad wären großzügiger und würden auch mir ein Studium finanzieren«, sagte sie nachdenklich.

»Das tun sie doch. Nur dass du nicht auf dem Campus wohnst. Aber dafür hast du dir das falsche College ausgesucht.«

Abrupt blieb Sandy stehen.

»Jetzt fängst du auch noch an!«

»Nein, so meine ich das nicht. Ich meine: Wärst du an ein College außerhalb New Yorks gezogen, würdest du längst nicht mehr zu Hause wohnen.«

Sandy war stehen geblieben, hatte den Kopf zur Seite gelegt und blinzelte in die untergehende Sonne, die inzwischen die letzten Sturmwolken vertrieben hatte. Sie hatte Homer offenbar ganz anders verstanden. Nämlich so wie ihre Eltern, die auch nach drei Jahren ihren Weg noch immer nicht guthießen. Lehrerin in der Bronx zu werden war eben nicht das, was sie sich für ihre Tochter gewünscht hatten.

»Was denkst du denn über mein Studium?«, wollte sie wissen.

»Sagen wir mal so: Es ist zumindest ein Statement«, antwortete er.

»Wie meinst du das?«

»Na, ein Statement ist ein Statement. Komm schon!«, drängte er sie vorwärts. »Wir haben noch was vor.«

Er hatte sich tatsächlich in den Kopf gesetzt, die Strecke von seiner Wohnung bis nach Soho zu Fuß zurückzulegen, um so die Zeit totzuschlagen. Nichts schien im beängstigender, als Sandy im Restaurant gegenüberzusitzen, ohne zu wissen, worüber sie sich unterhalten sollten. Soho hatte er ausgewählt, weil er wusste, dass er dort am Freitagabend womöglich ein paar seiner Kollegen antreffen würde, die ihm ungefragt helfen würden, den Abend mit seiner Schwester hinter sich zu bringen.

Fragend schaute Sandy ihn an.

»Wir gehen zu Fuß nach Soho.«

Er fragte gar nicht, ob ihr das recht wäre. Wie früher folgte ihm Sandy aufs Wort, setzt sich wieder in Bewegung und lief mit schnellen Schritten neben ihm her, sodass sie ein bisschen außer Atem geriet. Auch gut, dachte sich Homer. Wer schnaufen muss, kann nicht so viel sprechen. Ihm war das lieb so.

So liefen sie die 3. Straße herunter, wechselten zunächst kaum ein Wort. Zwei, drei Blocks später, als sich Sandy an den Rhythmus von Homers Schritten und an sein Tempo gewöhnt hatte, nahm sie das Gespräch wieder auf.

»Homer, das mit Mom und Dad zu Hause ist gar nicht so leicht«, setzte sie an, drehte den Kopf zur Seite, als würde sie auf eine Nachfrage hoffen. »Ich meinte das durchaus ernst neulich am Telefon. Dass ich mal eine Pause brauche.«

Homer blickte zu ihr hinunter. Sandy war zierlich, aber nicht dünn. Einen halben Kopf kleiner als er. In der Erwartung, dass sie gleich weitersprechen würde, zog er die Augenbrauen nach oben. In dem Moment schaltete die Ampel auf Grün. Er ergriff ihr Handgelenk und zog sie weiter.

»Hey, hast du gehört, was ich gesagt habe?«

»Ja, es ist schwierig zu Hause. Was meinst du genau?«

»Mom hat keinen Job und versorgt mich immer noch wie ein Kleinkind. Das ist zwar praktisch. Aber sie kontrolliert alles. Sogar, ob ich fürs College genügend mache. Ich muss da weg.«

»Ist das alles?«, fragte Homer.

Sandy schwieg. Homer dachte, sie wäre aufgrund seines abwertenden Kommentars beleidigt, fühlte sich nicht ernst genommen. Der Kleine-Schwester-Komplex. Dann aber sprach sie weiter.

»Nein. Ich muss da weg!«

Sandy hatte sich mit Josie und Hank tatsächlich darüber zerstritten, wie ihr Lebensweg aussehen sollte. So wie sie Homer berichtete, war ihren Eltern der Gedanke daran, dass ihre einzige Tochter ihr Leben in benachteiligten Vierteln mit schwer erziehbaren Kindern und Jugendlichen ethnisch fremder Herkunft verbringen würde, unerträglich. Wie sollte es von dort aus dann mit ihr aufwärtsgehen? Grau würde sie darüber werden, freudlos, niemals den richtigen Mann treffen – derlei müsse sie sich anhören, berichtete Sandy. Dass sie später einmal in den Nahen Osten ziehen wollte, um sich für Völkerverständigung zwischen Juden und Palästinensern einzusetzen, hatte sie ihren Eltern noch überhaupt nicht erzählt. Das tat sie jetzt Homer gegenüber.

Sie hatte sich in den Kopf gesetzt, in der Westbank Englisch zu unterrichten. In Hebron oder Jericho.

Er staunte. Was war aus seiner Schwester geworden, mit der er einst auf dem Dach eines verlassenen Hauses gestanden hatte und die, ohne weiter nachzudenken, mit ihm in den Tod gesprungen wäre? Offenbar hatte sie ihre Bestimmung gefunden, die in einem tief angelegten Helfersyndrom wurzelte, so schätzte Homer das ein, kombiniert mit einem durchaus kritischen politischen Verständnis.

»Wann soll denn das sein?«, fragte er sie.

»In ein paar Jahren vielleicht. Jetzt mache ich erstmal den Bachelor, dann unterrichte ich, danach der Master. Und dann sehen wir weiter.«

Anfang der Neunzigerjahre erschienen Sandys Pläne durchaus realistisch, meinte Homer. Im Nahen Osten standen die Zeichen auf Versöhnung. Itzhak Rabin hatte die Hand zum Frieden ausgestreckt und damit viele Jugendliche elektrisiert. Sandy las alles über die Entwicklungen in Israel, was sie in die Hände bekam. Sie war begeistert. Ihren Eltern gefiel das Interesse ihrer Tochter gar nicht. Aus der Ferne hatten sie als junge Erwachsene den Sechstagekrieg verfolgt und vor dem Fernseher gezittert.

Sie waren, sagte Homer, vor allem deshalb so besorgt, weil sie Sandys Ausbildungsweg und Lebensplanung im direkten Vergleich mit Matts Schwester bewerteten.

Auch Madeleine wollte unbedingt Lehrerin werden. Für Geschichte und Biologie. Sie hatte sich ein anderes College ausgesucht, war nach Westen gezogen und fest entschlossen, ihre Karriere dort zu beginnen, wo sie am liebsten selbst zur Schule gegangen wäre. In einer der modern ausgestatteten, bestens geführten Highschools in Connecticut, in New Haven vielleicht oder Bridgeport. Vorerst aber wollte sie an der Ramaz School in New York assistieren. Das passte zu ihr.

Madeleine war, soweit sich Homer erinnerte, schon als Mädchen sehr anders als Sandy gewesen. Immer adrett angezogen, mit schwarzen Locken, die perfekt geschnitten um ihr Gesicht tanzten, wenn sie rannte, später mit Make-up und makellos lackierten Finger- und Zehennägeln in dezenten Farben.

Make-up legte Sandy so gut wie nie auf. Sie hatte eine Vorliebe für dunkel umrandete Augen, bunte Strähnen in den Haaren, Nägel, die immer etwas zu kurz, häufig sogar abgekaut aussahen. Ihre Arbeits- und Feiertagskleidung bestand aus Jeans und Sweatshirts. Lea hatte ein kleines, süßes Mädchen zur Welt gebracht, Josie ein eher wildes Kind. Madeleine war ängstlich, Sandy mitunter tollkühn, als sei sie ohne das überlebenswichtige Angst-Gen geboren, magisch angezogen von allem, was nicht nur verboten, sondern sogar gefährlich war. Bei hohen Bäumen im Garten zeigte sich das schon im Kleinkindalter.

Homer und Sandy bewegten sich immer weiter gen Süden. Sie kamen an dem Restaurant vorbei, zu dem Hank sie früher mitgenommen hatte. Meistens sonntags, das war der Tag, an dem Josie nicht kochen sollte, sondern sie alle im Steakhouse zu Mittag aßen. Sie schauten sich an. Sandy lächelte vielsagend. Homer konnte nicht umhin, den Arm um ihre Schultern zu legen. Sie wich zur Seite.

»Lass das Homer. Du nimmst mich nicht ernst. Ich bin nicht mehr das kleine Mädchen.«

»Das habe ich schon gemerkt. Und jetzt gerade merke ich, dass ich dich besser ernst nehmen sollte.« Er lachte.

»Hör mal zu«, sagte sie plötzlich etwas lauter. »In meinem Studium ist ein Praktikum integriert. School Training sozusagen. Auch darum ging es zu Hause.«

»Und?«

»Ich werde das an einer Schule in der Bronx durchziehen. Eine, mit einem ziemlich schlechten Ruf. Wenn ich wissen will, was ich wirklich draufhabe, dann geht das nur da.«

»Hm«, Homer seufzte. »Gibt es in der Bronx überhaupt eine Schule, die keinen schlechten Ruf hat?«

Er wusste ziemlich genau, was sie meinte. Ihre Entschlusskraft beeindruckte ihn. Aber das wollte er nicht zeigen. Er konnte auch verstehen, wie mühsam es für Sandy sein musste, jeden Abend nach Hause zu kommen und in das besorgte und unzufriedene Gesicht ihrer Mutter zu schauen, deren Träume Sandy Tag für Tag ein bisschen mehr zunichtewerden ließ.

»Ehrlich gesagt, ich will in dieser Zeit nicht zu Hause wohnen. Ich bin zu dir gekommen, weil ich will, dass du mir hilfst.«

Homer blieb abrupt stehen und schaute sie länger an. Seine Schwester war gerade dabei, sich in sein Leben zurückzudrängen, mit Macht. Er hatte nicht das Gefühl, dass das irgendetwas mit ihm zu tun hatte. Er war nur die willkommene Hilfe für ihren Absprung von zu Hause und wusste nicht, wie er das finden sollte.

8

Sandy bestellte Pasta mit Gorgonzola und Salat. Homer eine Pizza. Sie waren bei einem der Italiener eingekehrt, in dem sich Homer schon öfters mit ein paar Arbeitskollegen verabredet hatte. Es war ein schlichtes Lokal mit dunklen Holzstühlen und rot-weiß-karierten Tischdecken. Nachdem sie geordert hatten, saßen sie sich gegenüber – schweigend zunächst, als hätten sie sich nichts zu erzählen. Homer wollte das Gespräch nicht beginnen. Er hatte keine Lust, weiter über Sandys Pläne nachzudenken, um sie am Ende zu der Frage zu verleiten, ob sie für die Zeit des Praktikums bei ihm wohnen könne. Das würde nicht lange gut gehen. Andererseits fürchtete er, dass er sie mit einem anderen Gesprächsthema brüskieren könnte, weil er ihr Anliegen dann ganz offensichtlich nicht mehr aufgriff.

Sandy war beherzter und sprach ihn direkt darauf an.

»Du musst mir helfen, Homer«, wiederholte sie beschwörend.

»Womit eigentlich. Soll ich mit Dad reden? Oder was meinst du?«

»Ja, das auch. Aber ich muss irgendwo wohnen. Kennst du niemanden?«

Das Thema war Homer unangenehm. Er wollte es schnell wieder loswerden. Deshalb sagte er:

»Ich muss darüber nachdenken. Das geht nicht von heute auf morgen. Wann soll denn das sein?«

In ein paar Wochen würde es losgehen. Den Platz hatte sich Sandy schon besorgt. Aber ihre Unterkunft noch nicht.

»Wir finden eine Lösung«, versprach Homer ihr, drückte einmal kurz ihre Hand, bevor ihm jemand kräftig auf die Schulter klopfte, sodass er sich abrupt umdrehte.

Einer seiner Kollegen, der offenbar auch im Da Nicole zum Essen verabredet war, hatte ihn entdeckt, ein polternder Typ, der immer ein wenig zu laut sprach und zu direkt, sodass sich Homer manchmal für ihn schämte.

»Na, ist das etwa ein Date?«, fragte sein Kollege spöttisch. »Ich vermute mal, du möchtest mit deiner neuen Eroberung unbedingt gesehen werden.«

Dann lachte er aus voller Kehle. Homer schüttelte ungläubig den Kopf. So war Marc, indiskret und peinlich. Homer erhob sich, Sandy tat ihm nach, für einen Moment standen sie zu dritt um den Tisch. Schließlich stellte Homer die beiden einander vor.

»Meine Schwester Sandy, Sandy, das ist Marcus, Marc, wenn du willst. Mit wem hast du dich denn verabredet?«, wollte Homer wissen.

»Deine Schwester«, wiederholte Marc und nickte ihr zu. Dann wandte er sich wieder an Homer. »Ich wusste gar nicht, dass du eine Schwester hast.«

»Jetzt weißt du es«, gab Homer knapp zurück. »Bist du allein?«

»Nein, Steve wollte vorbeischauen – der Künstler. Den kennst du doch?«

Homer zuckte die Schultern, konnte sich nicht erinnern, je von einem Steve gehört, geschweige denn, ihn je getroffen zu haben. Er kannte ihn nicht.

»Setzt dich kurz«, forderte er Marc unverbindlich auf, was er niemals getan hätte, wenn seine Schwester nicht gewesen wäre.

Jetzt aber hoffte er, dass Marc seiner Einladung Folge leisten und sie beide ein wenig unterhalten würde. Er hatte das bedrückende Gefühl, dass Sandy und ihm bald der Gesprächsstoff ausginge.

Mit einem Nicken signalisierte Sandy ihr Einverständnis. Bereits zehn Minuten später gesellte sich Marcs Verabredung Steve dazu, bestellte ebenfalls ein Bier und wandte sich Sandy zu. Weder Marc noch Steve machten Anstalten, sich einen anderen Tisch zu suchen.

Homer musterte den hochgewachsenen blonden Mann, wie er seine langen Beine zur Seite lehnte und seine schon leicht lädierte Aktentasche unter den Stuhl schob. Er musste um die dreißig Jahre alt sein, was die vielen kleinen Lachfalten verrieten, die sich um seine tiefliegenden blauen Augen gegraben hatten, war mindestens 1,90 groß und sah mehr europäisch als amerikanisch aus, vielleicht sogar ein wenig irisch.

Es wurde ein lustiger Abend. Sie bestellten ein Bier nach dem anderen, später noch mehrere Grappas. Homer brachte gerade noch in Erfahrung, dass Steve sich in New Yorks schillernder Gallery-Szene herumtrieb. Sehr viel mehr aber erfuhr er nicht, denn Steve hatte ganz offenbar Gefallen an Sandy gefunden, sich von Homer ab- und ihr zugewandt. Später am Abend bekam Homer mit, wie er ihr anbot, sich ebenfalls um eine Bleibe zu kümmern. Wenn sie gar nichts fände, könne sie übergangsweise sogar bei ihm unterkommen. Homer, der die beiden aus den Augenwinkeln beobachtete, wie sie vornübergebeugt ins Gespräch vertieft waren, und nur Satzfetzen aufschnappte, zuckte innerlich zusammen.

»Das geht ja schnell«, dachte er sich.

Steve redete weiter auf Sandy ein: Er verfüge über ein Gästezimmer, weil er nun einmal in der glücklichen Lage war, dass ihm sein Vater eine Wohnung zur Miete überlassen habe. Auch das hörte Homer und folgerte: Sohn reicher Eltern, macht in Kunst, verwöhnt, verweichlicht. Aber nett. Sandy notierte sich seine private Nummer und die einer Galerie für den Fall, dass sie wirklich nicht weiterkäme, um sich schon bald danach in eine ernste Debatte mit ihm über die Berechtigung der Hoffnungen zu stürzen, die sich an den neuen Präsidenten Bill Clinton knüpften. Zwischen ihr und Steve kam es zu einem heftigen Wortgefecht, das durch Lachen und hin und wieder einen beschwörenden Augenaufschlag von Sandy hin zu ihrem rotblonden Gegenüber begleitet wurde. Homer war sich nicht sicher, was er davon halten sollte. Von dem, was ihm Marc derweil erzählte, bekam er fast nichts mit, so sehr hatte er seine Antennen in Richtung Sandy gestellt. Schließlich fühlte er sich für sie verantwortlich. Immer noch.

Weit nach Mitternacht kehrten Homer und Sandy in einem Yellow Cab zurück in sein Apartment, leicht angetrunken. Die Metro wollten sie so spät nicht mehr benutzen. Sie war Homer nicht geheuer, obwohl sie angeblich sicherer geworden war. Schon gar nicht mit seiner Schwester. Auf der Rückbank des Taxis lehnte sie erschöpft den Kopf an seine Schulter, flüsterte etwas von »nice guy« vor sich hin, ohne dass Homer genau wusste, ob sie ihn oder den rotblonden Steve meinte, mit dem sie die meiste Zeit des Abends bestritten hatte, während er mit seinem Kollegen über die Arbeit sprach. Im Taxi fühlte er sich für den kurzen Moment, den Sandy sich an ihn lehnte, befreit von allem, was zwischen ihnen vorgefallen war. Beseelt von der großen Leichtigkeit, die ihn plötzlich überkam, schloss er die Augen, bevor schon kurz darauf inneren Vorbehalte sein Gemüt wieder verdunkelten, weil er wusste, dass nichts im Leben je unbeschwert sein würde und er mit einer inneren Reserve für weitere Stürme besser gewappnet war.

Wieder zu Hause machte sich Sandy einen Tee, setzte sich aufs Sofa und strahlte Homer an. Zum ersten Mal seit Jahren, dachte er. Dann platzte es aus ihr heraus.

»Wie wichtig bin ich dir eigentlich?«

Homer zuckte zusammen.

»Wie meinst du das?«

»So wie ich es gesagt habe. Bedeute ich dir überhaupt irgendetwas? Seit Jahren bist du für mich unendlich weit weg.«

Homer schwieg. Was sollte er sagen? Natürlich war er unendlich weit weg. Bewusst hatte er sich vom Gravitationszentrum seiner Familie entfernt, seit ihm Hank und Josie eine Umlaufbahn am äußeren Rand ihres kleinen familiären Universums zugewiesen hatten. Genauso sagte er es Sandy auch.

»Du hast mich doch auf Abstand gehalten«, konterte Homer. »Die ganzen letzten Jahre.«

»Mom hat gesagt, dass sie nie wirklich an dich herangekommen wäre. Dabei liebt sie dich nicht weniger als mich.«

Homer lachte laut auf und schüttelte den Kopf.

»Wie naiv bist du denn?«

Sandy fühlte sich brüskiert, sodass Homer sich genötigt sah, noch einmal nachzulegen.

»Nach dem Tod von Elaine im Krankenhaus hat Dad mir vier Worte ins Ohr geflüstert: ›Only you and me.‹ Das hat er gesagt. Ich habe mich darauf verlassen. Nur er und ich. Es war keine leichte Zeit am Anfang, als meine Mom so plötzlich weg war. Wir haben uns gegenseitig getröstet. Nicht mit Worten, aber wir waren immer zusammen. Und dann steht deine Mom da, schiebt sich zwischen uns, zieht einfach bei uns ein. Und Dad gründet so mir nichts, dir nichts eine neue Familie. Als hätte es die alte nicht gegeben.«

»Homer, das stimmt doch so gar nicht. Mom sagt immer, dass sie sich um dich gekümmert und dich überall einbezogen hat. Du hast ihr nur nie eine echte Chance gegeben.«

Ihre Stimme hatte plötzlich eine andere Tonlage – höher, spitz, latent feindselig. Homer verschränkte die Arme vor der Brust.

»Jetzt soll ich es gewesen sein? Das ist auch ziemlich einfach«, fauchte er zurück. »Kannst du dir vorstellen, wie das ist, wenn deine Mutter vor deinen Augen stirbt, wenn nur noch du und Dad da sind, wenn du ihn in der Werkstatt weinen siehst, während er rücklings unter irgendeinem Oldtimer liegt und an der Karosserie herumschraubt? Wenn du versuchst, ihn zu trösten, was dir nicht gelingt, aber der Nachbarin?«

Sandy schwieg. Und Homer legte nach.

»Und wie das ist, wenn plötzlich auch noch ein neues Kind da ist und alle wieder lachen, als wäre nichts gewesen. Und nur du kommst da nicht mit? Das geht ganz schnell, dass du nicht mehr dazugehörst.«

Mit einem lauten Klirren hatte Sandy ihre Teetasse auf den Glastisch gestellt, sie saß jetzt kerzengerade auf dem abgewetzten Sofa, im Begriff aufzustehen. Sie holte einmal tief Luft. Dann brach es auch ihr heraus:

»Kannst du dir vorstellen, wie das ist, wenn du im Meer um dein Leben kämpfst und dein eigener Bruder, den du über alles liebst und vergötterst, regungslos am Strand stehen bleibt und zuschaut, ob du untergehst, während dein Cousin ins Wasser springt, um dich da irgendwie rauszuholen?«

»Spinnst du! Ich habe nicht zugeschaut, ob du untergehst.«

»Warum bist du nicht gekommen, um mich zu retten? Warum nicht? Das fragt sich die ganze Familie seit Jahren.«

»Was sich die ganze Familie seit Jahren fragt – da hast du es. Immer haben sie sich gefragt, was mit mir ist. Warum ich nicht mitmache bei all eurem Tun und dem ganzen bunten Leben, zu dem jeder in der Familie kurz nach Elaines Tod zurückgekehrt ist. Ja, ich bin der Fremde in der Familie, der, der eigentlich nicht Teil des Ganzen ist. So war das ziemlich schnell. Und für deine Mom war ich nichts weiter als das Problemkind, das sie in ihrem neuen Glück mit Dad meistens gestört hat. Wie ein Fremder, so habe ich mich damals auch am Strand gefühlt. So klar und deutlich, wie nie wieder danach. Total paralysiert. Als wäre das alles ein Film. Bis heute frage ich mich, ob das alles überhaupt jemals meine Familie war.«

»Mensch Homer! Ich wäre ertrunken, wenn Matt nicht gewesen wäre.«

»Matt, immer wieder Matt. Was für ein Blödsinn. Ihr wäret beide abgesoffen, wenn die Küstenwache euch nicht entdeckt hätte.«

»Aber du hast überhaupt keine Anstalten gemacht, mir zu helfen. Du hast das alles geschehen lassen, als ginge dich das nichts an. Sag mir endlich, warum!«

Er hatte darauf keine weitere Antwort als die, die er Sandy schon gegeben hatte. Nicht für Sandy und nicht für sich selbst. Die Lähmung, die ihn damals ergriffen hatte, von unten an den Knöcheln war sie wie eine Woge über seinen Körper hinaufgerollt, bleischwer hatten sich die Waden angefühlt, die Oberschenkel, die Schultern. Dieses Gefühl, das sich da plötzlich seiner bemächtigt hatte, war eines seiner ungelösten Rätsel, deren es einige gab in seinem Leben, angefangen von dem Tod seiner Mutter, der vermeidbar gewesen wäre, wenn er nicht am Fenster gestanden und ihr nachgeschaut hätte. Warum – er wusste es wirklich nicht. Homer schwieg weiter, während Sandy immer mehr die Geduld verlor.

»Rede mit mir!«, herrschte sie ihn an, ihre Lider zu engen Schlitzen zusammengekniffen, die ihn an Schießscharten erinnerten. »Wenigstens ein einziges Mal.«

Aber Homer konnte nichts sagen. Er konnte und wollte ihr nicht antworten, weil er es selbst nicht wusste. Darauf, dass sie ihn in dieser quälenden Unsicherheit verstehen würde, setze er gar nicht mehr. Wie auch – sie hatte Elaine nicht erlebt, kannte das Verlustgefühl nicht, hatte ihren Vater niemals weinen oder verzweifelt gesehen. Sie kannte eine heile Familie, eine Welt voller Farben, die für Homer seit Jahren verblasst waren. Als müsste er dies noch einmal überprüfen, schaute er sich im Zimmer um. Es war tatsächlich grau. Homer blickte Sandy an, die sich immerzu die Haare zurückstrich. Sie sah aus, als würde sie am liebsten auf ihn einprügeln, mit ihren Fäusten auf seiner Brust herumtrommeln, bis sie nicht mehr konnte. Er war sich sicher, dass das gleich passieren würde. Im nächsten Moment, wenn sie endgültig die Fassung verlor.

Aber das geschah nicht. Sie wurde stattdessen ganz ruhig, erhob sich vom Sofa, trat dicht an ihn heran und schaute ihn feindselig an. Aus ihren Schießscharten feuerte sie Blitze ab.

»Du hast überhaupt nie darüber nachgedacht!«, sagte sie leise. »Nicht ein einziges Mal. So wie du überhaupt so vieles aus deinem Leben verbannt hast. Was für dich zählt bist du, immer nur du, sonst gar nichts.«

Homer erstarrte, unfähig, sich zu erklären, während ihr jetzt das Wasser aus den Augen lief.

»Ist dir denn alles völlig egal? Matt hat mich gerettet. Du hättest mich untergehen lassen!«

Noch immer verharrte er regungslos, lehnte an der Kante der Arbeitsfläche seiner kleinen Kochnische, den Kopf leicht in den Nacken gelegt. Von oben schaute er auf sie herab, augenscheinlich hochnäsig, unnahbar. Kalt. Sie tat ihm leid. Natürlich war sie ihm nicht egal. Der Tag war eine Zäsur in seinem Leben gewesen, deren es mehrere gab. Aber deswegen war er für ihn auch nicht so singulär wie für seine kleine Schwester. Er wusste nicht genau, ob ihn die Feigheit davon abgehalten hatte, sein Leben für seine eigene Schwester zu riskieren oder aber eine tiefe Abneigung gegen sie, die ihn mit ihrer kleinkindlichen Lieblichkeit aus seiner eigenen Familie an den Rand gedrängt und sich selbst ins Zentrum befördert hatte. All das kreiste in seinem Gehirn, während seine Schwester bitterlich weinte, aber er konnte es nicht aussprechen. Sandy würde ihn nicht verstehen können, weil sie ihre Mutter nie verloren hatte. Und weil sie nie erlebt hatte, wie ihm eine fremde Frau den Vater nahm. Er konnte ihr nicht erklären, was ihn quälte, weil diese fremde Frau, derentwegen sein Vater ihm das Versprechen der Zweisamkeit aufgekündigt hatte, ausgerechnet ihre Mutter war. Was sollte sie schon dazu sagen? Er holte tief Luft, öffnete für einen Moment die Lippen, schloss sie wieder und schwieg. Es gab im Grunde nichts zu sagen.

Seine Schwester schluchzte. Sie hatte sich an der Wand auf den Boden sinken lassen. Jetzt saß sie da, die Kopf auf die Knie gelegt, die Beine umschlungen. Ihre Schultern zuckten.

Als sie sich beruhigt hatte, erhob sie sich erneut, ging zum Sofa, hinter dem sie ihre Tasche verstaut hatte, zog das Bett wieder ab und verschwand im Badezimmer, um ihre Zahnbürste zu holen. Sie tat das langsam, mit Bedacht, aber unverkennbarer Absicht zum Aufbruch. Es schien, als wollte sie Homer noch eine letzte Chance geben, ihren Anwürfen etwas entgegenzusetzen, ein einziges Wort oder eine Geste. Homer verfolgte sie mit seinen Blicken, brachte aber nichts heraus, zu trocken war sein Mund, zu schwer das Schlucken.

Er konnte ihr nicht das sagen, was er ihr gerne gesagt hätte. Damit würde er die nächste Diskussion vom Zaun brechen und dann vielleicht selbst die Contenance verlieren – undenkbar.

Plötzlich hatte sie sich ihre Tasche übergeworfen und war auf dem Weg zur Tür. Er streckte zögernd, halbherzig den Arm aus, um sie zurückzuhalten, zog ihn aber wieder zurück. Davon bekam sie nichts mit. Sie hatte ihm schon den Rücken gekehrt, öffnete die Haustür, verharrte einen Moment. Homer hatte sich bereits abgewandt und sah ihre Konturen nur noch aus dem Augenwinkel. Dann fiel die Tür ins Schloss. Es war weit nach Mitternacht. Draußen war es stockdunkel.

9

»Lange wusste ich nicht, wo Sandy nach unserem Streit hingegangen ist«, sagte Homer.

Er war zwischendurch aufgestanden, hatte sich an das bodenhohe Fenster des Restaurants gestellt und starrte in die Dunkelheit, als ob sich in der Silhouette Berlins die Antwort verloren hätte.

»Sie erzählte mir viel später, dass sie aus einer Telefonzelle die Nummer von Steve gewählt und ihm von unserer Auseinandersetzung berichtet hatte. Er habe sie aufgenommen, sagte sie. In seine wunderbare Wohnung an der Upper-West-Side.«

Homer war sich damals allerdings nicht sicher, ob das stimmte. Zwar sah er Steve hin und wieder, wenn er mit ein paar Leuten ausging, jetzt, da er ihn kannte. Allerdings traute er sich nicht zu fragen, ob Sandy ihm die Wahrheit erzählt hatte. Auch kam ihm seltsam vor, dass Steve ihm gegenüber Sandy mit keiner Silbe erwähnte. Wäre sie bei ihm untergekommen, hätte er ihm dies sicher mit einer spöttischen Bemerkung zu verstehen gegeben. Aber von seiner Seite kam nie irgendetwas. Vielleicht war er aber auch nur zu diskret, weil er mitbekommen hatte, dass ein hartnäckig schwelender Geschwisterstreit Sandy und Homer an jenem Abend auseinandergetrieben hatte, und wollte Homer nicht auch noch eine Erklärung dafür abnötigen.

»Ich hatte damals das Gefühl, dass sie noch nach Hause fahren würde. Deswegen bin ich auch nicht hinter ihr hergerannt. Es wäre kein Problem gewesen, so spät noch nach Brooklyn rüberzukommen.«

»Wo hat sie denn dann übernachtet?«, fragte ich.

»Sie ist zu Matt gegangen.«

»Naheliegend, oder?«

»Klar. Und sie hat sich sicher trösten lassen.«

Tatsächlich war Sandy in den frühen Morgenstunden bei Matt aufgetaucht, der damals mit zwei seiner High-School-Freunde in einer WG in Manhattan wohnte. Warum sie Homer zunächst angelogen und behauptet hatte, sie sei bei dem blonden Iren untergekommen, war ihm lange nicht klar. Er hatte daran zunächst nicht gezweifelt. Womöglich wollte er es glauben. Irgendwann, ein paar Monate später, als er Matt in den Brooklyn Heights begegnete, sich ein paar Minuten mit ihm allein unterhielt und der sich in ein paar Andeutungen erging, dämmerte es ihm. Sandy musste sich in jener Nacht bei Matt einquartiert haben. Gleichwohl wagte er nicht, Matt direkt zu fragen, er zog die Variante mit dem Iren vor. Alles andere wäre das Eingeständnis einer Niederlage gewesen, einer weiteren, hatte er doch seinem Empfinden nach schon so viele kassiert.

Natürlich war es auch wieder Matt, der Sandy half, eine Bleibe für die Zeit ihres School Trainings zu finden. Für ihn war das denkbar einfach. Sie zog für zwei Wochen in das Gemeinschaftszimmer der drei Freunde, die sie von klein auf kannte. Danach, wie Homer hörte, in das Zimmer von David, der sich zu einer Art Europareise aufmachte, um die Orte zu besuchen, an denen die großen deutschen und französischen Philosophen ihre berühmtesten Schriften verfasst hatten, und in den einschlägigen Archiven die Texte einmal im Original zu sehen.

Die Tatsache, dass Sandy für fast drei Monate mit Matt Küche und Bad teilen würde, wurde in der Familie mit einer gewissen Genugtuung aufgenommen. Was konnte ihr Besseres passieren, als die ersten Schritte ins wahre Leben außer Haus in der Obhut Matts zu tun, der auf sie aufpassen würde. Nur Homer verfolgte ihre Schritte mit einer Spur Argwohn. Nicht nur, dass er begann, seine Halbschwester und den Cousin um ihre Nähe zu beneiden, die ihm zunächst deshalb so unerträglich schien, weil sie ihm seine Position als familiären Außenseiter ein weiteres Mal unzweideutig vor Augen führte. Und das tat weh. Aber da war noch etwas anderes. Diese Nähe, die die beiden verband, barg – so empfand es Homer damals – noch Züge einer gewissen Abhängigkeit, die vor allem Sandy anzumerken war. Die Bewunderung, die sie früher einmal Homer entgegengebracht hatte, wurde jetzt Matt zuteil. Anders als Homer, reagierte der aber nicht entnervt, fühlte sich nicht belästigt. Ganz im Gegenteil. Homer fand, dass Matt die Situation ein wenig zu sehr genoss. Sandy stellte ihn nicht infrage. Offenbar noch nicht einmal seine Arbeit bei der Investmentbank, bei der er inzwischen angeheuert hatte und die in dem Ruf stand, eine der aggressivsten der Wall Street zu sein mit ihrem berüchtigten Handelschef, obwohl sie die Welt des Finanzkapitals aus politischen Gründen verabscheute.

Es schien, als herrsche zwischen Sandy und Matt das gegenseitige Einverständnis, einander das Leben nicht zu schwer zu machen, indem Sandy Matts Berufseinstieg nicht kritisierte und Matt nicht in das Lamento von Josie und Hank einstimmte, die nicht verstehen konnten, warum sich Sandy so sehr für sozial benachteiligte Schichten und Quartiere und vor allem für Brennpunktschulen interessierte, anstatt sich an Madeleine ein Beispiel zu nehmen. Irgendeine Verabredung mussten die beiden getroffen haben, mutmaßte Homer, dass sie sich gegenseitig in Ruhe ließen, um die Zeit, die sie in den Wochen von Sandys Praktikum gemeinsam verbrachten, zu genießen.

Einen Vorteil allerdings hatte das alles damals. Homer, der wieder mehr mit Matt zu tun hatte, seit sie beide in New York arbeiteten und sich einmal im Monat trafen, kam so auch dazu, seine Schwester im gleichen Abstand zu sehen. Denn in den wenigen freien Stunden, die sein Arbeitgeber Matt gewährte, waren die beiden meistens gemeinsam unterwegs. Und so traf Homer Sandy fast genauso häufig wie Matt in dieser Zeit. Samstagabends in Bars, mitunter im Restaurant. Sonntags fuhren sie gemeinsam an den Strand von Coney Island im Süden Brooklyns. Der blonde Steve war regelmäßig auch dabei. Über ihren Streit an jenem Wochenende sprachen sie nicht mehr.

Homer hatte seine Hoffnungen dareingesetzt, dass sich Sandy dem rotblonden Künstler zuwenden würde, der geradezu fasziniert schien von der dunkelhaarigen Rebellin, die da mit zwei Wall-Street-Karrieristen unterwegs war. Vielleicht würde sie sich auf seine Avancen einlassen, das würde sie, so kalkulierte Homer, der Einflusssphäre von Matt etwas entziehen. Zwischen Steve und Sandy herrschte nach heftigen Diskussionen auf wundersame Weise am Ende stets Einvernehmen, vor allem dann, wenn sie sich in einer ihrer politischen Diskussionen verfingen, die regelmäßig in einem sportlichen verbalen Schlagabtausch mündeten. Wenn Sandy eine ihrer provokanten gesellschaftspolitischen Thesen auffuhr, hielt Steve zunächst dagegen, schlug sich dann aber bald mit vorhersehbarer Regelmäßigkeit auf Sandys Seite, die die gesellschaftliche Ungleichheit – sie nannte es Ungerechtigkeit – und die so unterschiedlichen Lebenschancen, die an die Herkunft gekoppelt waren, kaum ertragen konnte. Die amerikanische Gesellschaft sei auf dem besten Wege, sich zu aristokratisieren, nicht im herkömmlichen Sinne, aber getrieben von einem Geldadel, der seine Finanzen als Distanzmittel missbrauchte, seine Kinder in die besten privaten Schulen schickte, die Mieten in den wohlhabenden Vierteln derart in die Höhe trieb, dass sich schon Normalsterbliche dort keine Wohnung leisten konnten und sich ansonsten alles vom Hals hielt, was nicht seinem Stand entsprach. Spätestens dann, wenn sich ihr in größerer Runde andere entgegenstellten, sprang Steve ihr bei. Matt und Homer blieben dagegen bei ihrem heftigen Widerspruch. Seien sie beide nicht die besten Beispiele dafür, dass man es schaffen kann?

»Steve passte zu Sandy, war ähnlich gesellschaftskritisch wie sie. Ich glaube, er fand es faszinierend heldenhaft, wie sich meine Schwester für die armen Kids in der Bronx aufopferte«, sagte Homer.

Es war spät geworden. Immer mehr Gäste zogen vom Restaurant einen Stock höher in die Rooftop-Bar des Solar, die sich zu füllen begann. Wir waren unter den ersten gewesen.

»Dann hat sich wohl nichts ergeben?«, fragte ich.

»Leider nicht. Konnte es nicht. Aber das habe ich erst sehr viel später begriffen.«

»Was genau hast du begriffen?«

»Dass Sandy Matt bewunderte und für niemand anderen Platz hatte in ihrem Kopf.«

Ich zuckte die Schultern.

»Was soll das heißen?«

»Das kannst du nicht verstehen, denn du weißt nicht, wie die Geschichte weiterging.«

10

Eigentlich wusste auch Homer nicht so genau, wie die Geschichte seiner Schwester weitergegangen war. Er lebte sein eigenes Leben und sah Sandy und Matt, wenn es häufig war, einmal im Monat. In der Kanzlei bekam er zunehmend zu tun. Er arbeitete oft bis spät in die Nacht, so wie all die jungen Kollegen, die die wachsende Law Firm angeheuert hatte. Einmal im Monat traf er sich mit Hank in der Werkstatt oder mit Josie und Hank irgendwo in Downtown Manhattan zum Essen. Da er gut verdiente, lud er sie ein.

Zu Hause ließ er sich dagegen nicht mehr blicken. Zu viel Grau und Schatten hatte er dort über all die Jahre erlebt, weil es ihm nie gelungen war, seine Erinnerungen abzuschütteln. In sein Kinderzimmer war Sandy eingezogen. Homer hatte irgendwann zu Highschool-Zeiten beschlossen, dass er dort, von wo aus er seiner Mutter beim Sterben hatte zuschauen müssen, nicht mehr schlafen würde. Außerdem hatte Josie die Einrichtung bis auf ein paar Fotos von seiner Mutter über die Jahre immer weiter verändert und den Bedürfnissen ihrer Familie angepasst. Nie hatte Homer seinen Vater wirklich verstanden, warum er sich gegen diese »feindliche Übernahme« nicht zur Wehr gesetzt, sondern sich widerstandslos Josies Gestaltungsdrang ergeben hatte, der ihn mit den vielen neuen Möbeln auch noch teuer zu stehen gekommen war. Für Homer waren es nach dem Tod seiner Mutter stets die Brooklyn Heights gewesen, die ihm das Zuhause ersetzten, das ihm abhandengekommen war. Einen großen Anteil daran hatte Tana.

Es war zweieinhalb Jahre nach Sandys Praktikum, kurz vor der Jahreswende 1999/2000, dass sich die Familie an einem Sonntag wie üblich in den Brooklyn Heights zum Mittagessen traf. Hank, Josie, Matts Eltern, die Zwillingsonkel Aaron und Zach mit ihren Frauen und Kindern – sie alle versammelten sich um den großen, dunklen Mahagoni-Esstisch. Tana hatte sie zusammengerufen und damit einiges an Erstaunen ausgelöst. Sandy und Madeleine hatten der Großmutter ihre Hilfe angeboten und waren zwei oder drei Stunden vorher eingetroffen, um mit Lea zu kochen und den Tisch zu decken. Es herrschte Heiterkeit in dem alten Haus. Und sogar Homer hatte sich auf die Zusammenkunft gefreut, die inzwischen nur noch halbjährlich stattfand, weil alle zu beschäftigt waren oder ihrer Wege gingen.

Tana hatte sich über die Jahre verändert. Sie war stiller geworden und kleiner. Ihr einst bissiger Humor und die zupackende Art waren einer gewissen Ängstlichkeit gewichen. Sie hatte sich zurückgezogen. Nicht nur in ihr Haus, in dem sie nur noch drei Räume tatsächlich benutzte, sondern auch ein wenig in sich selbst. Ihre Streifzüge durch New York gehörten seit einigen Jahren der Vergangenheit an. Nur hin und wieder noch ging sie aus. Die Zeiten, in denen sich die Familie Vermutungen darüber zuraunte, wohin Tana steuerte, wenn sie mit weiß gepudertem Gesicht, roten Lippen, mit Hut und Handschuhen in ihrem besten Kostüm das Haus zur Mittagszeit verließ, waren vorüber.

Die Familie sah Tana nach wie vor häufig, allerdings nicht mehr fast jedes Wochenende, und auch nicht mehr alle zusammen, sondern meistens einzeln. Ihre Kinder und Schwiegerkinder und auch die Enkel schauten vorbei, wenn sie Zeit hatten. Es gab viele Wochen im Jahr, in denen Tana jeden Tag Familienbesuch empfing. Lea und ihre Brüder sprachen sich ab, die anderen nicht. Matt erledigte für sie regelmäßig das Einkaufen der Lebensmittel. Unaufgefordert. Homer kam meist abends vorbei, trank mit ihr den Tee, den sie sich gewöhnlich vor dem Zubettgehen aus getrockneter Minze aufgoss, begleitete sie gegen halb neun nach oben und wartete, bis sie sich hingelegt hatte. Erst dann verabschiedete er sich.

Das Mittagessen und den winterlichen Nachmittag, der sich daran anschloss, würde keiner der Familie so schnell mehr vergessen. Homer hatte damit gerechnet, dass er mit Matt noch vor dem Essen in den Keller verschwinden würde. So wie früher. Er würde ihn nach seinem Verhältnis zu Sandy fragen und ihm sein Missfallen darüber bekunden, wie sehr er Sandy mit all seiner Aufmerksamkeit an sich band. In Tanas Keller würde das möglich sein, hatten sie dort doch seit jeher alles besprochen. Der Raum mit dem ganzen Gerümpel bot die notwendige Intimität, die für die schwierigen Gespräche manchmal vonnöten war, um sie überhaupt in Gang zu setzen. Er würde vielleicht sogar einen Streit riskieren, sei es durch allzu indiskretes Nachfragen oder aber durch die Vorwürfe der Verantwortungslosigkeit, mit denen er die von Matt erwarteten Antworten kommentieren würde. Matt wiederum konnte sich im Keller über die Übergriffigkeit von Homers Fragen und Vermutungen aufregen, danach beim Essen und in Tanas Salon vor allen anderen allerdings nicht mehr.

Nur kam es zu alledem nicht. Und das lag wiederum an Matt.

Erst eine halbe Stunde vor dem avisierten Mittagessen sprang Matt die Treppen zur Beletage hinauf. Homer beobachtete ihn vom Salon aus durchs Fenster, das einen Blick auf die Straße ermöglichte. Er war förmlicher als sonst gekleidet, trug ein dunkles Jackett über einem blütenweißen Hemd, eine dunkle Stoffhose statt den üblichen Jeans und Budapester anstelle von Sneakern. Unpassend für den kalten Wintertag, dachte Homer, kam aber in seinen Gedanken nicht weiter, als er bemerkte, dass Matt nicht allein die Stufen zur Haustür hochstieg. Ihm folgte eine zierliche, junge Frau, die kaum die Hochschule abgeschlossen haben konnte. Auf spitzen Pumps und in einem himmelblauen Kostüm trippelte sie hinter ihm her – ihren Mantel musste sie in Matts Auto gelassen haben. Auf dem obersten Absatz vor der Haustüre nahm Matt sie an der Hand und klingelte. Homer hielt den Atem an, denn er wusste sofort, was das bedeutete. Matt hatte eine neue Freundin. Und es war ihm ernst.

Er hatte sie nicht angekündigt, sondern einfach mitgebracht, und damit jegliches familiäre Rumoren vorab vermieden. Ungewöhnlich war die Aktion schon, noch nie hatte irgendjemand seiner Generation überhaupt je einen Freund oder eine Freundin in den Brooklyn Heights vorgestellt. Dass Matt das jetzt tat, war ein Novum in der Familiengeschichte. Außerdem kam er genau die halbe Stunde vorher, die er brauchen würde, um mit Kate einmal die Runde zu machen und ein paar Fragen zu beantworten. Es waren dreißig Minuten, die er der Familie gab, um sich an den Anblick und das Auftreten der Neuen zu gewöhnen. Und die Madeleine und Sandy nutzen konnten, um noch ein weiteres Gedeck zu platzieren, bevor sie sich alle an dem langen Esstisch niederlassen würden mit Tana am Kopf der Tafel.

Kate war sehr schlank, um mehr als einen Kopf kleiner als Matt, sie reichte ihm gerade einmal bis zur Schulter. Ihre dunkelblond gesträhnten Haare trug sie in einem Zopf, der ihr in den Nacken gerutscht war und ein paar Strähnen frei ließ, die ihr ovales Gesicht umrahmten. Sie hatte ein einnehmendes Lachen, was auf strahlend weiße, leicht überdimensionierte Schneidezähne blicken und ihre hellbraunen Augen leuchten ließ. Sie hatte noch kaum ein Wort gesprochen, da ahnte Homer schon, dass sie alles andere als sanftmütig wäre. Er tippte auf intelligent und durchsetzungsstark und musste sich schon nach ein paar Minuten eingestehen, dass er seinem Cousin so jemanden gar nicht zugetraut hatte.

Im Handumdrehen standen Kate und Matt im Mittelpunkt, waren umgeben von der Familie, von Lea, die ein bisschen beleidigt tat, weil ihr Sohn sie nicht vorab ins Vertrauen gezogen hatte, und von ihren beiden jüngeren Brüdern, seinen Onkeln Aaron und Zach. Die beiden warfen sich regelrecht ins Zeug, begannen umgehend, auf Kate einzureden und ihr die Familie zu erklären, versahen ihre Erzählungen mit ein paar generösen Scherzen auf Kosten der ganzen Mischpoke und geleiteten sie umgehend ins Esszimmer zu Tisch. Dort bestand die zierliche Kate darauf, nicht direkt neben Matt zu sitzen, sondern sich unter die Familie zu mischen.

»Matt kenne ich doch schon«, sagte sie mit heller Stimme, die trotz ihrer Höhe ein enormes Selbstbewusstsein vermuten ließ.

Wie sich im Laufe des Mittagessens herausstellte, hatte Kate ihren MBA wie Matt in Harvard gemacht, nur ein Jahr später. Dort hatten sie sich kennengelernt. Inzwischen arbeitete sie bei einer großen Unternehmensberatung. Während der Tischkonversation, die sich von Anfang an nur um sie drehte, kam ihr Humor zur Geltung, selbstironisch, viel treffsicherer und raffinierter als Matts. Mehrfach brachte sie ihn und die anderen zum Lachen oder Staunen. Sogar Tana, die an jenem Sonntag seltsam in sich gekehrt wirkte, ein wenig abwesend, distanzierter als sonst.

Ihrem Stil und ihrem sicheren Auftreten zufolge musste Kate aus der Welt des ›Old Money‹ stammen, mutmaßte Homer und musste nicht lange warten, bis seine Familie auch das in Erfahrung brachte. Sie kam aus Boston, war in Beacon Hill in einer alten Backsteinvilla aufgewachsen. Während sie von ihrer Herkunft erzählte, fragte sich Homer, ob Matt bei ihren Eltern bereits vorstellig geworden war, und wie diese auf die Tatsache reagiert haben mochte, dass sich ihr Töchterchen in einen sozial enorm ehrgeizigen Mittelklassespross verliebt hatte. Sicher hatten sie sich für Kate, die eigentlich Katherine hieß, gesellschaftlich etwas anderes vorgestellt. Aber das waren nur Mutmaßungen. Er wusste es nicht.

»Ich war ziemlich beeindruckt«, sagte Homer.

»Das hört man aus deinen Erzählungen«, gab ich ein wenig uninspiriert zurück. »Wäre so jemand nicht auch mal was für dich gewesen?«

Aus Neugier wollte ich Homer etwas über die Frauen entlocken, mit denen er sich umgab, ein Thema, das er beharrlich aussparte. Er war immer noch nicht verheiratet und hatte deshalb auch keine Kinder – »zumindest nicht, dass ich wüsste«, wie er zu sagen pflegte. Über Jahre schien es, als sei dies der Preis für seine einzigartige Karriere, in der die Frauen lediglich Beiwerk, niemals aber Lebensbegleiterinnen sein konnten. Ein Preis, der für ihn nicht allzu hoch ausfiel. Zum Thema Familie hatte Homer ein gespaltenes Verhältnis.

Lachend blockte er ab.

»Mir geht es nicht schlecht«, sagte er, um mich schon Sekunden später sehr nachdenklich anzuschauen.

Was sollte ich darauf sagen. Ich zuckte mit den Schultern.

»Du wirst nicht jünger.«

»Nope. Und es wird auch nicht einfacher.«

Er lehnte sich zurück, holte einmal tief Luft, als läge ihm das Essen schwer im Magen. Dann reckte er sich und beugte sich wieder nach vorne. Fast flüsterte er.

»Weißt du, was das Interessanteste an diesem ganzen Mittagessen war?«

»Keine Ahnung. Die Reaktion deiner Großmutter? Wie fand sie Kate?«

»Oh, sie war begeistert, so harmlos liebenswürdig, wie ihr Kate begegnete. Aber Tana war auch nicht mehr die Alte. Das habe ich dir ja schon erzählt. Sie war des Lebens ein bisschen müde geworden, hatte große Teile ihres Humors eingebüßt und wurde von Kate regelrecht umgarnt. Aber das meine ich nicht.«

»Sondern?«

»Du hättest meine Schwester sehen sollen.«

11

Erst als die Haustüre mit einem leisen Klicken ins Schloss fiel, wurde Homer klar, dass Sandy nach dem Essen tatsächlich gegangen war. Sie hatte diese Art, unbemerkt zu verschwinden, wenn ihr etwas gegen den Strich ging. Das tat sie immer, schlich sich aus einer Auseinandersetzung oder einem Streit davon, wenn man es schon längst nicht mehr vermutete. Dann war sie auf einmal weg.

Auch sie war von Matt überrascht worden, hatte offenbar nichts von der Existenz einer neuen Freundin geahnt, obwohl sie viel mit Matt zusammen war. Als Homer nach der Vorspeise mit ein paar Tellern in der Küche verschwand und für einen Moment allein mit Sandy war, bemerkte er, dass sie Tränen in den Augen hatte.

»Wusstest du das mit Kate?«, fragte er sie sanft.

Sandy schüttelte den Kopf. Er legte den Arm um sie. Zum ersten Mal seit vielen Jahren.

Sie drehte sich zur Seite.

»Lass das«, sagte sie. »Sonst wird es noch schlimmer.«

Homer ließ seinen Arm fallen, trat einen Schritt zurück, holte kurz Luft, um etwas zu sagen, als Madeleine zur Tür hereinkam.

»Ein bisschen schneller«, forderte sie ihren Cousin und Sandy auf. Es war ironisch gemeint. »Wir warten.« Dann lachte sie.

Sandy wischte sich einmal mit dem Arm über die Augen. Und Homer schlug demonstrativ die Hacken zusammen. Ein Ablenkungsmanöver.

»Jawohl!«, rief er Madeleine zu, ergriff zwei Teller und trug sie hinaus, kehrte zurück, um die nächsten beiden zu holen.

Sandy hatte sich derweil am Ofen zu schaffen gemacht und den Braten noch einmal mit dem Sud übergossen, der sich in der Reine gesammelt hatte. Ihr Gesicht war von der Hitze puterrot, als sie aus der Tiefe wieder hervorkam. Homer bemerkte, dass sie sich beruhigt hatte.

Zu gerne hätte er sie getröstet, ihr gesagt, dass Matt nun einmal die Frau fürs Leben finden musste. Und dass das Kate sein würde, sonst hätte er sie wohl kaum just an einem Familiensonntag mit nach Brooklyn genommen. Sein Cousin hatte stets einen Plan, überließ nur ungern Dinge dem Zufall und so etwas wie die Präsentation seiner neuen Lebensgefährtin schon gar nicht. Sagen konnte Homer das alles nicht, weil Madeleine noch immer in der Tür stand. Ihr Blick ruhte unverwandt auf Sandy.

Den Verlauf der Mahlzeit über blieb Sandys Stuhl am Tisch leer. Sie hielt sich überwiegend in der Küche auf, um nach der Suppe die Hauptspeise zuzubereiten und am Ende noch den Nachtisch auf die Teller zu füllen, die sie besonders liebevoll dekorierte, das Lob, das aus dem Esszimmer in die Küche drang, war kaum zu überhören. Anfänglich wurde sie noch gerufen – von Lea, Hank und Josie. Doch sie kam nicht. Über die Gänge hinweg verschwand ihre Lücke fast ganz, schließlich war ja eine Person zusätzlich anwesend und sie alle rückten immer mehr zusammen. Homer beobachtete das alles. Irgendwie hatte Kate schließlich ihren Platz eingenommen, dachte er an jenem Sonntagnachmittag bei sich, ohne genau zu wissen, dass er nur teilweise recht behalten sollte.

Während die Gänge wechselten, hatte Sandy immer wieder die Küche aufgeräumt. Bis zum Kaffee war tatsächlich das gesamte Geschirr gespült, die Reste waren verstaut, das Silber geordnet. Die feuchten Handtücher hatte sie über die Lehnen der Küchenstühle gehängt. Danach musste sie, mutmaßte Homer, den Beschluss gefasst haben zu gehen. Einfach so, ohne sich wenigstens unter einem Vorwand zu verabschieden. Wäre er nicht noch einmal in die Küche gegangen, um etwas Zucker zu holen, dann hätte er kein Wort mehr mit ihr gewechselt.

Ob sie nicht wieder an den Tisch oder später ins Wohnzimmer kommen wolle, fragte er sie. Sie schüttelte den Kopf. Das werde sie nicht ertragen. Sie werde alsbald verschwinden.

Vergeblich versuchte Homer, sie zum Bleiben zu überreden. Relativ schnell gab er auf in der Hoffnung, dass sie es nicht wahrmachen würde. Er irrte.

»So war es«, schloss Homer. »Sandy hatte an jenem Sonntag Matt an Kate verloren, oder ich dachte das zumindest.«

Anders, meinte er, sei ihre heftige Reaktion kaum zu erklären gewesen.

»Aber dann müsstest gerade du doch erleichtert gewesen sein?«, fragte ich zurück. »Das enge Verhältnis der beiden hatte dir nie gefallen.«

»Richtig. In dem Moment war ich es auch. Allerdings hätte ich mir viel mehr gewünscht, dass Sandy aus eigenem Antrieb auf Abstand gegangen wäre. Immerhin eröffnete sich mir dadurch die Chance, wieder etwas mehr Kontakt zu meiner Schwester aufzunehmen.«

Homer hatte damals offenbar beschlossen, Sandy diesmal nicht allein den Wellen zu überlassen, die sie an jenem Sonntag überrollten, sondern sie aus ihrer tiefen Enttäuschung herauszuziehen. Es war eine – seine – Chance.

12

Auch nach Sandys heimlichem Abgang sollte jener Sonntag in den Brooklyn Heights ungewöhnlich verlaufen. Während die Familie vom Esstisch hinüberwechselte in den Salon, um sich wie sonst auch auf die Sofas und Sessel zu verteilen, winkte Tana Homer zu sich heran. Sie saß noch am Esstisch. Er half ihr auf. Für die kurze Strecke zum Wohnzimmer hängte sie sich bei ihm ein und ließ sich bis zu dem weinroten Samtsofa begleiten, auf dem sie, wenn sie keine Gäste hatte, ihren Mittagsschlaf hielt. Wenn die Familie kam, verzog sie sich sie meistens für anderthalb Stunden in den ersten Stock. Diesmal aber verzichtete sie darauf – ein Novum. Zu aller Verwunderung setzte sie sich aufs Sofa, zog Homer, bei dem sie sich immer noch untergehakt hatte, neben sich und richtete sich auf. Die Gespräche verstummten. Eine seltsame Stille legte sich über die Räume in der Beletage der Brooklyn Heights. Homer warf einen Blick zum Fenster. Es hatte zu schneien begonnen.

Tana lächelte. Sie schaute nach links und nach rechts, dann vor sich auf den Boden, von wo die fast volljährigen Kinder der Zwillingsonkel im Schneidersitz erwartungsvoll zu ihr aufsahen, und ließ ihren Blick schließlich auf Matt ruhen, der in dem ausladenden Ohrensessel seines Großvaters ihr gegenüber Platz genommen hatte. Kate saß auf dessen Armlehne, hatte die Beine übereinandergeschlagen, was den hellblauen Rock ihres Kostüms erheblich unter Spannung setzte, und den Arm um ihren Freund gelegt. Matt schien angespannt und hatte seine dunklen Augenbrauen derart zusammengezogen, dass sie eine durchgehende Linie bildeten. Unvermittelt dachte Homer an seine Schwester. Zum ersten Mal seit vielen Jahren sorgte er sich um sie.

Wie um sich davon abzulenken, blickte er seine Großmutter von der Seite an. Schließich wusste auch er nicht so genau, was sie gleich sagen würde. Nur dass sie zu ihrer Familie sprechen würde, war plötzlich allen klar. Er vermutete, dass es etwas mit der Zukunft zu tun haben würde, mit ihrem bescheidenen Vermögen, das er verwaltete und das sie vielleicht langsam aufteilen wollte. Mehrfach hatten sie darüber gesprochen, wie er damit verfahren sollte im Falle, dass es sie in den nächsten Jahren erwische. Dabei war allerdings stets von den Aktien und Anleihen die Rede gewesen, von dem, was Homer für sie am Geldmarkt angelegt hatte und von ihren Einnahmen aus ein paar Garagen, die sie vermietete. Wirklich viel war das nicht, schon gar nicht, wenn sie es auf ihre vier Kinder und deren Familien aufteilen wollte. Über ihren wertvollsten Besitz, die Immobilie, dieses alte Backsteinhaus, in dem sie jetzt alle versammelt waren, hatte sie nie gesprochen. Homer hatte bisher auch nicht danach gefragt. Ein Leben ohne seine Großmutter konnte und wollte er sich nicht vorstellen. Dass sie körperlich immer weiter abbaute, war unübersehbar. Jedes Mal, wenn Homer sie zwei oder drei Wochen lang nicht besucht, sondern lediglich mit ihr telefoniert hatte, erschrak er, bis er sich nach ein paar Minuten wieder an ihren Anblick gewöhnte. Sie war jetzt wirklich alt.

Während er von seinem Platz neben Tana aus in die Runde der Familie schaute, wie sie dasaßen, gespannt und erwartungsvoll, musste er unwillkürlich schlucken. Ganz plötzlich sah er klar, er kniff die Augen zusammen. Die Familie nahm messerscharfe Konturen an, so wie ein Dia, das an die Wand geworfen plötzlich an Präzision gewinnt, weil jemand an der Linse des Projektors dreht. Mit einem Mal wusste er, was gleich folgen würde. Diesmal ging es um nichts anderes als um die Brooklyn Heights. Deswegen hatte sie Tana alle zusammengerufen, just an dem Tag, an dem Matt seine neue Lebensgefährtin vorstellen wollte. Sie würde in wenigen Minuten sagen, was nach ihrem Tod mit dem Haus geschehen sollte. Er hielt den Atem an, während sich sein Puls beschleunigte.

»Es ist nicht mehr lang«, begann Tana mit brüchiger Stimme an. »Ich spüre es«, setzte sie hinzu, hob umgehend die Hand, als wollte sie jedweden Einspruch im Ansatz ersticken und schaute ihre Tochter an.

»Nein, Lea, glaube mir, es ist nicht mehr lang«, wiederholte sie.

Lea begann, den Kopf zu schütteln und dazu ein liebevolles Lächeln aufzusetzen, mit dem sie ihrer Mutter offensichtlich signalisierte, dass sie deren Sorge für übertrieben hielt.

Doch Tana ließ sich nicht beirren. Sie wandte den Blick von Lea ab hin zu Fenster. Der Schneefall war stärker geworden und die Straße bereits mit einer feinen, pulverweißen Schicht überzogen. Ein paar Autospuren hatten sich dort hineingedrückt, deren scharfe Konturen mit den niedersinkenden Flocken wieder verschwammen. Dann holte sie tief Luft und fuhr fort.

»Ich denke in letzter Zeit oft an Odessa, an meine Mutter, an ihre Hand, die ich immer gehalten habe, wenn wir das Haus verließen. Ich war so ein ängstliches Kind. Ich denke an die klirrend kalten Winter, daran, wie meine Mutter neben mir steht in ihrem Pelzmantel, wie ich zu ihr aufschaue, in ihren warmen Atem hineinblicke, der in der Winterluft aufsteigt und für einen kurzen Moment ihr Gesicht verschwinden lässt. Ich sehe die Eisschollen auf dem Schwarzen Meer. Ich höre ihr Knacken und Knirschen, wie sie sich ineinanderschieben. Und dazwischen das Lachen meiner Mutter, die mich weiterzieht, während ich vom Anblick der in der Wintersonne glitzernden Platten nicht lassen kann. Nein, Lea, ich weiß es. Es wird Zeit.«

Noch immer wagte niemand, ein Wort zu äußern.

»Ich bin nicht traurig. Und ihr solltet es auch nicht sein. Ich habe keine Angst und ihr solltet auch nicht ängstlich sein. Aber ich kann nur gehen, wenn ich weiß, dass alles geregelt ist. Ihr wisst, dass Homer mir seit ein paar Jahren hilft, mein kleines Vermögen zu verwalten. Das, was nach meinem Tod bleibt, wird aufgeteilt werden. Was Elaine nicht mehr annehmen kann, wird auf Hank übergehen.«

Sein Vater nickte mehrfach – augenscheinlich dankbar. Spätestens jetzt wussten es alle. Tana würde über ihr Haus sprechen.

»Ehrlich gesagt«, sagte Homer und schluckte, als versuche er wie damals, seine Kehle wieder zu erweitern, »konnte ich mir das Haus ohne meine Großmutter überhaupt nicht vorstellen. Ich dachte wirklich, dass es für uns alle wertlos sein würde, wenn sie es nicht mehr führte.«

Tana hatte eine kleine Pause eingelegt. Sie hatte sich mit einem Stofftaschentuch ein wenig Speichel aus den Mundwinkeln gewischt, der sich seit Neuestem dort sammelte, wenn sie mehr als nur ein oder zwei Sätze am Stück sprach.

»Nur eines kann nicht zu gleichen Teilen an alle gehen«, setzte sie ihren Monolog fort. »Mein Haus – es würde zerfallen, vielleicht sogar verkauft werden müssen, wenn ich es aufteilen würde. Und schon bald würde euch nichts mehr an mich erinnern.«

Homer sah seine Onkel und Lea an. Sie nickten und warteten darauf, dass Tana weitersprach. Matt hatte sich aufgerichtet und den Kopf schräg nach hinten gelegt. Lea und Madeleine sahen sich für einen Moment in die Augen und dann zu Matt hinüber. Unwillkürlich folgten auch die Zwillingsonkel ihren Blicken. Als Matt das bemerkte, lächelte er.

Plötzlich war sich auch Homer ganz sicher: Matt würde das Haus bekommen. Es konnte nicht an Lea oder ihre Brüder gehen. Das würde auf Dauer zu Streit führen. Das Haus musste an einen der nächsten Generation vererbt werden, an jemanden mit Sachverstand und Familiensinn, einen, der innerhalb der Familie genügend Anerkennung und Autorität genoss. Wer anders sollte das sein als Matthew Shaffer? Unangefochten, der älteste Enkel, unbescholten, hilfsbereit, zugewandt, perfekt. Wie Schuppen fiel es Homer von den Augen: Deshalb hatte Matt genau an diesem Sonntag seine neue Freundin Kate dabei. Deshalb war Tana nicht besonders überrascht gewesen, dass er sie mitgebracht hatte. Kate würde an seiner Seite bleiben, er würde sie heiraten. Er wollte sie in dem Moment in die Familie einführen, in dem Tana ihm seine neue Rolle zuwies – Besitzer eines herrlichen Stadthauses und damit künftiges Familienoberhaupt. Matt war ihr Hoffnungsträger. Er musste gewusst haben, was an diesem Sonntag auf ihn zukommen sollte und hatte sich entsprechend gekleidet. Deshalb also hatte er ein Jackett angezogen, die dunkle Hose und die Budapester. Es war alles besprochen und geplant. Die Familie war eingeweiht – nur er nicht. Einmal mehr. Die Selbstsicherheit, mit der Matt sich in dem alten Ohrensessel direkt gegenüber von Tana niedergelassen und sich jetzt kerzengerade aufgerichtet hatte, war unmissverständlich. Tana würde den Stab an Matt weitergeben. Es war das Naheliegende.

Homer schaute Tana von der Seite an. Auch sie saß noch immer kerzengerade auf ihrem Sofa, was sie viel Kraft kostete. Doch war es ein wichtiger Moment, für die Zukunft ihrer Familie einer der wichtigsten. Sie wusste das und alle anderen wussten es auch. Als hätte sie Homers Blick bemerkt, legte sie ihre knochige, mit Altersflecken übersäte Hand auf Homers rechten Unterarm. Dann schaute sie ihn an und lächelte zum ersten Mal, seit sie die Familie im Salon um sich versammelt hatte. Homer fiel auf, dass sie noch immer sehr gesunde, gerade Zähne hatte. Er wunderte sich, dass er darüber nie nachgedacht hatte. Doch mit Tanas nächstem Satz wurde er jäh aus seinen Überlegungen gerissen.

»Dieses Haus, mein Haus, das Herb und ich vor so vielen Jahrzehnten gekauft haben, um aus ihm ein neues Zuhause für unsere Familie zu schaffen, wird Homer bekommen. Er wird gut darauf aufpassen und es für euch alle offenhalten.«

Die Worte trafen Homer wie ein Schlag. Er war darauf nicht vorbereitet, hatte sich auch noch nie darüber Gedanken gemacht. Warum ausgerechnet er? Langsam wandte er sich mit dem ganzen Körper seiner Großmutter zu, nicht ohne dabei ein Stück von ihr fortzurücken. Er öffnete den Mund, um ihre Entscheidung sofort zu hinterfragen. Doch wieder hob sie die Hand und sprach zu Homer, allerdings für alle.

»Homer, ich habe lange darüber nachgedacht, wie es mit dem Haus wohl weitergehen soll. Es hat alles seine Richtigkeit.«

Im Salon war es still. Keiner sprach ein Wort. Wieder holte sie tief Luft, bevor sie fortfuhr.

»Es ist das Haus, in dem deine Mutter aufgewachsen ist. Meine kleine Elaine. Sie fehlt mir so. Und ich weiß, wie sehr du sie vermisst. Du hast mit mir getrauert, gemeinsam. Denn nichts ist unnatürlicher, wenn eine Mutter ihre Tochter und ein Sohn seine Mutter verliert. Die Stunden, die wir hier zusammen verbracht haben mit Geschichten über meine Heimat Odessa und über deine Mutter, kann ich nicht zählen. Dass einer der Familie Elaine so sehr vermisst wie ich, dass einer sich so schuldig fühlt wie ich, dass es jemanden gibt, der mich verstehen kann, hat mir geholfen. Du hast mir geholfen. Deine Trauer hat mich getröstet, weil ich nicht allein war. Nur bist du dir dessen nicht bewusst. Mit dir wird auch Elaine hier weiterleben, Homer. Ich weiß es und ich will es so.«

Liebevoll strich sie ihm mit der Hand über sein Haar, so wie sie es früher immer getan hatte. Dabei war Homer an jenem Tag 35 Jahre alt. Hank standen die Tränen in den Augen. Die Nähe, die Tana und Homer verband, die aber niemand in der Familie so vermutet hatte, erschien mit einem Mal vollkommen logisch. Nichts ist in seiner Widernatürlichkeit schmerzhafter, als wenn einem Kind seine Mutter und eine Mutter ihr Kind entrissen wird. Aus diesem Schmerz heraus war die enge Verbindung von Tana zu Homer gewachsen. Nur die Sache mit der Schuld verstand damals niemand. Noch nicht einmal Homer. Das sollte sich ihm erst ein paar Jahre später erklären – im Delmonico's.

Wieder nahm Tana ihr weißes Stofftaschentuch zur Hand, wischte sich damit über die Lippen und danach über die Stirn. Erst in diesem Moment wurde Homer gewahr, dass auf dem verwaschenen Tüchlein in kindlichen blauen Stichen Tanas Initialen gestickt waren, TPF: Tana Pinsker Fink. Homer erinnerte sich daran, was Elaine ihm einmal erzählt hatte. Dass sie als Kind so unendlich gern stickte.

13

Noch immer saßen wir in der Bar des Solar. Homer blickte über das mitternächtliche Berlin und schwieg eine Weile. Dann fuhr er fort.

»Die Familie hatte keine andere Wahl. Sie musste die Entscheidung von Tana akzeptieren.«

Ein Hauch von Genugtuung legte sich über seine Züge. Abrupt fuhr er herum und wandte sich abermals mir zu.

»Weißt du, für die Familie war ich plötzlich wichtig, ich fühlte mich schon bald nicht mehr so randständig wie all die vielen Jahren zuvor. Für Matt aber war das, glaube ich, ein richtiger Schlag.

»Wie ging es denn weiter an dem Tag? Hat dich jemand darauf angesprochen?«

»Niemand, nur Sandy rief ein paar Tage später an. Sie wollte, sagte sie, mit mir eigentlich über Kate reden, erzählte mir dann aber, was sich so in der Familie herumgesprochen hatte. Da wusste ich, dass die Nachricht auch sie erreicht hatte.«

»Und?«

»Unfassbares Erstaunen offensichtlich«, antwortete Homer. »Damit hatte doch keiner gerechnet. Am wenigsten ich selbst.«

Tatsächlich hatten Josie und Hank, als sie am späten Abend aus den Brooklyn Heights nach Hause kamen und ihre Tochter dort antrafen, noch lange über diesen denkwürdigen Nachmittag gesprochen. Sandy selbst hatte sich das alles angehört, aber nicht weiter kommentiert, weil sie zu der Zeit ein ganz anderes Thema beschäftigte. Trotzdem gestand sie ihren Eltern und auch Homer später gegenüber ein, dass sie schon gerne bei diesem »Event« – so nannte sie das fortan – dabei gewesen wäre. Ihre Eltern waren dermaßen aufgewühlt, dass sie völlig vergaßen zu fragen, warum Sandy die Brooklyn Heights so früh verlassen hatte. Die folgenden Tage dann stand das Telefon nicht mehr still. Lea telefonierte mit Hank, Leas Mann mit Josie, Madeleine mit ihren Onkeln und mit Sandy, Matt mit Hank. Mit Tana oder gar Homer aber sprach niemand.

So hörte Sandy aus erster Hand, was sich zwischenzeitlich in der Familie abgespielt hatte und Homer aus zweiter.

»Was ist heute mit dem Haus?«, fragte ich. »Gibt es das noch?«

Homer nickte. Dann lächelte er.

»Ich halte es in Schuss. Jahre später nach diesem Mittagessen habe ich es für die Familie etwas verändert, das Dach aus- und auf seiner Rückseite an den Wintergarten noch eine Terrasse anbauen lassen, von der aus man über eine kleine Treppe zum Garten kommt.«

»Aber du wohnst dort doch nicht. Steht es immer leer?«

»Nein, die oberen beiden Stockwerke habe ich abgetrennt und in voneinander unabhängige Wohnungen umgebaut. Seit fünf Jahren etwa sind sie an Kunststudenten vermietet. Das war vor Jahren eine Idee von Steve, dem Künstlerfreund und Dauerverehrer von Sandy, auf den ich so sehr meine Hoffnungen gesetzt hatte.«

»Und was hat die Familie dazu gesagt?«

»Ach, die darf man nicht so genau fragen. Sie sagen heute dies und morgen das. Am Anfang fanden sie die Idee, die oberen Stockwerke nach Tanas Tod zu vermieten, gar nicht gut, weil sie dachten, ich würde damit vor allem Geld verdienen wollen. Aber als ich dann Studenten gesucht haben, begriffen sie, dass sich das alles nicht wirklich lohnt. Die Mieten für die Studenten sind günstig und tragen bei Weitem nicht die Unterhaltskosten für das ganze Haus. Würde ich die Wohnungen oder gar das ganze Haus heute an Investmentbanker vermieten, könnte ich sehr viel mehr rausholen. Aber ich denke, Tana würde das sicher nicht wollen. Platz für die Familie gibt es außerdem immer noch.«

Ich muss ihn fragend angeschaut haben, denn er redete nach einer kurzen Atempause weiter.

»Die Räume in der Beletage habe ich weitgehend so belassen, wie sie zu Tanas Zeiten gewesen sind. Der Salon, das Esszimmer – alles sieht aus wie früher. Und überall stehen Fotos von der Familie, Kinderbilder von Tana, Porträts und Schnappschüsse als junge Mutter mit ihren vier Kindern. Auch viele Bilder von meiner Mutter sind dort. Sogar die meisten. Die Küche musste ich nach einem Rohrbruch renovieren und habe sie ein wenig umbauen lassen. Sie konnte nicht so bleiben.«

»Und jetzt stehen die Räume leer?«

»Wie gesagt, meine Großmutter hatte sich von mir gewünscht, dass ich das Haus für die Familie offenhalte. Und das tue ich bis heute. Wer sich dort aufhalten möchte, kann das tun. Hin und wieder treffen wir uns zu gemeinsamen Familienessen, die meistens meine Tante organisiert. Natürlich feiern wir Chanukka oder Jom Kippur alle zusammen dort. Der Keller steht immer noch voller Gerümpel.«

»Und deine Großmutter?«

»Tana hat nach diesem Tag noch lange gelebt. Ganze zwölf Jahre. Sie ist noch einmal aufgelebt. Vielleicht, weil sie endlich die Bürde abgeworfen hatte, über die Zeit nach ihr zu entscheiden.«

Zunächst hatte Tana beschlossen, in einem letzten Akt der Selbstbestimmung abzutreten. Als an jenem Tag am frühen Abend alle verschwunden waren, saßen Homer und sie noch länger im Salon. Sie schwiegen eine ganze Weile, bevor sich Homer fragend an seine Großmutter wandte. Es brannte ihm seit Stunden auf der Zunge, diese einzige Frage, die der Nachmittag offenließ: Warum hast du dich wirklich für mich entschieden?

Tana zögerte. Sie blickte ihn lange an.

»Es wird Zeit, dass du für etwas Verantwortung übernimmst. Für andere, nicht immer nur für dich selbst.«

»Was meinst du?«

Mühsam stand Tana auf, tippelte zu ihrem Schreibtisch, der eigentlich der ihres Mannes war, an dem sie aber immer gesessen und geschrieben hatte. Tagebücher, vermutete die Familie, die nie etwas davon zu sehen bekommen hatte. Die Schreibtischschublade blieb verschlossen, den Schlüssel trug Tana an einer Kette um den Hals. Stets war die Schreibtischplatte aufgeräumt. An dem sich stetig leerenden Tintenfass machte Homer aus, dass sie viel schrieb.

Sie nahm die Kette vom Hals, versuchte es jedenfalls, der Schlüssel verfing sich in einer Strähne, die sie mit einem Kamm am Hinterkopf über ihrem immerwährenden Knoten festgesteckt hatte. Einige Sekunden nestelte sie daran herum, bis ihre Arme ermüdeten und Homer ihr zu Hilfe kam, dann öffnete sie die Schublade und zog ein Dutzend verschnürter Bündel hervor. Es waren lauter Briefe. Homer stand neben ihr, die Hände ausgestreckt, er wollte ihr helfen, fürchtete er doch, dass ihr das Schreibwerk auf den Boden fallen könnte. Als er über ihre Schulter blickte, entdeckte er, dass die Briefe nicht mit vollständiger Adresse versehen und frankiert waren, sondern dass sie immer den gleichen Namen trugen. Es war der seines Großvaters – Herb Fink.

Sie zog ihn zu sich heran.

»Homer«, sagte sie leise, »es ist bald vorbei. Du weißt das.«

Jetzt drehte sie sich um und stand direkt vor ihm. In der Hand hielt sie einen Briefumschlag mit seinem Namen darauf. Das ›H‹ hatte sie mit fast jugendlichem Schwung auf das weiße Papier gesetzt.

Sie legte den Umschlag in seine Hand.

»Bewahre ihn gut auf und lies ihn, wenn ich nicht mehr bin. Das ist die Antwort auf deine Frage.«

Die anderen Bündel schob sie mit zitternder Hand zurück in die Schublade, verschloss sie sorgsam, wandte sich ihm zu und legte die Kette mit dem Schlüssel in seine Hand.

»Ich werde ihm keine Briefe mehr schreiben, weil ich ihn bald wiedersehen werden.«

Mit diesem Satz drehte sie sich um, ging mit vorsichtigen Schritten durch den Flur in die Küche, trank einen Schluck Wasser und stieg dann die Treppe zu ihrem Schlafzimmer hinauf. Homer folgte ihr und fragte sich, wie oft sie die Stufen noch würde zurücklegen können.

Als sie im Bett lag, versprach er ihr, die Briefe und Schlüssel gut aufzubewahren und schon in den nächsten Tagen bei ihr vorbeizuschauen, um ihr in der Beletage ein Bett einzurichten. Treppen sollte sie fortan nicht mehr steigen müssen.

Sie schwieg und lächelte ihn an. Dann zeigte sie mit der Hand auf ihre Nachttischlampe. Als er das Licht löschte und sie im Halbdunkel ein letztes Mal ansah, hatte sie die Augen schon geschlossen.

»Sie wollte nicht mehr. Das Gefühl hatte ich damals. Wollte ihr Zimmer nicht mehr verlassen. Sie weigerte sich, etwas zu essen. Als Josie am nächsten Tag gegen Mittag nach ihr sah, war sie nicht aufgestanden. Sie hatte nicht gefrühstückt, sich nicht gewaschen oder geduscht. Sie antworte nur mit Ja oder Nein, manchmal mit einem heftigen Kopfschütteln. Die Familie war verzweifelt. Wir teilten uns auf, sodass sie nicht mehr allein war. Josie kehrte in ihre alte Rolle als Krankenschwester zurück und tat alles in ihrer Macht Stehende, um ihr neuen Lebensmut zu bringen. Ärzte kamen und gingen. Es war eine schwierige Zeit. Eine echte Alterskrise. Ich denke, es war eine Depression. Und dann plötzlich, nach drei oder vier Wochen war es vorbei. Sie begann wieder richtig zu essen, stand auf, zog sich an, machte sich zurecht, ging sogar hin und wieder mittags aus. Was ich damals nicht für möglich gehalten hätte, war, dass sie tatsächlich noch ein paar wunderbare Jahre verbringen sollte, in denen wir gemeinsam die Brooklyn Heights auf Vordermann brachten.«

Homer holte einmal tief Luft, zog die Augenbrauen zusammen.

»Viele Jahre später wiederholte sich das Ganze. Sie hörte auf zu essen, wollte nicht mehr aufstehen und sagte uns das auch. Es sei jetzt Zeit zu gehen. Von dem Moment an nahm sie nur noch Tee und Wasser zu sich. Wenn Josie versuchte, ihr ein wenig Honig in den Tee zu mischen, damit sie nicht gänzlich unterzuckert sei, ließ sie den Becher stehen. Josie erklärte uns die Hintergründe des Sterbefastens und seine Berechtigung.«

Dann zuckte er die Schultern.

»Jenes Mal gab es kein Zurück. In zehn Tagen schlief sie friedlich ein. Anfang 2012. Zwei Tage vor ihrem 100. Geburtstag.«

»Ach, Homer, wie traurig.«

»Nein, eigentlich nicht. Tanas Entschluss hat für mich bis heute etwas Beruhigendes.«

»Warum?«

»Weil sie es so wollte. Sie hat gespürt, dass die Zeit nun wirklich gekommen war, um abzutreten. Sie war 99 Jahre alt. Außerdem war ihr Tod der einzige in meiner Familie, dessen Sinn sich mir nicht verschlossen hat.«

»Und was stand in dem Brief an dich?«

Homer blickte mich an, dann schaute er sich nach einem Kellner um, winkte hin zu sich heran und bat um die Rechnung.

»Es war das, was sie mir 2009 im Delmonico's sagte, nachdem in der New York Times ein Artikel über mich und meine Geschäfte erschienen war. An dem Tag, an dem sie mich dorthin einbestellt hatte, um mich danach zu fragen, wie ich mein Geld verdiene. In diesem Brief hat sie über die Schuld geschrieben, die sie mir gegenüber durch den Tod meiner Mutter empfand. Das hat sie so sehr gequält.«

14

Der Familie hatte keine Wahl, sie musste die Entscheidung Tanas akzeptieren. Sandy blieb nichts anderes übrig, als Matts Entscheidung für Kate hinzunehmen. Und Josie und Hank konnten an der beruflichen Entscheidung ihrer Tochter nichts mehr ändern. Sandy hatte einen neuen Job. Die Schule, in der sie vor einiger Zeit ein Praktikum gemacht hatte, stellte ihr schon vor Abschluss ihres Studiums einen Arbeitsvertrag in Aussicht. Ihre Entscheidung, in der Bronx ihre Lehrerlaufbahn zu starten, war genauso unumstößlich wie Matts fester Wille, Kate nicht mehr von seiner Seite zu lassen.

Die beiden würden heiraten. Homer wusste, dass beides so war, hatte allerdings keine Ahnung, wie seine Eltern mit Sandys und Sandy mit Matts Entscheidung innerlich ihren Frieden schlossen. Josie war nun mit Kräften dabei, Sandy beim Umzug in eine neue Wohnung zu helfen, obwohl sie zum Entsetzen ihrer Eltern auch noch beschlossen hatte, in die Bronx zu ziehen – mit der für Homer sehr plausiblen Begründung, dass es unmöglich sei, Kinder zu unterrichten, deren Lebenswelt man nicht teile und deren täglichem Überlebenskampf man nicht nachspüren könne.

In der Bronx hatte sie in der Melrose Neighbourhood eine Zwei-Zimmer-Bleibe gefunden. Die Wohnung war, wie Homer fand, in Ordnung und vor allem billig. Nicht allzu heruntergekommen, zum Glück mit hell erleuchteten Hausfluren, die keine dunklen Ecken für Obdachlose oder Messerstecher bereithielten. Das jedenfalls war ihm aufgefallen, als er Sandy ganz zu Beginn ihres Berufslebens dort einmal besucht hatte. Die ersten Anstrengungen der Wiederbelebung des früheren Arbeiterstadtteils waren bereits im Gange. Neue Wohnblöcke wurden geplant. Binnen weniger Jahre würden sich dort vor allem Latinos niederlassen. Schon wegen seiner Schwester verfolgte Homer hin und wieder die Lokalnachrichten und dachte sich des Öfteren, dass es sich auf Dauer lohnen könnte, dort in Wohnungen zu investieren. Über die Interstate gelangte man mit dem Auto von der Bronx umgehend nach Brooklyn. Das Viertel, so dachte Homer, könnte tatsächlich Chancen haben. Von so etwas wie Gentrifizierung sprach damals allerdings noch niemand.

Sandy stürzte sich in die Arbeit. Das jedenfalls wurde ihm hin und wieder von seinen Eltern zugetragen. Er selbst sah sie kaum, vor allem jetzt, da Matt überwiegend mit Kate unterwegs war und nicht mehr mit Sandy.

In jener Schule, in der seine Schwester nun die nächsten Jahre ihres Lebens verbringen würde, hatte sie schon als Praktikantin Fuß gefasst, als echte Lehrerin verfügte sie jetzt über mehr Autorität. Bei den Schülern schien sie beliebt, nach Homers Einschätzung lag das an ihrem Humor und der unerschütterlichen guten Laune, mit der sie täglich das Schulgebäude betrat und genauso wieder verließ. Während etliche ihrer Kollegen nachmittags verdrossen nach Hause zogen, weil sie sich tagsüber meistens nur mit disziplinarischen Verfahren herumärgerten, blieb Sandy derlei wegen ihrer natürlichen Fröhlichkeit und Autorität erspart, oder aber es setzte ihr nicht so zu. Im Gegenteil, den ganz schwachen Schülern schenkte sie häufig ihre Zeit und gab ihnen nach der normalen Unterrichtszeit noch Nachhilfe.

»Sandy hatte eine Mission. Und ich war tatsächlich erstmals stolz auf meine Schwester«, sagte Homer unvermittelt und lachte. »Irgendwie hatte ich meinen Spaß daran zu sehen, welche Schwierigkeiten ihre Eltern damit hatten, dass sie, anders als Madeleine, gerade nicht an einer dieser Eliteschulen unterrichtete.«

»Hat sich deren Einstellung eigentlich später geändert?«, fragte ich zurück.

Homer schaute mich an und zuckte mit den Schultern. Eine Antwort darauf blieb er schuldig, begann stattdessen von einer weiteren kleinen Begebenheit zu erzählen, die sich eines Abends zugetragen hatte.

Zu mehreren hatten sie sich wieder in Soho verabredet. Matt kam mit Kate, die eine Freundin hinter sich herzog, um sie Homer vorzustellen, der gerade wieder allein unterwegs war und sich seit seiner letzten Trennung über mangelnde Gelegenheiten beschwerte, nicht nur schöne, sondern schöne und intelligente Frauen kennenzulernen. Madeleine war auch gekommen und hatte ihren neuen Freund mitgebracht, einen hochgewachsenen High-School-Lehrer, der sich in der Familie aufgrund seines gepflegten, wohlerzogenen Auftretens bereits den Titel »Schwiegersohn« eingefangen hatte. Gleiche Interessen unter Kollegen, das sollte von Dauer sein. Auch Sandy war gekommen – mit Steve, dem Künstler, der es inzwischen in New York in eine renommierte Galerie geschafft hatte und für Sandy seit Langem ein guter Freund und Begleiter war, vielleicht sogar ein bisschen mehr, wie Homer immer noch hoffte, wenigstens eine lockere Liaison, die man als Affäre bezeichnen würde. Und schließlich war da noch er selbst.

»An dem Abend war Sandy echt in Fahrt«, erinnerte er sich.

Sie war gut gelaunt, selbstsicher, zufrieden, einfach bei sich. Ihre Arbeit schien ihr gutzutun. Sie hatte, so stellte Homer an jenem Abend fest, offenbar für sich die richtige Entscheidung getroffen.

Doch schon bei der Vorspeise bekam sich die Runde in die Haare – allen voran Sandy und Madeleine, nachdem Sandy gegen die Privatschulen gewettert hatte, für sie zweifelsohne ein Instrument sozialer Segregation, das man eigentlich verbieten müsste. Madeleine fühlte sich direkt angegriffen, war notgedrungen ganz anderer Meinung, stand sie doch in Diensten einer solchen privat finanzierten Bildungseinrichtung. Sie fand allerdings nicht die richtigen Argumente – viel war zugunsten teurer Privatschulen ja auch nicht zu sagen – und ging Sandy schon bald persönlich an. Sie sei nur missgünstig, weil ihre Schule viel schlechter ausgestattet sei und sie dort nun festsitze. Mit einem Abschluss von ihrem College sei man in besseren und vor allem privaten Schulen als Lehrkraft eben nicht vermittelbar.

Sandy ließ sich darauf nicht ein. Stattdessen zischte sie Madeleine von der Seite an. Wohlstandskinder zu unterrichten, deren Eltern jeden Nachmittag das Erledigen der Hausaufgaben überwachten, sei wahrlich keine Kunst, sondern nur etwas für risikoscheue Versagerlehrer, die sich anderes nicht zutrauten. Im sozialen Brennpunkt lägen die wahren Herausforderungen, denen man nur mit pädagogischen Innovationen beikommen könne. Leider würde man diese an den Hochschulen nicht lernen.

»Da musst du schon mal ganz eigene Ideen entwickeln«, schloss Sandy ihr Plädoyer.

Steve nickte begeistert. Madeleine winkte ab, der »Schwiegersohn« blies entrüstet die Backen auf, sprang Madeleine aber nicht bei. Matt versuchte, zwischen den beiden Cousinen zu schlichten. Jeder suche sich die Aufgabe, die er am besten bewältigen könne, sagte er besänftigend. Und da lägen die Dinge bei Madeleine eben anders als bei Sandy.

»Ach, Matt, darum geht es doch jetzt überhaupt nicht«, fuhr ihm Sandy ins Wort.

»Worum denn sonst?«, fragte Madeleine leicht entnervt zurück.

»Es geht darum, sich als Lehrerin neu zu erfinden, weil die alten Methoden, mit denen die Kinder der besseren Gesellschaft leider immer noch malträtiert werden, in den schwierigen Milieus schlichtweg nicht mehr funktionieren.«

»Und – was wäre das dann so?«, gab Madeleine siegessicher zurück, während sie so abschätzig wie möglich auf Sandy blickte.

Die Cousinen hatten sich über die vergangenen Jahre einander entfremdet – so wie sich Matt und Homer voneinander entfernt hatten. Sandy antwortete nicht sofort, kniff die Augen zusammen und überlegte.

»Ich glaube nicht, dass du das überhaupt wissen willst«, sagte Sandy schließlich zu ihrer Cousine.

Am Tisch schwiegen zunächst alle. Versöhnlich mischte sich Kate in den Streit, in dem sie sich direkt an Sandy wandte.

»Doch. Ich will es wissen, Sandy. Sag's mir. Was machst du anders?«

»Entscheidend ist die Haltung. Sie macht den Unterschied. Es geht mir nicht primär darum, dass meine Schüler *mich* verstehen. Ein Großteil meiner Zeit geht dafür drauf, dass ich versuche, meine Schüler zu verstehen.«

Madeleine schwieg, Homer schwieg, Kate und Matt waren verstummt. Sandy blitzte Madeleine herausfordernd an. Aber es kamen keine Entgegnungen mehr. Stattdessen griff Homer zu der Flasche Rotwein und schenkte allen noch einmal nach.

»Auf dich, Sandy, und auf die besten Lehrer der USA«, sagt er mit einer gewissen Genugtuung und hob mit der rechten Hand sein Glas. Sie hatte an dem Abend schließlich nicht nur ihn beeindruckt.

»Auf dich«, sagte auch Matt und strahlte sie an. »So habe ich das noch nie gesehen. Wie wichtig es ist, dass die Lehrer ihre Schüler verstehen. Warum hatten wir als Kinder nicht früher so jemanden wie dich.«

Er legte den Arm um sie und zog sie näher zu sich heran. Dann führten sie alle die Gläser zum Mund und tranken auf die Rebellin der Familie. Sandy strahlte.

Später dann, als sie dem Kellner einen Hinweis darauf gegeben hatten, dass sie bezahlen wollten, stand plötzlich eine junge Frau an ihrem Tisch. Sie musste am Nachbartisch gesessen haben, von wo aus sie die Unterhaltung der acht offensichtlich verfolgt hatte. Nachdem sie sich für ihr Störung entschuldigt hatte, wandte sie sich direkt an Sandy.

»Das, was Sie sagen, hat mich beeindruckt. Darf ich fragen, an welcher Schule Sie unterrichten?«

Sandy konnte ihre Verblüffung kaum verbergen. So etwas hatte sie noch nicht erlebt. Dann lächelte sie freundlich, überlegte einen Moment, schüttelte den Kopf und gab zurück:

»Das wollen Sie nicht wirklich wissen. Für Ihre Kinder ist das nichts.«

15

»In den Jahren, die meine Schwester an dieser Schule gearbeitet hat, war sie ziemlich glücklich«, sagte Homer. »Ich dachte immer, der Alltag unter diesen sozial so benachteiligten Kindern würde sie irgendwann belasten oder gar auszehren. Aber das war überhaupt nicht der Fall.«

»Hast du sie mal dazu befragt?«

»Musste man nicht. Sie hat immer wieder gesagt, dass man von diesen Kindern unglaublich viel zurückbekäme. Vor allem dann, wenn ihre Schüler, wie Sandy sich ausdrückte, ›das Glück des Könnens erlebten‹.«

Homer rang schon der Enthusiasmus und die Hingabe, mit der sich Sandy in ihre Aufgabe gestürzt hatte, Respekt ab. Dass sie darüber hinaus nicht müde wurde, die Familie immer wieder mit Geschichten über allerlei liebenswerte interkulturelle Missverständnisse und schon nach dem ersten Jahr mit Erfolgserlebnissen zu versorgen, hätte er niemals für möglich gehalten. Vielmehr hatte er vermutet, dass sie irgendwann aufgeben und sich aus diesem Hinterhof New Yorks doch in eine bürgerliche Gegend versetzen lassen würde.

Doch Sandy hatte ein Faible für das Schäbige. Schon früh hatte sich das abgezeichnet, als ihr Hank im Alter von 16 Jahren den ersten Fotoapparat schenkte, eine echte Spiegelreflexkamera, mit der sie verlassene Häuser und Graffiti ablichtete. Und natürlich Hip-Hop, der zwanzig Jahre zuvor in den Straßen der Bronx entstanden war.

Während sich ihre Lehrerkollegen über die Jahre im Schuldienst erschöpften, schien Sandys Tatendrang ungebrochen. Sie begann, in ihrer Schule eine Reihe von Projekten ins Leben zu rufen, stellte dafür ein Fundraising auf die Beine, mobilisierte die Eltern der Kinder, sich einzubringen und war damit außerordentlich erfolgreich. Nebenher kümmerte sie sich um einzelne Schüler, die, wie sie meinte, es besonders schwer hatten, darunter der kleine Nabil, der ohne Mutter aufwuchs und im Klassenzimmer oft in Tränen ausbrach. Einfach so. Warum, brachte Sandy nicht aus ihm heraus.

Manchmal erzählte sie Homer von ihm und seinem Vater Khalil Mansour, einem Jemeniten aus Al Ghaydah an der Grenze zu Oman, der in den Sechzigerjahren als Kind mit seinen Eltern nach New York gekommen war. Natürlich war auch er in der Bronx aufgewachsen, hatte die meiste Zeit in einem kleinen Gemischt-warenladen seines Vaters verbracht, diesen später von ihm über-nommen und zu einem Deli der gehobeneren Klasse umgebaut. Khalil war von mittelgroßer Statur, hatte dunkle Haare, einen kräf-tigen Vollbart, und blaugraue Augen, die an einen marokkanischen Berber erinnerten. Homer hatte ihn einmal zusammen mit Sandy getroffen und mit Verblüffung festgestellt, wie freundschaftlich die beiden miteinander umgingen. Seine Augen hatten es ihr angetan, schätzte er. Khalil hatte offenbar keine Frau, dafür aber eine tra-ditionelle Großfamilie mit neun Geschwistern und einer Unzahl von Neffen und Nichten. Er sprach nach Sandys Erzählungen nur ungern darüber, wo die Mutter seines Sohnes abgeblieben war, erging sich in Andeutungen. Irgendein Unglück war passiert. Sie wusste es auch nicht genau.

Dafür begann er, Sandy zu unterstützen, zunächst mit Gebäck und Kaffee zu den Events, die sie in der Schule veranstaltete, schon bald auch bei Projekten. Gemeinsam mit Khalil organisierte sie eine Vielzahl von Veranstaltungen, darunter einen mehrmonatigen Kunstkurs mit einer Slam-Künstlerin, die ihr Steve empfohlen hatte. Dafür wiederum bekam sie Geld von Matt, der sich hatte überreden lassen, das Projekt zu finanzieren. Mit Matts Engagement stieg ihre Akzeptanz innerhalb der Familie. Andere, auch Hank und Josie, taten es Matt nach.

»Es war unglaublich, wie Sandy die ganze Familie aktivierte«, sagte Homer nachdenklich. »Sie lebte, wie ich damals dachte, in einem geschlossenen System. Nur auf der anderen Seite, sozusagen. Alles passte zusammen und machte ausnahmslos Sinn. Wenn so viel Sinn da ist, kannst du nicht scheitern.«

Es war weit nach Mitternacht, die Bar des Solar hatte sich gefüllt.

»Sogar Steve, den Künstler, hatte sie dazu gebracht, einmal in der Woche nachmittags mit den Kindern zu malen. Unentgeltlich«, fuhr er mit Stolz und einem gewissen Erstaunen fort, als könnte er es eigentlich nicht glauben. »Ich meine, Steve war zu der Zeit kein ganz Unbekannter mehr. Hin und wieder las man von ihm, meistens Ausstellungsbesprechungen oder Hinweise darauf.«

»Seid ihr euch in der Zeit wieder etwas nähergekommen?«, fragte ich.

Homer überlegte einen Moment, ging aber darauf nicht ein.

»Es ging noch viel weiter. Ich habe dir ja erzählt, dass Steve aus einer recht wohlhabenden Familie kam. Steves Eltern hat sie gleich mit eingespannt. Ich glaube, seine Mutter mischt ordentlich mit. Sie kommt aus der Literaturszene, nicht sehr erfolgreich, sie hat aber begonnen, mit den Schülern zu dichten.« Er lachte.

»Sandy muss Charisma haben, sonst würde es nicht funktionieren.«

»So habe ich das noch nie gesehen. Aber wahrscheinlich hast du recht. Matt hat ihr dann vorgeschlagen, ihr Engagement in den vielen Projekten organisatorisch auf eine solide Grundlage zu stellen und die Finanzen zu führen. Ich weiß nicht, ob er das über sein Büro laufen ließ oder ob Kate geholfen hat. Der Verein hat sich jedenfalls zu einem recht umfangreichen Sozialprojekt ausgewachsen. Und Matt mittendrin!«

»Matt war mittendrin, meinst du?«, fragte ich ungläubig.

»Oh ja – verrückt. Matthew Shaffer, der Soziale, ich konnte es kaum glauben. An der Wall Street verdiente er jahrelang mehr als genug. Und jeder von uns wusste, wie man dort in der Zeit sein Geld machte. Diejenigen, die etwas auf sich hielten, banden sich nebenher ein Engagement ans Bein. Da hat er sich das abgeschaut, denke ich. Und Sandy kam ihm gerade recht. Machte sich ja auch nicht schlecht auf der Homepage seiner Firma.«

Homer schüttelte den Kopf und lächelte.

»Sein Engagement für das fortlaufend wachsende Sozialprojekt seiner Cousine hatte für ihn auch eine andere Seite. Er hatte weiterhin mit Sandy zu tun und auch jeden erdenklichen Grund, sie, wenn er nach New York kam, zu sehen.«

16

Sandy hatte es tatsächlich geschafft, die gesamte Familie auf ihre Seite zu ziehen. Dank ihrer entdeckten Hank und Josie, Lea, die Zwillingsonkel ihr Interesse an sozialem Engagement. Was ihr früher mit ihrem Liebreiz gelang, erledigte sie heute aufgrund ihrer felsenfesten Überzeugung, dass es in der amerikanischen Gesellschaft endlich gerechter zugehen müsste.

»Wenn nur ein jeder an seiner Stelle einen Beitrag dazu leistete, dann würde das tatsächlich gelingen«, sagte sie einmal der gesamten Familie in den Brooklyn Heights.

Die Familie schwieg zunächst, dann aber ergriff Matt das Wort. Und Homer traute seinen Ohren nicht.

»Im Grunde hat Sandy recht. Nicht jeder ist in der Lage, sich sein eigenes Glück zu schmieden«, sagt er. »Was können Kinder dafür, wenn sich Eltern nicht um sie kümmern?«

»Gar nichts«, setzte Sandy nach und es klang, als hätten sich die beiden abgesprochen. »Sie balancieren am Abgrund, haben keine festen Jobs und wissen manchmal nicht, wovon sie die Lebensmittel bezahlen sollen, damit ihre Kinder etwas zu essen haben.«

Immer mehr ließ sich die Familie auf ihre Argumente ein. Lea berichtete davon, wie schwer es Einwandererkinder in einer Gesellschaft hätten, die ihnen mit rassistischen Vorurteilen begegnet.

»Dann sollten sie wenigstens gut ausgebildet sein«, setzte Lea noch dazu, was wiederum Madeleine auf den Plan rief.

»Es gibt genügend Beispiele dafür, dass es in Amerika noch jeder schaffen kann«, warf sie in die Debatte ein.

»Ach ja?«, gab Sandy zurück. »Und warum sorgen dann die Eltern deiner Schüler dafür, dass ihre Kinder in diesen wohlbehüteten Zirkeln aufwachsen? Gesellschaftlich ist das mehr als unfair. Weil sie Angst haben, dass ihre Kinder es niemals aus eigener Kraft nach oben schaffen würden. Und sie haben recht. Tatsächlich gelingt es nur in den seltensten Fällen. Meine Schüler werden sich, wenn wir ihnen nicht helfen, später mit prekären Jobs über Wasser halten und schon nicht in der Lage sein, sich eine Wohnung dort zu suchen, wo für ihre Kinder die Welt in Ordnung ist.«

Darauf hatte Madeleine nichts zu erwidern und schwieg. Stattdessen sprang Sandy ausgerechnet Madeleines Mutter bei:

»Was können wir denn tun?«, fragte Lea.

Homer beobachtete, wie Madeleine einen hilfesuchenden Blick zum Himmel warf. Sandy berichtete derweil von den Aktivitäten ihres Vereins, den sie an der Schule gegründet hatte. Natürlich brauchte sie Geld. Aber nicht nur das. Auch Engagement war ihr willkommen. Und dann zählte sie eine Reihe von Aktivitäten auf, mit denen sich die Familie durchaus würde einbringen können. Als Erstes nannte sie eine Art Frühstücksdienst, den sie in der Schule organisieren wollte, weil sie festgestellt hatte, dass viele Kinder hungrig zur Schule kamen. Und wer hungrig war, konnte nicht lernen. Mit diesem Vorschlag hatte sie Lea an ihrer Seite, die sich ganz plötzlich bereiterklärte, sich hier zu engagieren.

Homers Sache war persönliches Engagement dagegen nicht. Er beschränkte sich darauf, Sandy finanziell zu unterstützen.

Mit Argwohn beobachtete die Familie derweil die zunehmende Nähe zwischen Sandy und Khalil, dem Vater des kleinen Nabil, der Sandy ans Herz gewachsen war. Homer bekam das zunächst gar nicht mit. Es fiel ihm nur auf, dass sein Vater ihm gegenüber den Namen immer einmal wieder erwähnte und ihm, als er nachfragte, berichtete, dass dieser Araber in Sandys Leben eine gewisse Rolle zu spielen schien.

»Sie spricht häufiger von ihm, wenn sie mit Josie telefoniert«, sagte Hank Homer.

»Und?«, fragte Homer betont arglos.

»Keiner von uns weiß so genau, in welcher Beziehung sie zu ihm steht.«

Herausfordernd schaute Homer seinen Vater an.

»Du meinst, ob er ihr Freund ist? Dann fragt sie doch einfach?«, sagte er zu Hank.

»Das haben wir uns bisher nicht getraut. Und Josie will es auch lieber nicht so genau wissen. Er ist Araber. Wenn die zwei ein Paar wären, würde sie die Krise kriegen.«

»Nur weil er ein Araber ist?«, gab Homer zurück. »Oder weil er ein Deli betreibt und es nicht in die Top-Etage irgendeiner Firma gebracht hat? Ich bitte euch.«

Der Unsicherheit ihrer Eltern und damit der Großfamilie, die sich über Sandy und den alleinerziehenden Khalil bereits das Maul zerriss, sollte Sandy allerdings nach einiger Zeit ein Ende bereiten. Sie hatte Khalil gebeten, für eine der Familienzusammenkünfte in den Brooklyn Heights das Catering zu organisieren. Es sollte unbedingt orientalisch zugehen. Tana kochte schon lange nicht mehr selbst, legte aber immer noch das Menü fest, das dann von Lea, Madeleine und Sandy zubereitet wurde. Das Kochen gehörte zu den Familientreffen seit jeher dazu. Und keiner hatte es jemals gewagt, diese Tradition infrage zu stellen. So war es Sandy, der es gelang, ihrer Großmutter die Erlaubnis einer Ausnahme abzuringen, um Khalil mit dem Catering zu beauftragen. Homer gestand sie, dass sie Khalil damit einen netten Nebenverdienst besorgte, den er und sein Deli gut gebrauchen konnten.

»Ich erinnere mich noch genau, wie Khalil mit seinem Wagen vor unserer Haustüre parkte und er und Nabil begannen, unendlich viele Platten ins Haus zu tragen«, erinnerte sich Homer. »Mit ihren dürren Beinen liefen die beiden immer wieder die Treppe zur Haustüre hoch und runter.«

»Und wie hat die Familie reagiert?«

»Lea kannte Khalil ja schon durch das Frühstückprojekt. Sie mochte ihn und hatte von ihm im Familienkreis das eine oder andere auch schon erzählt. Ein bisschen sonderbar wurde es an jenem Tag nur, als Madeleine plötzlich feststellte, dass an Tanas Esstisch für zwei zusätzliche Personen eingedeckt war?«

Madeleine habe sich noch darüber amüsiert, dass sich Sandy wohl verzählt habe, und einen hässlichen Witz gerissen:

»Ist es so schlimm in der Bronx, dass man sogar als Lehrerin das Zählen verlernt«, spottete sie.

Seine Schwester sei plötzlich sehr ernst geworden, erinnert sich Homer, und habe den Kopf geschüttelt.

»Mitnichten, Madeleine«, giftete sie zurück. »Khalil und Nabil essen mit.«

Mit einem Schlag verstummte die Familie. Alle schauten sie ungläubig an. Hatten sie richtig gehört? Ein libanesischer Deli-Betreiber aus der Bronx an ihrer Tafel – ausgerechnet am Schabbat?

Sandy schaute Homer unwillkürlich an. Seit ihm das Haus gehörte, war er zumindest an den Wochenenden, an denen sie sich trafen, derjenige, der am Ende das Sagen hatte.

»Es war richtig seltsam«, sagte Homer weiter. »Die Familie erwartete von mir natürlich, dass ich die unangenehme Aufgabe übernehmen würde, Sandy zu sagen, dass Khalil sicher ein willkommener Caterer war, keinesfalls aber ein Teil der Familie, der sich ganz selbstverständlich mit uns gemeinsam an den Tisch setzte.«

Tatsächlich fühlte sich Homer für ein paar Sekunden überfordert. Er blickte sich um, wollte wissen, wo sich Khalil und sein Sohn aufhielten, und stellte mit Beruhigung fest, dass sie in der Küche die Folien von den Platten nahmen. Dann wandte er sich wieder Sandy zu.

»Rechnet Khalil damit, dass er gemeinsam mit uns am Tisch sitzt?«

Sandy nickte: »Ich habe ihm gesagt, dass er zum Essen bleiben soll. Und Nabil gleich mit.« Für eine Sekunde wartete Sandy auf Homers Reaktion. Dann beeilte sie sich nachzuschieben: »Wir können die beiden doch nicht einfach wieder wegschicken, Homer. Es war meine Idee, nicht seine.«

Homer lächelte in die Runde, dann schaute er Sandy an.

»Gut, wenn du das so ausgemacht hast, dann bleiben sie natürlich.«

Keiner traute sich zu widersprechen, was Homer mit Genugtuung und einer gewissen Schadenfreude zur Kenntnis nahm. Er wusste, dass die Anwesenheit von Khalil und seinem Sohn die Familie zutiefst verunsicherte. Er hätte, wie er mir sagte, auch gar keine andere Chance gehabt, als Sandy ihren Willen zu lassen. Denn erstens wollte er es sich mit ihr nicht wieder verderben, nachdem sich endlich alles so gefügt hatte, dass sein Versagen damals am Meer in ihrer beider Verhältnis keine dominierende Rolle mehr zu spielen schien. Und zweitens hatte er damit etwas bei Sandy gut. Das konnte nicht schaden. Schließlich war er sich nicht sicher, wie lange sie die Vergangenheit wirklich ruhen lassen würde. Außerdem bereitete ihm die Tatsache, die Familie ein bisschen durcheinanderzubringen, Vergnügen. Jetzt mussten sich die anderen wohl oder übel seinem Votum fügen. Und das tat gut.

Unangenehm war ihm, wie mütterlich Sandy mit dem kleinen Nabil umging und wie sie immer wieder ihre Hand auf die von Khalil legte, der neben ihr saß. Der hatte bisher kein Wort gesprochen. Die Situation bereitete auch ihm Unbehagen. Homer zog die Augenbrauen hoch und schaute seine Schwester fragend an. Sie lächelte zurück und nickte. Der Familie hingegen schien das gar nicht aufzufallen. Sie waren so sehr damit beschäftigt, sich von Khalils Platten zu bedienen, dass ihnen Sandys Bekundungen der Zusammengehörigkeit mit Khalil entgingen.

Als die Platten weitgehend geleert waren und sich alle auf ihren Stühlen zurücklehnten, stand Sandy unvermittelt auf.

»Ihr dürft jetzt alle mal tief durchatmen«, sagte sie mit einem selbstbewussten Lächeln, mit dem sie – da war sich Homer sicher – ihre innere Aufregung überspielte.

»Khalil ist der Mann an meiner Seite. Ich bitte euch, ihn so offen aufzunehmen, wie das unserer Tradition entspricht.«

Dann schaute sie zu Khalil hinunter und zwinkerte ihm zu. Es war kaum zu übersehen, wie angespannt er war. Innerlich wand er sich, wäre wohl am liebsten umgehend verschwunden. Sandy indes klopfte ihm auf den Arm, beugte sich ganz dicht an sein Ohr und flüsterte etwas hinein.

Erst da fiel Homer auf, wie vertraut die beiden miteinander umgingen. Nicht nur Lea, auch Matt, Kate und Josie kannten ihn bereits von der gemeinsamen Vereinsarbeit für die Schule und hatten beide auch schon zusammen erlebt, gesprochen aber hatten nur Josie und Hank über ihn.

»Weißt du«, sagte Homer, nachdem er sein Glas geleert hatte, »für die Familie war das ein Schock. Dadurch dass Tana sich mit einem Christen eingelassen, aber vereinbart hatte, dass ihre Kinder im jüdischen Glauben erzogen werden, herrschte in der Familie eine gewisse Offenheit. Zumindest dachte ich das immer. Aber ich erinnere mich noch, was Lea Madeleine in meinem Beisein einmal gesagt hat.«

»Nämlich?«, fragte ich.

»Wenn du mich richtig unglücklich machen willst, schaffst du das, indem du jemanden heiratest, der nicht jüdisch ist.«

Homer schaute mich an und schüttelte den Kopf. Dann fuhr er fort:

»Ich glaube, mit der Offenheit in unserer Familie ist das so eine Sache. Da hat Tanas Ehe mit Herb nicht geholfen. Im Gegenteil. Das Traditionsbewusstsein ist viel stärker. So jedenfalls kommt es mir vor.«

»Du wirkst aber gerade nicht so ...«, gab ich zurück und stockte mitten im Satz.

Denn plötzlich fiel mir auf, dass ich überhaupt keine Ahnung hatte, mit was für Frauen Homer sich die Zeit vertrieb. Er schaute mich nachdenklich an, fuhr sich mit der Hand über das vom Bartwuchs verdunkelte Kinn und überlegte.

»Ich glaube nicht, dass Religionszugehörigkeit für mich eine besondere Rolle spielt«, ergänzte er, schaute versonnen durch die Glasscheiben auf das nächtliche Berlin, als würde er in Gedanken seine gesammelten Beziehungen und Affären noch einmal durchgehen, um den Anteil derer zu bemessen, die nicht jüdisch gewesen waren und sagte dann:

»Nun hatte ich so oder so eine Außenseiterposition inne – dynastisch bedingt. Aber die Großfamilie war sichtlich schockiert.«

Nach Sandys Auftritt an jenem Sonntag war mit einem Schlag jegliche Unterhaltung verstummt, als habe seine Schwester eine schwere Decke über die Tischgesellschaft geworfen. Sandy wartete nicht lange, erhob sich wieder und begann, mithilfe von Khalil das Geschirr in die Küche zu tragen und die Platten zu stapeln. Die anderen blieben noch eine Weile sitzen. Der Kaffee, den sie normalerweise alle gemeinsam im Wohnzimmer einnahmen, fiel aus. Keiner hatte sich auf Sandys Frage, wer noch Kaffee und Gebäck haben wolle, gemeldet.

Madeleine war schließlich die Erste, die sich entschuldigte. Sie habe noch eine Sportverabredung, sagte sie, und müsse jetzt nach Hause, um sich umzuziehen. Matt und Kate sprangen ebenfalls auf – mit einem »Da schließen wir uns an«. Matt, das war Homer noch aufgefallen, würdigte Sandy nicht eines Blickes. Er kam noch nicht einmal auf die Idee, sich bei ihm, Homer, zu verabschieden, geschweige denn einen Kommentar gegenüber Khalil abzugeben, der sie immerhin alle bekocht hatte. Wenig später waren auch die anderen verschwunden. Keiner von ihnen hatte noch in der Küche vorbeigeschaut, um sich bei Sandy oder gar bei Khalil zu bedanken.

Als alle gegangen waren und Homer die Haustüre hinter ihnen geschlossen hatte, wandte er sich um, ging ins Esszimmer, sammelte ein paar Gläser zusammen und trug sie in die Küche.

»Ganz schön mutig«, sagte er zu Sandy gewandt und lächelte sie an.

Erst als sie sich im zuwandte, merkte er, dass ihr Tränen über die Wange gelaufen waren.

»Was seid ihr für eine Familie!«, fuhr sie ihn an.

Ihre dunklen Augen blitzten.

»Mom und Dad bekommen die Klappe nicht mehr auf. Alle Welt schaut dich an und du sagst ebenfalls kein Wort. Du hast mich hängen lassen.«

»Moment mal«, sagte Homer, trat einen Schritt auf sie zu, als wolle er sie in den Arm nehmen – nach vielen Jahren das erste Mal wieder. »Ich war überrascht. Damit hatte ich nicht gerechnet. Und ehrlich gesagt hatte ich das Gefühl, dass alle anderen schon im Bilde waren, nur ich noch nicht.«

»So ein Blödsinn. Es geht hier doch gar nicht um dich. Und: Was ist unsere Familie für eine Mischpoke? Khalil ist für sie nichts anderes als eine Servicekraft. Ein Muslim, der kocht, nichts weiter. Keiner von euch hat mit ihm ein Wort gewechselt oder sich für seinen ganzen Einsatz bedankt.«

»Ach, Sandy, du kennst sie doch alle seit Jahren. Sie werden sich schon beruhigen und langsam an den Gedanken gewöhnen, dass Khalil und du zusammen seid.«

Homer sprach weiter versöhnlich auf sie ein. Khalil war derweil zum Auto gegangen, um die ersten Kisten zu verstauen. Nabil hatte sich aufs Sofa im Wohnzimmer gelegt und war schon vor einer halben Stunde eingeschlafen. Er hatte glücklicherweise von alledem nichts mitbekommen.

»Soll ich dir etwas sagen?«, fragte Homer mich unvermittelt. »Für mich war das damals eine weitere Chance. Wenn ich mich auf Sandys Seite schlug, dann würde sie mir irgendwann vielleicht ganz verzeihen.«

»Kannst du nichts ohne Berechnung machen, einfach mal nur von Herzen?«

»Hm ... ich weiß nicht. Ich mochte Khalil eigentlich ganz gerne. Sandy tat er gut. Warum also sollte ich etwas gegen ihn haben. Nun kam mir die familiäre Ablehnung natürlich in meinem schwierigen Verhältnis zu meiner Schwester zugute.«

Es gab auch noch einen anderen Grund, warum er weniger Schwierigkeiten hatte, die neue Beziehung seiner Schwester zu akzeptieren. Und das war Matt. Sandy, so seine Hoffnung, würde damit ein für alle Mal von Matt loskommen. Sie sahen sich nicht mehr so häufig und wenn, dann – so die Annahme von Homer – nur noch hin und wieder in den Brooklyn Heights, wenn Matt mit seiner Familie zu Festtagen nach New York geflogen kam. Aber er wusste auch nicht alles.

»Im Grunde«, schloss er seine Erzählung dieses denkwürdigen Treffens im Hause seiner Großmutter, »habe ich manches erst sehr viel später begriffen. Vor allem, dass Matt weiterhin häufiger in New York war, als ich angenommen hatte. Und das nicht nur aus beruflichen Gründen.«

17

Die meisten Gäste hatten die Bar inzwischen verlassen. Bald würden auch wir gehen müssen. Das sagte ich Homer, obwohl ich ahnte, dass er noch lange nicht zu Ende erzählt hatte.

»Willst du noch mehr hören?«, fragte er unvermittelt. »La grande finale – und was mich derzeit wirklich bewegt.«

Ich schaute auf die Uhr. Es war inzwischen kurz nach zwei Uhr morgens.

»Die schließen gleich«, gab ich zurück.

Homer überlegte, holte einmal tief Luft und schlug mir vor, ins Hotel de Rome zurückzukehren. Wir könnten uns dort in die Hotelbar begeben oder nach oben. Er hatte eine mittelgroße Suite gebucht, wie er mir sagte, um auch bei geschäftlichen Treffen nicht auf die Räume seiner Verhandlungspartner angewiesen zu sein.

»Wenn du in Verhandlungen etwas erreichen willst, ist der erste Schritt, noch bevor du die Agenda setzt, dass deine Verhandlungspartner zu dir kommen und deine Gäste sind, nicht umgekehrt«, erklärte er mir, »Herr der Räumlichkeiten, Herr des Verfahrens, bessere Chancen. So einfach ist das.«

Er winkte Kellner zu sich heran, bestellte die Rechnung, bestand darauf, mich ein weiteres Mal einzuladen, legte ein großzügiges Trinkgeld drauf, stand auf, um seine Kreditkarte wieder in der Hosentasche zu verstauen – eine Geldbörse besaß er nicht, weil er nie bar bezahlte und wies mit einer Kopfbewegung Richtung Ausgang. Auf der Straße fragte er mich tatsächlich nach einer Zigarette.

»Normal rauche ich nicht. Aber jetzt ist mir danach«, entschuldigte er sich.

Ich gab ihm meine Schachtel und das Feuerzeug. Rauchend gingen wir nebeneinanderher. Nach ein paar Minuten schaute Homer mich fragend an.

»Lass uns zum Hotel laufen«, sagte ich. »Wir sind gleich in der Friedrichstraße am Checkpoint Charlie. Und dann müssen wir nur noch eine Viertelstunde geradeaus. Ein Taxi lohnt sich nicht.«

Er nickte. Wir hatten uns einige Stunden nicht bewegt, so dachte ich, da wären wahrscheinlich auch ihm ein paar Schritte recht. Es war noch spätsommerlich warm in jenem Oktober, ein lauer Wind trieb ein paar dunkle Wolken über den städtisch erleuchteten Herbsthimmel.

Homer hatte seine Suite in den vergangenen zwei Tagen tatsächlich in eine Art Office verwandelt. Auf dem niedrigen Couchtisch standen zwei aufgeklappte leuchtende Notebooks, die er aus irgendeinem Grund nicht heruntergefahren hatte. Zumindest auf einem waren verschiedene Felder mit allerlei Tabellen und Kurven zu sehen. Meiner Meinung nach handelte es sich um die Bloomberg-Oberfläche. Aber ich fragte nicht weiter. In der Garderobe hing ein Anzug, frisch aus der Reinigung in Schutzfolie gehüllt, dazu ein hellblaues Hemd mit weißem Kragen und Manschetten. Seine schwarzen Budapester standen darunter.

»Setz dich«, forderte er mich auf. »Was möchtest du noch trinken?«

Statt mich auf eines der Sofas fallen zu lassen, trat ich ans Fenster. Die Kuppel des Französischen Doms am Gendarmenmarkt, die sich unmittelbar vor dem Fenster erhob, erschien aus dieser Perspektive deutlich gewaltiger als von unten.

»Amie, meine Assistentin, hat das hier ausgesucht. Sie versucht immer, etwas Besonderes zu finden, damit mir das Reisen nicht so schwerfällt. Das macht sie großartig.«

»Wusste gar nicht, dass du so ungern unterwegs bist.«

»Ach, wenn man mehr als 200 Tage im Jahr um die Welt reist, dann hat man schnell genug davon.«

»Seit wann arbeitest du eigentlich mit Amie?«

»Ein paar Jahre schon. Erstaunlicherweise, muss man sagen.« Homer lachte. »Normalerweise hält es niemand sehr lange mit mir aus.«

Das war vorstellbar. Ich war mir sicher, dass er unangenehm scharf werden und einen seine Unzufriedenheit deutlich spüren lassen konnte, und wollte nicht wissen, wie herablassend er mit den Mitarbeitern umging, die seinem Arbeitstempo und seiner Intelligenz nicht gewachsen waren.

»Und weißt du was? Amie ist die erste Sekretärin, die ich mir nicht selbst ausgesucht habe.«

»Sondern ...«

Homer lächelte erneut und schüttelte den Kopf.

»Sie hat mich ausgesucht, wenn du so willst. Sie stand eines Tages bei mir im Büro, nachdem mir ihre Vorgängerin mit der Begründung gekündigt hatte, sie würde den Druck nicht mehr ertragen und käme auch nicht damit klar, wie ich – angeblich – meine Mitarbeiter behandelte. Es hatte sich in unserer Kanzlei schnell herumgesprochen, dass ich wieder jemanden brauchte. Mein Partner hat mich verspottet und mir prophezeit, dass ich wahrscheinlich überhaupt niemanden mehr fände – bei meinem Ruf. Der Abgang meiner – ich weiß nicht wievielten – Sekretärin war sicher auch Gesprächsthema unter den Mitarbeitern. Ich schätze, so ist Amie zu Ohren gekommen, dass der schreckliche Homer Spiegelman wieder eine

Sekretärin verschlissen hatte. Und rate, weshalb sie sich beworben hat?«

»Keine Ahnung, weil du alle hast wissen lassen, dass es nur eine Frage des Geldes sei?«

»Nein. Das geht gar nicht. Da haben wir ein System, das für eine gewisse Gleichbehandlung sorgt. Sie kam wegen einer Wette. Das hat sie mir damals sofort erzählt. Mit Kolleginnen hatte sie um ein Wochenende in Paris gewettet, dass sie erstens den Job bei mir bekäme und dass sie es zweitens ein ganzes Jahr bei mir aushalten würde. Ich wusste bis dahin gar nicht, wie schlecht meine Reputation als Chef war. Aber das nur nebenbei. Ihre Aktion hat mich damals so beeindruckt, dass ich sie sofort genommen habe.«

Homer stockte einen Moment und fuhr dann fort:

»Na ja, für den ersten Teil der Wette war die Hürde auch nicht sehr hoch. Ich brauchte dringend jemanden. Und du kannst dir vorstellen, dass die Kolleginnen in der Kanzlei nicht gerade Schlange standen. Der zweite Teil war die eigentliche Herausforderung – offenbar. Sie musste es mit mir aushalten, wenn sie die Wette gewinnen wollte. Wobei ich behaupte, dass ich so unerträglich auch nicht bin.«

»Die Frage ist doch eher, ob du es mit ihr aushältst, nicht sie mit dir«, warf ich ein, denn das schien mir, so unduldsam und gnadenlos, wie Homer sein konnte, der Kern der Malaise seines Vorzimmers.

»Ja und nein, ich bin ja gar nicht oft da. Man muss mich also, wenn überhaupt, meistens nur am Telefon ertragen. Und zweitens bin ich nicht anspruchsvoll, solange jemand sehr gut arbeitet …«

»… was sie ja offensichtlich tut.«

»Das sowieso. Aber …«, Homer stockte abrupt. Er überlegte. Dann lächelte er und schüttelte den Kopf.

»Aber was?«, fragte ich neugierig.

»Aber sie ist ziemlich eigenwillig. Ich meine, sie ist die Erste, die mir sagt, was gut für mich ist und was nicht. Es ist vollkommen verrückt, wie häufig sie recht behält. Sie hat eine Menschenkenntnis, die ich so noch nie erlebt habe. Und schon gar nicht habe ich erlebt, dass es mir nicht schwerfällt, ihre Entscheidungen zu akzeptieren. Das geht jetzt schon über vier Jahre so.«

Seinen Erzählungen nach lag das daran, dass sich Amie nicht aus der Ruhe bringen ließ. Im Gegenteil. Sie strahlte die Ruhe aus und sorgte dafür, dass Homer seinerseits ruhiger wurde – meinte er zumindest. Nicht, dass er an Effizienz einbüßte. Er behauptete, eher das Gegenteil sei der Fall. Aber seit sie in seinem Vorzimmer saß, schloss er die Türe nicht mehr. Er ließ sie halb offen, wie er mir erzählte, und konnte es selbst kaum glauben. Anfangs war ihm das gar nicht aufgefallen.

»Noch verrückter aber ist, dass ich ganz froh bin, wenn sie da ist. Wenn ich ihre Stimme höre, dann beruhigt mich das. Außerdem lacht sie oft am Telefon. Sie ist«, er überlegte kurz dann fuhr er fort, »na ja, bunt, würde ich sagen. Wenn sie spricht und lacht, sehe ich seltsamerweise Farben.«

Ich erinnerte mich daran, wie er mir vor mehr als zwanzig Jahren die Auswirkungen des Todes seiner Mutter auf seinen Alltag beschrieben hatte: Die Farben seien aus seinem Leben verschwunden. Wenn auch nicht für immer, so doch offenbar für lange Zeit. Dass er jetzt im Zusammenhang mit Amie von Farben sprach, ließ mich aufhorchen.

»Sie ist tatsächlich die erste Sekretärin, die mir nicht nach ein paar Monaten auf die Nerven ging. Und inzwischen weiß ich auch, warum.«

Fragend muss ich ihn angeschaut haben. Denn er fuhr umgehend fort:

»Sie hat sich nicht einen Moment von mir verunsichern lassen. Gleich am zweiten Tag bin ich unwirsch geworden, weil sie einen Mandanten nicht schnell genug erreicht hat. Ich habe sie angeherrscht. Sie hat mich angeschaut, mich darauf hingewiesen, dass ich so mit ihr nicht umspringen sollte, weil sie sonst das Jahr nicht überstehen würde, um die Parisreise zu gewinnen. Darauf möge ich freundlicherweise Rücksicht nehmen. Und außerdem sei es offenbar nicht so, dass alle Welt auf mich warten würde. Manchmal müsse eben auch ich warten.« Homer schüttelte den Kopf. »So etwas hatte ich bis dahin noch nie zu hören bekommen. Und das alles hat sie in vollkommener Ruhe und unglaublich freundlich vorgebracht. Ich war sprachlos. Und konnte ihr davon überhaupt nichts übelnehmen. Am Ende habe ich mich sogar entschuldigt.« Er schüttelte den Kopf und lachte. »Entschuldigt. Ich!«

Sie habe ihn damit bereits am zweiten oder dritten Tag auf ihre Seite gezogen, konstatierte er. Plötzlich sei er nicht mehr ihr Chef, sondern Kollaborateur ihrer Wette gewesen, der ihr helfen musste, ihre Parisreise im kommenden Jahr in trockene Tücher zu bringen. Seinetwegen, so hatte er bald danach für sich entschieden, sollte sie diese Wette und damit die offenbar so sehr ersehnte Tour nicht verlieren. Fortan strengte er sich an. Und es fiel ihm noch nicht einmal schwer.

»Sie ist ein außerdem sehr kreativ«, fuhr Homer fort. »Manchmal bucht sie mir ein Hotel und zwischen meinen Terminen einen Physiotherapeuten oder einen Personal Trainer für den Fitnessraum. Am Anfang fand ich das unmöglich. ›Probieren Sie es doch einfach mal, Chef. Erst dann können Sie sagen, dass Ihnen das nicht bekommt‹, hatte sie insistiert und mich dabei derart angestrahlt, dass ich sie nicht enttäuschen wollte. Irgendwann lag an der Rezeption mal ein Artikel, den ich lesen sollte und der so gar nichts mit dem Geschäft zu tun hatte. In solchen Fällen sagt sie, ich müsse zwischendurch meinen Gedanken anders fokussieren, um wieder aufnahmefähig zu sein. Oder sie schickt mich in irgendein Museum, mit der Begründung, gute Bilder würden gutes Karma schaffen und damit auch gute Geschäfte. Neulich in London hat sie mir abends um 23 Uhr noch einen Meditationslehrer aufs Zimmer geschickt. Stand jedenfalls auf der Terminliste. Er ist tatsächlich gekommen. Ich habe 45 Minuten auf dem Boden gesessen und geatmet. Und für ein paar Sekunden mal an nichts gedacht.«

Ich staunte. Spätestens bei der Schilderung seiner Erfahrung mit dem Meditationslehrer musste ich lachen.

»Da gibt's nichts zu lachen«, sagte er und wurde plötzlich ernst. »Ich nehme das alles wahr. Nicht ein einziges Mal habe ich gesagt, dass ich das nicht will. Ich gehe ins Fitnessstudio, ich meditiere, ich lese bestimmte Dinge, spirituelles Zeug. Ich stehe plötzlich in einer Ausstellung. Und jedes Mal danach stelle ich fest – es ist mir gut bekommen.«

Erneut schüttelte Homer ungläubig den Kopf.

»Sie weiß inzwischen auch ziemlich viel über mich.«

»Und die Reise nach Paris?«, fragte ich.

»Die hat sie tatsächlich gewonnen. Ich habe mich aber auch wirklich zusammengerissen. Sie ist dann mit der befreundeten Kollegin und deren Mann, einem Steward, nach Frankreich geflogen. Ich habe ihr Freitag und den Montag auch noch freigegeben, natürlich nur unter der Bedingung, dass ich sie zur Not dennoch erreichen kann. Offenbar hatten sie über den Mann ihrer Freundin sehr günstige Flüge bekommen. Da sie mir gegenüber den Namen ihrer Kanzleifreundin zwischendurch mal erwähnt hatte, habe ich sie in der

Kanzlei auf die Wette angesprochen und sie angewiesen, auf meine Kosten für drei Nächte zwei Zimmer im Royal Monceau zu buchen, was sie natürlich nicht wollte.«

»Wow.«

»Ja, fand ich auch. Aber die Vorstellung, Amie damit zu überraschen, machte mir Freude. Das Hotel unweit des Arc de Triomphe hatte sie sich verdient, dachte ich. Sie rief mich gleich am ersten Abend an, bevor sie zum Essen gegangen sind. Total frappiert und überglücklich. Ihre Freundin hatte ihr da wohl erzählt, dass das Hotel auf meine Kosten ging. Ich war in jenen Tagen in Asien und von der Zeit her acht Stunden voraus. Die Zeitverschiebung hatte sie vor lauter Aufregung nicht auf dem Schirm. Um drei oder vier Uhr morgens klingelte mein Handy. Sie wollte sich bei mir spontan bedanken. Doch bekam sie zunächst kein Wort heraus. Sie hat vor Glück geweint.«

»Das war ja auch wirklich großzügig.«

»Weißt du, Amie hat es nicht immer leicht gehabt in ihrem Leben. Aber sie hat sich diese Ruhe bewahrt und so eine sehr praktische Lebensintelligenz. Irgendwie dachte ich damals, sie sollte es auch mal richtig guthaben. Das war mir wichtig. Seither schicke ich sie jedes Jahr einmal mit einer Freundin auf Reisen.«

»Mit einer Freundin? Hat sie denn keinen Mann?«

»Nein. Ich habe sie das irgendwann gefragt. Sie hat mir dann geantwortet, sie habe als Kind Dinge erlebt, da überlege man sich zweimal, ob man sich überhaupt noch einmal in eine wie auch immer geartete Beziehung begeben sollte.«

Sie war, so Homers Theorie, von ihren Eltern nicht gut behandelt worden. Mit 13 lief sie von zu Hause fort, mit 14 landete sie in einem presbyterianischen Mädchenheim, wo es sie endlich zur Ruhe kam. Einen Lebensgefährten hatte sie nicht.

»Aber da sie dann doch das Bedürfnis entwickelt hat, sich um jemanden zu kümmern, arbeitet sie sich seither an mir ab.«

Homer grinste. Dann ging er zu dem kleinen Sekretär hinüber, auf den er sein Smartphone abgelegt hatte. Er tippte ein wenig darauf herum, öffnete eine Mail, die offenbar von Amie war, kam zu mir herüber und klickte die Datei an, die sie mitgeschickt hatte. Darin befand sich ein Aufsatz zu einem Text aus der Papyrus-Sammlung im Ägyptischen Museum von Berlin: Gespräch eines Lebensmüden mit seiner Seele. »Eine der wichtigsten Wissenschaftlerinnen für

Hieroglyphen forscht in Berlin«, lautete Amies Kommentar, »sie hat den Text übersetzt und das dazu geschrieben. Das nächste Mal in Berlin hat sie Zeit für eine Führung durch die Sammlung.« Irgendetwas wollte Amie ihm damit sagen. Er überlegte lange. Aber er kam nicht darauf.

18

Es war lange her, dass Homer seine Eltern zu Hause getroffen hatte. Normalerweise kamen sie nach Downtown Manhattan, um sich von ihm an den Wochenenden zum Lunch einladen zu lassen. Doch dieses Mal sollte es anders sein. Hank hatte ihn eines Tages angerufen. Das war Anfang Mai 2012, noch wusste niemand von Matts Erkrankung, seine Mail, die er mit ›Richtungswechsel‹ überschrieben hatte, hatte er womöglich noch gar nicht verfasst. Vielleicht weil er selbst noch nicht ahnte, wie ernst das Schicksal ihm in kürzester Zeit mitspielen würde. Als Homer die drei Buchstaben ›DAD‹ auf seinem Handy erblickte, war er gleichwohl verunsichert. Normalerweise rief ihn sein Vater untertags nicht an, sondern meist erst am Abend.

»Ist was passiert?«, fragte Homer sofort.

»Ja«, antwortete Hank mit gewichtiger Stimme. »Kannst du vorbeikommen? Es gibt etwas, das du wissen solltest.«

Hank war kein guter Telefonierer. Er war immer kurz angebunden. Das kannte Homer seit Jahren und verzichtete deshalb darauf nachzufragen. Drei Tage später, an einem Sonntagnachmittag, machte er sich auf nach Astoria.«

Klein und eng erschien Homer sein Elternhaus, jedes Mal, wenn er dort vorbeischaute. Er kam einfach zu selten, war, wenn er überhaupt nach Brooklyn rüberfuhr, dann in den Brooklyn Heights, um nach dem Rechten zu sehen oder die Familie zu treffen. Hank und Josie hatten die Haustür neu gestrichen. Hellblau glänzte sie im Sonnenschein, mit einem Stich ins Lila. Auch die Fensterstöcke waren darauf abgestimmt. Das musste Josies Idee gewesen sein, mutmaßte Homer. Den Geschmack seines Vaters traf die Farbwahl wahrscheinlich weniger.

Sein Vater hatte ihn offenbar durch die dichten Gardinen des Wohnzimmers kommen sehen, denn die Haustüre öffnete sich, bevor Homer die drei Stufen zum Vorgarten hin hinaufgestiegen war.

Wie immer umarmten sie sich, bevor sein Vater ihn behutsam in den Flur und weiter Richtung Terrasse schob. Zu Homers Erleichterung standen dort zwar Gläser und zwei Wasserflaschen sowie der übliche dunkelbraune Eiswürfelkühler, allerdings kein Kuchen oder sonstiges Gebäck. Das hätte ihn zu sehr an früher erinnert, an die schier endlosen sonntäglichen Sitzungen mit Josies Familie, der er sich noch weniger zugehörig fühlte als seiner eigenen. Jedes Mal wollten diese Zusammenkünfte kein Ende nehmen.

Auch Josie schien sich über seine Anwesenheit zu freuen. Sie drückte ihn besonders fest, was Homer in dem Moment ernsthaft rührte. Mit feuchten Augen lächelte sie ihn an.

Auf der Terrasse war alles unverändert. Die Hollywood-Schaukel stand immer noch an der gleichen Stelle an der Wand zum Nachbarhaus. Sie war etwas in die Jahre gekommen, ächzte mit einem leisen metallischen Knirschen, als sich Homer wie gewohnt schwungvoll dort hineinwarf. Lediglich die Polster waren erneuert. Im Garten blühten die Hortensien. Sie waren Josies bevorzugte Blumenart, die sie so sehr favorisierte, dass sie alle anderen blühenden Stauden über die Jahre aus dem Garten entfernt hatte. Nur das Pampasgras weiter hinten hatte überlebt. Die Abwechslung tat dem Reihenhausgarten gut.

»So, Dad, was gibt es, das du so unbedingt mit mir besprechen willst?«

»Josie und ich machen uns große Sorgen«, erwiderte Hank. Bedrückt kniff er die Lippen zusammen. Seine Mundwinkel zeigten nach unten.

»Weshalb denn?«, fragte Homer. »Gibt es irgendetwas, das ich für euch tun kann?«

Sein Vater seufzte schwer, sodass Homer mit einem Mal die Befürchtung überkam, Josie könne ernsthaft erkrankt sein. Hank war gealtert, womöglich auch deswegen.

»What is it, Dad?«, insistierte er. »Sprich mit mir.«

Er wartete eine Weile. Dann platzte es aus seinem Vater heraus.

»Deine Schwester erwartet ein Kind.«

»Ein Kind?«, fragte Homer erleichtert. »Aber Dad, das ist doch nichts, worüber man sich Sorgen machen müsste.« Er lachte kurz und wurde wieder ernst. »Und Khalil ist der Vater? Ist es das?«

Hank schüttelte den Kopf. »Wir wissen es nicht.«

»Ihr wisst es nicht?«

»Sie hüllt sich in Schweigen«, antwortete Hank und zuckte mit den Schultern.

»Sie hüllt sich in Schweigen? Wie das denn?«

»Sie will es halt nicht sagen.«

»Seit wann wisst ihr es?«

Sein Vater legte die Stirn noch tiefer in Falten. »Seit drei oder vier Tagen. Ich habe dich danach sofort angerufen. Sandy hat also nicht mit dir gesprochen?«

Homer schüttelte den Kopf.

»Wer von der Familie weiß es schon, außer euch?«, setzte er nach.

»Im Moment nur wir drei, denke ich.«

»Hm. Freut ihr euch denn gar nicht. An sich ist das doch eine gute Nachricht. Nach deinem Anruf hatte ich etwas anderes erwartet.«

Verständnislos schaute Hank seinen Sohn an. »Du hast keine Ahnung. Josie ist krank vor Sorge. Sie befürchtet, dass Khalil der Vater ist, Sandy es ihr aber nicht sagen will, weil sie Angst hat, dass wir das nicht akzeptieren würden. Aber so ist das doch gar nicht. Für Josie ist vielmehr die Vorstellung, dass das Kind womöglich ohne Vater aufwächst, verstörend. Jetzt zweifelt sie an allem, fragt sich, was sie in der Erziehung falsch gemacht hat, dass Sandy so aus der Art schlägt.«

Unwillkürlich musste Homer lachen.

»Aus der Art schlägt. Weiß Josie nicht, wie viele Kinder ohne Vater aufwachsen? Ehrlich gesagt: Ihr seid alle gesund, da werdet ihr die Sache mit dem Kind doch wohl hinbekommen.«

»Frag mal Josie. Das sieht sie garantiert anders. Kannst du nicht mit deiner Schwester reden? Vielleicht ist es für sie leichter, dir zu sagen, wer der Vater ist.«

»Damit ich es euch gleich weitererzähle? Ach Dad, sicher nicht. Wenn sie es nicht sagen will, dann will sie nicht. Du kennst sie doch.«

Wieder wurde es still. Hank überlegte, setzte einmal kurz an, brachte aber kein Wort heraus.

Homer beendete die Stille.

»Ich kann Josie nicht verstehen. Solange Sandy nicht darunter leidet, müsst ihr das auch nicht. Wie geht es ihr denn?«

»Sie sieht fantastisch aus. Nicht mehr so fahl.«

Homer überlegte, wann er Sandy das letzte Mal gesehen hatte, konnte sich aber nicht erinnern. Es muss also schon eine ganze Weile her sein. Nur telefoniert hatten sie unlängst, es ging – mal wieder – um Geld, das Sandy für ein bestimmtes Projekt aufbringen wollte. Welches, daran erinnerte sich Homer nicht mehr genau. Mit 15 000 Dollar war er ihr beigesprungen.

Innerlich amüsierte sich Homer. Bald würden es auch die anderen Familienmitglieder erfahren. Die Nachricht würde sie in Aufregung versetzen. Alles, was Josie und Hank, was Matt und Madeleine, was Lea, ihrem Mann und den Zwillingsonkeln wichtig war und Tana womöglich wichtig gewesen wäre, hatte Sandy wieder einmal herausgefordert. Nach Jahren hatte die Familie ihre Arbeitsplatzwahl akzeptiert. Jetzt musste sie die Sache mit einem Kind verdauen. Und vor allem: Sollte Khalil doch der Vater sein, würde Sandy dann ihm zuliebe zum Islam übertreten?

Homer schob all die Gedanken beiseite. Was nützten sie ihm? Wollte er mehr wissen, würde er Sandy anrufen müssen. Und das möglichst bald. Dann würde er sie direkt darauf ansprechen, wer der Vater war. Er war fest entschlossen. Wieder zu Hause tippte er mehrfach Sandys Namen in seinen Blackberry, um ihn kurz darauf wieder zu löschen. Ein paar Tage ging das so. Am Ende traute er sich nicht mehr. Außerdem war es sich sicher, dass die Nachricht von Sandys Schwangerschaft inzwischen bereits die Gemüter der Großfamilie bewegte.

Khalil war seit jenem Mittagessen in den Brooklyn Heights nie wieder zu den Familientreffen gekommen. Überhaupt war von ihm schon lange nicht mehr die Rede gewesen. Auch wenn alle Khalil als Vater des Kindes wähnten, sprach man nicht darüber. Noch nicht einmal Matt schien in der Lage, Sandy die Wahrheit über die Abstammung ihres Kindes zu entlocken. So jedenfalls stellte es Josie dar.

Sie erzählte Homer zehn Tage später, als er noch einmal in Astoria bei ihnen vorbeischaute, sie habe Matt sogar gefragt. Doch gab auch er sich verschlossen wie nie, habe seinen Unmut über das vermeintliche Malheur mit einem entsprechend missbilligenden Gesichtsausdruck gezeigt und abgewunken. Vielleicht lag es daran, dass er damals schon sehr krank war, es allerdings noch nicht wusste. Die Nachricht seiner Erkrankung erschütterte die Familie wenig später.

19

Knapp vier Wochen nach dem Besuch bei seinem Vater saß Homer in der Delta Sky Lounge am internationalen Flughafen von San Francisco und wartete auf seine Verbindung zurück nach New York City. Zwei Whisky hatte er bereits getrunken, die jetzt ihre Wirkung entfalteten und den Schmerz erträglicher machten. Er wusste nicht, was in dem Moment emotional schwerer zu ertragen war – das abweisende Verhalten von Matt und Kate am Vortag, als er sie nach Matts Mail über seinen Richtungswechsel überraschend besucht hatte, oder die Tatsache, dass in Matts so vorbildlichem Leben irgendwann ein paar Zellen beschlossen hatten, aus ihrem Wachstumspfad auszubrechen und das Familienglück zu zerstören.

»A fortunate man« – das waren die Worte, mit denen Matt ihn verabschiedet hatte.

Als Homer mir in unserem letzten Gespräch davon erzählt hatte, wie sein überstürzter Besuch bei Matt in Los Angeles verlaufen war, unmittelbar nachdem der Cousin seine mit »Richtungswechsel« überschriebene Mail an die Familie versandt hatte, schien in seiner Erinnerung weniger der Schmerz, als vielmehr die Kränkung durch die Zurückweisung zu überwiegen. Homer war zutiefst verunsichert, dass ihn Matt und auch Kate nach ein paar Stunden aus ihrem Haus katapultiert hatten, welches sich, so schätzte Homer, binnen kürzester Zeit in das Krankenlager für einen Krebspatienten verwandeln würde.

Sandy war sofort am Handy.

»Was machst du in San Francisco?«, fragte sie ihn ohne Begrüßung.

Bevor er etwas sagen konnte, musste Homer erst einmal sein Erstaunen herunterschlucken. Niemand wusste, dass er kurzerhand nach San Francisco geflogen war. Und wenn es jemand wusste, dann schon gar nicht, warum. Aber Sandy war offenbar im Bilde.

»Woher weißt du, wo ich bin?«

»Wie kommst du eigentlich auf die Idee, dort einfach aufzutauchen?«, gab sie brüsk zurück, ohne auf seine Frage zu antworten.

Homer war derart vor den Kopf gestoßen, dass er sich erst einmal sammeln musste. Bevor er auch ihr gegenüber nach einer Rechtfertigung suchen würde, wiederholte er seine Frage.

»Woher weißt du, dass ich gestern nach San Francisco geflogen bin?«

Seine Schwester verweigerte ihrerseits die Antwort, senkte die Stimme, als würde sie die Waffen strecken. Homer führte diesen schnellen Umschwung auf ihre mentale Situation zurück. Sie war schließlich schwanger, dachte er sich, die Hormone machten sie weniger angriffslustig als sonst. Er hörte sie einmal tief durchatmen, fast seufzen wie jemand, der heftige Tränen vergossen hatte und sich nun von dem Anfall erholte. Nur wusste er nicht, ob seine Einschätzung stimmte.

»Wann landest du?«, fragte sie flüsternd.

»Gegen Abend, halb sieben. Warum?«

»Können wir uns treffen? Du hast Matts Mail auch gelesen. Ich kann nach so einer Nachricht nicht allein sein. Aber nur, wenn du Zeit hast …«

Ganz unvermittelt hörte Sandy auf zu sprechen. Homer wunderte sich, wähnte er sie doch in der Gesellschaft von Khalil und Nabil.

»Bist du allein?«, fragte er schon leicht besorgt zurück.

Aber sie gab ihm darauf keine direkte Antwort. Stattdessen sagte sie:

»Es gibt doch einen Grund, warum du mich angerufen hast. Es könnte der gleiche sein, weshalb ich mit dir heute Abend gerne sprechen würde. Überleg mal!«

Homer willigte ein. Sie hatte recht, schließlich hatte er ihre Nummer gewählt und nicht umgekehrt. Und natürlich hatte er Gesprächsbedarf.

Wieder in New York gelandet, bestieg Homer die Limousine, die ihm Amie organisiert hatte. Doch anstatt sich nach Hause chauffieren zu lassen, bat er den Fahrer, auf direktem Weg in die Bronx zu fahren. Er hatte seiner Schwester versprochen, sie abzuholen, um mit ihr vielleicht eine Kleinigkeit zu essen und über all das zu reden, was die Familie und – ehrlich gesagt – auch ihn bewegte. Es hatte ihn ja nicht nur die Nachricht erschüttert, dass Matts Tage gezählt waren. Da war auch noch die neue Lage seiner Schwester, die ein Kind erwartete und ihm davon bisher persönlich nichts gesagt hatte. Er wusste noch nicht einmal, ob er davon überhaupt wissen sollte und überlegte, wie er dieses Thema an diesem Abend auch noch unterbringen konnte. Wenn überhaupt.

Sandy sah müde aus, angeschlagen, hager. Das war Homer sofort aufgefallen. Sie hatte verquollene Augen. Er wunderte sich über ihren Zustand. Frauen guter Hoffnung hatte er sich bis dahin immer ganz anders vorgestellt: strahlend, siegessicher, pfirsichhautfarben. So hatte sie auch Hank zuletzt noch beschrieben. Jetzt aber hingen ihr die strähnigen Haare ins Gesicht und verdeckten die rot verschwollenen Augen.

»Als wir bei mir zu Hause ankamen, warf sie sich sofort auf mein Sofa, griff sich ein Kissen und begann umgehend wieder, ganz bitterlich zu weinen«, erinnerte sich Homer. »Ich war völlig perplex, wusste mir nicht zu helfen, als ihr vorzuschlagen, ob wir nicht Sushi zum Abendessen bestellen sollten, statt essen zu gehen. Sie liebte Sushi.«

Homer schüttelte den Kopf – im Nachhinein noch immer verwundert über die eigene Unerfahrenheit.

»Nein, Homer. Auf keinen Fall Sushi, rohen Fisch sollte man in der Schwangerschaft nicht zu sich nehmen.«
Damit war es raus. Sie hatte es ihm ohne Umschweife gesagt. Vielleicht ohne zu bedenken, dass er es gar nicht wissen konnte, vielleicht aber auch in der festen Annahme, dass es sich in der Familie auch bis zu ihm herumgesprochen hatte.
»Was möchtest du dann?«, fragte er betont beiläufig und versuchte einen kleinen Scherz: »Sicher nichts Arabisches.«
Sandy verzog die Mundwinkel zu einem bemitleidenswert verzweifelten Lächeln, das sich umgehend in ein neuerlich aufkommendes Schluchzen verwandelte. Homer orderte Pasta und Salat. Dann rückte er zu ihr aufs Sofa, nahm sie in den Arm, was er seit Jahren nicht getan hatte und drückte sie fest an sich, was einen neuerlichen Tränenanfall zur Folge hatte.
Lange sprachen sie danach über Matt. Homer berichtete ihr von seiner Begegnung in San Francisco und der Unnahbarkeit seines Cousins. Die Krankheit habe eine Wand zwischen ihnen beiden hochgezogen. Matt sei so kühl gewesen, abweisend, bereits in einer anderen Welt.
»Wahrscheinlich ist das so. Er ist todkrank«, sagte Sandy.
Sie war zwar nicht hingefahren, hatte ihn aber in New York getroffen, auf einem seiner vielen Termine, die wahrzunehmen er sich ungeachtet seiner Diagnose nicht hatte nehmen lassen in der festen Hoffnung, dass das alles nur ein übler Traum und nichts weiter war.

Nur einen Tag, nachdem er von seinem Arzt die tödliche Diagnose entgegengenommen hatte, war er ins Flugzeug gestiegen und hatte zumindest Sandy getroffen. Wieder zurück in San Francisco hatte er darauf ein paar Tage und einige Untersuchungen später die Mail verfasst, mit der er die gesamte Familie über seinen Gesundheitszustand informierte.

»Matt wollte seinen Eltern und seiner Schwester unbedingt persönlich sagen, welche Monate ihm nun bevorstehen und dass er nicht mehr lange leben wird«, sagte Sandy. »Und von dort aus ist er auch noch zu mir gekommen. Er wollte nicht, dass ich das alles nur durch seine Mail erfahre.«

Sandy hatte ihn in ihrer kleinen Wohnung empfangen. Eine Stunde sei er geblieben, um sie darauf mit der Nachricht allein zu lassen, nachdem er ihr das Versprechen abgerungen hatte, es in der Familie nicht weiter herumzuerzählen. Nein, er wolle die Diagnose selbst kommunizieren. Noch sei er am Leben, bei Kräften und vor allem bei Sinnen. Seinen Abgang aus dieser Welt würde er selbst gestalten, solange er das noch könne. Dann war er gegangen.

»Was hast du denn für einen Eindruck? Wie lange bleibt ihm noch?«, fragte Homer vorsichtig, er wollte tunlichst vermeiden, dass seine Schwester, die sich das Gespräch über ein wenig beruhigt und an Fassung gewonnen hatte, wieder in sich zusammenbrach.

Homer hatte gehofft, dass ihr Matt vielleicht mehr erzählt hatte als in der E-Mail und vor allem mehr als ihm am Nachmittag. Als ihm Sandy dann allerdings schilderte, wie es wirklich um ihn stand, zog sich sein Magen zusammen.

»Die Ärzte haben ihm gesagt, dass alles sehr schnell gehen wird. Sein ganzer Körper ist voller Metastasen. Der Tumor ist inoperabel, ein sogenanntes Adenokarzinom, die häufigste Form. Und auch die gemeinste. Es ist einfach unfair. In der Regel sterben die Patienten innerhalb von drei bis fünf Monaten nach der Diagnose ...«

Sie konnte nicht weitersprechen, schluckte zweimal, brach dann erneut in Tränen aus, die sich zu einem regelrechten Krampf auswuchsen. Wieder hielt Homer sie fest. Er rechnete: drei Monate würde bedeuten, dass es mit seinem Cousin schon im August zu Ende gehen könnte, und erschrak. Unvorstellbar war das für ihn in dem Moment, hatte er Matt am Vortag doch noch stark und strahlend wie immer erlebt, souverän und äußerst kontrolliert. Wie würden seine Jungen reagieren, wenn sie davon erführen?

Während er seine Schwester in den Armen hielt, dachte er an das Kind, das sie in sich trug und fragte sich, ob ihm die Krämpfe, die sie schüttelten, nicht erheblichen Schaden zufügten. Doch stand sie erst am Anfang ihrer Schwangerschaft. Zu sehen war noch überhaupt nichts. Umgehend erkundigte er sich danach, ob sich Khalil richtig um sie kümmern würde. Sandy aber schüttelte den Kopf. Dann schob sie ihn von sich und blickte ihm direkt in die Augen.

»Wieso Khalil? Was hat er damit zu tun?«

»Er ist dein Freund, dein Lebensgefährte, ich denke, der Vater des Babys …«

Homer stockte. In dem Moment hasste er sich, weil er das nur sagte, um aus einer Antwort herauszuhören, wer der Kindesvater wirklich war.

Sandy schüttelte den Kopf.

»Khalil ist nicht der Vater, ich bin nicht mehr mit ihm zusammen.«

»Einen Vater muss das Kind ja haben«, sagte Homer schroff.

Sie schwieg. Ihm wurde bewusst, wie wenig er wirklich von ihr wusste, und wie wenig auch die Familie eingebunden war.

»Mit Khalil habe ich schon seit einiger Zeit nur noch über den Verein etwas zu tun. Getrennt haben wir uns ein Jahr nach diesem Mittagessen in Tanas Haus. Das ist von Khalil ausgegangen, nicht von mir.«

»Wirklich?«

»Ja, er hat gesagt, nicht nur als Araber, auch als der Betreiber eines einfachen Delis und als alleinerziehender Vater würde er niemals die Chance auf eine volle Akzeptanz in der Familie bekommen. Er fühlte sich nicht respektiert.«

»Aber Sandy, meine Akzeptanz hatte er doch schon.«

»Trotzdem. Wahrscheinlich hat er recht«, entgegnete Sandy und legte Homer, der immer noch neben ihr auf dem grauen Sofa saß, die Hand auf den Arm. »Unserer Familie sind bestimmte Dinge nicht zu vermitteln. Und das sage ich nicht nur mit Blick auf Khalil. Glaube mir, der Druck ist zu stark.«

»Aber Sandy, wer ist denn der Vater?«, Homer versuchte es erneut, beschwörend, bittend, fast flehend.

In dem Moment erschien es auch ihm als eine Zumutung: Es konnte doch nicht sein, dass es in Tanas Familie ein Kind geben würde, das ohne Vater aufwachsen und ihn vielleicht nie kennenlernen würde.

Er würde ihr helfen, versicherte er ihr, nicht nur mit Geld, er würde für sie sprechen, für sie in das kalte Wasser springen, er sei zu allem bereit, wenn sie nur offener wäre und er somit wüsste, was zu tun sei. Sandy holte einmal tief Luft. Dann zuckte sie mit den Schultern.

»Du denkst immer, mit Geld ließe sich alles lösen. Homer, verstehst du nicht: Matts Tage sind gezählt. Was spielt da alles andere noch für eine Rolle?«

20

Matts Zustand verschlechterte sich rapide. Wöchentlich informierte er die Familie darüber, so wie er es ihnen allen in seiner ersten Mail zugesagt hatte. Es war das Übliche, der banale Verlauf einer unheilbaren Krankheit, wenn der Körper in die Knie geht. Millionenfach erlitten und durchlebt bis zum bitteren Ende, die Qual viel zu früher Abschiede, die Verzweiflung derer, die den körperlichen Verfall eines geliebten Menschen beobachten und nicht aufhalten können. Schließlich die erschütternde Endgültigkeit nach dem letzten Atemzug. War Matt sein Leben lang immer etwas Besonderes gewesen, im Fall seines absehbaren Todes war er es nicht. Er schrumpfte im gleichen Tempo wie alle Menschen, die das gleiche Schicksal traf oder noch ereilen würde – in grausamer Vorhersehbarkeit. Und mit ihm schrumpfte seine Welt auf die einer Handvoll von Freunden und Verwandten zusammen, die sich hingebungsvoll in den Prozess seines schleichenden Verschwindens einbrachten. Es waren Lea und ihr Mann, dann Sandy, ein Nachbarehepaar, das sich häufig der Jungen annahm, wenn Kate mit Matt wieder einmal zu einer Behandlung unterwegs war. Vergeblich wartete Homer darauf, dass ein Wunder geschähe, dass die Krankheit den Rückzug antreten, sich am besten einfach verziehen würde. Es gab doch Spontanheilungen, auch wenn sich die Wissenschaft diese nicht erklären konnte.

Aber die guten Nachrichten blieben aus. Im Gegenteil, sie wurden schlechter. Matts Mails waren die Dokumentation seines zunehmenden Nicht-mehr-Könnens. Erst musste er das Joggen aufgeben, dann das Fahrradfahren mit den Jungen. Im Garten saß er bald lieber, als dass er sich für seine Söhne ins Tor stellte. Er ging seltener in sein Unternehmen, verlegte die Konferenzen nach Hause, begann irgendwann mit einer ersten Schmerztherapie, raffte sich auf und erschien noch ein letztes Mal in Anzug und Krawatte bei einem Schulkonzert – eine Tortur war schon das Anziehen, das minimale Verdrehen der Schultern, um in sein Anzugsjackett hineinzukommen. Ein letztes Mal noch wollte er seine Jungen im Chor singen hören. Bald wurde es ihm zu mühsam, in den ersten Stock seines Hauses zu steigen. »Ich befinde mich jetzt in dem Stadium, in dem ich es nicht mehr in den ersten Stock schaffe. Kate hat das Wohnzimmer in ein Krankenzimmer verwandelt – ich weiß nicht, ob das gut für die Jungen ist«, notierte er nüchtern. Seine Mails bildeten ein Tagebuch des angekündigten Todes, der sich mit Wucht in die Familie drängte, so wie der Krebs sich durch seine Eingeweide fraß, immer tiefer hinein in den zunehmend schwachen Körper.

Zwei Monate später, und damit die achte oder neunte Familiennachricht nach seiner ersten Mail, begann er eine weitere Mail mit der Frage: »Wo kann man am besten sterben?«, und berichtete von einer Diskussion, die er mit seiner Frau darüber geführt habe, ob es nicht jetzt an der Zeit sei, sich in ein Hospiz zurückzuziehen, eines jener Sterbehäuser, die genau für solche Fälle wie ihn gebaut und eingerichtet worden waren und in dem er Menschen seinesgleichen träfe. »Es wäre immerhin ein Ort, an dem der Tod und nicht das Leben normal ist«, notierte er weiter. Erbarmungslos, so war er mit sich selbst und so mutete er sich auch der Familie zu. Dabei ginge, wie er beteuerte, es weniger um ihn, sondern vor allem um die Kinder. »Wäre es nicht an der Zeit, in unserem Haus dem Leben wieder mehr Raum zu geben?«, fragte er mehr sich als die Empfänger, »Einen todkranken Vater im Wohnzimmer, ein Haus im Ausnahmezustand – Leo und David müssen auch zu Hause die Möglichkeit haben, mich und meinen Zustand für einen Moment zu vergessen.«

Homer ließ all die Mails unbeantwortet, nicht nur, weil ihn sein Cousin an jenem Nachmittag so brüskiert hatte, sondern vor allem deshalb, weil er nicht wusste, wie er überhaupt auf ein solches Schicksal reagieren sollte. Die Souveränität, mit der Matt sein eigenes Verschwinden in seinen Mails dokumentierte, befremdete ihn, mehr noch: Sie ekelte ihn an.

»Ich hatte den Eindruck, als zeichne er auch in den letzten Wochen seines Lebens an seinem Porträt, das ganz ohne Grauschimmer erhalten bleiben sollte«, sagte Homer nachdenklich. »Ich meine, die

Schatten zeichnete er nicht, die Schmerzen, die vielen Momente der Übelkeit und des Sich-Übergebens. Die durchnässten Laken mit Beginn der Inkontinenz. Er ließ uns eigentlich an gar nichts teilhaben, was ihn auch nur ein bisschen menschlicher erscheinen lassen und ihn uns näherbringen würde.«

»Ihn *dir* näherbringen würde?«, warf ich fragend ein.

»Mag sein. Sicher war ich am weitesten weg von allen. Davon kannst du ausgehen. Wie schwierig diese drei Monate waren, die ihm nach der Diagnose noch zum Leben blieben, erfuhr ich durch Sandy, die noch ein paar Mal und dann die letzten Wochen dort war.«

Homers Schwester hatte schon sechs Wochen, nachdem Matt ihr seine Diagnose verkündete hatte, mit dem Direktor ihrer Schule gesprochen und sich eine Auszeit erbeten. Ihre Schwangerschaft, die damals seit drei Monaten bestand, hatte sie dafür nicht ins Feld geführt, obwohl es ein Leichtes gewesen wäre, sich krankschreiben und trotzdem weiter bezahlen zu lassen. Aber so war sie nicht. Sie sagte ihrem Vorgesetzten, wie es um ihren Cousin bestellt war und dass sie aus enger Verbundenheit ihm und seiner Frau gerne zur Seite stünde, ihnen in San Francisco behilflich sein wolle. Sie hatte in ihrer Schule einen hervorragenden Stand bei all dem, was sie für die Schüler tat. Ihr Chef gab sich alles andere als kleinlich, er zögerte nicht für den Hauch eines Augenblicks. Noch nie war Sandy mit einer derartigen Bitte an ihn herangetreten. Für ihn, so sagte er ihr, sei nur eines wichtig: dass sie nach den Wochen ihrer Abwesenheit wiederkäme. Das müsse sie ihm versprechen. Sie tat es.

So kam es, dass Sandy sich in Absprache mit Kate nach San Francisco begab und im Souterrain von Matts Haus das Gästezimmer bezog. Für Kate war das ein Segen, denn sie hatte sich vehement dagegen entschieden, Matt für seine letzten Wochen in ein Hospiz einzuquartieren. Er sollte zu Hause die Augen schließen in Begleitung seiner Familie oder zumindest seiner Frau. Da hatte Kate nicht mit sich reden lassen. Die Jungen, so ihr Argument, würden das schon aushalten.

Derweil half Sandy, wo sie konnte. Es tat ihr gut. Die Möglichkeit, selbst Hand anzulegen und Matt und seiner Familie das Leben Tag für Tag ein bisschen zu erleichtern, half auch ihr über die Erschütterung hinweg.

»Ich kann hier viel tun«, berichtete sie Homer, der sie nun häufiger anrief, um sich nach der Lage der Dinge zu erkundigen.

»Übernimmst du dich nicht?«, fragte er besorgt. »Du bist schwanger.«

»Ach, in New York würde ich ja weiterarbeiten. Das ist hier garantiert nicht anstrengender. Ich bin auch nur schwanger, Homer, nicht krank. Viel schlimmer wäre es, wenn ich zu Hause säße und wüsste, dass ich Matt vielleicht nur noch ein- oder zweimal sehen könnte ... im Leben.«

»Sicher weiß Kate, dass du ein Kind erwartest?«

»Wir haben darüber nicht gesprochen«, gab Sandy erstaunlich sachlich zurück. »Matt weiß es. Ich habe es ihm gesagt, als er mich in New York besucht hat. Aber es gibt hier wirklich andere Sorgen als das.«

Auf jeden Fall tat es ihr gut, dort zu sein, und sich einbringen zu können. Als eine seltsame Ménage-à-trois empfand Homer die Konstellation trotzdem. Zwei Frauen, die in Matts Leben von Bedeutung waren, die Ehefrau und die unechte Cousine, die Matt beide auf ihre Art grenzenlos verehrten.

In ihren Telefonaten mit Homer berichtete Sandy schonungslos über den Alltag des Schwerkranken, der nichts anderes mehr tun konnte, als auf den Tod zu warten. Homer fragte sich, wie es sei, wenn man nur noch warten kann, bis man nicht mehr kann, bis das Atmen schwieriger wird oder einen die Schmerzen übermannen. Wahrscheinlich wäre Letzteres das Beste, mit Medikamenten würde man dann in einen Dämmerzustand versetzt, der einem das Leiden erleichterte, nicht nur physisch, sondern auch psychisch. Er dachte auch darüber nach, ob es nicht besser sei, dem Siechtum ein zügiges Ende zu setzen, vielleicht mithilfe von ein bisschen zu viel Morphium. Was machte es für einen Sinn, des Todes zu harren?

Sandy mochte mit ihm derartige Fragen nicht diskutieren, wenn sie abends im Souterrain verschwand. Sie gab ihm zu verstehen, dass sie solche Überlegungen nicht ertragen könne. Es gehe doch nicht nur um einen selbst. Es gäbe da noch eine Familie, die Zeit brauche, um Abschied zu nehmen. Schon deshalb lohne sich das bisschen Leben, was Matt noch blieb. Dabei konnte sie sich richtig in Rage reden: Der Mensch sei schließlich nicht nur etwas wert, wenn er funktionstüchtig und unversehrt seinen Aufgaben nachginge und am besten auch noch viel Geld verdiene. Vielleicht sei es derzeit die

Aufgabe von Matt, sich von seinen Jungen so zu verabschieden, dass sie mit sich und dem Schicksal ihres Vaters, das auch ihrem Leben unweigerlich eine Zäsur beibringen würde, ins Reine kämen und ihre Zukunft bestehen könnten.

Homer kam nicht umhin, bei solchen Bemerkungen an seine eigene Erfahrung zu denken. Wie anders musste es für Leonard und David sein als damals für ihn, als er seine Mutter verlor und damit all die Farben, die ein Kinderleben bunt und lebenswert machten. Dann tauchten Bilder von damals auf, von seiner Mutter, wie sie rücklings verrenkt auf dem Asphalt gelegen hatte. Er sah sich selbst, wie er am Fenster gestanden und zugesehen hatte, wie seine Mutter binnen Sekunden aus seiner kleinen Welt verschwand. Einfach so, urplötzlich, ohne eine letzte Botschaft, ohne ihm ein Versprechen abgerungen zu haben, so wie es Matt jetzt sicher mit seinen Jungen machen würde.

Er wusste nicht, welcher Tod grausamer war. Der seiner Mutter, der jeden Abschied vereitelte oder der von Matt, den seine Jungen förmlich implodieren sahen, schwach und abgemagert, des Leidens müde, womöglich im Dämmerzustand, ohne dass sie sich das wirklich erklären konnten – beides auf ganz eigene Art ein Trauma.

»Es war eine seltsame Zeit«, sagte Homer und schaute in die Nacht. »Ich dachte, durch die häufigen Telefonate wäre ich meiner Schwester ein wenig nähergekommen. Aber das war nicht so.«

»Und, Matt, hast du ihn vor seinem Tod noch einmal gesehen?«

»Nein«, sagte Homer und schüttelte den Kopf. »Ich habe noch nicht einmal mehr mit ihm gesprochen. Es ging nicht. Nach meinem Besuch habe ich mich nicht mehr getraut. Und ich hätte auch nicht gewusst, worüber ich mit ihm hätte sprechen sollen.«

»Und wie denkst du heute darüber?«, fragte ich weiter.

»Was ist das für eine Frage?«, gab er brüsk zurück. »Natürlich war das ein Fehler.«

21

Ganz unproblematisch war das Verhältnis von Sandy zu Kate in Matts letzten Wochen nicht. Eines Abends, als Matt im Wohnzimmer schon zu schlafen schien und die Jungen längst zu Bett gegangen waren, saßen die beiden Frauen noch eine Weile am Tisch in der offenen Küche. Sie sprachen über die vergangenen zwei Wochen, über Matts schlechter werdenden Zustand. Sie berieten sich darüber, ob es nicht an der Zeit sei, eine Pflegekraft ins Haus zu nehmen, was Sandy vehement ablehnte. Sie kämen doch einigermaßen zurecht.

Natürlich wusste sie, dass die Pflegekraft, eine ausgebildete Krankenschwester, welche Kate offenbar schon kontaktiert hatte, im Gästezimmer einquartiert werden müsste, das hatte doch eigentlich sie in Beschlag genommen. Kate indes war skeptisch, sie traute sich die zunehmend aufwendig werdende Pflege ihres Mannes nicht mehr zu, hatte Sorge, dass die Schmerzpflaster, die ihm derzeit noch über die Runden halfen, bald durch Morphium-Spritzen ersetzt werden müssten. Und wer, wenn nicht eine geschulte Krankenschwester, würde das übernehmen können?

»Meine Schwester hat mir von dieser Unterhaltung erzählt«, sagte Homer. »Sie war außer sich, empfand es fast als Verrat, dass ihr Kate auf der letzten Strecke das Vertrauen entzog. Sie hatte sich doch nach Kräften eingesetzt. Ich habe ihr zu erklären versucht, dass zwei durchaus berechtigte und nachvollziehbare Gedanken Matts Ehefrau bewegten. Erstens mochte es tatsächlich so sein, dass die Pflege bedeutend schwieriger würde und sie als Ehefrau nicht ganz allein die Verantwortung dafür tragen wollte, dass es Matt zumindest physisch so wenig beschwerlich wie möglich auf seinem letzten Weg haben sollte. Laienpfleger können das nicht so gut gewährleisten wie Profis. Und zweitens war ich mir damals sicher, dass Kate nun allein mit ihrem Mann und ihren Söhnen sein wollte. Das Sterben eines Angehörigen ist für eine Familie eine derart private Angelegenheit. Das musste man respektieren.«

»Hatte deine Schwester ein Einsehen?«, fragte ich und ahnte schon, was er mir berichten würde.

»Nein, sie war mehr als aufgebracht, wollte das alles nicht hören und beendete das Telefonat abrupt, ohne sich zu verabschieden. Sie war dann offenbar noch einmal hinaufgestiegen, mit dem festen Ziel, Kate umzustimmen. Doch es kam zum Eklat. Matt war von der Diskussion der beiden wieder aufgewacht und hatte eine Weile zugehört. Wahrscheinlich war das alles für ihn kaum erträglich. Er mischte sich vom Krankenbett aus ein, rief Kate zu sich und sagte ihr, sie solle ein wenig Rücksicht auf Sandy nehmen, die schließlich in der Anfangsphase einer Schwangerschaft befand.«

»Und Kate ...«

»... die Arme, war entsetzt, hat getobt und Sandy zur Rede gestellt, sie angeschrien – nach der Devise, sie trage für ihre zwei Söhne und ihren todkranken Mann genügend Verantwortung und könne eine Schwangere im Haus jetzt wirklich nicht gebrauchen.«

»Aber sie muss es doch gewusst haben, wenn es in eurer Familie bekannt war«, warf ich ein.

Homer überlegte. »Vergiss nicht, sie wohnen am anderen Ende der USA. Das ist weit, der Zeitunterschied beträgt immerhin drei Stunden. Dann Matts Krankheit. Ich denke, in den Telefonaten ging es überwiegend um ihn. Wer will einer baldigen Witwe schon sagen, dass die angeheiratete Cousine ein Kind erwartet?«

»Wie hat sie denn darauf reagiert?«

»Das Übelste war ihre Erkenntnis, dass Matt im Bilde war, sie aber außen vor gelassen hatte. Aus irgendeinem Grund hatte sie das, wie gesagt, nicht mitbekommen. Nach New York flog ja immer nur Matt. Es muss einen unglaublichen Krach gegeben haben. Kate fühlte sich betrogen. Das konnte ich verstehen. Sie hat die Nerven verloren, ist schreiend auf die Straße gerannt. Nachbarn haben sie dann nach Hause gebracht.«

»Das ist ja fürchterlich«, warf ich ein.

»So war es wohl, Sandy rief mich mitten in der Nacht völlig verzweifelt noch einmal an. Ich konnte ihr nicht viel sagen, von ein paar Banalitäten einmal abgesehen. Bei allen waren die Nerven bis aufs äußerste gespannt, fünf Menschen in Ausnahmesituationen lebten da gerade unter einem Dach. Zu allem Überfluss wurden auch noch die Kinder wach. Sie bekamen mit, wie ihre Mutter auf die Straße lief, hockten oben auf der Treppe, beide tränenüberströmt, Leo hatte David im Arm, so wie es mir Sandy dann beschrieb. Oder vielleicht hat sie es auch nicht beschrieben und ich stelle mir das nur vor. Aber so etwas muss sie dann doch gesagt haben.«

»Das alles in Gegenwart von Matt?«

»Offensichtlich. Er hatte das Kopfende seines Bettes hochgefahren, saß halbwegs aufgerichtet und rief Sandy zu sich. Dann sagte er eben jenen Satz, der Sandy tief im Innersten getroffen haben musste wie kaum etwas davor. Er schaute ihr direkt in die Augen, sprach langsam und bestimmt, mit eisiger Ruhe und der Autorität eines Todgeweihten, dessen Anweisungen man sich nicht verweigern kann: ›Sandy, ich danke dir aus tiefstem Herzen für alles, was du für mich getan hast und vor allem, wer du für mich über all die Jahre gewesen bist. Aber diese letzten Wochen gehören Kate, den Jungen und mir. Du wirst dir einen Flug buchen und morgen abreisen.‹ Danach habe er seine inzwischen so abgemagerte weiße Hand gehoben, durch deren schlaffe Haut die Adern bläulich schimmerten, zum Zeichen, dass er keinen Widerstand duldete, habe nach der elektronischen Bedienung des Lattenrostes gegriffen, das zur Hälfte aufgerichtete Bett zurück in die Liegeposition gefahren, sich von Sandy abgewandt und die Augen geschlossen. Sandy habe sich über ihn gebeugt, wollte ihn umarmen, vielleicht umstimmen. Aber er habe nur noch zwei Worte gesagt: ›Es ist vorbei. Geh jetzt.‹«

Sandy war nach Homers Eindruck derart zerstört, dass er fürchtete, sie würde noch in derselben Nacht eine Fehlgeburt erleiden. In der Lage, sich am nächsten Tag ins Flugzeug zu setzen, war sie nicht, so belastet war sie von der Ahnung, dass das der letzte Satz gewesen sein dürfte, den Matt zu ihr sprechen würde. Danach kam nur noch der Tod.

22

»Hätte ich damals um die wahren Hintergründe gewusst, hätte ich sie sicher in allem besser verstanden«, kommentierte Homer seine letzten Worte. »Ich habe Durst. Möchtest du auch etwas Wasser?«

Ich nickte. Er stand auf, ging hinüber ins Schlafzimmer zur Minibar, kam mit zwei Flaschen Wasser und zwei kleinen Flaschen Whisky zurück, stellte sie auf den Couchtisch, machte noch einmal kehrt, um vier Gläser zu holen, und begann, sie zu füllen. Mit einem Schwung kippte er den Whisky hinunter und das Glas Wasser gleich hinterher, holte einmal tief Luft und ließ sich gegen die Rückenlehne seines Sessels fallen.

»Was für ein Drama«, warf ich ihm zu, einfach um irgendetwas zu sagen. »Und wie traurig eigentlich – für alle.«

»Natürlich. Ich konnte Matt verstehen. Ich hatte es selbst erlebt und mir von meiner Schwester sogar Vorwürfe machen lassen müssen, dass auch ich – ohne zu überlegen – in Matts Privatsphäre eingedrungen war, in einer Kurzschlusshandlung, nachdem ich die Mail gelesen hatte. Im Grunde hatte sie dasselbe getan. Es ging ihr genauso wenig wie mir um ihren Cousin und dessen Familie. Es ging auch ihr damals nur um sich.«

Für Sandy war in dieser Nacht vollkommen klar, dass sie Matt nicht wiedersehen würde. Es brach ihr das Herz. Sie wusste, wie sie Homer gestand, dass damit ihre und Matts gemeinsame Zeit der Vergangenheit angehören würde. Er hatte sie fortgeschickt und sie war sich sicher, dass er sie am nächsten Tag auch nicht mehr sehen wollte. Es war die brutalste Form des Abschieds. Keine Umarmung mehr, kein Halten der Hand, kein Lächeln. Er schickte Sandy ins Nichts. Vielleicht konnte er nicht anders, weil er, dem Sentimentalitäten zutiefst zuwider waren, kein begnadeter Adieu-Sager und überhaupt zu schwach war, auch noch für ihre Situation Verantwortung zu übernehmen, so wie er es immer wieder die Jahre davor getan hatte.

»Ich hatte fast das Gefühl, er habe die Gelegenheit benutzt, sie endgültig aus seinem Leben zu katapultieren. Oder das, was ihm vom Leben noch blieb. Und ich glaube, Kate sah das genauso. Die Nähe zwischen Matt und meiner Schwester war ihr häufig ein Dorn im Auge, wenn sie es mitbekam. Jetzt war sie sie endlich los.«

Noch in der Nacht entschied Homer, dass er Sandy würde abholen müssen. Er wollte nicht, dass sie in ihrem Zustand und ihrer Verzweiflungslage allein den sechsstündigen Flug von San Francisco nach New York zurücklegte. Wie sollte sie zum Flughafen kommen? Wer würde sie in San Francisco verabschieden?

»Ich selbst wollte aber dort nicht auftauchen«, sagte er.

Dann hätte auch er sich verabschieden müssen und nicht gewusst, wie. Homer wollte dem Tod seines Cousins nicht ins Auge sehen. Und er wollte nicht noch einmal eine derartige Zurückweisung riskieren. Er überlegte eine Weile, wählte schließlich Amies Nummer. Dass er sie zu Mitternacht aus dem Schlaf riss, war bisher nicht vorgekommen.

»Was ist los?«, war das Erste, was sie sagte. »Hängst du irgendwo fest?«

Nein, gab er zurück, er nicht, aber seine Schwester. Er erzählte ihr, was sich die letzten Wochen seit Matts angekündigtem Ableben alles zugetragen hatte. Zum ersten Mal. Detailliert beschrieb er die aussichtslose Lage im Hause seines Cousins, sprach über die seltsame Dreierbeziehung, die Beharrlichkeit, mit der sich seine Schwester dort eingenistet hatte, ihre Verzweiflung über den Rausschmiss und natürlich die Tatsache, dass sie ein Kind erwartete, ohne den Vater nennen zu wollen. Amie hörte aufmerksam zu, gestattete sich hin und wieder eine Nachfrage, verkniff sich allerdings jeden gut gemeinten Ratschlag oder Kommentar. Fünfzehn Minuten hatte sie Homer reden lassen. Dann sagte sie fest entschlossen:

»Ich glaube, es wäre eine gute Idee, wenn ich sie abhole. Was meinst du?«

Homer war erleichtert. Ein wenig hatte er darauf spekuliert. Als Chef seiner eigenen Kanzlei hätte er sie, ohne den geringsten Widerstand erwarten zu müssen, nach San Francisco beordern können. Aber das wollte er nicht. Sie war die Einzige, die er um Dinge bat und sie nicht anordnete, weil er sie menschlich respektierte – vielleicht auch einfach nur, weil er sie mochte.

»Das würdest du tun?«, fragte er zurück.

»Natürlich. Ich organisiere das alles, ich bräuchte nur die Mobilfunknummer deiner Schwester. Die habe ich nicht. Ansonsten: Mach dir keine Gedanken und versuche lieber zu schlafen. Du hast morgen um zehn einen Auftritt bei der Investorenkonferenz. Da solltest du fit sein. Das Dossier dafür ist in deiner Inbox, der Fahrer holt dich um fünf nach neun zu Hause ab. Um Sandy kümmere ich mich. Gute Nacht.«

Damit hängte sie ein – fast als wollte sie weitere Nachfragen oder gar Widerspruch von vornherein aus dem Wege gehen. Doch Homer kannte sie gut. Hatte sie einmal ihren Motor angeworfen, ließ sie sich von nichts mehr abhalten. Und schon gar nicht wollte sie, dass man sich weiterhin einmischte. Darüber konnte sie sich furchterregend erzürnen. Er wusste, diese Nacht würde sie sich nicht mehr schlafen legen.

»Sie hat alles organisiert, hat noch in der Nacht meiner Schwester einen Flug gebucht, ist morgens mit der 7:30-Uhr-Maschine dorthin geflogen, hat sie mitsamt ihrem Gepäck in einen Mietwagen gepackt und ist gleich zurück zum Flughafen. Um Mitternacht war Sandy in New York.«

»Und dann, ganz allein in ihrer Wohnung?«, ich konnte mir das überhaupt nicht vorstellen.

»Nein, Amie empfahl mir, mich mit Hank und Josie kurzzuschließen und ihnen vorzuschlagen, sie dort für ein paar Tage einzuquartieren, bis sie stabil sei.«

»Hatte deine Schwester denn gar keinen Kontakt mehr zu ihren Eltern?«, wunderte ich mich.

»Doch natürlich. Gleichwohl herrschte vor allem zwischen ihr und ihrer Mutter eine gewisse Distanz. Sandy hat ihren Stolz. Vor allem in Bezug auf ihre Schwangerschaft und die Tatsache, dass Josie ihre Weigerung, den Vater zu nennen, nicht akzeptieren wollte. Aber am Ende haben die beiden meine Schwester natürlich aufgenommen, sodass sie erst einmal wieder zu Kräften kam.«

»Und wie lange hat dein Cousin danach noch gelebt?«

»Drei Wochen nach Sandys Abreise war alles vorbei. Matt hörte einfach auf zu atmen. Madeleine und seine Eltern waren dabei, mein Vater und Josie, ich habe es nicht mehr geschafft. Leider. Sandy blieb in New York. Sie ist zu seinen Lebzeiten nie mehr in Matts Haus gewesen. Das hat mir mein Vater erzählt. Richtig begriffen hat er das nicht, ihre Verzweiflung als Erschöpfung gedeutet und auf die Schwangerschaft zurückgeführt. Ich habe in der Zeit nicht mit ihr gesprochen, sondern mich ganz auf meine Arbeit konzentriert. Danach habe ich sie erst wieder auf der Beerdigung gesehen – als sie uns allen den Rücken gekehrt hat.«

In den Wochen, die Sandy bei ihren Eltern verbrachte, hatte sie nach Homers Vermutung bereits den Entschluss gefasst, die Vereinigten Staaten zu verlassen. Vielleicht weil sie den Tod von Matt und die Art, wie er sie aus seinen letzten Tagen verbannt hatte, nicht ertragen konnte. Die Tirade, die sie an der Beerdigung gegen ihn, Homer, schleuderte, galt womöglich nicht nur ihm allein. Sie brauchte Abstand von ihrem alten Leben, das sich ihrer Einschätzung nach in eine Sackgasse hinein bewegte. Matt war nicht mehr am Leben, er, Homer, wandte sich wieder ausschließlich seiner Arbeit und vor allem seinen Immobiliengeschäften zu. Khalil war nicht mehr ihr Lebenspartner, engagierte sich aber weiterhin für ihren Verein und gab ihr damit das Gefühl, dass der auch ohne sie funktionieren würde. Matt hatte – wie überhaupt für alles – auch dafür Sorge getragen, dass einer seiner New Yorker Freunde die Arbeit als Geschäftsführer mit Verantwortung für die Vereinsfinanzen übernahm. James hatte bereits mit ihr Kontakt aufgenommen und sich von ihr einweisen lassen. Und dann war da noch das uneheliche Kind, das sie erwartete, und die Tatsache, dass die Familie der Geheimhaltung der Identität des Vaters mit äußerstem Misstrauen begegnete. Vielleicht suchte sie weniger den Abstand von allen und allem, sondern einen Neuanfang – auch als Mutter.

»Wo lebt sie denn jetzt?«, unterbrach ich Homer unwillkürlich.

Homer schwieg, als wüsste er im Moment nicht, wo sie sich befand, was mir unwahrscheinlich erschien. Oder als sei er sich nicht sicher, ob er mir die Antwort wirklich sagen sollte. Langsam richtete er sich auf und nahm die Füße vom Couchtisch. Eine bedrückende Stille lag über seiner Suite. Als er sich erhob und mit ein paar Schritten ans Fenster trat, vernahm ich das Knacken seiner Fußgelenke. Ich stand ebenfalls auf und stellte mich neben ihn. Die Straßen waren leer, kaum ein Auto fuhr, Fußgänger waren nicht zu sehen.

Langsam wandte er sich mir zu. Trotz der gedimmten Deckenbeleuchtung zeichneten sich unter seinen Augen schwarze Schatten ab. Ich wusste nicht genau, wie spät es war, oder wie früh. Aber das war auch nicht wichtig.

»Die Geschichte ist noch längst nicht zu Ende«, sagte er tonlos. »Nicht von Matt und nicht von Sandy. Und auch nicht von Matt, Sandy und mir. Die beiden haben mich in eine schier ausweglose Lage gebracht. Und ich weiß nicht, ob ich sie bewältigen werde.«

23

Homers Schwester hatte schon seit Längerem erwogen, ihr Leben noch einmal ganz neu anzugehen. Für die Familie bedeutete das eine weitere Eskalationsstufe ihres Andersseins. Denn das Engagement für benachteiligte Migranten sollte nicht den Endpunkt ihres Einsatzes für die Schwachen bedeuten. Ihre soziale Ader trieb sie offenbar noch viel weiter in die Welt der globalen Ungerechtigkeiten hinein. Ein paar Jahre würde sie, so hatte sie es beiläufig bereits mehrfach angekündigt, einen Einsatz in Krisengebieten in Erwägung ziehen. Natürlich im Nahen Osten – sie fühlte sich regelrecht verpflichtet, einen kleinen Beitrag zur Völkerverständigung zu leisten, den die Politiker ihrer Meinung nach der Welt so kläglich versagten. Sie wollte damit demonstrieren, dass sie mit der israelischen Siedlungspolitik alles andere als einverstanden war. Sandy zog es in die besetzten Gebiete, nach Ramallah oder irgendwo in die Westbank, vielleicht sogar weiter nach Jordanien. Josie wusste davon. Sie hatte ihr gegenüber sogar einmal davon gesprochen, nach Za'atari zu reisen, in ein Flüchtlingslager, das seit einiger Zeit enormen Zustrom aus den syrischen Kriegsgebieten erfuhr. Dort wollte sie Palästinenser- oder Syrer-Kinder in Englisch unterrichten. Damit, dass sie ihren Plan so schnell umsetzen würde, hatte vor allem Josie nicht gerechnet. Sie hatte die Ideen ihrer Tochter stets als Hirngespinste abgetan und sich Homer gegenüber auch einmal recht abfällig darüber ausgelassen. Dass Sandy sich binnen weniger Tage nach Matts Beerdigung in ein Flugzeug nach Tel Aviv setzten würde, überraschte, mehr noch, erschreckte sie alle.

Eine Aktion – so abrupt, so verzweifelt, so verrückt. Und so bezeichnend für seine Schwester Alexandra Victoria, dachte Homer damals. Ihren Eltern, allen voran Josie versetzte sie damit den nächsten Schock. Wie viel Hoffnung hatten sein Vater und sie in diesen Namen gelegt. Hank und Josie waren in Aufregung, schrecklich besorgt, konnten kaum mehr schlafen, Josie brachte zudem keinen Bissen mehr herunter, weil sie nicht wussten, ob Sandy ihr Verschwinden überhaupt vorbereitet oder nur einfach einen Flug gebucht und das Flugzeug bestiegen hatte. Von niemandem in der Familie hatte sie sich verabschiedet. Ihr Verschwinden musste kopflos wirken.

Aber da kannten Hank und Josie ihre eigene Tochter schlecht, meinte Homer. Sie hatte an ihrer Schule – hochprofessionell und alles andere als handgestrickt – einen Verein zur Förderung benachteiligter Kinder aufgezogen. Wieso sollte sie jetzt anders handeln als ebenfalls überlegt und vorbereitet. Von irgendetwas musste sie schließlich leben. Homer zeigte sich da weniger nervös, was sicher auch mit seiner eigenen finanziellen Situation zusammenhing. Er wusste: Im äußersten Notfall würde sie sich melden. Und dann würde er ihr helfen – in erster Linie mit Geld.

»In unserer Familie herrschte regelrecht Aufruhr«, sagte Homer, der sich den Schreibtischstuhl seiner Suite an die Sofagarnitur herangezogen hatte.

Offenbar plagten ihn Rückenschmerzen.

»Wir New Yorker trafen uns schon zwei Wochen nach der Beerdigung in den Brooklyn Heights wieder. Natürlich um zu trauern, aber vor allem auch auf Bitten von Josie und meinem Vater, die beide nicht wussten, wie sie mit der neuen Situation umgehen sollten. Josie hatte binnen zwei Wochen sicher sechs oder acht Kilo abgenommen. Sie machte sich unendliche Sorgen.«

Homer hörte sich die Klagen seines Vaters an, die Ratschläge, die Lea ihm gab. Er sah Josie mit tief geröteten Augen, aus denen immerfort das Wasser lief. Auch sie war nur noch ein Schatten ihrer selbst.

Die Familie zählte die wenigen Kontakte zusammen, die sie mit Menschen in Jerusalem und Tel Aviv verbanden. Eine entfernte Tante gab es da noch, die irgendwo in der Hauptstadt ausharrte. Aber niemandem war geläufig, ob Sandy mit ihr Kontakt aufgenommen hatte oder mit wem sonst. Bisher war sie einfach abgetaucht, hatte sich – fairerweise – immer einmal wieder gemeldet, um zu sagen, dass es ihr gut ging. Per SMS bei Amie. Von ihr wusste die Familie auch, dass sie vom Flughafen aus nach Jerusalem gereist war. Darüber, wo und wie sie dort lebte, verlor sie kein Wort. Anrufe und Textnachrichten ihrer Eltern ließ sie unbeantwortet.

Josie und Hank litten, mal laut, mal leise. Immer wieder gerieten sie in Streit, schoben sich sogar im Beisein der Familie in den Brooklyn Heights gegenseitig die Schuld zu. Wenn Homer solche Diskussionen mitbekam, ging er dazwischen. Sandy sei eine erwachsene Frau, die auf die vierzig zugehe. Sie sei gut ausgebildet, krisenerprobt, offenbar zupackend und sehr gut organisiert. Es gäbe wahrlich keinen Grund daran zu zweifeln, dass sie sich in Jerusalem ihr neues Leben nicht schon längst organisiert hatte, bevor sie sich ins Flugzeug setzte. Mit oder bei wem auch immer.

»Und noch eins«, schloss Homer seinen Beitrag: »Israel ist kein Entwicklungs-, sondern ein Hochtechnologieland mit hervorragenden Krankenhäusern. Auch dort kommen Kinder jeden Tag sicher zur Welt.«

Es war befremdlich, sich selbst so sprechen zu hören, erinnerte sich Homer. Er hatte, weil ihm die Brooklyn Heights nun einmal gehörten und Tana ihm in der Familie damit eine gewisse Rolle zugewiesen hatte, die Führung der Familie übernommen. Zumindest dann, wenn sie in seinem Haus zusammenkamen. An jenem Tag sprach er wie ein Familienoberhaupt, das er eigentlich gar nicht sein wollte. Er mochte sich so nicht. Und noch erstaunlicher: Alle hörten auf ihn. Die Diskussion verstummte in dem Moment, in dem er das Wort ergriff. Er ließ sich sein Befremden allerdings nicht anmerken, sondern schlug vor, dass er seine Assistentin Amie in den nächsten Monaten nach Israel schicken würde. Sie habe, so berichtete er, weil es einige unter ihnen nicht wussten, Sandy vor ein paar Wochen bei Matt und Kate ab- und nach Hause geholt. In den Wochen danach hatten die beiden immer einmal wieder miteinander telefoniert. Seine Assistentin verfügte über den notwendigen Abstand zur Familie, den Sandy derzeit so dringend brauchte. Amie hatte ihm das so erklärt. Ihre Worte benutzte er jetzt. Er selbst wäre nach eigener Einschätzung wohl kaum in der Lage gewesen, diese Schlüsse zu ziehen.

Nicht die Familie, Amie fand Homers Schwester. Sie musste, ehrlich gesagt, auch nicht suchen. Sandy hatte ihr ein paar Einzelheiten zu den Umständen ihres neuen Lebens in Jerusalem mitgeteilt. Amie wusste deshalb, wo und wie sie untergekommen war. Das wiederum erfuhr Homer zu seiner Verblüffung, als er ihr vorschlug, einen Kurztrip nach Israel anzutreten.

»Es war nicht so, dass Amie umgehend einwilligte«, erklärte mir Homer. »Sie sagte mir, meine Schwester habe ihre Gründe dafür, dass sie zu der Familie auf Distanz gegangen sei. Es sei an uns, diese Entscheidung zu akzeptieren. Wenn sie den Zeitpunkt für gekommen halte, werde sie schon wieder näher an die Familie heranrücken. Ich fand das befremdlich und beruhigend zugleich. Ich fragte Amie, ob sie, wenn dem so sei, meiner Schwester nicht ganz offiziell vorschlagen wollte, sie zu besuchen. Dann, so dachte ich, könnte sie nach ihr sehen, sich erkundigen, ob sie sicher untergebracht sei, wo sie ihr Kind zur Welt bringen wolle, und vor allem, wie sie ihren Lebensunterhalt finanzierte. Vielleicht brauchte sie Geld.«

Tatsächlich hatte Amie seine Schwester dazu überreden können, sich in Jerusalem mit ihr zu treffen.

»Wusste Amie um das so komplizierte Beziehungsgeflecht zwischen euch?«, fragte ich Homer.

Sandy, Homer und Matt hatten über all die Jahre ein hochsensibles Netz gewoben, das sie miteinander verband und die feinsten Stimmungen zwischen ihnen transportierte. Jetzt war Matt tot, physisch verschwunden, aber immer noch da und das Netz in Schwingung. Homer nickte nachdenklich. Er zog die Lippen nach innen und presste Ober- und Unterkiefer aufeinander.

»Das kann man so sagen. Sie weiß im Grunde alles. Inzwischen. Anfangs hat sie durch die verschiedenen Telefonate, die über mein Büro liefen, sehr viel mitbekommen. Es war ja so, dass sich die Familie, wenn jemand in die Brooklyn Heights wollte oder wenn es um Sandys Verein ging und wieder einmal Geld fehlte, oft an mich wandte. Und da ich häufig schlecht zu erreichen war – das meinten sie zumindest – meldeten sie sich meistens direkt bei ihr.«

Zunächst sei es ihm unangenehm gewesen. Privates hatte privat zu bleiben und in einer Berufsbeziehung nichts verloren. Aber mit der Zeit stand ihm auch Amie zunehmend näher. Einmal im Monat lud er sie abends in eines der guten Restaurants Manhattans ein. Er wollte ihr, die in einem ganz anderen Umfeld aufgewachsen war, etwas zeigen und vor allem eine Freude machen. Die Abende waren zu einer Art Jour fixe geworden, um in Ruhe Angelegenheiten zu besprechen, für die in der Alltagshektik tagsüber keine Zeit blieb. Sein Fahrer holte Amie an diesen Abenden ab, bevor er in die Upper Westside zurückkehrte, um Homer einzusammeln. Dann fuhren sie gemeinsam zum Essen. Für Amie war das Restaurant jedes Mal eine Überraschung – da ließ Homer nicht mit sich reden. Sie ließ sich darauf ein und verzichtete ihrerseits darauf, einen Tisch zu reservieren, was sie sonst immer tat. Bei ihren Abendessen sprachen sie immer häufiger auch über das, was sie sonst bewegte. So erfuhr Amie immer mehr über Homer, seine Beziehung zu seiner Familie, seine Vergangenheit, den frühen Tod seiner Mutter und die Sache mit den Farben, die damals aus seinem Leben verschwunden waren. Und auch sie schien ihre Scheu zu verlieren, aus ihrem Leben etwas zu erzählen, das ihr – so meinte Homer – so viel kleiner und unbedeutender erschien als das ihres Chefs.

»Ich aber nahm das gar nicht so wahr. Er interessierte mich einfach.«

Amie konnte ihn verstehen, so dachte er jedenfalls, oder er fühlte sich verstanden. Und er wollte mehr aus ihrer Welt erfahren, aus der sie sich emporgestrampelt hatte, und die für sie doch Bezugspunkt geblieben war. Für die monatlichen Zusammenkünfte verschob Homer zuletzt sogar eine Dienstreise – so wichtig waren sie ihm. Und er wunderte sich über sich selbst.

24

Fünf Monate nach Matts Beerdigung brachte Sandy ihr Kind zur Welt. Es war ein dunkelhaariges kleines Bündel, kaum zu erkennen zwischen den Tüchern, in die es eingewickelt in Sandys Armen lag. Sie sah bleich aus, erschöpft, die strähnigen Haare im Nacken zusammengehalten. Aber sie war glücklich. Auf dem Polaroidbild aus dem Kreißsaal, das sie ein oder zwei Tage später für die Familie abfotografiert und per Mail geschickt hatte, lächelte sie. Homer meinte sogar, ein neues Selbstbewusstsein in ihren Gesichtszügen zu erkennen. So als ob sie allen in New York Gebliebenen signalisieren wollte: Ich habe auch das allein geschafft. Unter dem Foto stand ›Louis‹ geschrieben, dazu das Datum und 3520/51, was Geburtsgewicht und Größe bedeutete.

Amie, die Sandy zwei Monate vor der Geburt ihres Sohnes besuchte hatte, war mit beruhigenden Nachrichten aus Jerusalem zurückgekehrt. Sandy war im arabischen Viertel der Altstadt bei einer Palästinenserin untergekommen, unweit des Löwentors. Der Kontakt war schon vor über einem Jahr durch Eltern aus ihrer Schule zustande gekommen, über Verwandte von Verwandten und Bekannten. Die ältere Dame vermietete ein oder zwei Zimmer, um sich finanziell über Wasser zu halten, hatte offenbar nichts gegen eine überzeugt säkulare jüdische Mitbewohnerin, von der ihr amerikanische Freunde berichteten und die vor allem nach einem oder anderthalb Jahren schon weiterziehen würde, Richtung Westbank oder gar mit Unicef ganz nach Jordanien in das Flüchtlingslager Za'atari.

In Jerusalem wollte Sandy zunächst Arabisch lernen, um später ihre Schüler auch zu verstehen. Das alles ließ sich gut mit dem Baby verbinden. Vor allem deswegen hatte sie sich im muslimischen Teil der Altstadt niedergelassen, wo zu der Zeit etwa 20 000 Palästinenser lebten. Mit Farah, ihrer Vermieterin, wollte sie so schnell wie möglich auf Arabisch kommunizieren. Anderes wäre auch gar nicht möglich gewesen, Sandy sprach kein Hebräisch. Und so nützte ihr auch nicht, dass Farah, die schon vor langer Zeit die israelische Staatsbürgerschaft beantragt und nach Jahren des Wartens und der Prüfung auch erhalten hatte, beider Sprachen mächtig war. Sie schien, wie Sandy Amie in kurzen Sätzen berichtete, eine gebildete ältere Dame zu sein, die einmal Bibliothekarin gewesen war und dann ihre Arbeit verloren hatte. Ihr Mann war während des Sechstagekriegs einem Herzinfarkt erlegen, beide Kinder – etwa zehn Jahre älter als Sandy – lebten in Montreal und New York und unterstützen sie finanziell. Es wirke, so berichtete Amie Homer nach ihrer Rückkehr, ohne dass sie sich vor Ort ein Bild der Unterkunft hatte machen können, alles vergleichsweise geordnet. Farah hatte einen

Bezug zum Westen und sie schien vor allem eines mit Sandy zu teilen: eine ungebrochene Friedenssehnsucht und ein großes Herz.

Ihre Wohnung in der Bronx hatte Sandy Amies Berichten nach untervermietet – immerhin ein Zeichen, dass sie die Türen zu ihrer alten Welt nicht gänzlich zugeschlagen hatte. Im Gegenteil, spätestens dann, wenn ihr Sohn schulpflichtig würde, wollte sie in die Vereinigten Staaten und sogar auch an ihre alte Schule zurückkehren. Auch das hatte sie Amie erzählt.

Homer beruhigten diese Nachrichten sehr. Das Gesamtpaket ihres neuen Lebens, das sich Sandy über die Monate vor ihrer Abreise augenscheinlich geschnürt hatte, erschien ihm solide. So ganz Hals über Kopf hatte sie die Vereinigten Staaten dann doch nicht verlassen. Vielleicht noch nicht einmal früher als geplant.

Für Josie und Hank waren Amies Berichte allerdings kein Grund, sie in ihrer nach Homers Dafürhalten übertriebenen Sorge und ihrem Furor etwas zu besänftigen. Warum täte sie ihr das alles an, seufzte Josie immer wieder verzweifelt, um dann hin und wieder aufzuzählen, welche Zumutungen sie seitens ihrer Tochter schon hatte ertragen müssen: ihre Karriere als Lehrerin für benachteiligte Kinder und ihr Engagement am hoffnungslosen Ende der Gesellschaft, das Leben in den Bronx, dann das uneheliche Kind ohne Vater und jetzt auch noch den Plan, sich weiter gen Osten zu bewegen in eine zutiefst feindliche Welt, in der Menschen einer Herkunft wie Sandy nichts verloren hatten. Der Gram über die verlorene Tochter, als die sie Sandy in den Monaten nach Matts Beerdigung immer wieder bezeichnete, hatte scharfe Rillen in die bis dahin glatte Haut um die Mundwinkel getrieben.

Immerhin meldete sich Sandy von Zeit zu Zeit. Dann schrieb sie Mails an die Familie mit großem Verteiler, alle wurden mit den gleichen Nachrichten aus der so fremden, israelisch-arabischen Welt bedacht, ganz so, wie es Matt seinerzeit gemacht hatte, als er die Familie regelmäßig über den Verlauf seiner Krankheit informierte. Sie blieb dabei aber deutlich knapper und vager als er. Eines unterließ sie vollständig: Sie schickte keine Fotos von sich und ihrem Sohn.

Louis war in einem Krankenhaus in Ostjerusalem zur Welt gekommen, eine Klinik im Bezirk Sheikh-Jarrah, in der vor allem Ärzte aus der Westbank arbeiteten, die allerdings zunehmend von Israelinnen und ihren Männern als Geburtsstation ausgesucht wurde. Sandy hatte Amie gegenüber darüber einmal gesprochen. Der

Gedanke, dass das Krankenhaus nicht nur Geburtsklinik, sondern auch eine Art Begegnungsstätte von Palästinensern und Israelis, von Juden, Muslimen und sogar Christen war, hatte ihr gefallen. Louis solle ein Sohn des Friedens werden, der Hoffnung, der gegenseitigen Akzeptanz und vor allem auch der Empathie. Amie hatte das nicht weiter kommentiert.

Das Krankenhaus hatte alles, was moderne Geburtsstationen auch in Deutschland anboten: Einen Pool für eine Wassergeburt, Seile, die von der Decke hingen und das Kreißen erleichtern sollten. Anfang der Nullerjahre kam das alles in Mode – auch in Israel, und immer mehr werdende Mütter fanden sich dort ein.

Sandy war schon zur Geburtsvorbereitung dorthin gegangen. Niemand fragte sie, wo denn der Vater des Kindes sei. Von einem traditionellen Krankenhaus hatte sie, wie sie Amie sagte, anderes erwartet. In dieser Klinik aber fühlte sie sich auch ohne Ehemann oder Kindsvater willkommen. Und niemand hatte etwas dagegen, dass sie von Farah, ihrer Vermieterin, zum Entbindungstermin begleitet wurde. Sie hatte ja sonst niemanden in der historischen Stadt.

»Ist denn keiner von der Familie hingefahren, um sie nach der Geburt mal zu sehen?«, fragte ich.

Homer schüttelte langsam den Kopf.

»Nein. Hank und Josie haben sich einfach nicht getraut.«

Die Tatsache, dass ihre Tochter bisher nicht einmal der Bitte nachgekommen war, ein aktuelles Foto ihres Sohnes zu schicken oder sonst über ihn Auskunft zu geben, interpretierten sie dahingehend, dass sie in Jerusalem nicht willkommen waren. Hank hatte nach Homers Worten seine Mühe damit, Josie zu beschwichtigen und sie immer wieder zu trösten. Das würde schon noch, pflegte er zu sagen. Geduld, Geduld, Geduld. Sandys Groll werde irgendwann verfliegen, ihr Mitteilungsbedürfnis wieder erwachen. Dann würden sie beide willkommen sein. Hank setzte seine ganze Hoffnung darein.

»Bei mir war es ein bisschen anders«, sagte Homer plötzlich.

Er richtete sich auf, senkte die Augenlider, als müsste er sich konzentrieren, um die Erinnerungen wieder hervorzurufen. Dann fuhr er fort.

»Im Frühjahr letzten Jahres musste ich geschäftlich nach Tel Aviv. Amie schlug mir vor, ob es nicht eine gute Idee wäre, meine Schwester in Jerusalem zu treffen. Sandys Sohn war da bereits anderthalb Jahre alt. Amie fand, es sei an der Zeit, einen Besuch zu wagen und zu sehen, wie es ihr ging und was ihre weiteren Pläne waren.«

Mitten im Satz stockte er, schaute mich an und schien zu überlegen. Ich nickte ihm ermunternd zu, damit er weitersprach.

»… ich weiß nicht.«

»Was?«

»Ich weiß nicht, warum ich mich darauf eingelassen habe.«

Wieder hielt er inne. Ich wartete. Homers Knie begann sich auf und ab zu bewegen wie der Nadelfuß einer Nähmaschine. Dann schüttelte er gedankenverloren den Kopf, schloss die Augen, seufzte und sagte unvermittelt:

»Ich kann es immer noch nicht glauben.«

25

Amie stand die ganze Zeit über in regelmäßigem Kontakt zu seiner Schwester. Sie telefonierten nicht allzu häufig, dafür aber regelmäßig und tauschten darüber hinaus Messenger- und WhatsApp-Nachrichten aus. Amie handhabe den delikaten Kontakt äußerst geschickt, wie Homer meinte. Es ging darum, den Faden zu seiner Schwester nicht abreißen zu lassen. Ganz einfach war das nicht. Nachfragen, sagte Amie, halfen da überhaupt nicht, wenn Sandy einmal 14 Tage nichts hören ließ. Sie wären kontraproduktiv. Am besten war es, sie schickte ihr humoristische Kommentare oder kleine Fotos aus ihrem eigenen Leben. Oder, noch besser, sie fragte Sandy in einer persönlichen Sache um Rat.

Es glich einem Balanceakt, den Amie vollzog. Sie wandere auf schmalem Grat, erklärte sie Homer, jedes Mal, wenn er ungeduldig fragte, ob seine Schwester etwas von sich habe hören lassen. Und Homer bewunderte sie dafür. Immerhin versetzten ihn die Informationen, die er von seiner Assistentin bekam, in die Lage, der Familie beruhigende Nachrichten zu überbringen, dass es Sandy gut ging und noch ein Verbindungsfaden zwischen ihr und ihnen, zwischen Jerusalem und New York existierte – wenn auch ein zarter.

Andererseits erschrak er darüber, wenn er aufgrund der Nachfragen, vor allem von Josie, feststellen musste, wie wenig er über das Leben seiner Schwester im arabischen Teil der Altstadt wusste. Er hatte keine Ahnung, wie sie den Alltag verbrachte, wie sein kleiner Neffe aussah. Er konnte sich nicht vorstellen, wie sie ihr Zimmer eingerichtet hatte, oder gar, wie die Wohnung von Farah geschnitten war. Lag sie im ersten oder zweiten Stock? Er wusste noch nicht einmal, wer Farah überhaupt war. Wie alt war sie? Wie war die Verbindung tatsächlich zustande gekommen? Wichtiger noch: Wie sehr zog sie Sandy weiter in ihre arabische Welt? Er hatte sich an eine vage Vorstellung von ihr gewöhnt, so wie sie über die Monate in seinem Gehirn entstanden war, wenn Amie die eine oder andere Nebenbemerkung über sie fallen ließ.

»Sie war für mich das Inbild der freundlichen älteren Dame, die das Leben im Nahen Osten schon früh hatte altern lassen«, sagte er. »Sie trug grundsätzlich schwarz, wie so viele arabische Frauen, bodenlange wallende Gewänder und einen Hijab in gleicher Farbe, der ihr eisgraues Haar verdeckte. Ihre Haut war über die Jahrzehnte von der Sonne gedunkelt. Die Gesichtszüge blieben unbestimmt. Aber die Augen sah ich vor mir. Sie waren hell, hellgrau.«

Nur dass diese Vorstellung mit der Wirklichkeit wenig zu tun hatte. Amie wurde nicht müde zu behaupten, dass sie in den Nachrichten, die sie mit Sandy austauschte, keinerlei Veränderung vernahm. Sandy war immer noch die alte. Ein bisschen verbissen und vor allem besessen von der Idee, bald nach Jordanien zu fahren, um sich mit den lokalen Vertretern von Unicef, mit denen sie längst Kontakt aufgenommen hatte, im Flüchtlingslager Za'atari zu treffen und sich womöglich ihren künftigen Arbeitsplatz dort anzuschauen. Ihr Arabisch war angeblich nach einem Jahr bereits gut genug, um sich mit Farah über das Lebensnotwendige und die Alltäglichkeiten auszutauschen. Für Kinder im Grundschulalter, die Englisch lernen sollten, würde das reichen.

Als Homers Reise bevorstand, schlug Amie ihm vor, an seinen Aufenthalt in Tel Aviv, der am Ende einer Europa-Tour über Österreich, die Schweiz und Mailand stehen sollte, einen Tag anzuhängen, um nach Jerusalem zu fahren. Seine Tage waren mit Terminen, Beratungsgesprächen, Konferenzen, Personalgesprächen und wieder Konferenzen verplant, Geschäftsessen mittags und abends und spätabends dann noch die Durchsicht vieler Unterlagen. Homer war, als er mit Amie über die Tel-Aviv-Reise sprach, zunächst gar nicht in den Sinn gekommen, sich mit seiner Schwester zu treffen. Als Amie ihn darauf ansprach, zauderte er. Ob die Zeit bereits reif dafür war, wollte er von seiner Assistentin wissen. Immerhin hatte sich seine Schwester mit den Worten von ihm verabschiedet, sie liebe ihn noch immer, aber sie möge ihn nicht mehr. Erfolgsbesessen sei er, eindimensional, geldgierig. Mehr noch, er sei dabei, die Familie damit zu verseuchen, ihren Dad habe er schon infiziert.

Mit einer kurzen Handbewegung wischte Amie seine Bedenken beiseite. Sie werde seiner Schwester schon beibringen, dass ihr Bruder einen Tag in Jerusalem sei und sie unbedingt sehen wolle. Immerhin könne er sich dann selbst ein Bild von ihren Lebensumständen machen und vielleicht sogar einmal seinen kleinen Neffen zu Gesicht bekommen. Mit ihren braunen runden Augen blickte sie, nachdem sie zu Ende gesprochen hatte, freundlich vom Schreibtisch zu ihm auf, er war auf dem Weg aus seinem Büro durch das Vorzimmer nach draußen vor ihr stehen geblieben. Sie schlug die Lider einmal herunter und wieder hinauf, er kannte diese Augenbewegung schon lange und hatte sie zu deuten gelernt. Es sei jetzt an der Zeit, sein Einverständnis zu erklären.

»Amie hat Sandy dann gefragt, ob sie mich treffen wollte. Vielleicht hätte meine Schwester sonst auch gar nicht eingewilligt. Sie hat allerdings von vornherein festgelegt, dass wir uns nicht bei ihr zu Hause treffen. Ich sollte auch nicht darauf hoffen, ihren Jungen zu Gesicht zu bekommen. Wir könnten uns in einem Café sehen, Louis würde bei Farah bleiben. Da ließ sie nicht mit sich reden.«

»Und, hast du sie denn dann gesehen?«, fragte ich wohl etwas ungeduldig, denn Homer hob fast erschrocken den Kopf.

Dann nickte er.

Sie hatten sich zum Frühstück um zehn Uhr im Wiener Café des Österreichischen Hospizes in der Altstadt verabredet. Er wunderte sich zunächst über den Ort, auf dem seine Schwester bestanden hatte. Sie hatte sich, wie sie Amie erklärte, mit einer Mitarbeiterin dort angefreundet, die ihrerseits bereits in Za'atari gewesen war. Beide hatten sich immer wieder getroffen und Erfahrungen und Pläne ausgetauscht. So hatte Sandy auch lernen müssen, dass es unumgänglich war, Arabisch zumindest in Grundzügen zu beherrschen. Sonst käme man dort nicht zurecht.

Homer und Sandy trafen vor den wuchtigen Sandsteinmauern des Österreichischen Hospizes direkt aufeinander. Homer hatte sich von seinem Taxifahrer im King David Hotel abholen lassen und war am Damaskus-Tor ausgestiegen, um von Norden die knapp 300 Meter bis zum Hospiz hinunterzulaufen. Sandy war von Süden gekommen. Unvermittelt standen sie voreinander. Sie starrten sich an wie zwei Fremde, die sich den Weg versperren. Homer bemerkte sofort, wie sich in ihre Überraschung ein gewisser Unmut mischte, so als hätten sie überhaupt keine Verabredung und es wäre nur purer Zufall gewesen, dass sie sich ausgerechnet in Jerusalem über den Weg liefen, was sie eigentlich lieber vermieden hätten. Homer musste schlucken, wurde auf einen Schlag unsicher und ungelenk. Er wusste nicht, wohin mit seinen Armen. Sein Mund war schon vorher trocken gewesen, sodass er sich im Hotel noch eine kleine Wasserflasche mit auf den Weg genommen hatte.

Abends vorher, so erzählte er mir, hatte er sich ihr beider Wiedersehen immer wieder ausgemalt – im Café des Hospizes, wo er ein wenig später aufschlagen wollte, während sie da schon saß. Er würde sie als Erster entdecken, bevor sie ihn sehen würde. Das gäbe ihm die Zeit, tief Luft zu holen, ein strahlendes Lächeln aufzusetzen und erstmal nur fünf Worte zu sagen: »So good to see you.«

Nichts von dem funktionierte. Stattdessen stieß er ein unfreundliches »Oh!« aus und ärgerte sich im nächsten Moment darüber. Seine Schwester blieb stumm und feindselig. Dann erst, ein paar Sekunden später breitete er die Arme aus. Doch Sandy wandte sich ab, drehte sich zum Tor, das sich in dem Moment einen Spaltbreit öffnete, um drei zierliche Pilgerinnen höheren Alters heraus- und die Halbgeschwister hineinzulassen.

Als Sandy vor ihm die steile Treppe zur Terrasse hinaufstieg, bemerkte er, wie schmal sie geworden war. Ihre Beine steckten in dunklen Leggins, deren Stoff ein wenig an Spannkraft eingebüßt hatte. Darüber trug sie ein längeres schwarzes T-Shirt und eine eng taillierte sehr kurze Jacke aus schwarzem Jeansstoff. Ihre Haare hatte sie auf Bob-Länge gekürzt, der sehr kurze, sehr gerade Pony gab ihr etwas Mondänes, was so gar nicht zu ihr, Jerusalem und ihren Plänen passen wollte. Zudem trug sie knallroten Lippenstift. Äußerlich war sie, wie Homer fand, eine andere geworden, was vielleicht daran lag, dass sie für ihn immer noch die kleine Schwester war. Offenbar hatte er sie über die anderthalb Jahre, die sie sich nicht gesehen hatten, vor seinem geistigen Auge wieder in ein junges Mädchen zurückverwandelt. Umso mehr fiel ihm auf, dass sie gealtert war, ihre Jugendlichkeit verloren hatte. Aber sie war schließlich fast vierzig.

Das altmodische Restaurant im Stil eines schlichten Wiener Kaffeehauses, das seine besten Zeiten hinter sich hatte, war leer bis auf ein Pärchen an einem der mittleren Tische. Die meisten Pilgergäste hatten sich draußen auf die Terrasse unter die aufgespannten Sonnenschirme gesetzt, tranken Melange und aßen Sachertorte. Sandy war instinktiv nach drinnen gelaufen, Homer folgte ihr. Sie setzte sich auf eine der Eckbänke, deren Polster mit abgesessenem weinroten Samtstoff überzogen waren, Homer nahm im rechten Winkel zu ihr Platz. Ohne ein weiteres Wort zu sagen, schob sie ihm eine der beiden abgegriffenen Speisekarten zu, die auf den Tischen lagen, und blätterte unentschlossen in einer zweiten. Homer bemerkte, dass sie leicht zitterte. Als sie dessen gewahr wurde, legte sie die Speisekarte wieder auf den Tisch.

»Ich kenne das Menü auswendig. Es ist seit mindestens einem Jahr dasselbe«, sagte sie eher zu sich als zu ihm, schaute ihn dann aber erwartungsvoll an. »Was nimmst du?«

»Moment, so schnell bin ich nicht. Kannst du mir was empfehlen?«

»Ich trinke eine Melange. Hunger habe ich nicht. Wenn du was essen willst, dann nimm den Apfelstrudel. Der ist wirklich gut – Old Vienna.« Erstmals lächelte sie.

Homer nickte. Sie stand auf, denn man musste am Tresen bestellen, kam zurück, setzte sich wieder auf die Bank und blickte ihn an. Immer noch lächelte sie verhalten.

»Wie geht es zu Hause?«, fragte sie.

»Wie geht es dir?«, fragte Homer zurück. Er sprach leise, ganz vorsichtig, wollte vermeiden, dass sie den Eindruck bekäme, er würde sie sofort ins Verhör nehmen. Dann schob er noch nach: »Und vor allem, wie geht es Louis?«

»Gut«, gab sie zurück. Ihr Lächeln hellte sich auf. »Er macht Fortschritte, kann seit ein paar Wochen laufen. Ich denke, das Übliche.« Sie nickte mehrmals. Dann lachte sie einmal kurz: »Er hält Farah und mich ganz schön auf Trab. Er schläft einfach nicht viel.«

Es war geschickt, erst einmal nach seinem Neffen zu fragen. Das hatte ihm Amie geraten. Sie hatte auf ihn eingeredet, jede

Konfrontation zu Beginn zu unterlassen und auf eventuelle Vorwürfe keinesfalls zu reagieren.

»Kommst du klar?«, fragte Homer weiter. »Fehlt es dir an irgendetwas?«

»Wenn du Geld meinst«, sagte Sandy und legte den Kopf zur Seite, »das wird in der Tat langsam knapp, vor allem, so lange ich nicht arbeite, sondern mich damit beschäftige, Arabisch zu lernen. Aber das wird sich in drei Monaten ändern.«

Homer neigte Kopf und Oberkörper leicht nach vorne – als Aufforderung an sie, weiterzusprechen. Es war seine Art der Körpersprache, die er in schwierigen Verhandlungen einsetzte, wenn er Interesse und Vertraulichkeit signalisieren musste.

»Ich werde nach Jordanien gehen und dort in Za'atari arbeiten, einem Flüchtlings-Camp. Sie brauchen dringend Betreuung für Kinder und vor allem Englischunterricht. Und du weißt, dass ich so etwas immer machen wollte. Weißt du, was Za'atari heißt?«

Homer schüttelte den Kopf.

»Ich habe noch nie von diesem Ort gehört. Wie sollte ich das wissen?«

»Man könnte es mit ›wo der Thymian wächst‹ übersetzen. Reiner Euphemismus. Thymian wächst da bestimmt nicht.« Dann lachte sie.

Homer nickte.

»Und Louis?«

»Den lasse ich erst einmal hier bei Farah. Sie ist wie seine Großmutter, kann sehr gut mit ihm umgehen. Manchmal habe ich das Gefühl, er hängt an ihr mehr als an mir. Ich würde an den Wochenenden zurückkommen …«

Sie stockte, hob die Hand, als wolle sie Homers Widerspruch, den sie erwartete, schon im Entstehen ersticken und fuhr fort:

»Das sind 250 Kilometer, für die man vier Stunden braucht. Gäbe es mehr Brücken über den Jordan, ginge es deutlich schneller.«

»Denkst du, dass dein Sohn das gut verkraftet?«, fragte Homer zweifelnd, biss sich aber im nächsten Moment auf die Lippen. Er wollte doch eigentlich nichts Kritisches sagen.

»Ich werde es ausprobieren. Das wissen die von Unicef auch. Aber die Kinder dort brauchen so dringend eine Perspektive. Ich will nicht pathetisch werden, aber wenn wir nicht eine ganze Generation fehlgeleiteter chancenloser Jugendlicher heranziehen wollen, dann müssen wir etwas tun. Das wäre dann mein Beitrag. Vielleicht nehme ich Louis irgendwann in einem halben Jahr mit, wenn die Arbeit dort gut läuft. Die meisten Helfer wohnen in Amman und pendeln täglich. Amman ist eine moderne Stadt. Das ist überhaupt kein Problem.«

Homer schwieg und überlegte. In dieser Hinsicht war seine Schwester immer noch die alte. Mit Beruhigung stellte er das fest. Gleichwohl erschien ihm Sandys Plan geradezu unverantwortlich. Er hatte insgeheim gehofft, dass sie spätestens dann, wenn sie erst einmal Mutter wäre, von ihrem Vorhaben abließe, sagte aber nichts weiter, sondern wartete, bis sie den Faden ihrer beängstigenden Pläne weiterspinnen würde. Sie aber tat das nicht, seufzte, und sagte dann:

»Ich habe mit Matt länger darüber gesprochen, als ich in San Francisco war. Auch er hat versucht, mich davon abzubringen – am Ende auch wegen des Kindes. Er sagte, es sei besser, dass es in Amerika aufwachse und nicht im Nahen Osten.«

Da war er wieder, sein Cousin, immer noch zugegen, gut anderthalb Jahre nach seinem Tod.

»Er fehlt mir so«, sagte Sandy weiter, tunkte den versilberten Löffel in ihre Tasse, die mit Milchkaffee noch halb gefüllt war, und begann, darin zu rühren.

Homer bemerkte, wie ihr zwei Tränen die Wangen hinunterliefen.

»Mir fehlt er auch. Wir alle vermissen ihn« – scheinbar gefühllos schickte er diesen Satz in den Raum, um dann hinzuzufügen: »Er war das Zentrum unserer Familie. Wenn wir uns in den Brooklyn Heights treffen, dann wird das immer klarer. Die Familie ist aus der Balance. Fällt ein bisschen auseinander. Jeder geht seiner Wege. Er war so unerreicht souverän und hilfsbereit.«

Auch das hatte Homer sich vorher zurechtgelegt; keine kritischen Worte zu Matt würden ihm gegenüber Sandy über die Lippen kommen. Zumindest nicht am Anfang des Gesprächs.

Sandy schaute auf und begann einen mehrminütigen Monolog über ihren Cousin, den sie so sehr liebte. Sie erzählte von kleinen Begebenheiten aus ihrer Jugend und den ersten Jahren an der Universität, berichtete von ihren vielen Unterhaltungen, von seinen nächtlichen Besuchen noch zu seiner New Yorker Zeit, wenn es ihr nicht gut ging, von seinem Engagement für ihren Verein, das sie zwei- oder dreimal wöchentlich habe telefonieren lassen. Dann schüttelte sie den Kopf, schaute Homer direkt in die Augen und sagte:

»Wir waren uns so unendlich nah.«

Damit hatte Homer nicht gerechnet. Und er wusste diesem Satz nichts zu entgegnen, weniger weil ihn dieses Geständnis überraschte, um die Nähe wusste er längst, sondern weil er gar nicht so genau hören wollte, was sie eigentlich meinte. Es dämmerte ihm vage, sein Magen zog sich ganz plötzlich zusammen aus Angst vor dem, was Sandy vielleicht gleich noch zum Besten geben würde und wozu er keinesfalls Stellung beziehen mochte. Darauf war er nicht vorbereitet. Homer hasste Gespräche, die seiner Kontrolle entglitten und stand seinem Empfinden nach doch kurz davor. Er begriff nicht, dass sie ihm eine Vorlage gegeben hatte, um endlich jenes Gespräch in Gang zu setzen, das er immer hatte führen wollen. Aber er trat den Rückzug an.

»Ich kann dich verstehen«, setzte er stockend an. »Wir waren uns auch sehr, sehr nahe. Vor allem in der Junior Highschool. Näher, als mir über die Jahre gut bekommen ist.«

Sandys Gesichtszüge verhärteten sich urplötzlich, sie kniff die Augen zusammen, fixierte ihn einen Moment, um wenig später einen erneuten Seufzer auszustoßen.

»Ach, Homer, schieb doch dein ganzes Unglück nicht immer auf andere. Matt hat damit rein gar nichts zu tun. Ich dachte immer, inzwischen wärest du weiter.«

Homer aber blieb stur. Ohne dass er es wollte, legte seine Stimme an Lautstärke zu.

»Doch! Matt hatte seinen Anteil daran. Denkst du nicht, ich hätte in den vergangenen anderthalb Jahren nicht auch darüber nachgedacht?«

»Homer, er ist tot. Er ist nicht mehr da. Wie kommst du jetzt darauf, mit ihm posthum eine Rechnung aufzumachen?«

Da saß er und schaute sie an. Das Gespräch war dabei, ihm zu entgleiten, weil Sandy nicht bereit war, sich auf ihn einzulassen und er sich auf sie. Wie sehr hatte er sich vorgenommen, ihr all das zu erzählen, was er von früher mit sich herumtrug. Die Wahrheit über sein Leben als Außenseiter der Familie, die Sehnsucht danach, doch Teil des Ganzen zu werden, die er sich allerdings in dem Moment verboten hatte, als ihm sein Vater eröffnete, dass Josie ein Kind, nämlich sie erwartete. So gerne hätte er ihr erzählt, wie sehr er sein halbes Leben unter Matt und seiner gnadenlosen Souveränität gelitten hatte und danach unter seinem Tod. Er fehlte ihm so. Für dieses Gespräch hatte er sich vieles zurechtgelegt, wollte ihr erklären, warum er damals nicht ins Meer gerannt war, um sie der Strömung zu entreißen oder es zumindest zu versuchen. Wie aber seine Beine wie angewurzelt stehen blieben auf dem ockergelben, vom Wind gepressten harten Sand, sich einfach nicht bewegen ließen, wie sein Hirn aussetzte, ihn zum Schauen verdammte wie vor einer Leinwand im Kino, auf der sich gerade eine Katastrophe abzeichnete. Er wollte sich entschuldigen, auch wenn seine Paralyse nicht entschuldbar war. Und er wollte ihr sagen, wie unendlich groß seine Sorge um sie seit dem Moment sei, seit sie ihrem alten Leben den Rücken gekehrt hatte und nach Jerusalem gezogen war, während sie die Familie auf Abstand hielt. Dass sie in den Brooklyn Heights ihnen allen so fehlte, vor allem ihm. Und dass er wisse, dass die Millionen, denen er seit Jahren hinterherjagte, die Deals, die er schloss, nichts zählten, solange sie nicht nach Hause käme.

Wie viele Worte hatte er in den vergangenen Tagen gesammelt, abends, nachts, im Flugzeug. Aber sie waren ganz plötzlich nicht mehr verfügbar, lagen tief hinten in irgendeiner Schublade, zu der er den Schlüssel nicht fand. Also sagte er all das nicht. Er traute sich nicht und er konnte nicht. Stattdessen spülten die Erinnerungen mit einem Mal jene kindliche Wut in ihm hoch, die er in den Monaten empfunden hatte, als Josie den Platz seiner Mutter und Sandy den seinen einnahm, und wie sie beide zwischen ihm und seinem Vater eine Linie zogen, die er nicht zu übertreten hatte. Die Wut überschwemmte jede Windung seines Gehirns. Er betrachtete Sandy gegenüber, sah, wie sie weiter nach hinten rückte, sich ganz in die Ecke der Sitzbank schob, langsam hinter einer Wand aus Milchglas verschwand, wie die tiefroten Polster um sie herum immer mehr an Farbe verloren, wie sie ihn mit großen, erwartungsvollen Augen und zusammengepressten Lippen anschaute, als traute sie sich nicht, ihn zu ermutigen, endlich all das auszuspucken, was gesagt werden musste, oder als wartete sie auf seinen ersten Schritt. Doch er blieb stumm und hasste sich für sein Schweigen genauso wie für seine Sentimentalität. Er konnte nicht anders.

Wie viele Sekunden oder Minuten sie sich schweigend gegenübersaßen, wusste Homer nicht mehr. Es kam ihm, erinnerte er sich, vor wie eine halbe Ewigkeit angespannter Lähmung, verursacht durch den erbarmungslosen Widerstreit seiner Wut mit der Sehnsucht, sich endlich zu versöhnen. Doch die Wut behielt auch diesmal die Oberhand.

Auf einmal stand seine Schwester auf, legte ihm kurz die Hand auf den Arm, schälte sich dann am Tisch vorbei aus der Bank. Stand für den Moment eines Wimpernschlags neben ihm, hob die Hand, um sie ihm noch einmal auf die Schulter zu legen, zog sie dann aber wieder zurück, drehte ihm abrupt den Rücken zu und verschwand am Tresen vorbei in Richtung Ausgang.

Er verharrte einen kurzen Moment, bevor er begriffen hatte, dass seine Schwester nicht mehr da war. Dann sprang auch er auf, stürzte Richtung Ausgang des Cafés, durch die Eingangshalle, an der Rezeption vorbei, nahm die Treppen hinunter zwei Stufen auf einmal, lief über die Terrasse und weiter hinab zum Tor. Als er es öffnete, um ihr nachzurufen, war sie bereits in dem Strom an Einwohnern, Touristen und schwerbewaffneten Soldaten, die sich weiter in Richtung Zentrum schoben, verschwunden.

Es war sein letztes Gespräch mit seiner Schwester. Als er an jenem Abend im Hotel de Rome daran zurückdachte, war ihm mit seinem Wissen um das, was danach passierte, längst klar, dass auch Sandy ihm etwas hatte sagen wollen und es nicht tat. Und dass sie wahrscheinlich nur darauf gewartet hatte, dass er einen ersten, kleinen Schritt auf sie zugeht.

26

»Wie anders würde das Leben verlaufen, wenn man im Vorhinein wüsste, wann es einem die letzte Chance gibt«, sagte Homer tonlos.

Erneut hatte er die Füße auf den Couchtisch in seiner Suite gelegt. Er presste seinen Kopf einen Moment lange in die Sessellehne, um sich kurz danach aufzurichten. Ich hatte jegliches Zeitgefühl verloren.

»Das Gespräch mit Sandy war meine letzte Chance«, fuhr er fort. »Wirklich meine letzte Chance. Danach habe ich sie nie wiedergesehen.«

So wie sie es ihm angekündigt hatte, machte sich Sandy tatsächlich ein paar Monate nach ihrer Begegnung im Österreichischen Hospiz auf den Weg nach Jordanien. Sie hatte eine erste Fahrt nach Za'atari geplant, um sich dort einmal umzuschauen, war vorher nach Tel Aviv gefahren, hatte sich mit zwei NGO-Mitarbeitern für einen

Erfahrungsaustausch getroffen. Die beiden boten ihr an, sie im Auto mitzunehmen. Ein paar Tage später stieg sie in deren reichlich verbeulten silbergrauen Ford Mondeo Kombi aus dem Jahr 1998, um die Reise Richtung Jordanien anzutreten. In vier oder fünf Stunden wollten die drei vor dem Tor des abgeriegelten und schwer bewachten Camps in Za'atari stehen. Die beiden Fahrer, ein Österreicher und ein Amerikaner, hatten dauerhafte Passierscheine. Sie arbeiteten dort in einer Schule und hatten Sandy einiges über ihre Aufgaben erzählt. Sandy selbst hatte sich mit Unicef in Verbindung gesetzt und sichergestellt, dass sie bei ihrem ersten Besuch des Lagers von einer Mitarbeiterin erwartet würde. Voller Tatendrang brach sie mit ihren beiden Begleitern auf. Ankommen aber sollte sie in Za'atari nie.

Hinter Bet She'an kurz vor der jordanischen Grenze geriet ein Lastwagen vor ihnen plötzlich ins Schlingern und dann auf die Gegenfahrbahn. Wahrscheinlich war der Fahrer für einen Moment eingenickt. Das jedenfalls nahm die israelische Polizei an, die später versuchte, den Unfallhergang zu rekonstruieren.

Auf der Gegenfahrbahn kollidierte er mit einem Minibus, der zu der Zeit glücklicherweise keine Passagiere transportierte. Der Frontalzusammenstoß kostete den Minibusfahrer sofort das Leben. Der Aufprall war so heftig, dass sich der Transporter querstellte. Der Österreicher am Steuer des Mondeo, in dem Sandy auf dem Beifahrersitz saß, hatte trotz Vollbremsung keine Chance und rutschte mit hohem Tempo direkt auf die linke Heckseite des Transporters. Wie ein Schwert grub sich die scharfkantige Ecke des alten Lasters in den Mondeo zwischen Sandy und den Fahrer, der wie durch ein Wunder mit leichten Verletzungen davonkam. Sandy hatte dagegen weniger Glück und erlag noch am Unfallort ihren Verletzungen. Sie hatte einen Genickbruch erlitten.

Das, was die Familie im Nachhinein in Erfahrung brachte, war von tödlicher Banalität. Offenbar waren die Kopfstützen viel zu niedrig eingestellt und der Gurt zu lose. Homer mutmaßte sogar, dass Sandy, wie schon früher, wenn sie zusammen im Auto saßen und sich ein Teil des Sicherheitsgurtes in ihren Hals drückte, den linken Arm über den Gurt gezogen und damit die Dreipunkt-Sicherung außer Kraft gesetzt hatte. Das machte sie meistens bei längeren Fahrten – vor allem auf wenig befahrenen Landstraßen und Autobahnen. Durch den Aufprall wurde Sandy ein wenig zu weit aus dem Beifahrersitz gehoben. Ihr Kopf war ungeschützt, schlug erst nach vorne und dann hinten. Sie hatte keine Chance. Warum der Fahrer, ein erfahrener Mitarbeiter einer NGO, der das Lager seit seiner Entstehung kannte und die Strecke in den vergangenen Jahren schon hundertfach zurückgelegt hatte, nicht deutlich mehr Abstand zu dem vor ihm fahrenden Lastwagen gehalten hatte, wusste sich niemand zu erklären. Weder er noch sein Freund und Mitfahrer konnten sich daran erinnern. Oder sie wollten es nicht. Alle Befragungen liefen ins Leere.

»Warum es ausgerechnet Sandy treffen musste – wir wissen es nicht«, schloss Homer, verstummte und starrte auf den Couchtisch vor ihm.

Mich wunderte, wie sachlich er vom Tod seiner Schwester berichtete. Und es sah nicht so aus, als würde er um Fassung ringen. Als ich ihn dann aber fragte, wie er davon erfahren habe, stieg etwas in ihm auf, das stärker war als all die Contenance, die er diesmal aufzubieten hatte. Er schaute mich an, öffnete den Mund, schloss ihn wieder, als er merkte, dass er keinen Ton herausbringen würde und schloss die Augen.

Eine ganze Weile verharrte er so. Schließlich hob er den Kopf. Ich wagte nicht, weiter zu fragen, fürchtete, dass der die Fassung verlieren würde. Und so blieben viele Dinge im Vagen. Wie er von dem Tod erfahren hatte, wer von der Familie nach Jerusalem geflogen war, um alles zu regeln und den Leichnam in die Vereinigten Staaten zu überführen, wie es den Beifahrern erging, ob Sandys Eltern bei Gericht eine Klage einzureichen gedachten, wo Sandys Leichnam begraben worden war und wie. Und dann fiel es mir ganz plötzlich ein, dass das nicht alles gewesen war mit Sandy und ihrer Familie. Sondern dass da noch jemand an jenem Tag auf sie gewartet hatte im arabischen Viertel der Altstadt von Jerusalem, der sie genauso brauchte wie die Kinder von Za'atari.

Es war Louis, ihr zweijähriger Sohn, der vergeblich seiner Mutter harrte, um sie nach ihrer Rückkehr in die Arme zu schließen. Und so stellte ich nach Homers Bericht dieser jüngsten Katastrophe seiner Familie nur noch diese eine Frage:

»Wo ist Louis?«

27

Homer hob den Kopf, so als habe er auf diese Frage gewartet.

»Willst du wirklich alles bis zum Ende hören?«, fragte er mich in einer Ernsthaftigkeit, die mich erschreckte.

Ich nickte.

Louis war tatsächlich erst einmal bei Farah geblieben. Sie hütete ihn wie ihren eigenen Enkel. Farah kannte Sandy seit gut zwei Jahren, Louis ebenso lange. Wie Homer später erfuhr, hatten die beiden durchaus ein inniges Verhältnis entwickelt, eine große Vertrautheit. Doch war Sandy nicht Farahs Tochter, Louis nicht ihr Enkel, ihr Zusammensein in der arabischen Altstadt Jerusalems basierte lediglich auf zwei Verträgen: einem Miet- und einem Betreuungsvertrag. Sandy hatte in Farahs Wohnung zwei Zimmer gemietet und zahlte ihrer Vermieterin darüber hinaus auch noch ein kleines Salär für die Stunden, die sie sich um ihren Sohn kümmerte.

Gleichwohl war Louis nicht Farahs Lebensinhalt, nur weil sie keine Beschäftigung mehr hatte und niemanden, den sie hin und wieder an sich drücken konnte, um ihr die Einsamkeit zu nehmen. Natürlich war ihr der kleine Junge in den vergangenen Jahren ans Herz gewachsen, doch sie liebte ihn nicht so vereinnahmend wie eine blutsverwandte Großmutter. Mit Sandy verhielt es sich ähnlich. Sie verstanden sich gut, lachten zusammen und vertrauten sich ihre intimsten Gedanken an, wie man es nur kann, wenn man weiß, dass der andre ein Außenstehender ist und bleibt. Es ließe sich auch anders formulieren: Sandy und ihr Sohn halfen Farah, etwas besser mit der mageren Witwenrente über die Runden zu kommen. Israel war teuer. Ihre eigenen Kinder schickten aus dem Ausland ebenfalls ein wenig Geld, sodass sie ein einigermaßen komfortables Leben führte und sich hin und wieder auch den Luxus eines Café- oder Restaurantbesuches mit einer Freundin leisten konnte.

Homers Familie war mit der Situation überfordert. Allen voran waren es Josie und Hank. Natürlich hatten sie sofort die Überlegung angestellt, ihren Enkel nach Brooklyn zu holen. Wo sonst sollte er aufwachsen, wenn es den Vater nicht gab und die Mutter verstorben war. Josie wäre am liebsten eher früher als später nach Jerusalem geflogen, um ihn dort abzuholen. Doch so leicht war das nicht. Man nahm nicht einfach ein Kind mit ins Flugzeug. Louis war zwar gemeldet, besaß aber keine Papiere. Das alles musste organisiert werden. Über die israelischen Behörden, die amerikanische Botschaft und entsprechende amerikanische Institutionen. Sie hatten allerdings keine Möglichkeit, mit Farah in Kontakt zu treten. Einzig Amie und inzwischen natürlich Homer verfügten über eine Telefonnummer in Jerusalem, unter der sich Farah erreichen ließe, Amie sogar über ihre Adresse.

Und so war es wieder einmal Amie, die begann, die Dinge in die Hand zu nehmen und mit Farah zu kommunizieren. So ohne Weiteres ging das nicht, denn Farahs Englisch hatte erhebliche Lücken. Trotzdem gelang es ihr, für die kommenden vier oder fünf Wochen Folgendes zu vereinbaren: Homer würde Farah für alle Eventualitäten eine mittlere fünfstellige Summe überweisen. Innerhalb von sechs Wochen würde Homer nach Israel fahren, sie besuchen und eine Lösung finden. Farah hatte sich zwischenzeitlich mit ihren Kindern im Ausland besprochen und gab mehr als deutlich zu verstehen, dass sie auf Dauer keine Verantwortung für Louis würde übernehmen wollen. »No responsibility« hatte sie sich zurechtgelegt und gleich mehrfach ins Telefon gerufen. Ihre Kinder, vermutete Homer, hatten ihr wahrscheinlich geraten, das amerikanische Waisenkind schnellstens loszuwerden. Man wisse ja nie, mit welcher Familie man sich einlassen würde. Am Ende gäbe es noch Klagen und Prozesse. Sie, Farah, würde jemand anderes finden, der ihr eine Aufgabe und einen bescheidenen Betreuungslohn einbringen würde. Und Amie hatte darauf immer mit »Don't worry, Sandy's brother will be coming very soon« entgegnet und versucht, sie zu beruhigen.

In der Familie selbst war derweil eine Diskussion entbrannt, in der sich der übermächtige Traditionalismus der Familie Pinsker und ihrer Nachfahren Bahn brach. Die Zwillingsonkel entpuppten sich als Hardliner, die ob der ungeklärten Herkunft von Louis jede Lösung ablehnten, mit der er – auf welche Art und durch wen auch immer – in die Familie integriert werden würde. Josie und Hank wurden von ihren Gefühlen hin- und hergerissen. Auch sie waren sich sicher, es fließe arabisches Blut durch die noch haarfeinen Adern des Louis Spiegelman. Das musste so sein, sonst, so ihre Überlegung, hätte Sandy die Familie niemals derart auf Abstand gehalten. Alle fürchteten sie, dass am Ende doch noch irgendein Vater auftauchen und Rechte geltend machen würde. Sie wussten ja nicht, welches

Arrangement Sandy mit wem auch immer getroffen hatte. Jedes Kind hatte schließlich einen Vater. Wollte man sich am Ende noch mit ihm in die Haare bekommen? Andererseits erschien der Familie die Tatsache, dass im Hause von Farah niemand mehr da war, der mit dem kleinen Enkel und Neffen in Englisch kommunizierte, fast unerträglich. Denn Enkel und Neffe, ein Blutsverwandter, das war er schließlich auch.

»Du kannst dir nicht vorstellen, was da für Argumente ausgetauscht wurden«, sagt Homer nachdenklich. »Das sind die Momente, in denen du deine Familie noch einmal richtig kennenlernst.«

Farah verweigerte jeden Kontakt, wollte ausschließlich mit Homer sprechen. Er sei der Einzige, dem sie Zutritt zu ihrem Haus gewähren würde, ließ sie über Amie ausrichten. Sie deutete zudem an, dass Sandy etwas für ihn hinterlassen habe. Was, wurde in den Gesprächen aber nicht ganz klar.

Geradezu erleichtert war Homer darüber, dass Amie die Verständigung mit Farah übernahm. Zumindest in dieser Hinsicht verhielt sich die ihm bis dahin vollkommen unbekannte Farah entgegenkommend. Amie hatte weder mit religiösen noch mit ethnischen Empfindlichkeiten etwas zu tun. Ihre religiöse Heimat war die presbyterianische Kirche, allerdings die mit einer sehr liberalen Ausprägung. Sie hatte weder gegenüber den Religionen an sich noch gegenüber den Konflikten, die sich am Jordan seit Jahrtausenden abspielten, Berührungsängste, hatte noch nicht einmal eine Meinung dazu. Und gerade das war in dieser vertrackten Situation von Vorteil.

Die Tage flossen dahin. Sie zerrannen Homer zwischen den Fingern. Amie hielt die zunehmend besorgtere Farah geschickt hin. Sie schien nicht zu verstehen, warum sich die Familie so viel Zeit ließ. Zumindest interpretierte Amie ihre Unruhe auch in dieser Hinsicht. Vielleicht war das aber auch Amies eigene Lesart der Dinge, dachte Homer zwischendurch. Und es war ja auch kaum verständlich, dass eine Großfamilie nicht in der Lage war, sich um einen kleinen Jungen zu kümmern. Aber was war schon verständlich in diesem eigenwilligen Familiengeflecht, in dem so viele Dinge niemals wirklich ausgesprochen worden waren?

28

Zehn Tage dauerte es, bis Homer beschloss, nach Israel zu fliegen. Diesmal allerdings hatte er keine Geschäftstermine auf seiner Agenda. Und er hatte, anders als sonst, einen kleinen Rollkoffer dabei. Allein allerdings wollte er nicht fahren. Er hatte Amie dazu überredet, ihn zu begleiten. Sie kannte Farah inzwischen vom Telefon. Sie hatte den Kontakt gehalten, und vor allem: Sie war eine Frau.

Es war nicht einfach gewesen, Amie zu dieser Reise zu bewegen. Er verstand nicht ganz, warum. Sie sagte ihm, sie habe Angst vor einer Verantwortung, die sie nicht würde tragen können. So hatte sie schon im Falle von Sandy empfunden, diese Bürde für Homer allerdings in Kauf genommen. Aber Sandy war eine Erwachsene gewesen. Jetzt ging es um ein Kind.

Gleichwohl willigte sie ein. Sie buchte zwei Zimmer im King David Hotel und zwei Flugtickets, eines in der Business Class, eines Economy, was Homer derart brüskierte, dass sie sich auf seine Anweisung über sein Meilenkonto ein Upgrade besorgte.

Gut zwei Wochen nach Sandys Tod flogen sie abends los und landeten pünktlich am darauffolgenden Nachmittag am Flughafen Ben Gurion. Gegen 20 Uhr waren sie auf ihren Zimmern, um sich eine halbe Stunde später noch auf einen Drink in der Bar zu treffen und den kommenden Tag zu besprechen. Während Amie sich zum Abendessen ein Sandwich bestellte, beließ es Homer bei einem Glas Rotwein. Er war dermaßen nervös, dass ihm schon beim Blick auf Sandys Sandwich übel wurde. Am nächsten Tag um zwei Uhr mittags, wenn Farah mit Louis – von wo auch immer – zurück in ihrer Wohnung sein würde, sollte auch Homer sich dort einfinden. So hatte es Amie mit Farah verabredet. Sie sprachen noch ein wenig über das, was sie wohl erwarten mochte. Dann wünschten sie sich eine gute Nacht.

Es war gegen halb elf abends, als Homers Welt implodierte. Erschöpft von der Reise und den vielen Gedanken, die in seinem Hirn endlose Schleifen zogen und sich auch durch den Rotwein nicht hatten unterbrechen lassen, hatte er geduscht, eine Jogginghose und ein T-Shirt angezogen und sich aufs Bett geworfen. Er hatte den Fernseher angeschaltet, war durch die Programme gezappt, hatte ihn dann wieder ausgeschaltet, hatte auf seinem Smartphone herumgetippt, seine Mails überprüft, hatte das Licht gelöscht in der

Hoffnung, ein wenig Schlaf zu finden, um wenig später zu bemerken, dass er, obwohl er auf dem Flug kein Auge zugetan hatte, überhaupt nicht müde war. Nach amerikanischer Zeit war es gerade einmal halb vier am Nachmittag. Er starrte an die Decke, unaufhörlich erging er sich in Überlegungen, was der nächste Tag wohl bringen würde. Er konnte sich seinen Neffen nicht vorstellen, tat es aber trotzdem, einen kleinen, dunklen Araberjungen, dessen Augen, sobald sie ihn erblickten, feindlich blitzten. Er sah Farah, an deren Stelle plötzlich Tana auftauchte, ganz in Schwarz mit einem Hijab, wie sie den Jungen an sich drückte, und ihm schon bald die Türe vor der Nase zuwarf. Ihm wurde plötzlich bewusst, dass er nicht nur keine Ahnung hatte, was ihn erwartete, verheerender noch, dass er überhaupt nicht wusste, was er mit Farah besprechen sollte. Er hatte keine Vorstellung davon, was er ihr sagen wollte, weil er nicht wusste, worauf sie hinauswollte. All diese Überlegungen hatte er verdrängt, mit der Begründung, dass Sandy ihm irgendetwas hinterlassen habe, was ihm Farah über Amie hatte ausrichten lassen. Er war also nach Jerusalem im Zustand totaler Unwissenheit gekommen, außer, dass es da einen kleinen Waisenjungen gab, durch dessen Adern nicht nur, aber doch auch das Blut seiner Familie strömte. Es war das erste Mal, dass er in eine Verhandlung fuhr, ohne sich von dem Ergebnis bereits im Vorfeld eine Vorstellung gemacht zu haben. Langsam wurde er dessen gewahr, während er im Kopf immer neue Varianten des Gesprächsverlaufs durchspielte. Diesmal aber funktionierte es nicht. Die Rechnung hatte zu viele Unbekannte. Er hatte keine Gesichter vor Augen, keine Kalkulation, kein Fact Sheet im Kopf mit den persönlichen und geschäftlichen Daten seines Gegenübers. Er hatte keine Vorlage, auf deren Basis er kreativ werden konnte. Er hatte nichts, hatte noch nicht einmal sich selbst.

Langsam stieg die Angst in ihm auf. Es habe, sagte er mir, in den Waden begonnen, mit ersten Anzeichen eines Krampfes. Er hatte ein Bein fast senkrecht in die Höhe gestreckt und die Zehen in seine Richtung gezogen, um sich Entlastung zu verschaffen. Es half. Gleichzeit merkte er, wie die Panik sich in seinen Lenden ausbreitete, wie sie weiter kroch in die Magengegend, er schluckte mehrfach, wie sie ihm den Hals zuschnürte. Er überlegte, ob er sich noch einen Whisky einschenken sollte, stand auf, ging aber erst einmal ans Fenster, um frische Luft zu schnappen und bekam plötzlich Sorge, dass ihm die Beine wegsacken würden. Er verfluchte den Rotwein, betrat das Badezimmer, um sich die inzwischen feuchten, eiskalten Hände zu waschen, sah in den Spiegel, erschrak über seine Hohlwangigkeit und die tiefliegenden Augen, die aussahen, als hätten sie sich zum Schutz vor dem morgigen Tag bereits weit nach hinten in den Schädel zurückgezogen. Er merkte, dass seine Arme und Hände zu zitterten.

Langsam drehte er sich um, die Angst hatte ihn fest im Griff. Er ging zurück zu seinem Bett, setzte sich hin, rieb sich mit den Händen durchs Gesicht, holte aus und verpasste sich links und rechts eine Ohrfeige in der Hoffnung, auf diese Weise des Anfalls Herr zu werden. So hatte er sich noch nie erlebt.

Es wurde nur schlimmer. Das Zittern nahm zu, die Konturen des Zimmers verschwammen vor seinen Augen, er sah nicht mehr klar und geriet in Panik. Er wusste kaum noch, was er denken sollte. Sein Gehirn arbeitet fieberhaft, um die Kontrolle über den Körper wiederzuerlangen, aber es kam nichts dabei heraus. Das Zittern wurde stärker, das Herz pochte so bedrohlich, dass er fürchtete, es könnte ihm im nächsten Moment aus der Brust springen oder einfach überhitzen und aufhören zu schlagen. Ihm würde übel, er begann sich innerlich aufzulösen, in der Angst zu versinken, tiefer hinab, unter Wasser, gleich würde er das Bewusstsein verlieren. Seine Kehle war zugeschnürt, er atmete in kurzen flachen Stößen, bekam fast keine Luft mehr. Die Räume der Suite begann sich zu drehen, unwillkürlich schloss er die Augen. Es klopfte. Mehrfach.

Er wusste nicht mehr, wie er sich vom Bett erhoben hatte, um die Tür einen Spalt weit zu öffnen. Plötzlich stand Amie vor ihm. Sie hatte sich den weißen Bademantel übergezogen, die Füße in die Hotelpantoffeln geschoben.

»Ist alles okay?«, fragte sie und bemerkte sofort, dass dem nicht so war.

Homers weißes T-Shirt klebte an seinem Oberkörper.

»Du hast fünf- oder sechsmal die Rezeption angerufen. Sie waren sich dort nicht sicher, ob alles in Ordnung war, und haben dann meine Nummer gewählt. Ich habe versprochen, nach dir zu sehen«, sagt sie vorsichtig lächelnd.

Sie schob ihn zurück ins Zimmer, fasste ihn am Handgelenk und drückte ihn aufs Bett. Er ließ es mit sich geschehen. Dann ging sie zur Tür, die immer noch offen stand, um sie zu schließen. Ihre bestimmte Art holte ihn ins Hier und Jetzt zurück.

»Danke, dass du gekommen bist«, flüsterte er. »Ich weiß nicht, was war.«

»Du bist kalkweiß. Geht es dir nicht gut?«

Homer schüttelte den Kopf, zitterte immer noch. Er fror.

»Kannst du erstmal hierbleiben?«, fragte er vorsichtig.

Sie nickte, schlug vor, dass er, sobald sich das Zittern gelegt hatte und es seine Beine erlaubten, ins Bad gehen und sich duschen sollte, erst heiß, dann kalt, um den Kreislauf in Schwung zu bringen und sich nicht zu erkälten. Sie holte den sorgsam gefalteten Frotteemantel aus dem Schrank, legte ihn auf seinen Schoß und nickte ihm zu.

»Geh ins Bad, bevor du dich erkältest«, sagte sie. »Ich werde hier warten.«

Homer senkte den Kopf. Er blieb noch eine Weile sitzen und spürte Amies Hand auf seiner Schulter. Nach ein oder zwei Minuten lockerte sie den Druck. Automatisch stand er auf, schwankte noch ein wenig, holte einmal tief Luft und bewegte sich mechanisch in Richtung Badezimmer. Amie bat ihn noch, die Türe sicherheitshalber nicht abzusperren. Er schüttelte den Kopf, das hätte er so oder so nicht getan, und verschwand in den Marmorfliesen. Die Türe lehnte er an.

Seit Langem erlebte Homer erstmals wieder eine Panikattacke, den totalen Kontrollverlust. Schlimmer als je zuvor. Das erste und letzte Mal, dass er in Ohnmacht gefallen war, lag Jahrzehnte zurück. Damals stand er am Fenster, sah, wie seine Mutter von dem Wagen ergriffen wurde, durch die Luft flog, auf dem Asphalt liegen blieb, seltsam verrenkt, er sah, wie der Fahrer herbeieilte und zu schreien begann. Und schrie, und schrie. Mehr vernahm er nicht mehr. Erst im Krankenwagen kam er wieder zu sich.

Keine fünf Minuten später trat Homer, nun ebenfalls in einen weißen Bademantel gehüllt, aus der Tür. Eine warme Nebelwolke begleitete ihn. Während er im Bad war, hatte Amie immer wieder seinen Namen gerufen und auf sein Okay gewartet. Er setzte sich zunächst aufs Sofa. Sie ließ sich neben ihm nieder und betrachtete ihren Chef, diesen Wall-Street-Anwalt, von dem nicht viel geblieben war. Da saß er in sich zusammengesunken, leicht vornübergeneigt, starrte auf den Boden, seine Haare waren nass, die Tropfen rannen in den Kragen des Bademantels und weiter nach vorne auf die Brust. Sie stand unvermittelt auf, um ihm ein Handtuch zu holen. Schnell ergriff er ihre Hand, hielt sie ganz fest, schaute sie an und fragte verunsichert:

»Gehst du schon wieder?«

Sie schüttelte den Kopf, nickte in Richtung Badezimmer, kam mit einem frischen Handtuch wieder zurück, legte es ihm behutsam um den Hals und ihren Arm gleich dazu.

»Beruhige dich erstmal«, sagte sie und befühlte seine Stirn. Fieber hatte er nicht.

»Ich habe Angst«, flüsterte Homer. »Ich habe richtig Angst.«

Noch nie hatte sie so einen Satz aus seinem Mund gehört. Er selbst wahrscheinlich auch nicht. Vielleicht war es ihr sogar ein wenig unangenehm, ihren Chef so zu sehen. Andererseits kannte sie ihn gut, hatte bereits so viele private Einzelheiten aus seinem Leben mitbekommen, fühlte sich ihm freundschaftlich verbunden und nahm es gelassen.

»Du hattest eine Panikattacke«, sagte sie sanft, aber bestimmt.

»Woher weißt du das?«, wunderte sich Homer.

»Das habe ich dir vor Jahren schon einmal gesagt. Weil ich es kenne. Die Angst steigt von unten hoch. Dir wird schlecht, das Herz rast, du bekommst Atemnot, hast das Gefühl, du löst dich auf in deiner Angst, meinst, gleich in Ohnmacht zu fallen. Aber eigentlich ist das nur so, weil du hyperventilierst. Zumindest ist das bei mir der Fall. So schlicht reagiert der Körper, wenn die Seele die Unsicherheit nicht erträgt. Hast du alles, was der Therapeut dir damals gesagt hat, wieder vergessen?«

Homer nickte und beugte sich zu Amie hinüber, legte erschöpft den Kopf an ihre Schulter.

»Aber wovor hast du so eine Angst?«, flüsterte sie und schaute auf seine nassen Haare, die nicht mehr ganz so voll waren wie noch vor ein paar Jahren, als sie sich bei ihm um den Job im Vorzimmer bewarb. Sie merkte, dass er wieder zu zittern begonnen hatte.

»Vor morgen.«

Er lehnte sich näher an sie heran. Jetzt hielt sie ihn mit beiden Armen, damit das Zittern aufhörte. Er drückte den Kopf noch fester an ihren weichen Hals. Sie wusste nicht, ob er weinte, oder ob die Feuchtigkeit von den letzten Duschtropfen herrührte, die auf ihr Schlüsselbein rannen. So verharrten sie eine Weile, Amie atmete tief und ruhig, gab ihm damit den Rhythmus vor, in den er schon bald einfiel. Er schloss die Augen. Er hatte plötzlich etwas sehr Kindliches. Sie hatte ihn schon in verschiedenen Situationen erlebt, auch solchen, deren Ausgang unwägbar schien. Dann senkte er seine Betriebstemperatur, kniff die Augen zusammen, zog die Luft durch die Zähne und vermittelte seinem Gegenüber das Bild einer Muräne, die gleich aus ihrer Höhle schießen und zum Angriff übergehen würde. Aber so wie er jetzt an ihrer Schulter hing, kannte sie ihn nicht.

Amie stand vorsichtig auf, bettete sein Kopf auf einem Sofakissen, holte seine Decke und legte sie behutsam über ihn.

»Kannst du nicht bleiben?«, fragte er leise.

Sie nickte fast unmerklich, legte sich auf die noch nicht benutzte Seite des King-Size-Betts und löschte das Licht.

Lange hielt es Homer auf dem Sofa nicht. Er fand keine Ruhe, die Angst schob sich ganz langsam wieder hinauf über seine Eingeweide ins Zwerchfell, den Magen bis zum Brustkorb. Er fürchtete den nächsten Anfall. Schnell erhob er sich, zog die Oberdecke hinter sich her und kroch neben Amie ins Bett. Sie lag auf der Seite, sodass er nur ihren Rücken sah. Ob sie schon schlief? Er wusste es nicht, drehte sich zu ihr hin, schob sich ganz nah an sie heran, ohne sie zu berühren, spürte ihre Haare in seinem Gesicht, hörte ihren langsamen Atem, dann einen hellen, kurzen Seufzer, der ihn beruhigte. Irgendwann schlief er ein.

29

Nur langsam schob sich der Verkehr durch die Straßen Jerusalems. Es war ein strahlender Tag, nicht besonders warm, ein lauer Wind wehte um die Häuser, der in kleinen Kreisen den Staub und die Blütenblätter aus den Rinnsteinen auf die Trottoirs wirbelte. Amie hatte festgelegt, dass sie beide zu Fuß laufen würden. Oder besser, sie hatte es sich gewünscht. Vom King David Hotel bis zum Damaskus-Tor waren es keine zwanzig Minuten, danach noch einmal fünf oder sechs bis zu Farahs Wohnung.

Homer machte keine Anstalten, sich in ihre Planung einzumischen. Mit einem gewissen Fatalismus ordnete er sich ihr unter, vom Vorschlag des Abstechers in die Grabeskirche einmal abgesehen. Schweigend liefen sie an der Westgrenze der Altstadt Richtung Norden bis zum Damaskus-Tor, stiegen dort die Stufen hinab, passierten eine Menge rufender Händler, die Gemüse, Datteln und die immer gleichen Souvenirs verkauften, die man auch in der Türkei und im

Iran bekommen konnte, bogen hinter dem Österreichischen Hospiz links ab und stiegen die Via Dolorosa zur Grabeskirche hinauf. Amie staunte über die Pilgerschar, die sich lachend und schnatternd durch die enge Gasse schob.

Unwillkürlich nahm Homer ihre Hand, legte etwas an Tempo zu und zog sie hinter sich her. Er hasste Menschenmassen, für eine Sekunde verfluchte er den Moment, in dem er auf die Idee gekommen war, ihr einen Besuch der Kirche vorzuschlagen, dann aber sah er zu Amie hinunter und merkte, wie sehr sie die Aussicht berührte, bald im heiligsten Raum des Christentums zu stehen, oder was die Christen dafür hielten. Der Vorplatz der Grabeskirche war nicht minder überfüllt. Überall Hüte, winkende Menschen, Regenschirme, die vor allem die Japaner vor der Sonne schützen sollten, Ordensschwestern im Habit aus aller Herren Länder, allen voran aus Indien und Pakistan. Homer und Amie zwängten sich durch das Portal in den dunklen Vorraum der Kirche, in dem überall Kerzen flackerten und sich die Besucher niederbeugten, um ihre Lippen auf den Salbungsstein zu drücken. Noch immer hielt er ihre Hand. Drückte sie fester.

Amie schaute ihn an.

»Was für ein heiliger Ort«, flüsterte sie.

»Nur leider ein bisschen voll«, gab Homer zurück. »Mitten am Tag – vielleicht keine so gute Idee«.

Amie steuerte weiter hinein ins Innere der Kirche. Mit dem Strom drängten sie sich die schmale Treppe zur Galerie hinauf und wieder hinunter, bis sie vor der Grabeskapelle Christi standen.

»Da musst du allein hineingehen«, forderte Homer sie auf. »Ich warte hier.«

Fragend blickte sie ihm in die Augen.

»Es bedeutet mir nicht so viel«, entschuldigte er sich. »Und ich schätze, drinnen wird es noch enger. Nichts für mich. Aber lass dir Zeit.«

Im nächsten Moment war sie in der Kapelle verschwunden. Er bahnte sich einen Weg nach draußen.

Eine knappe Stunde blieb sie in der Kirche, für Homer mehr als eine halbe Ewigkeit. Plötzlich stand sie blinzelnd vor ihm in der Sonne. Sie beschlossen, noch einen Kaffee zu trinken und sich anschließend langsam in Richtung der Adresse zu begeben, die Amie auf ihrem Smartphone gespeichert hatte. Wieder wurde Homer nervös.

Farah wohnte in einem niedrigen Mameluken-Haus im Süden des arabischen Viertels, direkt neben einer kleinen Koranschule. Vor 750 Jahren hatten die Mameluken von Ägypten aus Jerusalem besiegt und jene glattbehauenen weißen, rosa und schwarzen Steine in Streifen verbaut, die dem Ensemble bis heute sein charakteristisches, fast heiteres Aussehen verliehen. Als sie vor der dunkelgrünen Metalltür des Hauses standen, das zu der Adresse gehörte, die Homers Schwester Amie schon vor einem oder zwei Jahren übermittelt hatte, hielten sie inne. Mit einem Mal wurde sich Homer dessen bewusst, dass er nichts über Farah wusste. Gar nichts, noch nicht einmal ihren Nachnamen, nichts über ihre Herkunft. War sie Palästinenserin? Oder kam sie aus Jordanien? Er wusste nicht, wie sie und ihre Familie ausgerechnet in die Altstadt Jerusalems gelangt waren, ob es ihr Haus war oder sie es nur gemietet hatte. Das Einzige, was er wusste, war, dass sie zwei bereits erwachsene Kinder hatte, ihre Tochter in New York lebte und mit der arabischen Community in Kontakt stand, deren Kinder Sandy in der Schule unterrichtet hatte. Und er wusste, dass diese ihm völlig unbekannte Frau derzeit die Verantwortung für das jüngste Familienmitglied des Pinsker-Clans trug und es besser kannte als die gesamte New Yorker Mischpoke. Was waren sie für eine Familie, in der es so weit gekommen war?

Sie klopften zum verabredeten Zeitpunkt an der Tür, drei- oder viermal. Nichts tat sich. Amie wiederholte das Klopfen mit wachsendem Nachdruck. Sie warteten. Wieder nichts.

Homer schluckte, sein Magen krampfte, er beugte sich nach vorne, ratlos schaute er Amie an. Sie lächelte, zog die Augenbrauen hoch und sagte:

»Kein Grund zur Sorge, vielleicht verspäten sie sich. Lass uns ein bisschen auf und ab gehen.«

Sie drehte sich um, hakte sich wieder ein und zog ihn von der Metalltür fort. Er folgte ihr mechanisch und blickte die Straße zwischen den mächtigen Mauern der gedrungenen Häuser hinunter. Während er einen Moment darüber nachdachte, wie die Farbigkeit der verbauten Steine den niedrigen Bauten die Schwere nahm, entdeckte er ganz am Ende Straße zwei dunkle Punkte. Sie näherten sich unendlich langsam. Unwillkürlich blieb er stehen und hielt den Atem an, sah zu Amie hinunter und nickte dann in die Richtung der Punkte, deren Silhouetten immer klarer erkennbar wurden. Es war eine in Schwarz gekleidete Frau, die ein Kind an der Hand hielt, das versonnen neben ihr her hüpfte, als würde es versuchen, mit seinen langen, dünnen Beinen die Fugen der Pflastersteine zu überspringen.

»Lass uns hier warten«, zischte er.

»Nein«, sagte sie und zog ihn in die entgegengesetzte Richtung. »Wenn es tatsächlich Farah ist, hat sie sich verspätet. Lassen wir sie erst einmal zu Hause ankommen.«

Homer hegte mit einem Mal seltsame Verlustbefürchtungen. Was, wenn sie es nicht wäre, wenn sie an dem Haus vorbeiliefen, um in einer der nächsten Straßen zu verschwinden? Wieder jagten seine Gedanken einander. Er malte sich aus, wie es wäre, wenn sie mit Sandys kleinem Sohn abgetaucht wäre, wie er von Haus zu Haus laufen würde, um überall zu klopfen und nach Farah und einem kleinen Jungen zu fragen, wie ihn arabische Augen verständnislos anblickten, nein, hier nicht, und sich die Türen danach wieder schlössen. Er dachte an den Vorabend, seine Panikattacke im Hotel, das aufsteigende Ohnmachtsgefühl. Nicht schon wieder! Er beschloss, sich an Amie zu halten und tief durchzuatmen.

Aus einhundert Metern Entfernung beobachteten sie, wie Farah die Tür öffnete, die sie offenbar nicht verriegelt hatte, den Jungen hineinschob und selbst dahinter verschwand. Als Homer und Amie fünf Minuten später wieder vor dem Haus standen, hörten sie eine Kinder- und eine Frauenstimme, die in mehrfachen Wiederholungen das Kind unterbrach, verstanden aber nicht, was gesagt wurde.

»Das ist Farahs Stimme. Eindeutig. Also alles okay«, raunte Amie Homer zu.

Wieder klopften sie, verharrten eine Weile, klopften noch einmal, vernahmen Schritte, die Türe öffnete sich zunächst einen Spalt, dann ganz. Farah stand vor ihnen und lächelte. Sie trug kein Kopftuch, hatte kurze, eisgraue Haare, die ihren Teint und ihre fast schwarzen Augen noch dunkler und sie selbst sehr viel moderner erscheinen ließen, als Homer sie sich vorgestellt hatte. Seine Anspannung löste sich ein wenig. »Welcome to Jerusalem.«

Während Farah zur Seite trat, um sie hereinzulassen, hüpfte ein kleiner, hellhäutiger Junge mit akkurat gescheitelten, schwarzen Haaren die Treppe herunter, schwenkte einen Plastikbecher in der Hand, stockte einen Moment, als er das ihm fremde Paar an der Türe bemerkte, und war kurz davor, auf dem Absatz kehrtzumachen. Farah rief ihn zu sich.

»Louis«, sagte sie, um dann etwas auf Arabisch hinzuzufügen, was wohl die Aufforderung gewesen sein musste, die Gäste zu begrüßen.

Doch er blieb auf dem Treppenabsatz stehen und blickte halb neugierig, halb besorgt aus sicherer Entfernung zur Tür. Dann schob er sich verlegen drei Finger in den Mund. Farah lachte.

»He is very shy«, sagte sie. Er ist so schüchtern.

Homer starrte den kleinen Jungen an und traute seinen Augen nicht. Unvermittelt wurde ihm schwindelig. Matt tauchte von seinem inneren Auge auf als Kind. Er erinnerte sich, wie sich sein Cousin immer dann drei Finger zwischen die strahlend weißen Milchzähne steckte, wenn ihm etwas nicht ganz geheuer oder sogar peinlich war. Über Jahre hatte Lea versucht, ihm diese Angewohnheit auszutreiben. Sie hasste es, wenn er auf seinen Fingern kaute, bevor er sich die Hände gewaschen hatte. Aber Matt war nicht da. Das war Louis, Sandys Sohn. Homer biss sich auf die Unterlippe. Träumte oder halluzinierte er? Setzte sein Verstand aus, weil ihn die Vergangenheit aus welchem Grund auch immer plötzlich einholte? Er riss sich zusammen, trat nach Amie über die Schwelle, blickte seinem kleinen Neffen hinterher, wie er zwei Stufen höher kletterte, um ihn dann wieder aus sicherer Entfernung anzuschauen.

Während Amie bereits begonnen hatte, mit Farah ein paar Worte zu wechseln, und ihr ins Haus in den ersten Stock folgte, blieb Homer regungslos stehen. Er fixierte den Jungen mit dem so erwachsenen Gesicht, der sich am Geländer festhielt und ihn mit seiner ernsten Miene so sehr an Matt erinnerte. Dann schloss er die Augen und ließ den Bildern aus seiner und Matts Kindheit freien Lauf. Es hatte keinen Sinn mehr, sie zurückzuhalten.

Als er die Augen aufschlug, war Louis verschwunden. Ganz plötzlich sah er klar, verstand, was er über die Jahre nie verstanden hatte oder auch nicht hatte verstehen wollen. Jetzt wusste er, warum Sandy niemals Bilder von sich und ihrem Sohn an Amie geschickte hatte, warum sie den direkten Kontakt mit ihrer Familie schon so lange mied, obwohl sie ihrer Mutter damit den größten Kummer bereitete, warum sie sich Hals über Kopf in den Nahen Osten verabschiedet hatte, viel früher als sie eigentlich wollte, warum sie Matts Tod kaum ertragen konnte, warum sie der Familie niemals einen Mann an ihrer Seite hatte vorstellen können, von Khalil einmal abgesehen, der als Lebenspartner schnell wieder verschwunden war. Plötzlich verstand er auch, warum Matt, als er seine Eltern in New York von seiner tödlichen Krankheit in Kenntnis gesetzt hatte, auch noch bei Sandy vorbeigefahren war, warum sie darauf bestanden hatte, nach San Francisco zu fliegen, angeblich, um Kate zu helfen, als Matt bereits im Sterben lag. Sie hatte es nicht trotz, sondern wegen des Kindes getan, das da in ihr heranwuchs.

Wieder wurde ihm schwindelig. Alles war plötzlich anders. Die Vergangenheit stellte sich nicht mehr so dar, wie er sie sich zurechtgelegt hatte. Er musste nachdenken, alles noch einmal neu betrachten. Sollte es tatsächlich so sein, wie er vermutete?

Aus dem ersten Stock vernahm er das Rauschen eines Wasserkochers, das die Stimmen überdeckte. Er stieg die Stufen hinauf und fand sich in einem modern eingerichteten Wohnzimmer mit offener Küche wieder. Die Sonne fiel durch das Fenster hinein auf den Teppich, der mit Bauklötzen übersät war, die sein Neffe konzentriert aufeinandertürmte.

Farah war nicht im Raum, Amie ging einen Schritt auf ihn zu.

»Wo warst du so lange?«, wollte sie wissen und schaute ihn forschend an.

»Du hast keine Ahnung. Du hast Matt als Kind nie gesehen«, gab er zurück, merkte aber umgehend, dass sie nicht wissen konnte, wovon er sprach.

Noch bevor sie sich eine Nachfrage erlauben konnte, bat er sie, mit Farah zu sprechen, er jedenfalls konnte es nicht.

Das war allerdings gar nicht notwendig. Farah stand plötzlich wieder im Raum, strahlte die beiden an.

»Es ist gut, dass Sie da sind«, meinte sie, reichte Amie ein kleines Büchlein, in das verschiedene Bilder eingeklebt waren, von Sandy, Louis und ihr. Homer blickte ihr über die Schulter, während sie darin blätterte.

Die drei, Sandy, Farah und Louis, waren eine richtige kleine Familie. Nur dass sie physiognomisch nicht so recht zueinander passen wollten. Farah jedenfalls gehörte eindeutig nicht dazu. Und zwischen Sandy und Louis gab es auch wenig Ähnlichkeit. Das meinte Homer festzustellen. Aber vielleicht würde das ein anderer ganz anders sehen. Er jedenfalls sah in Louis Gesicht immer nur Matt, wie er ihn anlächelte, wie er auf einer Schaukel in ihrem Garten saß oder mit ihm im Keller der Brooklyn Heights zwischen den ausrangierten Möbeln spielte. Er bekam ihn nicht aus dem Kopf.

Immer wieder kam Louis auf sie zu, gab zunächst Farah einen Bauklotz, dann Amie, Homer sparte er aus. Sie lachten gemeinsam. Dann zupfte er Amie am Ärmel, zog sie auf den Boden, um mit ihm zu spielen. Sie folgte ihm. Auf Englisch sprach sie ihn an. Natürlich verstand er alles, weil Sandy mit ihm so gesprochen hatte. Erst schien er verblüfft, schwieg, doch bedurfte es nur einiger weniger weiterer Nachfragen und er begann zu sprechen. Er antwortete Amie mit seiner hohen, Kinderstimme und einem amerikanischen Ostküstenakzent. Homer schloss die Augen.

Derweil wandte sich Farah ihm zu. Sie war eine resolute, sehr präsente zierliche Frau, ganz anders, als Homer sie sich vorgestellt hatte. Nicht die Araberin, die Männern nicht die Hand gab, die ihren Hijab aufbehielt, die immerzu zu Boden blickte, wie es viele ihrer Generation noch taten. Homer schätzte ihr Alter auf Ende sechzig. Ihr Englisch war besser als er nach Amies Beschreibungen erwartet hatte, was sicher auch daran lag, dass sie sich gegenübersaßen und nicht telefonierten.

»Sandy hat mir viel von Ihnen erzählt, von Ihrer Familie, von Matt«, setzte sie an. »Sogar Ihre Großmutter Tana hat sie nicht ausgespart. Ich denke, es wird Zeit, dass Louis eine Familie bekommt.«

Homer nickte und schwieg. Er wusste gar nicht, mit welchen Fragen er anfangen sollte. Und er wusste schon gar nicht, was er ihr darauf entgegen sollte.

»Aus dem Leben Ihrer Schwester sind Sie nie verschwunden. Wie überhaupt niemand von der Familie je verschwunden ist. Ihr alle wart immerzu da, jeden Tag, jeden Abend. Mitten unter uns. Ihr wart lebendig in den Geschichten, die Sandy ihrem Sohn und damit auch mir erzählte. Es wird Zeit, dass diese Geschichten Gesichter bekommen, einen Raum, ein Zuhause. Für Louis.«

Homer schluckte. Nichts kam ihm dazu in den Kopf, es war die absolute Leere. Hilflos schaute er zu Amie, da rückte Farah näher an ihn heran, schaute ihm tief in die Augen und fuhr fort:

»Ich sage Ihnen das, was ich auch Ihrer Schwester immer gesagt habe, wenn sie von New York und den Brooklyn Heights gesprochen hat. Die Geschichten, die sie Louis erzählt hat, müssen sich mit echtem Leben füllen.«

Brooklyn Heights – diese beiden Worte funktionierten wie ein Code, mit dem sich in Homer alles öffnete, so wie Farah offensichtlich Sandy das Herz geöffnet hatte. Sie musste viel wissen über die Familie und über seine Halbschwester, über ihren Seelenzustand, ihre Sorgen und Nöte, ihre Trauer und die Hoffnung, mit einem Kind ein neues Leben in einer fremden Stadt mit neuer Aufgabe zu beginnen.

Farah stand auf, ging zu einer Eckvitrine, in der sie ein paar Gläser und einen arabischen Teekocher aufbewahrte, öffnete die Glastür und zog einen Briefumschlag unter dem Messinggefäß hervor. Spätestens jetzt erinnerte Farah ihn an Tana. Sie hatte die Autorität jener älteren Damen, die ihr Leben mit großer Disziplin gelebt und viel gesehen, sich selbst aber nie in den Mittelpunkt gestellt hatten und denen diese ruhige Altersklugheit eigen war. Sie wussten, welche verworrenen, verrückten, absurden, mitunter auch grauenhaften Wege Menschen einschlagen konnten und mussten sich davon nicht erschüttern lassen. So war Tana und so kam ihm auch Farah vor. Sie tat zwei Schritte auf ihn zu, reichte ihm den Umschlag, auf den seine Schwester mit Druckbuchstaben seinen Namen geschrieben hatte.

»Sandy hat vor ein paar Wochen, als ihr Entschluss feststand, in Za'atari zu arbeiten, einen Brief an Sie verfasst. Sie hat ihn in ihrem Zimmer auf ihrem Schreibtisch liegen lassen. Warum, weiß ich nicht. Vielleicht wollte sie ihn nach der Rückkehr vor ihrem ersten Besuch in Jordanien losschicken. Ich habe ihn dort gefunden und dachte, ich hebe ihn auf, bis Sie sich melden.«

»Haben Sie nie versucht, meine Schwester von ihrem Vorhaben abzubringen?«, fragte Homer. Es waren die ersten Worte, die er zu ihr sprach.

»Natürlich habe ich das. Schon, um mich selbst zu schützen. Ich habe mit Ihrer Familie nichts zu tun. Und ich möchte keine Verantwortung für irgendjemanden übernehmen. Schon gar nicht für Louis. Das habe ich Sandy immer gesagt. Das hier ist eine Aufgabe, die ich für Geld erledige. Natürlich mache ich sie gern. Sehr gern. Aber es ist eine Arbeit.«

»Und doch hat sich meine Schwester nicht abhalten lassen?«

»Richtig, zumindest vorerst nicht. Es sollte ihr erster Besuch im Camp sein. Vielleicht würde sie sich anders entscheiden, wenn sie erst einmal dort gewesen war. Das war meine Hoffnung. Aber sehen wollte sie es. Wir sollten uns keinen Illusionen hingeben: Die Verständigung von euch Juden und uns Arabern war ihr enorm wichtig. Sie wollte und musste einen Beitrag leisten. Ihr Herz wollte das so. Und sie hat immer wieder gesagt, nur Kinder können über schmale Brücken gehen.«

Homer nahm den Brief entgegen. Er wusste nicht, was er damit tun sollte, wollte ihn öffnen, aber Farah hielt ihn davon ab.

»Ich weiß nicht, was sie geschrieben hat. Aber es ist besser, Sie lesen ihn in Ruhe und ganz für sich. Es ist schließlich das letzte Mal, dass sie zu Ihnen spricht.«

Seine Augen wurden feucht. Wieder nickte er nur und schluckte. Er rang um Fassung. Farah stand auf, sagte etwas auf Arabisch zu Louis, der daraufhin im hinteren Teil der Wohnung verschwand, ohne sich noch einmal umzuschauen. Dann wandte sie sich an Amie, die noch immer auf dem Boden saß und die Bauklötze zusammenräumte.

»Es ist Zeit, dass Sie gehen. Wenn Sie möchten, können sie morgen wiederkommen und wir können alles Weitere besprechen. Für heute reicht es erst einmal. Nicht nur für Louis, denke ich.« Sie schaute Homer an.

Das war keine Empfehlung, die sie da aussprach, auch keine Bitte. Es war eine freundliche Anordnung. Und die war klug. Es gab nichts mehr zu sagen. Als Nächstes musste Sandy sprechen.

30

Mein lieber Bruder,
wenn ich in ein paar Jahren wieder nach Amerika zurückkehre, werde ich Dir all das sagen, was mir seit unserem letzten Treffen in Jerusalem durch den Kopf gegangen ist. Für den Fall, dass es noch lange hin ist und ich vergesse, was ich Dir sagen will, schreibe ich es auf. Wenn ich den Mut dazu finde, schicke ich den Brief los. Oder ich lese ihn Dir vor, wenn wir uns das nächste Mal sehen. Vielleicht sogar in Jerusalem. Wann immer das sein wird.

Zwei Mitarbeiter einer NGO werden mich in den nächsten Tagen für einen ersten Besuch mit nach Za'atari nehmen. Wann es genau losgeht, weiß ich noch nicht, aber ich bin unglaublich aufgeregt. Das Lager ist gut organisiert und abgesichert, Jordanien ist ein friedliches Land. Die meisten Mitarbeiter des Camps leben in Amman und pendeln. Ich freue mich so sehr darauf, wieder mit Kindern zu arbeiten. Mein Arabisch müsste inzwischen dafür reichen. Ich freue mich, weil ich endlich meinen Beitrag für den Frieden leisten werde. Ich muss es tun. Weißt Du, wie viele Menschen es hier gibt, Israelis und Araber, die sich nach Frieden sehnen, die jeden Tag Grenzen überwinden, die sich treffen und austauschen? Die dem Hass abgeschworen haben und sich umarmen. Homer, ich will und ich muss Teil dieser Bewegung sein. Und ich will meine ganze Kraft und Expertise dafür einsetzen. Ich bin so bewegt davon, dass ich es Dir am liebsten persönlich sagen würde. Nur Kinder können über schmale Brücken gehen. Vielleicht ist das der Grund, warum ich Dir jetzt schreibe.

Der Nahe Osten hat mich seit jeher fasziniert, immer wollte ich dorthin. Und damit meine ich nicht nur Israel. Ich hätte Amerika so oder so irgendwann für eine Zeit lang verlassen, mit oder ohne Louis, mit oder ohne den Tod von Matt, mit oder ohne unser so kompliziertes Verhältnis. Vielleicht wäre ich nicht ganz so überstürzt aufgebrochen wie vor drei Jahren. Aber ich hatte das Gefühl, die Familie würde so kurz nach Matts Tod meine und seine Wahrheit nicht ertragen. Du hast Louis noch nicht gesehen. Wenn Du ihn siehst, weißt Du, wer sein Vater ist. Er sieht ihm sehr ähnlich.

Matt war zunächst wie mein großer Bruder, der Du nie wirklich sein wolltest. Aber dann ist daraus mehr geworden. Ich weiß nicht, warum. Und ich weiß auch nicht, warum wir das zugelassen haben. Vielleicht ist dies der Grund: Wir konnten nicht anders. Es begann nach unserem gemeinsamen Ausflug ans Meer. Du erinnerst Dich, als er versuchte, mich aus dem Wasser zu ziehen und Du nicht. Als er sein Leben für mich aufs Spiel setzte und damit alles gab. Wir haben viel darüber gesprochen. Und immer hatte ich das Gefühl, ich wollte und musste ihm etwas zurückgeben, dass ich ihm gehöre, weil es mich ohne seinen Einsatz vielleicht nicht mehr geben würde. Und Matt hat es eingefordert, beharrlich, bedingungslos, Tag für Tag. Er meinte damals, es würde der Tag kommen, an dem er sich das holen werde, was, wie er meinte, ihm zustand. Dass wir als Cousins aufgewachsen sind, interessierte ihn nicht.

Wir seien nicht verwandt, sagte er immer wieder. Auch wenn es sich für mich so anfühlte. Der Schwager seiner Mutter hat eine familienfremde Frau geheiratet. Es hätte auch sein können, dass wir uns irgendwann einfach begegnet wären, und sei es im Kindergarten, und dass daraus etwas erwachsen wäre. Er hat auf mich eingeredet, hat mich überredet, bedrängt und am Ende überrumpelt, eines Nachts in New York. Ich bin mir sicher, Du weißt jetzt, wann das war. Als ich Deine Wohnung im Streit verließ, verunsichert, verzweifelt, weil ich die Kälte, die von Dir ausging, nicht mehr ertrug. Ich stand vor seiner Tür, hatte ihn aus dem Bett geklingelt, er hat mich aufgenommen, umarmt, getröstet und nicht mehr losgelassen. Damals fing es an. Ich wollte ihn nicht zurückweisen und konnte es auch nicht.

Wir haben mehrfach versucht, unser Verhältnis zu beenden, es wieder dahin zurückzuführen, was es eigentlich war, Cousin und Cousine. Aber es ging nicht, Matt konnte es nicht. Und ich war ihm hörig, vollkommen abhängig. Ich wollte ihn nicht enttäuschen und ihn nicht verlieren so wie Dich. Über Jahre ging das so. Hast Du Dich nie gewundert, dass Matt lange keine Freundin hatte?

Als er mit Kate in den Brooklyn Heights auftauchte, war ich bestürzt. Aber nicht, weil es Kate gab, sondern weil er mich nicht vorgewarnt hatte. Tagelang ließ er mich danach zu Hause in der Ungewissheit warten, was aus uns beiden werden würde. Irgendwann kam er, um unsere Beziehung zu beenden. Ein paar Wochen danach kam er wieder und blieb über Nacht. Er zog mit Kate nach San Francisco, sein letzter Versuch, sagte er mir damals. Aber dann besuchte er mich regelmäßig in New York, wo er beruflich häufig war. Matt hat zwei Frauen geliebt, und er hat mit zwei Frauen gelebt. Einmal sagte er mir sogar, in arabischen Ländern würde ihm niemand daraus einen Strick drehen. Durch die 6000 Meilen, die zwischen New York und der Westküste liegen, konnte er die Beziehungen fein säuberlich trennen und vor Kate und der Familie geheim halten.

Aus Verzweiflung habe ich mich auf Khalil eingelassen. Es hielt nicht lange. Ich redete mir ein, dass es an unserer Familie lag, die meine Beziehung zu einem Palästinenser nicht ertragen würde. Aber es lag an Matt. Er wollte das nicht, hat mir die Pistole auf die Brust gesetzt und gedroht, er würde mir seine Unterstützung für den Verein versagen, wenn ich Khalil weiterhin träfe. Ich gab nach. Stattdessen traf ich ihn. Es gab einen Moment, in dem ich tatsächlich daran dachte, Dich zu Hilfe zu holen. Aber dann hätte ich die Wahrheit über Matt und mich sagen müssen. Ich habe mich nicht getraut. Ich hatte Angst, die Familie würde mich verstoßen, mir die Schuld dafür geben. Ich bin schließlich ausgerissen, habe die Erwartungen von Josie und unserem Vater nicht erfüllt, hatte nie die Akzeptanz, die Matt in der Familie genoss. Ich hätte keine Chance gehabt gegen ihn. An Matt hätten sie festgehalten, seine Position war so unanfechtbar. Alle haben sie an ihn geglaubt, keiner an mich. Dabei gibt es eine Seite an Matt, die niemand von Euch kennt – bestimmend, besitzergreifend, *unnachgiebig, verächtlich, hart. Aber das ist nur die eine Seite. Ich kenne auch die andere und von der kam ich nicht los. Damit muss ich jetzt leben.*

Dass ich schwanger wurde, ist eine andere Geschichte. Es war mein verzweifelter Versuch, Herr unserer Beziehung zu werden und nicht immer nur die Abhängige zu sein. Irgendwann habe ich es nicht mehr ausgehalten, dass Matt mich beanspruchte, während er in San Francisco sein vorbildliches Familienleben zelebrierte. Dass er so ungeschoren davonkam mit seiner Polygamie, dass er sich von mir holte, was er wollte, aber nie wirklich verbindlich wurde, dass er mich warten ließ, manchmal wochenlang. Ich habe mir etwas von ihm geholt, das ihn sein Leben lang an mich binden würde. Und das ist Louis.

Als ich ihm sagte, dass ich schwanger sei, war er schockiert, er hat mich angeschrien, er hat mich verflucht, hat mir vorgeworfen, ich würde alles zerstören, würde die Familie mit einer Bürde belasten, die sie nicht würde tragen können. Und mir war klar, was er meinte: Sie würde nicht ertragen können, dass ihr unangefochtener Held mit zwei Frauen zur gleichen Zeit schlief und von zwei Frauen Kinder hatte. Plötzlich war er auch ein bisschen in meiner Hand, nicht ich ausschließlich in seiner. Er flehte mich an, das Kind abzutreiben, was ich nicht konnte und was er wiederum nicht akzeptierte. Er zog sich zurück, sagte mir, er müsse überlegen, wie man die Dinge am besten regelt. ›Regelt‹, Homer, stell Dir das vor, er wollte das regeln.

Dann aber kam alles ganz anders. Er wurde krank. Der schöne, starke, stets selbstkontrollierte, den Menschen immer so zugewandte, liebenswürdige Matt schrumpfte auf ein menschliches Normalmaß zusammen, um irgendwann ganz zu verschwinden. Ich fuhr nach San Francisco, vorgeblich um Kate zu helfen. Aber ich wollte noch einmal mit ihm zusammen sein. Die Wochen waren schwierig, nicht nur für mich, auch für Kate, die nichts von unserer Beziehung wusste. Ich glaube, sie ahnte es noch nicht einmal. Und dann, von einem Tag auf den anderen, war alles aus. Vorbei, zu Ende.

Vor drei Jahren hatte ich niemanden, dem ich mich anvertrauen konnte. Amie hätte ich gerne alles erzählt, aber ich traute mich nicht. Sie wäre die Einzige gewesen. Sie ist so lebensklug und verständnisvoll. Und manchmal dachte ich, Du machst Dir keine Vorstellung davon, wie viel sie von uns weiß. Wenn ich mit ihr telefoniere, spüre ich so viel Verständnis, wie ich es unserer Familie nicht zutrauen würde. Und dann denke ich, dass sie etwas ahnt. Ich bin Dir bis heute unendlich dankbar, dass Du sie damals nach San Francisco geschickt hast, um mich abzuholen. Ich werde ihr ihren Einsatz nicht vergessen und mich irgendwann dafür revanchieren, auch wenn es noch ein paar Jahre dauert.

Und nun?

Ich bin alleinstehend. Es gibt keinen Mann in meinem Leben. Und daran wird sich so bald nichts ändern. Aber es gibt Louis, mein größtes Glück, das Beste, was mir passieren konnte, was mich mit Matt auch weiterhin verbindet. Es gibt diesen kleinen Jungen, dem ich so viele Geschichten unserer Familie erzähle und der sie kennenlernen soll, wann immer die Zeit dafür reif ist und Mom und unser Dad das alles verkraften. Madeleine und Kate, Lea, die Zwillingsonkel – ich will mir gar nicht ausmalen, was sie denken werden. Ihr seid meine Familie und werdet es bleiben. Ich liebe Euch. Louis gehört zu Euch, er ist ein echter Shaffer und ein Spiegelman, ob Du es glaubst oder nicht. Nur weiß ich noch nicht, ob ihr alle bereit seid für die Wahrheit. Ich werde es herausfinden. Und Du wirst mir dabei helfen. Versprichst Du mir das?

Louis ist Amerikaner, irgendwann werden wir nach Amerika zurückkehren. Natürlich soll er in Amerika aufwachsen, seine Kindheit auch dort verbringen und dann, wenn er erwachsen ist, wieder in die Welt ziehen, wenn er sich dafür entscheidet, wohin auch immer. Das ist mein innigster Wunsch. Und auch sein Vater hätte es anders nicht gewollt.

Homer, Du bist mein großer Bruder. Ich liebe Dich immer noch. Du fehlst mir. Wirklich, Homer, Du fehlst mir so sehr.

Sandy

31

Seither trug Homer den Brief mit sich herum. Seine letzte Reise nach Jerusalem war keinen Monat her. Er hatte ihn mir vorgelesen, ihn wieder zusammengefaltet, war aufgestanden, um ihn zurück in sein Schlafzimmer zu bringen. Allein saß ich im Salon seiner Suite, schaute ins Leere und dachte an all das, war er mir bei unseren Begegnungen erzählt hatte, vor allem an seine stete Skepsis gegenüber Matt und Sandy. Ich wunderte mich, wie sich Einzelheiten seiner Geschichte mit dem Wissen um Matt und Sandys Geheimnis neu zusammensetzten und wie sich so manches erklärte. Und ich glaube, Homer dachte es auch.

»Hast du geahnt, dass die beiden seit Jahren ein Verhältnis haben?«, fragte ich ihn vorsichtig, als er wieder im Raum stand.

»Manchmal sah es so aus. Aber es durfte nicht sein. So habe ich beide immer als Verwandte gesehen, so wie Matt mit mir verwandt war, so war er es für mich auch mit meiner Schwester. Ich nehme meine Schwester ja auch nicht als Halbschwester wahr. Wenn ich zurückdenke an die vergangenen Jahre, dann erscheint jetzt so vieles in einem anderen Licht. Und ich wundere mich nicht mehr. Ich frage mich allerdings auch, wie meine Schwester das alles ausgehalten hat. Jetzt kann ich vergleichsweise gefasst darüber sprechen. Aber als ich ihre Zeilen im King David las, bin ich schier verrückt geworden.«

Verrückt vor Wut, er war aufgesprungen, im Zimmer auf und ab gelaufen, hatte Amie angerufen, die sich auf ihr Zimmer zurückgezogen hatte, um Homers und ihre Mails zu bearbeiten und ihm Zeit für die Lektüre der Zeilen seiner Schwester zu geben. Er hatte ihr gesagt, er müsse erst einmal im Fitnessraum des Hotels aufs Laufband gehen, um sich zu beruhigen. Den Brief brachte er ihr auf dem Weg dorthin vorbei.

Nicht nachdenken, bloß nicht nachdenken, sagte er sich, während er dem regelmäßigen Rauschen des Laufbands lauschte und seinen Rhythmus bei mittlerer Geschwindigkeit gefunden hatte. Sein Atem begleitete ihn, er begann die Schritte zu zählen, um sein Gehirn anders zu beschäftigen als mit dem, was er soeben erfahren hatte. Er ahnte bereits vor der Lektüre, dass Matt der Vater von Louis sein musste. Oder er befürchtete es zumindest, weil die Ähnlichkeit der beiden nicht zu verkennen war. Aber jetzt wusste er es, hatte alles schwarz auf weiß gelesen. Er erhöhte das Tempo, fing an zu keuchen.

545, 555, 556 – das Zählen der Schritte brachte ihn von seinen Gedanken nicht weg. Sie liefen wie ein konstanter zweiter Film über dem Zahlenband in seinem Kopf. Bei 1400 gab er auf und ließ ihnen freien Lauf.

Geschockt hatte ihn vor allem eines: die Beharrlichkeit, mit der sich sein Cousin seiner Schwester bemächtigt hatte. Er war immerhin neun Jahre älter als sie. Dazu kam die Tatsache, dass ihr Verhältnis über Jahre andauerte, dass es eigentlich nie wirklich zu Ende war. Matt war ein Betrüger und ein Egoist, er hatte sie alle betrogen, er hatte seiner Schwester die Chance genommen, einen anderen Mann zu finden, mit dem sie eine ganz normale Familie hätte gründen und glücklich werden können. Er hatte sie von sich abhängig gemacht, sich mit ihr getroffen, wenn er es brauchte und auf sie keine Rücksicht genommen. Im Grunde hatte sie zwei Jahrzehnte immer nur auf ihn gewartet, sich mit ihrer Arbeit abgelenkt. Sie hatte sich nach ihm gesehnt. Und wenn sie doch einmal die Energie aufbrachte, diese Beziehung zu beenden, hatte er ihr keine Chance gegeben. Wie furchtbar muss es sein, immer nur auf jemanden zu warten. Homer wusste, dass er nicht anders war als Matt. Auch er hatte Frauen, mit denen er zusammen war, zu oft warten lassen, hatte sich nie festgelegt, immer genau darauf geachtet, dass sie ihm nicht irgendwann doch noch ein Kind anhängen würden. Aber er hatte niemals ein Doppelleben geführt, niemals zwei Freundinnen gleichzeitig gehabt, schon gar nicht eine Ehefrau und derweil die Cousine bestiegen – ja, so musste man es wohl nennen.

Trug er, Homer, nicht eine Mitschuld an dieser Entwicklung? Hatte er nicht versagt, weil er seine Schwester immer wieder zurückgewiesen hatte, während sie nichts anderes wollte, als mit ihm zusammen zu sein, von ihm respektiert und wenigstens ein bisschen geliebt zu werden, so wie kleine Schwestern das nun einmal ihren großen Brüdern abverlangen?

Er lief und lief und lief, der Schweiß rann ihm über das Gesicht. Es waren auch Tränen dabei. Sandy hatte ihr ganzes Leben lang gewartet, gehofft und gebangt – erst um seine Zuneigung gekämpft und sie nie wirklich gewinnen können und dann um die von Matt. Matt aber hatte sie benutzt, als Beischläferin, wenn ihm in New York danach war, während er zu Hause in San Francisco und in den Brooklyn Heights den Gentleman, den liebevollen, sich ewig kümmernden Sohn und Enkel, den aufopferungsvollen Familienvater gab, den, der auf die ganz große Karriere an der Wall Street verzichtet hatte, weil ihm sein Privatleben etwas wert war. Homer wurde schlecht. Doch er lief weiter, konnte nicht aufhören zu laufen, solange er nicht alles einmal zu Ende gedacht hatte.

Sein Cousin hatte sich zudem darauf verlassen können, dass Sandy niemals ein Wort über die Lippen kommen würde, dass sie niemanden um Hilfe bitten konnte, um dieses Abhängigkeitsverhältnis zu beenden. Recht hatte sie, ihre Akzeptanz in der Familie war deutlich niedriger als die von Matt. Niemand hätte ihr geglaubt, am Ende hätte man sie dafür verantwortlich gemacht, ihr vorgeworfen, dass sie Matt verführt hatte, jetzt nicht von ihm ablassen wollte und am Ende auch noch seine Ehe mit der wunderbaren Kate gefährden würde. Was waren sie für eine falsche Familie, die so sehr auf Tüchtigkeit und Tradition bedacht war, dass sie alles totschwieg, was nicht in das Familienschema passte. Er hatte es am eigenen Leib zu spüren bekommen. Hatte er nicht auch so gedacht, als ihm das Verhältnis von Matt und Sandy zu eng wurde und er allergisch darauf reagierte?

Vielleicht wäre alles anders gekommen, wenn sie und Matt ihre Beziehung hätten öffentlich ausleben können. Vielleicht hatte sich auch Matt in eine Zwangslage hineinmanövriert, vielleicht liebte er Sandy tatsächlich so sehr, dass er nicht von ihr lassen konnte, sich aber niemals traute, offen dazu zu stehen, aus Angst vor der Reaktion der Familie. Wie wäre Tana damit umgegangen? Es wäre doch alles in Ordnung gewesen, sie waren ja nicht verwandt.

Nein, niemals, so ist es nicht, zischte Homer auf dem Laufband vor sich hin. So war es nicht. Matt hat unter ihrer Beziehung nicht gelitten, da war er sicher. Er hat Sandy ausgenutzt. Natürlich, er hat sie auch geliebt, aber er war zu bequem, sich zu entscheiden. Eine Frau an der West-, eine an der Ostküste – konnte man sich das Leben noch schöner machen?

Er stellte das Laufband eine Sequenz langsamer. Seine Übelkeit war verflogen. Plötzlich bewunderte er Sandy, wie sie das alles durchgehalten hatte. Er bewunderte sie dafür, dass sie sich von Matt hatte ein Kind machen lassen, um ihn enger an sich zu binden und ein bisschen Macht über ihn zu erlangen. Er bewunderte sie dafür, dass sie noch einmal nach San Francisco gefahren war, um ihm die letzten Wochen zur Hölle zu machen, damit er sich nicht einfach so davonschleichen konnte aus ihrem Leben – selbstzufrieden und souverän, wie er sich der Familie gegenüber auch im Angesicht des Todes noch gab. »I consider myself a fortunate man«, hatte er ihm bei ihrem letzten Treffen zugerufen, die Arme vor der Brust verschränkt. Breitbeinig war er dort gestanden, hatte auf ihn im Auto herabgeblickt und dabei sein ewig überhebliches Lächeln gezeigt, das er ihm gegenüber in der Schule schon aufsetzte, damals, als Homer unter dem Tod seiner Mutter litt.

Homer erinnerte sich an die Beerdigung, und daran, wie die Rabbinerin sie alle aufgefordert hatte, tief zu atmen, ihm ging ihr penetrant langgezogenes »Breathe, breathe« durch den Kopf, und dann ihre Rede. Hatte sich Matt ihr anvertraut? Wollte er so sein drittes Kind einbeziehen, ihm vielleicht noch einen Gruß auf seinen Lebensweg mitgeben? War es eine Aufforderung an Sandy, nicht zu verzweifeln, auch wenn er nicht mehr da wäre? Ja, die Rabbinerin musste es gewusst haben. Homer war sich mit einem Mal ganz sicher. Hätte sie sonst auf der Beerdigung, als sie ihn alle weinend zu Grabe trugen, das Leben gefeiert, anstatt den Toten zu betrauern?

War das nicht wieder ein Verrat an Kate und seinen Kindern, die irgendwann die Wahrheit erfahren würden und denen das Gleiche widerführe wie ihm jetzt: die Konfrontation mit der ewigen Frage, wer Matt gewesen war, die er selbst nicht mehr würde beantworten können. Auch so konnte man sich aus der Affäre ziehen, dachte Homer.

Das also war der wirkliche Matt, sagte er sich, während er langsam auslief. Was für ein beruhigendes Gefühl. Er war nicht perfekt, er war ein Betrüger, ein Feigling, der sich sehenden Auges noch vor seinem Tod davor drückte, Klarheit zu schaffen. Stattdessen ließ er die beiden Frauen allein. Sandy mit dem Kind und einer Familie, die wahrscheinlich erst einmal über sie herfallen, sie mit Verachtung strafen würde, um noch inniger an ihren Matt zu glauben. Dass Sandy nur drei Jahre nach ihm sterben und den kleinen Louis als Vollwaisen hinterlassen würde, konnte er ja nicht wissen. Und dass er Kate mit einem lebenslangen Zweifel daran, wie sehr er sie geliebt und welche Rolle sie für ihn in seinem kurzen Leben gespielt hatte, zurücklassen würde, als Witwe – auch das würde der Familie sicherlich entgehen. Soweit dachten sie in den Brooklyn Heights nicht.

Matt hatte eine dunkle Seite, wenn Sandy ihn richtig beschrieben hatte. Matt hatte sie alle genarrt, als Mustersohn, Musterenkel und Musterschüler und Musterfreund, als Musterehemann, Mustervater. Vielleicht hatte ihn sein krankhafter Ehrgeiz dazu getrieben, weil er nicht nur in der Schule und an der Universität der Beste sein wollte, sondern auch in seinem Privatleben. Homer wusste es nicht.

Unwillkürlich stellte er das Laufband ab und hielt inne. Was wusste er überhaupt noch über seinen Cousin? Wer war Matthew Shaffer wirklich?

Wie lange seine Füße über das Laufband gejagt waren, wusste er nicht mehr. Er hatte die Maschine ausgestellt. Seine Daten waren gelöscht. Er fühlte sich erschöpft, der Schweiß rann ihm noch immer die Schläfen hinunter, den Nacken, über Brust und Rücken in den Bund seiner Sporthose. Niemand außer ihm war im Fitnessraum. Während er sich im Spiegel betrachtete und überlegte, sah er, wie Amie durch die Glastür trat. Plötzlich stand sie hinter ihm.

»Du bist fast zwei Stunden gerannt«, sagte sie ihm. »Da ich dich auf deinem Zimmer nicht erreicht habe, dachte ich, ich sehe mal nach.«

Homer drehte sich nicht um. Er schaute noch immer in den Spiegel.

»Hast du den Brief gelesen?«, fragte er und wurde im nächsten Moment unsicher, weil er nicht wusste, ob er überhaupt etwas von ihr dazu hören wollte. Zumindest jetzt nicht, in diesem Moment.

Amie nickte.

»Möchtest du, dass ich etwas dazu sage?«, fragte sie.

Wieder verblüffte sie ihn mit ihrem Einfühlungsvermögen.

»Lass mich duschen, dann gehen wir in die Bar, um zu reden. Ja, ich will, dass du etwas dazu sagst.«

So machten sie es. Eine halbe Stunde später stand Homer vor Amies Zimmertür, wieder ein paar Minuten später versanken sie in den gestreiften Polstersesseln der Wine Bar des King David.

»Was denkst du?«, fragte Homer sie ungeduldig. »Unglaublich, oder?«

Amie überlegte, wiegte den Kopf hin und her. Homer kam es vor, als wüsste sie nicht, auf welche Seite Matts sie sich jetzt schlagen sollte, die gute oder die schlechte, die des Betrügers, des Egoisten, der sich von der Welt nahm, was er meinte, dass es ihm zustünde. Oder auf die andere, die des hilfsbereiten, integren Familienvaters, der seine Kinder und seine Frau über alles liebte.

Amie sagte zunächst gar nichts. Sie äußerte kein Erstaunen, kein Verständnis, sie erging sich nicht in Deutungen, versuchte erst gar nicht, das Verhältnis von Matt und Sandy so zu erklären, wie sie es sah. Es gab auch nichts zu erklären, außer, dass eine starke gegenseitige Anziehungskraft die beiden für fast zwei Jahrzehnte aneinandergeschweißt hatte. Sie versagte Homer den Versuch, die Rollenmuster innerhalb der Familie auszulegen, so wie sie sie in den Jahren in Homers Vorzimmer mitbekommen hatte, die dazu geführt haben könnten, dass alles so gekommen war. Sie hielt sich einfach zurück, so wie sie es immer tat. Doch als hätte sie geahnt, welche Zweifel Homer bewegten, sagte sie leise:

»Homer, kein Mensch hat nur eine Seite, jeder hat viele Facetten. Und meistens sind es die Umstände, die mal die eine, mal die andere Seite hervorbringen. Die heitere oder die düstere, die gute oder die schlechte. Wir alle haben mindestens eine schlechte Seite. Und eine gute. Auch du, Homer. Irgendwann habe ich beschlossen, mich an die guten Seiten der Menschen zu halten. Sonst wäre ich heute nicht hier.«

32

»Das ist meine Geschichte«, sagte Homer. »Das ist meine und Sandys Geschichte. Eigentlich ist es meine, Sandys und Matts Geschichte«, setzte er hinzu. »Bis hierher und nicht weiter. Mehr kann ich dir nicht erzählen.«

Ich schaute ihn fragend an.

»Am nächsten Tag habe ich Farah allein aufgesucht. Amie hatte mir das empfohlen. Sie hatte mir gesagt, es sei wichtig, dass nicht immer sie dabei sei. Dies sei meine persönliche Angelegenheit. Sie wollte sich derweil noch ein wenig in Jerusalem umschauen und ein Taxi nach Yad Vashem nehmen.«

So lief Homer diesmal allein zu den Mameluken-Häusern, stieg zu Farah in den ersten Stock. Sie empfing ihn mit ihrer professionellen Freundlichkeit. Homer war sich nicht sicher, was sie wirklich dachte und fühlte.

»Die Situation dürfte auch für Farah nicht einfach gewesen sein«, sagte er.

Da war die Familie, die bisher keine Anstalten machte, sich um ihr jüngstes Mitglied zu kümmern. Da waren die Trauer und Bestürzung über den Verlust von Sandy. Immerhin hatte Farah fast drei Jahre mit ihr zusammengelebt. Und da war der kleine Louis, für den sie im Moment die alleinige Verantwortung trug, obwohl sie es nicht wollte.

Auch diesmal war Homer nicht wirklich vorbereitet. Er hatte keine Vorstellung davon, wie es weitergehen konnte. Oder er wollte sich keine davon machen. Sandys Wunsch war es, dass ihr Sohn in Amerika aufwachsen sollte. Der nächste logische Schritt war die Entscheidung, ihn in die Vereinigten Staaten zu holen. Darauf wartete Farah. Aber wo sollte er dort leben? Homer war ratlos. Mit Josie und Hank, seinen Großeltern – das war sicher keine gute Idee. Auch bei Kate konnte er keinesfalls unterkommen. Undenkbar. Homer wusste nicht, wen er um Rat fragen konnte, niemand von der Familie kam dafür infrage. Er hatte mir gegenübergesessen und seine Geschichte erzählt. Aber nicht mir, sondern sich selbst. Vielleicht hatte er mich diesmal nur angerufen, um ein drittes Mal laut nachzudenken.

Erst einmal müsste die Familie mit der Tatsache klarkommen, dass Matt und Sandy einen Waisenjungen hinterlassen hatten. Aber dafür blieb kaum Zeit. Er konnte Farah nicht länger hinhalten und musste über die Zukunft von Louis entscheiden. Sandy wollte es so. Fieberhaft dachte er darüber nach, ob es nicht eine Freundin der Familie gäbe, die bereit wäre, das Kind zu sich nehmen. Zumindest vorerst. Aber niemand fiel ihm ein. Solche Freunde hatte er nicht.

Farah hörte sich seine Überlegungen eine Weile lang an. Louis war nicht da. Und Homer wagte nicht zu fragen, wo er sich gerade aufhielt. Wahrscheinlich im Kindergarten.

Dann aber begann sie den Kopf zu schütteln. Mehrfach, sodass Homer seine Rede unterbrach.

»Ihre Schwester hat mir sehr viel von Ihnen erzählt. Sie hat mir auch sehr viel von Matt erzählt. Sie hat Ihnen einen Brief geschrieben, dessen Inhalt ich nicht kenne. Aber ich kenne ihre Geschichte. Sie lebt seit drei Jahren bei mir. Glauben Sie mir, es gibt wahrscheinlich nicht viel, das sie mir verschwiegen hat.«

Mit einem Mal kam er sich lächerlich vor, erbärmlich, fast schäbig. Was saß er da und redete um die entscheidende Frage herum.

»Um wen geht es hier eigentlich?«, fragte Farah unvermittelt. »Geht es um die Familie, geht es um Sie oder geht es nicht vielmehr um die Zukunft eines kleinen Jungen, der seine beiden Eltern verloren hat und nicht in unsere arabische Welt gehört?«

Homer schwieg. Farah schwieg. Beiden schwiegen. Homer hörte das leise Ticken einer Uhr. Wohl bewusst ließ sie ihre Worte wirken. Und dann stellte sie die Frage, die sich Homer bisher noch nicht einmal zu denken getraut hatte:

»Was spricht dagegen, dass Sie Louis zu sich nach Amerika nehmen?«

Genau vor dieser Entscheidung stand Homer, als wir uns im Hotel De Rome trafen. Er hatte Farah damals keine Antwort gegeben. Er konnte es nicht, weil er die Antwort selbst nicht wusste. Er hatte sich weitere Bedenkzeit erbeten, noch einmal sechs Wochen, hatte Farah inständig gebeten, die Behörden hinzuhalten, die bereits begonnen hatten, auf eine Lösung für den kleinen Waisen zu drängen. Hatte ihr noch einmal einen fünfstelligen Dollarbetrag angeboten dafür, dass sie ihm ein paar Wochen mehr Zeit gab, und fühlte sich dabei miserabel. Doch sie willigte ein, was ihn beruhigte. In ihren Augen wollte selbst er nicht mehr nur als derjenige dastehen, der Probleme stets mit Geld löste, das er im Überfluss besaß. Diesmal würden ihm seine Millionen auch nicht helfen. Er konnte sich Zeit kaufen, aber auch nicht unbegrenzt. Dass Farah sein Geld nahm, entlastete ihn von der moralischen Verwerflichkeit der Frage nach ein bisschen mehr Zeit.

Als er nach einer Dreiviertelstunde wieder hinaus auf die Straße trat, hatte er zumindest eines begriffen. Er würde allein entscheiden müssen, wie es mit Louis weiterging. Er würde niemanden um Rat fragen, schon gar nicht seine Familie. Warum sonst hatte ihm Sandy diesen Brief geschrieben?

Er ging die schmale Straße hinunter und dachte unwillkürlich an Tana. Was hatte sie ihm im Delmonico's gesagt: »Es wird ein Moment kommen, in dem dich die Familie braucht. Dich, Homer, mit deinem ganzen Herzen, nicht nur dein Geld. Ich bete zu Gott, dass du diesen Moment erkennst.« Sie hatte damals Jiddisch gesprochen, die Sprache ihrer Mutter aus Odessa. Das hatte sie nur getan, wenn es ihr sehr ernst war.

Homer hatte begonnen, in seiner Suite des Hotel De Rome auf und ab zu laufen, als würde er ein weiteres Mal die Möglichkeiten vermessen, die ihm blieben.

»Das alles werde ich in den nächsten ein oder zwei Wochen entscheiden müssen«, sagte er mehr zu sich als zu mir. »In jeder normalen Familie wäre es einfacher: Der Bruder würde das Kind zu sich nehmen, damit es mit seinen Cousins und Cousinen aufwachsen kann. Aber ich habe keine Familie, bin alleinstehend. Ich habe mit Kindern überhaupt keine Erfahrung. Wie sollte dieser kleine Junge da in mein Leben hineinpassen?«

Homer stockte, blieb stehen, überlegte, dann nahm er seine Gedanken, seine Rede und seine Schritte wieder auf.

»Wenn ich Louis zu mir nähme, wie sollte ich das schaffen. Ich bin dauernd unterwegs, leite eine Kanzlei mit Mandanten überall auf dem Globus. Und ganz so jung bin ich mit 52 auch nicht mehr. Aber wer, wenn nicht ich, sollte das machen? Eine Pflegefamilie?«

Wieder blieb er stehen, fuhr sich mit beiden Händen durch die Haare, schaute mich ratlos an und lief weiter, auf und ab und auf und ab. Draußen dämmerte es längst. Ich hielt mich zurück, auch wenn es mir schwerfiel. Es war nicht meine Angelegenheit. Ich verstand nicht, warum er zögerte, und verstand es doch. So, wie er sich mir in unseren Gesprächen vermittelt hatte, war ein Kind das Letzte, an das er dachte.

»Louis ist kaum drei Jahre alt. Ich war acht, als ich meine Mutter verlor«, fuhr er fort. Wieder stockte er. »Dieser Junge würde mich auf immer mit Matt und Sandy verbinden. Er würde mich jeden Tag an sie denken lassen und an das, was sie uns allen zugemutet haben. Will ich das wirklich?«

Noch drehte er sich um sich selbst. Er konnte nicht anders. Ob er es jemals anders können würde? Wenn ich an den kleinen verwaisten Jungen dachte, mit dem sich die Familie so schwertat, brach es mir fast das Herz. Und ich konnte auch nicht umhin, als noch einmal die Frage Farahs zu wiederholen, die er vor einer halben Stunde zitiert hatte. Allerdings spitzte ich sie zu:

»Um wen geht es hier eigentlich? Wieder nur um dich, so wie es in unseren Gesprächen immer nur um dich gegangen ist?«

Homer hielt inne, schaute von oben auf mich herab und ich zu ihm hinauf, ohne etwas zu sagen. Ich bemühte mich, seinem Blick standzuhalten.

Am liebsten hätte ich noch sehr viel mehr gesagt als das: Da lebte eine ganze Großfamilie in New York und war nicht in der Lage, sich um ein kleines Kind zu kümmern, das zu ihr gehörte. Da war ein Mann, der Millionen an der Wall Street verdient hatte, sodass er sein Leben keinen einzigen Tag mehr arbeiten musste. Und da war ein Kind, das keine Eltern mehr hatte, keine soziale Absicherung, keine Verwandten, die es vermissten, wenn es im Nahen Osten einfach verschwände.

Homers Zaudern, dieses neuerliche Aufschieben einer Entscheidung war mir nur aus Homer heraus erklärbar. Aber das war es nicht. Sandy hatte ihn in ihren Zeilen unwillkürlich zu ihrem persönlichen Nachlassverwalter gemacht, auch wenn das in dem Moment, in dem sie die Zeilen zu Papier brachte, nicht ihre Absicht gewesen war: »Und du wirst mir dabei helfen.« Homer musste klar sein, dass nur er Louis zu sich nehmen konnte. Alles andere würde Sandy nicht gutheißen. Das aber musste unweigerlich sein Leben verändern, würde ihm eine Verantwortungsbereitschaft abverlangen, die er bisher immer verweigert hatte. Vielleicht würde ihn das sogar seinen Job kosten, wollte er seine Aufgabe gut machen.

Ich war mir nicht sicher, ob Homer schon so weit dachte. Aber dass er das alles spürte und ahnte, dass er sich, wenn er die Verantwortung für Louis übernähme, auf ein Risikofeld begeben würde, dessen Koordinaten er erstmals nicht selbst abstecken konnte, dachte ich schon. Gab es einen anderen Grund als diesen, warum er zögerte? Er war nicht oder noch nicht bereit, aus dem Money Game endlich auszusteigen, in das es ihn seit seinem Studium hineingezogen hatte. Ob er je davon ablassen würde, alles, was er anfasste, zu Gold zu machen? Ob er es überhaupt noch konnte?

Warum wollte Sandy so unbedingt, dass er für sie Verantwortung übernimmt? Dass er hilft, ihre und Matts Wahrheit irgendwann der Familie näherzubringen und sie vor allen zu verteidigen? Warum hatte sie den Brief an ihn geschrieben, nicht an ihre Eltern, an Hank und Josie also, die seit Jahren unter ihrer Abwesenheit litten? Während Homer so vor mir stand, mich anschaute, fragend, zweifelnd, unendlich verunsichert, dachte ich daran, wie er als kleiner Junge gewesen sein musste. Wie er in die Schule zurückgekehrt war, nachdem seine Mutter vor seinen Augen ihr Leben verloren hatte. Und wie sehr er sich danach gesehnt hatte, dass irgendjemand käme und ihn mit sich nähme, weit fort von diesem Albtraum, in ein Land der Farben, weg von seinem Kummer, seiner Verzweiflung, seiner Einsamkeit. Wie sehr mag er sich gewünscht haben, dass ihn jemand von der Bürde erlösen würde, immer weiter durchzuhalten.

War es nicht jetzt genauso? Sehnte er sich seit Langem nicht danach, gerettet zu werden aus seiner Welt des Geldes, in der die Menschen nicht zählten, sondern nur das Geschäft und in der auch er nur so lange zählte, wie er gute Geschäfte machte?

Nur Sandy würde ihn daraus erlösen und seinem Leben eine neue Wendung geben können, eine Aufgabe – ausgerechnet mit ihrem festen Vertrauen darauf, dass er ihr helfen würde, und ihrem viel zu frühen Tod.

Dass sie ihn jetzt, posthum, vor die Entscheidung seines Lebens stellte, war ihr letzter Versuch, ihren Bruder nicht ganz zu verlieren, sondern ihn, einem Gewaltakt gleich, aus dem Strudel der Wall Street zu ziehen, in dem er immer schneller und immer wilder kreiste.

An jenem frühen Morgen in Berlin, als es bereits dämmerte, als der Nebel einer verregneten Nacht noch in den Straßen hing, in denen die gelben Blätter leise zu Boden fielen, an jenem Morgen dachte ich, dass dies seine letzte Chance wäre. Danach würde niemand mehr kommen.

33

»Wie lange ist das her?«, fragte ich, um die Stille zu unterbrechen.

»Gut einen Monat. Viel Zeit bleibt nicht mehr, um eine Lösung zu finden.«

Ich blickte nach unten, grub meine Fingernägel in die Handballen und presste die Lippen aufeinander. Innerlich schrie ich auf. Eine Lösung finden, was sollte das noch? Merkte er es nicht? Die Dinge waren unendlich einfach, lagen so nah. Die Lösung lag in ihm, die Lösung für Louis und für sich selbst. Er musste sich nur zuhören und er wüsste die Antwort. Ich hatte mich während unseres Gesprächs mit Kommentaren stets zurückgehalten und tat es auch jetzt, in der festen Überzeugung, dass er ganz allein darauf kommen und eine Entscheidung fällen müsste. Helfen können würde ich ihm nicht.

»Weißt du, dass ich mich weder von Matt noch von Sandy richtig verabschiedet habe?«

Homer hatte sich wieder in seinen Sessel fallen lassen.

»Inzwischen habe ich das Gefühl, dass die beiden, die mir in der Familie am nächsten standen, erst nach ihrem Tod mit mir sprechen können.«

Fragend muss ich aufgeschaut haben, denn er stand auf, holte sein Tablett aus seinem Schlafzimmer, tippte eine Weile darauf herum und reichte es mir schließlich.

»Lies mal. Ich kann ihn dir nicht vorlesen.«

Es war offensichtlich ein Brief seines Cousins. Matt hatte ihn auf dem Computer getippt, ausgedruckt und nur ihrer beider Namen

Homer und Matt mit der Hand geschrieben. Homer hatte ihn abfotografiert. Ich begann, ihn mit halblauter Stimme zu lesen.

Homer,
Himmel, wir kennen uns schon so lange. Und wir haben uns noch nie
so schlecht verstanden, wie in dem Moment, in dem Du hier bei uns
aufgetaucht bist, nachdem ich die Familie und meine Freunde über
meinen »Richtungswechsel« informiert habe.

Ich kann es kaum glauben, aber ich schreibe Dir heute, nach all den
Jahren, den ersten und vielleicht einzigen Brief. Denn ich weiß nicht,
wie bald mich die Kräfte verlassen und wie schnell es zu Ende geht.
Vielleicht ist in ein paar Monaten alles schon vorbei. Ich bete, dass es
nicht so kommt. Aber wer kann das schon vorhersagen?

Homer, Du bist mein Cousin, wir sind zusammen aufgewachsen,
zusammen in die Schule gegangen, wir haben die erste und beste
Rülps-Society der Brooklyn Heights gegründet – erinnerst Du Dich?
Wir haben bei Grandma im Keller gesessen, gespielt, uns später stun-
denlang unterhalten, Du immer auf dem roten Zahnarztsessel, ich
auf dem Schemel, den der Arzt normalerweise einnimmt. (Hatte das
eigentlich eine tiefere Bedeutung?)

Aber das ist lange her. Die Zeit hat Distanz in unsere Beziehung
gebracht. Die Nähe ist verschwunden. Wir lachen noch zusammen,
aber wir verstehen uns nicht mehr. Vielleicht mögen wir uns auch
nicht mehr und wollen es nur nicht wahrhaben, weil wir immer noch
diese wunderbaren Erinnerungen in uns tragen.

Was in all den Jahren passiert ist, weiß ich nicht genau. Ich will
auch nicht sagen, dass Du anders geworden bist. Vielleicht bin ich es
auch. Aber wir sind in verschiedene Richtungen aufgebrochen, und
wollten beide doch nur das Gleiche: unser Glück finden, dem so viel im
Wege stand. Warum? Irgendwann haben sich unsere Wege getrennt.
Vielleicht musste es so sein. Dir wurde anderes wichtiger als mir. Du
hast es weit gebracht mit Deinem juristischen Verstand und Deinem
unglaublichen Geschäftssinn. Aber ist das inzwischen wirklich alles
für Dich?

Ich weiß, dass es nicht so ist, Homer, dass der alte Homer nur begra-
ben ist unter vielen Millionen Dollar, unter unzähligen Erfolgen, unter
den Begehrlichkeiten einer Gesellschaft, die solche Leute wie Dich als
Erfolgsvorbilder verehrt, unter einem brennenden Ehrgeiz, der immer

noch befriedigt werden will wie ein gefräßiges Ungeheuer. Und unter irgendeiner großen einsamen Trauer, die Du einfach nicht wahrhaben willst. Homer, wir gehen auf die fünfzig zu. Und Du rennst immer noch – aber wohin willst Du letzten Endes?

Wenn Du wüsstest, wie sehr ich diesen Homer von früher vermisse, bevor er sich aufgemacht hat, die Wall Street zu erobern! Wie unglaublich gerne ich Dich festhalten würde, damit Du Dich nicht immer weiter entfernst von mir, von uns, von allen. Wie gerne ich Dich vorgestern umarmt hätte, als ich Dir sagte, dass Du nicht über Nacht bleiben kannst. Und wie gerne ich einmal an Deiner Schulter geweint hätte, als ich nach ein paar Tagen begriff, welche Diagnose mir die Ärzte gestellt haben. Geweint, so wie Du es manchmal getan hast, als Dich die Unabänderlichkeit des Todes Deiner Mom überwältigte und mir nichts blieb, als ein bisschen linkisch den Arm um Dich zu legen. Und wie wichtig es wäre, Dir etwas anzuvertrauen, das Sandy und mich betrifft, das ich vor Kate und den Kindern geheim halten muss, um ihr Vertrauen nicht zu zerstören.

Unabänderlich wird auch mein früher Tod sein – ein halbes Jahr geben mir die Ärzte, weil das die durchschnittliche Überlebensdauer bei Pankreas-Karzinomen mit Lebermetastasen ist. I hope I'll do better than average.

Mein Gott, das klingt hier gerade wie ein Liebesbrief. Und vielleicht ist es ja auch irgendwie einer.

Er sollte es allerdings gar nicht sein. Homer, es tut mir leid, dass Dein Besuch bei uns so kühl und unverbindlich zu Ende ging. Ich schreibe Dir nur, um Dich zu fragen, ob Du nicht ganz bald für ein Wochenende wiederkommen willst. Wir werfen den Grill an und reden seit Langem mal wieder. Kate und die Jungen werden da sein, aber sie werden uns allein lassen. Wir werden reden – nur Du und ich.

Verzeih mir die Sentimentalität. Aber die bringt wahrscheinlich meine neue Lebenslage mit sich. Sag mir einfach, wann Du kommen willst. Aber warte nicht so lange. Du weißt, ich habe nicht mehr viel Zeit.

Matt

»Mein Gott, Homer, trägst du ihn seit Jahren mit dir herum?«

»Seit anderthalb Jahren, genau genommen. Ich musste ihn wieder und wieder lesen.«

»Hast du Matt vor seinem Tod dann noch einmal besucht?«

Homer schüttelte den Kopf. Was für eine unbedachte Frage, er hätte es mir sicher erzählt. Dann hätte er auch gewusst, was Sandy und seinen Cousin verband, dann wäre vielleicht alles anders und er wieder ins Spiel gekommen. Dann hätte er sich ganz anders um Sandy gekümmert, hätte ihr Geld nach Jerusalem geschickt, hätte sie öfters besucht, versucht, sie nach Amerika zurückzuholen. Aber es hatte nicht sein sollen.

Denn erst anderthalb Jahre nach dem Tod ihres Mannes brachte Kate die Kraft auf, seinen Kleiderschrank zu öffnen, um die Anzüge und Hemden zu sortieren und wegzubringen. Jeweils ein Sacco und eine Krawatte hatte sie für ihre Söhne aufgehoben. Vielleicht würden sie diese später in Erinnerung einmal tragen wollen.

Früher hatte sie sich nicht an Matts Schrank getraut, weil sie immer das Gefühl hatte, sie würde damit auch die Erinnerungen zu Grabe tragen und endgültig abschließen mit ihrem Mann, was sie nicht wollte.

Als sie sich endlich entschieden hatte, seine Sachen durchzusehen, seine Anzüge, Hemden und seine Wäsche zu entsorgen, fand sie in der Innentasche eines Jacketts den Brief, der an Homer adressiert war. Matt hatte ihn sogar schon frankiert, allerdings nie abgeschickt hat. Warum – das, so erklärte sie Homer später, wusste sie nicht. Ohne ihn zu öffnen, schob sie den Umschlag in einen größeren Umschlag, schrieb Matts New Yorker Büro-Adresse darauf, frankierte ihn erneut und gab ihn dem Postboten mit, als er in San Francisco ein Paket vorbeibrachte.

Als Matt den Umschlag öffnete, fand er von ihr nur eine kleine Notiz:

Sorry, erst jetzt gefunden. Ich weiß nicht, was drinsteht. Aber er ist für Dich. Ruf mich an. Kate

Als er in der Mappe, die ihm Amie jeden Morgen auf den Schreibtisch legte, den Brief ganz oben auf entdeckte, stand er unwillkürlich auf und schloss die Tür. Noch nie hatte ihm Kate einen Umschlag geschickt. Dann setzte er sich zurück und öffnete erst Kates Umschlag und dann den von Matt. Die Tinte, mit der er die Adresse geschrieben hatte, war ein wenig verblasst.

Homer hörte plötzlich auf zu erzählen. Er senkte den Kopf und verbarg seine Augen mit seiner Linken. Ich sah, wie das Wasser zwischen den Fingern heraustropfte. Er schüttelte den Kopf. Dann schaute er mich an.

»Matt – er fehlt mir so. Und Sandy. Und meine Mutter. Und Tana.«

Ich wusste, dass Homer ein Ekel war, ein selbstbezogener Egoist, ein skrupelloser Anwalt, der es an der Wall Street zu unglaublichem Reichtum gebracht hatte. Das Apartment, in dem wir vor zwei Jahren saßen, hatte er an der Upper West Side für mehr als zehn Millionen Dollar erstanden. Er besaß ein Haus mit Pool in Norden Manhattans, von dem er mir einmal ein Foto gemalt hatte. »Habe ich das noch verdient?«, hatte er fragend dazu geschrieben.

»Ich weiß nicht, warum jetzt gerade. Aber Matt hat mir schon lange so sehr gefehlt. Warum hat er diesen Brief nicht abgeschickt?«

Vielleicht hat er sich nicht getraut, weil er die Wahrheit nicht sagen wollte. Vielleicht hatte Matt es auch nur vergessen. Oder, und das war Homers Vermutung in diesem Moment der Verzweiflung, vielleicht hat er auch nicht mehr daran geglaubt, dass er Homer überhaupt noch würde erreichen können. Vielleicht hatte er ihn wirklich aufgegeben, so wie er dachte, dass Sandy ihn aufgegeben hatte.

Aber hatten Matt und sie das wirklich?

Sie wollten es gar nicht. Ich sagte Homer das, um ihn zu trösten. Und vielleicht auch mich selbst, weil er mir in dem Moment unendlich leidtat.

Noch bevor das Frühstück kam, stand ich auf und ging.

34

So endete unser letztes Gespräch an einem frühen Novembermorgen 2015. Danach habe ich nichts mehr von Homer gehört. Wir pflegten keine Freundschaft mit ständigen Updates über WhatsApp oder Facebook. Ich würde sagen, wir waren überhaupt nicht befreundet. Ratschläge habe ich ihm nie gegeben. Was der Grund dafür war, dass er mir so viel von seinem Leben erzählte, habe ich ihn nie gefragt. Womöglich die absolute Unverbindlichkeit, die unserer Bekanntschaft eigen war. Es gab keine Verpflichtungen, den

Kontakt aufrechtzuerhalten oder sich gegenseitig mit seinen Freunden bekannt zu machen. Die Geschichte, die er mir erzählte, hatte überhaupt nichts mit meinem Leben zu tun. Sie blieb im Raum, verfing sich nicht in Beziehungsnetzen, die daraus gewoben werden, dass jeder irgendjemanden kennt und irgendetwas von ihm weiß, sondern verhallte. Vielleicht konnte Homer sie nur deshalb überhaupt erzählen. Weil er wusste, dass sich das Urteil, das ich fällen würde, wenn ich es überhaupt tat, ausschließlich aus seiner Sicht der Ereignisse und meiner Wahrnehmung seiner Person würde ableiten lassen. Es gab keinen Spiegel, keine andere Perspektive, keine Schuldzuweisungen außer der, mit der er sich selbst belastete. Ich hatte keine Chance, mich in meiner Einschätzung seines Tuns und Lassens auf jemanden anderen zu stützen außer auf mich selbst.

Bis heute bin ich mir nicht sicher, was ich von Homer halten soll. Ich mag ihn, er ist schillernd, aber nicht sympathisch. Ich mag seine Traurigkeit, die er mit lässigen Sprüchen so oft zurückdrängt. Und ich glaube, dass ihn seit dem Tod seines Cousins die Zweifel quälen, ob er nicht doch versuchen sollte, von dem rasenden Zug herunterzukommen, auf den er vor drei Jahrzehnten nach dem Studium aufgesprungen ist und der ihn in eine Welt gefahren hat, in die er vielleicht nicht ganz gehört.

Es ist klar, dass er kämpft – gegen und für sich. Auf welche Seite er sich schlägt?

Ich weiß nicht, wie er sich entschieden hat und welchen Verlauf sein Leben nehmen wird. Ich bin mir sicher, dass er sich eines Tages wieder melden wird, so wie er es diesmal getan hat – »out of the blue«, wie er zu sagen pflegte. Ich werde ihn wiedersehen. Vielleicht wird er mir dann die Fortsetzung seiner Geschichte erzählen.

Ich muss allerdings gestehen, dass ich die Tage nach unserer Begegnung immer wieder versucht war, ihn zu kontaktieren, um ihn zu bestärken, sein altes Leben endlich hinter sich zu lassen. Aber hatte ich denn das Recht dazu? Am Ende habe ich es nicht getan. Die Entscheidung musste er allein treffen. Niemand würde ihm dabei helfen können. Es gibt Entscheidungen, mit denen man ein Leben lang allein ist. So wie man eigentlich immer allein ist. Und so wie Homer immer allein war. Im Moment unseres letzten Treffens fühlte er sich so einsam, wie nie zuvor in seinem Leben, weil er wusste, dass ihm niemand diese Entscheidung würde abnehmen können.

Seine Geschichte ging mir lange nicht aus dem Kopf. Ich zählte die Tage bis zum Ende der Frist, die Farah ihm gesetzt hatte. Wieder überlegte ich, ob ich mit ihm Kontakt aufnehmen sollte, um in Erfahrung zu bringen, wie er sich entschieden hatte. Ich ließ es bleiben.

Acht Wochen nach unserem Treffen aber hielt ich es nicht mehr aus. Ich wählte seine Büronummer in New York, landete auf dem Switch Board, ließ mich zu Homer Spiegelman durchstellen und rechnete damit, dass erst einmal Amie das Gespräch annehmen würde, die mir inzwischen so vertraut war. Stattdessen meldete sich eine männliche Stimme mit einem Namen, den ich nicht kannte und den ich auf Anhieb auch nicht verstand. Es war eine junge Stimme, die mir freundlich antwortete und die mir auch jetzt noch im Ohr klingt.

»Mr. Spiegelman hat die Kanzlei vor zwei Monaten verlassen«, sagte er. »Er arbeitet nicht mehr hier.«

»Und Amie?«, fragte ich noch.

»Amanda Willford, seine Assistentin? Sie ist mit ihm gegangen.«

Dann hängte er ein.

Dank

»Jeder Autor muss auf jeder nur denkbaren Stufe sein Publikum respektieren und darf ihm darum nur das subjektiv Beste vom Besten anbieten.« So berechtigt dieses Postulat Kurt Tucholskys ist, ohne aufmerksame, kritische und auch begeisterungsfähige Gegenleserinnen und Gegenleser würde es wohl kaum funktionieren. Für mich waren und sind sie unverzichtbar und sollen hier keinesfalls unerwähnt bleiben. Zutiefst dankbar bin ich: meiner Tochter Nina Lange, die den Roman unbedingt lesen wollte, als Erste lesen durfte und mir den Mut gemacht hat, ihn auch andere lesen zu lassen; meiner in den Vereinigten Staaten aufgewachsene Freundin Gabriele Schiller (PR2 classic), mit der mich nicht nur berufliche Projekte seit vielen Jahren verbinden; meiner Kollegin und Freundin Marion Beck, die bisher jedes meiner Bücher kritisch-begeistert begleitet hat; meiner Mutter Gisela Kloepfer und meiner Schwägerin Annamaria Englebert, als Vielleserinnen meinungsstarke Testpersonen, die auch klare Worte nicht scheuen; dem Freund meiner Kinder und dem Juristen Emanuel Schierl, der so treffsicher zu kommentieren weiß; meinem Agenten Günter Berg (Günter Berg Literary Agency), der meine früheren Bücher verlegt und mich bestärkt hat, für diesen Text einen Verlag zu suchen; meinem sorgfältigen Lektor Bernd Henninger mit einem bewundernswerten Feingefühl für Inhalt und Sprache. Last but not least, meinem Mann Theo Lange, ohne den ich mir auch mein berufliches Leben nicht vorstellen kann und ohne dessen Ideenreichtum meine Bücher so nicht entstanden wären.